宋词三百首详析

郭伯勋　编著

中　华　书　局

图书在版编目(CIP)数据

宋词三百首详析/郭伯勋编著. —2 版. —北京:中华书局,2015.11(2020.8 重印)
ISBN 978-7-101-11081-4

Ⅰ.宋…　Ⅱ.郭…　Ⅲ.①宋词-选集②宋词-注释
Ⅳ.I222.844

中国版本图书馆 CIP 数据核字(2015)第 157041 号

书　　名	宋词三百首详析	
编 著 者	郭伯勋	
责任编辑	宋凤娣	
出版发行	中华书局	
	(北京市丰台区太平桥西里 38 号　100073)	
	http://www.zhbc.com.cn	
	E-mail:zhbc@zhbc.com.cn	
印　　刷	北京瑞古冠中印刷厂	
版　　次	2005 年 11 月北京第 1 版	
	2015 年 11 月北京第 2 版	
	2020 年 8 月北京第 7 次印刷	
规　　格	开本/880×1230 毫米　1/32	
	印张 18¾　插页 2　字数 440 千字	
印　　数	29001-35000 册	
国际书号	ISBN 978-7-101-11081-4	
定　　价	38.00 元	

目　　录

1

4

8

10

12

例　言

1.本书依上彊村民重编、唐圭璋笺注之 1979 年新 1 版《宋词三百首》为据。部分作家,则按其出生先后重排。

2.本书按唐笺本自序说明,将《忆王孙》的作者李甲订正为李重元。将《青玉案》的作者黄公绍订正为无名氏。

3.本书将原编钱惟演、晏殊、宋祁、欧阳修、晏几道、严仁、刘克庄等所用诸多"木兰花"词牌,一律按《钦定词谱》称"玉楼春"(详见本书第 1 首注①)。周邦彦《过秦楼》应为《选官子》(详见本书第 115 首注①)。

4.本书对原编诸作少数文字、标点、断句,或难合文意,或不合词律者,则通首按《全宋词》或《钦定词谱》改定。

5.本书体例,先介绍作家,后列出作品。从首至尾,每首词作都用数字统编顺序,以便检阅。每一词篇均从词谱、注解、作意与作法三方面撰写,以备全面欣赏并按谱填词。

6.本书采用词律均依《钦定词谱》。检查用韵,依戈载《词林正韵》等传统词韵。

7.本书词谱部分所用之符号,一律规范在圆圈之内,虚处为平声,实处为仄声。如:○为平,●为仄,⊖为本平可仄,⊜为本仄可平,⊜为本平可仄仍平,⊜为本仄可平仍仄,⊗为该平未平,⊗为该仄未仄,◎为平韵,◉为仄韵。其复杂多层的,可从上至下解读。

8.本书注解部分为免去重复,后出者均写作"见×首注×"。

1

钱惟演 (1首)

　　钱惟演(962—1034)字希圣,临安(今浙江省杭州市)人,吴越忠懿王钱俶之子。少时补牙门将。随父归宋,为右屯卫将军。曾任翰林学士,枢密使,罢为镇国军节度观察留后,又改保大军节度使,河阳(今河南省孟县)知县。入朝,加同中书门下平章事,因擅议宗庙,且与后家通婚,落职。后为崇信节度使,归本镇,卒。谥号思,改谥文僖。

　　希圣博学能文,词采清丽,有《典懿集》。《全宋词》辑其全篇2首。

1　玉　楼　春①

词　谱

城上风光莺语乱,城下烟波春拍岸。绿杨
芳草②几时休?泪眼愁肠先已断。　　情怀渐
觉成衰晚,鸾镜③朱颜惊暗换。昔年多病厌芳

1

尊④，今日芳尊惟恐浅。

○　　　⊗●⊗○○●●◉

注　解

①［玉楼春］《花间集》顾夐词起句有"月照玉楼春漏促"句，《尊前集》欧阳炯词起句有"春早玉楼烟雨夜"句，因以得名。又名惜春容、西湖曲、玉楼春令、归朝欢令。至于"木兰花"之名，因《尊前集》误刻以后，宋词相沿，率多混填。《词谱》已将两调分清（7 字 8 句为玉楼春，52、54、55 字 3 体为木兰花）。此调 4 体，此词双调、56 字依两体。《词谱》（卷十二）云："钱惟演'城上风光'词，前段照顾夐词填，后段照李煜词填。"按上片属顾体，平仄吻合；下片属李体，平仄 4 异（见谱中⊗、⊗）。全首用韵属第七部"阮（半）"、"旱"、"铣"、"翰"仄声上、去通押。　　②［芳草］指芳春时节原上的杂花野草。　　③［鸾（luán）镜］镜子的美称。一说鸾鸟（凤凰一类的神鸟）喜群，对镜常舞；一说晋罽（jì）宾王获一鸾鸟，不鸣，对镜乃鸣；一说指铜镜背面的纹饰而言。温庭筠《女冠子》："雪胸鸾镜里，琪树凤楼前。"　　④［芳尊］指杯中美酒。尊，古代盛酒器。

作意与作法

此首为词人晚岁自伤身世之作。胡仔引《侍儿小名录》云："钱思公谪汉东日，撰《玉楼春》词……每酒阑歌之，则泣下。"（《苕溪渔隐丛话》后集卷三十九）上片写担心好景不长，春光易逝；下片写果然人生易老，愁绪满怀。

上片起二句写春满江城。"莺语"从柳浪所闻；"烟波"为眺望所见。"乱"与"拍"写闹春的气氛。结二句写惜春之心。"几时休"的发问，见其担心；"肠先断"的苦诉，想其痛惜。下片重头二句写年华春尽。"渐觉"衰老，想其情怀悲痛；"朱颜"惊换，恨其"鸾镜"无情。结二句写抚今追昔之叹。"昔年多病"，写屡遭变故；"厌芳尊"，写尚不知愁。"今日"多病，写晚景厄运；"惟恐浅"，见愁待酒浇。

全词托闺中女子之愁，寄词人身世之感。词情凄婉，结语传神。

2

范仲淹 (2首)

范仲淹(989—1052)字希文,先世邠(今陕西省邠县一带)人,后迁吴县(今江苏苏州市)。真宗大中祥符八年(1015)进士。仁宗朝历任枢密副使,参知政事,陕西、河东宣抚使,知邠、邓、荆南、杭、青等州。卒赠兵部尚书、楚国公,谥号文正。

希文数年守边,建有功勋。政治上力图革新,但为旧派阻挠,成绩难著。文学创作上,散文、诗、词均有佳篇传世。《疆村丛书》集有《范文正公诗馀》一卷。《全宋词》辑其全篇4首,残篇1。

2 苏 幕 遮①

词 谱

碧云天,黄叶地,秋色连波,波上寒烟翠。
●○○ ○●● ○●○○ ○●○○●

山映斜阳天接水,芳草②无情,更在斜阳外。
○●○○○●● ○○○○ ◐●○○●

黯乡魂③,追旅思④,夜夜除非,好梦留人睡。
●○○ ○●● ●●○○ ●●○○●

3

明月楼高休独倚，酒入愁肠，化作相思泪。
⊖ ● ⊖ ○ ● ◉　 ⊖ ● ⊖ ○ 　 ⊖ ● ○ ○ ◉

注 解

①［苏幕遮］唐教坊曲名。《古今词话》：“《柳塘词话》曰：‘古曲名。’张说诗：‘摩遮本出海西胡’云云；杨慎曰：‘考之即《舞回回》也。’宋人作《苏幕遮》，注云：‘胡服，一云高昌女子所戴油帽。’《教坊记》有‘醉浑脱’之称；唐吕元济上书：‘比见方邑，相率为混脱队，骏马胡服，名曰苏幕遮。’曲名取此，则一舞曲也。”又名鬓云鬆令。此调仅此双调、62字一体。全首用韵属第三部“纸”、“置”、“泰(半)”仄声上、去通押。　　②［芳草］见第一首注②。又，诗人词客常以春草喻离情。蔡邕《饮马长城窟行》：“青青河畔草，绵绵思远道。”李煜《清平乐》：“离恨恰如春草，更行更远还生。”　　③［黯(àn)乡魂］思念家乡，黯然销魂。江淹《别赋》：“黯然销魂者，惟别而已矣！”黯然，心神沮丧的样子。④［旅思(sì)］旅行在外的愁思。

作意与作法

此写怀乡思归之情。黄升《花庵词选》题作“别恨”。上片渲染牵愁的秋色，下片抒写游子的旅情。

上片起四句写秋空、秋陆、秋水。碧色使人伤心，所谓“寒山一带伤心碧”(李白《菩萨蛮》)；黄色让人尝苦，所谓“苦似黄连”；翠色使人生凉，即所谓“波上寒烟翠”。结三句将秋空、秋陆、秋水构成一幅秋思图画，所谓望尽绵绵芳草，不见故乡故人。

下片起四句写旅愁之极，别恨之极。写“乡魂”用“黯”，想其形容憔悴；写“旅思”用“追”，想其缠绕不休；写“留人睡”而用“除非好梦”，见其失眠之苦。结三句自我告慰。先写休要倚栏独酌、望月思乡，次写愁肠化酒为泪的相思之痛。

此首写景开阔，多入丽语；写情微妙，常露温柔。全词以时间为线索，由白天而傍晚而黑夜，层次井然。

3 御街行①

词 谱

纷纷坠叶飘香砌②，夜寂静，寒声碎③。真
珠帘卷玉楼空，天淡银河垂地。年年今夜，月华
如练④，长是人千里。　　愁肠已断无由醉，酒
未到，先成泪。残灯明灭枕头敧⑤，谙尽⑥孤眠
滋味。都来⑦此事，眉间心上，无计相回避。

注 解

①[御街行]又名孤雁儿。此调6体，此词为双调、78字正体。全首用韵属第三部"纸"、"置"、"未"、"霁"、"队(半)"仄声上、去通押。　　②[香砌(qì)]香阶。台阶因落花而散香。　　③[寒声碎]冷风吹动落叶所发轻微细碎之声。　　④[练]素绸。丝绸是经过煮练才洁白的。　　⑤[敧(qī)]倾斜，句中指人斜靠于枕上。　　⑥[谙(ān)尽]尝尽。谙，熟悉。　　⑦[都来]算来。

作意与作法

此范氏秋来怀人之作。徐釚《词苑丛谈》曾说"人非太上，未免有情"，范公乃政界名流，德高望重，其心肠并非铁石，亦多愁善感。范公的愁与感有时从粗犷中出以豪情，《渔家傲》是也；有时从细腻中出以柔情，《苏幕遮》、《御街行》是也。此首上片写深秋之夜的所闻、所见、所感，下片写别后愁情的难忘、难耐、难遣。

上片起三句写秋声,以静夜衬托,畏寒声耳不忍闻。次二句写秋色,想银河生阻,比牛女目不忍睹。结三句写秋情,因月华惹思,恨千里空自寄情。下片重头三句写一醉忘愁,然而酒杯未端,却泪泉先涌。次二句写孤眠难耐,孤枕相依,孤灯相慰。结三句写愁眉难展,愁心难舒,愁情难遣。

全词写景沉寂而不惨淡,写情痛楚而不悲凄。李攀龙《草堂诗余隽》云:"月光如昼,泪深如酒,情景两到。"

张　先 (6首)

　　张先(990—1078)字子野,乌程(今浙江吴兴县)人。仁宗天圣八年(1030)进士。曾知吴江县(今江苏县名),官至都官郎中。晚年优游乡里,常泛扁舟,以垂钓为乐。卒年89岁,葬弁山多宝寺之右。

　　张词文笔含蓄,韵味隽永,喜爱铺叙,长于炼字,曾有"张三影"的佳名。今传《安陆词》,又名《张子野词》。《全宋词》辑其全篇159首,残篇6。

4　千　秋　岁①

词谱

　　数声鹈鴂②,又报芳菲歇。惜春更把残红折,雨轻风色暴,梅子青时节。永丰柳③,无人尽日花飞雪。　　莫把幺弦④拨,怨极弦能说。天不老,情难绝,心似双丝网,中有千千结。夜

7

过也,东方未白孤灯灭。
●● ○○●● ○○◉

注　解

①[千秋岁]又名千秋节(唐玄宗以八月初五日生,因以日名节)。据《宋史·乐志》"教坊"一节中记述,春秋圣节三大宴毕,教坊歌舞,其中小曲二百七十,歇指调九,千秋岁为歇指调第九支曲。此调8体,此词属双调、72字正体。全首韵脚属第十八部入声"月"、"曷"、"屑"通韵。　　②[鹈(tí)鴂(jué)]一作鹈鴂,也名博劳、伯赵。此鸟夏至(指节气)鸣,冬至止。《离骚》:"恐鹈鴂之先鸣兮,使夫百草为之不芳。"但也有人认为即是子规(杜鹃)。　　③[永丰柳]唐代西京有"永丰坊"。白居易《杨柳枝词》:"永丰坊里东南角,尽日无人属阿谁?"　　④[幺(yāo)弦]孤弦。

作意与作法

此写一位痴心女子的惜春怀人之情。上片写残春之日的萧条,花残人去;下片写残春之夜的孤栖,情思难解。

上片起二句总写春残,由听觉而来,着重一个"报"字。次三句写暮春风雨,花谢梅青,突出一个"惜"字。结二句写柳絮自飞,暗藏一个"寂"字。下片换头二句写单丝(思)的哀怨,借用的是"琴"。次四句写情丝(思)的难解,借用的是"网"。结二句写长夜的难熬,借用的是"灯"。

全词抒惜春怀人之情凄凄切切,用入声急促之韵抽抽咽咽。

5　菩萨蛮①

词　谱

哀筝一弄《湘江曲》,声声写尽湘波绿。纤
⊖○⊖● ○○◉ ⊖○⊖●○○◉ ⊖

8

指十三弦②，细将幽恨传。　　当筵秋水③慢，

玉柱斜飞雁④。弹到断肠时，春山⑤眉黛低。

注　解

①[菩萨蛮]唐教坊曲名。据苏鹗《杜阳杂编》(卷下)记述，唐宣宗大中初年，女蛮国进贡，来人高髻金冠，缨络被体，号称"菩萨蛮"队。当时艺人即编"菩萨蛮"曲，文人亦往往依声填词。孙光宪《北梦琐言》谓唐宣宗爱唱此词，令狐绹命温庭筠新撰进之。王灼《碧鸡漫志》谓《花间集》14 首即是。此词牌又名重叠金、子夜歌、花间意、梅花句、花溪碧、晚云烘日等。此调 3 体，此词属双调、44 字正体。全首用韵属第十五部"沃"，第七部"先"、"谏"，第三部"支"、"齐"，为隔部仄平韵转换。　　②[十三弦]古筝先 12 弦，后增为 13弦，疑闰月之故。　　③[秋水]形容女性眼睛的明媚，一作秋波。白居易《筝》："双眸剪秋水，十指剥春葱。"　　④["玉柱"句]谓筝柱之微作群雁列阵斜飞之形，故后来又有"筝雁"之名。陆游《雪中感成都》："感事镜鸾悲独舞，寄书筝雁恨慵飞。"　　⑤[春山]比女子黛眉之低蹙。

作意与作法

此首又见晏几道《小山词》。写筝女的伤心之事。上片写席上筝曲之声，声中传情。下片写当筵筝女之情，情中藏声。

上片起二句写湘曲之哀，湘波之绿，由听感引出视感，所谓惨绿愁红。此一"哀"一"绿"，声、色互相烘托，其曲愈悲。结二句写筝音出自白嫩的纤指，而纤指又随幽恨之心情。幽恨，此青春无伴所以哀也。下片换头二句写媚眼缓移，玉筝时动，此是弹筝的动作情态。结二句写筝声动情，眉睫低合，此肠断之痛外传于形。

全词意态凄婉，情致蕴藉。《蓼园词选》谓有寄托，难以确定。

6 醉垂鞭①

词　谱

　　双蝶绣罗裙，东池②宴，初相见。朱粉不深
匀，闲花淡淡春。　　细看诸处好，人人道，柳
腰③身。昨日乱山昏，来时衣上云④。

注　解

　　①[醉垂鞭]此调仅此42字双调一体。全首用韵属第六部"文"、"真"、"元(半)"，第七部"霰"，第八部"皓"，为隔部平仄韵错叶。　　②[东池]东池、西池，泛指园中池塘。　　③[柳腰]形容腰肢的苗条。《云溪友议》："居易有妓樊素善歌，小蛮善舞，尝为诗曰：'樱桃樊素口，杨柳小蛮腰。'"又见孟棨《本事诗》。　　④[衣上云]李白《清平调三首》(之一)："云想衣裳花想容，春风拂槛露华浓。"想，即像。

作意与作法

　　此首为酒筵中赠姬之作。张先一生风流，晚岁不减，曾宠一姬，呼为绿杨，足见早年风韵。上片写宴见、写罗裙、写容貌。下片写身材、写衣衫、写昨来。

　　上片五句写宴见，强调一个"初"字；写罗裙，渲染一个"蝶"字；写容貌，突出一个"淡"字。罗裙飘蝶，容貌闲雅，风韵自然，此即初见的印象。下片五句写腰肢，抓住一个"柳"字；写衣衫，描绘一个"云"字；写昨来，追记一个"昏"字。身材苗条，衣如云彩，神女下凡，此写昨来之风度。

10

全词着意表现一位花容月貌、娉娉婷婷的歌儿舞女。虽未听歌喉，又不见舞步，但从"初见"的印象和"来时"的风度中全能想见她歌舞的才能。周济《宋四家词选》谓此描写为"横绝"。绝无伦比虽属夸张，但才情横溢未为过奖。

7　一　丛　花①

词　谱

伤高怀远几时穷②？无物似情浓。离愁正引③千丝④乱，更东陌⑤、飞絮濛濛。嘶骑⑥渐遥，征尘⑦不断，何处认郎踪？　双鸳池沼水溶溶，南北小桡⑧通。梯横画阁黄昏后，又还是、斜月帘栊⑨。沉恨细思，不如桃杏，犹解⑩嫁东风。

注　解

①[一丛花]此调仅此78字双调一体。全首韵脚属第一部平声"东"、"冬"通韵。　②[穷]穷尽，了结。　③[引]招致。　④[千丝]以杨柳的千丝万缕，关照愁情的千丝万缕。　⑤[陌]阡陌，即田间小路。南北为阡，东西为陌。东陌、西陌，一般又指东路、西路。　⑥[骑(jì)]名词。所骑之马。　⑦[征尘]旅途的风尘。　⑧[桡(ráo)]船桨，此以之代船。

⑨[帘栊]帘子和窗棂。栊，一说为竹帘的缝隙。　⑩[解]会，能。

作意与作法

　　此首写闺中的离别之情、幽独之恨。杨湜《古今词话》谓子野与一尼私约,临别作《一丛花》词以道其怀(《绿窗新话》引)。此备一说。上片写别时之愁,下片写别后之恨。

　　上片起二句写登高追望,担心将来。"几时穷"的发问含不尽之哀怨。次二句写离情的杂乱。见杨柳千丝,感心中万缕,何况"飞絮濛濛"的暮春时节。结三句写马嘶人远,飞尘障目,似在痛心疾首。下片起二句写往日幽会的经途,如今仍然小船畅通,鸳鸯戏水。次二句写曾经幽会的地点,如今仍然是小楼黄昏,月光盈户。别来人分两地,天各一方,见鸳鸯成对而伤感,望明月依然而添恨。结三句写女主人公的沉思细想,人、物相比,真不如春花桃李有东风相伴。李益《江南曲》曰:"嫁得瞿塘贾,朝朝误妾期;早知潮有信,嫁与弄潮儿。"此见诗人词客声声相应。

　　全词景中含情,情中生景,情景交融。结三句"沉恨细思,不如桃杏,犹解嫁东风",一时盛传,欧阳修曾倒屣迎见作者,称"桃杏嫁东风郎中"。此与李益《江南曲》同为"无理而妙"(贺裳《皱水轩词筌》),因感情激动,每置常情常理于不顾,而为正面直言所不及,尤觉耐人寻味。

8　天　仙　子①

时为嘉禾小倅②,以病眠,不赴府会。

词　谱

　　"水调"③数声持酒听,午醉醒来愁未醒。送
　　⊖　●　　○　○　○　●　　●　●　○　○　○　○　●　◑　⊖

春春去几时回?临晚镜,伤流景④,往事后期⑤
空记省。　　沙上并禽池上暝,云破⑥月来花弄
影。重重帘幕密遮灯,风不定,人初静,明日落
红应满径。

注　解

①[天仙子]唐教坊曲名。按段安节《乐府杂录》,此调本名"万斯年",当初为李德裕进献,属龟兹部舞曲。因皇甫松词有"懊恼天仙应有以"句,取以为名。此调5体,其中单调4体,双调1体。此词属68字双调变体。全首用韵属第十一部"梗"、"迥"、"敬"、"径"仄声上、去通押。　　②[嘉禾小倅(cuì)]张先在仁宗庆历元年(1041)为嘉禾郡(今浙江嘉兴市)判官。③[水调]曲词的调名。大曲有"新水调",词有"水调歌头"。　　④[流景]如水的年华。　　⑤[后期]后会的期约。　　⑥["云破"句]云开月出,风吹花动。

作意与作法

黄升《花庵词选》题作"春恨"。此首写词人惜别伤春之情。上片由春愁写到别恨,下片由别恨回到春愁。

上片起二句写持酒听曲,借酒解愁。结四句是愁的内容:感伤流年易去,往事后约徒然。下片重头二句写鸳鸯同宿,月伴晚花,以反衬己身之孤单。结四句写天涯重隔,风响人静,想到未来人生之"落花"。上片着一"听"字,由听而生愁、生感。下片藏一"看"字,由看而生恨、生悲。此愁、感、恨、悲而凝成"惜"、"伤"二字,归结到惜别伤春之情。

此词善用暮春之夜的迷离月色以衬托惜别伤春的寂寞心情,而"云破月来花弄影"一时传为美谈,至今不绝。《古今诗话》云:"有客谓子野曰:'人皆谓公张三中,即心中事、眼中泪、意中人也。'

13

公曰：'何不目之为张三影？'客不晓，公曰：'云破月来花弄影；娇柔懒起，帘压卷花影；柳径无人，堕飞絮无影。此余平生所得意也。'"（《苕溪渔隐丛话》引）。

9　青　门　引①

词　谱

乍暖还轻冷，风雨晚来方定。庭轩②寂寞近
●　○○●　　○●●○○●　○○　●●●
清明，残花中酒③，又是去年病。　　楼头画
○○　○○⊜●　●●●○●　　　○○●
角④风吹醒，入夜重门静。那堪更被明月，隔墙
●　○○●　●●○○●　●○●●○●　●○
送过秋千影。
●●○○●

注　解

①[青门引]毛先舒《填词名解》（卷一）云："《三辅黄图》云：'长安城东出南头第一门，门色青，曰青门。'"此调仅此 52 字双调一体。全首用韵属第十一部"梗"、"迥"、"径"、"敬"仄声上、去通押。　②[庭轩]庭院，走廊。　③[中(zhòng)酒]醉酒。杜牧《睦州四韵》："残春杜陵客，中酒落花前。"　④[画角]古时从西羌传入的管乐器，形状似竹筒，端小尾粗，竹木、皮革均可制作，因外加彩绘，故称"画角"。发声悲凉高亢，古时军中以警昏晓。

作意与作法

此写多情男子春日的寂寞之心和怀人之情。无名氏《草堂诗馀》题作"怀旧"。上片写傍晚之时，醉酒排愁；下片写入夜之际，怀人难耐。

上片起二句写气候不定,心神不安,白天风雨之愁和晚来方定之寂。结三句因"寂"而写来,写不堪"轻冷"花残,只好一年一醉,希望一醉遣愁。下片换头二句以悲凉的画角声映衬层门深宅的静悄,而愈显其寂。结二句写皎皎的明月却照邻家荡摆秋千的空影,而愈伤其怀。

　　沈际飞谓"怀则自触,触则愈怀"(《草堂诗馀正集》),此首下结所写隔墙翘望,秋千送影,诚然感触至极,此正是"中酒"旧病之原因。

晏 殊 （10首）

晏殊(991—1055)字同叔，临川(今江西抚州市)人。少时
以神童召试，赐同进士出身。仁宗庆历年间，官至同中书门下
平章事兼枢密使。后以疾归。卒后谥号元献。

晏氏善于荐拔人材，如范仲淹、韩琦、欧阳修、张先等均出
其门。他爱好文学，诗属"西昆体"，词风则因袭五代，而尤喜
江南冯延巳歌词。他爱留佳宾，每以歌乐相娱，故留连诗酒、
歌舞升平就成了晏词的主要内容，而雍容华贵更显出晏词的
特有风格。他是宋初的重要词人，传有《珠玉词》。《全宋词》
辑其全篇136首，残篇1。《全宋词补辑》又辑其全篇3首。

10 浣 溪 沙①

词 谱

一曲新词酒一杯，去年天气旧亭台，夕阳
◒●○●○●○○ ○○◒●◒○ ◒○

西下几时回？　　无可奈何花落去，似曾相识
○●●○○ ●●◒○○● ○○●

燕归来，小园香径②独徘徊。
●○○ ◒●◒● ●○○

16

注　解

①[浣溪沙]唐教坊曲名。"沙"或作"纱",相传春秋时越国美人西施于溪
畔浣纱得名。此词牌又名小庭花、减字浣溪沙、满院春、东风寒、醉木犀、霜菊
黄、广寒枝、试罗香、清和风、怨啼鹃等。此调5体,此词属双调、42字正体。
全首韵脚属第三部平声"灰(半)"和第五部平声"灰(半)",为隔部通韵。

②[香径]指落花散香的园中小路。

作意与作法

此首作意在悼惜春残花谢,感伤时光流转,惆怅人事变迁。

上片三句写与众登台,持酒听曲。时令天气依然,亭榭楼台依
旧,但见夕阳西下,好景难留,顿生怅惘之情。下片三句写独步香
径,花落燕归。踏落花而惜春光,认归燕并非故旧,睹今思昔,瞻前
顾后,徘徊花间小道,心中荡起波澜。

全首以人的活动写起,以人的活动结束,其间以眼前景寓心中
事。至于"无可"一联,属对工巧,情致缠绵。杨慎谓为"天然奇偶"
(《词品》),刘熙载谓为"触着之句"(《艺概》),真是文章本天成,妙
手偶得之。

11　浣 溪 沙①

词　谱

一向②年光有限身,等闲③离别易消魂,酒
⊖●　⊖○○●⊖○　●○○●●○○

筵歌席莫辞频。　　满目山河空念远,落花风
○○●●●○○　　●●○○⊖●●　●○○

雨更伤春,不如怜取④眼前人。
●●○○　●○○●●○○

　　①[浣溪沙]见第10首注①。此词属双调42字正体。全首韵脚属第六部平声"真"、"元"通韵。　　②[一向]一晌(shǎng)，一会儿。　　③[等闲]平常，随便，无端。这里用作平时。　　④[怜取]怜爱。元稹《会真记》载崔莺莺诗："还将旧来意，怜取眼前人。"

作意与作法

　　此写暮春时节的离情别绪，亦应尊前花下歌儿舞女之需，深染晚唐、五代之词风。

　　上片三句告诫未别之人。写年光短暂，切勿轻离，应不负人生之乐。下片三句劝慰已别之人。不要徒然念远，风雨伤春，且将旧意爱怜新人。全词为应歌之作，上片之意，下片之情，似浅非浅，似薄非薄，含有无限的伤痛，无限的感慨，给人无限的联想。这类小楼深院中的闲愁，有时它不仅限于"酒筵歌席"、伤春伤别，还可以联想广漠的宇宙，历史的长河。

12　清　平　乐①

词　谱

　　　红笺小字，说尽平生意。鸿雁在云鱼在
　　　　◉　●　◉　◐　　●　●　○　○　●　　○　●　◉　○　○　◉
水②，惆怅此情难寄。　　斜阳独倚西楼，遥山
●　　○　●　◉　○　○　●　　　　○　○　◉　⊗　○　○　　○　○
恰对帘钩。人面③不知何处，绿波依旧东流。
●　●　○　○　　○　◉　●　○　○　●　　●　○　○　●　○　○

注　解

　　①[清平乐]汉乐府有清乐、平乐的乐调。近人夏敬观《词调溯源》云："此

特用其名以名曲,非合二调之旧以制声。"一说此名本大石调的一个曲名(另一为"大明乐"),宋人按谱填词,遂用为词牌。然考词集,则首见于晚唐温庭筠词,《尊前集》所载李白3首系后人伪作。此调又名清平乐令、忆萝月、醉东风等。此调3体,此词属双调、46字正体,平仄1异(见谱中⊗)。全首韵脚属第三部"纸"、"置",第十二部"尤",为仄平韵转换。　　②["鸿雁"句]古有鸿雁寄信、鲤鱼传书之说,常借鱼雁以代书札。宋无《次友人春别》:"波流云散碧天空,鱼雁沉沉信不通。"　　③[人面]崔护《题都城南庄》:"去年今日此门中,人面桃花相映红。人面不知何处去,桃花依旧笑春风。"

作意与作法

此写闺中怀人之情。上片四句写闺阁真情:书已成,音难托,满怀惆怅。下片四句写依楼望远:山隔断,人不见,水自空流。

全词从思之不得到望之,又从望之不得到思之。极尽缠绵悱恻之能事。

13　清平乐①

词　谱

金风②细细,叶叶梧桐坠。绿酒初尝人易醉,一枕小窗浓睡。　　紫薇朱槿花残,斜阳却照阑干。双燕欲归时节,银屏③昨夜微寒。

注　解

①[清平乐]见第12首注①。此词属双调、46字正体,平仄1异(见谱中⊗)。全首韵脚属第三部"霁"、"置",第七部"寒",为隔部仄、平韵转换。

②［金风］秋风。按五行学说,秋季属金。戎昱《宿湘江》:"金风浦上吹黄叶,一夜纷纷满客舟。"　③［银屏］镶嵌银丝花纹的屏风。屏风,设于门的前后,更有床边之曲(折叠)屏和床头之枕屏,既是障风之物,也是陈饰之具。

作意与作法

此秋日怀人之作,何日君归来是也。

上片起二句从触觉秋风轻吹到视觉梧桐叶落,此写秋日庭院。结二句写寂寞难耐,一醉方休。下片换头二句写酒醒凭栏,日斜花谢,此又是难耐之时与难堪之景。结二句写燕儿成双归去,而屏后人儿一夜孤凄。

全词情景相生,人、物对比,含蓄中自藏韵味。

14　玉楼春①

词　谱

燕鸿过后莺归去,细算浮生②千万绪。长于

春梦③几多时,散似秋云无觅处。　　闻琴④解

佩⑤神仙侣,挽断罗衣留不住。劝君莫作独醒人,

烂醉花间应有数。

注　解

①［玉楼春］见第1首注①。此词属双调、56字李煜变体,平仄6异(见谱中⊗、⊗)。全首用韵属第四部"语"、"御"、"遇"仄声上、去通押。　②［浮生］人生世上,虚浮无定。李白《春夜宴桃李园序》:"浮生若梦,为欢几何!"

③[春梦]春天的梦,好景不长。白居易《花非花》:"来如春梦不多时,去似朝云无觅处。"　　④[闻琴]《史记》载:司马相如饮于卓氏,文君新寡,相如以琴心挑之,文君夜奔相如。后为恩爱夫妻。　　⑤[解佩]刘向《列仙传》载:江妃二女出游于江汉之湄,逢郑交甫,见而悦之,不知其神人也。谓其仆曰:"我欲下请其佩。"遂解佩与交甫。佩,也作珮。

作意与作法

此写白日莫闲过,青春不再来。

上片四句因物生感,惜燕莺之来仅如春梦之长,怨燕莺之去却似秋云无迹,而浮生若此,怎不千丝万绪?下片四句因人生感,如文君、相如之衷爱,江妃、交甫之深情,然亦青春难留。人生应于有数之佳期一"醉",何必"醒"中怨、惜!

小词用比切意,运典切情,无限伤感,具在情意中。

15　玉　楼　春①

词　谱

池塘水绿风微暖,记得玉真②初见面。重头③歌韵响琤琮,入破④舞腰红乱旋。　　玉钩⑤阑下香阶畔,醉后不知斜日晚。当时共我赏花人,点检⑥如今无一半。

注　解

①[玉楼春]见第1首注①。此词属双调、56字李煜变体,平仄8异(见谱

中❷、❷）。全首用韵属第七部"阮"、"旱"、"霰"、"翰"仄声上、去通押。
②[玉真]谓仙人,这里指仙女般的美人。　　③[重(chóng)头]上、下片全同之双调词称"重头曲",下片起句名"重头"(即不换头)。　　④[入破]乐曲之繁声名入破。　　⑤[玉钩]指弯月。鲍照《玩月城西门廨中》:"蛾眉蔽珠栊,玉钩隔琐窗。"　　⑥[点检]数点,查检。

作意与作法

　　此首忆早年之乐趣,叹晚景之凄凉,含好景不长之慨。张宗橚云:"往事关心,人生如梦,每读一过,不禁惘然。"(《词林纪事》)上片追忆往日,回味赏心乐事;下片今昔对比,惆怅物是人非。

　　上片起二句写初见,侧面写女之色。以玉联想,以水绿风暖陪衬。结二句正面写女之艺,其歌如流泉玉韵,其舞如花柳旋风。下片重头二句回首当时的赏花醉酒。栏下"香阶"写开宴之地,日落月升写时间之长。结二句感慨人生。当年赏花,今日有几? 顿生"对酒当歌,人生几何"之叹。

　　小词环境描写,人物突出;今昔对比,诉述动情。

16　玉　楼　春①

词　谱

　　绿杨芳草②长亭路,年少抛人容易去。楼头
　　〇 〇 ⊖ ● 　〇〇◉ 　●〇〇〇◉ 　〇❷

残梦五更钟,花底离愁三月雨③。　　　　无情不似
〇●●〇〇 　〇●〇〇〇●◉ 　　　⊖〇●●

多情苦,一寸还成千万缕。天涯地角有穷时,只
〇〇◉ 　●●〇〇〇●◉ 　〇〇●●❷〇〇 　●

有相思无尽处。
●❷ 〇〇●◉

22

注　解

　　①[玉楼春]见第1首注①。此词属双调、56字李煜变体，平仄3异(见谱中⊗、⊗)。全首韵脚属第四部"麌"、"御"、"遇"仄声上、去通押。　　②[芳草]见第2首注②。　　③["五更钟"二句]五更钟、三月雨对用，指怀人之时、之节。

作意与作法

　　此首写闺中的相思之情。上片写轻别，写离情；下片写无情，写相思。

　　上片起二句写男子的轻离。"绿杨"、"芳草"，既写景物，又表离情；"长亭"指分手之地，"抛人"而去，写其轻别。结二句写女子的怀念。"五更钟"、"三月雨"写怀人之时刻，"钟"衬其寂，"雨"烘其愁。"楼头残梦"为日思之余，"花底离愁"为残梦之继。下片重头二句以"无情"应轻别，以"多情"应离梦，尽诉满怀之愁绪。结二句以"有穷"和"无尽"对照，说相思病痛之长。

　　小词描写之处，含眷恋之情；抒情之句，用直率之语。诚然如怨、如慕、如泣、如诉。

17　踏莎行①

词　谱

祖席②离歌，长亭别宴，香尘③已隔犹回

面。居人匹马映林嘶，行人去棹④依波转。

画阁魂消，高楼目断，斜阳只送平波远。无穷无尽是离愁，天涯地角寻思遍。
● ● ○ ○ 　 ⊖ ○ ⊖ ● ● ○ ○ ◉

注 解

①[踏莎行]杨慎《词品》(卷一)谓词牌名来自"韩翃诗'踏花行草过春溪'"。又名喜朝天、柳长春、踏雪行、转调踏莎行。此调3体，此词属双调、58字正体。全首用韵属第七部"阮(半)"、"旱"、"霰"仄声上、去通押。
②[祖席]饯别设酒。　　③[香尘]落花溅地，尘土变香。　　④[去棹]离去的船。

作意与作法

此写女子的送别之情和怀人之思。上片写送别的情景，下片写别后的盼望。

上片起三句，"离歌"写送别之气氛，"别宴"写送行之排场，长亭写分手的地点，"香尘"写回首之氛围。结二句写"马"，实为马拉之车，居人所坐；写"棹"，实为划桨之船，行人所乘。马嘶晚林，使行人不堪回首；桨摇春水，使居人痛彻肝肠。下片重头三句"画阁"、"高楼"为女子所居，"魂消"写其无精打采，"目断"写其望眼难收，"斜阳"照波写船去水空。结二句写"寻思"，写"离愁"。"天涯地角"言"思"之广，"寻"之遍；"无穷无尽"含"离"之远，"愁"之深。

全词画面连续，别情依依，与江淹名作相比，可谓词中《别赋》。

18　踏　莎　行①

词　谱

小径红稀②，芳郊绿遍，高台树色阴阴
⊖ ● ○ ○ 　 ⊖ ○ ⊖ ● 　 ⊖ ○ ⊖ ● ○ ○

见③。春风不解禁杨花,濛濛乱扑行人面。

翠叶藏莺,珠帘隔燕,炉香④静逐游丝⑤转。一

场愁梦酒醒时,斜阳却照深深院。

注　解

①[踏莎行]见第17首注①。此词属双调、58字正体。全首用韵属第七部去声"霰"韵。　　②[红稀]花少。红,以颜色代指主体。　　③[阴阴见(xiàn)]暗暗地显露。　　④[炉香]古人炉内焚香料以消毒除秽。⑤[游丝]暮春时节,蜘蛛青虫之丝飞扬空中,即此。亦称晴丝。这里形容炉烟袅袅升腾之状。

作意与作法

此首一题"春思",抒晚春怀人之情。所谓寄兴、讽刺、隐喻以至点出"离人"(指官场被贬)姓名,均无法落实。上片写出游郊外,下片写归来院落。

上片起三句写郊野所见暮春之景。"小径"写眼前之路,"芳郊"写出游之野,"高台"写放眼望去人家的小楼,然而目前却是花落、叶挤、草盛、人孤。结二句写景中之人送春之情。杨花"乱扑",寄暮春之愁;"春风"不解,托闺中之怨。下片重头三句写归来所见周遭之物。"藏莺",羡春鸟之情歌;"隔燕",慕伴侣之成对;"炉香",谓终日之守候;烟逐游丝,示闺中思绪万缕。结二句写含愁之人。"愁梦"乃醒愁之余;"酒醒"为梦愁之继,"深院"言闺中之寂寞,"斜阳"写春光之易逝。

全词通体写景,句句含情,情以景生,景以情结。而"一场愁梦酒醒时,斜阳却照深深院",真乃晏公神来之笔。

19　蝶　恋　花①

词　谱

六曲阑干偎碧树,杨柳风轻、展尽黄金

缕②。谁把钿筝③移玉柱,穿帘海燕④双飞去。

满眼游丝⑤兼落絮,红杏开时、一霎清明

雨。浓睡觉来莺乱语,惊残好梦无寻处。

注　解

①[蝶恋花]唐教坊曲名,后用为词牌。本名鹊踏枝,晏殊始改今名。毛先舒《填词名解》谓取义于"梁简文帝(萧纲)乐府诗'翻阶蛱蝶恋花情'"句。此词牌又名黄金缕、卷珠帘、明月生南浦、细雨吹池沼、凤栖梧、一箩金、鱼水同欢、转调蝶恋花等。此调3体,此词属双调、60字正体。全首用韵属第四部"麌"、"御"上、去通押。　②[黄金缕]指柳条。柳叶初萌色泽嫩黄,远看似缕缕金丝。　③[钿筝]筝上装饰有罗钿。　④[海燕]即梁上作巢的紫燕。沈佺期《古意》:"卢家少妇郁金堂,海燕双栖玳瑁梁。"　⑤[游丝]见第18首注⑤。

作意与作法

此首抒发春日的闲情。上片写迎春之情;下片写送春之意。

上片起二句绿树红栏,微风摆柳,此写春意之盎然。结二句春曲婉转,双燕翻舞,此写春情的缱绻。以上写环境,环境可见;写人物,人物可寻。下片重头二句雨打杏花,风扫柳絮,气荡游丝,此写暮春之景象。结二句莺啼人醒,好梦难寻,此写送春之人。以上写暮春,则晚景满眼;写人物,则闲情满怀。

此首一作冯延巳词,一作欧阳修词。

宋 祁 (1首)

宋祁(998—1061)字子京,安州安陆(今湖北县名)人。仁宗天圣二年(1024)与兄宋庠同举进士,时呼大、小宋。累官翰林学士,与欧阳修等同编《新唐书》,又进工部尚书,拜翰林学士承旨。卒,谥号景文。今传《宋景文公长短句》一卷,风流闲雅,具有宋初特色。《全宋词》辑其全篇6首,残篇1。

20 玉 楼 春①

词 谱

东城渐觉风光好,縠皱②波纹迎客棹。绿杨
烟外晓云轻,红杏枝头春意闹。　浮生③长恨
欢娱少,肯爱千金轻一笑?为君持酒劝斜阳,且
向花间留晚照。

注 解

①[玉楼春]见第1首注①。此词属双调、56字李煜变体,平仄3异(见谱

28

中❌、❌)。全首用韵属第八部"皓"、"篠"、"效"、"啸"仄声上、去通押。
②[縠(hú 古人声)皱]即绉纱。以比水的波纹。　　③[浮生]见第 14 首注
②。

作意与作法

　　此首一题"春景"。词人于美妙的春光之中排遣人生长恨，争取生活欢愉，非一般颓废享乐，而颇有惜时自珍的意思。上片写春游之所见，下片写春游之所感。

　　上片起二句写春到东城，泛舟春水。"縠皱"、"客棹"与"风光"相呼应。结二句写舟中所见：近处，枝头上的杏花争鲜斗艳；远处，长堤上的柳色如缕缕烟霞。下片重头二句感慨人生愁多乐少，否定爱惜金钱而轻视欢乐。结二句继"一笑"而来，为挽留"斜阳"晚景干杯，为趁春花盛开尽兴。

　　全词从"晓寒轻"到"留晚照"，时间清晰。东城水上，见地点清楚。绿杨红杏，见春景鲜妍。而一"闹"字，化静为动，"境界全出"（王国维《人间词话》）。时人美称为"红杏枝头春意闹尚书"，而与"云破月来花弄影郎中"对举。

欧阳修 (9首)

　　欧阳修(1007—1072)字永叔,庐陵(今江西吉安市)人。仁宗天圣八年(1030)中进士后,即在地方和朝廷任职。在地方上曾任西京留守判官、河北都转运使,历知滁州、扬州、颖州,又知亳州、青州、蔡州;在朝廷由翰林学士、礼部侍郎至枢密副使参知政事。欧阳公正直、爱国,不阿权贵,几遭打击。但晚年趋向保守,号称六一居士,以"集古一千卷,藏书一万卷,琴一张,棋一局,酒一壶,以一翁老于五物间"(沈雄《古今词话》引)而怡然自得。

　　欧文不乏力作,诗味薄,小词则情真意切,盛传于世。然五代、宋初词风所陶,创新甚少,故常与《阳春集》、《花间集》混杂难分。今传有《六一词》、《欧阳文忠公近体乐府》(三卷)、《醉翁琴趣外篇》(六卷)等版本。《全宋词》辑其全篇241首。

21　采桑子①

词谱

群芳过后西湖②好, 狼藉③残红, 飞絮濛

濛,垂柳阑干尽日风。　笙歌散尽游人去,始

觉春空,垂下帘栊④,双燕归来细雨中。

注　解

①[采桑子]唐教坊曲名。因有《杨下采桑》,调名本此。此词牌又名丑奴儿令、罗敷媚歌、丑奴儿、罗敷媚等。此调3体,此词属44字正体。全首用韵属第一部平声"东"韵。　　②[西湖]指颍州西湖,在今安徽阜阳县西北,颍水汇合诸水之处,风景秀丽。　　③[狼藉]杂乱之意。这里形容落花散乱的样子。　　④[帘栊]见第7首注⑨。

作意与作法

　　欧阳公知颍州时,爱游附近之西湖。此后又特在颍州建住宅。神宗熙宁四年(1071)便告老归颍,组词《采桑子》13首便作于此时。词前有"西湖念语"为序,四六骈文,尽言归颍以后的闲情游兴。此章为组词第4首,写的是西湖暮春之景色和词人恬静闲适的心情。上片写观景,下片写闲情。

　　上片"群芳过后",点明暮春时节;"狼藉",状落花的散乱;"濛濛",写飞絮之飘扬;整日风摆垂柳,描写西湖的四月春光;阑干历历在望,此写游人已频频离去。下片"笙歌散尽",透出环境之清幽;"始觉春空",写词人之初感;入室垂帘,写畅游以后的自在;"双燕归来",弥补游人的离去;而"细雨"又调和上片所写之轻风。

　　上片写景,景中藏情;下片写情,情亦化景。全词以"西湖好"三字统领,以暮春好一反常情。

22 诉衷情①

词　谱

清晨帘幕卷轻霜，呵手②试梅妆③。都缘自
○○○●●○○　　○●　●○○　　○○●

有离恨，故画作、远山④长。　　思往事，惜流
●○●　●●●　○○○　　○●●　●○

芳⑤，易成伤。拟歌先敛⑥，欲笑还颦⑦，最断人
○　●○○　　●○○●　●●○○　●●○

肠！
○

注　解

①[诉衷情]唐教坊曲名。五代词人多用此抒写相思情意。《白香词谱》题考云："本调为温飞卿所创，取《离骚》中'众不可户说兮，孰云察余之中情'而曰《诉衷情》。"《词谱》名诉衷情令，又名渔父家风、一丝风等。此调3体，此词为45字变体。全首用韵属第二部平声"阳"韵。　②[呵(hē)手]冬日梳妆，对手指呵气，使其灵活。　③[梅妆]南朝"宋武帝女寿阳公主人日卧于含章殿下。梅花落公主额上，成五出花，拂之不去。皇后留之，看得几时。经三日，洗之乃落。宫女奇其异，竞效之，今梅花妆是也。"(《太平御览·时序部》引《杂五行书》)　④[远山]古人画眉，特作长长的远山之形。葛洪云："文君姣好，眉如远山。"(《西京杂记》)　⑤[流芳]一作流光，通义，均指流水年华。　⑥[敛]敛容，显出庄重的样子。　⑦[颦(pín)]蹙折眉头，此是愁情的表现。

作意与作法

此首写歌女的离恨与苦衷。黄升题作"眉意"(《花庵词选》)。上片写今朝而含往事，下片写往事仍归今朝。

上片起二句,"轻霜"表现出时令和环境,此春夏秋冬又是一年。"梅妆"写女子的时髦和爱俏,此见其身份。结二句突出梳妆时画眉的特写镜头。以远山作比,写其浅淡,透露出山遥水远天各一方的离恨。下片换头三句回首往事,感叹芳年流去,担心无人爱怜。此为内心之衷曲。结三句写欲歌不能、欲笑不得的断肠之痛。而容颜之"敛",眉额之"颦",则回应上片"梅妆"之空,"远山"之愁。此又写面上之容。

小词写今、写昔,写情、写意,诉述可以同情,愁容难以安慰。

23 踏莎行①

词 谱

候馆②梅残,溪桥柳细,草薰风暖③摇征
辔④。离愁渐远渐无穷,迢迢不断如春水。

寸寸柔肠,盈盈⑤粉泪⑥,楼高莫近危阑倚。平
芜⑦尽处是春山,行人更在春山外。

注 解

①[踏莎行]见第17首注①。此词属58字正体。全首用韵属第三部"纸"、"寘"、"霁"、"泰(半)"仄声上、去通押。 ②[候馆]迎宾候客的馆舍。
③[草薰(xūn)风暖]薰,香气。江淹《别赋》:"闺中风暖,陌上草薰。"
④[征辔(pèi)]骑马远行。辔,缰绳。 ⑤[盈盈]泪水充溢的样子。
⑥[粉泪]与脸上搽的脂粉混和一起的泪水。 ⑦[平芜]一望平坦的草野。

作意与作法

此离情别绪之作。黄升题作"相别"(《花庵词选》)。上片写天涯游子,下片写楼头思妇。

上片起三句写出馆、过桥、入野,突出三景。"梅残"示冬令已尽,"柳细"写春色重来,"征辔"写其行色匆匆,以"草薰风暖"反衬其情。结二句以春水喻离愁,写其迢迢不尽。下片重头三句"柔肠"、"粉泪"、倚阑,突出少妇相思的特征。"寸寸"写肠碎痛极,"盈盈"写泪水汪汪,倚楼写想望之苦。而"楼高莫近"则是词人的同情与叮嘱,真是情不自禁。结二句以"春山"喻远阻,写其重重难见。

篇中春水春山,比况情切;一留一去,对举情伤。

24、蝶恋花①

词　谱

庭院深深深几许?杨柳堆烟、帘幕无重数。
◐●○○○●●　○●○○○○●

玉勒雕鞍②游冶处③,楼高不见章台路④。
◐●○○○●●　○○◐●○○●

雨横⑤风狂三月暮,门掩黄昏、无计留春住。泪
◐○○○○●●　○●○○○●○○●　●

眼问花花不语,乱红⑥飞过秋千去。
●●○○○●●　◐○○●○○●

注　解

①[蝶恋花]见第19首注①。此词属双调、60字正体。全首用韵属第四部"语"、"御"、"遇"仄声上、去通押。　　②[玉勒雕鞍]镶玉的马笼头和雕花的马鞍,此指华贵的车马。　　③[游冶处]指歌楼妓馆。　　④[章台路]汉

34

代长安章台下有章台街。《汉书·张敞传》有"走马章台街"之语。唐人许尧佐《柳氏传》写韩翃与妓女柳氏的故事,韩寄柳词中有"章台柳"句,故后人因以章台指妓女聚居之处。 ⑤[雨横(hèng)]雨势急暴。 ⑥[乱红]零乱的落花。

作意与作法

此首写闺中少妇的伤春之情。上片写深闺寂寞,下片写美人迟暮。

上片起三句垂柳"堆烟"写院之闲,"帘幕"重重写庭之深,这些都使女子幽居生闷。结二句写公子王孙走马章台,冶游不归,而闺阁虽高又怎能寻见? 此写女子之怨。下片重头三句,"雨横风狂"喻青春被毁的恨,"门掩黄昏"比韶华逝去的寂寞,"无计留春"感人生易老之痛。结二句"问花""不语"写女子的痴心和绝望;"乱红飞去"谓少妇触目惊心而无可奈何。

毛先舒云:"词家意欲层深,语欲浑成。作词者大抵意层深者,语便刻画,语浑成者,意便肤浅,两难兼也。或欲举其似,偶拈永叔词云:'泪眼问花花不语,乱红飞过秋千去。'此可谓层深而浑成。何也? 因花而有泪,此一层意也;因泪而问花,此一层意也;花竟不语,此一层意也;不但不语,且又乱落、飞过秋千,此一层意也。人愈伤心,花愈恼人,语愈浅而意愈入,又绝无刻画费力之迹,谓非层深而浑成耶?"(《古今词论》引)此欧阳公之作,毛公之评,诚然异代知音。

25 蝶恋花①

词 谱

谁道闲情②抛弃久? 每到春来、惆怅还依

35

旧。日日花前常病酒③,不辞镜里朱颜瘦。

河畔青芜④堤上柳,为问新愁、何事年年有?独

立小桥风满袖,平林⑤新月人归后。

注　解

①[蝶恋花]见第19首注①。此调3体,此词属双调、60字正体。全首用韵属第十二部"有"、"宥"仄声上、去通押。　②[闲情]与自己无关紧要而动情。　③[病酒]谓饮酒沉醉如病。参见第9首注③。　④[青芜]青草。　⑤[平林]远远的一排排的树木。

作意与作法

此写闺中思妇的春愁。上片写春来病瘦,下片写怀人盼归。

上片起二句反问当头,写思妇连年之痛苦。"闲情"有自嘲之意,"惆怅"写懊恼之心。结二句写消愁之方和病瘦之故。"花前"、"朱颜",透露惜春之念;"日日"、"不辞",苦诉无奈之情。下片重头二句写春物之及时,兴春愁之及时。芳草天涯,盼望他乡之客;绿柳新丝,牵动人之离情。结二句写急待之情和盼望之空。"小桥"谓行经之地,如今只是风儿牵袖,人儿孤立;"平林"乃君归之路,如今只见人散月起,不见客归。

全词情调凄婉,一气呵成。其间写人情痴,写心纯洁,而小桥望月之举,尤使人担心"香雾云鬟湿,清辉玉臂寒"(杜甫《月夜》)。

26 蝶 恋 花^①

词　谱

几日行云何处去？忘了归来、不道^②春将
暮。百草千花寒食^③路，香车^④系在谁家树？

泪眼倚楼频独语，双燕来时、陌上相逢否？撩
乱春愁如柳絮，依依梦里无寻处。

注　解

①[蝶恋花]见第19首注①。此调3体，此词属双调、60字正体。全首用
韵属第四部"麌"、"御"、"遇"仄声上、去通押。　　②[不道]不觉得。李商隐
《赠歌妓》："只知解道春来瘦，不道春来独自(无伴)多。"　　③[寒食]寒食节
在清明前一二天，相传起于晋文公悼念介之推一事，因介之推抱树就焚致死，
故定于此日禁火而吃冷食。又唐宋时期朝廷于清明日取榆柳新火以赐百官。
④[香车]香木造车，谓其华贵。此常与"宝马"连用。

作意与作法

此写暮春之日闺中思妇的愁绪。上片写思妇的猜忌之心，下
片写思妇的希冀之情。

上片起二句写荡子春暮忘归。"行云"谓去后无迹，恨其"忘了
归来"。"几日"即见景生情的连日，也就是这么"几日"，不知不觉，
"春将暮"矣。结二句疑其别有所欢。路旁"花草"，野妓之谓；香车
走马，访妓之疑。下片重头二句写含泪问讯。"独语"谓思妇之愁

37

思无人倾诉;"双燕"写思妇盼望信使的传音。结二句写托梦难寻。柳絮乱飞,借暮春之景写思妇之烦恼;"梦里无寻",写希望落空而无可奈何。

小词写心尤细,写情尤真,伤离念远,悱恻缠绵。

27　玉　楼　春①

词　谱

> 别后不知君远近,触目凄凉多少闷!渐行
> ⊖●●○○⊖●　●●○○○●●　⊖○
>
> 渐远渐无书,水阔鱼沉②何处问?　夜深风竹
> ⊗●●○○　●●○○○●●　●○○●
>
> 敲秋韵③,万叶千声皆是恨。故敧④单枕梦中
> ○○◉　●●○○○●●　●⊗○●●○
>
> 寻,梦又不成灯又烬⑤。
> ○　●●●○○●●

注　解

①[玉楼春]见第1首注①。此调4体,此词属双调、56字依2体。上片属顾(敻)体,下片属李(煜)体,平仄2异(见谱中"⊗")。全首用韵属第六部"吻"、"震"、"问"、"愿(半)"仄声上、去通押。　②[鱼沉]参见第12首注②。　③[秋韵]即秋声。　④[敧]见第3首注⑤。　⑤[烬]灯油已干,灯火暂余。

作意与作法

此闺中秋日怀人之作。上片写盼望来书之切,下片写秋夜思君之苦。

上片起二句叙君之行踪:不知;妾之心情:多闷。本来别后就

38

已无奈,何况秋色又"触目凄凉"。结二句写相隔之远,音讯难寻。三个"渐"字写每况愈下,水之"阔"、鱼之"沉",写音讯难凭。"何处问"? 无人回答,真乃苦也。下片重头二句,"风竹"声声,"秋韵"凄凄,写思妇的夜间之"恨"。结二句"单枕"寻梦,已见可怜,何况油干灯熄,"梦又不成"!

全词从日间的秋色到夜间的秋声,写思妇由愁闷到苦恨,其景愈凄,其情愈深。

28　浪　淘　沙①

词　谱

把酒②祝东风,且共从容③,垂杨紫陌④洛
〇●　●〇〇　●●〇〇　〇〇●●
城⑤东。总是当时携手处,游遍芳丛。　　聚散
〇〇　●●〇〇〇●●　〇●〇〇　〇●
苦匆匆,此恨无穷。今年花胜去年红。可惜明年
●〇〇　●●〇〇　〇〇〇●●〇〇　●●〇〇
花更好,知与谁同?
〇●●　〇●〇〇

注　解

①[浪淘沙]唐教坊曲名。刘禹锡有词即咏浪淘沙本意。白居易词有"却到帝都重富贵,请君莫忘浪淘沙"句,名由此来。至南唐李煜,始制两段令词,改为此体,故《词谱》名浪淘沙令(另有7言4句者作浪淘沙)。又名曲入冥、卖花声、过龙门、炼丹沙等。此调6体,此词属李煜正体。全首韵脚属第一部平声"东"、"冬"通韵。　　②[把酒]端起酒杯。　　③[从容]留连。
④[紫陌]泛指郊野的大路。　　⑤[洛城]本指洛阳古都,此借指东京开封。

作意与作法

此写悲欢离合之事,愿聚恐散之情。李攀龙谓"意自'明年此会知谁健'中来"(《草堂诗余隽》),可见伤感之至。上片忆去岁之春游,下片叙今年之春游。

上片起二句,"东风"写去岁的春令,"把酒"写朋友的兴致,一个"祝"字,见"聚"之难得,好不容易。由此故有"且共从容"的要求。结三句,"洛城"指相聚之地,"垂杨"、"紫陌"指游春之途。而"游遍"二字,道尽当时兴致之浓。下片重头二句写别后之恨。"匆匆",状"聚"显其"短",状"散"显其"速",故曰"苦"与"恨"。结三句,一写今年的春景,堤柳垂丝,阡陌红紫,春花有胜去年,而同游却无人携手;一写明年的春日,"花更好"三字又在"花胜"之上,可想见姹紫嫣红,而昔日同游是否还能个个健在?

全词脉络以去年、今年、明年为线索,以"聚散匆匆"为纽带,花人对举,耐人寻思。

29 青玉案①

词　谱

一年春事都来②几？早过了、三之二。绿暗

红嫣浑可事③,绿杨庭院,暖风帘幕,有个人憔

悴。　　买花载酒长安市④,又争似⑤、家山⑥见

桃李？不枉⑦东风吹客泪,相思难表,梦魂无

据,惟有归来是。
● ⊗ ● ○ ○ ◉

注　解

　　①[青玉案]张衡《四愁诗》有"何以报之青玉案",调名本此。又名青莲池上客、横塘路、西湖路等。此调13体,此词属双调、68字变体。平仄14异(见谱中⊗、⊗)。全首韵脚属第三部"纸"、"尾"、"置"仄声上、去通押。
　　②[都来]见第3首注⑦。　　③[可事]小事,平常事。薛嵎《买山范湾自营藏地》:"十万买山浑可事,放教身死骨犹香。"　　④[长安市]指当时东京市场。　　⑤[争似]怎似。争,即怎。白居易《题峡中石上》:"诚知老去风情少,见此争无一句诗。"　　⑥[家山]故乡。钱起《郑李栖桐》:"莲舟同宿浦,柳岸向家山。"　　⑦[不枉]不怪。

作意与作法

　　此首写暮春三月京都客子苦欲归去的乡情。可能系词人晚岁之作,寓有告老还乡之意。上片从客观写愁情,下片从主观写相思。

　　上片起二句一问一答。都为客子而焦急。"春事"谓春日乐事,"三之二"值暮春时节。结四句"绿暗红嫣"写京都的春色,而客子却等闲视之。即使"绿杨"盖满"庭院","暖风"吹进"帘幕",那"人"依然"憔悴"。下片换头二句"买花载酒"写京都的生活,"家山""桃李"写思归的情怀。结四句"客泪"写还乡之切,"相思"写两地之望,"梦魂无据"谓归心早飞。

柳 永 (13首)

　　柳永(约 987—约 1060)字耆卿,原名三变,字景庄,宋初崇安(今福建崇安县)人,创作活动约在仁宗年代前、中期。年少居京,为举子时,出入教坊、妓馆,替乐工伎女撰作歌词,一时广为传播。"凡有井水饮处即能歌柳词"(叶梦得《避暑录话》),后竟至流入宫中。曾有《鹤冲天》,词中云:"忍把浮名,换了浅斟低唱!"为仁宗不满。至放榜时,特斥之曰:"且去浅斟低唱,何要浮名!"如此屡试不中,直到仁宗景祐元年(1034)才登第进士。后任睦州(今浙江建德县)推官,定海(今浙江县名)晓峰盐场盐官,屯田员外郎等职,人称柳屯田。柳永风流一时,然怀才不遇,晚景凄凉。死时,家无余资葬身,有说群妓酬金,有说殡殓僧寺。其死地也传说不一,有说葬于枣阳,有说卒于襄阳,有说死于润州,有说墓在仪真。柳永生前为上层社会所弃,死后却为下层社会同情,安葬之处,远近之人,每遇清明载酒上冢,谓之"吊柳会"或"吊柳七"。

　　柳永爱作长调,善于铺叙,多写市民生活和羁旅情怀。词至柳永,内容风格均有所变。陈振孙《直斋书录解题》云:"其词格调不高,而音律谐婉,语意妥贴,承平气象,形容曲尽,尤工于羁旅行役。"今有《乐章集》传世。《全宋词》辑其全篇211首,残篇2。

30　曲玉管①

词　谱

陇首②云飞，江边日晚，烟波满目凭阑久。

一望关河萧索，千里清秋，忍凝眸！杳杳神

京③，盈盈仙子，别来锦字④终难偶⑤。断雁无

凭，冉冉飞下汀洲，思悠悠⑥。　　暗想当初，

有多少、幽欢佳会，岂知聚散难期，翻⑦成雨恨

云愁！阻追游。每登山临水，惹起平生心事，一

场消黯⑧，永日⑨无言，却下层楼。

注　解

①[曲玉管]唐教坊曲名。此调仅此105字双调一体，全首用韵属第十二部"尤"、"有"平仄通押。　　②[陇首]高丘之上。　　③[神京]指北宋京城开封，今河南省开封市。　　④[锦字]锦字回文书，即情书。　　⑤[难偶]难以相遇。　　⑥[思(sī)悠悠]相思之情无穷无尽。　　⑦[翻]反而。⑧[消黯]黯然消魂，即精神沮丧而断魂。　　⑨[永日]整天。

作意与作法

此为柳永离京在外的怀人之作。上片写登山楼，写所见；下片写下山楼，写所思。

上片起三句"云飞"促其行,"日晚"促其归,凭栏"烟波"触其愁。次三句"萧索"写行人之稀少,"清秋"写草木之凋零,此二者为目不忍睹。再三句"杳杳"写京城之远而难寻,"盈盈"写女子的美态而不见,"锦字""难偶",想别后情书难得。结三句写望尽南飞秋雁,只见降落汀洲,不见捎来一信,诉述相思无穷。

下片起二句回忆从前。幽会写当时之欢,"多少"写频繁之意。次三句"聚散难期"写精神的痛苦,"雨恨云愁"比爱情的不顺,故"追游"受"阻"。结五句"心事"由登临惹起,"无言"应黯然消魂,此写下楼的痛楚。

全词以上、下山楼为线,由景生情,情真意切。

31 雨 霖 铃①

词 谱

寒蝉②凄切,对长亭③晚,骤雨初歇。都门④
○○　　○●　●　●○○●　●●○○　○○

帐饮⑤无绪,方留恋处,兰舟⑥催发。执手相看
●●　○●　○○●●　○○　○●　●●○○

泪眼,竟无语凝噎⑦。念去去⑧、千里烟波,暮霭
●●　●○●○○　●●●　○●○○　●●

沉沉⑨楚天⑩阔。　　多情自古伤离别,更那
○○　●○　●　　　○○●●○○●　●○

堪⑪、冷落清秋节!今宵酒醒何处?杨柳岸、晓
○　　●●○○●　○○●●○●　○●●　●

风残月。此去经年⑫,应是良辰、好景虚设。便
○○●●　●●○○　○●○○　●●○●　●

纵有、千种风情⑬，更与何人说。

● ●　○ ○ ● ○　　● ● ○ ○ ◉

注　解

①[雨霖铃]唐教坊曲名。《明皇杂录》云：帝幸蜀，初入斜谷，霖雨弥日，栈道中闻铃声，采其声为雨霖铃曲。宋词盖借旧曲名，另倚新声也。此词牌一名雨霖铃慢。此调 3 体，此词属双调、103 字正体。全首韵脚属第十八部入声"月"、"曷"、"屑"通韵。　②[寒蝉]蝉的一种，体小，青赤色。《礼·月令》孟秋之月："凉风至，白露降，寒蝉鸣。"此处非一般夏蝉。　③[长亭]古制，十里一长亭，五里一短亭。为驿道上休息和送别之处。李白《菩萨蛮》："何处是归程，长亭更短亭。"　④[都门]即京都，此指汴京近郊。　⑤[帐饮]指设帐宴别。江淹《别赋》："帐饮东都，送客金谷。"　⑥[兰舟]以木兰造舟，极言船的美好。　⑦[凝噎(yē)]中情凝结，语言哽阻。　⑧[去去]行了又行，指其远。　⑨[暮霭(ǎi)沉沉]傍晚雾气浓厚。　⑩[楚天]长江中下游一带古属楚国，故楚天即南方的天空。　⑪[那堪]兼之。邵雍《插花吟》："况复筋骸粗康健，那堪时节正芳菲。"　⑫[经年]年复一年。⑬[风情]情意，深情蜜意。

作意与作法

此为忍离汴京惜别恋人之词，乃柳氏代表作之一。上片叙写分离的场景，下片设想别后的凄清。

上片起三句写分离的时间、地点、气氛。"寒"、"晚"写深秋的时日，"长亭"乃分手之地，雨歇蝉鸣写气氛的凄清。次二句叙城郊设帐宴别。"无绪"写双方心乱如麻，"留恋"见君卿难分之状，"催发"听船夫揪心之唤。再二句写痛离之际。"执手"、"泪眼"写难舍之情，"无语凝噎"写激动之至。结二句写女子此刻的意念。"去去"想行程之远，"烟波"写水路之迷，"暮霭沉沉"兼示未来生活道路的昏暗。

下片换头二句过渡。"伤离"写人的多情，"清秋"写时之冷落。次二句设问、设答。"酒醒"应"帐饮"而来，想见初别之痛；柳岸泊船见愁眠之苦；"晓风残月"见出离的孤单。再二句设想未来之日，即使"良辰好景"，也不会赏心悦目，"虚设"写无人共赏而愁。结二句再退一步设想，纵有情意千万，也无知己的人，其漫长之时日，将如何熬过？此见诉述之苦，情意之切。

全词层层铺叙，笔笔白描，构思精巧，意境荡魂。而"杨柳岸、晓风残月"堪称融情入景、情景交融之千古名句，为"十七八女郎，执红牙板"争唱一时(见俞文豹《吹剑录》)。

32　蝶恋花①

词　谱

伫倚②危楼风细细,望极春愁、黯黯③生天
◐●　○○○●●　●●○○　◐●　○○

际。草色烟光残照里,无言谁会凭阑意?　　拟
●　◐●○○○●●　○○○●○○●　　●

把④疏狂⑤图一醉,对酒当歌⑥、强乐⑦还无味。
●　○○○●●　●●○○　◐●　○○●

衣带渐宽终不悔,为伊消得⑧人憔悴。
○●◐○○●●　◐○○●　○○●

注　解

①[蝶恋花]见第19首注①。此调3体,此词属双调、60字正体。全首用韵属第三部"纸"、"贿"、"置"、"未"、"霁"仄声上、去通押。　　②[伫倚]长久地倚立。　　③[黯黯]伤心难过。　　④[拟把]打算。　　⑤[疏狂]狂放不羁的样子。白居易《代书诗一百韵寄微之》:"疏狂属年少,闲散为官卑。"⑥[对酒当歌]指饮酒听歌。曹操《短歌行》:"对酒当歌,人生几何?"⑦[强(qiǎng)乐]勉强寻欢作乐。　　⑧[消得]值得。

作意与作法

此首为登楼怀人念远之词。上片写倚楼远望,下片写欲醉无味。

上片起三句"伫倚危楼"写欲穷千里目,"春愁黯黯"写登楼触人心。"细细"写春风轻吹,"天际"指"伊人"所在。结二句由上文"望极"而收回视线,"草色烟光"写惹愁之景,夕阳"残照"撩归去之心。"谁会"一问,肯定凭栏之深意。下片重头三句乃设想之词。"疏狂一醉"想借酒浇愁,"对酒当歌"写别后之苦,故"强乐无味"。结二句写甘心痛苦,不回避相思。"衣带渐宽"间接写身体的消瘦,"消得憔悴"直接写"为伊"的诚心。

王国维《人间词话》谓"古今之成大事业、大学问者,必经过三种之境界",又以"衣带渐宽终不悔,为伊消得人憔悴"为第二境。以爱情的执着比志士的坚毅,这正是千古名句强大的生命力。

33 采 莲 令①

词 谱

月华收,云淡霜天曙。西征客、此时情苦。
●○○　○●○○●　○○●　●○○●

翠娥执手送临歧②,轧轧③开朱户。千娇面、盈
●○●●●○○　●●○○●　○○●　○

盈伫立,无言有泪,断肠争忍④回顾?　一叶
○●●　○○●●　●○○●　○●　　●●

兰舟,便恁急桨凌波⑤去。贪行色⑥、岂知离绪,
○○　●●●●○○●　○○●　●○○●

47

万般方寸⑦，但饮恨、脉脉同谁语？更回首、重
城⑧不见，寒江天外，隐隐两三烟树。

注 解

①[采莲令]《宋史·乐志》载：曲宴游幸，教坊所奏十八调四十大曲，九曰双调，有曲名"采莲"。故名。此调仅此91字双调一体。全首用韵属第四部"语"、"麌"、"御"、"遇"仄声上、去通押。　②[临歧]来到岔路口。　③[轧(yà 古人声)轧]开门声。　④[争忍]怎能受得了。　⑤[凌波]乘着波浪。　⑥[贪行色]片面追求出发前后的神态、情景或气派。　⑦[方寸]指心。　⑧[重城]指城(内城)郭(外城)重重。

作意与作法

此首写征夫闺妇的别情，同时也织进了词人自身的经历。上片写女子的送行，下片写征人的登程。

上片起二句，月落天晓写送行之时，云淡霜浓写伤秋之景。次三句，"西征"交代征人的去向，"情苦"略写不忍离去的由衷。"轧轧"开门，见临晨的空寂；送君路口，觉翠娥之手温。结三句，"千娇"写"面"之多情，"盈盈"写"伫立"时的美好仪态，喉头哽塞、泪落连珠，最使行人断肠之痛，不忍回首。

下片换头二句，"一叶兰舟"，叹水路的空阔；"急桨凌波"，恨船夫的无情。次三句，追求行色，见设想之冤；"岂知离绪"，听交心之切；"万般"写"方寸"之乱，"饮恨"写难诉之情。故含情欲吐，无人可语。结三句从"急桨"而来。"更"言其"回首"的无可奈何，"重城"为"翠娥"住地的目标，"天外"言"寒江"之远，"两三烟树"衬行人之孤凄。

全词叙事铺陈，写景生动，抒情委婉，三者浑然一体。

34　浪淘沙慢①

词　谱

梦觉、透窗风一线,寒灯吹熄。那堪②初
● ●　● ○ ○ ● ●　○ ○ ○ ●　● ○　○

醒,又闻空阶,夜雨频滴。嗟因循③、久作天涯
●　● ○ ○ ○　● ● ○ ●　○ ○ ○　● ● ○ ○

客。负佳人、几许盟言,更忍把、从前欢会,陡
◉　● ○ ○　● ● ○ ○　● ● ●　○ ○ ○ ●　●

顿④翻成忧戚。　　愁极,再三追思,洞房深
●　○ ○ ○ ●　　　　○ ●　● ○ ○ ○　● ○ ○

处,几度饮散歌阑,香暖鸳鸯被。岂暂时疏散,
●　● ● ● ● ○ ○　○ ● ○ ○ ●　● ● ○ ○ ●

费伊心力?缠雨尤云⑤,有万般千种相怜惜。到
● ○ ○ ●　● ● ○ ○　● ● ○ ○ ● ○ ○ ●　●

如今、天长漏永⑥,无端自家疏隔。知何时、却
○ ○　○ ○ ● ●　○ ○ ● ○ ○ ●　○ ○ ○　●

拥秦云⑦态?愿低帏昵昵⑧枕,轻轻细说与,江乡
● ○ ○　●　● ○ ○ ● ●　○ ○ ● ● ●　○ ○

夜夜,数寒更思忆。
● ●　● ○ ○ ○ ◉

注　解

　　①[浪淘沙慢]调见《乐章集》。此调4体,此词为双调、133字(一作135字)正体。全首韵脚属第十七部入声"陌"、"锡"、"职"通韵。　　②[那堪]见第31首注⑪。　　③[因循]拖延。　　④[陡顿]突然。　　⑤[缠(tì)雨尤云]贪恋欢情。缠,纠缠,困扰。　　⑥[漏永]漏壶(古代滴水计时的器具)里

的水总在滴。　⑦[秦云]秦楼云雨,即妓馆中男女之情。　⑧[昵]亲近。

作意与作法

此首写词人漂泊天涯之际,怀人盼归之情。上片写漂泊天涯,风雨秋夜梦醒愁来;下片想往日柔情,盼望良宵再度相见。

上片起四句写梦中醒来的情景。"透窗"写秋风的生愁,"灯熄"衬梦想之破灭。"初醒"写本来美梦尚温,而夜雨滴"空阶",却又是现实的冷落和孤寂。结四句期延久客,为怨天尤人之词;负盟失约,为己心之所不愿。而从前之欢会反而成了今天的忧戚,这人生的突然之变,其心不忍!

下片换头以下九句,"愁极"为"追思"之果,"追思"为"愁极"之因。洞房劝酒,灯下罢歌,鸳鸯同宿,此所以思之"再三"也。以下哪能一问,忆形影不离之状;万怜千爱,想贪恋云雨之欢。结七句从"追思"回到"如今","天长漏永"写日子难挨;"无端""疏隔",写"自家"之怨。"知何时"一问引出归心之切、盼望"秦云"之欢;共枕话别,诉述江城之夜如何挨过清冷的更声,对她的思忆。

李商隐《夜雨寄北》,其念妻之情可以坦率入诗;柳耆卿《浪淘沙慢》,其情姬之念可以轻易入词,此绝非王公大人所有,乃诗人词客的赤子之心。

35　定　风　波①

词　谱

自春来、惨绿愁红②,芳心是事可可③。日
●○○　●●○○　　○○●●●◎　　●
上花梢,莺穿柳带,犹压香衾卧。暖酥消④,腻
●○○　○○●●　　○○○○●　●○○　●

50

云鬌⑤，终日厌厌⑥倦梳裹⑦。无那⑧！恨薄情一去，音书无个⑨。　早知恁么⑩，悔当初、不把雕鞍锁。向鸡窗⑪、只与蛮笺象管⑫，拘束教吟课⑬。镇⑭相随、莫抛躲，针线闲拈伴伊坐。和我，免使年少，光阴虚过。

注　解

①[定风波]《词谱》卷二十八名定风波慢，与卷十四定风波（又名定风波令、定风流）一调不同。此调4体，此词属双调、99字正体。全首用韵属第九部"鬌"、"个"仄声上、去通押。　②[惨绿愁红]女子离恨之际见绿柳红花而生愁。　③[是事可可]什么事都不感兴趣。　④[暖酥消]脸上搽的香脂消散了。　⑤[腻云鬌(duǒ)]头发乱垂。　⑥[厌(yān)厌]即恹恹，精神不振，悒郁懒怠的样子。冯延巳《长相思》："红满枝，绿满枝，宿雨厌厌睡起迟。"　⑦[倦梳裹]懒得梳妆。　⑧[无那(nuó)]无可奈何，一说无聊。　⑨[无个]没有。个，这里作语气助词。　⑩[恁(rèn)么]这般。　⑪[鸡窗]即书窗。闻鸡而起，勤读窗前，故曰"鸡窗"。　⑫[蛮笺象管]纸和笔。前者乃古时四川所产的色笺纸，后者指象牙做的笔管。　⑬[教吟课]使吟诵功课，即念书。　⑭[镇]常。元稹《和乐天秋题曲江》："十载定交契，七年镇相随。"

作意与作法

此情姬思夫之词，写离恨之感，为柳氏俚词的代表作。张舜民云："柳三变既以词忤仁庙，吏部不放改官，三变不能堪，诣政府，晏公曰：'贤俊作曲子么？'三变曰：'祇如相公亦作曲子。'公曰：'殊虽作曲子，不曾道彩线慵拈伴伊坐。'柳遂退。"（《思塌录》）此见柳永露骨地描写爱情而不合文人雅士的创作规范，故为士大夫文人所反对。此首上片写怨恨离别,下片写后悔当初。

上片起二句"惨绿愁红"抒写伤春之情感,"是事可可"却见想郎之专心。次三句将"是事可可"具体化、形象化。"日上花梢"写春时春色,"莺穿柳带"写春物春声,香衾倦卧写"芳心"无意赏春。再三句进一层写倦于梳妆打扮。香脂不搽曰"消",黑发不梳见"鬓",精神萎靡见倦意之深。结三句爱、恨交织,无可奈何。

下片换头二句"恁么"即指上片"薄情一去,音书无个",故转入"悔"不锁鞍。次二句后悔不曾"拘束"他临窗设案读书。"鸡窗"想读书之勤,"蛮笺象管"写文具之备。再二句后悔不曾整日相跟。"针线闲拈"与"蛮笺象管"对应,写"伴坐"之方。结三句写女子更惜"人生之春",竟呼"和我"(愿我们同在一起),以见意之真、情之迫。

全词所写,心理入微,情感逼真,性格泼辣。

36 少 年 游①

词 谱

长安古道②马迟迟,高柳乱蝉嘶。夕阳岛③
外,秋风原上,目断四天垂④。 归云一去无
踪迹,何处是前期?狎兴⑤生疏,酒徒萧索,不
似去年时。

注 解

①[少年游]又名玉腊梅枝、小阑干。此调15体,此词属晏(殊)词50字

52

正体("芙蓉花发去年枝"一首)，平仄1异(见谱中❽)。全首韵脚属第三部平声"支"、"齐"通韵。　②[长安古道]指汴京城郊长期交通的大路。③[岛]指河湖中四面环水的山地。　④[四天垂]天的四周夜幕降临。⑤[狎(xiá)兴]访妓的兴味。

作意与作法

此写离别京都远游外地的客子愁怀。上片写别后羁旅，下片写客子愁情。

上片起二句写别姬。"长安古道"写分手之地，"马迟迟"写难舍之情。高柳蝉鸣写古道秋色秋声，"柳"含"留"意，"蝉"谐"惨"音。结三句写羁旅。一写水程之茫茫，一写陆程之空旷，"四天垂"见客子望乡之情。下片起二句写期约难凭。"归云"谓归期如云，一去无迹正是烟消云散，故"前期"成为问号。结三句感今追昔。一想馆舍人空，一想宴会冷落，故生"不似去年"之愁。

37　戚　氏①

词　谱

晚秋天，一霎微雨洒庭轩②。槛菊萧疏，井
● ◎　◎ ● ● ● ● ◎　● ● ◎ ◎　●

梧零乱惹残烟。凄然，望江关，飞云黯淡③夕阳
◎ ◎ ● ● ● ◎　◎ ◎　● ◎ ◎　◎ ◎ ● ● ● ◎

间。当时宋玉④悲感，向此临水与登山。远道迢
◎　◎ ◎ ● ● ◎ ●　● ● ◎ ● ● ◎ ◎　● ● ◎

递⑤，行人凄楚，倦听陇水潺湲⑥。正蝉吟败叶，
●　◎ ◎ ◎ ●　● ◎ ● ● ◎ ◎　● ◎ ◎ ● ●

蛩⑦响衰草，相应喧喧。　孤馆度日如年，风
◎ ● ◎ ●　◎ ● ◎ ◎　◎ ● ● ● ◎ ◎　◎

53

露⑧渐变，悄悄至更阑。长天净、绛河⑨清浅，皓
月婵娟⑩。思绵绵，夜永对景，那堪屈指，暗想
从前。未名未禄，绮陌⑪红楼，往往经岁迁延。

帝里⑫风光好，当年少日，暮宴朝欢。况有
狂朋怪侣，遇当歌对酒⑬竞留连。别来迅景如
梭，旧游似梦，烟水程何限。念利名、憔悴长萦
绊，追往事、空惨愁颜。漏箭⑭移，稍觉轻寒，渐
呜咽、画角数声残。对闲窗畔，停灯向晓，抱影
无眠。

注　解

①[戚氏]又名梦游仙。此调3体，此词为3叠、212字正体。全首用韵属第七部"元(半)"、"寒"、"删"、"先"、"潸"、"翰"平仄通押。　②[庭轩]见第9首注②。　③[黯淡]即暗淡。　④[宋玉]战国楚诗人屈原的弟子，他作的《九辩》首句为"悲哉，秋之为气也！"为文学史上早期写悲秋而著名的诗人。　⑤[迢递]长远绵绵。　⑥[潺湲]河水慢慢地流动。　⑦[蛩(qióng)]蟋蟀，又名促织。古人谓其鸣声似催人勤织，以备冬衣，故名。⑧[风露]凉风与露水。诗词中多用以刻画秋色。　⑨[绛河]银河。天称绛霄，银河称绛河。　⑩[婵(chán)娟]形态美好的样子。孟郊《婵娟篇》："花婵娟，泛春泉；竹婵娟，笼晓烟；妓婵娟，不长妍；月婵娟，真可怜。"这里形容月色明媚。　⑪[绮(qǐ)陌]此指繁华的街道。一指锦绣般的原野。⑫[帝里]指汴京城里。　⑬[当歌对酒]见第32首注⑥。此谓即时行乐。

⑭[漏箭]古代计时器漏壶中标指时刻的箭。

作意与作法

此为柳氏感今追昔的悲秋之词。此首长调乃词人生活的缩写和一生的总结,朝野城乡,甜酸苦辣,尽在其中,当是晚岁之作。一叠写秋声、秋色,写悲。二、三叠写感今追昔,写恨。

第一叠起四句写眼前庭院的晚秋景色。微雨霎时过去,空气中水雾濛濛。槛内残菊,三朵五朵;井旁梧桐,黄叶纷纷。此亦下文"凄然"之由来。次五句放眼"江关",夕阳斜照,乱云飞渡,不禁生宋玉之悲,起登临之愿。再三句想其"行人凄楚"、"陇水潺湲",已经听倦;绵绵远道,何日方归,此见同病相怜。结三句收回想象。"衰草"、"败叶",见庭院之荒凉;"蛩响"、"蝉吟",听秋声而烦躁,此"相应喧喧"反衬无人慰语之闷。

第二叠由时间夜以继日写来。起三句苦诉生活难挨:"孤馆"夜深,冷风寒露,人影孤单。次二句仰慕天上胜境:月儿明媚,银河清浅,牛女相望。再四句由以上对比,引起"绵绵"之思,"暗想从前"。结三句怨功名不就,恨无依靠,故于花街柳巷浅斟低唱以"迁延"岁月。

第三叠起五句由绮陌红楼而来,想年少在帝都之日,风光醉人、歌妓迷人、朋友伴人的朝欢暮宴的生活。次五句写好景不长,别后空悲。"梭"比光景易逝,"梦"写欢乐难寻。烟水茫茫,归程阻隔;名利羁绊,往事空愁。结六句写长夜难熬。"漏箭"仅"移"写时过之缓;"稍觉轻寒"写秋夜人孤;画角声残写临晨挨到。"闲窗"诉其无聊;"停灯",叹其无伴;"抱影",恨其无双。此写尽失眠之痛苦。

全词由悲导恨,悲恨相续,尽发词人天涯沦落的不遇之感。王灼《碧鸡漫志》(卷二)引前人诗云:"《离骚》寂寞千年后,《戚氏》凄凉一曲终。"可见其悲!

38　夜半乐①

词　谱

冻云②黯淡天气，扁舟一叶，乘兴离江渚。
●○　●●○○　●○●●　○○○◉

渡万壑千岩，越溪③深处。怒涛渐息，樵风④乍
●●○○　●○○◉　●○●●　○○●

起，更闻商旅相呼，片帆高举。泛画鹢⑤、翩翩
●　○○○●○○　●○○◉　●●●　○○

过南浦⑥。　　望中酒旆⑦闪闪，一簇烟村，数
●○◉　　　　●○●●○○　●●○○　●

行霜树。残日下、渔人鸣榔⑧归去。败荷零落，
○○◉　○●●　○○○○○◉　●○○●

衰杨掩映，岸边两两三三，浣纱游女。避行客、
○○●●　●○●●○○　●○○◉　●○●

含羞笑相语。　　到此因念，绣阁轻抛，浪萍难
○○●○◉　　　●●○●　●●○○　●○○

驻。叹后约⑨、丁宁竟何据？惨离怀、空恨岁晚
◉　●●●　○○●○◉　●○○　○●●●

归期阻。凝泪眼、杳杳神京⑩路，断鸿⑪声远长
○○◉　○●●　●●○○◉　●○○●○

天暮。
○●

注　解

　　①[夜半乐]唐教坊曲名，词人借旧曲另倚新声。《碧鸡漫志》载：唐明皇（玄宗）自潞州还京师，夜半举兵讨伐韦后，制《夜半乐》、《还京乐》二曲。此调2体，此词为3叠、144字正体。全首用韵属第四部"语"、"麌"、"御"、"遇"仄

声上、去通押。 ②[冻云]云层凝结不散。 ③[越溪]即若耶溪,在今浙江绍兴市西南20余里,乃西施浣纱之处。此处泛言越地。 ④[樵风]山风。山上多樵夫,故有此称。 ⑤[画鹢(yì)]古时船家画在船头上的鹢鸟,以其抗风善飞表示吉祥,后指船为画鹢。 ⑥[南浦]《楚辞·九歌》有"送美人兮南浦"。江淹《别赋》:"送君南浦,伤如之何?"后指水边送行之处。此处泛指水滨。 ⑦[酒旆(pèi)]即酒旗,古代卖酒人家悬挂的布招帘。 ⑧[鸣榔(láng)]即敲榔(长木棍)。渔人有时用它敲船边以驱鱼钻网;有时用它敲船边作歌唱中的节拍。此处用后者。 ⑨[后约]参见第8首注⑤。 ⑩[神京]见第30首注③。 ⑪[断鸿]离群之雁,孤雁。

作意与作法

词人浪迹江湖,生不得志,深秋怀旧,盼望还京,故有此作。柳氏曾任定海(今浙江定海)晓峰盐场盐官,有"煮海歌",此首约作于此时。许昂霄云:"第一叠言道途所经,第二叠言目中所见,第三叠乃言去国离乡之感。"(《词综偶评》)

第一叠起三句"冻云"写寒秋之气,扁舟写水路之行,"江渚"为起程之地,"乘兴"有向北之欢。次二句万壑争流、千岩竞秀,写越溪初程经过的环境。再四句涛息人呼,顺风扬帆,写水程途中的异地场景,触游子复杂之情。结句"画鹢"翩翩,南浦轻渡,有客子旅安之愿。

第二叠起三句由"过南浦"而写来,"酒旆"、"烟村"、"霜树",为首先入目之景。次一句夕阳人归,渔舟唱晚,衬客子羁旅之情。再四句景换情移,见"败荷"、"衰杨",而触惊寒之心,瞧"浣纱游女",而勾还京之念。结句更突出特写镜头,见其含羞,听其笑语,从而引出下片"绣阁轻抛"的遗憾。

第三叠起三句因村女而生"念","轻抛"悔离京别馆,"难驻"想行踪有如浪里浮萍。次二句"后约"无靠,"归期"有阻,见其怨天尤人。结二句望汴京通路叹其杳远,听离雁哀鸣伤其天晚难归,此痛苦无可告慰,见词人热泪盈眶。

此首写见写感,运笔开阔;写欢写愁,变化自如。

39 玉 蝴 蝶①

词 谱

望处雨收云断,凭阑悄悄,目送秋光。晚景

萧疏②,堪动宋玉③悲凉。水风轻、蘋花④渐老;

月露冷、梧叶飘黄。遣情伤,故人何在?烟水茫

茫。　　难忘!文期⑤酒会,几孤⑥风月,屡变星

霜⑦。海阔山遥,未知何处是潇湘⑧!念双燕、难

凭远信;指暮天、空识归航。黯⑨相望,断鸿⑩声

里,立尽斜阳。

注 解

　　①[玉蝴蝶]原为唐曲,至宋,教坊衍为慢曲,故又名玉蝴蝶慢。此调7体(短2体,长5体),此词为长调、99字正体。全首韵脚属第二部平声"阳"韵。
②[萧疏]萧条凄凉之意。　　③[宋玉]见第37首注④。　　④[蘋花]生于浅水的草本植物田字草(四叶合成一叶如"田"字),夏秋间开小白花。
⑤[文期]古代文人作文赋诗的聚会。　　⑥[孤]同辜。　　⑦[星霜]星一年一周转,霜每年届时而降,因以星霜转换喻年岁改易。张九龄《与弟游家园》:"星霜屡尔别,兰麝为谁幽?"　　⑧[潇湘]本为湖南省潇、湘二水,后泛

58

指所思之处。此处指故人所在之地。　　⑨[黯]黯然失色。参见第2首注③。　　⑩[断鸿]参见第38首注⑪。

作意与作法

此首怀念漂泊在外的故人,似词人早期之作。上片从凭栏写到忆旧,下片从忆旧回到凭栏。

上片起三句写凭阑举目,"悄悄"应风雨之停,"目送"写心头之动。次二句写触目惊心,不堪惹起宋玉之悲。再二句承"目送"而实写伤心的秋色,水风——月露、蘋花——梧叶,属对愈工,悲秋愈甚。结三句想排遣情思而情思更切、更悲。

下片换头四句写别后的难忘之情:春风秋月几经辜负,星岁霜期年复一年,但"文期酒会"实在"难忘"!次二句慨叹故人难以相见,写山阻水隔之恨。再二句远信难托,归舟空认,写失望之意。结三句因失意而黯然消魂。望孤雁,听悲音,相怜同病。至此又回应凭阑,首尾相顾。

40　八声甘州①

词　谱

对潇潇暮雨洒江天,一番洗清秋。渐霜风

凄紧②,关河③冷落,残照当楼。是处④红衰翠

减,苒苒⑤物华⑥休。惟有长江水,无语东流。

不忍登高临远,望故乡渺邈⑦,归思⑧难收。

叹年来踪迹，何事苦淹留⑨？想佳人、妆楼颙⑩
● ⊖ ○ ● ● ● ⊖ ○ ● ○ ○ ○ ○

望，误几回、天际识归舟。争⑪知我、倚阑干处，
● ● ⊖ ○ ● ⊖ ○ ● ○ ◎ ○ ● ● ● ⊖ ○ ●

正恁⑫凝愁。
⊖ ● ○ ◎

注 解

①[八声甘州]王灼《碧鸡漫志》谓此调前后段八韵,故名八声,乃慢词。
唐教坊用为大曲名。又名甘州、潇潇雨、宴瑶池等。此调7体,此词属双调、
97字正体,全首韵脚属第十二部平声"尤"韵。　②[凄紧]凄凉而紧急。
③[关河]关塞与山河。　④[是处]到处。　⑤[苒苒]同冉冉,渐渐地、
慢慢地。　⑥[物华]泛指景物风光。杜甫《曲江》:"自知白发非春事,且尽
芳尊恋物华。"　⑦[渺邈]遥远。鲍溶《归雁》:"渺邈天外影,支离塞中鹥。"
⑧[归思(sì)]归乡的情思。　⑨[淹留]久留。曹丕《燕歌行》:"慊慊思归
恋故乡,君何淹留寄他方?"　⑩[颙(yóng)望]殷切的盼望。　⑪[争]怎
么。参见第33首注④。　⑫[恁(rèn)]这样。

作意与作法

　　此写羁旅怀乡的凄苦心情。上片因秋雨而引起离愁,下片由
归思而怨恨漂泊。

　　上片起二句"潇潇"写风雨之声,"江天"写面对之景,放眼"清
秋",想必是此番风雨"洗"出。次三句由"渐"字统领:"霜风""关
河"之变,由见而生联想,"残照当楼"之况,由"暮"而生愁情。结四
句由联想回到目及之地。风光消逝,花木凋零,见大自然一切皆
变,只有长江依旧东流,以不变衬多变,触目惊心,何况更兼"无语"
呢!

　　下片换头三句因"变"而惹"归思"。"不忍"登临,而终于"不
禁"登临,见思乡之切。"难收"二字,见归心似箭。次二句由思念
故乡转到怨恨漂泊,慨叹踪迹不定,苦于久留他乡。再二句却从对

60

方出发,写家人念游人,此更深一层。称"佳人",见客子的爱慕;写"颙望",信"佳人"的多情。结二句回到凭栏,"争知我"到"恁凝愁",见客子凭天解释的痛苦。

全词首尾关照,巧于铺叙。羁旅之愁,思乡之苦,淋漓尽致。

41 迷 神 引①

词 谱

一叶扁舟轻帆卷,暂泊楚江南岸。孤城暮角②,引胡笳③怨。水茫茫,平沙雁,旋④惊散。烟敛寒林簇,画屏展。天际遥山小,黛眉浅。

旧赏轻抛,到此成游宦⑤。觉客程劳,年光晚。异乡风物,忍萧索,当愁眼。帝城赊,秦楼⑥阻,旅魂乱。芳草⑦连空阔,残照满。佳人无消息,断云远。

注 解

①[迷神引]此调2体,此词属双调、97字正体,平仄1异(见谱中⊗)。全首韵脚属第七部"阮(半)"、"旱"、"潸"、"铣"、"愿(半)"、"翰"、"谏"仄声上、去通押。 ②[暮角]天黑时戍军中传出的角号声。 ③[胡笳]古代北方民族的一种吹奏乐器,其声悲凉。这里似指汉代蔡琰〈文姬〉所作《胡笳十八

拍》,辞多哀怨。　　④[旋]不久,很快地。　　⑤[游宦]在外地作小官。柳氏《满江红》有"游宦区区成底事"。　　⑥[秦楼]指妓馆或所爱恋女性的居处。　　⑦[芳草]见第2首注②。

作意与作法

　　此写游宦之愁情与对京姬之怀恋。上片写停船望远,下片念帝京佳人。

　　上片起二句写途中暂泊。"轻帆"见前行之速,"楚江"想离京之远。次二句写闻、写感。楚城暮角、北地胡笳一般离怨。再三句写角声惊雁,由旅雁想到旅人自己。结四句写远望。见寒林簇簇,以屏中之"画"作比;见天边远山,以佳人之眉作比;可见心不在焉。

　　下片换头二句写远别相识、出任游宦的遗憾。次五句写客程劳顿、风物萧条的异乡之愁绪。再三句写汴京之远、秦楼之隔的客子的焦心。结四句"芳草""佳人"极写离情,"残照""断云"尽诉乡思。

42　竹马子①

词　谱

　　　　登孤垒荒凉,危亭旷望②,静临烟渚③。对
　　　　○○●○○　○○●●　●○○●

雌霓④挂雨,雄风⑤拂槛,微收残暑。渐觉一叶
○●●●●　○○●●　○○○●　●●●●

惊秋,残蝉噪晚,素商⑥时序。览景想前欢⑦,指
○○　○○●●　●○○●　●●●○○　●

神京⑧,非雾非烟深处。　　向此成追感,新愁
○○　○○●○○●　　　　　●●○○●　○○

易积，故人难聚。凭高尽日凝伫⑨，赢得⑩消魂
● ●　● ○○ ○ ○　○ ○ ● ◐ ◑　◒ ●　○○

无语。极目雾霭⑪霏微，暝鸦零乱，萧索江城
○◒　● ● ● ●　○ ○　● ○ ○ ●　○ ● ○ ○

暮。南楼画角⑫，又送残阳去。
◉　○ ○ ● ◐　◒ ● ○ ○ ◉

注　解

①[竹马子]又名竹马儿。此调2体，此词属103字正体。全首用韵属第四部"语"、"麌"、"御"、"遇"仄声上、去通押。　②[旷望]望去天高地阔，田野空旷。　③[烟渚]雾气笼罩的水中小块陆地。　④[雌霓]虹霓双出，颜色鲜艳的为雄，称虹；颜色暗淡的为雌，称霓。　⑤[雄风]刚烈之风。宋玉《风赋》有所谓"大王之雄风"。　⑥[素商]即秋日。《礼记·月令》有秋色尚白、乐音属商之说。　⑦[前欢]从前的欢乐之事。　⑧[神京]见第30首注③。　⑨[凝伫]伫立凝望。　⑩[赢得]落得，剩得。杜牧《遣怀》："十年一觉扬州梦，赢得青楼薄幸名。"　⑪[雾霭]晴烟。　⑫[画角]见第9首注④。

作意与作法

此写游子登临怀旧之情。上片由登临写到怀远，下片继怀远回到登临。

上片起三句写独自登亭的寂寞。"荒凉"写"孤垒"人迹罕至，"旷望"写高亭四顾无人，"静临"写"烟渚"无声无息。次三句写夏去秋来之所见：远处，彩虹横空，雨帘掩映；近处，秋风阵阵，拂面穿栏。雌雄一联，属对工巧。再三句写时序迁移景物变换之感触，落叶、残蝉最富特征。结三句因览景而想念起从前京都生活中的欢乐之事，此刻只可指点，不可达到。烟雾茫茫，迢迢千里，何日重逢！

下片起三句继写"追感"，"新""故"一联足见游子伤心。次二句写盼望之切，伤神之痛。再三句晴烟升起，写阻望之愁；昏鸦归

63

来,反衬漂泊之苦。日暮黄昏,江城羁旅,窥见游子归心。结二句呜呜角声,报晚点时间;西山残阳,写一日又尽。

全词从晨雾写到暮霭,见登临游子,度日如年。

韩 缜 (1首)

韩缜(1019—1097)字玉汝,开封雍丘(今河南杞县)人。仁宗庆历2年(1042)进士。英宗朝任淮南转运使,神宗朝屡知枢密院事,哲宗朝拜尚书右仆射。绍圣四年卒,谥号庄敏。《全宋词》辑其全篇1首。

43 凤 箫 吟①

词谱

锁离愁,连绵无际,来时陌上初薰②。绣帏
●○○　○○●●　○○●●○○　●○

人念远,暗垂珠露泣,送征轮③。长行长在眼,
○●●　●○○●●　●○○　○○○●●

更重重、远水孤村。但望极、楼高尽日,目断王
●○○、●●○○　●●●、○○●●　●●○

孙④。 消魂!池塘⑤从别后,曾行处、绿妒轻
○　　○○　○○○●●　○○●、●●○

裙。恁时⑥携素手,乱花飞絮里,缓步香茵。朱
○　●○○●●　●○○●●　●●○○　○

颜空自改,向年年、芳意常新。遍绿野、嬉游醉
○○○●●　●○○、○●○○　●●●、○○●

眼,莫负青春。
● ⊖ ● ○ ◎

注　解

　　①[凤箫吟]本名芳草(见《词谱》),又名凤楼吟(见《词律》)。此调5体,此词属双调、100字正体。全首韵脚属第六部平声"真"、"文"、"元(半)"通韵。②[初薰]春草刚散发出香气。见第23首注③。　　③[征轮]指长途畜力车。　　④[王孙]古代贵族子弟的通称。《楚辞·招隐士》:"王孙游兮不归,春草生兮萋萋。"　　⑤[池塘]塘边的堤上。此指送别分手之处。塘,即防水堤。谢灵运《登池上楼》:"池塘生春草,园鸟变鸣禽。"　　⑥[恁(nèn)时]那时。柳永《受恩深》:"待宴赏重阳,恁时尽把芳心吐。"

作意与作法

　　此首为词人留别爱姬之作。叶梦得云:"元丰初,夏人(按:即西夏外交人员)来议地界,韩丞相玉汝出分画,将行,与爱妾刘氏剧饮通夕,且作词留别。翌日,忽中批步军司遣兵为搬家追送之,初莫测所由,久之方知自乐府发也。"(《石林诗话》)沈雄引《乐府纪闻》云:韩亦有"《凤箫吟》词咏芳草以留别,与《兰陵王》咏柳以叙别同意。后人竟以'芳草'为调名,则失凤箫吟原唱意矣"(《古今词话》)。此首上片设想双方依依惜别的场面和初别之苦,下片想象闺中的殷切盼望以寓征人之愁。

　　上片起三句设想征人的告别。关"锁"见"离愁"被掩盖,"连绵"指芳草以喻离情,"陌上初薰"写春光大好不能共度之苦。次三句写女子相送之情,暗泣清泪,默送征夫,更见内怆之切,无声胜似有声。再二句"长行"写征人远去,"长在眼"写女方长时送目,"远水"想征途之迢迢,"孤村"衬征人之孤单。结二句写女子整天凭高楼而放眼,"目断王孙"写其担心征人不归。

　　下片换头三句,"消魂"见女子无精打采,"池塘"忆堤上分手之痛,"绿妒轻裙"间接描写爱姬当时之美态。次三句"恁时"写女子的殷切盼望,携手同步、分花拂柳写女子意愿之切。再二句,"空"

66

写红颜自改的虚度之叹,面向年年春到,惹起"芳意常新",想其妾心之怨。结二句写春又到来,"醉眼"想春景之迷人,"莫负"似听爱姬之轻唤。

此词一旦传出,即使"步军司遣兵为搬家追送",足见情意动人,亦见词学之影响和社会之风气。

王安石 (2首)

　　王安石(1021—1086)字介甫,号半山,临川(今江西抚州市)人。年少好学,文笔如流,众服其妙,欧阳修为之延誉。仁宗庆历二年(1042)进士,先后于鄞县、舒州诸地任知县、通判、知州等职。神宗熙宁年间,出知江宁府,并两度为宰相,创新法,改旧政。因新、旧党争剧烈,终退居金陵。封荆国公,卒谥文。安石工诗文,为北宋大家,有《临川集》行世。其论填词云:"古之歌者,皆先有词,后为声。故曰:'诗言志,歌永言,声依永,律和声。'如今先撰腔子,后填词,却是咏依声也。"(《侯鲭录》)王氏词作不多,但能瘦削雅素,一洗五代词风。今传《临川先生歌曲》一卷,《补遗》一卷。《全宋词》集其全篇29首。

44　桂　枝　香①

词　谱

登临送目②,正故国③晚秋,天气初肃④。千里澄江似练⑤,翠峰如簇⑥。归帆去棹斜阳里,

背西风、酒旗⑦斜矗。彩舟云淡，星河鹭起⑧，画
○○○　●○●　○○○●　○○●●　●
图难足。　　念往昔、繁华竞逐，叹门外楼
○○●　　　●●●　○○●●　●○●○
头⑨，悲恨相续⑩。千古凭高，对此漫嗟荣辱⑪。
○　○●○●　○●○○　●●●○○●
六朝旧事如流水，但寒烟、衰草凝绿⑫。至今商
●○●●○○●　●○○　○●○●　●○○
女，时时犹唱，《后庭》遗曲⑬。
●　○○○●　●○○●

注　解

①[桂枝香]《白香词谱》题考："唐裴思谦和袁皓诗中有'桂枝香'句，词名当本于此。"又名疏帘淡月。此调6体，此词101字，为两种正体之一。全首韵脚属第十五部入声"屋"、"沃"通韵。　　②[送目]望远。　　③[故国]古都，旧都。这里指历史上南朝重地金陵。　　④[初肃]开始显出肃杀、萧条。《诗经·豳风·七月》有"九月肃霜"，《汉书·礼乐志》有"秋气肃杀"。　　⑤[似练]像一匹白色绸子。谢朓《晚登三山还望京邑》有"澄江静如练"句。⑥[簇(cù)]同镞。即箭头，形容山的峭拔。亦可释为攒聚。　　⑦[酒旗]见第38首注⑦。　　⑧[星河鹭起]指金陵(今南京市)西南长江中白鹭洲的动景。　　⑨[门外楼头]指南朝陈代亡国之事。陈后主沉溺声色，不问国事，宠幸贵妃张丽华等。隋将韩擒虎率兵从朱雀门攻城，俘陈后主、张丽华等，陈遂亡。杜牧《台城曲》有"门外韩擒虎，楼头张丽华"以讽其事。门外，即朱雀门外，建康(金陵)正南门；楼头，指结绮阁，张丽华所居。　　⑩[悲恨相续]指历史上吴、东晋、宋、齐、梁、陈等六朝的相继灭亡。　　⑪[漫嗟荣辱]空叹(六朝)兴亡。　　⑫[衰草凝绿]窦巩《南游感兴》："伤心欲问前朝事，惟见江流去不回。日暮东风春草绿，鹧鸪飞上越王台。"此化用诗意。　　⑬[《后庭》遗曲]亡国之君陈后主当年游宴后庭，曾作《玉树后庭花》之曲。杜牧《泊秦淮》有"商女不知亡国恨，隔江犹唱后庭花"，故《后庭》遗曲乃亡国之音。

作意与作法

　　此首黄升《花庵词选》题作《金陵怀古》。《历代诗余》引《古今

词话》云:"金陵怀古,诸公寄调桂枝香者三十余家,惟王介甫为绝唱。东坡见之,叹曰:'此老乃野狐精也!'"全词委婉讽寄,借登临怀古以含隐忧,约神宗熙宁初出任江宁府(即金陵)之作。上片写登临以观壮景,下片写怀古以寄隐忧。

上片起三句写晚秋之日于金陵古都登高望远。"初肃"写其秋风阵阵,乍冷却爽,正当登临。次二句写放眼大好河山。"似练",写千里秋江碧静的特色;"如簇",写群峰的峭拔昂首,似有竞秀比高之心,虽初肃,而松柏长在,翠绿犹存。再二句由远景写到近景,此"归帆去棹"、"酒旗斜矗",写物而藏人。江山有"人",虽初肃,亦不觉萧条。结三句继近观而补写。锦帆片片,轻雾缭绕,白鹭洲白鹭翩翩,扬子江宛如天降,此"故国"秋景,虽图画亦难尽描。

下片换头三句因景生情,回溯金陵春梦。六朝繁华,竞相追逐,到头来,一个个短寿夭亡。"门外楼头"为此中典型事件,写"悲恨"之源。次二句写千载后人凭吊古都的徒然空叹。"荣"从"繁华","辱"生"悲恨",此因果相关。再二句就近作比。六朝旧事如江流不复,人事多变,自然依旧。结三句写《后庭》遗曲的亡国之音"至今"为歌女仍唱,见词人忧心忡忡。

全词由壮景兴起怀古,由怀古勾起伤今,"至今"一词为点睛之笔,有千钧之重!

45 千秋岁引①

词 谱

别馆寒砧②,孤城画角③,一派秋声入寥
●　●　⊜　○　　○　○　●　●　●　　●　●　○　○　●　○

廓④。东归燕从海上去，南来雁向沙头落。楚台风⑤，庾楼月⑥，宛如昨。　　无奈被些名利缚，无奈被他情担阁，可惜风流⑦总闲却。当初漫留华表语⑧，而今误我秦楼⑨约。梦阑⑩时，酒醒后，思量着。

注　解

①[千秋岁引]又名千秋岁令、千秋万岁等。此调4体，此词属双调、82字正体。全首韵脚属第十六部入声"觉"、"药"通韵。　②[寒砧(zhēn)]凄冷的砧杵(用木棒槌在捣衣石上捣衣)之声。　③[画角]见第9首注④。④[寥廓]高远空旷。　⑤[楚台风]《文选》宋玉《风赋》："楚襄王游于兰台之宫……有风飒然而至，王乃披襟而当之，曰：'快哉此风！'"　⑥[庾楼月]晋庾亮尝为江、荆、豫州刺史，州治武昌(今湖北鄂城县)，曾与僚吏殷浩、王胡之等登南楼赏月，谈咏竟夕。事见《世说新语·容止》及《晋书》本传。⑦[风流]才子佳人的风流韵事或男女之间的风月情怀。　⑧["华表"句]《续搜神记》云："辽东城门有华表柱，有白鹤集其上言曰：'有鸟有鸟丁令威，去家千年今来归；城中如故人民非，何不学仙冢垒垒！'"按：丁令威本辽东人，在灵虚学道，后来变鹤归辽，集城门华表柱。华表柱即表木。以横木交柱头状若花，形似桔槔，设置于大路交通处，以表王者讷谏或标记交通。秦时撤除，汉代又恢复。　⑨[秦楼]此指凤台。《列仙传拾遗》云："萧史善吹箫，作鸾凤之响。秦穆公有女弄玉，善吹箫，公以妻之，遂教弄玉作凤鸣。居十数年，凤凰来止，公为作凤台，夫妇止其上。数年，弄玉乘凤，萧史乘龙去。"⑩[阑]残，尽。

作意与作法

此当变法失败，几经挫折，晚岁潜恨退居金陵之作。杨盛《词品》谓"荆公此词,大有感慨",《蓼园词选》亦谓"翛(xiāo)然有出尘之致"。此词上片写秋声之触人,下片写悔恨之潜心。

上片起三句写秋声惹愁。"别馆"传"寒砧",设家人之想念;"孤城"听"画角",见闻者之心凉。次二句再从物着想,写候鸟之来去,以雁、燕衬客子之归心。结三句叹惜往日的盛举不可再得。楚台纳风,随时讽谏;南楼咏谑,赏心畅怀。"宛如昨",写顺心之事,记忆犹新。

下片换头三句写空抛"风流"的悔恨,"名利缚"、"情担阁"都是愤激之情,直露之语。次二句写学仙、出尘,皆曲折之语,牢骚之言。"当初漫留"、"而今误我"均见悔恨之强烈。结三句写痛苦的回忆。梦尽之时,酒醒之后,其思愈苦。

全词上景下情,即景生情。上片描秋光之图,其寂寞景色,隐隐在目;下片抒人生之感,其激愤牢骚,句句在闻。

王安国 (1首)

王安国(1030—1076)字平甫,安石弟,临川(今江西抚州市)人。神宗熙宁初赐进士及第,任西京国子教授,继秘阁校理。及安石罢相,安国亦遭陷夺官,放归田里,卒年47。有词见《花庵词选》。《全宋词》辑其全篇3首。

46 清平乐①

词 谱

留春不住,费尽莺儿语。满地残红宫锦②
⊖⊖⊖● ●⊜⊖○⊖ ●●⊖○⊖⊖

污,昨夜南园风雨。　　小怜③初上琵琶④,晓
◉ ●●⊖○⊖● 　　⊖⊗ ⊖●⊖◎ ⊖

来思绕天涯。不肯画堂朱户⑤,春风自在杨花。
⊖⊖●●◎ ⊖●●⊖○● ⊖⊖●●⊖⊖

注 解

①[清平乐]见第12首注①。此调3体,此词属双调、46字正体,平仄1异(见谱中⊗)。全首用韵属第四部仄声"语"、"麌"、"遇",第十部平声"佳(半)"、"麻",为上、下片仄平韵转换。　　②[宫锦]宫中特制的锦缎,这里比喻落花。　　③[小怜]原为北朝冯淑妃之名,此泛指歌女。　　④[初上琵

琶]初次进献(表演)琵琶曲。　　⑤[画堂朱户]指贵族宅第。

作意与作法

　　此首约遭陷夺官归里以后之作。时令春晚,雨打风吹,使读者联想起当时的政治气候。上片惜残红坠地,下片愿杨花任飞。作者于逆境中尚持正气,乃难能之处。

　　上片起二句写春去莺飞。"留"字写对"春"的好感;"费"字写对"莺"的同情。结二句因果倒置。残红污染,写眼观之痛惜;风雨吹打,写心头的怨恨。下片换头二句写琵琶新声。"初上琵琶",写小怜的惜春和同感;"思绕天涯",写词人的志向和共鸣。结二句鉴于南园残花的命运,希望作杨花随意飞翔。

　　全词上、下二结以景见情,窥词人品格之高。

晏几道 (15首)

晏几道(1038—1110)字叔原,号小山,晏殊的幼子。神宗元丰年间,曾任颖昌府许田镇(今河南许昌市西南)监,生不得志,职位低微。黄庭坚序《小山词》认作者为"人英",然其"痴绝"有四:"仕宦连蹇,而不能一傍贵人之门,是一痴也。论文自有体,不肯一作新进士语(按:即不趋时尚),此又一痴也。费资千百万,家人寒饥,而面有孺子之色,此又一痴也。人百负之而不恨,己信人,终不疑其欺己,此又一痴也。"以上"人英"四"痴",可见词人天真无邪而又恃才傲世。

晏几道词作与乃父齐名,人称"二晏"。风格近"花间",不出闺情艳事。反映生活的范围狭窄,多言愁情。由于生活、地位有别,而父子言愁亦有别。晏殊的愁多属闲愁,为调剂过分舒适的生活而作;几道的愁出于生活中的实际感受,俱发自内心的真情实感。他的《小山词自跋》云:"往者浮沈酒中,病世之歌词,不足以析酲解愠,试续南部诸贤绪余,作五、七字语,期以自娱。"夏敬观《小山词跋尾》云:"晏氏父子嗣响南唐二主,才力相敌,盖不特词胜,尤有过人之情。叔原以贵人暮子,落拓一生,华屋山丘,身亲经历,哀丝豪竹,寓其微痛纤悲,宜其造诣又过于父。"故冯煦《宋六十一家词选例言》可怜他为"古之伤心人",这方面实为晏殊所不及。

今传《小山词》,见毛晋《宋六十名家词》及朱孝臧《彊村丛

47　临江仙①

词　谱

　　梦后楼台高锁，酒醒帘幕低垂。去年春恨
　　○●○○●　●●○○○●　●○○●

却②来时。落花人独立，微雨燕双飞③。　　记
●○○　●○○●●　○●●○○　　　●

得小蘋④初见，两重⑤心字罗衣⑥。琵琶弦上说
●●○○○●　●○○●○○　○○○●●

相思。当时明月在，曾照彩云⑦归。
○○　○○○●●　○●●○○

注　解

　　①[临江仙]唐教坊曲名。一说唐词多缘题所赋，乃咏水仙；一说则言仙
事，并多转入艳情。又名谢新恩、雁归后、画屏春、庭院深深等。此调 11 体，
此词属双调、58 字(起句 6 字)变体，平仄 2 异(见谱中❀)。全首韵脚属第三
部平声"支"、"微"通韵。　　②[却]正当，恰巧。　　③["落花"二句]此是
唐人翁宏的《春残》诗句，前二句是"又是春残也，如何出翠帏?"　　④[小蘋]
歌女名。　　⑤[两重(chóng)]两层。　　⑥[心字罗衣]指衣领剜成篆体
"心"字形的高级衣料的衣服。　　⑦[彩云]指小蘋。

作意与作法

　　晏几道云："始时沈十二廉叔、陈十君宠家有莲、鸿、蘋、云，品
清讴娱客。每得一解，即以草授诸儿，吾三人持酒听之，为一笑乐。
已而君宠疾废卧家，廉叔下世，昔之狂篇醉句，遂与两家歌儿酒使
俱流转人间。"(《小山词跋》)全首写别后的想念之情。上片写别后

76

的孤独，写今日；下片忆别时的愁情，写去年。

上片起二句"梦后""酒醒"互文，此写虚欢已过，麻醉已停，伊人远去，空有居室。次一句"春恨"写去年春日的分离之恨，"却来"写今年春日又涌现心头。结二句活用翁诗。春残花谢，细雨霏霏，人、燕相对，反衬幽独之情。下片重头二句写初见小蘋之美，服装如此时髦，可想人儿的俊俏。次一句"相思"写小蘋的深情，"琵琶弦上"见她的才与艺。结二句"明月"写去年分手的春宵时刻，"彩云"写飘飘而去的伊人之情。

上片结二句景中含情，下片结二句情中生景，全词曲折深婉，为小山代表作。

48　蝶恋花①

词　谱

梦入江南烟水路，行尽江南、不与离人遇。
〇●〇●〇〇● 〇〇〇 ●●〇〇●

睡里消魂无说处，觉来惆怅消魂误。　　欲尽
〇●〇〇〇●● ●〇〇●〇〇● ●〇●

此情书尺素②，浮雁沉鱼③、终了④无凭据。却
〇〇〇●● 〇●〇〇 〇●〇〇●

倚缓弦歌别绪，断肠移破秦筝⑤柱。
●●〇〇〇●● ●〇〇●〇〇●

注　解

①[蝶恋花]见第 19 首注①。此词属双调、60 字正体。全首用韵属第四部"语"、"麌"、"御"、"遇"仄声上、去通押。　　②[尺素]古代用绢帛作笺，长度通常一尺，用来作文、写信，故称"尺素"。古乐府《饮马长城窟行》："客从远

方来,遗我双鲤鱼,呼儿烹鲤鱼,中有尺素书。"   ③[浮雁沉鱼]此与注②同参第12首注②。   ④[终了]终于。   ⑤[秦筝]筝,拨弦乐器,战国时传到秦地,故又名"秦筝"。音箱为木制长方形。唐宋时,面上张弦13根,每弦用一柱支撑,柱可左右移动,以调节音高。

作意与作法

此首写歌女的离情。上片写梦里寻人不遇和醒后的懊恼;下片写音讯难托的苦闷和借琴歌倾愁的痛楚。

上片起三句,"江南"乃伊人所在,"烟水"言路程迷茫,"行尽"写女心之急,不遇写遍体之凉。结二句梦里伤神,无人诉说,皆因不遇;醒后懊恼,无人安慰,又因梦中"消魂"之误。下片重头三句,"尺素"写通情之书,"浮"、"沉"写雁鱼难凭。"欲尽此情"却终于无托,希望愈大,其破灭愈痛。结二句,却依"缓弦"写筝音之沉和心音之沉;指移破柱写筝弦之急和心弦之急。此筝音高低急缓之多变,正是"断肠"之痛表现于琴。

全词层层跌入,几度顿挫,离愁别恨,尽在梦中梦醒之时。

49 蝶 恋 花①

词 谱

　　　醉别西楼醒不记,春梦秋云②、聚散真容
　　○●○○●●○　○●○○

易。斜月半窗还少睡③,画屏④闲展吴山⑤翠。
○　○●●○○●●　○●○○○○●

　　　衣上酒痕诗里字,点点行行、总是凄凉意。
　　○●●○○●●　●●○○　●●○○●

红烛自怜无好计,夜寒空替人垂泪。
○●●○○●●　●○○●○○●

注 解

①[蝶恋花]见第 19 首注①。此词属双调、60 字正体。全首韵脚属第三部去声"置"、"霁"通韵。　　②[春梦秋云]白居易《花飞花》:"来如春梦不多时,去似秋云无觅处。"　　③[少睡]少通小,即暂时的小睡。　　④[画屏]屏即屏风,室内用以挡风,或作障蔽。屏上常以图画美化,故称"画屏"。
⑤[吴山]屏中之画。吴山、越山,写离别相思之情。林逋《长相思》:"吴山青,越山青,两岸青山相送迎。谁知离别情。"

作意与作法

　　此写词人苦诉寂寞之心和凄凉之情。上片写醉别归去的孤独,下片写对烛填词之伤怀。

　　上片起三句,"西楼"乃幽会之处,醉酒写暂时之欢。"春梦"有惋惜相聚之暂短,"秋云"有悔恨离散之无迹。此如"梦"如"云"的聚散,虽说"容易",实隐悲伤,故以醒来忘尽为好。结二句"斜月半窗"写帘未全掩,人非全睡;"画屏闲展"写空有障蔽,只有相思。下片重头三句,"酒痕"点点行行,诗字行行点点,此见酒逢知己饮,词为歌姬填。想女子一身飘零,看自己游宦区区,怎不心境"凄凉"。结二句写红烛在燃,无计保重自己;烛泪潸潸,亦是"替人空垂"。而小晏夜寒填词,何尝不是如此?下片"点点行行"和"替人垂泪"互相关照,而衣上酒痕和诗中文字却概括了词人悲剧的一生。

50　鹧　鸪　天①

词 谱

彩袖殷勤捧玉钟②,当年拚却③醉颜红。舞
⬤●⬤—●⬤—◯　　—◯●●　●◯◯—

低杨柳楼心④月,歌尽桃花扇底⑤风。　　从别

○　○　●　●　　●　●　○　○　●　　　　⊖　⊖

后,忆相逢,几回魂梦与君同⑥。今宵剩⑦把银

●　●　○　○　◎　○　○　●　●　○　○　○　●　○

钉⑧照,犹恐相逢是梦中。

○　●　●　⊖　○　○　●　●　◎

注　解

①[鹧鸪天]《填词名解》谓"采郑嵎诗'春游鸡鹿塞,家在鹧鸪天'"。又名思越人、思佳客、剪朝霞、骊歌一叠、醉梅花等。此调仅此55字一体,全首韵脚属第一部平声"东"、"冬"通韵。　　②[玉钟]珍贵的酒杯。　　③[拚(pàn古平声)却]舍弃,甘愿,不惜。今口语"豁着"最是此意。　　④[楼心]即楼中。　　⑤[扇底]即扇里。歌舞中常以罗扇作道具。　　⑥[同]指欢聚一堂。　　⑦[剩(shèng)]尽。　　⑧[银钉(gāng)]银制的灯。

作意与作法

此词黄升《花庵词选》题作《佳会》,应是为一位极为钟爱的能歌善舞的女郎的重逢而作,尽抒词人无限今昔之慨。上片追忆欢愉之往事,写当年;下片叙别后相逢之惊喜,写今宵。

上片起二句回忆酒席宴上的初见。"彩袖"写艳装以代女子,"殷勤"写女子的多情,"玉钟"写餐具的华贵。面对多情佳人,驰名美酒,怎能推却,豁着满脸通红,也要干此一杯。这就是"当年"一见钟情的特写镜头。结二句铺写歌舞场中的欢愉。"杨柳",写舞女身姿的苗条;"桃花",写歌儿面庞的娇嫩。二词以物比人,分别为上下二句之主语,且二句互文见义,属对工巧。黄蓼园以为"比白香山'笙歌归院落,灯火下楼台'更觉浓至"(《蓼园词选》)。下片换头三句因初遇一见钟情,故别后无时不在回忆。日有所思,夜有所梦,梦魂欢见,写情之真。结二句由虚到实,写今晚真的重逢。"银钉",写灯具之华丽;"剩把",写照女之长久;"犹恐",见词人内心之活动。希望之大,唯其犹恐落空。刘体仁云:"'夜阑更秉烛,

相对如梦寐’，叔原则云：‘今宵剩把银釭照，犹恐相逢是梦中。’此诗与词之分疆也。”（《七颂堂词绎》）这也是杜诗与晏词的不同风格。

51　生查子①

词　谱

关山魂梦长，塞雁②音书少。两鬓可怜③青，只为相思老。　　归傍碧纱窗，说与人人④道："真个⑤别离难，不似相逢好。"

注　解

①[生查子]唐教坊曲名，后用为词牌。《考正白香词谱》注云："本名《生楂子》，其后省笔作‘查’。"又名楚云深、梅和柳、晴色入青山等。此词属双调、40字正体。全首韵脚属第八部上声"篠"、"皓"通韵。　　②[塞雁]边塞之雁，秋季南来，春季北去。亦作塞鸿，诗词中常比作异乡客子。　　③[可怜]可爱；可惜。　　④[人人]人儿，称所爱的人。　　⑤[真个]真正。

作意与作法

此首写游子的情思，反映词人多愁善感之怀和喜聚厌离之心。上片写游子的离情，下片写游子的梦境。

上片起二句"关山"、"塞雁"写游子之征途；"梦长"写思亲之切，"书少"写家信之稀。结二句两鬓青丝，写青春的可爱；一夕人老，写相思之难熬。下片重头二句写词人梦魂还家，"纱窗"写熟悉之室，"人人"写心爱之妻。结二句写词人梦中所言。"难"写离别的苦;"好"写相聚的甜。然此情此理是可笑之处,也是可爱之处;是当年晏几道之语,亦是后来贾宝玉之言。

全词以写梦魂始,写梦语终。梦虽虚幻,但吐真情。

52 玉 楼 春^①

词　谱

东风又作无情计,艳粉娇红^②吹满地。碧楼
帘影不遮愁,还是去年今日意。　　谁知错管
春残事,到处登临曾费泪。此时金盏直须^③深,
看尽落花能几醉?

注　解

①[玉楼春]见第1首注①。此词属双调、56字李煜变体,平仄4异(见谱中⊗、⊗)。全首韵脚属第三部去声"置"、"霁"通韵。　　②[艳粉娇红]指春花。　　③[直须]就该。杜秋娘《金缕衣》:"花开堪折直须折,莫等无花空折枝。"

作意与作法

此首为悼惜春残之作。上片写春花一年一落,词人一年一愁,从难免惜春写起。下片写看破花谢花飞,人生红消香断,以怎样惜春结束。

上片起二句"无情"写对"东风"的恨,"满地"写对落花的惜。结二句"帘影不遮"写惜春之心难以按捺,"去年今日"写伤春之病

已成规律。下片重头二句"错管春残"、"登临费泪"尽写后悔悼惜的遗憾。结二句"金盏须深"、人能"几醉",尽写看破人生的真谛。

小词文笔清劲,内涵深婉,貌似及时行乐,心藏沉痛之情。

53　玉　楼　春①

词　谱

秋千院落重帘暮,彩笔闲来题绣户。墙头
〇〇〇〇〇〇〇〇〇〇〇〇　〇〇

丹杏雨余花,门外绿杨风后絮。　　朝云②信断
〇〇〇〇〇〇〇〇〇〇　〇〇〇〇

知何处?应作襄王春梦去。紫骝③认得旧游踪,
〇〇〇〇〇〇〇〇〇〇　〇〇〇〇〇〇

嘶过画桥④东畔路。
〇〇〇〇〇〇〇

注　解

①[玉楼春]见第1首注①。此词属双调、56字李煜变体,平仄7异(见谱中〇、、)。全首用韵属第四部"麌"、"御"、"遇"仄声上、去通押。　　②[朝云]宋玉《高唐赋》:"昔者先王尝游高唐,怠而昼寝,梦见一妇人……去而辞曰:'妾在巫山之阳,高丘之阻,旦为朝云,暮为行雨,朝朝暮暮,阳台之下。'旦朝视之,如言。故为立庙。号曰'朝云'。"陆游《三峡歌》:"朝云暮雨浑虚语,一夜猿声明月中。"下句"襄王春梦"即此。此典亦作"旦为行云,暮为行雨"。③[紫骝]良马名。又名枣骝。杨炯《紫骝马》:"侠客重周游,金鞭控紫骝。"④[画桥]有雕栏装饰的桥。

作意与作法

此首为词人暮春怀人之作。上片写题词,以期寄感;下片托梦访,以期相遇。

上片起二句写日暮垂帘,临窗握笔。空有"秋千",写佳人已经离去;"闲来"无聊,动离情握笔题诗。结二句写风雨无情,诗成有感:谢尽杏花飞尽絮,转眼便是春光老。下片重头二句写思念佳人,希望一梦。"信断",见肝肠之痛,"春梦",待相会之期。结二句写梦游走访,跨马出门。马识游踪,人情何况;马既长嘶,人更长吟。

全词从人题绣户到马嘶画桥,人马共鸣,虚实结合。其结句让人想象,耐人寻思。沈谦云:"填词结句,或以动荡见奇,或以迷离称胜,著一实语败矣。康伯可'正是销魂时候也,撩乱花飞',晏叔原'紫骝认得旧游踪,嘶过画桥东畔路',秦少游'放花无语对斜晖,此恨谁知',深得此法。"(《填词杂说》)

54 清 平 乐①

词 谱

留人不住,醉解兰舟去。一棹碧涛春水路,

过尽晓莺啼处。　　渡头杨柳青青,枝枝叶叶

离情。此后锦书②休寄,画楼③云雨④无凭。

注 解

①[清平乐]见第12首注①。此调3体,此词属双调、46字正体,平仄1异(见谱中⊗)。全首用韵属第四部"御"、"遇",第十一部"庚"、"青"、"蒸"、"青",为仄、平韵转换。　　②[锦书]参见第30首注④。　　③[画楼]华丽的屋舍。此指词中女子所居。　　④[云雨]指男女的欢合。参见第53首注②。

作意与作法

此写女子送别情人的矛盾复杂的心情。上片写情人的乘舟离去,下片写自身的渡头之思。

上片起二句写渡头饯别。"留人不住",写送者的千留万留;"醉解兰舟",写行者的行色匆匆。结二句写目送情人。"一棹碧涛",写摇桨之初,愁如一江春水;过尽莺、花,写船行之速,恨不能共赏同游。下片换头二句写渡头所见。"杨柳青青",看去似喜人之春色;"枝枝叶叶",思之如依依而难分。结二句写渡头所想。"锦书休寄"的怒语乃"留人不住"的激动;"云雨无凭"的怨言,责"醉解兰舟"的无情。

全词起结呼应,故留悬念。以爱情波折入词,写来逼真。

55 阮 郎 归^①

词 谱

旧香残粉似当初,人情恨不如。一春犹有
〇 ○ 〇 ● 〇 ◎ ○ 〇 ○ 〇 ◉ 〇 ◎ 〇 ○ 〇

数行书,秋来书更疏。　衾凤^②冷,枕鸳^③孤,
● ○ ◎ 　 ○ ○ ◎ 〇 ● ○ 〇 ○

愁肠待酒舒。梦魂纵有也成虚,那堪和^④梦无。
〇 ○ 〇 ● ● ◎ ○ 〇 ● ● ◎ 〇 ◉ 〇 ○ 〇 ● ◎

注 解

①[阮郎归]《神仙记》载:刘晨、阮肇入天台山采药,遇二仙女,留住半年,思乡甚苦。既归,则乡邑零落,经已十世。曲名因此,常作凄音。此调又名碧桃春、醉桃源、宴桃源、濯缨曲。此调2体,此词属双调、47字正体。全首韵脚属第四部平声"鱼"、"虞"通韵。　②[衾凤]刺绣着凤凰双飞图案的被子。

85

③［枕鸳］刺绣着鸳鸯戏水的枕头。　④［和］连，甚而至于……。

作意与作法

　　此写词人的离情别绪。上片写"恨"，下片写"愁"。

　　上片起二句人、物对比，恨人不如物。所留脂粉，香味犹在；所去伊人，旧情渐无。结二句公布私情，见万不得已。春日迟迟，尚寄短信数行，已难慰藉；秋风阵阵，不见一个圈点，深恨薄情。下片换头三句写词人苦于孤独，以酒浇愁。衾冷、枕孤，写无人相伴的痛苦；愁肠待酒，写无人宽慰的可怜。结二句写无可奈何，已成绝望。梦魂纵有，望不可即，何况夜不能寐，连梦也无。

　　全词愁恨相叠，哀婉层递，和泪填词，呕心沥血。世间常言痴心女子负心汉，小山词却道负心女子痴心郎。读《阮郎归》，见识全矣！

56　阮　郎　归①

词　谱

　　天边②金掌③露成霜，云随雁字④长。绿杯
　　⊖○　⊖●　●　○○　⊖○○●　◎　⊖○

红袖趁重阳⑤，人情⑥似故乡。　　兰佩紫，菊
⊖●　⊖○○　○○　⊖●○　　⊖●●　⊖

簪黄，殷勤理旧狂⑦。欲将沉醉换悲凉，清歌莫
○○　○○⊖●○　⊖○○●●○○　○○●

断肠。
●◎

注　解

　　①［阮郎归］见第55首注①。此调2体，此词属双调、47字正体。全首韵

脚属第二部平声"阳"韵。 ②[天边]这里指想象中放眼所见的远处。
③[金掌]汉武帝建神明台,上立铜仙人,金掌承盘以储露水,和玉屑服之,而
求长寿。金掌即承盘接露水的仙人掌。铜仙曾在汉都长安,此处宋京为借
指。 ④[雁字]群雁列队飞行,形如"一"字或"人"字,故说雁阵为雁字。
雁,候鸟,春天北上,秋天南归,雌雄配对。 ⑤[重阳]即九月初九重阳节。
因"九"为阳数,日月并应,故又称"重九"。古俗于此节或享宴,或登高,或簪
黄菊,或佩香囊。 ⑥[人情]人际交往。 ⑦[理旧狂]重摆旧日的狂
态。况周颐云:"狂者,所谓一肚皮不合时宜,发现于外者也。"(《蕙风词话》)
参见第32首注⑤。

作意与作法

　　此重阳词篇非一般应节之作或闺情之诉,作者已注入人生失
意之感。上片写时届秋末,杯趁重阳;下片写佩兰簪菊,一醉方休。

　　上片起二句,放眼远望,遥想金人露盘凝霜,此写时届深秋,兴
草木摇落之叹。时见雁列横空,白云绵绵,羡候鸟南归,生还乡之
念。结二句写绿酒满杯,不辞红袖歌女相劝;重阳佳节,人际交往
亦如故乡风情。"趁",机不可失也。下片换头三句衣佩紫兰,发簪
黄菊,殷勤打扮,重饰旧狂,一方面乃重阳民俗,一方面以示不攀高
结贵,此亦昔日狂放之举动。结二句清歌断肠,见无丝竹相伴,仅
有"红袖"相怜。此断肠人慰断肠人,其悲愈甚,故欲烂醉忘愁。

　　小词俊语连珠,情感深厚凝重。其"清歌"结句,况周颐谓顿觉
"竟体空灵"(《蕙风词话》)。

57 六 幺 令①

词 谱

绿阴春尽，飞絮绕香阁。晚来翠眉宫样，巧把远山②学。一寸狂心未说，已向横波③觉。画帘遮匝④，新翻⑤曲妙，暗许闲人带偷掐。

前度书多隐语，意浅⑥愁难答。昨夜诗有回文⑦，韵险⑧还慵押。都待笙歌散了，记取⑨来时霎。不消⑩红蜡，闲云归后，月在庭花旧阑角。

注 解

①[六幺(yāo)令]王灼《碧鸡漫志》谓有人认此曲拍无过六字，故曰"六幺"。又名绿腰、乐世、录要等。此调 3 体，此词属双调、94 字正体，平仄 2 异（见谱中❌、⊗）。全首韵脚属第十六部入声"觉"、"药"与第十九部入声"合"、"洽"隔部通押。　　②[远山]见第 22 首注④。　　③[横波]目光斜视如水波横流。李白《长相思》："昔时横波目，今作流泪泉。"此处形容眼睛的神采。④[遮匝(zā，古入声)]遮围。曹操《短歌行》："绕树三匝，何枝可依。"⑤[翻]这里作演奏之意。欧阳修《玉楼春》："离歌且莫翻新阕，一曲能教肠寸结。"　　⑥[意浅]猜测得浅。　　⑦[回文]也叫"回环"，乃修辞格之一。此

88

用于诗歌,成为回文诗,相传始于晋代傅咸、温峤,诗已不传,今所见有十六国时前秦女诗人苏蕙的《璇玑图》。据唐武则天于旋图诗序中说,乃因家庭纠纷,苏氏丈夫窦滔留镇襄阳不归,亦不见信,苏氏悔恨自伤,因织锦为回文,五采相宜,莹心耀目,纵横反复,皆成章句,叫人送至襄阳,窦滔看后非常感动,乃接苏氏到襄阳团聚。　　⑧[韵险]诗句中用"江"、"佳"、"肴"、"咸"等极少韵字的韵目或用其它艰僻字押韵,人觉其险。唐宋诗人中有故弄玄奇者。⑨[取]助词着、得。白居易《时世妆》:"元和妆梳君记取,髻堆面赭非华风。"⑩[不消]不必,不需。

作意与作法

　　此词写一对情侣的恋爱。女方是一位多才多艺的歌女,是恋爱的主动者;男方是词人自己,是约会的提起人。此词上片写歌女在暮春之夜寄爱于琴,下片写男方收到诗信,要求前来一会。

　　上片起二句"香阁"小楼,写歌女住处的佳丽;"绿阴"连片,"飞絮"濛濛,此起写幽静之境,结为约会之地。次二句写歌女的晚妆。"宫样"写眉妆的时髦,"远山"写眉梢的拖长。再二句写歌女的多情。"狂心"写其大胆生爱,"横波"写其眉眼多情。结三句写歌女的心曲。"画帘遮匝",写其不愿待客应酬;"暗许偷掐",写其听任闲人偷听偷记。

　　下片换头二句,"书多隐语",见此女胆大心细,故作试探;"意浅""难答",写词人体会不深,未敢随便回音。次二句"诗有回文",写此女的诗才和诚意;"韵险""慵押",写词人才疏而倦于和诗。再二句写词人写信约会。"笙歌散了",指街巷人静之际;"来时"一霎,写瞬息即到之速。结三句提出约会之地。不登阁,不点灯,就在月下、院中、花间、栏下。

　　全词所写两性之恋,意朴情真;传统之破,心狂胆大。

58　御街行①

词　谱

街南绿树春饶絮，雪满游春路。树头花艳

杂娇云，树底人家朱户。北楼闲上，疏帘②高

卷，直见街南树。　　阑干③依尽犹慵去，几度

黄昏雨。晚春盘马④踏青苔，曾傍绿阴深驻。落

花犹在，香屏⑤空掩，人面知何处？

注　解

①［御街行］见第3首注①。此调6体，此词属双调、76字柳(永)词正体。全首用韵属第四部"麌"、"御"、"遇"仄声上、去通押。　　②［疏帘］帘栊有格，故又称疏帘。参见第7首注⑨。　　③［阑干］古代建筑物附加的木制栅栏。格式多种，漆色多样，以求美观。李白《清平调》有"沉香亭北倚阑干"。又作纵横解，如"翰海阑干百丈冰"(岑参《白雪歌送武判官归京》)。　　④［盘马］骑在马上回旋不前。　　⑤［香屏］指闺房里的屏风。参见第49首注④。

作意与作法

此首写词人青年时代的风流生活，约有崔护春游的本事，效《都城南庄》而作。上片写春游所遇，一见钟情；下片写落花尚在，伊人不见。

上片起二句"街南"系游春之地，杨柳重重，飞絮濛濛，写街南的暮春景色，而"游春"二字，可想人物的盛况、词人的风采。次二

句镜头推到街南一处,此处枝头红花、窗口红颜相对辉映,一时感动词人的情怀。结三句写词人空归北楼,情怀难抑,绿树在望,朱户难见。下片重头二句始写此后的相思之举。阑干依遍,风雨黄昏,写多次上下北楼的苦望。次二句写相思的进一步举动。"盘马青苔"、"绿阴深驻"写多次街南树下的苦恋。结三句又进一步由树下而达门前。"落花"、"香屏"对比,写物是人非之叹,人面何处?此不仅词人怀念,而千百年后,亦使读者悬念。

全词与崔护《都城南庄》比,概括不及,而细节胜之;坦率爽朗不及,而曲折蕴藉胜之。

59　虞美人①

词　谱

曲阑干②外天如水,昨夜还曾倚。初将明月
○○◐ ●●○○● ●○○◐● ━○●◐

比佳期,长向月圆时候、望人归。　　罗衣著破
●○○ ◐●●○○◐ ●○○ ━○●●

前香在,旧意谁教改。一春离恨懒调弦,犹有两
○○● ●●○○● ●○○●●○○ ○●◐

行闲泪、宝筝③前。
○━●●●◎

注　解

①[虞美人]唐教坊曲名。《乐府诗集》卷五十八《琴曲歌辞·力拔山操》序云:"按:《琴曲》有《力拔山操》,项羽所作也。近世又有《虞美人》曲,亦出于此。"又名虞美人令、玉壶冰、忆柳曲、一江春水等。此调7体,此词双调、56字,属李煜正体。全首韵脚属第三部"纸"、"支"、"微"、"贿(半)"、"队(半)"和

第七部"先",为仄、平韵转换。　　②[阑干]见第58首注③。　　③[宝筝]名贵的筝。参见第48首注⑤。

作意与作法

此首写一位歌女的离恨之情。上片写昨夜依阑怀人,下片写今朝睹物生恨。

上片起二句,夜倚"曲阑",写思念之切;月色"如水",写寄情之远。结二句"明月"、"佳期"写初盼十五相会;长望"人归"写空见次次月圆。下片重头二句君卿对举,"罗衣著破",写女子期待之久;"旧意谁改",疑情人已交新欢。结二句"一春离恨","两行闲泪",十三筝弦,真有"故'人'不堪回首月明中"之慨。

60　留春令①

词　谱

画屏②天畔,梦回依约,十洲③云水。手拈红
●○　　○●　●○●○　　○●○　　●○　●●○

笺寄人书,写无限、伤春事。　　　别浦④高楼曾漫
○●○○　●○●　○○◉　　　　●●　○○○○○

倚,对江南千里。楼下分流水声中,有当日、凭高
◉　●○○○●　○○◉○○●○○　○●●　○○

泪⑤。
◉

注　解

①[留春令]此调4体,此词属双调、50字正体。全首用韵属第三部"纸"、"置"仄声上、去通押。　　②[画屏]见第49首注④。　　③[十洲]指祖洲、瀛洲、玄洲、炎洲、长洲、元洲、流洲、生洲、凤麟洲、聚窟洲。传说都在八方大

92

海之中,为神仙住地。见东方朔《十洲记》。　④[别浦]牛郎织女于银河水边送别,故此。这里同南浦,见第38首注⑥。　⑤[凭高泪]冯延巳《三台令》:"流水、流水,中有伤心双泪。"本此。

作意与作法

此首写女子伤春怀远之情。上片写梦中醒来,欲寄情书;下片写别后倚楼,凭高垂泪。

上片起三句"画屏"描天涯之乡,"十洲"写海角之地,女子对"画屏"睡去,从"十洲"中醒来,天涯海角,依依约约,不见情侣,有失所望。结二句"手捻红笺"写情书已成,"伤春"之事,写由衷尽诉。下片换头二句"高楼漫倚"写遍扶阑干而望远,千里"江南"写伊人所在之迢迢。结二句写"当日""凭高",不堪回首。"水声"比长久的倾诉,"分流"扣双泪之不尽。

61　思远人①

词　谱

红叶黄花秋意晚,千里念行客。看飞云过
〇●〇〇〇●●　〇●●〇●　●〇〇●

尽,归鸿②无信,何处寄书得③?　　泪弹不尽
●　〇〇〇●　〇●●〇●　　　　●〇●●

临窗滴,就砚旋④研墨。渐写到别来,此情深
〇〇●　●●〇〇●　●●●〇〇　●〇〇

处,红笺为无色。
●　〇〇〇〇●

注　解

①[思远人]词牌因此词有"千里念行客"句,取其意以为名。此调仅此词

93

52字双调一体。全首韵脚属第十七部入声"陌"、"锡"、"职"通韵。
②[归鸿]参见第12首注②。　　　③[得]语助词。句中"寄书得"即"寄得书"。　　④[旋]即。

作意与作法

此写闺中少妇思念远行郎君的离别之情。上片写游子秋日未归,音书又断;下片写少妇临窗写信,泪洗红笺。

上片起二句"红叶"、"黄花"描写秋日之景,渲染霜天之色,激发闺中少妇的怀人之念。结三句"飞云过尽"写想望之久,"归鸿无信"写希望之空。"何处寄书"写盼归之切。下片重头二句,"临窗"滴泪写望极伤心,和泪"研墨"写欲诉的悲怆。结三句"写到别来"为触动情弦的高点,"红笺无色"指血泪滴染,浅红信笺失去原色。

全首用入声急促之韵,以体现少妇抽泣呜咽之声,结语用深层透写之法,以体现少妇抽泣呜咽之情。

苏　轼 (10首)

　　苏轼(1036—1101)字子瞻,号东坡居士,眉州眉山(今四川眉山)人。仁宗嘉祐二年(1057)进士,为欧阳修赏识。王安石推行新法,他属反对派的旧党,故离京赴杭州、密州(山东诸城县)、徐州等地任地方官。神宗时,因写诗而被指控讽刺新法,于湖州入狱,此即"乌台诗案",随后贬到黄州(今湖北黄州市)。哲宗时,曾召回朝为翰林学士。绍圣初年,新党再执政,又远贬惠州、儋州(今海南岛)。徽宗立,赦还。建中靖国元年卒于常州,年65。子瞻一生反对新法,但不全面否定新法,如限制贵族特权、加强国防力量方面他是赞成者。在地方任上亦有一定政绩,能兴利除弊,关心人民生活,为民拥戴。他的死讯传出后,常州人民在街头哭泣,京城中数百名学子书生连连到当地佛寺进行追悼。

　　苏轼是一位全能的作家。他的诗富有新的生命,具有新的境界,与黄庭坚合称苏黄,为北宋的代表。他的散文与父洵、弟辙称"三苏",入唐宋八大家之林。他的词部分内容有所解放,风格有所创新,成为北宋词坛的别格。由五代到柳永,词与音乐相依为命,其内容多为艳情别意。然苏轼却为文学而作词,不仅为了歌唱;也为人生而写词,不仅为了儿女情。《四库全书》提要云:"词自晚唐五代以来,以亲切婉丽为宗,至柳永而一变,如诗家之有白居易;至苏轼又一变,如诗家之有韩愈,遂开南宋辛弃疾等一派。寻源溯流,不能不谓之别格,然谓之不工则不可。故今日尚与花间一派并行,而不能偏废。"苏词传有《东坡乐府》二卷。《全宋词》辑其全篇346首,残篇15。《全宋词补辑》又辑残篇1。

62 水调歌头①

丙辰②中秋,欢饮达旦,大醉。作此篇,兼怀子由③。

词　谱

明月几时有?把酒问青天④!不知天上宫
○●○○● ●●●○○ ●○○●○

阙,今夕是何年?我欲乘风归去,又恐琼楼玉
● ○●●○○ ●●○○○● ●●○○●

宇⑤,高处不胜寒⑥。起舞弄清影,何似在人间。
◉ ○●●○○ ●●●○● ○●●○◎

转朱阁,低绮户⑦,照无眠⑧。不应有恨,何
●○● ○●● ●○○ ●○●● ○

事长向别时圆?人有悲欢离合,月有阴晴圆缺,
●○●●●○○ ○●○○○● ●●○○○●

此事古难全。但愿人长久,千里共婵娟⑨。
●●●○○ ●●○○● ○●●○◎

注　解

①[水调歌头]《乐苑》云:"《水调》《河传》,隋炀帝幸江南时所制。曲成奏之,声韵怨切。王令言闻而谓其弟子曰:'但有去声,而无回韵,帝不还矣。'后竟如其言。按唐曲凡十一叠:前五叠为歌,后六叠为入破,其歌第五叠五言调,最为怨切,故白居易诗(按:即《听水调》一诗)云:'五言一遍最殷勤,调少情多似有因,不会当时翻曲意,此声肠断为何人?'盖指此也。"(郭茂倩《乐府

诗集》卷七十五《近代曲辞》录《水调歌头》引《词谱》(卷二十三)云:"水调,乃唐人大曲。凡大曲有歌头,另倚新声也。"此词牌又名元会曲、凯歌。此调8体,此词为双调、95字,上、下片夹叶仄韵之正体。全首韵脚属第七部平声"寒"、"删"、"先"通韵,兼夹第四部"麌"、"御",仄声上、去通押,第十八、十九两部入声"屑"、"合"隔部押韵。　②[丙辰]宋神宗熙宁九年(1076),词人年方40周岁,在密州(今山东诸城县)任太守。　③[子由]轼弟苏辙,字子由。此时在齐州(今山东济南市)任掌书记。　④["明月"二句]李白《把酒问月》:"青天有月来几时,我欲停杯一问之。"二句从李诗化出。　⑤[琼楼玉宇]指月中宫殿,即前句"天上宫阙"。《酉阳杂俎·壶史》云:翟乾祐与弟子数十人在江岸玩月,有人问月中有什么,翟说"可随吾指观之",遂见月中"琼楼金阙"。　⑥[不胜(shēng)寒]经受不住(月宫的)寒冷。《明皇杂录》载:八月十五夜,叶静能邀明皇游月宫。临行,叶教他著皮衣。至月宫,果然寒冷,难以支持。《龙城录》亦载唐明皇游月宫,见一大宫府,榜曰:"广寒清虚之府"。以上皆月宫广寒之所本。　⑦[低绮(qǐ)户]指月光下射,照进雕花的窗户。　⑧[无眠]指此夕难眠的自己。　⑨[婵娟]这里为月的代称。

作意与作法

　　词人40周岁任密州太守之时,中秋赏月,对景生情,于城上超然台醉后复醒之作。为中国文学史上久负盛名的中秋佳词。《苕溪渔隐丛话》云:"中秋词自东坡《水调歌头》一出,余词尽废。"连梁山好汉当年亦爱听爱唱"东坡学士中秋《水调歌》"(《水浒传》第30回)。此首上片写对月欲仙,下片写对月怀人。

　　上片起二句先闻其声,次见其人。"几时有",感想中秋明月年年如斯,而人间志士岁岁不同。此把酒问天之一。次二句写人间又至中秋,天上该当何年,此把酒问天之二。听去想其欲仙之状,思之却有归朝之心。再三句"乘风归去"用"欲","琼楼玉宇"用"恐",见其想归而不敢归。月中之高寒,朝中之冷酷,为词人经受不住,此见斗争激烈,形势逼人。结二句,对月起舞,有影相随,天上何如人间! 此从欲仙回到现实。有安于现状之意。

下片换头三句由"人间"而写来,"朱阁"、"绮户"写太守之居,"无眠"写酒醒失眠之人,而"转"、"低"、"照"仍紧扣中秋之月,从初升写到月落。次二句点明"无眠"之因,乃兄弟7年之别,人缺月圆,写月恨人之幸福,实为人恨月之无情。再三句由恨月而为月开脱,对月同情。月儿有隐有显、有圆有缺,正如人生有悲有欢、有离有合一样,"古"来如此,月、人同样,见词人思想豁然开通。结二句因思想一旦亮堂,而全抛"欲仙"之念,人间亦不亚于天上,在野亦不次于在朝。而但愿人间年寿延长,兄弟感情加倍。"共婵娟"三字,见词人豁达的胸怀和乐观的人生。

　　此词自然和人生,幻想和现实,庙堂和江湖,出世和入世,疑问团团,矛盾重重,而终于豁然开朗,自我解答。通首境界高远,情理兼融,语言流转,风格潇洒,其浩然之气,超绝尘凡。

63　水　龙　吟^①

次韵^②章质夫^③杨花词

词　谱

　　似花还似非花,也无人惜从教坠^④。抛家傍
　●　○　●　●　○　○　●　●　○　○　●　　　○　●　●
路,思量却是,无情有思^⑤。萦损柔肠,困酣娇
●　○　○　●　●　○　○　●　●　　○　●　○　○　●　○　○
眼,欲开还闭。梦随风万里,寻郎去处,又还被、
●　●　○　○　●　●　○　○　●　●　○　○　●　●　●　○　●
莺呼起^⑥。　　不恨此花飞尽,恨西园^⑦、落红
○　○　●　　　●　●　●　○　○　●　●　○　○　　●　○

98

难缀⑧。晓来雨过,遗踪何在?一池萍碎⑨。春色⑩

三分,二分尘土,一分流水。细看来、不是杨花,点

点是、离人泪!

注 解

①[水龙吟]《白香词谱》云:"……其取义更当远于太白诗(按:《填词名解》谓采李白诗"笛奏龙吟水")……唯此'吟'字,系连系'龙'字,作动词用,与乐府之'白头吟'、'梁甫吟'之'吟'不同,以本调又名'龙吟曲'也。"此词牌又名丰年瑞、鼓笛慢、小楼连苑、庄椿岁等。此调25体,分平仄二韵,此词属双调、102字仄韵正体之一(即起句6字,二句7字。又一为下片起句用韵)。全首用韵属第三部"纸"、"置"、"霁"、"队(半)"仄声上、去通押。

②[次韵]按对方所赠诗、词的韵脚及其顺序写作诗、词致答,此名"次韵"或"步韵"。有时并非所赠,亦可"步韵",或年代久远,后人亦可"步韵"。苏轼步韵答和(hè),当于哲宗元 二年(1087)在京任翰林学士之时。注意此和作与原词其末三句句式不同。 ③[章质夫]名楶(jié),浦城人,官至枢密院事,为苏轼友人。其原词是:"燕忙莺懒花残,正堤上、柳花飘坠。轻花点画青林,谁道全无才思。闲趁游丝,静临深院,日长门闭。傍珠帘散慢,垂垂欲下,依前被、风扶起。 兰帐玉人睡觉,怪春衣、雪沾琼缀。绣床渐满,香球无数,才圆却碎。时见蜂儿,仰粘轻粉,鱼吞池水。望章台路杳,金鞍游荡,有盈盈泪。"

④[从教坠]听任杨花飘坠。 ⑤[有思(sì)]有意。韩愈《晚春》:"杨花榆荚无才思,惟解漫天作雪飞。"此反用其意。 ⑥[莺呼起]金昌绪《春怨》:"打起黄莺儿,莫教枝上啼。啼时惊妾梦,不得到辽西。"此用其意。

⑦[西园]一为汉代洛阳上林苑的别称;一为汉末曹操所建邺都名园(即铜雀园)。常用作佳园或一般园林的通称。李白《长干行》:"八月蝴蝶来,双飞西园草。" ⑧[缀]连系,指把花重新系(jì)在枝头。 ⑨[萍碎]苏轼旧注云:"杨花落水为浮萍,验之信然。" ⑩[春色]指杨花。

作意与作法

　　此首咏杨花之杰作,写思妇之愁情。上片写杨花之飘零,惜闺中之梦幻;下片写春光之尽逝,叹美人之离愁。

　　上片起二句写杨花的坠落而无人同情,因它"似花"而又"非花"。只有词人知道这似花非花之物,它更值得怜惜。次三句"抛家傍路"似写女子出门寻夫,徘徊路侧;又似杨花离开枝头,风卷道旁。故看去似无情之物,思量起来,却是有情之人。再三句写柳似人的妩媚,人似柳的娇柔。"萦"写愁思的缠绕,"困"见整日的慵倦。此似是而非,迷离恍惚,虽非紧扣柳絮而意境依然。结三句紧关以上三层,从"坠"、从"抛"、从"困"而来。杨花风吹万里,女子梦魂寻郎,飘飘惚惚,而莺啼惊梦,感春光尽逝,怎不惜中生愁生恨。

　　下片换头二句"此花飞尽"而"不恨",这从"似花""非花"而来。而"落红难缀",红消香断,这才是西园女子的遗憾。然而杨花毕竟是"花",这又怎能"不恨"呢?故次三句仍从"恨"写。雨过无踪,只见池塘水面,浮萍斑斑点点。杨花入水化萍,虽古人无稽之谈,但杨花的飘零,浮萍的漂荡,又怎能不是思妇担心的"无依"。再三句"春色"指杨花,"二分尘土"应上片"抛家傍路","一分流水"应下片"一池萍碎"。此三分"春色"之说,其神思、神笔,使人叫绝。结二句"不是杨花"应"非花"而写,否定此而是要肯定彼,即"点点是、离人泪",至此点题。

　　全词刻画入微,情调缠绵,咏物拟人,栩栩如生,杨花柳絮,若即若离,达到了咏物词的非凡境界。李攀龙云:"如虢国夫人不施粉黛,而一段天姿,自是倾城。"(《草堂诗余隽》)王国维云:"东坡《水龙吟》咏杨花,和韵而似原唱;章质夫词,原唱而似和韵,才之不可强也如是。"(《人间词话》)章、苏二词,一用"兴",一用"比",王说虽过贬章词,但苏词确为咏物佳作。

64　永遇乐①

彭城夜宿燕子楼②,梦盼盼,因作此词

词　谱

明月如霜③,好风如水,清景无限。曲港跳

鱼,圆荷泻露,寂寞无人见。紞如④三鼓,铿然⑤

一叶,黯黯梦云⑥惊断。夜茫茫、重寻无处,觉

来小园行遍。　　天涯倦客,山中归路,望断故

园心眼。燕子楼空,佳人何在?空锁楼中燕。古

今如梦,何曾梦觉,但有旧欢新怨。异时对、黄

楼⑦夜景,为余浩叹。

注　解

①[永遇乐]又名消息。此调7体,有平韵、仄韵之分。仄韵始自北宋柳永,平韵始自南宋陈允平。此词为双调仄韵104字正体。全首用韵属第七部"旱"、"清"、"愿(半)"、"翰"、"霰"仄声上、去通押。　　②[燕子楼]白居易《燕子楼》诗序云:"徐州故尚书张(建封)有爱妓曰盼盼,善歌舞,雅多风态。尚书既殁,彭城有旧第,第中有小楼名'燕子'。盼盼念旧爱而不嫁,居是楼十余年。"　　③[明月如霜]李白《静夜思》:"床前明月光,疑是地上霜。"④[紞(dǎn)如]紞然。紞,更鼓声。《晋书·邓攸传》引吴人歌:"紞如打五鼓,

鸡鸣天欲曙。"　　⑤〔铿然〕形容落叶之声如金石、琴瑟。　　⑥〔梦云〕参见第53首注②。此处指梦盼盼。　　⑦〔黄楼〕指彭城东门上的楼台。苏轼知徐州时所建。

作意与作法

　　苏轼于神宗元丰元年(1078)知彭城(今江苏徐州市),王文诰云:"戊午十月,梦登燕子楼,翌日往寻其地作。"(《苏诗总案》)此首因梦生感,因古叹今,抒古今如梦之情怀,发遗憾红尘之浩叹。上片写初秋夜色和梦断寻人;下片感燕子楼空和古今如梦。

　　上片起三句,"如霜"比月光之冷,"如水"写清风之凉,"无限"则总叹风月之凄清。次三句"跳鱼"衬"曲港"之静,"泻露"显荷塘之幽,"无人"仅己,写寂然之心和悄然之态。再三句三更纨鼓,落叶铿然,愈显其寂。"黯黯"写梦断以后的无比伤神。结二句"夜茫茫"衬寻梦"无处","小园行遍"写无人告语,自我遣愁。

　　下片换头三句,"天涯倦客"写漂泊之苦,"山中归路"写隐居之念,"望断故园"见无比乡思。次三句写物是人非、楼在人亡之叹。说尽张建封燕子楼一事。再三句所言只有"欢""怨"之情未断,至如古往今来,如梦之人生均未苏醒,此写词人看破红尘之念。结二句承前写来,今之视古,亦如后之视今,未来的"黄楼夜景",亦当有人"为余浩叹"。此情未免低沉,有"人生如梦"(《念奴娇》)之慨。

65　洞仙歌①

　　余七岁时,见眉州老尼,姓朱,忘其名,年九十余。自言尝随其师入蜀主孟昶②宫中。一日大热,蜀主与花蕊夫人③夜纳凉摩诃池④上,作一词⑤,朱具能记之。今四十年,朱已死久矣，人无知此词者。但记其首两句，暇日寻味，岂《洞仙歌令》乎？乃为足之云。

词　谱

冰肌玉骨，自清凉无汗。水殿⑥风来暗香
◐　○　●　●　●　○　○　○　●　●　◐　●　○　○

满。绣帘开、一点明月窥人，人未寝，敧枕钗横
●　●　○　○　●　●　○　●　○　○　○　●　●　○　○

鬓乱。　　起来携素手⑦，庭户无声，时见疏星
●　●　　　●　○　○　●　●　○　●　○　○　○　●　○　○

渡河汉⑧。试问夜如何、夜已三更，金波⑨淡、玉
●　○　●　●　●　●　○　○　●　●　○　○　○　○　●　●

绳低转⑩。但屈指、西风几时来，又不道⑪、流年
○　○　●　●　●　●　○　○　●　○　○　●　●　●　○　○

暗中偷换。
●　○　○　●

注　解

①[洞仙歌]唐教坊曲名，后用作词牌。此调有令词和慢词。令词自83字至93字，慢词自118字至126字。此词牌又名洞仙歌令、洞仙词、洞中仙、羽仙歌等。此调40体，此词为双调、83字初体。全首用韵属第七部"旱"、"翰"、"霰"仄声上、去通押。　②[孟昶(chǎng)]五代后蜀后主，工于声律，爱好填词，在位31年(935—965)，后为宋所灭。　③[花蕊夫人]孟昶的贵妃，姓徐，别号花蕊夫人。陶宗仪云："意花不足拟其色，似花蕊之飘轻也。"(《辍耕录》)　④[摩诃池]摩诃，梵语"美好"的译音，池在后主的宣华苑中。⑤[作一词]苏轼在小序中猜想为《洞仙歌令》，而《阳春白雪》记潘明淑则云："蜀帅谢元明因开摩诃池，得古石刻，遂见全篇。"此见附会东坡猜想而来，词无旁证，当为伪作。且《洞仙歌令》腔出北宋，五代更不曾有。《漫叟诗话》述杨元素尝见一士人诵全诗云："冰肌玉骨清无汗，水殿风来暗香暖。帘开明月独窥人，敧枕钗横云鬓乱。起来琼户悄无声，时见疏星渡河汉。屈指西风几

103

时来,只恐流年暗中换。"而沈雄《古今词话》认为这首词(按:即七言八句的词)是"东京人士隐括东坡《洞仙歌》为《玉楼春》以记摩诃池上之事",见张仲素《本事记》。综上所述,看来孟昶原词已经失传。　⑥[水殿]指建在摩诃池上的便殿。王昌龄《西宫夜怨》:"芙蓉不及美人妆,水殿风来珠翠香。"⑦[素手]指女子白嫩的手。《古诗十九首》:"纤纤擢素手,札札弄机杼。"⑧[河汉]天河。《古诗十九首》:"河汉清且浅,相去复几许。"　⑨[金波]指月光。《汉书·郊祀歌》有"月穆穆以金波"。　⑩[玉绳低转]玉绳为两座星宿之名,在北斗第五星玉衡的北面。低转指位置下落,说明夜深。　⑪[不道]见第26首注②。

作意与作法

　　此为补足蜀主孟昶夏夜纳凉词而作。虽咏宫中轶事,亦见暗伤流年。上片写水殿之中美人敧枕,下片写水殿之外悄语偕行。

　　上片起二句为孟昶原作,写敧枕美人的天生丽质,其冰玉之体,望而俊爽生凉,叫人惊叹。次一句苏公始行补作,写美人所处的环境,凉风清润,幽香阵阵,其人其境,堪称双绝。结三句帘开月照,钗横鬓乱,见美人娴静的睡态。而"月窥人",写人之娇羞;"人未寝",写人有所待。

　　下片换头三句承"所待"而写,果然素手被携,出庭绕户,仰望夜空,此时疏星渡河,牛女相会,观景生情,颇有明皇贵妃长生殿上七夕之愿。次二句写更深人静,徘徊已久。"夜如何"三字写偕行忘时,"金波淡"一语写夜色已变。结二句愿秋风早来,炎暑快去,然而夏去秋来,流年偷换,人生易老,不能长乐,此足堪悲。

　　全词以孟句开篇,补足原作,设想后主情韵,贵妃娇态,亦近乎人情。

66　卜算子①

黄州定惠院寓居作②

词　谱

缺月挂疏桐，漏断③人初静。谁见幽人④独
●　●　●　●　●　　●　●　○　○　●　　○　○　○　●　●　○　　⊖

往来？缥缈⑤孤鸿影。　　惊起却回头，有恨无
⊖　○　　●　●　○　○　●　　　　○　●　●　○　○　　●　●　○

人省⑥。拣尽寒枝不肯栖，寂寞沙洲冷。⑦
○　●　　●　●　○　○　●　●　○　　●　●　○　○　●

注　解

①[卜算子]万树《词律》卷三《卜算子》：“毛氏云：‘骆义乌（按：即骆宾王）诗用数名，人谓为卜算子，故牌名取之。’按山谷词‘似扶著，卖卜算’。盖取义以今卖卜算命之人也。”又名缺月挂疏桐、百尺楼、楚天遥、眉峰碧等。此调7体，此词为双调、44字正体。全首韵脚属第十一部仄上声“梗”韵。
②[“黄州”序句]此词为神宗元丰六年（1083）作于黄州，定惠院在今湖北黄州市东南，苏轼另有《游定惠院记》一文。“惠”，亦作“慧”。　　③[漏断]水少漏断，已是夜深。参见第34首注⑥。　　④[幽人]幽居者，隐士。
⑤[缥缈]隐约不清，形容孤鸿的影子。　　⑥[省(xǐng)]理解。　　⑦[“拣尽”句]鸿雁栖宿田野苇丛间，不宿树枝。

作意与作法

此写词人从政而失意的寂寞之情和孤独之心。词以孤鸿为喻，以示高洁自赏，不与世俗浮沉。《宋六十名家词·东坡词》题为在惠州为温都监女作，此虽备一说，终觉附会。此词上片写“幽人”明比“孤鸿”，下片写“孤鸿”暗比“幽人”。

上片起二句写景、写时。"缺月"、"疏桐",所见不满;"漏断"、"人静",所闻寂寞。结二句写人写鸿。独往独来,写"幽人"的孤高;缥缈单影,写"孤鸿"的拔俗。下片重头二句写"孤鸿"的遭际和苦闷。"惊起"、"回头",写环境不安;无人省恨,写有怨难诉。结二句写其洁身自赏的品格。不栖寒枝,写其不攀高结贵;冷寂沙洲,写其甘愿独守节操。

全词委婉含蓄,双关浑成。

67 青玉案①

送伯固②归吴中③

词 谱

三年枕上吴中路。遣黄犬④、随君去。若到
〇〇●●〇〇● ●〇● 〇〇●

松江⑤呼小渡,莫惊鸳鹭,四桥⑥尽是,老子⑦
〇〇 〇●● 〇〇●● ●〇●● ●●

经行处。　辋川图⑧上看春暮,常记高人右丞
〇〇● 　●〇〇●●〇● 〇●〇〇●〇

句。作个归期天定许,春衫犹是,小蛮⑨针线,
● ●●〇〇〇●● 〇〇〇● ●〇〇●

曾湿西湖雨。
〇●〇〇●

注 解

①[青玉案]见第29首注①。此词为67字双调变体。全首用韵属第四部"语"、"麌"、"御"、"遇"仄声上、去通押。　②[伯固]苏坚,字伯固,博学、能诗。在杭州跟从苏轼三年,关系密切,与讲宗盟。　③[吴中]今江苏吴

106

县,亦即苏州市,春秋时为吴国都。《史记·项羽本纪》:"项梁杀人,与籍避仇于吴中。"　　④[黄犬]西晋陆机有骏犬名曰"黄耳",机羁寓京洛,久未问家,曾系书犬颈,致松江家中,并得报还洛。事见《晋书·陆机传》。　　⑤[松江]太湖最大支流。经苏州、上海会合黄浦江入海。　　⑥[四桥]指姑苏(今苏州市)四桥。　　⑦[老子]老夫。《江城子·密州出猎》有"老夫聊发少年狂"。用"子"因合仄声。　　⑧[辋川图]王维官尚书右丞,有别墅在蓝田辋川,其地有奇胜,如华子冈、欹湖、竹里馆、柳浪、茱萸渊、辛夷坞等。维于蓝田清凉寺壁上尝画辋川图,以识其爱。　　⑨[小蛮]孟棨《本事诗·事感》:"白尚书姬人樊素善歌,妓人小蛮善舞,尝为诗曰:'樱桃樊素口,杨柳小蛮腰。'"

作意与作法

　　送伯固归吴中一词,采用贺方回同调名作"梅子黄时雨"原韵。此首写送人之归,叹己之未归,见天涯游宦之愁情。上片是对苏坚的叮嘱,下片是写自己的兴叹。

　　上片起二句,"三年枕上",写相从之日如梦一场;遣犬随君,望归去以后常通书信。结四句"松江小渡",羡伯固徜徉山水;"莫惊鸳鹭",因词人昔日有交。下片换头二句,"辋川图"暗比吴中风物之佳美,"右丞句"隐喻苏坚笔下之诗才。结四句"归期"天许,写词人空叹归去之念;"小蛮针线",写词人又生难舍之情。

　　此词上嘱伯固,下叹自身,层次分明,上下贯通。其结语将艳情("小蛮针线")和景物("西湖雨")相结合,风格绮丽,情味顿生。

68　临江仙①

词　谱

夜饮东坡②醒复醉，归来仿佛三更。家童鼻
息已雷鸣，敲门都不应，倚杖听江声。　　长恨
此身非我有③，何时忘却营营④？夜阑风静縠
纹⑤平，小舟从此逝，江海寄余生。

注　解

①[临江仙]见第47首注①。此调11体，此词属双调、60字变体。全首韵脚属第十一部平声"庚"韵。　　②[东坡]原为临江的一片荒地，苏轼谪居黄州的次年，始筑室（即雪堂）于此，作为游息之所。仿白居易在四川忠州东坡垦地种花一事，取名东坡，并因以为号。　　③[身非我有]《庄子·知北游》："舜问乎丞曰：'道可得而有乎？'曰：'汝身非汝有也，汝何得有夫道？'舜曰：'吾身非吾有也，孰有之哉？'曰：'是天地之委形也。'"这种认识，反映了庄子的虚无主义。　　④[营营]为功名利禄而忙乱。　　⑤[縠(hú 古入声)纹]水纹如绉纱。见第20首注②。

作意与作法

此首王文诰题作"壬戌（按：即1082年）九月，雪堂夜饮，醉归临皋（按：临皋亭江驿，苏轼寓居之处，去江无十步）作"（《苏诗总案》）。苏轼因"乌台诗案"所谓"谤讪"朝政，贬谪黄州，精神痛苦，希求摆脱，这即是此时此地的思想活动。叶梦得又一说："子瞻在黄州，与数客饮江上，夜归，江面际天，风露浩然，有当其意，乃作歌

词……翌日喧传子瞻夜作此词,挂冠服江边,拏舟长啸去矣。郡守徐君猷闻之,惊且惧,以为州失罪人,急命驾往谒。则子瞻鼻鼾如雷,犹未兴也。然此语卒传至京师,裕陵(按:神宗)亦闻而疑之。"(《避暑录话》)此虽附会之言,亦可见苏轼的生活与处境。此首上片写醉罢归来,下片写醒后所感。

上片起二句,酒醒复醉,写其极力排愁;"仿佛三更",正是醉归忘时,初见成效。结三句,家童雷鼾的自在,陪衬词人醉时的"自在";江声阵阵,中流滔滔的自然音响和自由举动,亦是醉翁此刻摆脱一切的心境。下片重头二句,"身非我有",写不能自决命运的"长恨";"忘却营营",写对功名利禄的动摇与对现实的不满。结三句,风平浪静是实写,小舟荡去,寄生江海,写弃官归隐之心。此苏轼于风尘中所生消极之念。

69　定风波①

三月七日沙湖②道中遇雨,雨具先去,同行皆狼狈③,余不觉。已而遂晴,故作此。

词　谱

莫听穿林打叶声,何妨吟啸④且徐行。竹杖

芒鞋⑤轻胜马,谁怕?一蓑烟雨⑥任平生。

料峭⑦春风吹酒醒,微冷,山头斜照却相迎。回首向来萧瑟处⑧，归去，也无风雨也无晴。

●⊖○○●◉　⊖◉　⊖○○●●●○◎

注　解

①[定风波]唐教坊曲名，又名定风流、定风波令等。按：敦煌曲子辞《定风波》中有"问儒士，谁人敢去定风波"句，可见"定风波"本有平定叛乱之意。此调8体，此词属62字双调正体。全首韵脚属第十一部"庚"、第四部"御"、第十部"马"、"祃"，平仄韵错叶。　②[沙湖]"黄州(黄冈治所)东南三十里为沙湖，亦曰螺师店。"(《东坡志林》卷一)　③[狼狈]进退都感觉困难。④[吟啸]吟咏，长啸。表示意态闲适。《晋书·阮籍传》："登山临水，啸咏自若。"　⑤[芒鞋]即草鞋。　⑥[一蓑烟雨]披蓑衣，冒风雨。　⑦[料峭]形容风寒，俗语"冷的尖"。　⑧[萧瑟处]指刚才所经风雨吹打木叶作响之地。

作意与作法

此首写神宗元丰五年(1082)在黄州沙湖的一件小事，又见词人在贬谪生活中胸怀开朗、心头平静的一面。上片写先程遇雨，下片写后程放晴。

上片起二句"穿林打叶"，已见风雨非小，然"莫听"、"吟啸"、"徐行"层层递进，写其心境闲适。结三句"竹杖"、"芒鞋"、"蓑衣"与"马"对比，人虽在野，但一任平生，处之泰然。下片换头三句"春风"犹冷，"山头斜照"写"时令"之转，"气候"常变。结三句回首来处，雨、晴两不存在，境界无所差别，此写心之平静。

全词表明作者不避风雨、听任自然，不计得失、不怕挫折的精神。郑文焯云："此足征是翁坦荡之怀，任天而动。琢句亦瘦逸，能道眼前景，以曲笔直写胸臆，倚声能事尽之矣。"(《手批东坡乐府》)

70 江城子①

乙卯②正月二十日夜记梦

词　谱

十年③生死两茫茫④，不思量，自难忘。千里孤坟⑤、无处话凄凉。纵使相逢应不识，尘满面，鬓如霜。　　夜来幽梦忽还乡，小轩窗⑥，正梳妆。相顾无言、惟有泪千行。料得年年肠断处，明月夜，短松冈⑦。

注　解

①[江城子]唐词。原为单调平韵，以韦庄词为主。欧阳炯词有"空有姑苏台上月，(如)西子镜，照江城"语，尤含本意。至宋，始作双调，有平、仄二韵(仄韵见黄庭坚《山谷词》)。又名江神子、村意远。此调5体，此词属双调、70字变体。全首韵脚属第二部平声"江"、"阳"通韵。　②[乙卯]神宗熙宁八年(1075)，苏轼40岁，此时知密州(今山东诸城县)。　③[十年]苏轼《亡妻王氏墓志铭》："治平二年(1065)五月丁亥，赵郡苏轼之妻卒于京师，其明年六月壬子，葬于眉之东北彭山县安镇乡可龙里先君夫人墓之西北。"苏轼写作此词，距王氏之死正当十年。　④[茫茫]指十年生死，双方不了解。　⑤[千里孤坟]四川彭山墓地距山东密州乃千里之遥。　⑥[轩窗]轩亦窗，孟浩然《过故人庄》："开轩面场圃，把酒话桑麻。"　⑦[短松冈]长满短松的山冈，此指王氏墓地。

作意与作法

此悼念亡妻王氏之作。字里行间充满着追念之情,流露着身世之感。词人将梦中之凄凉与现实之孤寂二者交融,这不仅是生者悼念死者,如九泉有灵,亦可见死者为生者伤心。陈师道所谓"有声当彻天,有泪当彻泉"(《后山诗话》),读之诚然。上片写梦前思念之苦,下片写梦中相顾之悲。

上片起三句,"十年",痛说生离死别之久;"茫茫",可怜人世阴曹两不相知;"不"、"自"对举,写往日伉俪之情的无比深厚。次二句,"千里孤坟"写两地之遥,两世之隔;"凄凉"无告,写现实的冷漠和沉痛之心。结三句,"纵使",写可怜的设想;尘面、霜鬓,写十年来的遭遇和人生道路的坎坷。以上均为入梦作准备。

下片重头三句写梦境。"还乡",写游宦多年之愿;临窗梳妆,写重见昔日之容。次二句夫妻相顾,"无言""有泪",写其乐极生悲,极尽双方之爱怜。结三句写从梦境中醒来,依然生死不见,"年年肠断"。"明月""松冈","千里孤坟",此重归悼亡之情。

全首白描,词风朴素,而字里行间,情真意切,充满着悲响哀声。

71 贺新郎①

词 谱

乳燕②飞华屋,悄无人、槐阴转午,晚凉新
● ●　○○●　●○○　●○○

浴。手弄生绡白团扇③,扇手一时似玉。渐困
◉　●●○○●○●　●●○○●●　○●

倚④、孤眠清熟。帘外谁来推绣户？枉教人、梦断瑶台曲⑤，又却是，风敲竹⑥。　　石榴半吐红巾蹙⑦，待浮花、浪蕊⑧都尽，伴君幽独。秾艳⑨一枝细看取，芳意千重⑩似束，又恐被、西风惊绿⑪。若待得君来向此，花前对酒不忍触。共粉泪，两簌簌⑫。

注　解

①[贺新郎]此词牌始于苏轼(见《东坡词》)，因词中有"晚凉新浴"，故名"贺新凉"，后误为"贺新郎"。又名乳燕飞、风敲竹、金缕衣、金缕曲、金缕词、貂裘换酒等。此调11体，此词为双调、115字体。(因下片第八句少一字，且平仄多与诸家不同，故《词谱》反以叶梦得116字体为正。)全首韵脚属第十五部入声"屋"、"沃"通韵。　　②[乳燕]雏燕能飞之时。指小燕。　　③[团扇]即小圆扇。据《乐府解题》:汉班婕妤贤而有文，初颇得幸。然赵飞燕姐妹入宫后，婕妤即失宠，乃求供养太后于长信宫，并自伤冷落作《怨歌行》:"新裂齐纨素，鲜洁如霜雪。裁成合欢扇，团团似明月。出入君怀袖，动摇微风发。常恐秋节至，凉飙夺炎热。弃捐箧笥中，恩情中道绝。"此后诗人、词客常用"团扇"的故事表示失宠。　　④[倚]倚枕侧卧。　　⑤[瑶台曲]指深幽的仙境。瑶台:玉石砌成的楼台。《楚辞·离骚》:"望瑶台之偃蹇兮，见有娀之佚女。"　　⑥[风敲竹]李益《竹窗闻风寄苗发司空曙》:"微风惊暮坐，临牖思悠哉。开门复动竹，疑是玉人来。"　　⑦[红巾蹙]形容半开的榴花如摺皱的红巾。白居易《题孤山寺山石榴花示诸僧众》:"山榴花似结红巾，容艳新妍占断春。"　　⑧[浮花、浪蕊]指争妍斗艳的春花。韩愈《杏花》诗:"浮花浪蕊镇长有，才开还落瘴雾中。"　　⑨[秾(nóng)艳]花木繁盛的样子。罗隐《牡丹花》:"可怜韩令功成后，辜负秾华过此身。"　　⑩[芳意千重]指重瓣榴花。

113

⑪[西风惊绿]石榴花谢实老,只剩绿叶惊秋。皮日休《石榴》:"石榴香老愁寒霜。" ⑫[两簌簌]花瓣与眼泪同落的样子。

作意与作法

此写词人怀才不遇、满腔郁闷之情,为托意之作。此词上片写一位孤寂失宠的美人,下片写一枝"伴君幽独"的榴花。

上片起三句"燕飞华屋",更觉空荡无人;槐树移影,写其整日静悄;"晚凉新浴",见其爱洁之身。次三句手弄团扇,以失宠为比;皓腕"似玉",怜其青春"一时";倚枕熟眠,怨无人问津之悲。结四句"谁来"推户?写盼望知音一访;"梦断瑶台",写美丽理想落空。以上写孤寂、高洁的美人,实写孤寂、高洁的志士。

下片换头三句,"红巾"摺皱,比榴花半开之娇态;"浮花浪蕊",笑其争春一时;"伴君幽独",写榴花品格的高尚。次三句,细看榴花,芳意千重,写其内心之美;风吹花落,绿叶惊秋,写其惟恐无花伴君之寂。结三句继惊秋而写,君若再逢,榴花更加憔悴。花瓣、泪珠,簌簌双落。以上写高洁多情之花,实写高洁多情之人。

全词看去人、花双写,思之却是合二而一。其笔婉曲,其情缠绵,其意深远,其境幽寂,美人、榴花,寓意含蓄。

舒　亶 (1首)

舒亶(dǎn)(1041—1103)字信道,号懒堂。明州慈溪(浙江慈溪县)人。英宗治平二年(1065)进士,试礼部第一,调临海尉。神宗元丰初,加集贤校理,后为御史中丞。徽宗崇宁初,知南康军。蔡京又使知荆南,以开边功,由直龙图阁进待制,卒。王灼云:"舒信道、李元膺,思致妍密,要是波澜小。"(《碧鸡漫志》卷二)丁绍仪云:"舒亶与苏门四学士同时,词亦不减秦、黄。"(《听秋声馆词话》卷二)近人赵万里辑有《舒学士词》一卷。《全宋词》辑其全篇50首,残篇1。

72　虞美人①

词　谱

芙蓉②落尽天涵水,日暮沧波起。背飞③双
〇〇　●●〇〇●　●●〇〇●　〇〇

燕贴云寒,独向小楼东畔、倚阑看。　　浮生④
●●〇〇　●●●〇〇●、●〇〇　　〇〇

只合尊前老,雪满长安⑤道。故人⑥早晚上高
●●〇〇●　●●〇〇●　●〇●●●〇

115

台，寄我江南春色、一枝梅⑦。

◎ ⊖ ● ⊖ ○ ○ ● ● ● ○ ◎

注 解

①〔虞美人〕见第59首注①。此词双调、56字，属李煜正体，平仄1异（见谱中✖）。全首韵脚属第三部"纸"、"灰（半）"，第五部"灰（半）"，第七部"寒"，第八部"皓"，为平仄韵转换。　②〔芙蓉〕水芙蓉，即荷花。　③〔背飞〕背离而飞。　④〔浮生〕见第14首注②。　⑤〔长安〕本汉、唐京都。后以长安为国都之通称，诗人词客多用之。此借指宋都开封。　⑥〔故人〕按《乐府雅词》（卷中）题为"寄公度"。有云黄公度（1109—1156）者，然非同时，此疑待考。　⑦〔"寄梅"句〕此用南朝（宋）陆凯赠范晔诗意。诗曰："折梅逢驿使，寄与陇头人。江南无所有，聊赠一枝春。"见《荆州记》。

作意与作法

此系词人寄赠之作，《乐府雅词》（卷中）题为"寄公度"，写思念故人之情。上片从夏末写到秋日，下片从冬日写到早春。

上片起二句，"芙蓉落尽"，写又过一夏；"沧波"泛起，写秋风又来；云天倒映，写一时的景色；"日暮"天晚，写惹人远思的典型时间。结二句，"背飞"，写"双燕"的离去。暮雾轻冷，双燕低飞，这正是词人"独向小楼"凭阑之所见，有不舍之情。

下片重头二句由秋到冬，写路上雪、杯中酒，出京不易，借酒混时，岁暮天寒，丛生感慨。结二句想到南国春早，故人一定登台北望，将富有春意的新作和早开而点缀春色的梅花托人寄来，以解慰词人的冷寂之心，唤起对生活的向往。

全词运笔疏隽，物态鲜妍，情意深厚。

秦 观 (7首)

秦观(1049—1100)字少游，一字太虚，号淮海居士，扬州高邮(今江苏县名)人。神宗元丰八年(1085)进士。哲宗元祐初年由苏轼荐于朝廷，任太学博士兼国史院编修官。绍圣初年，因党籍历贬郴(chēn)州(今湖南郴县)、雷州(今广东海康县)等地。元符三年(1100)，死于放还途中的藤州(今广西藤县)。

秦观少有文名，受到苏轼、王安石的赏识，与屈(原)宋(玉)鲍(照)谢(朓)伦比。他出自苏门，又能博观约取，远绍南唐，近接柳(永)、周(邦彦)，将苏轼的气格、李氏父子的境界、柳永的铺叙和句法、周邦彦的声韵化入自己的词作，而出以自己的情调和风格。蔡伯世云："子瞻辞胜乎情，耆卿情胜乎辞；辞情相称者，唯少游一人而已。"(沈雄《古今词话》引)秦词传有《淮海词》一卷本(见《六十家词》刊本)和《淮海居士长短句》三卷本(《四部丛刊》本及《疆村丛书》本)等。《全宋词》辑其全篇87首，残篇3。

73 望海潮①

词 谱

梅英疏淡,冰澌②溶泄,东风暗换年华。金
谷③俊游,铜驼④巷陌,新晴细履⑤平沙。长记
误随车,正絮翻蝶舞,芳思⑥交加。柳下桃蹊⑦,
乱分春色到人家。　　西园⑧夜饮鸣笳⑨,有华
灯碍月,飞盖⑩妨花。兰苑未空,行人渐老,重
来是事⑪堪嗟。烟暝酒旗斜,但倚楼极目⑫,时
见栖鸦。无奈归心,暗随流水到天涯。

注 解

①[望海潮]首见柳永《乐章集》,为咏钱塘(杭州)胜景。故词牌名为钱塘观潮而来。此调 3 体,此词为双调、107 字变体。全首韵脚属第十部平声"麻"韵。　②[冰澌(sī)]冰块。　③[金谷]金谷园在洛阳城西,晋石崇(当时富豪)营建的别馆,常于此饮宴宾客。　④[铜驼]古洛阳宫门南四会道口置铜铸骆驼夹道相对。古代诗人、词客题咏洛阳,常用金谷、铜驼并称。骆宾王《艳情代郭氏赠卢照邻》:"铜驼路上柳千条,金谷园中花几色?"　⑤[履]鞋子。此句名词动用,意为行走。　⑥[芳思(sì)]春色引起的情思。
⑦[柳下桃蹊(xī)]借指妓女居处,冶游之地。卢照邻《长安古意》:"俱邀侠客

118

芙蓉剑,共宿娼家桃李蹊。"蹊,小路。《史记·季布传》:"桃李不言,下自成蹊。" ⑧[西园]见第63首注⑦。 ⑨[鸣笳]胡笳为古代北方少数民族的一种乐器。此泛指奏乐。笳,为押韵。 ⑩[飞盖]指西园道上飞驰的车辆。盖,车顶,句中借作车辆。 ⑪[是事]即事事,每一件事。 ⑫[极目]放眼望去。

作意与作法

　　此词一题作"洛阳怀古"(见《宋六十名家词·淮海词》),实则怀旧。在追怀往日冶游和夜宴的生活中,透露出作者失意思归之心和羁旅孤寂之情。上片写春日,由"暗换年华"而追念往日欢事;下片写春夜,由"重来""嗟叹"而油然生出归心。

　　上片起三句,梅花凋谢,坚冰溶化,东风轻吹,此写初春景色。"年华""暗换",不知不觉又是一年,此有惊叹之意。次三句由惊叹而追忆往日的冶游。"金谷",写佳游的名园;"铜驼",写繁华的街市;"细履平沙"写漫步绿草未生的初春的郊野。再三句,"误随车",写年少时期的郊游艳遇,故"长记"难忘。"絮翻蝶舞"写"误随"时的迷人的春景,"芳思交加"写"误随"时的词人的春情。结二句借"柳下桃蹊"暗指冶游的花街柳巷,"乱分春色"暗写妓馆游客来去纷纷。

　　下片换头三句,"鸣笳"写"西园夜饮"之极乐,"华灯碍月"夸写夜宴灯火的豪华,"飞盖妨花"铺写宾客规模之盛大。次三句,"兰苑未空"写西园盛况如前,"行人渐老"伤自己青春不再,故"重来"旧地,不免事事嗟叹。此照应上片"暗换年华"。再三句对比"西园夜饮",继写"堪嗟"之事。暮色苍茫,酒旗斜照,栖鸦嘎嘎,此衬词人孤寂之心。结二句因栖鸦而生归情,心随"流水",自叹"断肠人在天涯"。

　　全篇词旨凝重,气度和婉,情韵轻抒,荡人心魂。

74 八 六 子①

词 谱

倚危亭,恨如芳草②,萋萋刬尽③还生。念
●○○　●○○○　○○●●　○○

柳外青骢④别后,水边红袂⑤分时,怆然⑥暗
●●○○　●●　○○○●　○○　○○●

惊。　　无端天与娉婷⑦,夜月一帘幽梦,春风
○　　○○○●○○　●●●○○●　○○

十里⑧柔情。怎奈向⑨,欢娱渐随流水,素弦声
●●　○○　●●●　○○●○○●　●○○

断,翠绡香减;那堪片片飞花弄晚,濛濛残雨笼
●　●○○●　●○●●○○●●　○○○●○

晴。正销凝⑩,黄鹂又啼数声。
○　●○○　○○●○●○

注 解

①[八六子]又名感黄鹂。始见《尊前集》所收杜牧之作。唐词无别首可
校,句逗与北宋诸家多有出入,故《词谱》另用宋词作正体。此词为双调、88
字变体。下片第七句不押韵,《词谱》卷二十二疑其脱误。全首韵脚属第十一
部平声"庚"、"青"、"蒸"通韵。　　②[芳草]见第 2 首注②。
③[刬(chǎn)尽]全部刬除尽。　　④[青骢(cōng)]毛色青白相杂的马。此
借指骑着青白色马的人。　　⑤[红袂(mèi)]红色的衣袖。此借指佳人。
⑥[怆然]悲伤的样子。陈子昂《登幽州台歌》:"念天地之悠悠,独怆然而涕
下。"　　⑦[娉婷]美好的样子。专指美女。陈师道《放歌行》有"春风永巷闭
娉婷"。　　⑧[春风十里]杜牧《赠别》:"春风十里扬州路,卷上珠帘总不
如。"咏妓之作,大有"除却巫山不是云"之意。　　⑨[怎奈向]奈何的意思。

向,语助词。　　⑩[销凝]即消魂、凝魂之约辞。此为出神遐想。此首末句即摹仿杜牧同调"正销魂,梧桐又移翠阴"而来。

作意与作法

此写离恨相思之苦。上片由倚亭凭高望远而惊忆当时的惜别,下片由追忆别前的柔情而回到此刻倚亭的苦凄。

上片起三句,"危亭"傍依,写凭高望远;"芳草""还生",写离思无尽,别恨绵绵。结三句,"念"字总领。"柳外青骢",写词人马上依依送别;"水边红袂",写伊人船头不忍辞行;"怆然暗惊",写百般恩爱、千倍伤情、万重遗憾,一齐涌上心头。

下片换头三句,"无端天与娉婷",怨天不该生此美人,怪人不该如此之美。此误认惹恨的根源,实写对伊人的爱极。此下一联,"幽梦",为回忆从前月照满帘时,爱情的沉醉;"柔情",写春风荡漾之日,十里长街之地,无女伦比,见爱慕之钟情。次四句,"怎奈向"之惊叹为转笔,从甜蜜中回到酸辛。"流水"比"欢娱"不返。此下一联,"声断"写琴无人弹,"香减"写绢无人用。再二句,"那堪"贯下一联,"飞花弄晚"写好景不长,"残雨笼晴"写阴晴不定,二者兼之而来,人所难受。结二句,"销凝"写呆立危亭,伤心回首;黄莺婉转,写恨别惊心。

全词情意缠绵,情景交融。张炎以为"离情当如此作"(《词源》)。

75　满　庭　芳①

词　谱

山抹微云,天粘衰草,画角②声断谯门③。

⊖●○○　⊖⊖●⊖　⊖●⊗⊖　⊖●○○◎

暂停征棹④，聊共引离尊⑤。多少蓬莱旧事⑥，

空回首、烟霭纷纷。斜阳外，寒鸦万点，流水绕

孤村⑦。　　消魂、当此际！香囊⑧暗解，罗带⑨

轻分。漫赢得青楼⑩，薄幸⑪名存。此去何时见

也？襟袖上、空惹啼痕。伤情处，高城望断⑫，灯

火已黄昏。

注　解

①[满庭芳]毛先舒《填词名解》谓满庭芳词牌自唐吴融诗"满庭芳草易黄昏"而来。此调有平韵、仄韵二种。平韵者又名锁阳台、满庭霜、潇湘夜雨、话桐乡、江南好、满庭花等。仄韵者，《乐府雅词》名转调满庭芳。此词属双调、95字晏（几道）词正体。平仄1异（见谱中✖）。唯下片换头的五字句藏韵，第四五两句的三字句和六字句，变为五字句和四字句。全首韵脚属第六部平声"文"、"元（半）"通韵。　　②[画角]见第9首注④。　　③[谯门]即谯楼，亦称古楼。古代城门上筑有高楼，用以瞭望敌人。此门、楼一体，故称谯门或谯楼。　　④[征棹]远行的船。亦称征帆。　　⑤[引离尊]饯别之时，连续不停地举杯相嘱。引，牵引，引取。　　⑥[蓬莱旧事]胡仔《苕溪渔隐丛话（后集）》引《艺苑雌黄》："程公辟（师孟）守会稽，少游客焉，馆之蓬莱阁（按：旧址在今浙江绍兴市龙山下）。一日，席上有所悦，自尔眷眷不能忘情，因赋长短句。所谓'多少蓬莱旧事，空回首、烟霭纷纷'也。"　　⑦["寒鸦"二句]杨广诗断句："寒鸦千万点，流水绕孤村。"此用其语。　　⑧[香囊]古时男子有佩带香囊的风尚，亦可作赠物。繁钦《定情诗》："何以致叩叩，香囊系肘后。"　　⑨[罗带]丝织的带子。古时男女用结带象征相爱，即所谓"同心结"。林逋《长相思》有"罗带同心结未成"。　　⑩[青楼]歌儿、舞女住地，妓院所在。杜牧《遣怀》："十年一觉扬州梦，赢得青楼薄幸名。"　　⑪[薄幸]即薄情郎，

参见上注。又邵雍《落花吟》:"多情为粉蝶,薄幸是游蜂。" ⑫[高城望断]
欧阳詹《初发太原途中寄太原所思》:"高城已不见,况复城中人?"

作意与作法

  此系词人为所眷恋之爱妓而作,于离愁别绪之中,寄托着己身
不遇之慨。上片着重描写别时的衰景,下片着重描写别时的愁情。

  上片起三句写别时景况。轻云"抹"山,"衰草""粘"天,此写所
见,衬双方心情的暗淡。且两个动词颇有触觉,运用工巧。"谯门"
角声,写所闻,衬离别的凄凉。声尽,写时间已晚。次二句写饯别。
"征棹"写即将远行的船,"离尊"写借以浇愁的酒,此见双方无可奈
何的惆怅之心。再二句写回首往事。"蓬莱旧事"写往日恋爱生
活,亦关涉官场交往。"烟霭纷纷"写回首时无影无踪。结三句重
回眼前,写起程时的郊外景色。斜阳、寒鸦、流水、孤村,此萧瑟之
景,为陪衬凄苦之情。

  下片换头三句写依依惜别。"销魂",写分手之际的恍惚神情。
"香囊暗解"写偷偷地摘下;"罗带轻分",写缓缓地解开。此写双方
赠物,所谓"相见时难别亦难"。次二句写自愧负人之深。"青楼"
"薄幸"写风月场中徒然留下"负心郎"之名,此为不得于时的身世
之感,有万不得已之叹。再二句写别后之痛,重见之难。"襟袖"泪
湿,"啼痕"空惹,写相思无益和相思难免之情,结三句从想象中转
回眼前的伤情之处。"高城"曾是同居之地,灯火曾是同观之景,此
刻已日暮黄昏,故城望尽,船行愈远,心如刀割,这些怎不使人"伤
情"。

  全首写情场的不幸,亦兼有官场的失意。秦观此作写于31
岁,功名未就,连举乡贡也未曾成功。此诗文名声日重,然政治出
路无途,故难免身世之叹。周济《宋四家词选》云:"将身世之感,打
并入艳情,又是一法。"此词写景抒情凄婉缠绵,遣词造句,自然工
整。苏轼因此首而称秦观为"山抹微云君"。吴曾《能改斋漫录》引

晁补之语云:"近世以来,作者皆不及秦少游。如'斜阳外,寒鸦数点,流水绕孤村',虽不识字,亦知是天生好言语。"此书又载:"杭之西湖有一倅,闲唱少游《满庭芳》,偶然误举一韵云:'画角声断斜阳。'妓操琴(妓名)在侧云:'山抹微云,天粘衰草,画角声断谯门。'非'斜阳'也。倅因戏之曰:'尔可改韵否?'操琴即改作阳字韵云:'山抹微云,天粘衰草,画角声断斜阳。暂停征辔,聊共饮离觞。多少蓬莱旧侣,空回首、烟霭茫茫。孤村里,寒鸦万点,流水绕空墙。

魂伤、当此际!轻分罗带,暗解香囊,漫赢得青楼,薄幸名狂。此去何时见也?襟袖上、空有余香。伤情处,高城望断,灯火已昏黄。'"由此可见,此词曾风行一时,为人乐道,纵使附会,千载喜传。

76 满庭芳①

词 谱

晓色云开,春随人意,骤雨才过还晴。古台
芳榭②,飞燕蹴③红英。舞困榆钱④自落,秋千
外、绿水桥平。东风里,朱门映柳,低按小秦
筝⑤。　多情、行乐处!珠钿翠盖⑥,玉辔红
缨⑦。渐酒空金榼⑧,花困蓬瀛⑨。豆蔻梢头⑩旧
恨,十年梦⑪、屈指堪惊。凭阑久,疏烟淡日,寂

124

寞下芜城⑫。

●●○◎

注 解

①[满庭芳]见第 75 首注①。此词属双调、95 字晏词正体，平仄 2 异（见谱中❽）。全首韵脚属第十一部平声"庚"韵。　　②[榭]原为建在土台上的敞屋如水榭。这里指临水的楼阁。　　③[蹴]踩、踢。这里指花瓣满地燕子低飞。　　④[榆钱]榆树长叶时，枝条间先生荚，榆荚成串如钱，故称榆钱。⑤[秦筝]见第 48 首注⑤。　　⑥[珠钿翠盖]以珠宝饰车身，翠羽饰车蓬的华贵车子。　　⑦[玉辔红缨]配有华贵的缰绳和红缨饰额的漂亮的马匹。⑧[金榼(kē)]金灿灿的铜制盛酒器。　　⑨[蓬瀛]蓬莱、瀛洲均为仙境，这里指妓院所在。参见第 75 首注⑥。　　⑩[豆蔻梢头]杜牧《赠别》："娉娉袅袅十三余，豆蔻梢头二月初。"杨慎《丹铅总录》云："牧之诗咏娼女，言美而少，如豆蔻花之未开。"　　⑪[十年梦]参见第 75 首注⑩。　　⑫[芜城]指扬州城(今苏北扬州市)。南朝(宋)竟陵王作乱以后，城邑荒芜，鲍照作《芜城赋》凭吊。

作意与作法

此首系词人京都别后(见第 74 首)旅居扬州之作，词写恋情，同样"并入""身世之感"，暗含官场失意之叹。故陈廷焯《白雨斋词话》云："少游'满庭芳'诸阕，大半被放后作，恋恋故国，不胜热中；其用心不逮东坡之忠厚，而寄情之远，措语之工，则各有千古。"此词上片设景，下片传情，全在追忆京都昔游。

上片起三句写天气。"晓色"，见从早上写起：云开日出，雨过放晴，均为"春随人意"而设。次二句写景物。"古台芳榭"，写园林的典雅；"燕蹴红英"，写暮春的特色。再二句写人、物。"舞困"，明写榆枝的婀娜；"秋千"，暗示女子的多娇。此互为映衬。"榆钱自落"、"绿水桥平"，从园内写到园外，同前二句所绘春色，均"随人意"，故不伤春。结三句写人事。东风拂柳，朱门映绿，秦筝轻按，歌喉婉转，此见才子佳人之乐。

125

下片换头三句追忆出游。"多情""行乐",写不负春光;"珠钿翠盖",写佳人乘车而行;"玉辔红缨",写才子骑马相伴。次二句写别后。"酒空金榼",写男方远去,不再对饮;"花困蓬瀛",比女方忧愁,难下扬州。再二句写离恨。"豆蔻梢头",写女子青春年少的可爱;十年一梦,写词人无可奈何的忏悔之心,故有"屈指堪惊"之叹。结三句收回追忆。"疏烟淡日"写今日暮霭沉沉,此对比昔日"晓色云开"的京都出游,自会生芜城"寂寞"之恨。

全词上景下情,以景变衬情变,情景交融。

77　减字木兰花①

词　谱

天涯旧恨,独自凄凉人不问。欲见回肠,断
⊖○⊖●　●●⊖○○●●　⊖●○○　⊖

尽金炉小篆香②。　　黛蛾③长敛,任是春风吹
●○○●●○◎　●○⊖●　⊖●○○⊖

不展。困倚危楼,过尽飞鸿字字④愁。
●◎　●⊖○○　⊖●○○●●　◎

注　解

①[减字木兰花]此系《偷声木兰花》前后起句各减三字而成。又名减兰、木兰香、天下乐令。此调仅此 44 字一体。全首用韵属第六部"愿(半)"、"问",第二部"阳",第十四部"俭"、"铣",第十二部"尤",为隔部仄平韵转换。
②[篆(zhuàn)香]据《香谱》所记,将香做成篆文,恰好十二时辰,可燃一昼夜。
③[黛蛾]指女性的眉毛。黛,古代女子用以画眉的青黑色颜料。蛾,即蛾眉,细长的眉毛。梁元帝《代旧姬有怨》诗:"怨黛舒还敛,啼红拭复垂。"
④[飞鸿字字]参见第 56 首注④。

作意与作法

此写闺中思妇的旧恨新愁。上片从昼夜之间写恨,下片从一年四季写愁。

上片起二句,"天涯"写游子之远,"旧恨"写分手之情,"人不问"写无人对语,故"独自凄凉"。结二句,"欲见"写怀人之切,"回肠"写内心之痛,金炉篆香之分分燃尽以比九曲回肠之寸寸痛彻。下片重头二句写这位年轻貌美的思妇,从冬到春仍然是愁眉不展。结二句写她从夏到秋守傍高楼,见飞雁排字结队却不捎信而生愁。

全首词情凝重,二片一气呵成。

78　浣　溪　沙①

词　谱

漠漠②轻寒上小楼,晓阴无赖③似穷秋,淡

烟流水画屏④幽。　　自在飞花轻似梦,无边丝

雨细如愁。宝帘⑤闲挂小银钩。

注　解

①[浣溪沙]见第10首注①,此词属双调、42字正体。全首韵脚属第十二部平声"尤"韵。　②[漠漠]寂寞无声。《荀子·解蔽》:"听漠漠而以为哅哅。"杨倞注:"漠漠,无声也。"李白《菩萨蛮》有"平林漠漠烟如织",亦此。③[无赖]犹无奈,即无可奈何之意。　④[画屏]见第49首注④　⑤[宝帘]华美的珠帘。

作意与作法

此首为闺中春愁而作。上片写环境,见轻轻的寂寞,下片写人物,见淡淡的哀愁。

上片起二句,"漠漠",写"轻寒"进楼的无声;"轻寒",写早春的天气。"晓阴",写早晨天色的暗淡;"穷秋",想其深秋时节冷雾茫茫。结句"画屏",为卧室床头之物,"淡烟流水"之景衬"漠漠"、"晓阴",愈显其"幽"。下片起首一联写境中之人。"梦",写女子倚枕睡着;"轻",写杨花、柳絮的自由飘忽。以此比"梦",写其轻松愉快,可想爱人归来,或自身飘然飞去。"愁",写女子梦中醒来,一切皆成泡影,真像千丝万缕之"无边丝雨"细织而成。结句"银钩""闲挂",写珠帘未卷,主人未起。"闲",见女子的百无聊赖之情。

全词景中藏情,情中生景,轻描淡写,一派幽寂。下片起首一联,卓人月谓其"夺南唐席"(《词统》),寻思"细雨梦回"、"小楼吹彻"、"一江春水",虽佳,犹有不及。故梁启超以为"奇语"(《艺蘅馆词选》),诚然空灵而蕴藉。

79 阮 郎 归①

词 谱

湘天风雨破寒初,深沉庭院虚。丽谯②吹罢

小单于③,迢迢清夜徂④。　　乡梦断,旅魂孤,

峥嵘⑤岁又除。衡阳犹有雁传书,郴阳⑥和⑦雁

128

无。
◎

注 解

①[阮郎归]见第55首注①。此词属双调、47字正体。全首韵脚属第四部平声"鱼"、"虞"通韵。　②[丽谯]绘有彩纹的城门楼。　③[小单(chán)于]唐代曲子名称。李益《听晓角》:"无数塞鸿飞不度,秋风卷入小单于。"　④[徂(cú)]往,去。　⑤[峥嵘]这里指寒气凛冽。罗隐《雪霁》诗:"南山雪乍晴,寒气转峥嵘。"　⑥[郴(chēn)阳]今湖南省郴县,在衡阳南。　⑦[和]连。

作意与作法

　　此首系秦观贬谪郴州时岁暮天寒的感慨之作。上片写清夜之景,下片抒怀乡之情。

　　上片起二句写所见。湘南的风雨初次惊破寒天冻地,雨后顿觉庭深院静,欲言又四顾无人,此写冬尽春回,一年将要挨过,有不堪回首之叹,可见贬谪生活的寂寥。结二句写所闻。城楼传曲,呜咽渐停,又过了一个漫漫长夜。此见度夕如年。下片换头三句承"清夜"而来,写所思。还乡之梦难做,贬谪之身孤单,天寒岁暮,思乡忆亲,此写久贬异乡的伶仃孤苦和盼望还家团聚的客子之情。结二句写所感。雁断衡阳,来年北上,还可捎信;今身贬郴州,连雁足传书亦不可能。此写离乡日远,处境日危。关于本词结句,晏几道同调之作云:"梦魂纵有也成虚,那堪和梦无",与此可称双璧。冯煦云:"淮海(秦观)、小山(晏几道),真古之伤心人也。其淡语皆有味,浅语皆有致,求之两宋词人,实罕其匹。"(《宋六十一家词选例言》)读二君名句,语淡情浓,虽铁石心肠,亦不能不为之激动。

僧 挥 <small>(1首)</small>

　　僧仲殊(生卒年不详)俗名张挥,字师利,安州(今湖北安陆县)人。出身进士,早年因放荡不羁,被妻子放毒羹蔌中,几乎死去,因即吃蜜而解。医言复食肉则毒发不可疗,自此出家为僧,吃蜜成嗜,故又称"蜜殊"。居苏州承天寺、杭州宝月寺,与苏轼交游。徽宗初年,自缢而死。

　　黄升《花庵词选》云:"仲殊之词多矣,佳者固不少,而小令为最,小令之中'诉衷情'一调又其最;盖篇篇奇丽,字字清婉,高处不减唐人风致也。"今传《宝月集》一卷。《全宋词》辑其全篇44首,残篇9;《全宋词补辑》又辑其全篇19首,残篇5。

80　金 明 池①

词 谱

天阔云高,溪横水远,晚日寒生轻晕②。闲
〇●〇〇　〇〇●●　●●〇〇〇●　〇

阶静、杨花渐少,朱门掩、莺声犹嫩。悔匆匆、过
〇●　〇〇〇●　〇〇●　〇〇〇◉　●〇〇　●

却清明,旋③占得余芳、已成幽恨。却几日阴
●〇〇〇　●●●〇〇　●〇〇●　●●●〇

沉,连宵慵困,起来韶华④都尽。　　怨入双眉

闲斗损⑤,乍⑥品德情怀,看承⑦全近⑧。深深

态、无非自许,厌厌⑨意、终羞人问。争知道⑩、

梦里蓬莱⑪,待⑫忘了余香,时传音信。纵留得

莺花,东风不住,也则⑬眼前愁闷。

注　解

①[金明池]《词谱》谓"调见《淮海词》,赋东京金明池,即以调为题也。"又名昆明池,夏云峰。此调2体,此词为双调、120字变体。全首用韵属第六部"轸"、"阮(半)"、"震"、"问"、"愿(半)"仄声上、去通押。　　②[轻晕]淡淡的光圈。　　③[旋(xuàn)]此读去声。立即,顷刻。苏轼《浣溪沙》有"旋抹红装看使君"。　　④[韶华]美好的时光;春光。　　⑤[闲斗损]空对煞;空自相对坏了。　　⑥[乍]恰;正。　　⑦[看承]看待,特别看待。　　⑧[全近]极其亲近。全,甚或很的意思。　　⑨[厌厌]见第35首注⑥。　　⑩[争知道]怎知道。　　⑪[蓬莱]古代传说渤海中有蓬莱、方丈、瀛州三神山,为仙人所居,上有不死之药。此指理想中的长春境界。　　⑫[待]将,打算　　⑬[也则]依然是。

作意与作法

此写惜春之情。上片写春尽、春恨,下片写春怨、春愁。

上片起三句,"阔"、"高",写阴晴不定;"横"、"远",写春水满溪;日生"轻晕",写暮春天气的时变。次二句,空阶寂静、红门掩闭,见内外无人;"杨花"稀少、"莺声"娇嫩,写春归夏至。再二句,"过却清明"而"悔匆匆",此惜春日之速;"余芳"即占、残春即尽,此恨春归尤深。结三句应"寒生轻晕"而写,"几日阴沉",写外感天气之变;"连宵慵困",写内在惜春之情。故缓缓起来,叹其春光皆尽。

下片换头三句,双眉蹙对承"幽恨"而来,写其怨;特殊看待,极为亲近,恰可评定惜春情怀之幽深。次二句,"深深",写"态"之藏情;"厌厌",写"意"之懒散。故一则"无非自许",一则"终羞人问"。再三句,怎知"梦里蓬莱",写不料春去如梦;"余香"将忘,写情不得已;"音信"时传,写希望慰藉。结三句退一步言之,即使莺啼花开,如暮春风雨不停,也还是花残春尽,使人生愁。

僧挥因怕吃肉才当和尚,并非坚持"八戒"而净化寡欲,其实饮食男女,喜怒哀乐,与世人同。填词亦多愁善感。

晁元礼 _(1首)

晁元礼(1046—1113)一作端礼,字次膺。其先澶(chán)州清丰(今河南清丰县)人,后迁居彭门(今江苏徐州市)。神宗熙宁六年(1073)进士,后两次出任地方县令,因不服从上级而罢免。徽宗政和三年(1113),大晟乐成,蔡京举荐至京,元礼向上进献《并蒂芙蓉》一词,即封大晟乐府协律郎,未能赴职而卒。晁补之常与唱和,称之为次膺十二叔。有《闲斋琴趣外篇》六卷。《全宋词》辑其全篇137首,残篇4;《全宋词补辑》又辑其全篇1首。

81 绿 头 鸭①

词 谱

晚云收,淡天一片琉璃。烂银盘②、来从海
●○○　●○○●○○　●○○　○○●
底,皓色千里澄辉。莹无尘、素蛾③淡伫,静可
●　●●○○○○　○○○　●○●●　●●
数、丹桂参差。玉露初零,金风④未凛,一年无
●　○●○○　●●○○　○○●●　●○○

似此佳时。露坐久，疏萤时度，乌鹊⑤正南飞。瑶

台⑥冷、阑干凭暖，欲下迟迟。　　念佳人、音尘

别后，对此应解⑦相思。最关情⑧、漏声正永⑨，暗

断肠、花阴偷移。料得来宵，清光未减，阴晴天气

又争知⑩？共凝恋⑪、如今别后，还是隔年期⑫。人

强健，清尊素影，长愿相随。

注　解

①[绿头鸭]一名鸭头绿，原为唐、宋民间俗语，形容春水深碧宛如鸭头绿色。李白《襄阳歌》："遥看汉水鸭头绿，恰似葡萄初酦醅。"又名多丽、陇头泉。此调9体，分平韵、仄韵两类，此词为双调、139字平韵正体，平仄一异（见谱中✖）。全首韵脚属第三部平声"支"、"微"通韵。　　②[烂银盘]指明亮的圆月。卢仝《月蚀》："烂银盘从海底出，出来照我草屋东。"　　③[素娥]古代传说中嫦娥的别称。因月色洁白，故称素娥。　　④[金风]见第13首注②。⑤[乌鹊]曹操《短歌行》："月明星稀，乌鹊南飞。绕树三匝，何枝可依。"沈德潜云："'月明星稀'四句，喻客子无所依托。"（《古诗源》）　　⑥[瑶台]参见第71首注⑤。　　⑦[解]见第7首注⑩。　　⑧[关情]动情，牵惹情怀。张先《江南柳》："今古柳桥多送别，见人分袂亦愁生。何况自关情。"　　⑨[漏声正永]见第34首注⑥。　　⑩[争知]见第80首注⑩。　　⑪[凝恋]即痴恋。　　⑫[隔年期]指来年的约会。

作意与作法

　　此首为游子怀人之作，亦系中秋佳词。上片写秋夜月色之美，下片叙别后相思之情。

　　上片起二句，"晚云收"，写黄昏过去；"淡天"，写秋气之清爽，

134

"琉璃",写夜空之光洁。次二句"海底""银盘",比蓝天升起团圆的明月;"千里澄辉",写皓色清光赐与四海之内的人人。再二句对仗亦佳,是明月的特写镜头。因莹洁无尘,才见嫦娥仙子淡妆伫立;因清静可数,才见月中丹桂错落参差。仙子如此,佳人何方?又三句,将时间推进一层。写白露开始降落,写秋风尚无寒意,真乃"月白风清,如此良夜何"!复二句,写露下久坐的美中不足。疏萤闪闪,此寂寞之心如何安定;乌鹊徘徊,想哪条树枝可以依托。睹物思己,难免一样彷徨。结二句,"瑶台"变冷,写秋夜至深;阑干尚暖,写凭依之久;"欲下迟迟",写不忍辞月归去之心。

下片换头二句承望月而怀人。"佳人",写女貌之美;"音尘",写书信之阻。所怀之人对此良夜也该如我一样的相思吧。次二句"关情"用"最",见情怀波动的程度之高;"漏声"用"永",写漫漫长夜难挨。"断肠"用"暗",写无人可诉之痛;阴移用"偷",写明月悄悄离去之可惜。此二句对仗工整,下四上三的句法因果亦明。再三句,"清光未减",只是来年秋宵的预料,而"阴晴"变化,谁又能先知?此写希望而怕失望。复二句,恋情用"凝",见其双方深深痴爱;"隔年"期约,写别后难见的伤心。结三句举杯邀月,"人强健"、"影相随",为希望之语,祝愿之辞。有苏轼《水调歌头》中秋词的乐观的人生。

135

赵令畤（3首）

　　赵令畤（1051—1134）字德麟，号聊复翁，太祖次子燕王德昭玄孙。哲宗元祐六年（1091），签书颍州公事，因与苏轼往来，牵连罚金。绍圣初，官至右朝议大夫，改右监门卫大将军，任营州防御使，迁洪州观察使。南宋高宗绍兴初年，袭封安定郡王，寻迁宁远军承宣使、同知行在大宗政事，赠开府仪同三司。先著云："赵令畤，贺方回之亚；毛泽民亦三影郎中之次也。清超绝俗，词中固自难。"（《词洁》）词有《聊复集》，近人赵万里有辑本。《全宋词》辑其全篇37首，残篇1。

82　蝶　恋　花^①

词　谱

欲减罗衣寒未去，不卷珠帘、人在深深处。
⊖●⊖○○●● ●●○○ ⊖●○○●

红杏枝头花几许？啼痕止恨清明雨。　　尽日
⊖●○○○●● ○○⊖●○○● ●●

沉烟香^②一缕，宿酒醒迟、恼破春情绪。飞燕又
⊖○○●● ●●⊖○ ⊖●○○● ○●●

136

将归信误，小屏风③上西江路。
○○●●　○○●◖　◖○●

注　解

①[蝶恋花]见第 19 首注①。此词属双调、60 字正体。全首韵脚属第四部"语"、"麌"、"御"、"遇"仄声上、去通押。　②[沉烟香]即沉香。木材可制薰料，气味芳香。又名沉水香。　③[屏风]参见第 13 首注③。

作意与作法

此首写春日的闺中之情。上片伤春，下片怀人。

上片起三句"欲减罗衣"，写时届春日；"寒未去"，写风雨飘摇。"不卷珠帘"，写深处之人对室外景物目不忍睹。结二句，"红杏枝头"，写闹春之处，不知花开多少，写无伴同游共赏。此正是清明时节雨纷纷，闺中伤春亦断魂。

下片重头二句，沉烟一缕，人香相对，写整日的孤寂；隔宿醉酒，今朝醒迟，写闺中的春愁；"恼破"，见春日怀人之切。结二句，"归信"又误，只见春燕年来，不见良人岁归，再写"恼"之所在。春日迟迟，人在何方，只有空对"屏风"，想象西江之路。

沈际飞云："末路情景，若近若远，低徊不能去。"(《草堂诗余正集》)此见伊人远离之悲伤。李攀龙云："托杏写兴，托燕传情，怀春几许衷肠。"(《草堂诗余隽》)正是此篇的作法和作意。此首又入《小山词》。

83　蝶　恋　花①

词　谱

卷絮风头寒欲尽，坠粉飘香、日日红成阵。
◖●◖　○○●●　●◖●○　　◖●○○●

137

新酒又添残酒困，今春不减前春恨。　蝶去
⊖　●　⊖　○　●　●　　⊖　○　●　●　○　○　●

莺飞无处问，隔水高楼、望断双鱼②信。恼乱横
⊖　○　○　●　●　　●　●　○　○　⊖　●　⊖　○　●　●　●　○

波③秋一寸④，斜阳只与黄昏近。
○　　○　●　●　　　⊖　○　○　⊖　○　○　●

注　解

①[蝶恋花]见第 19 首注①。此词属双调、60 字正体。全首韵脚属第六部"轸"、"震"、"问"、"愿(半)"仄声上、去通押。　②[双鱼]参见第 12 首注②。③[横波]见第 57 首注③。　④[秋一寸]即秋波一寸。参见上注。

作意与作法

此写闺中伤春之情。上片写春残、春恨，下片写春思、春愁。

上片起二句，风卷柳絮、坠粉飘香、红雨成阵，此写春残花落的晚春景色。结二句，残酒尚困，新酒又添；前春已恨，今春不减。此写春恨重重。沈雄云："山谷谓好词惟取陡健圆转……此则陡健圆转之样也。"(《古今词话》)下片重头二句，"蝶去莺飞"、高楼水隔、望尽书信，写春思之切。结二句，满眼斜阳靠近黄昏，怎不心烦意乱，一腔春愁。

全词风格清丽，上、下二结，珠圆玉润，景淡情浓。此首一入《小山词》。

84　清　平　乐①

词　谱

春风依旧，著意隋堤柳②。搓得鹅儿黄③欲
⊖　○　⊖　●　　⊖　●　○　○　●　　⊖　●　○　○　⊖　●

就,天气清明时候。　　去年紫陌④青门⑤,今
● ⊖●⊖○⊖●　　　⊖⊗⊖●　○○　⊖

宵雨魄云魂⑥。断送一生憔悴,只消几个黄昏。
⊖⊖●⊖○⊖　●⊖●⊖○●　●⊖⊖●○○

注　解

①[清平乐]见第 12 首注①。此词属双调、46 字正体,平仄 1 异(见谱中 ⊗)。全首韵脚属第十二部"有"、"宥",第六部"元(半)",为仄平韵转换。 ②[隋堤柳]隋炀帝大业元年重浚汴河,开通济渠,沿渠筑堤,沿堤植柳,故世 有此称。至宋,近汴京一段多为送别之地。　　　③[鹅儿黄]又称"鹅黄",形 容初生的柳蕊或指代柳枝。　　　④[紫陌]指京城内的街道。封建社会,人们 认为天上有紫微垣,为拱卫天子之宫,于是即以紫禁、紫陌之类字,为王城街 道命名。　　　⑤[青门]即青琐门。古代宫庭门户都刻为连琐,涂以青色,称 青琐门,简称青门。刘禹锡《杨柳枝》:"御陌青门拂地垂,千条金缕万条丝。" ⑥[雨魄云魂]人的离去如雨收云散。

作意与作法

　　此首为伤春怀人之词。上片写清明的景物,下片写感伤的情 怀。

　　上片起二句,"依旧"写春风又至,"著意"写杨柳惹情,"隋堤" 借指春游的胜地。结二句鹅黄欲就用"搓",写春风的殷勤;"天气" 正值"清明",写时光的美好。换头二句,"紫陌青门",写去年春日 同游的得意;"雨魄云魂",写今年春夜的孤单凄清。结二句,"几个 黄昏"即能使形容憔悴、人生即老,此写春日无人难度、春宵无伴难 熬之至。

　　全词因景生情,情最悲切,结末二句,为人传诵。此首一作刘 弇词。

晁补之 (3首)

晁补之(1053—1110)字无咎,济州钜野(今山东县名)人。神宗元丰二年(1079)进士。哲宗元祐年间为著作郎。绍圣末年因修神宗实录失实,贬监处、信二州酒税。徽宗立,复以著作召,拜礼部郎中。后出知河中府,徙湖州、密州、果州,遂主管鸿庆宫。还家,修葺归来园,自号归来子。大观末,出党籍,起知达州,改泗州,卒,年58。补之早年受知苏轼(苏门四学士之一),词风倾荡磊落,受其影响。王灼云:"晁无咎、黄鲁直皆学东坡,韵制得七、八。"(《碧鸡漫志》)词集有《琴趣外篇》。《全宋词》辑其全篇164首,残篇3。

85 水 龙 吟①

次韵②林圣予《惜春》③

词　谱

问春何苦匆匆,带风伴雨如驰骤。幽葩细
⊖○⊖● ⊖○●○⊖⊖ ○○⊖

萼,小园低槛,壅培未就④。吹尽繁红⑤,占春长
● ⊖○⊖● ⊖○●● ⊖●○○ ●○○

140

久,不如垂柳。算春长不老,人愁春老,愁只是、

人间有。　　春恨十常八九,忍轻孤⑥、芳醪⑦

经口。那知自是、桃花结子,不因春瘦。世上功

名,老来风味,春归时候。最多情犹有,尊前青

眼⑧,相逢依旧。

注　解

①[水龙吟]见第 63 首注①。此词属双调、102 字(首句 6 字、次句 7 字)秦(观)词正体。唯倒数第二句原上 3 下 6 句式变为 5 字、4 字二句。平仄 3 异(见谱中✕)。全首用韵属第十二部"有"、"又"仄声上、去通押。　　②[次韵]见第 63 首注②。　　③[林圣予]作者词友。《全宋词》未载《惜春》。④[壅培未就]栽培未成。　　⑤[繁红]繁花。　　⑥[孤]同辜,即辜负。⑦[芳醪(láo)]美酒。　　⑧[青眼]眼眸色青,其旁色白,喜时正视,则见青处,怒时斜视,则见白处。晋代阮籍能为青白眼。

作意与作法

　　此首为安慰林圣予"惜春"之情,亦寄词人伤春之感。上片写春自残,人自愁;下片写春必归,人必老。

　　上片起二句写暮春风雨,春去匆匆。"何苦"一问,亦有挽留之意。次三句写"壅培未就"之叹,"小园低槛"关不住香花嫩蕊。再三句写花飞,为惜春残;写柳垂,希望春留。结三句写春老的原因,春愁的所在,希望彼此解脱惜春之情。下片换头二句,"十常八九"写春恨的频繁,"芳醪经口"写解愁的办法,故此不忍轻负了美酒。次二句写"桃花结子"为"自是",并非因为春老(瘦)。"哪知",故作意料之外,实为意料之中。如此,是便于劝慰。再三句为"点睛"之言,劝慰的主旨。人必老,功名富贵亦有"春归"之时。结三句写解

141

脱的办法:那就是相逢之日,"青眼"仍旧,尽情举杯。

全词由伤春、伤老,至失意伤怀,自然流转,上、下相应。

86　忆　少　年①

别历下②

词　谱

无穷官柳③,无情画舸④,无根行客。南山
⊖○⊖●　　⊖○⊖●　　⊖○⊖◉　○○

尚相送,只高城人隔。　　　罨画⑤园林溪绀⑥
●⊖●　●⊖○○◉　　　　　●●　○○○⊖

碧,算重来、尽成陈迹。刘郎⑦鬓如此,况桃花
◉　●○○　●○○◉　○○　⊖○●　●○○

颜色。
⊖◉

注　解

①[忆少年]又名陇首山、十二时、桃花曲等。此调2体,此词为双调、46
字正体。全首韵脚属第十七部入声"陌"、"职"通韵。　　②[历下]山东历城
县。　　③[官柳]官府种植的柳树。后泛指河岸(即本词"官柳")道旁(杜甫
《西郊》:"市桥官柳细,江路野梅香。")之柳。　　④[画舸]舸,大船。此指装
饰美丽的船只,即画舫。　　⑤[罨(yǎn)画]画家谓杂彩色之画为罨画。
⑥[绀(gàn)]一种深青带红的颜色。　　⑦[刘郎]指唐代诗人刘禹锡,其诗
云:"玄都观里桃千树,尽是刘郎去后栽。"(《元和十年自朗州至京,戏赠看花
诸君子》)

作意与作法

此首写人生易老,贬谪无情,系词人的失意之作。上片写今日
送别之情景,下片写推想将来之不堪。

上片起三句写所望所思。"无穷官柳",写历下友人之劝留；"无情画舸",写船夫催客之召唤；"无根行客"写贬谪漂流的无依。结二句写送行路上。"南山"写行经之地，"高城人隔"写离人的痛苦回顾和城内的泪雨纷纷。下片换头二句睹物联想：离别时正是花红水碧，再见时又将是何等模样。"罨画园林"写其不忍离去，"尽成陈迹"写其不忍推算将来。结二句以刘郎作比，写半生贬谪的内心之怨。尘面鬓霜，桃花凋谢，是不可回避的一幕，此不难设想。

小词起要引人，结要余味。此首上起三句，妙语连珠，堪称警绝。下结二句，似尽未尽，三日绕梁。

87　洞　仙　歌①

泗州②中秋作

词　谱

青烟幂③处，碧海飞金镜。永夜闲阶卧桂
○○○　●　●●○○●　●●○○●●
影④。露凉时，零乱多少寒螿⑤；神京⑥远，唯有
●　●○○　○●○●○○　○○●　○●
蓝桥⑦路近。　　　水晶帘不下，云母屏⑧开，冷
○○　●●　●○○●●　○●○○　●
浸佳人淡脂粉。待⑨都将许多⑩明，付与金尊，
●○○●○●　●　○○●○　○●●○○
投晓⑪共流霞⑫倾尽。更携取胡床⑬上南楼⑭，
○●　●○○○●　●○●○○　●○○
看玉做人间，素秋千顷。
●●●○○　●○○●

143

注　解

①[洞仙歌]见第65首注①。此调40体,此词为双调、84字变体。全首韵脚属第六部"轸"、"吻",第十一部"梗"、"敬"仄声上、去通押。　　②[泗州]唐宋时期治所在临淮(今江苏省泗洪东南,盱眙对岸),地当汴水入淮之口,为南北交通要冲。　　③[幂(mì)]遮盖。　　④[桂影]传说月中有桂树一棵,并责令吴刚砍伐,边砍边长,长年不完。以桂代月,此指月影。　　⑤[寒螿(jiāng)]蝉的一种,似蝉而小,青赤,夏末秋初啼鸣。参见第31首注②。⑥[神京]见第30首注③。　　⑦[蓝桥]在陕西省蓝田县东南蓝溪之上。相传其地有仙窟,为唐裴航遇仙女云英处。旧戏有《蓝桥记》。　　⑧[云母屏]云母为花岗岩,晶体透明,可作屏风。参见第13首注③。　　⑨[待]见第80首注⑫。待都将,拟将。　　⑩[许多]估计其多。　　⑪[投晓]临晓。⑫[流霞]神话传说中的仙酒名,见《抱朴子·祛惑》。又孟浩然诗:"童颜若可驻,何惜醉流霞?"(《宴梅道士房》)　　⑬[胡床]是可折叠的绳床,从少数民族中传来。　　⑭[南楼]即庾楼,参见第45首注⑥。

作意与作法

此首中秋词相传为词人绝笔之作。毛晋云:"无咎,大观四年卒于泗州官舍,自画山水留春堂大屏,上题云:'胸中正可吞云梦,盏底何妨对圣贤;有意清秋入衡霍,为君无尽写江天。'又咏《洞仙歌》一阕,遂绝笔。"(《琴趣外编·跋》)词中透露出游宦的怀亲之念和佳节的盼慰之情。上片写节夜的寂寞,下片写节夜的解愁。

上片起二句,"青烟幂处"写远处天边暮霭一片,此是明月升起之地。"碧海"写夜空的广阔和蔚蓝,"金镜"写明月的圆满和光亮,"飞"写明月的升腾状貌。次一句台阶用"闲",显其寂;"桂影"用"卧",显其静。此对照人的难眠。结四句,"露凉时",叹世情之冷;"神京远",念亲友难聚;"寒螿"乱鸣,见心之不定;"蓝桥路近",想人之安慰。

下片换头三句承"蓝桥"而继写月宫。"水晶"写帘幕的华贵,"云母"写屏风的精美。帘幕卷起,屏风拉开,一位淡妆浓情的佳

144

人,出现在广寒宫中,外貌之美,惹人爱慕,环境之寂,使人同情。次三句写佳节难逢,明月难得,干尽杯中桂花酒,莫使金尊空对月。结三句写余兴不尽。依坐胡床,写其构思吟咏,登上南楼,写其赏月观光。"玉做人间,素秋千顷"尽写良宵美景,以反衬区区游宦晚岁难归的寂寞之情。

全词从月出写到月升,从月中人写到月下人,有景、有物、有人、有事,是一幅中秋月夜醉吟图。

晁冲之 (1首)

晁冲之(生卒年不详)字叔用,一字用道,钜野(山东县名)人,补之从弟。曾举进士不第,授承务郎。哲宗绍圣初年,因党论被逐,隐居具茨山(在今河南禹县)下,号具茨先生。作品词彩清丽,出语自然。赵万里辑有《晁叔用词》一卷。《全宋词》辑其全篇16首。

88 临 江 仙①

词 谱

忆昔西池②池上饮,年年多少欢娱。别来不
⊖⊖⊖⊖ ○⊖● ○○⊖●○◎ ⊖○⊖
寄一行书。寻常相见了,犹道不如初。　　安稳
●●⊖◎ ⊗○⊖⊖⊖ ⊖●●○⊖　　⊖⊖
锦衾今夜梦,月明好渡江湖。相思休问定何如?
⊖⊖○●● ●○⊖●○◎ ○⊖⊗○●○⊖
情知春去后,管得落花无!
⊖○○●● ●●●○⊖

注 解

①[临江仙]见第47首注①。此词属双调、60字变体,平仄2异(见谱中

146

❶、❽)。全首韵脚属第四部平声"鱼"、"虞"通韵。　　②［西池］参见第6首注②。此处约指汴京金明池。

作意与作法

　　此写京都别后的相思之情。上片写忆昔,写别后;下片写夜梦,写相思。

　　上片起二句,追忆昔日的友情生活。"西池",写览胜之处;饮宴,写陶醉之情;"欢娱",可设想歌舞诗词的尽兴。结三句,写别后音讯无凭。"不寄"音书,可想行踪不定;"寻常相见"不如当初,叹其人事变迁。下片重头二句,写梦中的追求。安置枕头,铺好被褥,此写托梦的准备;千里月光,涉江越湖,此写美梦的开端。结三句写别后不堪言状之情。休问相思写其害怕提起;"情知春去"叹相聚之日好景不长,"管得落花"写相别以后不如人意。

　　全词以淡语出之,情调深致。

朱　服 (1首)

朱服(1048—?)字行中,乌程(今浙江省吴兴县)人。神宗熙宁六年(1073)进士。累官国子司业、起居舍人,以直龙图阁知润州,徙泉、婺、宁、庐、寿五州。哲宗朝,历中书舍人、礼部侍郎。徽宗朝,加集贤殿修撰。出知广州,贬知袁州,再贬蕲州,改兴国军卒。《全宋词》辑其全篇1首。

89　渔家傲①

词　谱

小雨纤纤风细细,万家杨柳青烟里。恋树
湿花飞不起,愁无际,和春付与东流水。　　九
十光阴能有几?金龟②解尽留无计。寄语东阳③
沽酒市。拚④一醉,而今乐事他年泪。

注　解

①[渔家傲]《词谱》谓此调最早为晏殊所用,晏词有"神仙一曲渔家傲",

148

故名。《白香词谱》谓"此调创自希文",录以备考。此调4体,此词属双调、62字正体。全首用韵属第三部"纸"、"尾"、"置"、"霁"仄声上、去通押。

②[金龟]唐代三品以上官员所佩戴龟袋用金饰。李商隐《为有》:"无端嫁得金龟婿,辜负香衾事早朝。"李白《对酒忆贺监诗序》:"太子宾客贺公,于长安紫极宫一见余,呼余为谪仙人。因解金龟换酒为乐。"   ③[东阳]今浙江金华县。   ④[拚(pàn)]参见第50首注③。

作意与作法

此首系词人早年任职东阳之作,写春日的愁情。上片写雨中的春景,下片抒行乐的感情。

上片起二句,"纤纤"写春雨之微;"细细"写春风之轻;"万家"写处处院落;"青烟"写雨雾濛濛。次一句,"恋树湿花",见泪光点点;"飞不起",写愁之重。结二句从李煜《虞美人》而来,同"一江春水向东流"一样,回答了"问君能有几多愁"。下片重头二句,"能有几"写人生长寿的不可多得,故"金龟解尽",即时行乐。次一句寄语"酒市",写词人放荡不羁。结二句豁着一醉,先顾今日之乐,再想他年之忧,可见无限伤情。

全词结句为一意化两之法,词人亦自夸佳句,往往乘醉后向人大言:"你曾见我'而今乐事他年泪'否?"(见方勺《泊宅篇》卷上)晚年流落,此中先兆。

毛 滂 (1首)

毛滂(1064—?)字泽民,衢州(今浙江衢县)人。哲宗元祐年间任杭州法曹。元符二年(1099)知武康县。苏轼曾为推荐,后官至祠部员外郎,知秀州。徽宗政和中,任嘉禾(今浙江嘉兴县)知州。词作情韵特胜。有《东堂词》。《全宋词》辑其全篇199首,残篇3。《全宋词补辑》又辑其全篇2首。

90 惜 分 飞①

富阳②僧舍作别语,赠妓琼芳。

词 谱

泪湿阑干③花着露,愁到眉峰碧聚。此恨平
〇●〇〇〇●● 〇〇〇〇●● ●●〇
分取④,更无言语空相觑⑤。　　断雨残云无意
〇● ●〇〇●〇〇● ●●〇〇〇●
绪,寂寞朝朝暮暮。今夜山深处,断魂分付⑥
● ●●〇〇●● 〇●〇〇● ●〇〇●
潮⑦回去。
〇 〇●

150

注　解

①[惜分飞]又名惜双双、惜双双令、惜芳菲。此调5体,此词为双调、50字正体。全首用韵为第四部"语"、"麌"、"御"、"遇"仄声上、去通押。
②[富阳]今浙江富阳县。　　③[阑干]纵横的样子。白居易《长恨歌》:"玉容寂寞泪阑干,梨花一枝春带雨。"　　④[取]见第57首注⑨。苏轼《雨中花慢》:"不如留取,十分春态,付与明年。"　　⑤[觑(qù)]细看。　　⑥[分付]即吩咐。交给,嘱托。　　⑦[潮]指潮信。李益《江南曲》:"早知潮有信,嫁与弄潮儿。"

作意与作法

此首如题,为杭州别妓后至富阳之作,曾题僧舍之壁,写惜春之意。上片写离分时的痛苦之态,下片写离分后的孤寂之感。

上片起二句写生离之痛。"阑干",写满脸热泪纵横;"花着露",写女子泪容的可怜可爱;眉头相连,写离愁之极。这一切都已从离人的眼睛看出,哪能责我们的词人无动于衷呢! 故结二句即言"平分""此恨","相觑""无言","无言"者,哽噎难语也。此合双方而写。

下片重头二句,"断雨残云"写别来唯一的所听所视,此见"朝朝暮暮"的"寂寞"和百无聊赖之情。结二句,点出孤僻的深山僧舍,此夜难熬,心想将离魂嘱托潮信,而带回杭州,此写身不由己之叹。全词至此,"语尽而意不尽,意尽而情不尽"(周辉《清波杂志》)。

陈 克 (2首)

陈克(1081—1137)字子高,一说天台(今浙江县名)人,一说临海(今浙江县名)人,绍兴中,为敕令所删定官。自号赤城居士,侨居金陵。填词格调颇高,婉雅闲丽。有《赤城词》一卷。赵万里亦有辑本。《全宋词》辑其全篇50首,残篇1。《全宋词补辑》又辑其全篇4首。

91 菩萨蛮①

词 谱

赤阑桥尽香街②直,笼街细柳娇无力。金碧
〇〇〇●〇〇●　〇〇●〇〇〇●　●●

上青空,花晴帘影红。　　黄衫③飞白马,日日
●〇〇　〇〇〇〇〇　　　　〇〇●〇●　●●

青楼④下。醉眼不逢人,午香吹暗尘⑤。
〇〇●　●●●〇〇　●〇〇●●

注 解

①[菩萨蛮]见第5首注①。此调3体,此词属双调、44字正体。全首用韵属第十七部"职",第一部"东",第十部"马",第六部"真",仄、平韵转换。　②[香街]即花街柳巷,妓女所居。　③[黄衫]唐代少年公子的华贵服装。

152

④[青楼]见第75首注⑩。　　⑤[暗尘]暗陌之尘,形容繁华街道上扬起的尘土。

作意与作法

此写都会之中少年公子的逸乐生活。上片写花街柳巷的景物,下片写公子哥儿的访妓。

上片起二句,红阑,写河桥建造之美;"直",写香街整齐之容;"笼街",写"细柳"的繁茂。此可想冶游公子分花拂柳的情态。"娇无力",写"细柳"的苗条和柔嫩,以衬妓馆佳人的婀娜多姿。结二句,"金碧"辉煌,蓝天衬托,写高耸楼台之精美;晴花吐艳、"帘影"透红,写丽日晴天,春花美人的交相辉映。

下片换头二句,"黄衫"、"白马",见颜色之鲜;配以"飞",写少年公子的豪俊。"日日",写来往之勤;"青楼",为红颜所居。结二句"醉眼",写少年公子的花天酒地,"不逢人",应"飞"而来,此写快马加鞭,旁若无人,往来访妓。"暗尘",为马蹄带起;"吹",写飞马生风。时当正午春暖,暗尘吹起,香气四溢,高楼妓馆,客往人来,这就是宋代都会的一角。

92　菩萨蛮①

词　谱

绿芜墙绕青苔院,中庭日淡芭蕉卷。蝴蝶
●○○●○○● ◒○●●○○◒ ◒●
上阶飞,风帘自在垂。　　玉钩②双语燕,宝
●○○ ○○●●○ ●○○●● ●
甃③杨花转。几处簸钱④声,绿窗⑤春睡轻。
●○○●● ●●●○○ ●○○●○

153

注 解

①[菩萨蛮]见第 5 首注①。此调 3 体,此词属双调、44 字正体。全首用韵属第七部"铣"、"霰",第三部"支"、"微",第十一部"庚",仄、平韵转换。②[玉钩]指精美的帐钩。　③[宝甃(zhòu)]指精美的井台。甃,井壁。段玉裁《说文解字注·瓦部》:"谓用砖为井垣也。"　④[簸钱]唐宋时的一种游戏,俗称摊钱或摊赌。游戏者持钱在手里掂簸,然后依次摊开,见旁人猜中与否以定胜负。王建《宫词》:"暂向玉华阶上坐,簸钱盈得两三筹。"　⑤[绿窗]绿色的纱窗。唐宋时贵族妇女之居,春夏间窗装绿纱,蔚为风气。韦庄《菩萨蛮》:"劝我早归家,绿窗人似花。"

作意与作法

此首写庭中春暮,闺中春眠。上片写景描门,下片写景描窗。基调轻快,一反春愁的惯常主题。

上片起二句,"绿芜",写围墙内绿树的繁茂;"青苔",写院中井阑、石阶苔藓泛绿、苔钱点缀的特色;"淡",写"日"的温和;"卷",写"芭蕉"叶的柔嫩。次二句,飞蝶争春,写庭前阶上花香四溢;"自在",写"风帘"的"垂"态,亦写帘内主人公的幽闲。

下片换头二句,"玉钩",承"风帘"不卷而来;双燕对语,为玉钩的装饰,亦见庭前院内呢喃双飞;"杨花"逐转,"宝甃"清闲,主人罕至,此写其静。结二句,"簸钱"传声,因静得闻,亦写春日迟迟,闲中无事。"绿窗",见闺中女子的身份;轻快的"春梦",写其闲适的心情。王维诗"春眠不觉晓",此之谓也。

李元膺 (1首)

李元膺(生卒年不详)东平(今山东东平县一带)人,南京教官。哲宗绍圣间,李孝美作《墨谱法式》,元膺为序,盖此时人也。李氏词风清丽,多留连光景之作。赵万里辑《李元膺词》一卷。《全宋词》辑其全篇9首。

93　洞　仙　歌①

一年春物,唯梅柳间意味最深。至莺花烂漫时,则春已衰迟,使人无复新意。余作《洞仙歌》,使探春者歌之,无后时之悔。

词　谱

雪云散尽,放晓晴庭院。杨柳于人便青
●●○●　●●○○●　○○○○○○
眼②。更风流多处、一点梅心,相映远。约略颦
●　●○○○●　●●○○　○●●　●●○
轻笑浅。　　一年春好处,不在浓芳,小艳疏香
○○●　　　　○○○●●　●●○○　●●○○

155

最娇软。到清明时候，百紫千红花正乱，已失春风
一半③。早占取、韶光④共追游，但莫管春寒，醉红
自暖。

注　解

①[洞仙歌]见第 65 首注①。此调 40 体,此词为双调、85 字变体。全首韵脚属第七部"阮(半)"、"旱"、"潜"、"铣"、"霰"、"翰"仄声上、去通押。

②[青眼]见第 85 首注⑧。　③["已失"句]南唐潘佑《题红罗亭》词,残句有"楼上春寒三四面,桃李不须夸烂漫,已失了春风一半",此讽南唐国土日削。李句借其字面。　④[韶光]参见第 80 首注④。

作意与作法

此词在提醒访春的人早探春物,及时追游。有莫负韶光之意。上片写早春的景物,下片抒追游的逸致。

上片起二句写早春初晴,庭院春晓,乍暖还寒。次一句写杨柳迎春,"青眼",写游人的喜悦。再二句写早梅报春。"一点梅心",写其独早;"多处""风流",写其佳传。结句"鞚轻",因为残冬已过;"笑浅",由于早春到来。

下片换头三句劝人游春即时。"春好""不在浓芳",而在"小艳疏香",此写词人自己对春光的独到见解。次三句,说明春深时节,万紫千红,高潮到来,也就意味着将临结局,使"探春者"猛醒。结三句,劝勉人们把握美好时光,访问春物,一醉自暖,"莫管春寒"。

时　彦 (1首)

　　时彦(?—1107)字邦彦,开封(今河南开封市)人。神宗元丰二年(1079)进士第一,官至吏部尚书,曾为开封尹。有词见《花草粹编》。《全宋词》辑其全篇1首。

94　青门饮①

词　谱

　　胡马嘶风,汉旗②翻雪,彤云又吐,一竿残
　　〇●〇〇　●〇　〇●　〇〇●●　●〇〇

照。古木连空,乱山无数,行尽暮沙衰草。星斗
●。●●〇〇　●〇〇●　〇●●〇〇●。〇●

横幽馆③,夜无眠、灯花空老。雾浓香鸭④,冰凝
〇〇●　●〇〇、〇〇〇●。●〇〇●　〇〇

泪烛,霜天难晓。　　　长记小妆才了,一杯未
●●　〇〇〇●。　　　〇●●〇〇●　●〇●

尽,离怀多少。醉里秋波⑤,梦中朝雨,都是醒
●、〇〇〇●。●●〇〇　●〇〇●　〇●●

时烦恼。料有牵情处,忍思量⑥、耳边曾道:甚
〇〇●。●●〇〇●　●〇〇、●〇〇●　●

157

时⑦跃马归来，认得迎门轻笑。

○　●●○○　●●○○○◎

注　解

①[青门饮]此调 3 体。此词为双调、106 字变体。全首用韵属第八部.
"筱"、"皓"、"啸"仄声上、去通押。　　②[汉旗]指北宋王朝的旗帜。
③[幽馆]幽静的客舍。　　④[香鸭]薰燃香料的鸭形的炉子。　　⑤[秋
波]形容美人眼睛的神采。参见第 57 首注③。　　⑥[忍思量]忍不住心中
的思念。　　⑦[甚时]什么时候。

作意与作法

此首为赴边在外寄内地爱妾之作。上片实写边塞的风光和冬
夜的凄凉；下片虚写征人酒后梦中的追忆和对将来的向往。

上片起四句写途中见闻。胡马迎风嘶叫，汉旗映雪卷风，红霞
满天，斜阳渐落，这是一派胡天冬日的景象。次三句继写所见。古
树参天，山势纵横，沙漠广袤，衰草遍野，在暮霭沉沉中，征人尚在
行进。再二句写客舍寄宿。"星斗"，写抬头时唯一所见；"幽馆"，
写寄宿客舍的无比凄凉；"空老"，写灯花越结越大，无心修剪；"无
眠"，又见灯人相对，更加勾起离情。结三句继写客舍寄宿。"雾浓
香鸭"，写难见伊人的痛苦；"冰凝泪烛"，写似见伊人哭后所凝；"霜
天难晓"，写凄清的长夜难以熬过。

下片换头三句追忆告别伊人的情状。"长记"，写印象难以磨
灭。那时是随意梳妆即入席饯别，杯酒尚未饮尽，离情马上压来。
次三句写如今醒时的烦恼。本想以酒浇愁，却偏偏又见伊人的媚
眼一对；本想睡着了事，却偏偏梦中朝雨送人，生"西出阳关"之恨。
再二句写盼归之心。"牵情"，写别后恋恋不舍；"忍"写"思量"之情
不可控制，耳边轻轻地响着伊人的问语。结二句是想象中伊人对
耳而语的具体内容。"跃马"，写希望"归来"之速，"轻笑"，写候门
迎接的欣喜之情。

李之仪 (2首)

李之仪(1038—1117)字端淑，自号姑溪居士，沧州无棣(今山东县名)人。神宗元丰年间进士。哲宗元祐初年曾任枢密院编修官，从苏轼于定州幕府。元符中，监内香药库。徽宗初，提举河东常平，因草范纯仁遗表作行状，编管太平州(安徽当涂)，卒年80。之仪填词工巧，尤长小令，常以"淡语、景语、情语"(《姑溪词·跋》)出之。有《姑溪词》。《全宋词》辑其全篇94首，残篇1。

95 谢池春慢①

词　谱

残寒消尽，疏雨过，清明后。花径款余
⊖○○●　○○●　○○◐　●●●○

红②，风沼萦新皱。乳燕穿庭户，飞絮沾襟袖。
○　◐○◐○●　○●○○●　●●○◐●

正佳时，仍晚昼；著人③滋味，真个浓如酒。
●○○　○●●；○○○●　○●○○●

频移带眼④　空只恁⑤，厌厌⑥瘦。不见又思
○○●●，　○●●　●●●。●●●○

159

量，见了还依旧。为问频相见，何似⑦长相守？
〇 〇 ● 〇 〇 ◐ ● ● 〇 〇 ● ● 〇 〇 〇 ◉

天不老，人未偶；且将此恨，分付⑧庭前柳。
〇 〇 ● 〇 ● ● ◐ 〇 〇 ◐ 〇 ◐ 〇 〇 〇 ●

注　解

　　①[谢池春慢]诸本多作"谢池春"，此"慢"字从《词谱》来。《词谱》卷二十二："调见《古今词话》，张先玉仙观道中逢谢媚卿作，盖慢词也，与六十六字'谢池春'令词不同。"此调仅此双调90字一体。全首用韵属第十二部"有"、"宥"仄声上、去通押。　　②[款余红]留着残花。　　③[著人]惹人，迷人。秦观《如梦令》："门外鸦啼杨柳，春色著人如酒。"　　④[带眼]指皮质裤带的眼孔。《南史》本传载沈约《与徐勉书》："老病百日数旬，革带常应移孔。"⑤[恁]想念。　　⑥[厌厌]见第35首注⑥。　　⑦[何似]何如。　　⑧[分付]见第90首注⑥。

作意与作法

　　此首写闺中春恨之情。上片写春日的浓烈气息，下片写女子的矛盾心情。

　　上片起三句交待时令与气候。"残寒消尽"，写春暖的稳定；节后雨过，写天气放晴。次四句写春日的景物：园、池、燕、絮。"余红"点点，喜花瓣嵌路；"新皱"如绉，写绿水柔和；"雏燕"，颂物之新；"飞絮"，撩人之游。结四句写人的感受。"正佳时"，写浓春之际；"仍晚昼"，联想去年的今日；"浓如酒"写两度芳春，同样迷人。

　　下片重头三句写女子思君的联想。"频移带眼"，念对方亦腰围渐瘦；"厌厌"形貌，想对方亦愁眉不开。次四句写闺中怀人的矛盾心情。"不见"二句深入浅出，道出生活中的常情。"为问"二句提出疑惑，有求作答之意。结四句将矛盾上交。"天不老"，写年年春到有期；"人未偶"，写今春无伴生愁，有人生易老之意；"此恨"难当，交给春风中的杨柳吧。此写无处诉说之恨。

　　全词状难状之景，表难表之情，出语自然，对仗工整，颇近柳永长调。

96　卜　算　子①

词　谱

我住长江头②,君住长江尾③;日日思君不

见君,共饮长江水。　　此水几时休?此恨何时

已?只愿君心似我心,定不负相思意。

注　解

①[卜算子]见第66首注①。此词本属苏体(即"缺月挂疏桐"一首),唯结句添一字,自成45字又一变体。全首用韵属第三部"纸"、"尾"、"置"仄声上、去通押。　　②[长江头]指长江上游。　　③[长江尾]指长江下游。

作意与作法

此写闺中的怀人之情。上片写人儿不见,下片写心儿不变。

上片起二句写相隔之遥。"江头"写巴蜀之地,"江尾"写苏杭之境。次二句写相思之切。一写"思君不见"的苦恼,一写"共饮"江水的慰藉。下片重头二句以流水比恨情。"几时休"的怨问,实写水流不停;"何时已"的怨问,实写恨情的不止。结二句写女子的希望。"君心似我",写两人同心;"不负相思",写莫忘痴情。

全词采用民歌的语调,运用白描的手法,刻画出一位聪明、钟情的痴心女子的内心世界。

贺 铸 (11首)

　　贺铸(1052—1125)字方回,原籍山阴(今浙江绍兴市。按其诗集自序称越人,自言贺知章之后),生长卫州(今河南汲县)。为人豪侠尚气,喜好评论时政,虽壮志雄心,亦难得提举。早年任过武职,后转文官。哲宗元祐年间曾任泗州(今江苏盱眙县东北)、太平州(今安徽当涂县)等地通判。晚年退居苏州横塘,自号庆湖遗老(按:庆湖即镜湖,今称鉴湖,在浙江绍兴市)。徽宗宣和十七年卒于常州之僧舍。

　　方回家藏图书丰富,其人博学强记,工于语言,长于度曲。与苏轼、秦观等交游,颇得影响。苏门文人张耒《东山词序》云:"方回乐府妙绝一世,盛丽如游金、张之堂,妖冶如揽嫱、施之祛,幽索如屈、宋,悲壮如苏、李。"此见贺词的丰富多采。有《东山词》,一名《东山寓声乐府》。《全宋词》辑其全篇241首,残篇42。

97 青玉案①

词　谱

凌波②不过横塘③路，但目送、芳尘④去。锦
〇〇　　●●〇　　　●●　〇〇●　●

瑟⑤华年谁与度？月桥花院，琐窗⑥朱户，只有
●　〇〇〇●●　　●〇〇●　●〇〇●　●●

春知处。　　飞云冉冉蘅皋⑦暮，彩笔⑧新题断
〇〇●　　　　〇〇●●〇〇●　●●〇〇●

肠句。试问闲愁都⑨几许⑩？一川⑪烟草，满城
〇●　●●〇〇〇●●　　〇〇〇●　●〇

风絮⑫，梅子黄时雨⑬。
〇●　〇●〇〇●

注　解

①[青玉案]见第29首注①。此调13体，此词为双调、67字正体。全首用韵属第四部"语"、"麌"、"御"、"遇"仄声上、去通押。　　②[凌波]形容女性步履轻盈。曹植《洛神赋》写洛神的步态："凌波微步，罗袜生尘。"③[横塘]龚明之《中吴记闻》载：贺铸"有小筑（按：即别墅）在盘门之南十余里，地名横塘，方回往来其间"。　　④[芳尘]美人经过时扬起的尘土。参见本首注②。此借指美人。　　⑤[锦瑟]绘有彩色花纹的瑟。《周礼·乐器图》："饰以宝玉者曰宝瑟，绘纹如锦曰锦瑟。"李商隐《锦瑟》："锦瑟无端五十弦，一弦一柱思华年。"　　⑥[琐窗]雕饰着连琐花纹的窗格子。鲍照《玩月城西门廨中诗》："蛾眉蔽珠栊，玉钩隔琐窗。"琐亦作锁。　　⑦[蘅皋（gāo）]长着香草的水边高地。曹植《洛神赋》："尔乃税驾乎蘅皋，秣驷乎芝田。"曹植中途休息，于此见到洛神。　　⑧[彩笔]《南史·江淹传》："淹少以文章显，晚节才思微退。……尝宿于冶亭，梦一丈夫自称郭璞，谓淹曰：'吾有笔在卿处

163

多年,可以见还.'淹乃探怀中得五色笔一以授之。尔后为诗,绝无美句。时人谓之才尽。"　　⑨[都]总共。　　⑩[几许]多少。　　⑪[一川]一片,满地。　　⑫[风絮]随风飘扬的柳絮。　　⑬["梅子"句]春夏之交的连阴雨。因时当梅子黄熟,故称"黄梅雨"或"梅雨"。

作意与作法

　　此首为词人于横塘别墅的怀人之作。从望美人兮不来的相思中寄寓着词人无限的"闲愁"。上片从空间之"路"写当年美人一去不返,下片从时间之"暮"写此日词人思绪萦回。

　　上片起二句,"凌波",忆前欢步履的美态;"不过横塘",写美人一去不返;"目送芳尘",写词人依依惜别,久立凝望。首贯以"但",想其无可奈何。结四句,"锦瑟华年",写女子青春妙龄;"谁与度"一问,写词人思念女子别后的生活。"月桥花院",猜其同游;"琐窗朱户",想其同归。然而到底怎样,人在何处,那只有司春之神能知。此为应问而答。

　　下片换头二句,"飞云冉冉",写天色渐变;"蘅皋"暮晚,写词人再到塘岸,伫立之久。故黄昏归来"新题"词句,即使有江郎当年驱使神笔的才情,如今也只能写出满纸愁思的"断肠"之语。结四句,"闲愁"承"断肠"而写;"都几许"又作一问,想其怨艾之情。接着由三个新鲜的比喻自答,尽写出胸中的万缕千丝。二、三月的"一川烟草",此比"闲愁"之连绵铺地;三、四月的"满城风絮",此比"闲愁"之弥漫遮天;四、五月的"梅子黄时雨",此比"闲愁"之丝丝缕缕,无穷无尽。结语答问,当自李煜《虞美人》。然李词仅用一种事物比"愁",名句虽佳,然画面比较单调。而贺词却用一连三种不同的事物比一样"闲愁",纵写愁之长,横写愁之多,画面多重,形象至深,收到了"博喻"的良好效果。

　　贺铸因《青玉案》一词而获得"贺梅子"的雅号。黄庭坚曾抄录此词置于案头,常自吟味,并作小诗以赠贺铸。诗云:"少游醉卧古

164

藤下，谁与愁眉唱一杯？（秦观《好事近》有"醉卧古藤荫下，了不知南北。"）解作江南断肠句，只今唯有贺方回。"（《寄方回》）至于倾倒而步韵者更大有人在，苏轼、李之仪、黄庭坚、蔡伸、张元干等等即在其中。

98　感皇恩①

词　谱

兰芷②满汀洲，游丝③横路。罗袜尘生④步，
○●　●○○　○○　●○　○●○○　●

回顾。整鬟⑤颦黛⑥，脉脉⑦多情难诉。细风吹
○●　●○　○●　◐●○○●●　●○○

柳絮，人南渡。　　回首旧游，山无重数。花
●●　○○●　　　○●●○　○○○●　○

底⑧深朱户，何处？半黄梅子，向晚⑨一帘疏雨。
●　○○●　○●　●○○●　●●　●○○●

断魂⑩分付与⑪、春归去。
●○　○●●　○○●

注　解

①[感皇恩]唐教坊曲名。宋真宗大中祥符年间，教坊增加龟兹部，其曲有双调《感皇恩》。又名叠萝花。此调7体，此词为双调、67字变体。全首用韵属第四部"麌"、"御"、"遇"仄声上、去通押。　　②[兰芷]香草名。兰即兰草，芷即白芷，《楚辞章句》洪兴祖补注云："兰芷之类，古人皆以为佩也。"
③[游丝]参见第18首注⑤。　　④[罗袜尘生]参见第97首注②。
⑤[整鬟]整饰鬟鬟(古代女子的环形发髻)。　　⑥[颦黛]皱着眉头。参见第22首注⑦及第77首注③。　　⑦[脉脉]含情相视的意思。古诗《迢迢牵牛星》："盈盈一水间，脉脉不得语。"　　⑧[花底]花下。　　⑨[向晚]临晚，

傍晚。　　⑩[断魂]魂魄离散,精神无托。杜牧《清明》:"清明时节雨纷纷,路上行人欲断魂。"　　⑪[分付与]交付与。参见第90首注⑥。

作意与作法

此写暮春时节的离情别绪。上片写渡口惜别的场面,下片写路上断魂的愁情。

上片起二句,"芳草""汀洲",写难分难舍之旧地;"游丝横路",寄难系难绊之别情。次二句,"罗袜"生尘,写女子步履的轻盈。为突出送行,故将双脚"特写"。"回顾"写女子迎上前来,又顾盼周围;是大胆送郎,又有几分羞涩之心。再二句,"整鬟颦黛",写女子愁容含美;"多情""脉脉",写女方激动,哽噎"难诉"。结句,"细风"、"柳絮"衬行者愁绪的纷乱。

下片换头二句,"回首旧游",写行者返顾之恋,"山无重数"写此时相隔之遥。次二句,花下"朱户"之"深",想伊人归去之寂;"何处"一问,应"回首"二字,叹其望中难寻。再二句,"梅子""半黄","疏雨"轻洒,写傍晚卷帘所见,行者客舍生愁。结句,"断魂"随春归去,写行者无依之苦,途中相思之极。

全词因情化景,因景生情,择密韵之调,唱离别之音,悠哉! 悠哉!

99　薄　幸①

词　谱

淡妆多态,更的的②、频回眄睐③。便认得、

●　○　○　●　　●　　●　●　　○　○　●　　●　○　●

琴心④先许,欲绾⑤合欢双带⑥。记画堂⑦、风月

○　○　　●　●　●　●　○　○　●　　●　●　○　　○　●

166

逢迎，轻颦⑧浅笑娇无奈。向睡鸭炉⑨边，翔鸳

屏⑩里，羞把香罗⑪偷解。　　自过了、收灯⑫

后，都⑬不见、踏青⑭挑菜⑮。几回凭双燕，丁

宁⑯深意，往来翻恨重帘碍。约何时再，正春浓

酒暖，人闲昼永⑰无聊赖。恹恹⑱睡起，犹有花

梢日在。

注　解

①[薄幸]调见《东山寓声乐府》。此调3体，此词为双调、108字正体。全首用韵属第五部"蟹"、"泰(半)"、"队(半)"仄声上、去通押。　②[的的]即滴滴。指眼波滴溜溜地转。　③[眄睐(miǎn lài)]斜视。古诗《凛凛岁云暮》："眄睐以适意，引领遥相睎。"　④[琴心]以琴声传达心意。诗词中常用来指爱情的表达。李群玉《戏赠魏十四》："兰浦秋来烟雨深，几多情思在琴心。"参见第14首注④。　⑤[绾(wǎn)]盘缠成结。　⑥[合欢双带]即绣有或织进合欢花图案的带子，古代青年男女以此象征结合的欢情。张昱《晚春词》："结成合欢带，自置妾怀袖。"再如合欢扇、合欢被、合欢襦等，均以此图案得名。　⑦[画堂]指华丽的堂舍。崔颢《王家少妇诗》："十五嫁王昌，盈盈入画堂。"一指彩饰的内室。此首即用此义。　⑧[轻颦]参见第22首注⑦。　⑨[睡鸭炉]睡鸭形的燃香炉。参见第18首注④。　⑩[翔鸳屏]鸾凤飞舞的画屏，参见第49首注④。　⑪[香罗]含香的丝带。见第75首注⑨。　⑫[收灯]一作"烧灯"，指上元之夜的灯火。晏几道《生查子》："心情慵剪彩，时节近烧灯。"　⑬[都]见第97首注⑨。　⑭[踏青]古俗每年春草初生，人们结伴到郊外野游，且多为女性的活动。刘禹锡《竹枝》："昭君坊中多女伴，永安宫外踏青来。"　⑮[挑菜]宋代风俗，每年春节百草生发，青年妇女就到郊外挖生菜(调春菜吃)，实际上仍是一种郊游

的形式。　⑯[丁宁]即叮咛,嘱托。　⑰[昼永]漫长的白天。柳永《诉衷情近》:"景阑昼永,渐入清和气序。"　⑱[恹恹]见第35首注⑥。

作意与作法

此首为怀念情人之词。上片写初见相爱,下片写别后相思。

上片起二句,"淡妆多态",写女子本色之美。所谓"却嫌脂粉污颜色,淡扫蛾眉朝至尊"(张祜《集灵台》之一),所谓"欲把西湖比西子,淡妆浓抹总相宜"(苏轼《饮湖上初晴后雨》)即此。"的的",写眼波流转;"盼睐",见半带羞情。次二句,"琴心先许"而被"认得",写双方倾心、谐洽;"合欢双带"而"欲绾",写两人一见钟情。再二句,由以上爱慕写到相亲。"画堂"写所处环境之美,"风月"示"逢迎"的情投意合。眉额稍蹙,面庞微笑,活写出女子的滴滴娇情。结三句应"琴心"而出。"鸭炉"、"鸳屏",写房室之幽;"香罗偷解",写相狎相欢。

下片换头二句,"自过了"由过去转入现在,写元宵佳节来去之速;"踏青挑菜",写相见的极好时机;"都不见"写相见之难。次三句,"丁宁"、"双燕",写多次致缠绵之"深意";"重帘"阻碍,恨至今音信难通。再三句,"何时再",叹第二次约会无期;"春浓酒暖",见排愁不易;"人闲昼永",写时间难以消磨,故"百无聊赖"。结二句,"恹恹睡起",见无可奈何之状,此承"春浓酒暖";"花梢日在"示百无聊赖之情,此承"人闲昼永"。

此词描摹淡而不厌,情致哀而不伤,诚然贺词佳作。

100　浣　溪　沙①

词　谱

不信芳春厌②老人，老人几度送余春？惜春
⊖●⊖○⊖　●◎　⊖○○●●○◎　⊖○

行乐莫辞频。　　巧笑③艳歌皆我意，恼花颠
●●●⊖○句　　●●　●⊖○○●●　⊖○⊖

酒④拚⑤君瞋，物情⑥惟有醉中真。
●　●　⊖○句　●⊖　⊖●●⊖○句

注　解

①[浣溪沙]见第 10 首注①。此词属双调、42 字正体。全首韵脚属第六部平声"真"韵。　　②[厌]抛弃。　　③[巧笑]笑得很美。《诗经·卫风·硕人》："巧笑倩兮，美目盼兮。"　　④[颠酒]醉酒成疯。　　⑤[拚]见第 50 首注③。　　⑥[物情]体物之情。

作意与作法

此惜春行乐之词，当晚年之作，在佯狂中似有忿懑之事。上片点出惜春之题，下片解答行乐之方。

上片起句指出春不弃人。次句指出人生有限。结句为心底之意，劝即时行乐，莫负美景良辰。下片起句写词人寻欢作乐之主意。次句写置旁人横眉冷对于不顾。结句为肺腑之言，写伤心之事，诉难言之痛。

小词全首抒情，由缓导急。下起一联，属对至佳。

101　浣　溪　沙①

词　谱

　　楼角初消一缕霞,淡黄杨柳暗栖鸦,玉人②
　　●●○○●●○　　●○○●●○◎

和月③摘梅花。　　笑捻粉香④归洞户⑤,更垂
○●●○◎　　　　●●●○○●●　●○

帘幕护窗纱,东风寒似夜来⑥些⑦。
○●●○◎　○○○●●○◎

注　解

　　①[浣溪沙]见第10首注①。此词属双调、42字正体。全首韵脚属第十部"麻"韵。　　②[玉人]美人。温庭筠《杨柳枝》:"正是玉人断肠处,一渠春水赤阑桥。"　　③[和月]乘着月色。　　④[粉香]指花朵。　　⑤[洞户]室与室之间相通相对的门户。《后汉书·梁冀传》:"堂寝皆有阴阳奥室,连房洞户。"　　⑥[夜来]昨日(亦指昨夜)。　　⑦[些(sā)]句末语气助词。

作意与作法

　　此首写美人冒寒迎春之情,词句以景出之。上片从黄昏到月出,写美人的探春;下片从归户到垂帘,写美人的轻寒。

　　上片起句,小楼为美人之居,"初消"写残霞渐隐。次句,"淡黄"写新柳的娇弱,"栖鸦"写楼前的晚噪。结句,"和月摘梅"写美人的及早迎春,所谓"花开堪折直须折,莫待无花空折枝。"(杜秋娘《金缕衣》)

　　下片起句,指捻"粉香"、笑归"洞户",写女子对早梅之爱及登楼入室的神情。次句,垂放"帘幕"、掩盖"窗纱",写女心先暖而气候犹寒。结句,"东风"为带寒之物,昨日乍暖,今日又寒,此正初春

欣赏早梅之时。

小词写初春之景善为生色,"黄杨栖鸦"一句造微入妙。写玉人以明月、梅香烘托,虽早春轻寒,犹见花心人心齐放。生动地写出了一个爱美、爱春、热爱生活的青年女子的感人形象。

102　石　州　慢①

词　谱

薄雨收寒,斜照弄晴,春意空阔。长亭②柳色才黄,倚马何人先折?烟横水漫,映带几点归鸿,平沙消尽龙荒③雪。犹记出关来,恰如今时节。　　将发,画楼芳酒,红泪④清歌,便成轻别。回首经年⑤,杳杳音尘⑥都绝。欲知方寸⑦,共有几许⑧新愁?芭蕉不展丁香结⑨。憔悴一天涯,两厌厌⑩风月。

注　解

①[石州慢]又名柳色黄、石州引。此调6体,此词为双调、102字正体。全首韵脚属第十八部入声"月"、"曷"、"屑"通韵。　②[长亭]见第31首注③。　③[龙荒]一作"龙沙",塞外的通称。　④[红泪]泛称女子的眼泪,因泪水沾胭脂成为红色。李郢《为妻作生日寄意》:"应恨客程归未得,绿

窗红泪冷涓涓涓。" ⑤[经年]见第 31 首注⑫。 ⑥[音尘]音信。
⑦[方寸]见第 33 首注⑦。 ⑧[几许]见第 97 首注⑩。 ⑨[丁香结]
丁香花蕾丛生,喻人之愁思不解。李商隐《代赠》:"芭蕉不展丁香结,同向春
风各自愁。" ⑩[厌厌]见第 35 首注⑥。

作意与作法

此首写离别相思之情。词人平生虽未出塞,但据叶梦得《贺铸
传》知作者曾在太原担任过监工。并州(即太原)近西北,关塞生活
略可体会,故有"平沙"、"龙荒"之句。此词约写于此时。上片描写
出关以来又一个春日的景色,下片追忆当时的泣别和别后的愁情。

上片起三句,"薄雨收寒",写气候渐暖;"斜照弄晴",写天光艳
丽;"春意空阔",写关外的特殊春色。次二句,"长亭",乃送别之
地;"柳色才黄",见关外春至姗姗;"倚马",写待发之势;"何人先
折"一问,顿触往日惜别之情。再三句,"烟横水漫",写放眼茫茫一
片;"归鸿"点点,写大雁北归而人不能南归;"龙荒"雪消,然"平沙"
青草尚未萌生,遥望关内,归心尤切。结二句,"犹记出关",写来时
印象之深;"恰如"今时,写生情之因和别恨之由。

下片换头四句,应"犹记"而追念惜别"将发"。"画楼芳酒",写
饯行的盛意;"红泪清歌",写惜别的浓情;而"轻别"一语,尽含千恨
万恨。次二句,转入别后,回首年复一年而杳无音信。"都绝"一语
见希望落空之叹。再三句自问自答。"几许新愁",乃设问"方寸"
所容,以醒人耳目;"芭蕉不展"卷叶,"丁香"丛生花蕾,此比两处春
愁。结二句,"憔悴",写天涯游子的断肠之痛;"厌厌",写两地触景
伤情的无限相思。

此词在锻词炼句上颇下功夫。王灼《碧鸡漫志》谓见其旧稿。
上片一、二句原为"风色收寒,云影弄晴";六、七、八句原为"冰垂玉
筋,向午滴沥檐楹,泥融消尽墙阴雪",审其意境,迥然有别。吴曾
亦云:"方回眷一姝,别久,姝寄诗云:'独倚危栏泪满襟,小园春色

172

懒追寻,深恩纵似丁香结,难展芭蕉一寸心。'贺因赋此词,先叙分
别时景色,后用所寄诗语有'芭蕉不展丁香结'之句。"(《能改斋漫
录》)此虽属文人附会之说,然亦见其文坛之影响。

103 蝶恋花^①

词 谱

几许^②伤春春复暮,杨柳清阴、偏碍游丝^③

度。天际小山桃叶^④步,白蘋花^⑤满湔^⑥裙处。

竟日微吟长短句^⑦,帘影灯昏、心寄胡琴

语。数点雨声风约住,朦胧淡月云来去。

注 解

①[蝶恋花]见第19首注①。此词属双调、60字正体。全首用韵属第四
部"语"、"御"、"遇"仄声上、去通押。　②[几许]见第97首注⑩。
③[游丝]参见第18首注⑤。　④[桃叶]女子名,为晋代王献之爱妾。又
有妹名桃根,诗词中往往借二人名指所恋女性。　⑤[白蘋花]见第39首
注④。　⑥[湔(jiān)]洗。　⑦[长短句]词因切合乐调的曲度,要求长
短不齐的句式,故又名"长短句"。

作意与作法

赵闻礼辑《阳春白雪》(卷二)谓此首为"贺方回改徐冠卿词"。
此词为伤春怀人之作。上片写暮春之景,下片抒相思之情。

上片起二句,"几许",写"伤春"感情之多,何况又值春暮!"清

173

阴",写杨柳的浓密,故"偏碍游丝"飞渡。"偏碍",见其恨;"游丝",关其情。结二句,"天际小山",写遥望之处;"桃叶"留步,写意念之人;"白蘋"点点,写眼前之景;"湔裙"之处,已空无伊人。

下片起二句,"微吟"词句,写整日伤春无奈;"灯昏""琴语",写通宵思念伊人。结二句,风起雨停,前后声声入耳,此写听;云儿未去,淡月朦胧,此写见。二句以景见情,均从"灯昏"不眠而来,以烘托琴曲的意境。

104 天 门 谣①

登采石②蛾眉亭

词 谱

牛渚天门险,限南北③、七雄④豪占。清雾
〇●〇〇● ●●⊖ 〇〇●● 〇●
敛,与闲人登览。　　待月上潮平波滟滟,塞管
◉ ●〇〇●● ●●⊖〇〇●● ●●
轻吹新《阿滥》⑤。风满槛,历历⑥数、西州⑦更
〇〇〇●⊖● 〇●● ●●● 〇〇 ⊖
点。
◉

注 解

①[天门谣]因此词首句"牛渚天门险"得名。此调仅此45字双调一体。全首用韵属第十四部"感"、"俭"、"豏"、"勘"、"艳"仄声上、去通押。
②[采石]《舆地纪胜》云:采石山北临江有矶,曰采石,曰牛渚,上有蛾眉亭。又《安徽通志》云:蛾眉亭在当涂县北二十里,据牛渚绝壁,前直二梁山,夹江对峙(按:此即"天门"),如蛾眉然,故名。　　③[限南北]此段江流北去,牛

174

渚从东岸伸出,故阻止南北交通。　　④[七雄]战国时,秦、楚、燕、齐、韩、赵、魏七个强国。此泛言历史上兵家争夺之地。　　⑤[《阿滥》]即《阿滥堆》,曲名。骊山有鸟名"阿滥堆",唐玄宗以其声翻为曲,人竞效吹。见南唐尉偓渥《中朝故事》。　　⑥[历历]清楚,分明。　　⑦[西州]地名,值当涂东北之地,即江宁(属江苏省)县境。

作意与作法

此系词人登高怀古之作。上片写雾收登览,下片写月夜闻更。

上片起二句逆写所见、所感、所思。"天门",顾名思义写其险;江流北去,牛渚限阻,此"险"之所在;"七雄豪占"见思古之幽情。结二句补写登览之时与登览之人。"雾敛",写观看之清;"闲人",写有志难酬之愤。

下片换头二句写月夜抒怀。"月上潮平",写待来之夜色;"波光滟滟",写眼前之江景;"塞管轻吹",写胸中之幽情;"新《阿滥》"一语,见所填新词之称意。结二句写结束登览。"风满槛",写夜之冷;"历历数",写夜之寂;"更点"传闻,写夜之深。

105　天　香①

词　谱

烟络横林,山沉远照,迤逦②黄昏钟鼓。烛映帘栊③,蛩④催机杼⑤,共惹清秋风露⑥。不眠思妇,齐应和、几声砧杵⑦。惊动天涯倦客,骎骎⑧岁华行暮。　　当年酒狂自负,谓东君⑨、

以春相付。流浪征骖⑩北道，客樯⑪南浦⑫，幽

恨无人晤语⑬。赖明月、曾知旧游处，好伴云

来，还将梦去。

注　解

①[天香]《填词名解》谓"采宋之问诗'天香云外飘'"。《法苑珠林》谓"天童子天香甚香"，因得名。又名伴云来、楼下柳。此调 8 体。此词为双调、96字正体。全首用韵属第四部"语"、"麌"、"御"、"遇"仄声上、去通押。②[迤(yǐ)逦(lǐ)]连绵，延续。　③[帘栊]见第 7 首注⑨。　④[蛩]见第37 首注⑦。　⑤[机杼(zhù)]即织布机。此处指纺织。　⑥[风露]见第37 首注⑧。　⑦[砧(zhēn)杵(chǔ)]捣衣（或捣新布）具。砧，垫石；杵，槌棒。　⑧[骎(qīn)骎]马速奔的样子。此指时间迅速消逝。梁简文帝《纳凉》："斜日晚骎骎"。　⑨[东君]管理春天的神。王初《立春后诗》："东君珂佩响珊珊，青驭多时下九关？"　⑩[征骖(cān)]参见第 23 首注④。骖，一车所驾三马。　⑪[客樯(qiáng)]即客船。　⑫[南浦]见第 38 首注⑥。　⑬[晤(wù)语]会面交谈。

作意与作法

此写天涯倦客漂泊之恨和怀旧之情。上片写日暮天涯游子惊秋，下片写当年酒狂如今幽恨。

上片起三句写异乡傍晚的景色和气氛。雾罩"横林"，日落西山，写所见；黄昏钟鼓，连绵一串，写所闻。次三句写异乡秋夜的景色和气氛。"烛映帘栊"，见室人未寝；"蛩催机杼"，听秋声伴织。由室内而户外，牵惹起凉风冷露，一派清秋。再二句更补足气氛。思妇不眠，砧杵之声应和，听来更觉秋夜之长。结二句写视听之感触而生惊叹。"天涯倦客"，伤漂流之久；年光将晚，诉"骎骎"之速。

下片换头二句回忆当年。"酒狂自负"，写其生活放荡，自命不凡；"以春相付"，谓春光常伴，佳人相伴。次三句顿转。"征骖北

176

道"、"客樯南浦",写奔驰陆地、摇楫江湖的"流浪"之苦;满腔"幽恨",无人晤语,写春难长留、人难长伴之怨。结三句收回,由情入景,以景结情。"明月曾知"旧处,尚可慰藉。"好伴云来",写月来入梦;"还将梦去",见月落梦回。明月有情,伴人寻梦,此足情深。

106　望湘人①

词　谱

厌莺声到枕,花气动帘,醉魂愁梦相半。被
惜余薰,带惊剩眼②,几许③伤春春晚。泪竹④
痕鲜,佩兰⑤香老,湘天浓暖。记小江、风月佳
时,屡约非烟⑥游伴。　须信鸾弦⑦易断,奈
云和⑧再鼓,曲中人远。认罗袜无踪,旧处弄波
清浅。青翰⑨棹、权⑩白蘋⑪洲畔,尽目临皋⑫飞
观。不解⑬寄、一字相思,幸有归来双燕。

注　解

①[望湘人]此调仅此双调107字一体。全首用韵属第七部"阮(半)"、"旱"、"潸"、"铣"、"翰"、"霰"仄声上、去通押。　②[带惊剩眼]参考第95首注④。　③[几许]见第97首注⑩。　④[泪竹]指紫竹,竹身有紫色或灰褐色斑纹。古代神话谓舜南巡不返,葬于苍梧,舜妃娥皇、女英思帝不

177

已,泪下沾竹,竹悉成斑,故又名斑竹或湘妃竹。事载任昉《述异记》。
⑤[佩兰]参考第98首注②。　　⑥[非烟]唐代武公业之妾,姓步。皇甫枚有《非烟传》。　　⑦[鸾弦]《汉武外传》:"西海献鸾胶,武帝弦断,以胶续之,弦二头遂相着,终月射,不断,帝大悦。"诗词中常以"鸾弦"易断比况夫妻的恩爱断绝,以"鸾胶"沾粘比喻重续情义。陶谷《风光好》:"琵琶拨尽相思调,知音少。再把鸾胶续断弦,是何年。"　　⑧[云和]古时琴瑟等乐器的代称。庾信《周祀圜丘歌·昭夏》:"孤竹之管云和弦,神光未下风肃然。"　　⑨[青翰]船。刻鸟于船,涂以青色,故名。《说苑·善说》:"鄂君子晳之泛舟于新波之中也。乘青翰之舟。"李绅《过吴门》"绿杨深浅巷,青翰往来舟"。　　⑩[枊(yì)]同舣,整船靠岸。《史记·项羽本纪》:"于是项王乃欲东渡乌江,乌江亭长枊船待。"　　⑪[白蘋]见第39首注④。　　⑫[临皋]登上水边高地。⑬[解]见第7首注⑩。

作意与作法

此首为伤春怀人的痴情之作。上片由景生情,写湘天春愁;下片由情入景,写人远燕归。

上片起三句,"莺声到枕""厌"其脆,"花气动帘""厌"其香,"醉魂愁梦"为"厌"之缘由。次三句,"被惜余薰"写人去物在,含惋惜之意;"带惊剩眼"写伤春人瘦,藏惊变之情。"几许"一词写春愁年复一年,感伤之久。再三句,"泪竹痕鲜",景托湘妃之怨;"佩兰香老",物寄屈子之哀。故"湘天浓暖",尤觉"春晚"之伤。结二句,"小江风月"写良宵胜境,"屡约非烟"写相伴佳人,此追忆往年的恋爱生活,有好景不长之叹。

下片换头三句,"须信鸾弦易断"写担心恩爱之断绝,"云和再鼓"写己之动情,"曲中人远"写人所不知,故有无可奈何之叹。次二句,"罗袜无踪",想呼唤伊人而无应;"弄波清浅",认旧处重游叹孤身,此有物是人非之恨。再三句,"青翰棹"写船如当年之美;"白蘋洲"写花如当年之繁;临皋望远,遐想驰骋,此写所思之切。结二句,云相思之情不能寄出一字,写无法通情之痛;"归来"紫燕,比翼双飞,写"幸有"安慰之物,此借景自宽。

107　绿　头　鸭①

词　谱

　　玉人②家,画楼③珠箔④临津。托微风、彩箫
　　●○　　○　●●　　○○　　○◎　●　○○　◐○

流怨,断肠马上曾闻。宴堂开、艳妆丛里,调琴
○●　●○●●○○　●○○　●○○●　○○

思⑤、认歌鬟⑥。麝蜡⑦烟浓,玉莲漏短⑧,更衣
○　●○○　　●●　○○　●○●●　◐○

不待酒初醺⑨。绣屏⑩掩、枕鸳⑪相就,香气渐
◐●●○○　●○　●　●○　○●　○●◐

曈曈⑫。回廊影、疏钟淡月,几许⑬消魂⑭?
○◎　○○●　○○●●　●●　　○◎

翠钗⑮分、银笺封泪⑯,舞鞋从此生尘。任兰
●○　○　○○○●　●○○●○○　●○

舟⑰、载将离恨⑱,转南浦⑲、背西曛⑳。记取㉑
○　●○○●　●○●　●○○　●●

明年,蔷薇谢后,佳期应未误行云㉒。凤城㉓远、
○○　●○●●　○○○●●○○　●○●

楚梅㉔香嫩,先寄一枝春。青门㉕外,只凭芳
●○　○●　○●●○○　○○●　●○○

草㉖,寻访郎君。
●　　○●○○

注　解

①[绿头鸭]见第81首注①。此词属双调、139字晁端礼"晚云收"正体而

179

减2字(上片"认歌颦"句、下片"背西曛"句均4字而3),《词谱》未立此格,实为变体。全首韵脚属第六部平声"真"、"文"、"元(半)"通韵。　②[玉人]参见第101首注②。　③[画楼]见第54首注③。　④[珠箔(bó)]即珠帘。　⑤[琴思(sì)]即琴心。参见第14首注④。　⑥[颦]见第22首注⑦。　⑦[麝蜡]即麝香。古人多用以熏衣,或杂入龙脑等其它香料于香炉中燃点。参见第18首注④。　⑧[玉莲漏短]玉莲形的漏壶,漏滴已残。参见第34首注⑥。　⑨[醺(xūn)]醉酒的样子。杜甫《留别贾严二阁老两院补阙》:"去远留诗别,愁多任酒醺。"　⑩[绣屏]即刺绣的锦屏。参见第49首注④。　⑪[枕鸳]见第55首注③。　⑫[暾(dūn)暾]香气盛满。　⑬[几许]见第97首注⑩。　⑭[消魂]因感怀而伤神。参见第74首注⑩。　⑮[翠钗]翠玉镶钗。钗即"叉",歧出如股,可以擘(bò)分。白居易《长恨歌》:"钗留一股合一扇,钗擘黄金合分钿。"　⑯[银笺封泪]银白的信笺上布满泪痕。　⑰[兰舟]见第31首注⑥。　⑱[载将离恨]唐人郑仲贤《竹枝词》:"亭亭画舸击寒潭,直到行人酒半酣。不管烟波与风雨,载将离恨过江南。"　⑲[南浦]参见第38首注⑥。此处为泛指。　⑳[曛(xūn)]落日的余光。孙逖《下京口埭夜行》:"孤帆度绿氛,寒浦落江曛。"　㉑[取]见第57首注⑨。　㉒[行云]参见第53首注②。　㉓[凤城]旧时京都的别称,谓帝王所居之城,此指汴京开封。　㉔[楚梅]参见第72首注⑦。　㉕[青门]见第84首注⑤。　㉖[芳草]见第1首注②。

作意与作法

　　此写南国歌儿舞女的春日怀人之情。上片写往日的认识、相爱,下片写别后的盼望、相思。

　　上片起二句写妓馆的所在。"画楼珠箔",写房室的富丽;水边港口,可想集市的繁华。次二句写男子知音。"彩笺流怨",写女子心中之恨;断肠之声,为男子听后同情。再二句写宴堂相识。"艳妆"丛聚,写美人如林;"琴心""歌颦",写双方通情。复三句写相随。"麝蜡烟浓",乘气氛之融和;"玉莲漏短",怕时间即逝。故更衣就寝不等醉后。又二句写相伴。"绣屏"遮掩,写门关户闭;"枕

180

鸳相就",写恩爱同眠;"香气""矇矇",以衬双方之浓情蜜意。结二句顿折当前。"回廊"月影,写所顾无人;钟声稀疏,写倾听无语;"几许消魂",此写女子难眠,夜夜伤神。

下片换头二句写别后修书。"翠钗"分股,写别时之痛;"银笺封泪",写寄语伤怀。"舞鞋""生尘",写知音一去,不再歌舞。次二句写信中忆别。船载"离恨",写愁恨之重;"南浦""西曛",写水程之遥。再三句写信中期约。"蔷薇谢后",指明年暮春时节;怕误行云,写担心相会落空。复二句写赠物寄情。"凤城"楚地,写京都、江南迢迢隔远;楚梅"先寄",写聊慰男方之心。结三句写下定决心。"青门"郊外,写京都冶游之地;沿着绵绵芳草寻郎,此写不来即去的决心。

周邦彦 (22首)

　　周邦彦(1056—1121)字美成,自号清真居士,钱塘(今浙江杭州市)人。神宗元丰初,北游京师,献《汴都赋》万余言,因颂新法,自诸生擢为太学正,一时名振海内。因年少气锐,不善周旋,又外调庐州(安徽合肥市)教授,溧水(属江苏)知县等职,其中曾一度寓居荆南。哲宗绍圣三年(1096)还京,除秘书省正字,历校书郎、议礼局检讨。又以直龙图阁知河中府。徽宗朝,仕至徽猷阁待制,提举大晟(shèng)府。终因不愿供奉朝廷,晚年又出知顺昌府、徙处州(浙江丽水),卒于南京(今河南商丘市南)。

　　美成精于音律,善创新调。度曲填词,极为精审,集北宋词之大成,而影响南宋姜夔、张炎,直至清词"常州",开词坛一派,不愧一代词艺大师。周词在继承上,其长调善于铺叙,变柳永的市井气息而为文士气息。在表现手法上,善融古句,造语精工;抒情体物,各尽其妙;谋篇布局,曲折有致。在题材上,则多羁旅之愁,相思之恋,反映生活,不为宽广。在其整个艺术风格上为沉郁顿挫,曲丽精工,浑成得体。周词今传《片玉集》(又名《清真集》,有陈元龙注本)。《全宋词》辑其全篇185首,残篇2。

108　瑞龙吟^①

词　谱

章台路^②，还见褪粉梅梢，试花^③桃树。愔
〇〇●　　〇●●〇　●〇〇●　〇

愔^④坊陌人家，定巢燕子，归来旧处。　　黯凝
〇〇●〇〇　●〇●●　〇〇●●　　　●〇

伫^⑤，因念个人^⑥痴小，乍^⑦窥门户。侵晨浅约
●　〇●●〇〇●　●〇〇●　〇〇●●

宫黄^⑧，障风映袖，盈盈笑语。　　前度刘郎^⑨
〇〇　●〇●●　〇〇●●　　　〇●〇〇

重到，访邻寻里，同时歌舞，惟有旧家秋娘^⑩，
〇●　●〇〇●　〇〇〇●　〇●●〇〇〇

声价如故。吟笺赋笔，犹记燕台句^⑪。知谁伴，
〇●〇●　〇〇●●　〇●●〇●　〇〇●

名园露饮^⑫，东城闲步？事与孤鸿去^⑬，探春尽
〇〇●●　〇〇〇●　●●〇〇●　●〇●

是，伤离意绪。官柳^⑭低金缕，归骑晚，纤纤池
●　〇〇●●　〇●〇〇●　〇●●　〇〇〇

塘飞雨。断肠院落，一帘风絮。
〇〇●　●〇●●　●〇〇●

注　解

①[瑞龙吟]此调4体。此词为3叠（双拽头）、133字正体。全首用韵属
第四部"语"、"麌"、"御"、"遇"仄声上、去通押。　　②[章台路]见第24首注
④。　　③[试花]花朵刚刚开放。张籍《新桃行》："植之三年余，今年初试
花。"　　④[愔(yīn)愔]安静的样子。　　⑤[凝伫(zhù)]因有企待而发怔或

183

出神,此处有感怀伤神之意。柳永《鹊桥仙》:"但黯然凝伫,暮烟寒雨,望秦楼何处?"　　⑥[个人]伊人,那人。　　⑦[乍]初。　　⑧[浅约宫黄]淡搽黄粉。古代宫女常在额上涂黄,所谓"约黄"。后来民间也仿效这种化妆。蜀张泌《浣溪沙》:"依约残眉理旧黄。"　　⑨[刘郎]指刘禹锡,他的《再游玄都观》云:"百亩庭中半是苔,桃花净尽菜花开。种桃道士归何处,前度刘郎今又来。"参见第86首注⑦。　　⑩[秋娘]即杜秋娘,唐代金陵歌妓。杜牧有《赠杜秋娘》诗,并有序。　　⑪["燕台"句]指词人赠给恋人的词句,即"吟笺赋笔"。李商隐《赠柳枝》:"长吟远下燕台句,惟有花香染未消。"诗序所载,柳枝乃洛阳女子,因听李商隐堂兄吟咏商隐《燕台》诗,产生了爱悦之情,但终未结合。　　⑫[露饮]即在露天之下饮酒。又一说为"露发跣足"(《梦溪笔谈》卷九)而痛饮。　　⑬["事与"句]指人事变迁。杜牧《题安州浮云寺楼寄湖州张郎中》:"恨如春草多,事与孤鸿去。"　　⑭[官柳]见第86首注③。

作意与作法

　　此首写词人重游旧地的物是人非之情,颇有唐人崔护《题都城南庄》之慨。周济《宋四家词选》谓此"不过桃花人面、旧曲翻新",然又谓"层层脱换,笔笔往复",故历来认此为周词代表作,并非妄说。全词分3叠。第一叠写词人春日重游章台旧地的所见、所感;第二叠追念往日的情侣和回忆当年旧事;第三叠写邻里尚在,伊人不见的无限惆怅。抚今追昔,点出伤离的主题。

　　第一叠起三句,"章台路"写旧日汴京情侣的身份。长安"章台",实指汴京"坊陌"。"褪粉"写枝头梅花之凋谢,"试花"写桃树新花的初开。此点出仲春时节。二语由"还见"所领,可想旧地重游。此睹物思人,自寄托"人面桃花"之慨。次三句,"愔愔"写花街柳巷的幽静,见冶游盛况今不如昔。"定巢燕子,归来旧处",怨其不懂人事的变迁,恨周遭无人分愁。

　　第二叠起三句,"黯凝伫"写词人一时发怔,由此揭开回忆之幕。"痴小"写伊人的娇嫩和天真,"乍窥门户"写伊人倚门看街,招揽冶游之客。次三句补写伊人的晨起之早和"看街"之态。"浅约

184

宫黄",写其淡妆之美;"障风映袖",见其娇羞之态;"盈盈笑语",听其串串银铃之声。

以上两叠共写忆旧,乃全词的"双拽头"。

第三叠换头五句由忆旧转入伤今。"前度"句借用典故以比喻自己重来,"访邻寻里"写对伊人往事的关心,"同时歌舞"写只见往日与伊人同时的歌儿舞女,有"门前冷落车马稀"之同情。"旧家秋娘"比词人昔日的恋侣,"声价如故"叹其色艺依然超群。此写印象犹在,伊人未见之恨。次五句"吟笺赋笔"回忆往日男编女唱的愉悦生活,"犹记燕台句"写双方的知音之切和倾慕之心。"名园露饮"回味开怀共醉,"东城闲步"追忆难舍难分。"知谁伴"一问,忆念陡转,倍觉难堪。复三句,"事与孤鸿"而去,慨叹人事的变迁,其"伤离"之情尽属此次"探春"所致,此乃点题之语。结五句,柳丝低拂写撩人之恼,单骑晚归写探春之恨,池塘纤雨写添人之愁,"一帘风絮"写飘泊之怨,故归来院空,愁肠欲断。沈义父《乐府指迷》云:"结句须要放开,含有余不尽之意,以景烘情最好。"清真此结,品之确然。

全词今昔夹写,以今带昔;虚实夹写,以实带虚。

109　风　流　子①

词　谱

新绿小池塘,风帘动、碎影舞斜阳。羡金
○●●○◎　○○●　●●●○◎　●○

屋②去来,旧时巢燕;土花③缭绕,前度莓墙④。
●　●○●　●○○●　●○○●　○●○◎

185

绣阁凤帏深几许?听得理丝簧⑤。欲说又休,虑
乖芳信⑥;未歌先咽,愁近清觞⑦。　遥知新
妆了,开朱户、应自待月西厢⑧。最苦梦魂,今
宵不到伊行。问甚时说与,佳音密耗⑨,寄将秦
镜⑩,偷换韩香⑪?天便教人,霎时厮见⑫何妨!

注　解

①[风流子]唐教坊曲名。此调9体,有单双调之分。此词为109字双调变体(《词谱》卷二:"汲古阁《片玉集》刻此词,前段第七句误作'绣阁里凤帏深几许'八字句,今从《花草粹编》校正。又有陈永平和词可据。")全首韵脚属第二部平声"阳"韵。　②[金屋]极言屋之华丽,指男子所宠爱的女性的住处。班固《汉武故事》说,帝幼时,姑母抱他在膝上,问是否要阿娇(姑之女)作妻。帝笑答:"若得阿娇,当以金屋贮之。"白居易《长恨歌》有"金屋妆成娇侍夜"句。　③[土花]即苔藓。李贺《金铜仙人辞汉歌》:"画楼桂树悬秋香,三十六宫土花碧。"　④[莓墙]生满苔衣之墙。　⑤[丝簧]即丝竹,指管弦乐器。　⑥[芳信]春天的信息。晏几道《玉楼春》:"梅花未足凭芳信,弦语岂堪传素恨。"　⑦[清觞]指斟满清酒的酒杯。　⑧[待月西厢]《会真记》莺莺给张生诗:"待月西厢下,迎风户半开。"　⑨[密耗]保密的消息,此指情人间的私话。　⑩[秦镜]汉秦嘉妻徐淑赠嘉以明镜,嘉赋诗答谢。刘禹锡《秦娘歌》:"秦嘉镜有前时结,韩寿香销故箧衣。"　⑪[韩香]晋南阳人韩寿,美姿容。贾充征召为司空掾,充小女贾午见而悦之,使侍婢通风报信,厚相赠结,呼寿晚夕入内,盗西域奇香赠寿。贾充的下官闻其芳香而告于充,充乃考问小女的侍婢,供出。贾充于是隐秘此事,将女儿嫁给了韩寿。事见《晋书·贾充传》。　⑫[厮见]相见。

作意与作法

此首为男方对所恋女子的相思之情,写欲见不得之恨。上片

写所见所闻,下片写所思所问。

上片起二句,池塘绿水,写"惊鸿"(姿态轻盈的美女)日日照影之处;风帘碎影,斜阳晚照,写空舞不见伊人,等候约会之切。次四句,由"羡"领起一联。"金屋"写藏娇之处,而"旧时巢燕"今又"去来";"土花"为女子常伴之垣,而"前度莓墙"今又"缭绕"。然而人却不能进屋,不能爬墙,只有空自羡慕。再二句,"深几许"写绣阁凤帏的幽雅,"理丝簧"写"听得"者的动心。结四句,"欲说又休",写"丝簧"之断断续续,怕误春日佳期空过;"未歌先咽"写佳人的难言之痛,希望倾筋浇愁。

下片换头二句,佳人"新妆",此写男方之猜想;"应自"二字,尤写"待月西厢"的空想之可怜。次二句写现实无情,终难约会,"最苦"二字写梦魂无依的伤心。再四句,"甚时说与"一"问",写期待最好的消息。"寄将秦镜",为表白爱恋的衷肠;"偷换韩香",盼早日结为夫妻。结二句大动情感,写已力不足,希望天助,"霎时厮见何妨"写痴心男子空自"商量",透露无法相见的苦闷。

王明清《挥麈余话》云:"美成为溧水令,主簿之姬有色而慧,每出侑酒,美成为《风流子》以寄意。新绿、待月,皆主簿厅轩名。"若如此,痴心男子即是多情词人。

此词上片二联属对工巧,上、下两片实、虚相成。

110 兰 陵 王①

词　谱

　　　柳阴直②，烟里丝丝弄碧③。隋堤④上，曾见
　　　○　●　　　　○　○　●　●　　　⊖　○　　　　　　●

几番，拂水飘绵送行色⑤。登临望故国⑥，谁识，
○　○　　●　●　○　○　●　○　●　　⊖　○　●　●　○　　　○　●

京华⑦倦客。长亭⑧路，年去岁来，应折柔条过
○　○　　●　●　　○　○　　●　　○　●　●　○　　⊖　●　○　○　●

千尺。　　　闲寻旧踪迹，又酒趁哀弦，灯照离
○　●　　　　　　　⊖　○　●　○　●　　●　●　●　○　○　　○　●　○

席，梨花榆火催寒食⑨。愁一箭风快，半篙⑩波
●　　○　○　○　●　○　○　●　　○　●　●　○　●　　●　○　　○

暖，回头迢递⑪便数驿，望人在天北。　　　凄
●　　○　○　○　●　●　●　●　　●　○　●　○　●　　　　　　⊖

恻，恨堆积。渐别浦⑫萦回，津堠⑬岑寂，斜阳冉
●　　●　○　●　　●　●　●　○　○　　○　●　○　●　　○　○　●

冉⑭春无极。念月榭⑮携手，露桥⑯闻笛，沉思　　、
●　　○　○　●　　●　●　●　○　○　　●　○　○　●　　○　○

前事，似梦里，泪暗滴。
⊖　●　　●　●　●　　●　●　●

注　解

　　①[兰陵王]唐教坊曲名。《碧鸡漫志》(卷四)引《北齐史》及《隋唐嘉话》
称："齐文襄之长子长恭，封兰陵王。与周师战，尝著假面对敌，击周师金墉城
下，勇冠三军。武士共歌谣之，曰《兰陵王入阵曲》。"此调5体，此词为3叠，
130字正体。全首韵脚属第十七部入声"陌"、"锡"、"职"通韵。　　　②[柳阴

直]杨柳夹道,树荫笔直一线。　　③[弄碧]舞弄碧绿色的枝条。　　④[隋堤]参见第84首注②。　　⑤[行色]参见第33首注⑥。　　⑥[故国]这里指故乡。杜甫《上白帝城二首》:"取醉他乡客,相逢故国人。"　　⑦[京华]即京都、京城。杜甫《奉赠韦左承丈二十二韵》:"骑驴十三载,旅食京华春。"这里指的是宋都汴京。　　⑧[长亭]见第31首注③。　　⑨[寒食]见第26首注③。　　⑩[半篙]船家测量水的深浅涨落,习惯用篙(撑船竹杆)估计。故有"半篙"、"一篙"之说。　　⑪[迢递]见第37首注⑤。　　⑫[别浦]银河。因牛郎、织女常于河边送别,故有此称。李贺《七夕》诗:"别浦今朝暗,罗帏午夜愁。"此谓银河相隔之苦闷。这里用以比"南浦"。参见第38首注⑥。　　⑬[津堠(hòu)]指码头上瞭望和歇宿的地方。堠:路旁的土堡。　　⑭[冉冉]参见第40首注⑤。此指斜日西沉的样子。　　⑮[月榭]参见第76首注②。　　⑯[露桥]无覆盖的桥。

作意与作法

　　此首一题"柳",为周词代表作之一。客中送客,托柳起兴,抒送别女友之情,寄词人淹留之感。张端义《贵耳集》、贺裳《皱水轩词筌》均以为周氏作《少年游》以咏道君皇帝亲幸名妓李师师家一事。及被谪后,师师殷勤伐别,词人复作《兰陵王》相赠。此虽附会之说,亦可见读者的喜爱,社会的反响。

　　词分三叠。第一叠托柳起兴,写普通伤别之情;第二叠当筵生感,写词人送别之际;第三叠人去浦空,写词人别后情怀。

　　第一叠起二句写隋堤春色。"柳阴"写枝叶之茂,"弄碧"写春意之浓。次三句写隋堤行色。"曾见几番",写自己数次送行,看人送别;"拂水飘绵",写词人所惜柳丝难系,柳絮难留。再三句写登临所感。放眼"故国",写词人的思乡之念;"京华倦客",写词人的客居之烦。"谁识"二字,为悲故乡之渺远,痛故人之渐稀。结三句写长亭所思。"年去岁来",痛年复一年地自己伤离,旁人伤别;"柔条过千",惜一次一次地自己折枝,旁人折枝。李商隐《离亭赋得折杨柳》:"含烟惹雾每依依,万缕千条拂落晖。为报行人休尽折,半

189

留相送半迎归。"惜别之情,诗、词同此。

第二叠起四句写席上饯别。"闲寻"旧迹,忆平日隋堤之游,长亭之访。"又"字转入当前,骊歌劝酒,泪烛照筵,写词人此刻的伤感;梨花盛开,寒食将到,写春游无伴的伤心。结四句代行人设想。"一箭",写船行之迅速,愁风帆之飞快;"半篙",量春水之上涨,反而愁水暖易行。回头一看,数站路程已过,只见送者远在天北。

第三叠起二句由愁转恨。"凄恻"写离恨之痛,"堆积"写离恨之多。次三句写人远浦空。"别浦萦回",写空见水在回旋;"津堠岑寂",写码头一片冷落。此时斜日西沉,春色无际,兴起送者苍茫之感,绵邈之思。谭献以为"斜阳冉冉春无极"七字"微吟千百遍当入三昧,出三昧"(《谭评词辨》),此"入""出"的奥妙何在? 正在写景又含言情,伤春又复伤别。结五句追忆往事。"月榭携手",念从前的幽会恋爱;"露桥闻笛",忆往昔的夜游同欢。"沉思前事",以梦相比,以泪暗抛,三句不加修饰,实为憨厚之情。

此词由虚入实,兴柳而写离情。韵用入声,显气之抽泣;句多短行,觉语之哽咽。毛幵云:"绍兴初,都下盛行周清真《兰陵王慢》,西楼南瓦皆歌之,谓之《渭城三叠》。"(《樵隐笔录》)此离歌三唱,可想当日流行的盛况。

111 琐窗寒①

词 谱

　　暗柳啼鸦②,单衣③伫立,小帘朱户。桐花
　　●●　○○　　●○　●●　●○　○●　○○
半亩,静锁一庭愁雨。洒空阶、夜阑未休,故人
●●　◒●●○　◒●　●○◒　●○●●　◒○

剪烛④西窗语。似楚江暝宿，风灯零乱⑤，少年
羁旅⑥。　迟暮，嬉游处。正店舍无烟，禁城
百五⑦。旗亭⑧唤酒，付与高阳俦侣⑨。想东园、
桃李自春，小唇秀靥⑩今在否？到归时、定有残
英，待客携尊俎⑪。

注　解

①[琐窗寒]因周词此篇有"静锁一庭愁雨"及"故人剪烛西窗语"之句得名，又名"锁寒窗"。此调5体，此词为"双调"、99字正体。全首用韵属第四部"语"、"麌"、"御"、"遇"仄声上、去通押。　②[暗柳啼鸦]此从"杨柳藏鸦"而来。南朝梁简文帝《金乐歌诗》："槐花欲覆井，杨柳正藏鸦。"　③[单衣]农历三四月份所著服装。秦观《水龙吟》："朱帘半卷，单衣初试，清明时候。"④[剪烛]李商隐《夜雨寄北》："何当共剪西窗烛，却话巴山夜雨时。"⑤[风灯]防风灯。杜甫《漫成》诗："江月去人只数尺，风灯照夜欲三更。"⑥[羁旅]旅行在外，他乡作客。　⑦[禁城百五]《荆楚岁时记》："去冬至百五日，即有疾风甚雨，谓之'寒食'，例禁火三日，店舍无烟。"　⑧[旗亭]立有旗子的酒楼。李贺《开愁歌》："旗亭下马解秋衣，请贳宜阳一壶酒。"范成大《揽辔录》："过相州市，有秦楼、翠楼、康乐楼、月白风清楼，皆旗亭也。"⑨[高阳俦侣]汉代郦食其(yì jī)以"高阳酒徒"之名得见刘邦。这里指对饮的酒伴。　⑩[秀靥]此借人面酒窝比桃李的花瓣。　⑪[尊俎]酒器，肴盘。

作意与作法

　　此咏节序之词为"寒食"感怀之作，写羁旅思归之情。

　　上片写春日雨锁之愁，寄旅思的无聊；下片写节日盼归之念，寄酒兴的无奈。

　　上片起三句，"暗柳啼鸦"写春深之景，"单衣伫立"，写词人之

态；"小帘朱户"写客居之所。次二句，"桐花半亩"写院中春色，"雨锁庭院"写心中愁情。再二句，雨"洒空阶"衬环境之寂，"夜闻未休"写听者难眠，故生"剪烛西窗"、夫妻"话雨"之念。结二句由"似"领起，对"少年羁旅"的回忆，诉平生作客的愁怀。"楚江暝宿"，一样夜雨；"风灯零乱"，一样"剪烛"之情。

下片换头四句，"迟暮"、"嬉游"，写节日之夜的气氛；"店舍无烟"、"禁城百五"，写"寒食"的特点。次二句，"旗亭唤酒"，写民俗风尚，人皆一醉；"付与高阳"，写让给别人欢乐，此事与"我"无缘。再二句，"东园"故土，写此刻所想；桃李自春，伤其寂寞，无人共赏；"小唇秀靥"，以人拟花，又以花比人，人面桃花，交相辉映。"今在否"一问，可见无限伤情。结二句写盼望暮春归来。"残英"，想歌姬之稀少；"待客"，补"旗亭"以安慰；"携尊"奉"俎"，剪烛西窗，共叙他乡夜雨之情。

全词层层脱换，照应周密，笔曲情深，浑化无迹。陈洵《海绡说词》谓"美成藏此金针，不轻与人"，故学周词，绣鸳鸯，要把握一枚金针。

112　六　丑①

蔷薇谢后作

词　谱

正单衣②试酒③，怅客里、光阴虚掷。愿春
●○○　●●　●●●　●　○○○●　●○

暂留，春归如过翼④，一去无迹。为问家何在？
●○　○○○●●　●●○●　●●○○●

夜来风雨，葬楚宫倾国⑤。钗钿⑥堕处遗香
泽⑦，乱点桃蹊⑧，轻翻柳陌。多情为谁追惜？但
蜂媒蝶使，时叩窗槅⑨。　　东园岑寂⑩，渐蒙
笼暗碧⑪。静绕珍丛底⑫，成叹息。长条故惹行
客，似牵衣待话，别情无极。残英小、强簪巾
帻⑬，终不似、一朵⑭钗头颤袅⑮，向人欹侧⑯。
漂流处、莫趁潮汐⑰，恐断红⑱、尚有相思字，何
由见得⑲？

注　解

①[六丑]此系周邦彦自制新调。周密《浩然斋雅谈》谓宋徽宗一次听名
妓李师师唱新曲，因妙音悦耳而动问"六丑"之义，时教坊莫能对。急召周邦
彦问之，答曰："此犯六调(按：宋律二十八调，此曲合六调而歌)，皆声之美
者。"又谓："昔高阳氏有子六人，才而丑，故以比之。"可见名为"六丑"，实为
"六美"，因爱之甚，故反言之。此调后为3体，此词为双调、140字正体。全首
用韵属第十七部入声"陌"、"锡"、"职"通韵。　　②[单衣]指脱夹换单。
③[试酒]宋代风俗于夏历三四月间各酒库呈样尝酒。　　④[过翼]飞过的
鸟。言春归之速。　　⑤[倾国]极称女子之美。《汉书·外戚传》载李延年歌
曰："北方有佳人，绝世而独立，一顾倾人城，再顾倾人国。"　　⑥[钗钿
(tián)]即妇女的首饰。钿，金花。这里指飘落的花瓣。　　⑦[香泽]香脂。
泽，油膏一类。　　⑧[桃蹊](又：柳陌)桃树、柳树下面的小路。刘禹锡《踏
歌词》第二首："桃溪柳陌好经过"(亦作张籍《无题》)，参见第73首注⑦。
⑨[窗槅]即雕花的窗格子，也叫窗棂。　　⑩[岑寂]清冷，寂寞。杜甫《树

193

间》："岑寂双甘树,婆娑一院香。"　⑪[蒙笼暗碧]绿叶茂密,景色幽暗。
⑫[底]里头。　⑬[强(qiǎng)簪巾帻(zé)]勉强地把残花插在头巾上。
⑭[一朵]指盛开的花朵。　⑮[颤袅]摆动,摇曳。　⑯[攲(qī)侧]倾
斜。指悦人媚人之态。　⑰["漂流"句]指落花莫随流水俱去。潮,早潮;
汐,晚潮。　⑱[断红]指落花。此联想唐代士子"御沟红叶"的故事。范摅
《云溪友议·题红怨》"卢渥舍人应举之岁,偶临御沟,见一红叶,命仆拿来。叶
上乃有一绝句……诗云:'水流何太急,深宫尽日闲。殷勤谢红叶,好去到人
间。'"　⑲[何由见得]何由得见,即几时重见。

作意与作法

　　此首《蔷薇谢后作》一题《落花》,为周邦彦咏物名篇之一,作品
托落花谢薇以抒惜春之情,并流露出词人的身世之感。上片因人
及花,明写惜春之情;下片由花及人,暗写身世之感。

　　上片起二句,"单衣试酒"写时届暮春,正尝新酒。"客里光
阴",写远宦之日;"虚掷",叹青春易老,惜花谢薇凋。次三句,"愿
春暂留",写求其相伴,留其不得。"春归""过翼",写花期之速;"一
去无迹",叹花瓣的消失。复三句,"家何在?"震起一"问",见词人
因思归宿而同病相怜。"夜来风雨",写葬送之无情;"楚宫倾国",
比蔷薇之娇美。再三句,"钗钿"遗香,写花瓣萎地的可惜;"桃溪"
"柳陌",写零落、无"家"之痛;"乱点""轻翻",写残红狼藉之容。结
三句,"为谁?"又顿然发问。追香惜春,写蜂蝶的"多情","时叩窗
槅",写媒使的痴心。

　　下片起二句,"东园岑寂"写蔷薇花谢,无人来赏;"蒙笼暗碧"
写绿荫渐盖,余红渐消。次二句"静绕珍丛",写词人留恋残景,不
愿离去;只得"叹息",写词人无可奈何,独自伤心。复三句"故惹"
行客,写蔷薇的举动和情意;"牵衣待话",写蔷薇盼人的同情和慰
藉;"别情无极",写蔷薇对人的无限依恋。再三句,"小",惜残花之
瘦弱;"强",写插戴的将就;"钗头颤袅",写隆春之日美人所戴;"向

194

人攲侧",写花开逢时,妆点得当,招人欣赏;"终不似"的否定,有无限惜春之情。结三句"莫趁潮汐",劝落花别随流水俱去;"有相思字",恐怕花瓣片片有人题诗。如果"诗笺"远流,花般的美人又将几时重见。

周济云:"不说人惜花,却说花恋人;不从无花惜春,却从有花惜春;不惜已簪之残英,偏惜欲去之断红。"(《宋四家词选》)可见此词构思精深,奇情四溢。美成笔下的谢薇同苏轼笔下的柳絮(《水龙吟》)同样达到了"似花还似非花"的意境。

113　夜　飞　鹊①

词　谱

河桥送人处,凉夜何其②。斜月远、堕余
○○○○●　○●○　○●●　○○
辉,铜盘烛泪已流尽,霏霏凉露沾衣。相将③散
○　○○○●●○●　○○○●○○　○○●
离会④,探风前津鼓⑤,树杪参旗⑥。花骢会
○●　●○○○●　●●○○　○○●
意⑦,纵扬鞭、亦自行迟。　　迢递路回清野,
●　●○○　●●○○　　○●●○○●
人语渐无闻,空带愁归。何意重经前地,遗钿⑧
○●●○○　○●○○　○●○○○●　○○
不见,斜径都迷。兔葵燕麦⑨,向斜阳、欲与人
●●　○●○○　●○●●　●○○　●●○
齐。但徘徊班草⑩,欷歔⑪酹酒⑫,极望天西。
○　●○○○●　○○●●　●●○○

注 解

①[夜飞鹊]又名"夜飞鹊慢",此调2体,此词为双调、106字正体。全首用韵属第三部平声"支"、"微"、"齐"通韵。　②[凉夜何其(jī)]夜深将半之时。《诗·小雅·庭燎》:"夜如何其? 夜未央。"　③[相将]行将。苏轼《藤州江上夜起对月》诗:"相将乘一叶,夜下苍梧滩。"　④[离会]离分前饯行的聚会。　⑤[津鼓]在渡口报时的更鼓。李端《古别离》:"月落闻津鼓。"(亦作王介甫诗)　⑥[参(shēn)旗]即天旗。《史记·天官书正义》:"参旗九星在参西,天旗也。"李商隐《明日》:"天上参旗过,人间烛焰消。"参旗和北斗于后半夜移动,所谓"斗转参横"。　⑦[花骢(cōng)会意]花马知人意。李贺《代崔家送客》:"恐随行处尽,何忍重扬鞭。"此正关合。　⑧[遗钿]参见第112首注⑥。　⑨[兔葵燕麦]指路旁的野葵、野麦。《古歌》:"田中兔丝,如何可络;道旁燕麦,如何可获。"刘禹锡《再游玄都观绝句》诗序:"唯兔葵燕麦,动摇于春风耳。"　⑩[班草]铺草(于地)。《后汉书·陈留老父传》:"陈留张升去官归乡里,道逢友人,共班草而言。"注曰:"班,布也。"　⑪[歔欷]通唏嘘。欲泣未泣,泣犹未止,悲叹声声,均随文义而定。　⑫[酹酒]酒洒于地,表示祭奠或立誓。

作意与作法

此首又题作"别情"。写居者送别行者的离情。上片写斜月之时送人,下片写斜阳之际独归。

上片起二句,"河桥"写饯别之地,地临水边;"凉夜"写送行之时,时近夜半。次三句融情于景。"远"写"斜月"难留,"堕"写"余辉"将尽,泪尽写灯台(铜盘)蜡烛点完,见时之长;"霏霏"写"凉露沾衣"细密,见坐之久。再三句写别宴即将结束,送行即将离分。"风前津鼓",赶快探听,恐开船之误;"树杪参旗",赶快探视,怕时间之过,此见行色匆匆,心跳蹦蹦。结二句从河桥直向渡口,送者纵然扬鞭,花骢仍然缓行,"花骢会意",人何以堪? 此愈见真情深藏。

下片换头三句将上阕"尽化烟云"(陈洵《海绡说词》)。归途

196

"迢递",写无侣而显得路长;"人语""无闻",写旷野愁归的凄清。次三句写"重经前地",内心不禁自问"何意";"遗钿不见",小物难寻,尚可理解;"斜径都迷",坡路已忘,不可思议!此见当局者迷,旁观者清。再二句,"兔葵燕麦"承"迷",而写郊野之荒和归心之凉。残阳夕照,乱草人齐,写人自远处,草自空摇,有目不忍睹之情。结三句写无可奈何之意。"徘徊班草",写人去无伴的惆怅;"欷歔酹酒",写无人对饮的苦闷;"极望天西",写对行者的无限思念之情。

114 满 庭 芳①

夏日溧水②无想山作

词 谱

风老莺雏③,雨肥梅子④,午阴嘉树清圆⑤。
○●○○　●○○●　●○○●○◎

地卑山近,衣润费炉烟⑥。人静乌鸢⑦自乐,小
●○○●　○●●○○　○●●○●●　●

桥外、新绿⑧溅溅。凭阑久,黄芦苦竹⑨,疑泛九
○●、○●●○　○○●　○○●●　○●●

江船。　　年年、如社燕⑩,飘流瀚海⑪,来寄修
○○　　○○、○●●　○○●●　○●○

椽⑫。且莫思身外⑬,长近尊前。憔悴江南倦客,
○　●●○○●　○●○○　○●○○●●

不堪听、急管繁弦。歌筵畔,先安枕簟⑭,容我
●○○、●●○○　○○●　○○●●　○●

醉时眠。
●○◎

注 解

①[满庭芳]见第75首注①。此词为平韵双调、95字正体。全首韵脚属第七部平声"先"韵。　②[溧水]今江苏县名。　③[风老莺雏]杜牧《赴京初入汴口晓景即事……》："露蔓虫丝多,风蒲燕雏老。"　④[雨肥梅子]杜甫《陪郑广文游何将军山林》："绿垂风折笋,红绽雨肥梅。"　⑤["午阴"句]正午时分阳光下的树影清晰而圆正。刘禹锡《早夏郡中书事》："华堂对嘉树,帘庑舍晓清。"又《昼居池上亭独吟》："日午树阴正,独吟池上亭。"　⑥["炉烟"句]熏香衣服,去掉潮气。　⑦[乌鸢(yuān)]即乌鸦。　⑧[新绿]指绿水新涨。　⑨[黄芦苦竹]白居易贬谪江州(今江西九江市),处境不顺,作《琵琶行》,诗中有"住近溢江地低湿,黄芦苦竹绕宅生"之句。　⑩[社燕]燕为候鸟,春社(立春后第五个"戊日")时节向北飞,秋社(立秋后第五个"戊日")时节向南飞。参见第19首注④。　⑪[瀚海]大沙漠。此泛指遥远荒僻之地。　⑫[修椽(chuán)]承受房屋瓦片的扁长木条。社燕爱在此筑巢。　⑬[身外]把功名利禄都作为身外之事。杜甫《绝句漫兴九首》之四："莫思身外无穷事,且尽生前有限杯。"　⑭[簟(diàn)]竹席子。

作意与作法

此首为词人于哲宗元　八年(1093)至绍圣三年(1096)在溧水县令任上之作。郑文焯校《清真集》云:"案《清真集》强焕序云:'溧水为负山之邑,待制周公元　癸酉为邑长于斯;所治后圃有亭曰姑射,有堂曰萧闲,皆取神仙中事,揭而名之。'此云无想山,盖亦美成所名,亦神仙家言也。"故陈廷焯《白雨斋词话》谓"此中有多少说不出处,或是依人之苦,或有患失之心"。技法上讲究顿挫、蕴藉,然词旨未免消沉。上片写初夏之日江南小邑的景色,似褒似贬;下片写小官僻壤不忍漂泊的哀情,委婉曲折。

上片起三句写景物的美好。"老"写雏莺在春风中长大,似听婉转之调;"肥"写"梅子"在春雨中成熟,似见累累之形。初夏正午,嘉树翠盖,一个个圆影清凉。次二句写地方不好。"地卑"写潮湿之甚，"山近"写交通之阻，"衣润""炉烟"写火烤防霉。一个"费"字，见其节约柴炭，俸薪有限。由好写到不好，这是第一次"顿挫"。再二句又转写心之舒。"人静"写心之闲，"自乐"写见鸟之兴。"小桥外"写镜头的转移，"新绿溅溅"写清水下滩的一派欢歌。结三句仍归愁心一片。"久"写"凭阑"之长，惆怅之深；"黄芦苦竹"写境之苦，地之偏；疑"九江"泛船，写"天涯沦落"之恨，欲得知音，以解烦恼。此是第二次"顿挫"。正是这些顿挫，才特饶蕴藉。

下片换头三句自比"社燕"，写自己"年年"的宦游。"瀚海"写漂流之无着，"修椽"写寄居的可怜。次二句自慰。"莫思身外"，写不求功名利禄，有愤世嫉俗之慨；"长近尊前"写及时行乐，有得过且过之情。再二句，"憔悴"，写"江南倦客"的愁容，"不堪听"，恐"急管繁弦"激起"身外"之情。结三句"先安枕簟"是为"醉时"好"眠"，此写词人"对酒当歌"的态度。

苏轼《李行中秀才醉眠亭》："君且归休我欲眠，人言此语出天然。醉中对客眠何害，始信陶潜未若贤。"此诗可释美成题中的"无想山"。梁启超《艺蘅馆词选》谓此词"最颓唐语，最含蓄"。故不可等闲视之。

115　选　官　子①

词　谱

　　水浴清蟾②，叶喧凉吹③，巷陌马声初断。闲
　　　〇●〇〇　●〇〇　〇〇〇〇●　〇

　　依露井④，笑扑流萤⑤，惹破画罗轻扇。人静夜久
　　〇●●　●●〇〇　〇●●〇〇●　〇●●〇

凭阑，愁不归眠，立残更箭⑥。叹年华一瞬，人今

千里，梦沉书远。　　空见说、鬟怯琼梳，容消金

镜⑦，渐懒趁时匀染⑧。梅风⑨地溽，虹雨⑩苔滋，

一架舞红⑪都变。谁信无聊？为伊才减江淹⑫，情

伤荀倩⑬。但明河⑭影下，还看稀星数点。

注　解

①[选官子]又名选冠子、转调选官子、惜余春慢、苏武慢。原标《过秦楼》词牌为误传。《词谱》卷三十五"过秦楼"说明："《片玉集》以周邦彦'选冠子'词刻作'过秦楼'，各谱遂名周词为仄韵'过秦楼'，不知'选官子'调其体不一。应以周词编入'选官子'调内，不得以仄韵'过秦楼'另分一体。"此调16体，此词为双调、111字正体。全首用韵属第七部"阮(半)"、"旱"、"霰"，第十四部"俭"，为隔部上、去通押。　　②[清蟾(chán)]明月。传说月中有蟾蜍(俗名癞蛤蟆)，故代称。李白《古朗月行》："蟾蜍蚀圆影，大明夜已残。"　　③[凉吹(chuì)]凉风。　　④[露井]没有井亭覆盖的水井。萧纲《初桃诗》："飞花入露井，交干拂华堂。"　　⑤[笑扑流萤]杜牧《秋夕》："银烛秋光冷画屏，轻罗小扇扑流萤。"　　⑥[更(gēng)箭]古代以铜壶盛水滴漏报时，壶中立箭(即漏箭或更箭)用以表示时间。　　⑦[金镜]古代以铜为镜，故曰"金镜"。⑧[匀染]指傅粉施朱，即梳妆打扮。　　⑨[梅风]初夏黄梅时节，风含潮气。参见第97首注⑬。　　⑩[虹雨]雨后见虹的夏雨。　　⑪[舞红]风中舞动的红花。⑫[江淹]《南史·江淹传》云："江淹少时，宿于江亭，梦人授五色笔，因而有文章。后梦郭璞取其笔，自此为诗无美句，人称才尽。"　　⑬[荀倩]《世说·惑溺》注引《荀　别传》云："荀奉倩妻曹氏有艳色，妻常病热，奉倩以冷身熨之。妻亡，叹曰：'佳人难再得。'人吊之，不哭而神伤，未几，奉倩亦亡。"　　⑭[明河]银河。

作意与作法

　　此首写别后之情怀。上片今昔对比,写追昔抚今之情;下片彼此对比,写离别相思之恨。

　　上片起三句写回忆之景。"水浴清蟾"写天上明月的晶莹皎洁,"叶喧凉吹"写路旁清风绿叶相戏,"马声初断"写街巷的一片宁静。次三句写回忆之情。"闲依露井"写"我"之悠闲,女之随伴;"笑扑流萤"写女之天真,"我"之相随。"画罗轻扇"以物之华美写女子之佳丽;而"惹破"一词,见纨扇撕裂,萤虫飞逃,花瓣震落,还有"我"一时帮了倒忙之故。再三句写今日的相思。独自凭阑,不由想起共依"露井";"愁不归眠",不由想起笑扑流萤;更漏之"残",不由想起罗扇之"破"。结三句写此时的感慨。"梦沉"难寻,惜"年华一瞬","书远"难寄,叹"人今千里"。

　　下片换头三句写女容之改。"空见说",虽未目睹,但是耳闻。"鬓怯琼梳"写当年活泼女郎如今浓发日稀,害怕越梳越掉。"容消金镜"写当年的扑萤女子,如今神情憔悴,镜中照出清瘦的面容。次三句写庭院之变。"梅风地溽"写小径之湿,"虹雨苔滋"写井阑之滑,"舞红都变"写曾经挂破罗扇的"一架"红花也已尽谢。再三句又转写自己的离情。"谁信无聊?"一问,怕对方不了解自己别后的空虚无托。"才减江淹"写"为伊"痴痴呆呆,"情伤荀倩"写缺"伊"无法生活。结二句写自己的无可奈何之情。"明河影下",想牛郎织女一定看到了自己;"稀星数点",写自己还要看看织女牛郎。同病相怜,人、仙相慰,如此而已。陈洵云:"换头三句,承'人今千里','梅风'三句,承'年华一瞬',然后以'无聊为伊'三句结情,以'明河影下'两句结景。篇法之妙,不可思议。"(《海绡说词》)这正是美成词善铺层次的技巧。

116 花　犯①

词　谱

粉墙低，梅花照眼，依然旧风味。露痕轻

缀。疑净洗铅华②，无限佳丽。去年胜赏曾孤

倚，冰盘③同燕④喜。更可惜、雪中高树，香篝⑤

熏素被。　　今年对花最匆匆，相逢似有恨，依

依愁悴⑥。吟望久，青苔上、旋⑦看飞坠。相将⑧

见、翠丸⑨荐酒，人正在、空江烟浪里。但梦想、

一枝潇洒，黄昏斜照水⑩。

注　解

①[花犯]调始《清真乐府》。又名绣鸾凤花犯。此调4体，此词为双调、
102字正体。全首用韵属第三部"纸"、"置"、"未"、"霁"仄声上、去通押。
②[铅华]即铅粉，古代妇女常用来搽脸。曹植《洛神赋》："芳泽无加，铅华不
御(不涂脂，不搽粉)。"温庭筠《菩萨蛮》："玉纤弹处珍珠落，流多暗湿铅华
薄。"　　③[冰盘]指如冰之洁净的白瓷盘。韩愈《李花》："冰盘夏荐碧实脆，
斥去不御惭其花。"　　④[燕]通宴。　　⑤[篝(gōu)]熏笼。句中香篝比
梅，素被比雪。　　⑥[愁悴]即忧愁。　　⑦[旋]屡屡，频频。杜荀鹤《山中
寡妇》："时挑野菜和根煮，旋斫生柴带叶烧。"　　⑧[相将]见第113首注③。

⑨[翠丸]指梅子(即青梅)。　　⑩["梦想"二句]林逋《山园小梅》:"疏影横斜水清浅,暗香浮动月黄昏。"

作意与作法

此首一题"梅花",词人借咏梅以抒发自己的宦游无定、离合无常的落寞情怀。上片由眼前之梅而追写去岁之梅,下片由今年之梅而抒写来日之梅。黄升《花庵词选》谓此"纡徐反复,道尽三年间事,圆美流转如弹丸"。其说甚是。

上片起三句,"粉墙低"处写梅树所在之院落,"照眼"写梅花的晶莹可爱,"旧风味"写花的色香"依然"如前。次三句,"轻缀",写梅朵含"露"的鲜妍;"净洗铅华",比梅花的本色之美;"无限佳丽",见词人的由衷之叹。再二句,"孤倚",写词人去年独自欣赏梅花的雅兴;"同燕",写与梅花共用"冰盘"、酒逢知己的欣喜。结三句,"可惜"一转,"香篝熏素被"比雪盖梅枝,此难以尽词人欣赏之兴致。

下片换头三句回写今年。"匆匆",写梅花的飘落离去之速;"依依",写残花的憔悴恋枝之情。故恨相逢之晚,相别之快。次二句,"吟望久",写词人面对落花而长时间地叹惜。青苔一片,落花斑斑,见词人目不忍睹。真如苏轼《水龙吟》之咏絮,此时亦应是:细看来不是梅花,点点是离人泪!再二句,青梅荐酒,写行将所见明年之果,不过词人却登上了一叶扁舟,在烟波浩渺的大江之上宦游他方。结二句,"一枝潇洒",写梅花的稀疏典雅;"黄昏斜照",写月色的朦胧神奇。此梦中的思念,道出词人无限的惜情与恨情。

117　大　酺①

词　谱

对宿烟②收，春禽静，飞雨时鸣高屋。墙头
●●　　○　　○●●　○●○○◉　○○

青玉旆③，洗铅霜都尽，嫩梢相触。润逼琴丝④，
○●●　　●○○○●　●○○●　●●○○

寒侵枕障⑤，虫网吹粘帘竹⑥。邮亭⑦无人处，
○○●●　　○●○○○●　　○○　○○●

听檐声不断，困眠初熟。奈愁极频惊，梦轻难
●○○●●　●○○●　●○●○○　●○○

记，自怜幽独。　　行人归意速，最先念、流潦
●　●○○◉　　　○○○●●　●○●　○○

妨车毂⑧。怎奈向⑨、兰成⑩憔悴，卫玠⑪清羸。
○○◉　●●●　　○○○●　●●　○○

等闲⑫时、易伤心目。未怪平阳客⑬，双泪落、笛
●○○　●○○●　●●○○●　○●●　●

中哀曲。况萧索、青芜国⑭，红糁⑮铺地，门外荆
○○●　●○●　○○●　○●○●　○●○

桃如菽⑯。夜游共谁秉烛⑰？
○○○●　●●●○○○

注　解

①[大酺]唐教坊曲名，《乐苑》谓"唐张文收造"，《填词名解》谓"汉唐制皆
有赐酺"。宋词盖借旧曲名另制新声。此调2体，此词为133字始定正体。
全首用韵属第十五部入声"屋"、"沃"通韵。　　②[宿烟]昨夜的烟雾。
③[旆(pèi)]通"斾"，古代旗末形如燕尾的垂旒(即旗幡下边悬垂的饰物)。

204

青玉斾,形容新竹枝垂。 ④[润逼琴丝]空气潮湿,使琴弦松弛。王充《论衡》:"天将雨,琴弦缓。" ⑤[枕障]即枕头、蚊帐。 ⑥[帘竹]即竹帘(此处倒装),窗上所挂,所谓"帘栊"。 ⑦[邮亭]古时设在沿途、供送文书的人和旅客歇宿的馆舍。 ⑧["流潦"句]途中积水,阻碍行车。 ⑨[怎奈向]见第74首注⑨。 ⑩[兰成]庾信小字兰成,南北朝时新野(今河南县名)人,初仕南朝梁,奉使西魏,被留不放还。西魏亡,仕北周。为官异域,但心念南朝,有《哀江南赋》。 ⑪[卫玠]晋人。其貌风神秀异,有璧人之目。人闻其名,观者如堵。先患羸疾,年二十七病死,时人谓看煞卫玠。 ⑫[等闲]平常。 ⑬[平阳客]汉马融,爱好音乐,能弹琴吹笛。困居平阳之时,听客舍有人吹笛很悲凄,于是作《笛赋》。 ⑭[青芜国]指杂草丛生的地区。温庭筠《春江花月夜诗》:"玉树歌阑海云黑,花庭忽作青芜国。" ⑮[红糁(sǎn)]指野花红瓣飘零满地(糁,饭粒。今吴方言、江淮方言尚说米糁、饭糁。) ⑯[菽]豆类。 ⑰["夜游"句]古诗《生年不满百》:"昼短苦夜长,何不秉烛游。"

作意与作法

此首写春日客舍遇雨的思归之情。上片写听雨难眠,下片写归去难得。

上片起三句写雨的来势。"收"写雾散天明,"静"写春晨之鸟该啼不啼,"时鸣高屋"写风雨之紧急,衬人心之烦乱。次三句写室外之物。"青玉斾"写墙头新竹的垂摆之态。"铅霜"洗尽,怨急雨之不该;"嫩梢相触"恨惊风之捣乱。再三句写室内之物。"润逼琴丝"写弦潮心曲难奏,"寒侵枕障"写雨冷孤旅难眠,"虫网""粘帘"写风雨吹打,生活不安。复三句写听雨入梦。"无人"之处,写客舍之空寂;"檐声不断",写使人听来疲劳;"困眠初熟",写困倦之际刚入眠乡。结三句写雨惊梦醒。"愁极频惊",写客愁不得安枕;"梦轻难记",写梦之飘惚,醒来神恍;"自怜幽独",写空馆无侣,自我安慰。此均属无可奈何。

下片换头二句写思归之情。"速",写"行人"归心似箭;"先念"

205

车阻,写春雨流潦,障碍交通。次三句写难归之情。"兰成憔悴",比客子归去不得;"卫玠清羸",比此日无限伤神。古今同病,无可奈何,此平时所见、所闻、所思,怎不伤感。再二句写伤感下泪。"平阳"作客,写马融困居之愁;"双泪"零落,写客舍笛音之牵动归心。马融闻笛如此,后之思者何尝不然。复三句重写雨中景物。"青芜国"写客子所处环境的荒芜和萧索,"红糁铺地"写听凭风吹雨打,"荆桃如菽"写杂树任从雨长风生。结句所写,即使"秉烛""夜游",此荒区僻壤又找哪个相伴? 故仍然只有"自怜幽独"!

此词上、下二结"顾盼含情,神光离合。"(陈洵《海绡说词》)诚"如常山蛇势,首尾自相击应。"(李攀龙《草堂诗余隽》)

118 解 语 花①

上 元

词 谱

风销焰蜡②,露浥烘炉③,花市光相射。桂
华④流瓦,纤云散、耿耿⑤素娥⑥欲下。衣裳淡
雅,看楚女、纤腰⑦一把。箫鼓喧、人影参差,满
路飘香麝⑧。 因念都城⑨放夜⑩,望千门如
昼,嬉笑游冶。钿车⑪罗帕,相逢处、自有暗尘
随马⑫。年光是也⑬,惟只见、旧情衰谢。清漏⑭

206

移、飞盖⑮归来，从舞休歌罢。

〇　●●　〇〇　●●●〇〇●

注　解

①[解语花]《填词名解》云："唐玄宗太液池有千叶白莲，中秋盛开。帝宴赏左右，皆叹羡久之。帝指贵妃曰：'争如我解语花。'词以取名。"此调3体，此词属双调、100字正体。全首用韵属第十部"马"、"祃"仄声上、去通押。②[焰蜡]燃烧的蜡。　③[烘炉]指花灯。　④[桂华]代月光。参见第87首注④。　⑤[耿耿]光明的意思。　⑥[素娥]参见第81首注③。⑦[楚女、纤腰]《韩非子·二柄》："楚灵王好细腰，而国中多饿人。"杜牧《遣怀》："落魄江湖载酒行，楚腰纤细掌中轻。"　⑧[香麝(shè)]即麝香。为求古韵而倒置。　⑨[都城]指汴京开封。　⑩[放夜]京城平时禁止夜行，惟正月十五元宵佳节及前后各一夜金吾弛禁，谓之放夜。　⑪[钿(diàn)车]以金粉描绘或蚌壳镶嵌的华丽的车子。　⑫[暗尘随马]苏味道《正月十五夜》："暗尘随马去，明月逐人来。"见第91首注⑤。　⑬[是也]还是一样。　⑭[清漏]参见第34首注⑥。　⑮[飞盖]指轻车。参见第73首注⑩。

作意与作法

此首乃词人远离京师寓居荆南(今湖北江陵)为上元之夜观灯所作。词中亦流露出仕途失意的抑郁之情。上片描写荆南元宵灯节的盛况，下片追忆汴京元宵放夜的冶游。

上片起三句写灯。"风销焰蜡"，写夜风中红烛支支燃尽；"露浥烘炉"，写夜露下灯笼个个回潮；光焰"相射"，写市街花、灯交相辉映。次二句写月。"桂华"顺琉璃瓦沟而流，"素娥"出离微云"欲下"，此写清辉、天灯也倾向人间灯节，二句顿生境界。再二句写游女。"淡雅"，写衣服色调的和谐；"纤腰"，写游女的苗条可爱。此又是灯、人辉映。结二句写观灯盛况。"箫鼓"声喧，写其声势；"满路飘香"，写其气氛，"人影参差"，写其人众。

下片换头三句念往昔汴京灯市。都城"放夜"，写元宵特殊开禁;千门"如昼",写市街灯火的辉煌;"嬉笑"游冶,写游人的开心取乐。次二句写才子佳人的私约。"钿车罗帕",写女子出游,车骑的华贵;"暗尘随马",写男子相遇,马停尘未停。再二句以今比昔。年光"是也",写年年元宵光景依然;旧情"衰谢",写往日轻狂生活、冶游兴致大减。此中暗露抑塞之怀。结二句写罢游归来。"清漏"箭移,写车马归晚;"舞休歌罢",写随散方休。此词结句困难,然妙手亦可得,正是"不愁明月尽,自有夜珠来"(刘体仁《七颂堂词绎》引)。

119 蝶 恋 花①

词 谱

月皎惊乌栖不定,更漏②将阑、辘辘③牵金
井④。唤起两眸清炯炯⑤,泪花落枕红棉⑥冷。

执手霜风吹鬓影,去意徊徨⑦、别语愁难
听。楼上阑干⑧横斗柄⑨,露寒人远鸡相应。

注 解

①[蝶恋花]见第 19 首注①。此调 3 体,此词属双调、60 字正体。全首用韵属第十一部"梗"、"回"、"敬"、"径"仄声上、去通押。　　②[更漏]参见第34 首注⑥。　　③[辘(lù)辘(lù)]井上的辘轳,用来转动吊水桶的绳子。④[金井]井阑上有雕饰的水井。李白《长相思》:"长相思,在长安,络纬秋啼金井阑。"　　⑤[炯(jiǒng)炯]明亮的样子。　　⑥[红棉]枕芯因粉泪染成

红色。　　⑦[徊徨]同"回遑"。徬徨不安的样子。　　⑧[阑干]横斜的样子。《乐府·善哉行》:"月落参横,北斗阑干。"　　⑨[斗柄]北斗七星第五至第七的三颗星,像古人酌酒所用斗的把,故叫斗柄。

作意与作法

　　此首一题"早行",写夫妻离别之情。上片写丈夫晨起唤妻,准备告别;下片写夫妻分手和别后念妻之情。

　　上片起二句写别前的环境气氛。夜半啼乌写人即惊醒。"更漏将残"写出发时间的逼近。辘轳牵井写早勤者汲水声声在闻。结二句写别前娇妻之情。"两眸""炯炯"写妻子听唤声而惊醒,一时睁眼发呆。"泪花落枕"写听丈夫的离别嘱咐不禁呜呜咽咽。"红棉冷",一写颜色,一写温度,点出少妇之情态。"此二句形容睡起之妙,真能动人。"(王世贞《艺苑卮言》)

　　下片重头二句写别时。"执手"可想情意的缠绵,"霜风"写告别时环境将晓的凄凉,鬓发飘闪写妻子面容朦胧可见,离意徘徊应"执手"而写难分难舍,"别语"写妻之叮咛,"难听"写夫之愁极。结二句写别后。"楼上"斗横,写妻子归楼,天将近晓,此为行者回首所思、所见。"露寒人远"写分手后的孤苦;"鸡相应"写四顾空寂,天色已明,不闻妻语,唯闻鸡啼。之所以一夕难眠,正因为此。

　　全词在造语上情景兼备,在运字上雅、丽结合,离情别意,字里行间。

120　解 连 环①

词　谱

怨怀无托,嗟情人断绝,信音辽邈②。纵妙

●○○● ⊖○○● ○○○● ●●

209

手、能解连环③，似风散雨收，雾轻云薄。燕子楼④空，暗尘锁、一床弦索⑤。想移根换叶，尽是旧时，手种红药⑥。　　汀洲渐生杜若⑦，料舟依岸曲，人在天角。漫⑧记得、当日音书，把闲语闲言，待⑨总烧却。水驿春回，望寄我、江南梅萼⑩。拚⑪今生、对花对酒，为伊泪落。

注　解

①[解连环]此调始自柳永，原名望梅。但宋元人多填周邦彦体，又因周词有"妙手能解连环"句，故更名解连环。又名杏梁燕、玉连环。此调3体，此词为双调、106字正体。全首韵脚属第十六部入声"觉"、"药"通韵。
②[辽邈(miǎo 古入声)]遥远。　　③[解连环]秦国送给齐王一套玉连环，要求齐国有聪明人来解开，一时君臣无法，齐后即用捶子将连环击破，对秦使说："谨以解矣。"事见《战国策·齐策》　　④[燕子楼]见第64首注②。苏轼《永遇乐》："燕子楼空，佳人何在？空锁楼中燕。"　　⑤[弦索]此泛指琴瑟之类乐器。张仲素《燕子楼》："瑶瑟玉箫无意绪，任从蛛网任从灰。"句本此。
⑥[红药]芍药之红者。古代青年男女为了厚结恩情彼此赠送芍药。《诗经·郑风·溱洧》："维士与女，伊其相谑，赠之以芍药。"　　⑦[杜若]一名杜衡、杜莲，香草名。《楚辞·九歌·湘夫人》："搴汀洲兮杜若，将以遗兮远者。"
⑧[漫]徒然。　　⑨[待]见第80首注⑫。　　⑩[江南梅萼]参见第72首注⑦。　　⑪[拚(pàn 古平声)]不顾，不惜。参见第50首注③。

作意与作法

李攀龙《草堂诗余隽》谓此首"形容闺妇哀情，有无限怀古伤今处"。细味此词，确属"痴心女子负心郎"的传统主题。上片写郎去无音,下片写妾心每念。

上片起三句点出词的作意。"情人断绝"写"怨怀无托"的原因,"信音辽邈"写"情人断绝"的表现,而"怨怀无托"似乎开门见山,实则感情激动,无娇揉造作之态,而情绪更真。次二句写人去难留。"妙手",羡齐国王后的果断;"连环",比复杂难解之题,"风散雨收,雾轻云薄",比郎君之情,怨轻离而去。故即使解环妙手,也难解析郎君之心。再二句写空楼无欢。"燕子楼空"叹盼盼独居空守之闷,尘封"弦索"写一腔忧愁难欢,此见借古伤今。结三句追忆余情。红药"移根",想往日的辛勤培植;情花"换叶",念离人远去时间之长。来日花开,恨不能与君共赏。

下片换头三句承"红药"写来。"杜若"正生,写采芳赠远之意;"舟依岸曲",料想当日乘船早已返回码头;"人在天角",写千里难寻,赠芳无处。次三句写绝望之情。"当日音书"指初别时的几封来信,"闲语闲言"指废话连篇,此徒然在心,不如统统烧掉。再二句又生希望。见春回码头,想郎心随季节而转。寄去杜若实无处投递,寄来梅花该有地可寻。结二句痴情不解。"拼今生、对花对酒",指青春年华、美好时光亦在所不惜,甘愿为"那人"落泪。这正是"春蚕到死丝方尽,蜡炬成灰泪始干!"(李商隐《无题》)

121 拜星月慢①

词 谱

夜色催更②,清尘收露,小曲幽坊月暗。竹
●●○○　　○○●　　○●○○○●　●

槛灯窗,识秋娘③庭院。笑相遇,似觉琼枝④玉
●○○○　●○○○●　●○●　○●○○●

211

树⑤相倚。暖日明霞光烂。水盼兰情⑥，总平生稀见。　　画图中、旧识春风面⑦，谁知道、自到瑶台⑧畔。眷恋雨润云温，苦惊风吹散。念荒寒、寄宿无人馆，重门闭、败壁秋虫叹。怎奈向⑨，一缕相思，隔溪山不断。

注　解

①[拜星月慢]唐教坊曲名。又名拜星月。此调4体，此词为双调、104字正体。全首用韵属第七部"旱"、"翰"、"霰"，第十四部"勘"，为隔部仄声上、去通押。　　②[更(gēng)]指古人夜间报时的更鼓。旧时分一夜为五段，依次报其更鼓。　　③[秋娘]见第108首注⑩。　　④[琼枝]包冰裹雪的枝条，此处比貌秀、才美之人。沈约《古别离》："愿一见颜色，不异琼树枝。"
⑤[玉树]参见前句。杜甫《饮中八仙歌》："宗之潇洒美少年，举觞白眼望青天，皎如玉树临风前。"　　⑥[水盼兰情]谓目如秋波，情似幽兰。韩琮《春愁》："吴鱼岭雁无消息，水盼兰情别来久。"　　⑦[春风面]杜甫《咏怀古迹》五首之一咏王昭君一首中有"画图省识春风面"。《西京杂记》云："元帝后宫既多，使画工图形，按图召幸。宫人皆赂画工，昭君自恃其貌，独不与。乃恶图之，遂不得见。后匈奴来朝，求美人为阏氏(yānzhī，按：即王后)，上以昭君行，及去召见，貌为后宫第一。帝悔之，穷按其事，画工毛延寿弃市。"
⑧[瑶台]指美人的居处。《楚辞·离骚》："望瑶台之偨傂兮，见有娀之佚女。"("佚女"即美人)　　⑨[怎奈向]见第74首注⑨。

作意与作法

此首采用实写手法而追思往事。上片回味旧游，人月对照，写从前之乐事；下片对比今日，好景不长，写现在之哀情。

上片起三句写访姬途中。"催"写钟楼更鼓唤来夜色，"收"写

212

露水净化街尘，"月暗"写月色之朦胧，"曲""幽"写街巷之深静。次二句写女之所居。"竹槛灯窗"写环境之清幽可爱，见人物之淡雅不俗。"秋娘"为借指的美称，写其色、艺双全。再三句写初晤佳人。"笑"写相遇之欢心，"琼枝玉树"写女子身肢的晶莹素洁，"暖日明霞"写女子的貌态艳丽热情。结二句细观佳人。"水盼"写望人之眼如秋波之媚，"兰情"写脉脉之情如春兰之幽。

下片换头二句补叙相遇之前。"旧识"写温柔美丽的面颜早已在画图中相识；"谁知道"指情不自禁，"自到瑶台"应上片夜访，回忆初恋的主动。次二句写事情的转折。"雨润云温"写百般恩爱，千种柔情，所以"眷恋"。然而"苦"于"惊风吹散"，真个"忽然一阵无情棒，打得鸳鸯各一方"。再二句写现在的孤独。"荒寒"空馆，写寄宿的寂寞，"门闭"虫鸣，写夜来缺少安慰自己的人，一个"叹"字堪称奇绝，卓人月谓"实甫草桥店许多铺写，当为此一字屈首。"（《词统》）结二句写相思不断。秋水悠悠，云山重重，情思绵绵，叫人无可奈何！

全首跌宕、关合多处，相遇、相思多情。悲中生念，往事驰骋，奏出断肠之音。

122　关　河　令①

词　谱

秋阴时晴渐向暝②，变一庭凄冷。伫听寒
〇〇〇●〇●〇〇　●〇〇〇〇　〇●

声③，云深无雁影。　　更深人去寂静，但照
〇　〇〇〇●●　　●〇〇●●●　●●

壁、孤灯相映。酒已都醒，如何消夜永④？

注　解

①［关河令］原名清商怨。周邦彦因晏殊词有"关河愁思"之句首，故更此名。又名伤情怨。此调3体，此词属双调、43字正体。全首用韵属第十一部"梗"、"回"、"敬"仄声上、去通押。　　②［向暝］参见第98首注⑨。③［寒声］指秋雁鸣叫。王勃《滕王阁序》有"雁阵惊寒"。　　④［消夜永］挨过长夜。

作意与作法

此首写客子的乡情和旅况的凄清。上片写白天难过，下片写黑夜难熬。

上片起二句，"秋"写思归的季节，阴晴不定写惹人心烦的气候。天色"向暝"，鸟栖人静，故满院一"变""凄冷"。结二句写久立庭中，倾听雁鸣，想其捎书带信；云遮日晚，飞雁难见，苦于希望落空。下片换头二句，"更深人去"，写静室的寂寞；孤灯一盏，壁影吊慰，写夜深的凄凉。结二句，"酒醒"写麻醉已过，慢慢长夜，如之奈何！似闻客子声声感叹。

123　绮　寮　怨①

词　谱

上马人扶残醉，晓风吹未醒。映水曲、翠瓦

朱檐，垂杨里、乍见津亭②。当时曾题败壁，蛛

丝罩、淡墨苔晕青。念去来、岁月如流，徘徊久、

叹息愁思盈。　去去③倦寻路程,江陵旧
事④,何曾再问杨琼⑤。旧曲凄清,敛愁黛、与谁
听?尊前故人如在,想念我、最关情⑥。何须渭
城⑦,歌声未尽处,先泪零。

注　解

①[绮寮怨]调见《片玉集》。此调 3 体,此词为双调、104 字正体。全首用
韵属第十一部平声"庚"、"青"通韵。　②[津亭]码头上供行人休息之所。
参见第 110 首注⑬。　③[去去]见第 31 首注⑧。　④[江陵旧事]词人
三十多岁之时,曾客居荆州。王国维《清真先生遗事》所附年表,列入哲宗元
祐七年以前。　⑤[杨琼]《片玉集》陈注不详。白居易《问杨琼》:"古人唱
歌兼唱情,今人唱歌唯唱声,欲说向君君不会,试将此语问杨琼。"借指知音,
即词人在江陵的歌妓"故人"。　⑥[关情]见第 81 首注⑧。　⑦[渭城]
指骊歌。王维《渭城曲》:"渭城朝雨浥轻尘,客舍青青柳色新,劝君更进一杯
酒,西出阳关无故人。"又名"阳关三叠"。

作意与作法

此首写行者的留别之情。上片叙写码头上留连旧事,下片设
想途程中思念故人。

上片起二句写"上马"初程。"人扶残醉"写行者的神态,"晓
风"阵阵点出早晨时光。次二句写水滨初见。"映水曲"写"翠瓦朱
檐"的倒影在曲波中荡漾;"垂杨"里"乍见",写津亭被其掩映之深。
再二句紧接对比,忆来时的题句。蛛丝牵网,苍苔连片,写墙壁之
破败;淡墨留痕,写当时触景生情而题诗。结二句写此时的感慨。
"岁月如流",写去来的徒然匆匆;愁思盈盈,写长时徘徊的苦闷。

下片换头三句写别后难见。"倦寻路程"写"去去"旧途之长,
"江陵旧事"写与歌妓的亲密交往,哪里"再问杨琼",叹此去难遇知

215

音。次二句想故人之愁。"凄清"写曾经听惯的哀婉之曲,此后弹给谁听?故想象此女黛眉收敛,满怀愁情。再二句写自己之冏。"故人如在"的设想,写"尊前"的情不自禁;故"念我""关情",实为行者的动情。结三句回至眼前。"何须渭城"写行者的离情已经饱和,《阳关三叠》等不到唱完,即要泪雨纷纷。

124　尉迟杯①

词　谱

隋堤路②,渐日晚、密霭生深树。阴阴淡月
〇〇●　●●〇　●●〇〇●　〇〇●●

笼沙,还宿河桥深处。无情画舸③,都不管、烟
〇〇　〇●〇〇〇●　〇〇●●　〇●●　〇

波隔前浦④。等行人、醉拥重衾⑤,载将离恨归
〇●〇●　●〇〇　●●〇〇　●〇〇●〇

去⑥。　　因思旧客京华⑦,长偎傍疏林、小槛
●　　　　〇〇●●〇〇　〇〇●〇〇　●●

欢聚。冶叶倡条⑧俱相识,仍惯见珠歌翠舞。如
〇●　●●〇〇●〇●　〇●●〇〇●●　〇

今向、渔村水驿,夜如岁、焚香⑨独自语。有何
〇●　〇〇●●　●〇●　〇〇●●●　●〇

人、念我无聊,梦魂凝想⑩鸳侣。
〇　●●〇〇　●〇〇●〇●

注　解

①[尉迟杯]此调分仄韵、平韵两类。仄韵有柳永等6体,平韵仅晁补之1体。此词为仄韵105字变体。全首用韵属第四部"语"、"麌"、"御"、"遇"仄声上、去通押。　　②[隋堤路]参见第84首注②。　　③[画舸]见第86首注

216

④。　　④[前浦]一作南浦。参见第38首注⑥。　　⑤[重(chóng)衾]层层被子。　　⑥["载将"句]见第107首注⑱。　　⑦[京华]见第110首注⑦。　　⑧[冶叶倡条]即野草闲花一类,指艺妓。李商隐《燕台诗》:"密房羽客类芳心,冶叶倡条遍相识。"　　⑨[焚香]参见第18首注④。　　⑩[凝想]没完没了地想,即痴想。

作意与作法

此首写河桥夜泊,满怀离恨之情。上片写离京之恨,下片写思京之苦。

上片起二句写初程。"隋堤"写船行一路所依。"密霭"写暮色之浓,"深树"写柳枝之密,这正是隋堤日晚的深沉的景色。次二句写夜泊。"阴阴"写"淡月"朦胧,笼罩冷沙凉水一片;"河桥"写夜泊之处,人在深远荒僻之区。再二句回想白日行舟之速。"无情画舸"写船无后顾,"烟波"隔浦写旅程之遥。结二句继写行舟。"醉拥重衾"写舟中之冷,"载将离恨"写归去的沉重之心。

下片换头二句写京华之忆。"倡傍疏林"写恋侣游园之爱,"小槛欢聚"写情人归来之乐。次二句继忆京华。"珠歌"赞声腔之美,"翠舞"写柳腰之姿,此正是"冶叶倡条"之才艺。再二句收回记忆,勒转眼前。"渔村水驿"写前境的荒凉,"焚香""自语"写长夜的难熬。结二句继写眼前。"念我无聊",写希望有人同情此中的孤寂,"凝想鸳侣"写"梦魂"的无托之恨。

此首"隋堤一境,京华一境,渔村水驿一境"(见陈洵《海绡说词》),即现境、昔境、前境,层次清晰,转换有条,写来离恨重重,别绪缕缕。唯末句直露感情,缺乏深意,余味不浓。

125 西 河①

金陵②怀古

词 谱

佳丽地③，南朝④盛事谁记？山围故国⑤绕
清江，髻鬟⑥对起。怒涛寂寞打孤城⑦，风樯⑧
遥度天际。　　断崖⑨树，犹倒倚，莫愁艇子⑩
谁系？空余旧迹郁苍苍，雾沉半垒⑪。夜深月过
女墙⑫来，伤心东望淮水⑬。　　酒旗⑭戏鼓⑮
甚处市？想依稀、王谢⑯邻里。燕子不知何世，
向寻常、巷陌人家。相对如说兴亡，斜阳里。

注 解

①[西河]《碧鸡漫志》："西河长命女,崔元范自越州幕府拜侍御史。李讷尚书饯于鉴湖,命盛小丛歌,坐客各赋诗送之,有云：'为公唱作西河调,日暮遍催去住人。'"又名西河慢、西湖等。此调6体,此词为3叠、105字正体。全首用韵属第三部"纸"、"置"、"霁"仄声上、去通押。　　②[金陵]今江苏南京市。宋代叫江宁,宋以前曾称金陵。此引古称。　　③[佳丽地]指金陵。谢朓《入城曲》："江南佳丽地,金陵帝王州。"　　④[南朝]南北朝时期宋、齐、梁、陈等代均建都金陵(当时叫建业)。　　⑤[故国]见第44首注③。

⑥[髻鬟]古代妇女的环形发髻。此用以比葱郁的峰峦。　　⑦["怒涛"句]刘禹锡《石头城》(金陵五题之一):"山围故国周遭在,潮打空城寂寞回。淮水东边旧时月,夜深还过女墙来。"　　⑧[风樯]张帆鼓风的船只。　　⑨[断崖]指水边悬崖。　　⑩[莫愁艇子]莫愁系南朝一女子名,今南京市水西门外有莫愁湖。一云在金陵莫愁之先就流传有汉江莫愁(曾三异《同话录》)之说,那里有莫愁村。古乐府《莫愁乐》:"莫愁在何处? 莫愁石城西。艇子打两桨,催送莫愁来。"　　⑪[雾沉半垒]旧日的兵防营垒在一片荒烟中若隐若现。《大清一统治·江苏江宁府》谓"韩擒虎垒在上元县西四里","贺若弼垒在上元县北二十里"。上元,今属江苏江宁县。　　⑫[女墙]城上如齿状的小墙,俗称城墙垛。垛与垛之间有空,以便对外射击。　　⑬[淮水]指秦淮河,横贯南京城流入长江。又见本首注⑦。　　⑭[酒旗]参见第38首注⑦。　　⑮[戏鼓]指游艺场中各色表演。　　⑯[王谢]东晋时王导、谢安两大家族都住在乌衣巷,后世常以王、谢为南朝豪族的代称。以下燕子、寻常、巷陌、斜阳均见刘禹锡《乌衣巷》(金陵五题之一):"朱雀桥边野草花,乌衣巷口夕阳斜。旧时王谢堂前燕,飞入寻常百姓家。"

作意与作法

　　此首如题,为金陵怀古之作。第一叠描写金陵的山川形胜,第二叠凭吊名城的旧事遗迹,第三叠感叹王朝的兴衰更替。

　　第一叠起句,"佳丽地"写金陵的美好,"盛事谁记"的设问在怀念南朝故都的繁华。次二句"山围"、江绕,写"故国"的屏障依然雄伟;"髻鬟对起",写大江两岸奇峰照样秀丽。结二句"寂寞"写涛声的单调,"孤城"写人事的变迁,"遥度天际"写征帆远去的凄然情景。

　　第二叠起三句点出引人注目的古迹。悬崖陡壁,一树横空而出,此写景物之奇特,"莫愁艇子"追忆人物的俊和游船的美,"谁系"故作设问,为提醒人们注意眼前的答案,莫愁姑娘是不会重游此湖了。次二句,"空余"叹"旧迹"无人凭吊,郁郁"苍苍"写草木依然丛生,"雾沉半垒"写往昔的兵防营垒尚在,此时只见荒烟弥漫,若隐若现。结二句"月过女墙"写"夜深"的"空寂","东望淮水"写古城的"伤心"。

第三叠起二句自问自答。"酒旗戏鼓"写市区的局部繁华,"甚处市"又故作设问,引人惊注。"依稀"写"王谢邻里"仿佛可见,"想"今昔变迁的可悲。再二句"不知何世"写"燕子"不通人情,"寻常"写"巷陌人家"的易主。结二句一转,燕子不是在交谈朝代更替,故都兴衰吗? 乌衣巷口,夕阳斜照,正是一位多愁善感的词客在倾听双燕对话而吊古伤今呢。

全词上、中、下三叠隐括古乐府《莫愁乐》、唐人刘禹锡《石头城》、《乌衣巷》三诗而自成格局,自有己情。在众多"金陵诗词"中自有特色,以善融古句最为突出。

126 瑞 鹤 仙①

词 谱

悄郊原带郭②,行路永③,客去车尘漠漠。
斜阳映山落,敛余红,犹恋孤城阑角。凌波④步
弱,过短亭⑤、何用素约⑥。有流莺⑦劝我,重解
绣鞍,缓引春酌⑧。　　不记归时早暮,上马谁
扶,醒眠朱阁⑨。惊飙⑩动幕,扶残醉,绕红
药⑪。叹西园⑫,已是花深无地,东风何事又恶?

220

任流光过却⑬，犹喜洞天⑭自乐。
● ○ ○ ● ●　○ ⊖ ● ○ ○ ● ●

注　解

①[瑞鹤仙]又名一捻红。此调16体，此词为双调、102字正体之一(另一为史达祖体)。全首用韵属第十六部入声"觉"、"药"通韵。　②[带郭]连带着外城。　③[永]长。　④[凌波]见第97首注②。　⑤[短亭]参见第31首注③。　⑥[素约]平时约定。　⑦[流莺]指亭中歌妓。⑧[春酌]春日所办的酒宴，即春酒。　⑨[朱阁]即红楼。此指词人的卧室。　⑩[惊飙(biāo)]暴风。　⑪[红药]见第120首注⑥。　⑫[西园]见第63首注⑦。　⑬[过却]过了。却，语助词。　⑭[洞天]道家谓神仙所居之地，此指别有天地。

作意与作法

王明清《玉照新志》认为"美成以待制提举南京鸿庆宫，自杭州徙居睦州，梦中作《瑞鹤仙》一阕，既觉犹能全记，了不详其所谓也。"此后在遭遇中句句都得到印证，并说："美成生平好作乐府，末年梦中得句，而字字皆应，岂偶然哉?"而周济《宋四家词选》则认为是"追诉昨日送客"因"扶残醉"归来之情。细按词篇，周说近是，此写送客归来的惜春之情。上片追写昨日郊原送客和短亭劝饮。下片复写今日红楼酒醒和惊飙花落。

上片起三句，"郊原带郭"写送行之远，"悄"静写途中四顾无人、气氛沉寂，此作渲染。"行路永"写客人远远而去，"漠漠"写只见车尘弥漫，不见飞轮滚滚。次三句"斜阳"归山、"余红"未尽、城头犹染，此送者返归所见"孤城"之景，而"犹恋"亦是此刻的离愁别绪。再二句，"凌波步弱"写随行歌妓的娇柔，"短亭"写暂息之处，"何用素约"写此刻不约而同。结三句下马解鞍，缓举杯酒，写歌妓对词人的劝慰；"流莺"写其歌喉之婉转，情调之动人。

下片换头三句写"醒眠朱阁"的情状，故昨日"上马谁扶"不知，"归时"早晚"不记"。次三句，"惊飙"吹动"朱阁"之帘幕，此使词人

221

一震,顿然生惜春之情,故凭着残醉,往视红药。再三句,花落满地叹西园的春残,"何事又恶"恨"东风"送去之疾。结二句春光如流,任其过去,写"西园"归来的无可奈何之情。"洞天自乐",垂帘闭户,写小楼一统,少问春秋的自娱之意。

全词由送客而亭饮,由扶残醉而观落花,其景物调遣,时间调换,变态多姿,金针度尽。

127 浪淘沙慢①

词　谱

晓阴重②,霜凋岸草,雾隐城堞③。南陌④脂车⑤待发,东门帐饮⑥乍阕⑦。正拂面垂杨堪揽结⑧,掩红泪⑨、玉手⑩亲折。念汉浦⑪离鸿去何许⑫?经时信音绝。　情切,望中⑬地远天阔。向露冷风清,无人处、耿耿⑭寒漏⑮咽。嗟万事难忘,唯是轻别。翠尊⑯未竭,凭断云留取⑰,西楼残月。罗带⑱光消纹衾⑲叠,连环解⑳、旧香顿歇,怨歌永㉑、琼壶敲尽缺㉒。恨春去、不与人期㉓,弄夜色,空余满地梨花雪。
○　●●●　○○●●○○●

注　解

　　①[浪淘沙慢]见第34首注①。此调4体,此词为双调(它本有作3叠,今按《词谱》)、133字正体。全首用韵属第十八部入声"月"、"曷"、"屑"、"叶"通韵。　　②[晓阴重(chóng)]早上阳光斜照树影重重。参见第114首注⑤。　　③[堞(dié)]即女墙。见第125首注⑫。　　④[南陌]参见第7首注⑤。　　⑤[脂车]车辖涂脂,即车轴上涂油润滑。　　⑥[帐饮]见第31首注⑤。　　⑦[乍阕(qué)]刚刚结束。　　⑧[堪揽结]能够采摘。指摘柳赠别。　　⑨[红泪]见第102首注④。　　⑩[玉手]手如白玉一般皎洁可爱。指女子的手。　　⑪[汉浦]汉水之滨。地近江陵(词人旧地)。⑫[何许]何处,哪里。　　⑬[望中]视野之内。　　⑭[耿耿]天色微明的样子。谢朓《暂使下都夜发新林至京邑》:"秋河曙耿耿,寒渚夜苍苍。"⑮[寒漏]寒夜的漏滴。参见第34首注⑥。　　⑯[翠尊]绿色酒杯。曹植《七启》:"于是盛以翠尊,酌以雕觞。"　　⑰[留取]留得。　　⑱[罗带]丝织的带子。见第75首注⑨。　　⑲[纹衾]即锦被。　　⑳[连环解]见第120首注③。　　㉑[永]见第126首注③。　　㉒["琼壶"句]《世说新语》谓晋王敦酒后咏魏武乐府:"老骥伏枥,志在千里,烈士暮年,壮心不已。"以如意击唾壶为节,壶口尽缺。　　㉓[期]此指春日佳期。

作意与作法

　　此写闺中怀人之情。上片追溯从前深秋之晨送别的痛苦。下片写别后春日之夜的盼望与怨恨之情。

　　上片起三句写晨起待发之时的景色。淡淡的朝阳,冷冷的秋霜,轻轻的晨雾,将路旁的树,河岸的草,城上的小墙织成一幅依依惜别的哀景。次二句写行前的饯别。"南陌"、"东门"写发车和饯行之处,"脂车待发"见其催促,"帐饮乍阕"见其留连。再二句写折柳赠别。"拂面垂杨"写物有缠绵之意,掩泪"亲折"写人的痛离之情。结二句"念"字领起,将追忆逆挽回来。"汉浦"为落雁之地,

"去何许"写"离鸿"飞到了何处,此盼望音书,却过时全无。

下片换头二句写盼望之情。"切"状"情"之深,"地远天阔"写四顾茫然。次二句写夜不能寐。"露冷风清"写面"向"初春之夜的轻寒,"无人处"写闺中独自,"耿耿"写直待天色微明,"寒漏"水滴之声,似听一夜之鸣咽。再二句叹轻别之难忘。"唯是"有远抛一切之意,故"万事"不在话下。复二句写西楼直待天明。"翠尊未竭"写不堪独酌,"断云"变化写依望之久,"西楼残月"写期待之空。又三句写闺中之怨。"罗带光消"写留别的爱物已化陈变旧,锦被久叠怨长去不归。"连环解"写鸳侣双分,"旧香顿歇"写闺中无心打扮,故长夜怨歌,重为击节以至敲碎玉壶。结三句由怨人转入恨天。"不与人期"写"春去"佳期之短,"满地梨花"写空留一片伤心的月色。

全词由别而望、而怨、而恨,步步进逼,最后高潮。陈廷焯《白雨斋词话》谓上片追忆送别"故作琐碎之笔,至末段蓄势在后,骤雨飘风,不可遏抑。歌至曲终,觉万汇哀鸣,天地变色"。回味"光消"、"衾叠"、"环解"、香歇、壶缺、花落等等,实属周词"奇观"。

128 应天长①

词 谱

条风②布暖,霏雾弄晴,池台遍满春色。正
⊖○ ●● ○●● ○○●●○○ ◑

是夜堂无月,沉沉暗寒食③。梁间燕、前社客④。
●●●○○ ○○●○● ○○● ○●●

似笑我、闭门愁寂。乱花过、隔院芸香⑤,满地
⊖●● ●○○● ●○● ●●○○ ◑●

狼藉。　　长记那回时，邂逅⑥相逢，郊外驻油
壁⑦。又见汉宫传烛⑧，飞烟五侯宅。青青草，迷
路陌⑨。强载酒、细寻前迹。市桥远、柳下人家，
犹自相识。

注　解

①[应天长]此调有令词、慢词。故又名应天长令、应天长慢。此调 12 体，此词为双调、98 字正体。全首用韵属第十七部入声"陌"、"锡"、"职"通韵。　　②[条风]立春以来的风。《易纬》："立春条风至。"　　③[寒食]见第 26 首注③。　　④[前社客]燕子在春社前从南飞来，故有此称。参见第 114 首注⑩。　　⑤[芸香]此香草可薰蠹虫，这里指乱花的香气。⑥[邂(xiè)逅(hòu)]不期而遇。即偶然碰见。　　⑦[油壁]车厢油漆着花纹，即油壁车。《玉台新咏·钱塘苏小歌》："妾乘油壁车，郎乘青骢马。"⑧[汉宫传烛]韩翃《寒食》："春城无处不飞花，寒食东风御柳斜。日暮汉宫传蜡烛，轻烟散入五侯家。"据传汉时寒食节禁火，朝廷特赐侯家蜡烛。⑨[路陌]指郊外小路。参见第 7 首注⑤。

作意与作法

　　此写词人在寒食节之夜的惜春和怀人之情。上片回想白日之际的池苑春色，满怀愁寂；下片长忆去年今日的城郊偶遇，设想重游。

　　上片起三句写池台。"布暖"写春风的融和，转晴写晨雾渐散，"遍满春色"写池水泛绿、台榭藏阴。次二句转笔写夜堂。"无月"有人，写"夜堂"的幽闷；"正是""寒食"，写词人的纷思。再三句承"池台"继写梁燕。"社客"写紫燕重来，春日又至；"闭门愁寂"写词人心事重重，故作燕"笑"人之愁，实为人怨燕的无知。结二句继写"乱花"。"隔院芸香"写墙外袭来的春花芳气，"满地狼藉"写眼见

落花而生惜春之情。

　　下片换头三句写长忆。"那回"指去年今日,"邂逅相逢"想其一见钟情,"郊外"为偶遇之地,"油壁"写女乘之车。次二句折回眼前,用韩翃诗意,写今年寒食节的气氛。再三句写设想出郊。芳草萋萋,野径迷茫,从去年的印象中设想;载酒用"强","寻迹"用"细",写今年今日的关情。结二句续写设想。远离市桥写出郊的路程,"柳下人家"写去年邂逅之处,"犹自相识"写词人印象之深,钟爱之甚。

　　此首颇似周词《瑞龙吟》,所异在于春游寻迹仅为设想,未写行动。然有人肯定女子已逝,此写词人寒食上坟之举。古有此俗,词乏此情,不必一言断定。

129　夜　游　宫①

词　谱

叶下②斜阳照水,卷轻浪、沉沉③千里。桥
上酸风射眸子④,立多时,看黄昏,灯火市。

古屋寒窗底⑤,听几片、井桐⑥飞坠。不恋单
衾再三起,有谁知,为萧娘⑦,书一纸?

注　解

　　①[夜游宫]调见毛滂《东堂词》。又名念彩云、新念别。此调2体,此词属双调、57字正体。全首用韵属第三部"纸"、"荠"、"寘"仄声上、去通押。

226

②[叶下]即叶落。　　③[沉沉]形容流水深远不尽的样子。　　④["酸风"句]即冷风刺眼,使眼发酸。李贺《金铜仙人辞汉歌》:"东关酸风射眸子。"　　⑤[寒窗底]寒窗里。　　⑥[井桐]富贵人家多于庭院中凿井,井边植梧桐。故诗词中又常作"井梧"。宋之问《秋莲赋》:"宫槐疏兮井梧变,摇寒波兮风飒然。"　　⑦[萧娘]女子的泛称。唐人杨巨源《崔娘》诗:"风流才子多春思,肠断萧娘一纸书。"

作意与作法

　　此首写秋日的怀人之情。上片写外出桥头伫望,下片写归来窗底作书。

　　上片起二句写眼前流水。黄叶纷飞写秋日凄凉的景色,"斜阳照水"盼女子日暮归来,"沉沉千里"念伊人迢迢远方。结四句写桥头灯火。"桥上"呼船,念当时依依惜别之地;"黄昏""灯火",看夜市游人对对双双。

　　下片换头二句写寒窗秋声。"古屋寒窗"写孤独无伴之闷,"井桐飞坠"写夜听秋声之愁。结四句写寒夜失眠。"不恋单衾"写伴去无温之苦,"有谁知"实怨"萧娘"不知,故作书一封,有盼伊人早还。

　　全篇以望穿秋水始,以寄书萧娘终,为"蒹葭苍苍"(《诗经·秦风》)以来又一曲古之秋水伊人!

叶梦得

叶梦得（2首）

　　叶梦得（1077—1148）字少蕴，吴县（今江苏苏州市）人。哲宗绍圣四年（1097）进士。徽宗朝任翰林学士。高宗朝曾两度任建康（今江苏南京市）留守，在后勤补给工作中积极支援了北伐抗金的将士。晚年居卞山（今苏州市境内）下，石奇书富，啸咏自娱，因号石林居士。

　　叶词前期婉丽，有温（庭筠）、李（商隐）之风，后期花落结实，为简淡雄杰，受苏词影响。今传《石林词》一卷。《全宋词》辑其全篇102首，残篇2。

130　贺新郎①

词　谱

睡起流莺语，掩苍苔、房栊②向晚③，乱红④
无数。吹尽残花无人见，惟有垂杨自舞。渐暖
霭⑤、初回轻暑，宝扇⑥重寻明月影⑦，暗尘侵、

上有乘鸾女⑧。惊旧恨⑨，遽⑩如许⑪。　江南
梦断横江⑫渚，浪黏天、葡萄涨绿⑬，半空烟
雨⑭。无限楼前沧波⑮意，谁采蘋花⑯寄取⑰？但
怅望、兰舟容与⑱，万里云帆何时到？送孤鸿、
目断千山阻。谁为我，唱金缕⑲。

注　解

①[贺新郎]见第71首注①。此调11体，此词为双调、116字正体。全首用韵属第四部"语"、"麌"、"御"、"遇"仄声上、去通押。　②[房栊]窗户。参见第7首注⑨。栊又指窗上棂木。　③[向晚]见第98首注⑨。④[乱红]见第24首注⑥。　⑤[暖霭]暖雾。　⑥[宝扇]指团扇，圆月形。参见第71首注③。　⑦[明月影]指团扇之影。　⑧[乘鸾女]本为月中的仙女。《龙城录》："九月望日，明皇游月宫见素娥千余人，皆皓衣乘白鸾。"此指扇上所画美人，暗喻所恋之女。　⑨[旧恨]指从前的离别。⑩[遽(jù)]骤然。　⑪[如许]如此，这样。　⑫[横江]也叫横江浦。在今安徽和县东南，与南岸采石矶隔江相望。　⑬[葡萄涨绿]上涨的江水碧绿如葡萄酒。李白《襄阳歌》："遥看江水鸭头绿，恰似葡萄初酦醅。"⑭[半空烟雨]浪花飞起如同烟雾。　⑮[沧波]水青色。此指青青的流水。⑯[蘋花]柳宗元《酬曹侍御过象县见寄》："春风无限潇湘意，欲采蘋花不自由。"又参见第39首注④。　⑰[寄取]寄得。　⑱[容与]安闲的样子。《楚辞·九歌·湘夫人》："时不可兮骤得，聊逍遥兮容与。"　⑲[金缕]乐曲名。又名贺新郎，见第71首注①。

作意与作法

　　此首抒怀人之情。上片写初夏时节，睡起之时触物惊恨，下片写江天在望，梦醒之后触景生愁。

229

上片起三句，"莺语"仅闻，写睡起之时无人对话的寂寞；"苍苔"映绿，落花飘红，此为傍晚凭窗所见，有惜春之意。次二句，"残花""吹尽"，"垂杨自舞"，此写"无人"倾诉的孤独之恨。再三句，"暖霭"、"轻暑"，写初夏之气；"宝扇重寻"，勾伊人之念；"尘侵"画扇，为担心伊人离愁催老。结二句，"惊旧恨"写宝扇触发往日的分离之痛，"遽如许"写倾刻之间，情绪波动得不可控制。

下片换头三句，"梦断"应上片"睡起"而写所在之乡，"横江"之洲即词人"梦断"之处，"葡萄"绿酒写一江春水之愁，波浪"黏天"、"半空烟雨"写两地之隔、水程之远。次二句，"楼前"写凭阑之处，"沧波""无限"写别意绵绵，"谁采蘋花"叹无人寄来相思之意。再三句，"兰舟容与"写客船安闲地来去，自己只得惆怅张望，"万里云帆"写恋人之船，"何时到"为心中自问，写盼望之切。目"送孤鸿"、"千山阻"隔，写不见伊人倩影的凄凉之心。结二句，"金缕"即《贺新郎》此词，"谁为我"演唱，实叹无人解除我胸中的怅恨之情。

全词扣住睡、梦而写幽恨。"一意一机，自语自话。草木花鸟字面叠来，不见质实。"（沈际飞《草堂诗余正集》）

131　虞美人①

雨后同干誉、才卿置酒来禽②花下作

词　谱

落花已作风前舞，又送黄昏雨。晓来庭院
　●○〇●○〇●　　●●○○●　●○〇●

半残红，惟有游丝③千丈、袅晴空。　　殷勤花
●○〇◎　〇●○〇●　●○〇◎　　　〇〇●

下同携手,更尽杯中酒。美人不用敛蛾眉,我亦
●○○● 　●●○○● 　●○⊗●●●○◎ 　⊖●
多情无奈、酒阑④时。
⊖○⊖● 　●○　　◎

注　解

①[虞美人]见第 59 首注①。此词双调、56 字,属李煜正体,平仄 1 异(见谱中⊗)。全首用韵属第四部"麌",第一部"东",第十二部"有",第三部"支",为隔部平仄韵转换。　　②[来禽]林檎的别名。《学圃余疏》谓今之"花红"(水果名)即古林檎。北方今称沙果。　　③[游丝]见第 18 首注⑤。
④[酒阑]酒已喝干,杯已倾尽。

作意与作法

此花下之作为惜春之情。上片写景:残红半剩,风雨送春;下片抒情:携手解闷,倾杯浇愁。

上片起二句,"落花"飞舞写春芳已逝,"已作"二字写无可奈何之情,雨洒黄昏写晚来之愁。结二句,"晓来"继"黄昏"而写天明:面对庭院,"残红"剩半;观望"晴空","游丝"袅袅;而"惟有"一词的强调,惜春之意已溢于言表。下片重头二句"殷勤""携手",有同病相怜之意;"花下""尽杯",写相互劝酒解愁。结二句"美人""敛眉"、"我亦""无奈",见双方多愁善感;"酒阑"愁闷,劝其"不必",此断肠人惜断肠人。

赵 佶 (1首)

赵佶(jí)(1082—1135),神宗第十一子,即宋徽宗。在位25年,因荒淫腐败,北宋王朝加速崩溃。1126年内禅皇太子赵恒,即钦宗,自己被尊为教主道君皇帝。靖康二年(1127)汴京城破,父子一同被掳北去,过了9年耻辱的生活,终于死在五国城(今黑龙江依兰)。赵佶诗词书画均通晓,政治和艺术生活颇似南唐后主。赵词前期风格曼艳,唯有亡国后的两首哀歌显得深沉。近人曹元忠辑有《宋徽宗词》。《全宋词》辑其全篇13首,残篇1。

132 宴 山 亭①

北行见杏花

词 谱

裁剪冰绡②,轻叠数重,淡著胭脂匀注③。
⊖●⊖⊖　⊖●●⊖　●●⊖⊖●◉

新样靓妆④,艳溢香融⑤,羞杀蕊珠⑥宫女。易
○●●○　●●⊖⊖　⊖●●⊖⊖●　●

得凋零,更多少、无情风雨。愁苦!问院落凄凉,
●⊖⊖　●⊖●　⊖⊖⊖●　⊖●　●●●⊖⊖

几翻春暮？　凭寄⑦离恨重重，这双燕何曾，
●○━●　　○━　●━●━　●○━━━

会⑧人言语。天遥地远，万水千山，知他故宫⑨
━　○○● 。○━●⊗ ， ●●━━ ， ━━●━

何处？怎不思量，除梦里、有时曾去。无据⑩，
○● ？●●━━ ， ━●● 、●━━● 。○● ，

和⑪梦也、新来不做。
○　●● 、○○━●

注　解

①[宴山亭]亦作燕山亭，但与山亭燕无关。此调仅此双调、99 字一体，平仄 2 异（见谱中⊗、⊗）。万树《词律》云：“作‘天遥地远’，误也。宜作‘天远地遥’乃合。此即同前段‘新样靓妆’句。”录以备考。全首用韵属第四部“语”、“麌”、“御”、“遇”仄声上、去通押。　　②[冰绡(xiāo)]洁白的丝织品。王勃《七夕赋》：“引鸳杼兮割冰绡。”　　③[匀注]均匀地点染。　　④[靓(jìng)妆]粉黛妆饰。司马相如《上林赋》：“靓妆刻饰。”　　⑤[艳溢香融]光彩耀眼，香气散发。　　⑥[蕊珠]道家称天上宫阙之名。《十洲记》：“玉晨大道君治蕊珠贝阙。”　　⑦[凭寄]烦寄，请寄。　　⑧[会]理解、通晓。⑨[故宫]指汴京的皇宫。　　⑩[无据]不可靠。　　⑪[和]见第 55 首注④。

作意与作法

　　此首为道君被俘北行见杏花以后之作，《朝野遗记》传为“绝笔”。词篇借杏花的荣艳与凋零寄作者不堪回首的离恨与绝望。上片是对杏花的描写与咏叹，下片写个人的愁苦与哀怨。

　　上片起三句以人工之巧喻杏花的天工之美。花瓣似高手“裁剪冰绡”，花朵似能工“轻叠数重”，颜色似化妆师“淡著胭脂匀注”。次三句写花如绝色的美人。“新样靓妆”写其时髦，“艳溢香融”写其娇媚，“羞杀蕊珠宫女”写杏花姿容的超绝无比。再二句将人花合一，转写其不幸。“易得凋零”写天生丽质的娇弱，“无情风雨”写外遭打击之甚。结三句人花双关。“愁苦”写词人的共鸣，“院落凄

凉,几番春暮"写其相怜"同病"。

下片换头三句触物生情。"重重"写离恨之多,"双燕"写"凭寄"之愿,然而言语不通,离恨何寄?次三句写故宫之念。"天遥地远"、"万水千山"写难望难归之情,不知"故宫何处",写词人伤心之切,盼望之最。再二句写失望之情。"怎不思量"写无可奈何的倾诉,"梦里""曾去"写寻求慰藉的可怜。结二句写绝望之痛。"无据"写希望之空幻,"新来"无梦写泡影之破灭。李后主"梦里不知身是客,一晌贪欢",见情之凄切;然《宴山亭》此结,其情更为悲惨。

王国维云:"尼采谓一切文学,余爱其血书者。后主之词,真所谓以血书者也;宋道君皇帝《燕山亭》词略似之。"(《人间词话》)就是这一首"血书"的词篇,结束了一位多情词人和荒唐帝王的生命,真是道君有情,历史无情。

李清照 (5首)

  李清照(1084—1155?),号易安居士,济南(今山东济南章丘)人。父李格非是当时的学者,母为王状元拱辰孙女,亦能文章。夫赵明诚为宰相赵挺之之子,历任莱、淄等州太守,是金石学家。婚后生活优裕,喜好相投,除创作诗词外,两人还收藏了大量的金石书画,整理研究,著有《金石录》。后来在明诚奔丧、金人兵火中不幸弃毁一空。南渡不久,明诚病死,打击沉重。曾一度追踪高宗足迹。后建炎间,金兵南下,她辗转浙东,流落杭州、绍兴等地。晚年寂寞,据传老死于金华。

  李词为宋代一派,风格婉约。前期作品多写离情、闺思或咏物之类,韵调明快、优美。后期作品多写故土之念、身世之感,韵调忧郁、低沉。然词人善于创意,工于白描,其语言艺术的运用,可与李后主并驾齐驱。清照于词学有论有作。词论似乎偏颇,但自成体系。词作传有《漱玉词》,亦卓然一家。李调元谓其"不在秦七、黄九之下。词无一首不工,其炼处可夺梦窗之席,其丽处直参片玉之班,盖不徒俯视巾帼,直欲压倒须眉"(《雨村词话》卷三)。《全宋词》辑其全篇45首,残篇12。《全宋词补辑》又辑其全篇1首。

133 凤凰台上忆吹箫①

词　谱

香冷金猊②，被翻红浪③，起来慵自梳头。
○●○○　　●○○●　　●○○●○○

任宝奁④尘满，日上帘钩。生怕⑤离怀别苦，多
●●○○　　●●○○　○●○○●●　○

少事、欲说还休。新来瘦，非干⑥病酒⑦，不是悲
●●　●●○○　○○●　○○●●　●●○

秋。　　休休⑧，这回去也，千万遍《阳关》⑨，也
○　　　○○　　●○●●　　○●●○○　●

则⑩难留。念武陵人远⑪，烟锁秦楼⑫。唯有楼
●○○　　●●○○●　○●○○　○●○

前流水，应念我、终日凝眸⑬。凝眸处，从今又
○○●●　○●●　○●○○　　○○●　○○●

添，一段新愁。
○　●●○○

注　解

①[凤凰台上忆吹箫]见第45首注⑨，调名本此。《高丽史·乐志》一名忆吹箫。此调6体，此词为95字变体。全首韵脚属第十二部平声"尤"韵。
②[金猊(ní)]狮形的铜香炉。猊，狻(suān)猊，同狻麑，合音为"师"，即狮子。
③[被翻红浪]红锦被没有叠好，乱摊在床上。柳永《凤栖梧》："鸳鸯绣被翻红浪。"　　④[宝奁(lián)]华贵的梳妆镜匣。　　⑤[生怕]只怕，最怕。林逋《春阴》："苦怜燕子寒相并，生怕梨花晚不禁。"　　⑥[非干]不关。
⑦[病酒]见第25首注③。　　⑧[休休]罢了，罢了。　　⑨[阳关]即送行曲《阳关三叠》。参见第123首注⑦。　　⑩[也则]也便。　　⑪[武陵人

远]陶潜《桃花源记》写武陵(湖南常德)有一个渔人误入桃花源事。这里仅为牵合，实借指远方的爱人。韩琦《点绛唇》："武陵凝睇，人远波空翠。"⑫[秦楼]见第45首注⑨。此指自己独居的妆楼。　　　⑬[凝睇]聚神注视，呆看。

作意与作法

此首为词人早期别情之作，以萧史、弄玉的故事比况词人夫妻的恩爱之谊。上片描写将别之愁，下片想象别后之苦。

上片起三句，"香冷金猊"写夜间炉香早已燃尽，"被翻红浪"写起床推被不叠的懒散心情，"慵自梳头"正是无心打扮的表现。次二句，"宝奁"任其"尘满"，"帘钩"听其"日上"，这正是心不在焉。再二句，"离怀别苦"坦白其"生怕"，"欲说还休"谓情多难诉，恐伤郎心。结三句，自觉近来消瘦。"非干病酒"，"不是悲秋"，写吞吞吐吐的难言之情状。

下片换头四句，"休休"写其无可奈何，"这回去也"想其唉声叹气，"也则难留"见揪心之痛，而骊歌万遍亦难于强挽。次二句，"武陵人远"念爱人异地，水遥山阻；"烟锁秦楼"写自己索居妆楼，与世隔绝。再二句，"楼前流水"写唯有寄情之物，"念我""凝睇"写词人如梦如痴之情。结三句，"凝睇处"写河畔阑边，此从前夫妻携手之处、谈笑之地，如今天各一方，怎不"又添""新愁"！

全词写愁苦之情婉转曲折，逼真感人。故沈际飞云："清风朗月，陡化为楚雨巫云；阿阁洞房，立变为离亭别墅；至文也。"(《草堂诗余正集》)

134 醉花阴①

词　谱

薄雾浓云愁永②昼，瑞脑③消金兽④。佳节
又重阳⑤，玉枕⑥纱厨⑦，半夜凉初透。　　东
篱⑧把酒黄昏后，有暗香⑨盈袖。莫道不消
魂⑩？帘卷西风，人比黄花⑪瘦。

注　解

①[醉花阴]此调仅此双调、52 字毛滂一体，平仄 1 异（见谱中⊗）。全首用韵属第十二部"有"、"宥"仄声上、去通押。　　②[永]见第 126 首注③。③[瑞脑]香料，又称龙脑。　　④[金兽]兽形的铜香炉。　　⑤[重阳]见第 56 首注⑤。　　⑥[玉枕]磁料枕头。　　⑦[纱厨]即碧纱厨，夏日置床于内可防蚊蝇。　　⑧[东篱]菊圃的代称。陶潜《饮酒》（其五）："采菊东篱下，悠然见南山。"　　⑨[暗香]幽香。本指梅花，此处指菊花。　　⑩[消魂]见第 107 首注⑭。　　⑪[黄花]指菊花。李白《九日龙山歌》："九日龙山饮，黄花笑逐臣。"

作意与作法

此首系重阳词名作，感秋日相思之苦。伊世珍云："易安作此词，明诚叹绝，苦思求胜之，乃忘寝食三日夜，得十五阕，杂易安作以示友人陆德夫。德夫玩之再三，曰：'只有莫道不消魂三句绝佳。'"（《嫏嬛记》）此词上片写重阳佳节的寂寞之心，下片写东篱把酒的无奈之情。

238

上片起二句，"薄雾浓云"写多愁的天气，"金兽"燃香写无聊的生活。结三句，"佳节又重阳"写时至佳日，空念登高，"玉枕纱厨"、"半夜"凉透写单身失眠之苦和清秋天气之凉。下片换头二句，由半夜再折回黄昏，突出赏菊之举。"东篱把酒"写无可奈何之意，"暗香盈袖"惜无人共赏之情。结三句，"莫道不消魂"见自言自语、无人对答之状，"帘卷西风，人比黄花瘦"写词人顺窗外望，见花怜己，无限伤怀。

全词景物和人情交织，主体和客体融合。柴虎臣亦谓李词"语情则红雨飞愁，黄花比瘦，可谓雅畅。"（《古今词论》引）。郭按："红雨飞愁"当指秦词《千秋岁》"春去也，飞红万点愁如海！"

135　声声慢①

词　谱

寻寻觅觅，冷冷清清，凄凄惨惨戚戚②。乍暖
○○●● 　○○○○　○○●●●●

还寒③时候，最难将息④。三杯两盏淡酒，怎敌他、
○○○● 　●○○●　○○●●●● 　●●○

晚来风急！雁过也，最伤心，却是旧时相识。
●○○● 　●●● 　●○○ 　●●●○○●

满地黄花⑤堆积，憔悴损⑥、如今有谁⑦堪摘？守
●●○○○● 　○●● 　○○●○○●

著窗儿，独自怎生⑧得黑！梧桐更兼细雨，到黄昏
●○○　●●●○●● 　○○●○●● 　●○○

、点点滴滴。这次第⑨，怎一个、愁字了得！
●●●● 　●●● 　●●● 　○●●●

注　解

①[声声慢]又名胜胜慢、人在楼上。此调14体,分平仄两韵。此词为双调、97字仄韵变体。全首韵脚属第十七部入声"陌"、"锡"、"职"通韵。
②[戚戚]忧愁的样子。　　③[乍暖还(xuán)寒]忽暖忽冷。乍,刚刚;还,一会儿。　　④[将息]调养休息。将:语助词。　　⑤[黄花]见第134首注⑪。　　⑥[损]坏,煞。秦观《画堂春》:"杏花零落燕泥香,睡损红妆。"
⑦[谁]何,什么。秦观《踏莎行》:"郴江幸自绕郴山,为谁流下潇湘去?"
⑧[怎生]怎样。生,语气助词。　　⑨[次第]光景,情况。刘锡禹《寄杨八寿州》:"圣朝方用敢言者,次第应须旧谏臣。"

作意与作法

此首为词人南渡后之名作。通过秋窗暮雨、独酌无亲的描写,倾诉出家破夫死离乱流亡的哀愁。上片写乍暖还寒伤心难耐之状,下片写梧桐细雨愁情万种之怀。

上片起三句总述伤心之情。"寻寻觅觅"写心神不安,如有所失;"冷冷清清"写庭院空虚,环境寂寞;"凄凄惨惨戚戚"写形影相顾,悲痛万分。次二句怪气候不宜。"乍暖还寒"恨暖冷不定;"最难将息",叹健康不佳。再二句想借酒解忧。"三杯两盏淡酒"写无可助兴,酒味又薄;难敌"晚来风急",明写酒力不足,实写忧伤太甚。结三句触物生悲。"伤心"过雁,写天涯沦落的同感;"旧时相识",写北雁南飞的乡情。

下片换头二句,"满地黄花"承秋空过雁而来,写俯仰堪悲之景。"憔悴"写菊花枯槁的形容,"有谁堪摘"写如今无可把玩,相怜同病。次二句写日长难挨之叹。"守著窗儿"写无处出访,"怎生得黑"写孤独难熬。彭孙遹《金粟词话》谓此"浅俗之语,发清新之思,词意并工,闺情绝调"。再二句触景生情。梧桐叶落,细雨绵绵,织出愁人之景;黄昏到来,"点点滴滴",又衬伤心之情。结二句总收全篇。"这次第"即此情此景,"一个愁字""怎能"了得",写无限苦衷

240

之难言。

　　本词首尾呼应，一气呵成。起三句连用叠字14个，下片又用"点点滴滴"，以此抒情写景，工精而自然。此调属慢词，调长愁亦长；用韵系入声，韵急心亦急。全首97字中，有57字发舌、齿两声（引夏承焘先生论述），此见啮齿叮咛的口吻，如怨如泣的哀愁。

136　念奴娇①

词　谱

萧条庭院，有斜风细雨，重门②须闭。宠柳娇花③寒食④近，种种恼人天气。险韵⑤诗成，扶头酒⑥醒，别是闲滋味。征鸿⑦过尽，万千心事难寄。　　楼上几日春寒，帘垂四面，玉阑干⑧慵倚。被冷香消⑨新梦觉，不许愁人不起。清露晨流，新桐初引⑩，多少游春意。日高烟敛，更看今日晴未。

注　解

　　①[念奴娇]"念奴"，人名，唐天宝间歌妓。元稹《连昌宫词》："力士传呼觅念奴，念奴潜伴诸郎宿。"自注："念奴，天宝中名倡，善歌。每岁楼下酺宴，累日之后，万众喧隘。严安之、韦黄裳辈辟易不能禁，众乐为之罢奏。玄宗遣

高力士大呼于楼上曰:'欲遣念奴唱歌,邠二十五郎吹小管,逐看人能听否?'未尝不悄然奉诏,其为当时所重也如此。然而玄宗不欲夺侠游之盛,未尝置在宫禁。"王仁裕《开元天宝遗事》谓"念奴有色善歌,宫伎中第一。帝尝曰:此女色眼媚人。"又云:"念奴每执板当席,声出朝霞之上。"词调有云天宝间即制,有云中唐后制定。词牌名甚多,诸如大江东去、酹江月、赤壁谣、壶中天、大江西上曲、湘月、寿南枝、古梅曲、淮甸春、百字令、百字谣、无俗念、千秋岁、杏花天等。此调有平仄两韵,计12体,此词属双调、仄韵100字正体。平仄1异(见谱中✖)。全首韵脚属第三部"纸"、"置"、"未"、"霁"仄声上、去通押。②[重(chóng)门]一道一道的门。 ③[宠柳娇花]受到春天和人们宠爱的柳和花。 ④[寒食]见第26首注③。 ⑤[险韵]见第57首注⑧。又前首《声声慢》"独自怎生得黑","黑"字即险韵。张端义《贵耳集》评为"奇字","不许第二人押"。 ⑥[扶头酒]容易喝醉的酒。贺铸《南乡子》:"易醉扶头酒,难逢敌手棋。" ⑦[征鸿]远程飞行的大雁。 ⑧[玉阑干]阑干的美称,见第58首注③。 ⑨[香消]铜炉里的香料已经烧完。 ⑩["清露"二句]刘义庆《世说新语·赏誉》:"于时清露晨流,新桐初引。"引,滋长的意思。

作意与作法

此首为女词人前期之作,写春日寂寞之闺情。李攀龙《草堂诗余隽》云:"上是心事,难以言传;下是新梦,可以意会。"正如此,则需要我们仔细玩味。

上片起三句,"斜风细雨"写"恼人天气","萧条庭院"写无人来访的冷落,"重门须闭"写不愿出访的苦闷。次二句,"宠柳娇花"写寒食清明即将到来的无限春意,"恼人天气"与上呼应写"斜风细雨"的无休无止。再三句,诗押"险韵",故意求难,以消磨时光;酒使"扶头",有心一醉,却不久即醒;"滋味"特殊写闲得无聊。结二句,"征鸿过尽"写希望传语郎君而不得,"万千心事难寄"写情长纸短,无从下笔之窘。

下片换头三句欲断又连。"楼上""春寒",写"几日"来"斜风细

242

雨"所致;"帘垂四面"应"重门须闭"而写独自苦恼;"阑干慵倚"写雨阻郎归懒于远眺的失望之情。次二句,"被冷香消"写孤眠之苦,"新梦"又醒写愁情难避,故只得起床消磨时间。再三句,"清露晨流"写清早掀帘,见"宠柳娇花"水珠滴滴,"新桐初引"写梧桐出叶,嫩梢上长的盎然生机,故激发"游春"之意。结二句,"日高烟敛"写喜见春阳之景,"更看""晴未"写担心不测风云,郎君难归,春游不得。

毛先舒云:"词贵开宕,不欲沾滞,忽悲忽喜,乍远乍近,斯为妙耳。"(《词苑丛谈》引)黄蓼园谓此词"起句雨,结句晴,局法浑成"(《蓼园词选》)。这些正是李词《念奴娇》行云流水、舒卷自如之特色。

137 永 遇 乐①

词 谱

落日熔金②,暮云合璧③,人④在何处?染柳
〇●〇〇 ●〇〇● 〇●〇● ●●

烟浓,吹梅⑤笛怨,春意知几许⑥?元宵⑦佳节,
〇〇 ●〇●● 〇●〇〇⊗ 〇〇〇●

融和天气,次第⑧岂无风雨。来相召、香车宝
〇〇〇● ●●●〇〇● 〇〇● 〇〇●

马⑨,谢他酒朋诗侣。　　中州⑩盛日,闺门多
● ●〇●〇〇● 〇〇●● 〇〇〇

暇,记得偏重三五⑪。铺翠冠儿⑫,捻金雪柳⑬,
● ●●〇〇〇● 〇●〇〇 ●〇●●

簇带⑭争济楚⑮。如今憔悴,风鬟雾鬓⑯,怕见⑰
●● 〇⊗● 〇〇〇● 〇〇●● ●●

243

夜间出去。不如向、帘儿底下⑱，听人笑语。
●○○● — ○○ — — — ● — ○●●

注　解

①[永遇乐]见第64首注①。此调7体，此词属双调、仄韵104字正体。平仄2异(见谱中✘)。全首用韵属第四部"语"、"麌"、"御"仄声上、去通押。　②[熔金]形容落日灿烂的颜色。宋词中更爱形容水中落日,如廖世美《好事近》:"落日熔金,天淡暮烟凝碧。"　③["暮云"句]晚云像碧玉一样合成一块。江淹杂体诗《拟僧惠休怨别》:"日暮碧云合,佳人殊未来。"　④[人]自指。一说亲人,指死去的赵明诚。　⑤[梅]指《梅花落》曲调。《乐府诗集》(卷二十四)《横吹曲辞》:"《梅花落》,本笛中曲也。"李白《与史郎中钦听黄鹤楼上吹笛》:"一为迁客去长沙,西望长安不见家。黄鹤楼中吹玉笛,江城五月落梅花。"一名《梅花引》。　⑥[知几许]参见第97首注⑩。意即不少。　⑦[元宵]即阴历正月十五元宵节,唐宋时期此节极为盛大。京都街市上张灯结彩,汇演歌舞百戏,上至王侯下至百姓无不观灯,而多情男女更借此夕约会。　⑧[次第]接连,转眼。冯延巳《忆江南》:"东风次第有花开,恁时须约却重来。"　⑨[香车宝马]华美的车马。参见第26首注④。　⑩[中州]今河南省古豫州之地,居九州之中,称中州。这里指北宋首都汴京。⑪[三五]五的三倍,指旧历正月十五元宵节。　⑫[铺翠冠儿]装点着翡翠珠儿的女帽。《梦粱录·元宵》:"官巷口、苏家巷二十四家傀儡,衣装鲜丽,细旦戴花朵肩、珠翠冠儿,腰肢纤袅,宛若妇人。"　⑬[金雪柳]以金为饰的雪柳。雪柳乃丝绸或纸扎成,是宋代妇女们在元宵佳节喜爱插戴的装饰品(再见下注)。　⑭[簇带]满头插戴。周密《武陵旧事·都人避暑》载:茉莉花"初出之时,其价甚穹(高),妇人簇带,多至七插"。又《宣和遗事》:"少刻京师民有似雪浪,尽头上戴着玉梅、雪柳、闹蛾儿,直到鳌山下看灯。"　⑮[济楚]整齐,漂亮。　⑯[风鬟雾鬓]头发散乱,两鬓灰白。苏轼《题毛女真》:"雾鬓风鬟木叶衣。"　⑰[怕见]怕得,懒得。　⑱[底下]里面。参见第112首注⑫。

作意与作法

张端义《贵耳集》谓李清照"南渡以来,常怀京洛旧事,晚年赋

244

元宵《永遇乐》词"。此首写词人寓居江南,眷念故国,饱经忧患,自甘寂寞之情。上片描写江南此日元宵佳节的景物之丽和自己闭门谢邀的难言之苦。下片回忆汴京盛日元宵佳节的观灯之乐以对比垂帘听笑的此夕之悲。

上片起三句,"熔金"比"落日"之美,"合璧"比"暮云"之佳,"人在何处"一问,触日暮之景,生乡关之情,写异乡漂泊之苦。次三句,缕缕浓烟,写所观之柳色;声声怨笛,写所听之《落梅》。二句铺写"春意","知几许"一问,言"春意"之多。再三句"元宵"称"佳节",见其盛大;"天气"值"融和",正好出游。然"岂无风雨?"的反问,提出转眼或有变,此属缺乏游兴借口不出之由,实写内心之隐痛。结二句,"来相召"写友人邀约,"香车宝马"写来者的排场,"酒朋诗侣"写来者的身份。然心情不畅,无兴出游,故借口转眼"风雨"而谢却。

下片换头三句进入回忆。"盛日"写汴京尚未沦陷的兴盛之际,"多暇"写妇女们尚有空闲之时,"偏重三五"至今"记得",见赏心乐事之多,元宵灯节在生活中的地位。次三句,"铺翠冠儿"写所戴女帽上翡翠闪光,"捻金雪柳"写发髻上所插节日首饰的耀眼。"簇带争济楚"见其收拾打扮整齐端丽,在"火树银花"之间,一个赛似一个,一群超过一群。再三句,从回忆中清醒过来,"憔悴"乃叹"如今"容颜的衰老,"风鬟雾鬓"写流亡漂泊无心修饰的悲凄,故怕得"夜间出去"。结二句,"帘儿底下"正是自甘寂寞,"听人笑语"却又不甘寂寞,此写词人矛盾痛苦之情。

全词今与昔、人与我,对比鲜明;工致语、寻常语,自然融会。其思想艺术深感后辈词家。

蔡 伸 (2首)

蔡伸(1085—1146)字伸道,自号友古居士,莆田(今福建县名)人。徽宗政和五年(1115)进士。历官太学博士,通判真、饶、徐、楚四州。秦桧曾欲收为己用,未许。存《友古居士词》。《全宋词》辑其全篇172首,残篇3。

138 苏 武 慢①

词 谱

雁落平沙②,烟笼寒水③,古垒④鸣笳⑤声
●　○○　　○○　○●　　●●　○○　○
断。青山隐隐,败叶萧萧,天际暝鸦零乱。楼上
●。○○●●　●●○○　○●●○○●　○●
黄昏,片帆千里归程,年华⑥将晚。望碧云空
○○　●○○●○○　○○◎●　●●○○
暮⑦,佳人何处,梦魂俱远。　　　忆旧游、邃馆
●　○○○●　●○●●　　　　●●○、●●
朱扉,小园香径,尚想桃花人面⑧。书盈锦轴⑨,
○○　●○○●　●●○○○●　○○●●
恨满金徽⑩,难写寸心幽怨。两地离愁,一尊⑪
●●○○　○●●○○●　●●○○　●○

芳酒凄凉，危阑⑫倚遍。尽迟留、凭仗西风，吹
○●○○　○○　●●　●　●○○　○●○○　○

干泪眼。
○●●

注　解

①[苏武慢]又名选官子、转调选冠子、惜余春慢、仄韵过秦楼等。此调16体。此词为双调、111字变体。全首用韵属第七部"阮(半)"、"翰"、"霰"仄声上、去通押。　②[平沙]广漠的沙原。此处指河中的沙洲。　③[烟笼寒水]杜牧《泊秦淮》："烟笼寒水月笼沙，夜泊秦淮近酒家。"　④[古垒]古时军营四周的防护墙。此指从前的营垒。　⑤[笳]参见第41首注③。　⑥[年华]这里指时光。　⑦[碧云空暮]参见第137首注③。　⑧[桃花人面]见第12首注③。　⑨[轴]古代书籍成卷，中间有轴。　⑩[徽]系琴弦之绳。　⑪[尊]参见第1首注④。　⑫[危阑]高处的阑干。

作意与作法

此客中秋日登高怀人之作。上片写登楼所见、所闻、所思，下片写依阑所忆、所念、所感。

上片起三句写所见秋水。"雁落平沙"羡鸟已归宿，人在徘徊；"烟笼寒水"写野渡黄昏，满目苍凉；"古垒"写水边之荒，"声断"写周遭之寂。次三句写所见秋山。"青山隐隐"，念伊人之远阻难见；"败叶萧萧"，衬客子的悲秋心怀；暮鸦噪归，反衬天涯客子未归。再三句写所见归途。"楼上黄昏"，点明此时此地，"片帆千里"念归程之迢迢，"年华将晚"叹岁暮之难归。结三句写所盼魂归。"碧云空暮"写其空有晚景，"佳人何处"写其空候不来，"梦魂俱远"叹其梦中难寻。

下片换头三句转入当年的回忆。"邃馆朱扉"，回味谈情之室；"小园香径"，深怀携手之途；"桃花人面"，犹记佳人之貌。次三句写别后之思。"书盈锦轴"写寄情于信，"恨满金徽"写诉怨于琴，"难写"一语见愁心之幽深。再三句回到眼前。"两地离愁"写天各

247

一方之苦，"一尊芳酒"写独酌无亲之悲，"危阑倚遍"写想望佳人之久。结二句写无人慰藉。"迟留"不去写难忍之状，而"西风"拭泪有谁可怜！

139　柳　梢　青①

词　谱

数声鶗鴂②，可怜又是、春归时节。满院东
◐　○　○●　　◐○●●　○○◐●　◐●○
风，海棠铺绣，梨花飘雪。　　丁香露泣残枝，
○　●○◐●　○○◐●　　○○◐●○○

算未比、愁肠寸结。自是休文③，多情多感，不
●◐●　○○●●　●●○○　○○◐●　◐

干④风月。
○　○●

注　解

①[柳梢青]此调分平仄两韵，共计8体。押平韵者又名云淡秋空、雨洗元宵、玉水明沙、早春怨、陇头月等，押仄韵者又名添春色。此词为双调、49字仄韵正体。全首韵脚属第十八部入声"月"、"屑"通押。　　②[鶗鴂]见第4首注②。　　③[休文]沈约的字，他是梁代武康人，仕宋及齐，曾有志而未能大用，心郁体瘦，革带每常移孔，人称沈腰。　　④[不干]参见第133首注⑥。

作意与作法

此首为惜春之作。上片写鸟啼花落，下片写露泣人愁。

上片起二句写闻。杜鹃声声，唱着换季的歌曲，"又是"一语，写一年一度的痛惜，足见"可怜"。结二句写见。海棠、梨花，不写

狼藉之状,更觉惜春之情。故对"满院东风",暗藏其恨。下片换头二句写感,花人相比,人愁胜似花愁。结三句自比"休文","不干风月",此抑郁之情志,遮遮掩掩,欲盖弥彰。

陈与义 (2首)

陈与义(1090—1138)字去非,号简斋,洛阳人(今河南洛阳市)。徽宗政和3年(1133)进士。金兵入汴,宋室南迁,遂避乱襄汉,转湖湘,经粤、闽,于高宗绍兴元年(1131)至绍兴府(在今浙江)。历任吏部侍郎、翰林学士、参知政事等职。绍兴七年三月从帝至建康(今南京),八年至临安(今杭州),不久病卒。

陈氏以诗著称,有《简斋诗集》,体物寄兴,清邃纡余。曾受江西诗派的影响,但作品并不同于"江西"诗风。词作有《无住词》,然"语意超绝,识者谓可摩坡仙之垒"(黄升《花庵词选》)。《全宋词》辑其全篇18首。

140 临江仙①

词谱

高咏《楚词》②酬午日③,天涯节序匆匆。榴
花不似舞裙红。无人知此意,歌罢满帘风。

250

万事一身伤老矣，戎葵④凝笑墙东。酒杯深浅
〇〇〇〇〇〇〇 〇〇 〇〇 ●〇〇 〇〇〇●

去年同。试浇桥下水，今夕到湘中。
●〇〇 〇〇〇〇● 〇〇〇〇〇

注　解

①[临江仙]见第47首注①。此词属双调、60字变体，平仄1异（见谱中
❸）。全首韵脚属第一部平声"东"韵。　②[楚词]亦作"楚辞"，为骚体类
文章的总集。所收上自战国屈宋，下至汉代贾谊、刘向等人之作。因都具有
楚地的文学样式、方言声韵、风土色彩，故名"楚辞"。　③[午日]即端午节
日。《荆楚岁时记》："午日竞渡舟，救屈原也。"　④[戎葵]今蜀葵，花如木
槿。黄庭坚《次韵文潜休沐不出》（之二）："戎葵一笑粲，露井百尺深。"

作意与作法

此首为词人南下流亡湖湘之作。上片吊古伤今，下片感时伤
老。

上片起二句为追忆爱国诗人屈原。节序匆匆，又届端午；天涯
漂泊，来到湖湘。故吊古伤今，高歌"楚辞"。次一句眼前"榴花"与
从前"舞裙"对比，顿生故园之恋。结二句写所以"高咏"，正是古代
骚客、今日词人的共鸣，也即是"此意"。然而无人所知，只见风吹
帘动，故不胜惆怅。

下片重头二句写家事、国事、天下事，事事在心，然而"戎葵"只
是凝笑，不解词人的"伤老"，此写花亦"不知此意"，足见可悲。次
一句因伤老而酒杯应浅，因伤今而酒杯不浅，此写感时之痛。结二
句照应起首，此"午日"之夕漂泊湘中，想屈子也会从汨罗来此桥
下，故"一樽还酹"三闾大夫，想必知音之人。

国家兴亡，匹夫有责，全词抒情深意在此。

141　临　江　仙^①

夜登小阁,忆洛中旧游。

词　谱

忆昔午桥^②桥上饮,坐中多是豪英。长沟^③

流月去无声。杏花疏影里,吹笛到天明。　　二

十余年如一梦,此身虽在堪惊!闲登小阁看新

晴^④,古今多少事,渔唱起三更^⑤。

注　解

①[临江仙]见第47首注①。此词属双调、60字变体,平仄1异(见谱中✖)。全首韵脚属第十一部平声"庚"韵。　　②[午桥]即午桥庄,在洛阳南,唐裴度的别墅,号称绿野堂,和白居易、刘禹锡等为文章,把酒相欢。③[长沟]指江、河。　　④[新晴]久雨初晴。此指月明之夜。　　⑤[三更]古代刻漏之法,自昏到晓分为五刻,所谓五更,三更正值半夜。参见第115首注⑥。

作意与作法

此首为抚今追昔、感时伤世之作。上片回忆战乱前英才欢聚的洛阳生活,下片感慨战乱后颠沛流离的伤世之情。

上片起二句写午桥夜饮。座中贤才,大有"人杰地灵"之气概。次一句,"长沟流月"写"月涌大江流"(杜甫《旅夜书怀》)的雄奇之势,"无声"写夜之静谧以衬人之阔论高谈。结二句,"杏花疏影",

笛声悠扬,"天明"方散,此写良宵盛会,畅叙豪情。

下片重头二句写洛阳生活如美梦一场,现实中不可再得。而身在"堪惊",至今未死,夸张地写出毁灭性的变乱的可悲和友人纷纷亡故的可叹。次一句"闲登小阁"写人闲而心不闲,"看新晴"三字并非好奇,而是解闷。结二句写登楼所感,慨叹古今兴亡之事、成败之业,转头皆空,仅有渔樵酬唱而已。从"如梦"至此,见词人情感的脆弱和态度的悲观。

全词清婉奇丽,不乏自然;豪酣怅惘,对比善变。彭孙遹云:"词以自然为宗,但自然不从追逐中来,亦率易无味。如所云绚烂之极,仍归平淡。若使语意淡远者稍加刻画,缕金错彩者渐近天然,则骎骎乎绝唱矣。若无住词之'杏花疏影里,吹笛到天明'……自然而然者也。"(《金粟词话》)

张元干 (2首)

　　张元干(1091—1170?)字仲宗,号芦川居士,又号真隐山人,永福(今福建县名)人。为北宋末年的太学生。徽宗宣和元年(1119)出仕,曾为李纲幕府的僚属,支持李氏主战,后因李纲罢官而落职南归。高宗绍兴元年(1131)秦桧为相,元干不愿与奸佞同朝,又弃官而去。后因作词送李纲、胡铨,遭秦桧迫害,下狱削籍。但绍兴15年(1145)后,张曾以《瑞鹤仙》、《瑶台第一层》、《感皇恩》等向秦献寿,为保命而失晚节。暮年寓居福州。

　　张词可分两类。一类系悲歌慷慨,一类为清丽婉转,词风不拘,兴趣广泛,为南渡前后期间的重要词人。词集名《芦川词》(见《六十家词》刊本)。《全宋词》辑其全篇185首。

142　石　州　慢①

词　谱

寒水依痕②,春意渐回,沙际烟阔。溪梅晴
　○　●　○　　　●　●　○　　○　●　○　○　　○　○　●
照生香,冷蕊数枝争发。天涯旧恨,试看几许消
●　○　○　　●　●　○　○　●　　○　○　●　●　　○　○　●　●　○

魂③？长亭④门外山重叠。不尽眼中青，是愁来

时节。　　情切。画楼⑤深闭，想见东风，暗消

肌雪。辜负枕前云雨⑥，尊⑦前花月。心期⑧切

处，更有多少凄凉，殷勤留与归时说。到得再相

逢，恰经年⑨离别。

注　解

①[石州慢]见第102首注①。此词为双调、102字变体。全首韵脚属第十八部入声"月"、"曷"、"屑"、"叶"通韵。　　②[痕]指波痕。　　③[消魂]见第107首注⑭。　　④[长亭]见第31首注③。　　⑤[画楼]见第54首注③。　　⑥[云雨]指男女欢合之事。宋玉《高唐赋·序》述楚王游高唐，梦神女荐枕，临去致辞谓"且为行云，暮为行雨"。又参见第53首注②。⑦[尊]参见第1首注④。　　⑧[心期]谓两相期许。白居易《和梦得洛中早春见赠》："何日同宴游，心期二月二。"　　⑨[经年]见第31首注⑫。

作意与作法

此首写天涯游子思家怀人之情。上片写他乡春愁，下片写思归心切。黄蓼园以为"仲宗于绍兴中，坐送胡铨及李纲词除名"，"不得已而托于思家，意亦苦矣"（《蓼园词选》）。此寄托一定情意虽备一说，然句句比附，却不伦不类。

上片起三句写春意正回之象。"寒水依痕"，写春波重又荡漾；"沙际烟阔"，写水边柳色一新。次二句写溪梅报春。"晴照生香"写迎春的气氛，"数枝争发"写报春的行动。再三句因春而怀人。"天涯"旧恨写别情不堪回首，几许"消魂"写游子多次伤神，"长亭"门外写游子常至企望之地，山峦"重叠"写关山难越，归途迢迢。结二句点出春愁。春归而人未归，怎不使人生愁！

下片换头四句设想家人。"画楼深闭"，念春日深闺的寂寞；"暗消肌雪"，写思妇见东风回转而游子不归的愁损的容颜。次二句写游子的悔恨。"枕前云雨"，"尊前花月"，此夫妻的幸福生活均被辜负。再三句写盼归之切。"心期"写往日两相之情，"凄凉"写今日独自之况，千言万语，只好留待归时细细倾诉。结二句写希望未至，失望又起。相逢之日，又临离别之时。

　　全词清丽婉转，以春愁写起，以思归作结，意态缠绵，情感复杂。

143　兰　陵　王①

词　谱

　　卷珠箔②，朝雨轻阴乍阁③。阑干外，烟柳弄晴，芳草侵阶映红药④。东风妒花恶，吹落，梢头嫩萼。屏山⑤掩，沉水⑥倦熏，中酒⑦心情怯杯勺。　　寻思旧京洛⑧，正年少疏狂⑨，歌笑迷著。障泥⑩油壁⑪催梳掠⑫，曾驰道⑬同载，上林⑭携手，灯夜⑮初过早共约，又争信⑯飘泊。　　寂寞，念行乐。甚⑰粉淡衣襟，音断弦

索⑱，琼枝璧月春如昨。怅别后华表⑲，那⑳回
双鹤㉑。相思除是，向醉里，暂忘却。

注　解

①[兰陵王]见第 110 首注①。此调 5 体。此词属 3 叠、130 字正体。全首韵脚属第十六部入声"药"韵。　　②[珠箔(bó)]见第 107 首注④。　　③[乍阁]初停。阁同搁。　　④[红药]见第 120 首注⑥。　　⑤[屏山]屏风上画的远山，参见第 13 首注③。　　⑥[沉水]沉香的别名。胡宿《侯家》："彩霞按曲青岑醴，沉水薰衣白璧堂。"　　⑦[中(zòng)酒]见第 9 首注③。　　⑧[京洛]即洛阳，因东周、东汉曾建都于此。这里借指汴京。　　⑨[疏狂]见第 32 首注⑤。　　⑩[障泥]马鞯(用以垫马鞍)两端下垂部分，由于它有障蔽尘土的作用，故作"障泥"，也叫"蔽泥"。此处以之代马。　　⑪[油壁]见第 128 首注⑦。　　⑫[梳掠]指梳妆打扮。　　⑬[驰道]辇道，皇帝行经的车道。　　⑭[上林]即上林苑，秦时旧苑，汉武帝扩建，周围 300 里，有离宫 70。苑中养禽兽，供皇帝春秋打猎。参见第 63 首注⑦。　　⑮[灯夜]参见第 137 首注⑦。　　⑯[争信]参见第 29 首注⑤。　　⑰[甚]是，正，真是。⑱[弦索]见第 120 首注⑤。　　⑲[华表]见第 45 首注⑧。　　⑳[那]奈何。　　㉑[双鹤]参见第 45 首注⑧。

作意与作法

此首一题作《春恨》，写漂泊游子思念春闺之情，同时亦暗寄词人南渡后的故国之感。全词三叠，"上是酒后见春光，中是约后误佳期，下是相思如梦中。"(李攀龙《草堂诗余隽》)

第一叠起二句写雨过天晴，烟消云散，气候初步转机，此是早晨卷帘所见。次三句进层写所见阑干外面之春物。柳色如烟，在晴空下摆弄；春草沿阶，与芍药红绿相映。再三句写"东风"对春花的摧残。"妒"，写其心狠；"恶"，写其貌凶。此见铜铃击鼓另有音。结三句写春愁难耐。屏风久掩，沉香烧尽，想用酒浇愁，可是又怕多饮。

第二叠起三句转入忆昔。"旧"写京都尚未沦陷,"疏狂"写年轻时的放纵自由,"歌笑"写当时迷恋的生活。次四句进层写"迷著"(zhuó)的生活。玉骢在鸣,车夫在唤,人在打扮。"辇道"同车,"御园"同携,刚过灯节,又商量好了下次的约会,此写两性之恋,然而又不止如此。结句从追忆中收回,设想到的事情,却已成为现实。"飘泊"一词,并非单纯羁旅,亦寄托离开政界的伤心。

第三叠起二句,"寂寞"写眼前的悲,"行乐"写从前的欢,故只能空念。次三句"粉淡衣襟"、"音断弦索"写远离美人之久,实为想念故国之痛。"琼枝璧月"比往日美好的生活,"如昨"见其记忆犹新。再二句"华表"写京都之念,"双鹤"写归去之心,然而只有怅惘,实在无可奈何!结三句不正面写相思之苦,而说摆脱之法,然只有一条路:"向醉里,暂忘却。"不言痛,而更沉痛!

汪　藻 (1首)

汪藻(1078—1160)字彦章,饶州德兴(今江西县名)人。徽宗崇宁年间进士。高宗朝历任中书舍人,兼直学士院,擢给事中,迁兵部侍郎兼侍讲。又拜翰林学士,知湖州。绍兴八年(1139),以显谟阁学士知徽州,徙宣州。后被夺职,居永州卒。

汪氏博极群书,老不释卷。精工俪语,制词美赡,人多传诵。有《浮溪词》一卷(见《彊村丛书》刊本),风格高逸、清婉、雄放多样。《全宋词》辑其全篇4首。

144　点　绛　唇①

词　谱

新月娟娟②,夜寒江静山衔斗③。起来搔
● ● ○ ○ 　● ○ ○ ● ○ ○ ●　 ● ○ ○

首,梅影横窗瘦。　　好个霜天,闲却传杯手。
● 　○ ● ○ ○ ●　　　 ● ● ○ ○ 　○ ● ○ ○ ●

君知否?乱鸦啼后,归兴浓如酒。
○ ○ ●　 ● ○ ○ ● 　○ ● ○ ○ ●

注 解

①[点绛唇]又名点樱桃、十八香、南浦月、沙头雨、寻瑶草等。此调3体，此词属双调、41字正体。全首用韵属第十二部"有"、"宥"仄声上、去通押。②[娟娟]明媚美好的样子。　③[斗]即北斗星。此处泛指一般星宿。

作意与作法

此首为词人官场失意之作。在"月落乌啼霜满天"之夜，寄词人"归去来兮"之慨。张宗橚云："按知稼翁词注，彦章出守泉南，移知宣城，内不自得，乃赋《点绛唇》词'新月娟娟，夜寒江静山衔斗'云云。"(《词林纪事》)由此知当时很不得意。上片写寒夜之景，下片写归去之情。

上片起二句写夜色。"新月娟娟"写明月之媚；"山衔"北斗写明星之移。结二句起来"搔首"写词人心不平静，瘦梅"横窗"写词人爱花之贞。下片换头二句，"好个霜天"写人情和夜景的矛盾，"闲却传杯手"，足见词人的牢骚。结三句，"乱鸦"之"啼"写其时至夜半，"归兴浓如酒"写梦中之事，实为自嘲。

刘一止 （1首）

刘一止（1079—1160）字行简，湖州归安（今浙江吴兴县）人。徽宗宣和三年（1121）进士。高宗绍兴初年召试，除秘书省校书郎，历给事中。因上书澄清吏治，得罪权贵，罢去。绍兴中期，进敷文阁待制，致仕。为文敏捷，博学多才，词作有《苕溪乐章》一卷（见《彊村丛书》刊本），风格高逸、清婉、雄放，表现多样。《全宋词》辑其全篇42首。

145　喜迁莺①

晓　行

词谱

晓光催角②，听宿鸟未惊，邻鸡先觉。迤
〇〇〇●　　●〇〇〇●　〇〇〇●　〇

逦③烟村，马嘶人起，残月尚穿林薄。泪痕带霜
●　〇〇〇　〇〇〇●　〇〇〇〇●　●〇〇〇

微凝，酒力冲寒犹弱。叹倦客④，悄不禁重染，
〇⊗　●〇〇〇〇●　●●〇　●〇〇〇●

风尘京洛⑤。　　　追念人别后，心事万重，难觅
〇〇〇●　　　　〇〇〇〇●　〇〇〇〇　〇●

孤鸿⑥托。翠幌⑦娇深,曲屏⑧香暖,争⑨念岁华

飘泊。怨月恨花烦恼,不是不曾经著。者情味、

望一成⑩消减,新来还恶。

注　解

①[喜迁莺]此调分小令和长调两种。小令起于唐人,又名鹤冲天、万年枝、喜迁莺令、燕归来、早梅芳等。长调起于宋人,又名烘春桃李。此调 17 体,此词属双调、103 字正体,平仄 1 异(见谱中✪)。全首韵脚除下片第一句"后"落韵外,其余均属第十六部入声"觉"、"药"通韵。　②[角]参见第 9 首注④。　③[迤逦]见第 105 首注②。　④[倦客]长期在外疲劳厌倦的客子。　⑤[京洛]见第 143 首注⑧。　⑥[孤鸿]参见第 12 首注②。⑦[幌]帷幔,窗帘。　⑧[曲屏]组合式曲折排列的屏风。参见第 13 首注③。　⑨[争]参见第 29 首注⑤。　⑩[一成]十分之一。

作意与作法

此首为词人别京之作,写儿女离情。上片晓行景色在目,下片别后滋味在心。

上片起三句写行者待晓的情景。角声终于被曙光催鸣,"邻鸡"好似为行者报晓。"宿鸟未惊",人已先惊。次三句跳过送别,写行者已经出城,"马嘶人起"写行程开始。看村落断续,炊烟袅袅,而自家何在?看残月斜照,薄林透光;而伴话何人?再二句"泪痕带霜微凝",写分离之际的热泪已冷;"酒力冲寒犹弱",写饯别之宴的酒力已减。二句写初程的凄清,亦兼补笔。结三句写情不自禁。京都"倦客",写倦游之久;"重染""风尘",写又将漂泊。一旦两情离别,怎不忧心忡忡。

下片换头三句写追念别后之情。"心事万重"写积愁之多,"孤鸿""难觅"写寄情无托。次三句为词人对女子的设想。"娇深"写

262

帘内所藏之人，"香暖"写屏风所遮之女，"争念"写担心对方将自己忘却。再二句因此时的担心而对比以前的烦恼。怨月不圆，恨花易谢，曾经多次"经著"。结二句见其无可奈何之状。"情味"写别离的苦况和相思，此不但不减，反而加深。读者真担心词人经受不起。

　　全词写别后句句情深，写晓行字字真切。陈振孙云："行简是词盛称京师，号'刘晓行'。"(《直斋书录解题》)因词得名，可见写来非凡。

李 邴 (1首)

李邴(1085—1146)字汉老,号云龛居士,济州任城(今山东济宁)人。徽宗崇宁五年(1102)进士,累官翰林学士。高宗绍兴初,拜参知政事、资政殿学士。因献策不纳,闲居忧郁,卒于泉州,谥号文敏。

李邴父昭玘,哲宗元祐年间名士,苏轼门生,才学世家,不无影响。有《云龛草堂集》,不传。《全宋词》辑其全篇9首,残篇3。

146　汉宫春①

词谱

潇洒江梅,向竹梢疏处,横两三枝。东君②
也不爱惜,雪压霜欺。无情燕子,怕春寒、轻失
花期。却是有、年年塞雁③,归来曾见开时。

清浅小溪如练,问玉堂④何似,茅舍疏篱?伤

心故人去后，冷落新诗。微云淡月，对江天、分
付⑤他谁⑥。空自忆、清香未减，风流⑦不在人
知。

注　解

①[汉宫春]又名汉宫春慢、庆千秋等。此调有平仄两韵,平韵8体,仄韵2体,此词属平韵96字正体。全首韵脚属第三部平声"支"韵。　②[东君]见第105首注⑨。　③[塞雁]边塞之雁,秋季南来,春季北去。也作"塞鸿",诗词中常比作异乡客子。　④[玉堂]此指豪贵之宅第。《乐府诗集·相逢行古辞》:"黄金为君门,白玉为君堂。"　⑤[分付]见第90首注⑥。⑥[他谁]谁人。　⑦[风流]指举止潇洒,风格清高。

作意与作法

此词为咏梅之作,寄词人孤高之意。《全宋词》第949页《汉宫春》后记云:"案此首《乐府雅词》卷上、《玉照新志》卷三、《全芳备祖前集》卷一、《中兴以来绝妙词选》卷一俱作李邴词;《苕溪渔隐丛话前集》卷五十九、《直斋书录解题》卷二十一则云晁冲之作,未知孰是。"录以备考。此词上片写江梅的孤高气格,下片写江梅的孤芳自赏。

上片起三句写江梅的品格、风度。"潇洒"写其自然大方,以竹为友写其坚贞,"横两三枝"写其疏美。次二句写江梅的不幸。"也不爱惜"写"东君"的昏庸,"雪压霜欺"写气候之恶劣。再二句写春燕的薄情。害怕"春寒",写其胆小;"轻失花期",写其误约。结二句写塞雁的同情。"年年""归来",写其结识已久;向寒寻访,写其情谊真挚。

下片换头三句应"潇洒"而来,写江梅就此发问:"玉堂"瓷盆的栽插,怎如"清浅小溪"、"茅舍疏篱"的自由生长? 肯定、否定,态度

分明。次二句写其伤感。"故人",此写抗寒的"塞雁",写隐居"茅舍"的主人;"冷落新诗",言赞梅的诗词无人吟诵。再二句写江梅的孤凄。"微云淡月"写春寒之夜的景色;面"对江天",见其感叹;"分付他谁",写其无托。结二句写词人空有同情的牢骚。"清香未减,风流不在人知",写江梅的孤芳自赏。

　　全词意境清幽,梅格高雅,物(燕与雁)、屋(玉堂与茅舍)对比,寄意有音。许昂霄谓"圆美流转,何减美成!"(《词综偶评》)而张宗㮾(《词林记事》转引)、王明清(《挥麈录》)等更传其轶事,虽属附会,亦见影响。

周紫芝 (2首)

周紫芝(1082—1155)字少隐,宣城(今安徽县名)人。与李之仪、吕本中等交游。高宗绍兴年间举进士,任枢密院编修官,守兴国。自号竹坡居士。有《竹坡词》三卷(见《六十家词》刊本)。《全宋词》辑其全篇156首。

147 鹧 鸪 天①

词 谱

一点残釭②欲尽时,乍凉③秋气满屏帏④。
梧桐叶上三更雨⑤,叶叶声声是别离。 调宝
瑟,拨金猊⑥。那时同唱"鹧鸪"词。如今风雨西
楼夜,不听清歌也泪垂。

注 解

①[鹧鸪天]见第50首注①。此调仅此55字双调一体。全首韵脚属第三部平声"支"、"微"、"齐"通韵。 ②[残釭(gāng 或 gōng)]即残灯。参见

第50首注⑧。 ③[乍凉]参见第135首注③。 ④[屏帏]屏风和帏帐。屏风,参见第13首注③。 ⑤[三更雨]温庭筠《更漏子》:"梧桐树,三更雨,不道离情正苦。一叶叶,一声声,空阶滴到明。"三更,见第141首注⑤。⑥[金猊(ní)]见第133首注②。

作意与作法

　　此首为词人秋夜怀人之作,充溢着离情别绪。上片残钉"一点",烘托"屏帏"中孤影一个;乍凉秋气,引出"三更"时刻梧桐秋雨叶叶声声的离情。此写看灯,写听雨,均为写人的失眠。下片换头三句为追忆往日之乐。琴儿同抚,歌儿同唱,香炉同守。"那时"的光景,应是一个花好月圆的晚上。结二句折回眼前:夜宿西楼,耳听风雨,不闻伊人"清歌",只有孤影一个。今昔相比,怎不垂泪。

　　小词清丽婉曲,无斧凿之痕;今昔对比,有离恨之意。"梧桐"二句来自温庭筠(《更漏子》)词意而别有功夫。

148　踏莎行①

词　谱

情似游丝②,人如飞絮,泪珠阁定③空相
〇●〇〇　〇〇〇●　●〇〇●　〇〇

觑④。一溪烟柳万丝垂,无因⑤系得兰舟⑥住。
●　〇〇〇●●〇〇　〇〇●●〇〇●

雁过斜阳,草迷烟渚⑦,如今已是愁无数。
●●〇〇　●〇〇●　〇〇●●〇〇●

明朝且做⑧莫思量,如何过得今宵去。
〇〇●●●〇〇　〇〇●●〇〇●

注　解

①[踏莎行]见第 17 首注①。此词属双调、58 字正体。全首韵脚属第四部"语"、"御"、"遇"仄声上、去通押。　　②[游丝]见第 18 首注⑤。　　③[阁定]停住。阁同搁。　　④[觑(qù)]见第 90 首注⑤。　　⑤[无因]无法。⑥[兰舟]见第 31 首注⑥。　　⑦[烟渚]见第 42 首注③。　　⑧[且做]即使。

作意与作法

此写女子送别之情。上片写分别之悲,下片写分后之愁。

上片起二句,"游丝"比行者之"情","柳絮"比离人之踪。次一句,"阁定"写热泪盈眶,"空相觑"写只是相互凝视,然而哽咽难语。结二句,"烟柳万丝"难系行舟,写无法留人的痛苦之情。此起、结相照。下片重头二句写归途回顾。大雁远飞,小洲萋迷,此又值"斜阳"之际所见,单人归去,怎排凄楚之情!次一句,"如今"写晚归家门以后所积之愁难计。结二句,"明朝"、"今宵"对举,写眼前的时间难熬。此见女子的痴情。

小词时间清晰,上下两片层次分明,情语、景语,各具其妙。

李 甲 (1首)

李甲(生卒年不详)字景元,华亭(今上海市松江县)人。与苏轼有交往。《宋诗记事补遗》卷三十一谓李甲于哲宗元符年间出任武康令。平生喜饮酒,工绘画,善填词。刘毓盘有辑本。《全宋词》辑其全篇9首。

149 帝 台 春①

词 谱

芳草②碧色,萋萋遍南陌③。暖絮乱红④,也似知人,春愁无力。忆得盈盈⑤拾翠⑥侣,共携赏、凤城⑦寒食⑧。到今来,海角逢春,天涯倦客⑨。 愁旋释,还似织;泪暗拭,又偷滴。漫倚遍危阑⑩,尽黄昏,也只是、暮云凝碧⑪。拚⑫则而今已拚了,忘则怎生便忘得?又还问鳞

270

鸿⑬，试重寻消息⑭。

○ ● ○ ○ ○ ●

注　解

①［帝台春］唐教坊曲名，《宋史·乐志》谓"琵琶有帝台春"。此调仅此97字双调一体。全首韵脚属第十七部入声"陌"、"锡"、"职"通韵。　②［芳草］见第2首注②。　③［南陌］见第7首注⑤。　④［乱红］见第24首注⑥。　⑤［盈盈］美好的样子。多指人的风姿、仪态。古诗《青青河畔草》："盈盈楼上女，皎皎当窗牖。"《玉台新咏·日出东南隅行》："盈盈公府步，冉冉府中趋。"　⑥［拾翠］指拾取翠鸟的羽毛以为首饰，后以指妇女春日嬉游的景象。杜甫《秋兴》(之八)："佳人拾翠春相问，仙侣同舟晚更移。"⑦［凤城］见第107首注㉓。　⑧［寒食］见第26首注③。　⑨［倦客］见第145首注④。　⑩［危阑］见第138首注⑫。　⑪［暮云凝碧］参见第137首注③。　⑫［拚］参见第50首注③。　⑬［鳞鸿］即鱼雁。见第12首注②。　⑭［消息］音讯，信息。

作意与作法

此写天涯倦客春日依阑怀人之情。上片写海角春愁，下片写依阑盼音。

上片起二句写泛观"南陌"。"芳草碧色"，写春意之浓；"萋萋"无边，写春愁之浓。次三句写眼前所见所感。"暖絮"，写杨花的轻飞；"乱红"，惜落花的零散。这些都无力自主，均随暮春之风摆弄，本属"人知花"，而偏说"花知人"，足见"倦客"的"春愁"无人告慰。再二句转入回忆。"盈盈"，写女子的美好，可想其风姿俏丽、性情温和；"拾翠"写女子的打扮，可见其爱美之至、嬉游之乐。故节日同携，京都之乐难忘。结三句收回眼前。"天涯""海角"(互文)之"倦客""逢春"，可见寂寞难耐，思恋无奈。

下片换头四句写"倦客"的情状。刚解之愁，又织出一片愁网；刚拭之泪，又不妨偷洒而出。次三句写"倦客"的孤单。空自倚遍危阑，见磨蹭之久；尽管暮色苍茫，也不见佳人到来。再二句写"倦客"的矛盾心理。当年"凤城"告别,今日浪迹天涯,此事已经豁出来了,可是情思又怎能割断!结二句写"倦客"的希望。"又"问鱼雁,想其多次盼信;"试"寻消息,又含失望之悲。

此首上片之情,波澜层叠;下片之状,细节逼真。"拚则"二句,潘游龙评为"词意极浅,正未许浅人解得"(《古今诗余醉》),这是潘氏的经验之谈,也正是词人的经验之作。

李重元 (1首)

李重元生平事迹未详，约活动于北宋末至南宋初期。《唐宋诸贤绝妙词选》录其词4首，《词谱》和一些选本多误为他人之作。按4首词均为《忆王孙》，分别以春、夏、秋、冬为副题，以表现怀念王孙的远游未归。《全宋词》辑其全篇4首。

150 忆 王 孙①

春 词

词 谱

萋萋芳草②忆王孙③，柳外楼高空断魂，杜
⊖○⊖● ●○◎ ⊖●○○⊖●○ ⊖
宇④声声不忍闻。欲黄昏，雨打梨花深闭门。
● ○○⊖●○ ●○◎ ●●○○○●◎

注 解

①[忆王孙]毛先舒《填词名解》谓"汉刘安《招隐士》辞:'王孙兮归来，山中不可以久留。'诗人多用此语。"又名独脚令、忆君王、豆叶黄、画蛾眉、阑干万里心、怨王孙等。此调3体(分单、双调)，此词为单调、31字正体。全首韵脚属第六部平声"文"、"元(半)"通韵。 ②[芳草]见第2首注②。
③[王孙]见第43首注④。 ④[杜宇]又名杜鹃、子规。相传为古代蜀帝

273

杜宇之魂所化,鸣声凄厉,能动旅客思乡之情。人云鸣声似"不如归去"。

作意与作法

　　此写闺中女子的相思之情。起三句,"萋萋芳草"连绵千里之外,那正是"王孙"之所在,此写忆的对象;高楼女子,凭阑眺远,望断柳烟,不见伊人,空自一个,怎不精神沮丧;杜鹃哀鸣,声声凄厉,远客不回,闺中久听,此所不忍。结二句,天色将要黄昏,写高楼女子眺望之久,黄昏之时难挨之情;何况"雨打梨花",花遭摧残,联想人受折磨,故关门闭户,目不忍视。黄蓼园谓"末句尤比兴深远,言有尽而意无穷"(《蓼园词选》),这正是"识货"、"比货"之谈。

　　全词借景抒情,刻意描写了"萋萋芳草"、"柳外楼高"、"杜宇声声"尤其"雨打梨花"的黄昏景色,真可谓引人注目,耸人听闻。

万俟咏 (1首)

万俟咏(生卒年、籍贯不详)字雅言,自号大梁词隐,万俟(mò qí)乃复姓。徽宗崇宁中任大晟府制撰,为宫廷撰写词曲。有《大声集》,周美成称其"大声",特为序。山谷亦称之为一代词人。黄升谓其词"发妙音于律吕之中,运巧思于斧凿之外",王灼追溯源流,谓从柳永而来。《大声集》失传已久,近人赵万里有辑本。《全宋词》辑其全篇26首,残篇3。

151　三　台①

清明应制②

词　谱

见梨花初带③夜月,海棠半含朝雨。内苑④
●○○○○　●●　○○●●●●　●●
春、不禁过青门⑤,御沟⑥涨、潜通南浦⑦。东风
○　●○●○○　●○●　○○○●　○○
静、细柳垂金缕,望凤阙⑧、非烟非雾。好时代、
●　●●○○●　●●●　○○○●　●○●
朝野多欢,遍九陌⑨、太平箫鼓。　　乍莺儿百
○●○○　●●●　●○○●　　　　●○○●

啭断续，燕子飞来飞去。近绿水、台榭⑩映秋

千，斗草⑪聚、双双游女。饧⑫香更、酒冷踏青⑬

路，会暗识、夭桃朱户。向晚⑭骤、宝马雕鞍⑮，

醉襟惹、乱花飞絮。　　正轻寒轻暖漏永⑯，半

阴半晴云暮。禁火⑰天、已是试新妆，岁华到、

三分佳处。清明看、汉宫传蜡炬，散翠烟、飞入

槐府⑱。敛兵卫、阊阖⑲门开，住传宣、又还休

务⑳。

注　解

　　①[三台]见唐《教坊记》。唐曲有《三台》、《急三台》、《宫中三台》、《上皇三台》、《怨陵三台》、《突厥三台》等。冯鉴《续事》始谓蔡邕三日之间周历三台，汉乐府(机关)以邕晓音律，为制此曲。刘禹锡《嘉话录》亦云邺中有曹公铜雀、金虎、冰井三台，北齐高洋(文宣帝)毁之，更筑金凤、圣应、崇光三台，宫人拍手呼上台送酒，因名其曲为"三台"。李氏《资暇录》又云《三台》为三十拍促曲(即促拍)名，昔邺中有三台，石季龙常为宴游之所，而造此曲以促饮。以上均见《词谱》。作为词牌三台，有24字的三台令，此与韦应物等的《三台曲》完全相同；又有长调三台，即此171字一体。旧刻有作双调者，《词律》改为3叠，今从之。全首用韵属第四部"语"、"麌"、"御"、"遇"仄声上、去通押。

　　②[清明应制]词人在大晟府制撰词曲期间，应领皇上意旨"依月用律，月进一曲"，此清明节应制一词尤佳，深为宫廷及词坛赞赏。　　③[带]连着、附着。李白《清平调》(之三)："名花倾国两相欢，常得君王带笑看。"　　④[内苑]宫内的园庭。即禁苑。　　⑤[青门]见第84首注⑤。　　⑥[御沟]流入宫内

的河道。也称杨沟、羊沟。　　⑦[南浦]水边嬉游之地。欧阳炯《南乡子》:"红袖女郎相引去,游南浦。"　　⑧[凤阙]汉代建章宫圆阙临北道,有金凤在阙上,故号"凤阙"。后用作帝王宫阙之概称。　　⑨[九陌]汉长安城中有八街、九陌,后泛指都城大路。　　⑩[榭]见第76首注②。　　⑪[斗草]一称斗百草。约起于南朝,盛于唐宋,是少年儿童、青年妇女的一种游戏。时当春夏,同伴三数人寻取草色中吉祥而又罕见者多种,各道名目,进行比赛,赌为胜负。　　⑫[饧(xíng)]又读(táng)古糖字。后特指用麦芽或谷芽等熬成的糖。沈佺期《岭表逢寒食》:"岭外无寒食,春来不见饧。"　　⑬[踏青]见第99首注⑭。　　⑭[向晚]见第98首注⑨。　　⑮[宝马雕鞍]参见第137首注⑨。　　⑯[漏永]见第34首注⑥。　　⑰[禁火]参见第26首注③。下文汉宫传蜡、翠烟入府均见韩翃《寒食》:"春城无处不飞花,寒食东风御柳斜。日暮汉宫传蜡烛,轻烟散入五侯家。"　　⑱[槐府]封建时代富贵人家的宅第门前多植槐。　　⑲[阊(chāng)阖(hé)]封建帝王皇宫的正门。　　⑳[休务]宋人用语,等于说停止办公。

作意与作法

　　此写清明时节汴京官、民娱乐升平的景象,系应宫廷而制,故有粉饰之词。第一叠写官苑之春,第二叠写城郊之游,第三叠写侯门之欢。

　　第一叠起二句互文见义,写节日的景色。梨花、海棠初罩着一片节日前夕的碧光月色,海棠、梨花,半含着节日早晨的滴滴春雨。从夜写起,见人们的期待;雨洒雨停,渲染清明时节的氛围。次二句写春色难阻,闯入宫门,遍布庭园,一河春水勾通着宫内、城外。此写牵动春游之情。再二句写出门所见,瞻前顾后。此时朝雨既停,东风静止,阳光照射,柳丝垂金,回首凤阁龙楼,雨霁雾雾散,朝霞辉映,气象万千。结二句写汴京城内朝、野交欢的升平景象,大街小巷,箫鼓声声,正是渲染之词。

　　第二叠起二句写初见春物。黄莺"百啭",写游人的喜闻;紫燕双飞,写游人的乐见。次二句由物及人,写人物景色交相辉映。秋

277

千翩影,"绿水"照映,见京都少女之美;"斗草"游戏,双双竞赛,言其"游女"之欢。再二句写"踏青"路上店家依然。"酒"因寒食刚去纵然冷,"饧"为清明降临却还香。"暗识"写去年曾经光顾,此刻记忆犹新。"夭桃"灼灼,比当垆卖酒女子的娇脸;"朱户"洞开,见招揽顾客的款待殷勤,故至今暗自难忘。结二句写旧游。"宝马雕鞍"写春游者的高贵,此当是朝中之人;时届傍晚,游者"骤至",见归游之欢乐,心情之轻快。"醉襟"写酒香犹在,故惹得花乱、絮飞,昏昏然,飘飘然,大自然的一切都在陶醉之中。

第三叠起二句写城中日暮。"轻"写"寒"、"暖"的易变,"漏永"写春日天长;日暮黄昏,阴晴不定,这正是清明的典型天气。次二句回顾清明前夕以来的节日气氛,突出写妇女的梳妆打扮,一个"试"字,写其准备之充分;一个"新"字,写其准备之认真。时逢三月,序值季春,这正是中原汴京佳时佳处。再二句直夸侯府的节日声势。寒食禁火之日,宫中赏赐的蜡炬仍在,侯府之家,青烟袅袅,至今未绝,此写皇恩所向,侯门荣光。结二句歌颂皇恩浩荡。兵卫开禁,皇宫开门,宣、奏暂停,机关放假,真是太平盛世,尽情娱乐。

此词为应制之作,难免奉承之语、阿谀之词。但客观上却暗示出北宋王朝的乐极生悲。其手法在于善抓典型的细节以描写汴京清明的风俗图画。在叙述上,李攀龙谓"铺叙有条,如收拾天下春归肺腑状"(《草堂诗余隽》),足见所写集中。可为张择端名画《清明上河图》作注。

278

徐 伸 (1首)

　　徐伸(生卒年不详)字干臣,三衢(今浙江衢县)人。徽宗政和初年以知音律为太常典乐,后出知常州。有《青山乐府》,今不传。《全宋词》辑其全篇1首。

152　二　郎　神①

词　谱

　　闷来弹②鹊,又搅碎、一帘花影。漫③试著春衫,还思纤手,熏彻金猊④烬冷。动是愁端如何向⑤?但怪得、新来多病。嗟旧日沈腰⑥,如今潘鬓⑦,怎堪临镜?　　重省⑧,别时泪湿,罗衣犹凝。料为我厌厌⑨,日高慵起,长托春酲⑩未醒。雁足⑪不来,马蹄难驻,门掩一庭芳景。空伫立、尽日阑干⑫倚遍，昼长人静。
● ● ⊖ ● ⊖ ○　● ● ● ○ ○ ◎

注　解

①[二郎神]唐教坊曲名。《能改斋漫录》："本朝乐府，有二郎神。非也。按唐《乐府杂录》曰：'离别难，天后朝有士人陷冤狱，籍没家族，其妻配入掖庭，善吹觱栗，乃撰此曲，以寄哀情。始名大郎神，盖取良人行第也。乃以大为二，传写之误。'"又名转调二郎神、十二郎等。此调9体，此词为双调、105字正体。全首用韵属第十一部"梗"、"迥"、"敬"、"径"仄声上、去通押。
②[弹(tán)]击。　③[漫]助词。随意，任由。　④[金猊]见第133首注②。　⑤[如何向]如之何，即怎么样。柳永《鹤冲天》："明代暂遗贤，如何向？"　⑥[沈腰]梁朝人沈约的腰。词中每用来形容人身的日渐消瘦。《梁书·沈约传》："(沈)约陈情于徐勉曰，老病百日数旬，革带常应移孔。"李煜《破阵子》："一旦归为臣虏，沈腰潘鬓消磨。"参见第139首注③。　⑦[潘鬓]晋朝人潘岳的发鬓。他在《秋兴赋》里说自己："斑鬓彭以承弁兮，素发飒以垂领。"诗词中常用来形容个人体貌衰老。　⑧[省(xǐng)]记，忆。重省即回忆。　⑨[厌厌(yān)]见第35首注⑥。　⑩[酲(chéng)]病酒，酒后不适。　⑪[雁足]参见第12首注②。　⑫[阑干]见第58首注③。

作意与作法

此词有本事流传。张侃云："徐干臣侍儿既去，作转调《二郎神》，悉用平日侍儿所道底言语。史志道与干臣善，一见此调，踪迹其所在而归之。"(《拙轩集》)而王明清《挥麈余话》所叙尤详。今按其词，多叙别后情事，应为侍儿既去之作。上片抒写词人自己别后的情状，下片设想侍儿爱妾的别后情状。

上片起二句写本欲去闷反而招闷。喜鹊，故设客观之乐景；弹鹊，却写主观之愁情。鹊虽弹去，而花影又乱，此见心情被搅。次三句睹物思人。"春衫"本是她熏好收检，穿著时也是她牵袖扣襟，如今铜炉灰冷，谁来拨燃；春装自穿，谁来帮助？故生"纤手"之念。再二句写举动之间添愁生病，"如何向"见其叫苦之状。结三句写

280

嗟叹病体,害怕照镜。"沈腰"极言其瘦,"潘鬓"极言其衰。

下片起三句设想对方也当试衣。衣襟上的泪痕,那是离别时的眼泪,当时情状,记忆犹新。次三句料想对方春愁不起。本为我而精神悒郁,却托辞酒醉未醒,此见难言之痛。再三句收束两面,写失掉联系之苦。"雁足"写对方书信"不来","马蹄"写自己车驾难访,虽春色满院,也只是闭门愁对,无心欣赏。结二句写自己孤寂之情。"空"自久立,写不愿他人陪伴;阑干"依遍",写想念对方而不见归来;"昼长人静",写时间难挨,日子难度。

全词婉曲清丽,当是妙手偶得。黄升以为徐词多杂调,惟此曲"天下称之"(《花庵词选》)。

田 为 <small>(1首)</small>

　　田为(生卒年、藉贯不详)字不伐。善琵琶,无行。徽宗政和末,任大晟府典乐。宣和初,罢典乐,为大晟府乐令。有《芓呕集》。《全宋词》辑其全篇6首,残篇1。

153　江神子慢①

词　谱

玉台②挂秋月,铅素③浅、梅花④傅香雪。冰
〇〇　●〇〇　●〇〇　〇〇　〇●〇　〇

姿洁,金莲⑤衬、小小凌波⑥罗袜。雨初歇,楼外
〇〇　〇〇　〇●●●〇〇　〇●　〇●　〇●　〇〇

孤鸿声渐远,远山外、行人音信绝。此恨对语犹
〇〇〇〇●　●〇●　〇〇〇●●　●●〇●　〇〇

难,那堪更寄书说。　　教⑦人红消翠减,觉衣
〇　●⊗●●●〇●　　　〇〇〇〇●●　●〇

宽金缕⑧,都为轻别。太情切,消魂⑨处、画角⑩
〇〇●　〇●〇●　●〇●　〇〇　●　●●

黄昏时节。声呜咽。落尽庭花春去也,银蟾⑪
〇〇〇●　〇〇●　●●〇〇〇●●　〇〇

迥⑫、无情圆又缺。恨伊不似⑬余香，惹⑭鸳鸯
● ○○○● ●● ●○━● ○○ ● ○○
结。
⊙

注 解

①[江神子慢]调见《圣求词》。又名江城子慢。《词谱》卷三十五载吕渭老(109字)、蔡松年(110字)二体，并注再无他首可校。故此词特按《词谱》吕词正体重校。田词末句多一平声字，亦可看为又一体。此词双调、110字，平仄1异(见谱中✖)。全首韵脚属第十八部入声"月"、"屑"通韵。　　②[玉台]宫廷的台观。此指华丽的楼台。　　③[铅素]即铅华。见第116首注②。　　④[梅花]指梅妆。见第22首注③。　　⑤[金莲]古人指女子的小脚，常称"三寸金莲"。《南史·齐东昏侯纪》："又凿金为莲华以贴地，令潘妃行其上，曰：'此步步生莲花也。'"　　⑥[凌波]见第97首注②。　　⑦[教(jiāo)]使。　　⑧[金缕]指金缕衣。金线织成，衣著华贵。杜秋娘《金缕衣》："劝君莫惜金缕衣，劝君惜取少年时。"　　⑨[消魂]见第107首注⑭。⑩[画角]见第9首注④。　　⑪[银蟾]明月。　　⑫[迥]远。　　⑬[似]向。　　⑭[惹]招引。

作意与作法

此首写闺中思妇的怀人之情。上片写秋思，下片写春愁。

上片起二句，"玉台"华美，写女子独居之楼；"秋月"千里，写女子生感之物。"铅素"浅浅，指其不多施粉；"梅花""香雪"，写其风韵非常。次二句"冰姿"写女子洁白的玉容，"金莲"写女子精美的小脚，"凌波罗袜"特写月下徘徊的镜头。再三句回溯月出以前，风雨初歇，心潮却起，听孤鸿只鸣哀音，望雁足不见传信，远山重重，行人何处？结二句再回到徘徊的镜头，写心中所思：随口答话尚且哽噎困难，更何况执笔写信！

下片换头三句写"轻别"之恨。"红消翠减"，担心容颜憔悴；"衣宽金缕"，分明消瘦体轻。次三句"太"写情意之浓密。每见黄

昏,每闻画角,不禁顷刻"消魂",精神无主。再二句"落尽庭花"写不忍春归之情,"银蟾"恨缺,写极盼团圆之心。结二句"余香"指"玉台"住处。君不向此,鸳鸯难结,故有"恨"。

全词细写闺中思妇之悲秋惜春,愁绪满怀之无着,望月生感,情景交融。

曹 组 (1首)

曹组(生卒年不详)字元宠,颍昌(今河南许昌)人。亦说阳翟(今河南禹县)人。以诸生为右列,六举未第。徽宗宣和三年(1121)进士,召试中书,换武阶,兼阁门宣赞舍人,任给事殿中,官止副使。有《箕颍集》二十卷,今不传。王灼《碧鸡漫志》谓组"每出长短句,脍炙人口","潦倒无成,作《红窗迥》及杂曲数百解,闻者绝倒"。《全宋词》辑其全篇35首,残篇2。

154 蓦 山 溪①

梅

词 谱

洗妆真态,不作铅华②御。竹外一枝斜③,
○○⊖● ●⊖○○ ◉ ⊖⊖○○●

想佳人,天寒日暮④。黄昏院落,无处着⑤清香。
⊖○○ ○○●● ○○●● ⊖●● ○○

风细细,雪重重,何况江头⑥路。 月边疏
○●● ●○○ ○●○○● ⊖○○

影⑦,梦到消魂⑧处。结子欲黄时,又须⑨作、廉
● ●●○○● ●●●○○ ●⊖● ⊖

纤⑩细雨。孤芳一世,供断⑪有情愁。消瘦损,东
〇 ●━● ● 〇 ● 〇━● ━● ● 〇〇 ━●━●━〇 ●
阳⑫也,试问花知否?
〇 〇 ━● ●●〇〇 ◉

注　解

①[蓦山溪]调见程垓《书舟词》。又名上阳春、心月照云溪、弄珠英等。此调 13 体,此词属双调、82 字正体。全首用韵属第四部"麌"、"御"、"遇"仄声上、去通押。　②[铅华]见第 116 首注②。　③["竹外"句]指梅。苏轼《和秦太虚梅花》:"江头千树春欲暗,竹外一枝斜更好。"　④[天寒日暮]杜甫《佳人》:"绝代有佳人,幽居在空谷……天寒翠袖薄,日暮依修竹。"写其凄苦堪怜,清操自得。　⑤[着]生,发。　⑥[江头]江岸。白居易《琵琶行》:"浔阳江头夜送客,枫叶荻花秋瑟瑟。"　⑦[月边疏影]林逋《山园小梅》:"疏影横斜水清浅,暗香浮动月黄昏。"疏影,谓物影清瘦。⑧[消魂]见第 107 首注⑭。　⑨[须]却。无名氏《菩萨蛮》词:"含笑问坛郎,花强妾貌强?坛郎故相恼,须道花枝好。"　⑩[廉纤]细微,纤细。

⑪[供断]供尽,即尽献。　⑫[东阳]沈约曾任东阳太守,此以地代人。又:参见第 152 首注⑥。

作意与作法

此咏梅之作,写物情以抒己情。上片从竹外之梅写到江头之梅,咏其清操,惜其无主。下片从梅之消魂写到梅之瘦损,怨又作风雨,怜梅之多情。

上片起二句,"洗妆真态"写梅之天生丽质;"铅华"不御,以佳人作比,写其不借浓妆。次二句,"竹外"写梅的所依,见其孤独。日暮天寒,"佳人"衣单,借比梅的凄苦堪怜,清操自得。再二句,"黄昏"从上句"日暮"而来,"院落"即"竹外"斜梅之处所。"清香""无处"生发,实写无人问梅,无人关心。结三句,细风阵阵,落雪飘飘,日暮黄昏,谁来江头? 此写无人欣赏之憾。

下片重头二句,"月边疏影"写环境之幽,梅枝之美;梦中"消

魂"写思之伤心,忆之伤神。次二句,"结子欲黄"写梅出成果之时,"廉纤细雨"写雨丝愁丝交织。再二句,"孤芳一世",赞其梅格;尽献愁情,悯其梅心。结三句,沈腰消瘦比梅之老,"知否"一问,花怎能自知? 此借问梅花,实问自己,写词人多情易老。

　　全词咏梅之清操,怜梅之多情,以佳人喻其"清",以文士比其"情",结句一声"试问",词人之心底自揭。

李 玉（1首）

李玉生平事迹未详。《全宋词》辑其全篇1首。

155 贺新郎①

词 谱

篆缕②消金鼎③，醉沉沉、庭阴转午，画堂④

人静。芳草⑤王孙⑥知何处？唯有杨花糁⑦径。

渐玉枕、腾腾⑧春醒，帘外残红春已透⑨，镇⑩

无聊、㑉⑪酒厌厌⑫病。云鬓乱，未忺⑬整。

江南旧事休重省⑭，遍天涯、寻消问息，断鸿⑮

难倩⑯。月满西楼凭阑久，依旧归期未定。又只

恐、瓶沉金井⑰。嘶骑⑱不来银烛⑲暗，枉教人、

立尽梧桐影。谁伴我，对鸾镜㉒。

⊖ ● ○ ○ ◉ ⊖ ⊖ ● ● ⊖ ○ ◉

注　解

①[贺新郎]见第71首注①。此调11体，此词属116字正体，平仄1异（见谱中⊗）。全首用韵属第十一部"梗"、"迥"、"敬"、"径"仄声上、去通押。②[篆缕]香烟上升如线，有时缭绕如篆体字。参见第77首注②。　③[金鼎]香炉。　④[画堂]见第99首注⑦。　⑤[芳草]见第2首注②。⑥[王孙]见第43首注④。　⑦[糁(sàn)]飘散。　⑧[腾腾]兴起的样子。白居易《寄元微之百韵》："往往游三省，腾腾出九逵。"　⑨[透]过。⑩[镇]尽。王绩《晚年叙志》："三晨宁举火，五月镇披裘。"　⑪[殢(tì)]困极。韩偓《有忆》诗有"愁肠殢酒人千里"之句。参见第34首注⑤。⑫[厌厌(yānyān)]见第35首注⑥。　⑬[忺(xiān)]高兴。　⑭[重省(xǐng)]重新回忆。　⑮[断鸿]参见第38首注⑪和第12首注②。⑯[倩(qiàn)]借助，请人替自己作事。　⑰[瓶沉金井]瓶，汲水之器。白居易《井底引银瓶》(新乐府)："井底引银瓶，银瓶欲上丝绳绝；石上磨玉簪，玉簪欲成中央折。瓶沉簪折知奈何，似妾今朝与君别。"金井，见第119首注④。⑱[骑(jì)]见第7首注⑥。　⑲[银烛]白蜡烛。　⑳[鸾镜]参见第1首注③。

作意与作法

此写春闺之情。上片念游子未归，下片恐两情中断。

上片起二句，炉烟袅袅写气之香，醉意沉沉写酒之浓、人之困，"庭阴转午"由日影写时，"画堂人静"写卧室之深幽。次二句，"芳草"写离恨之绵绵，"王孙"写游子之不归，"杨花糁径"写惜春之情意。再三句，"玉枕"衬人之美，"腾腾"写起之状，"春醒"应"醉沉沉"，写其复苏。"帘外残红"写眼见春去而叹惋。"殢酒厌厌"写春愁无慰而伤情。结二句云鬟乱发，无心梳理，此为伤春所致，因"女为知己者容"。

下片换头三句，"江南旧事"写往日的欢爱，"休重省"写其不堪回首;"天涯"寻问用"遍",写其广;鸿雁"难倩"用"断",怜其孤。次三句,"月满西楼",想其翘首观望;"归期未定",写其俯首所思;"凭阑"明写其"久";"依旧"暗写其"空"。而"瓶沉金井",两情断绝,此最为女子担心。再二句乘"骑"用"嘶",为往日惯听;"银烛"用"暗",写蜡尽待时之长:故空自使人"立尽""桐影",此亦回应"西楼凭阑"、"归期未定"。结二句,对镜无伴,写闺中之孤凄。

全词起写静境,结写凄情,情景相依,首尾照应。陈廷焯谓"此词绮丽风华,情韵并盛,允推名作"(《白雨斋词话》)。

廖世美 (1首)

　　廖世美生平事迹不详,约活动于北宋晚期。《全宋词》辑其全篇2首。

156　烛影摇红①

题安陆②浮云楼

词　谱

靄靄③春空,画楼④森耸凌云渚。紫薇⑤登览最关情,绝妙夸能⑥赋。惆怅相思迟暮,记当日、朱阑共语。塞鸿⑦难问,岸柳何穷,别愁纷絮。　　催促年光,旧来流水知何处?断肠何必更残阳,极目伤平楚⑧。晚霁波声带雨⑨,悄无人、舟横野渡。数峰江上⑩,芳草⑪天涯,参差烟树。
◉

注　解

①[烛影摇红]吴曾云:"王都尉(诜)有《忆故人》词,徽宗喜其词意,尤以不丰容婉转为恨,乃令大晟乐府别撰腔。周邦彦增益其词,而以首句为名,谓之'烛影摇红'。"(《能改斋漫录》)又名忆故人、归去曲、玉珥坠金环、秋色横空等。此调3体,此词属双调、96字变体。全首用韵属第四部"语"、"麌"、"御"、"遇"仄声上、去通押。　　②[安陆]今湖北安陆县。　　③[霭霭]云层聚集的样子。　　④[画楼]见第54首注③。　　⑤[紫薇]星座名,位于北斗东北。然唐宋以来,又为中书舍人的代称。唐诗人杜牧曾为此官,故此处应指杜紫薇,杜牧有《题安州(按:即安陆)浮云楼寄湖州张郎中》诗。　　⑥[能]摹拟辞。这样、这般。　　⑦[塞鸿]参见第146首注③。　　⑧[平楚]楚,丛木。登高望远,见树梢齐平,所谓平林,亦称平楚。李商隐《访隐》:"月从平楚转,泉自上方来。"　　⑨[带雨]兼雨。韦应物《滁州西涧》:"春潮带雨晚来急,野渡无人舟自横。"　　⑩[数峰江上]钱起《省试湘灵鼓瑟》:"曲终人不见,江上数峰青。"　　⑪[芳草]见第2首注②。

作意与作法

此登览之词,为怀念友人之作,抒别后之愁。上片写登楼所思,思中露见;下片写登楼所见,见中藏思。

上片起二句写登览。"霭霭"写春空的多云,"森耸"写"画楼"的气势。次二句写思古。"紫薇",忆杜牧登览之多情;"绝妙",赞杜诗的不同凡响。再二句转入己情。"迟暮"写"相思"易老,故生惆怅;"朱阑"为当年同扶,谁来共话?结三句,"塞鸿难问"叹音讯无凭,"岸柳何穷"苦相思无止,"别愁纷絮"状离情阵阵逼来。

下片换头二句,"催促"写年光过往之快,"流水"写年华去之不回,"知何处"一问有无限惋惜之意。次二句,"断肠"写离别之痛,不必待残阳日暮,不见友人才生此感,只要远望平林不见车马,即便伤心。再二句,"波声带雨"写晚晴以后之寂,"舟横野渡"写归人不来问津之悲。结三句,"数峰江上"写不见友人之念,"芳草天涯"写离情绵绵千里,"参差烟树"衬春愁黯黯之心。

况周颐谓"塞鸿"三句为"神来之笔","催促"六句"语淡而情深"(均见《蕙风词话》),这正是妙手偶得之作,非雕凿之功。

吕滨老（1首）

吕滨老(生卒年不详)一作吕渭老,字圣求,秀州(今浙江嘉兴市)人。徽宗宣和、钦宗靖康间朝士。有《圣求词》一卷,见《六十家词》刊本。吕词一般平易,亦不乏工丽、生动之笔。《全宋词》辑其全篇132首,残篇2。

157　薄　幸①

词　谱

青楼②春晚,昼寂寂、梳匀又懒。乍③听得、鸦啼莺唔④,惹起新愁无限。记年时、偷掷春心,花前隔雾遥相见。便角枕⑤题诗,宝钗贳⑥酒,共醉青苔深院。　　怎忘得、回廊下,携手处、花明月满。如今但暮雨,蜂愁蝶恨,小窗闲对芭蕉展⑦。却谁拘管?尽无言、闲品秦筝⑧,泪满参差雁。腰肢渐小，心与杨花共远。
● ○ ○ ◉　　○ ○ ● ●　　⊖ ● ○ ○ ● ◉

注　解

①［薄幸］见第 99 首注①。此调 3 体，此词属双调、108 字正体。全首用韵属第七部"阮（半）"、"旱"、"潸"、"铣"、"谏"、"霰"仄声上、去通押。
②［青楼］见第 75 首注⑩。　　③［乍］恰，正。　　④［哢(lòng)］鸟鸣声。
⑤［角枕］用兽角装饰的枕头。《诗经·唐风·葛生》："角枕粲兮，锦衾烂兮。"
⑥［贳(shì 或 shè)］：赊欠。《史记·高祖本记》："常从王媪、武负贳酒。"
⑦［芭蕉展］李商隐《代赠》："芭蕉不展丁香结，同向春风各自愁。"　　⑧［秦筝］见第 48 首注⑤，下句"参差雁"亦此。

作意与作法

此写青楼女子暮春时节怀人的愁情。上片由眼前景写到忆中事，下片由忆中事写到生愁人。

上片起二句，"春晚"点明季节、时间，"青楼"写其地点背景，"寂寂"写白天的孤单无伴，懒于打扮，因无人欣赏。次二句，"鸦啼"应"春晚"而噪，"莺哢"衬"昼寂"而写，均因"乍听"，故惹"新愁"。再二句回想从前的初萌之情。"偷掷春心"写爱情的初探，"隔雾"遥见写双方的羞涩。结三句写爱情的进展。"角枕题诗"写对方为自己而发，"宝钗贳酒"写自己为对方而倾，"共醉""深院"写情投意合之深。

下片换头二句继忆蜜月的生活。花好月圆，写其幸福美满；"回廊""携手"，见其相爱相亲。次三句折回眼前。"暮雨"纷纷写锁愁之景；"蜂愁蝶恨"比困居之人；"闲对芭蕉"写百无聊赖之心。再三句还有谁"拘管"一问，正是自叹单身之苦。闲抚"秦筝"，人闲而心不闲；"泪满"筝雁，见"雁群"而思归信。结二句，"腰肢渐小"写相思人瘦，心系杨花想远飞寻郎。

"人在曹营心在汉"，青楼女子情一片，此《薄幸》之作，可"视美成、耆卿伯仲"(赵师秀《圣求词序》)。

鲁逸仲 (1首)

　　鲁逸仲(生卒年不详)本名孔夷,字方平,号滢皋先生,孔子47代孙,汝州龙兴(今河南省宝丰县)人。哲宗元祐年间的隐士,居龙兴县龙山之阳滢城,因号滢皋渔父。所作词托名鲁逸仲,与侄处度齐名。与李鹰为诗酒侣。黄升谓"鲁逸仲词意婉丽,似万俟雅言。"(《花庵词选》)《全宋词》辑其全篇3首。

158　南　浦①

词　谱

风悲画角②,听单于③、三弄④落谯门⑤。投
○○●○　　●○○　○●　●○○　○

宿骎骎⑥征骑,飞雪满孤村。酒市渐阑灯火,正
●○○○●　○●●○○　●●●○○●　●

敲窗、乱叶舞纷纷。送数声惊雁,乍⑦离烟水,
○○　●●●○○　●●○○●　●○○●

嘹唳⑧度寒云。　　好在半胧淡月,到如今、无
○●●○○　　●●●○●●　●○○　○

处不消魂⑨。故园梅花归梦,愁损绿罗裙⑩。为
●●●○○　●○○○●　○●●○○　○

问暗香⑪闲艳，也相思、万点付啼痕。算翠屏⑫
● ● ○ 　● ○ 　● ○ ● ● ○ ◎ 　● ● ○

应是，两眉余恨倚黄昏。
○ ● 　● ○ ○ ● ● ○ ◎

注　解

①[南浦]《填词名解》谓"浦在江夏县南三里，采楚辞'送美人兮南浦'之句。"《教坊记》有《南浦子》一曲，宋词借其旧名另倚新声。此调5体，有仄、平二韵，宋人填仄韵者多，惟鲁词此首为双调、102字平韵体。全首韵脚属第六部平声"文"、"元(半)"通韵。　②[画角]见第9首注④。　③[单(chán)于]又名"小单于"，见第79首注③。　④[弄]奏乐。王涯《秋夜曲》："银筝夜久殷勤弄。"琴曲有《梅花三弄》。　⑤[谯门]见第75首注③。⑥[骎骎]见第105首注⑧。　⑦[乍]参见135首注③。　⑧[嘹唳(lì)]形容响亮而漫长的声音。李百药《笙赋》："远而听之，若游鸳翔鹤，嘹唳飞空。"　⑨[消魂]见第107首注⑭。　⑩[绿罗裙]指家中穿绿罗裙的人。⑪[暗香]指梅花。参见第116首注⑩。　⑫[翠屏]参见第49首注④。

作意与作法

此写旅中怀乡之情。李攀龙云："上是旅思凄凉之景况，下是故乡怀望之神情。"(《草堂诗余隽》)

上片起二句写路闻。"风悲画角"，写气氛之凄凉；"单于""三弄"，写乐曲之揪心。次二句写路见。"骎骎征骑"，写赶路投宿之紧；"飞雪""孤村"，写一路寒寂无人。再二句写投宿。"灯火"渐灭，想"酒市"独酌之闷，"乱叶""敲窗"，衬无人共语之孤；"舞纷纷"，衬心之乱。结三句写独眠。"惊雁"鸣声"送"来，"嘹唳"不忍入耳；离水飞渡寒云，尚胜词人孤征。此有烘托，有对比。

下片换头二句转入抒情。一路孤寂，故有"消魂"之叹；"半胧淡月"，"好在"思乡有凭。次二句由此追思。"梅花归梦"，思故乡之物，物亦思我；"愁损"绿裙，思故园之人，人更思我。再二句承花而写。"暗香闲艳"一问，写关心梅花寂寞地开放；冰霜点点，相思泪痕,见梅花亦生人情。结二句承人而写。黄昏到来,离恨又起,设想人倚翠屏,愁眉蹙额。此由己之愁情思及对方之愁情,有杜甫《月夜》诗望月之妙。

全词上景下情,浑然一体;词斟句酌,笔力警峭。而"为问"二语,陈廷焯以为"淋漓痛快"(《白雨斋词话》),此不可忽视。

岳 飞 (1首)

岳飞(1103—1142)字鹏举,相州汤阴(今河南汤阴县)人。少有气节,好学寡言。徽宗宣和四年(1123)应募,智勇多才,屡建战功,为南宋初期抗金名将。高宗朝,屡破金兵,以恢复为己任,力排和议。秦桧因飞不死,终必生祸,故力图除之(其实高宗默认)。死时年39。孝宗淳熙六年(1179)以礼改葬,谥号武穆。宁宗嘉定四年(1121),追封鄂王。

岳公虽武能文,善以诗、词抒爱国怀抱,惜传作不多。后人编有《岳武穆集》。《全宋词》辑其全篇3首。

159 满 江 红①

词谱

怒发冲冠②,凭阑处、潇潇③雨歇。抬望眼、仰
⊖●○○　　○⊖●　　⊖●○　⊖●　⊖
天长啸④,壮怀激烈。三十功名⑤尘与土,八千里
○⊖●　⊖○●●　○●○○⊖●●　●○⊖
路⑥云和月。莫等闲⑦、白了少年头,空悲切。
●　○○◉　●●⊖　●⊖●○○　○○◉

靖康耻⑧，犹未雪。臣子恨，何时灭。驾长车⑨，踏

破贺兰山⑩缺。壮志饥餐胡虏⑪肉，笑谈渴饮匈奴

血。待从头、收拾旧山河，朝天阙⑫。

注　解

①[满江红]唐教坊曲名。又名上江虹、念良游、伤春曲。升庵《词品》转唐人小说《冥音录》谓曲名有《上江虹》，后演变为《满江红》。一说此词牌创建民间，原为一种水草名。此调14体，有平韵(仅姜夔一首)仄韵两种，此词属双调、93字仄韵正体。平仄1异(见谱中⊗)，断句1异(下片第五句按谱应断在"踏破")。全首韵脚属第十八部入声"月"、"屑"通韵。　　②[怒发冲冠]愤怒时头发竖立，上冲帽冠。《史记·廉颇蔺相如列传》："相如因持璧却立倚柱，怒发上冲冠。"　　③[潇潇]急骤的雨声。　　④[啸(xiào)]嗷口出声。《诗经·召南·江有汜》："其啸也歌。"　　⑤[三十功名]岳飞三十多岁时已被任命为宣抚副使、少保、太尉等职。"三十"，举其成数。　　⑥[八千里路]岳飞20岁从军，十余年间转战南北。"八千"是其约数。　　⑦[等闲]轻易，随便。参见第11首注③。　　⑧[靖康耻]钦宗靖康元年，金兵攻陷汴京，赵佶、赵桓二帝被俘北去，乃奇耻大辱。　　⑨[长车]指战车。

⑩[贺兰山]在今宁夏回族自治区银川市西60里。全名贺兰鄣山，山上树木青白，望如驳马，北人呼驳为贺兰，故名(见《朔方道志》)。北宋时属西夏统治区，后为金人占领。这里借指敌境。　　⑪[胡虏]和下句"匈奴"均指当时扰乱中原的敌人。　　⑫[天阙]宫殿前的楼观。

作意与作法

　　绍兴十一年(1141)，岳飞大败金兀，进军距汴京仅45里之朱仙镇，对部下说："直抵黄龙(按：今吉林农安，金故都)，与诸公痛饮耳。"此首即词人直抒报仇雪耻、还我河山的壮志豪情，乃一代爱国词篇之代表作。上片写登楼放眼、仰天抒怀、自我激励的爱

国之心,下片写报仇雪耻、挥刀杀敌、恢复河山的忠君之志。

上片起二句写登楼。"怒发冲冠"见英雄豪杰恨敌之气慨,"潇潇雨歇"写依阑之时所见之氛围。次二句写放眼河山。"仰天长啸"写其冲天怒吼,"壮怀激烈"写其雄心、激情。再二句回顾往昔。"三十功名"指建立功业,"尘与土"谓微不足道。"八千里路"指南征北战,"云和月"写戴月披星。结二句自诫。"等闲"头白,谓切莫虚度年华;空自"悲切",谓免得后悔莫及。陈廷焯谓此二语"当为千古箴铭"(《白雨斋词话》)。

下片换头四句写雪耻解恨。"靖康耻"写二帝被俘的奇耻大辱,"犹未雪"见其提醒;"臣子恨"写英雄心中的千仇万恨,"何时灭"写其急迫。次一句写其决心。"驾长车"写大军长驱直入,"踏破贺兰山缺"写夺关收复失地的雄心。再二句写血战胜利。"饥餐胡虏肉",可见敌人尸横遍野,"渴饮匈奴血",可见敌人血流成河,一"饥"一"渴",见岳军战斗犹酣,彻底解恨。结二句写凯旋报捷。"待从头、收拾旧山河"写其重整河山的伟大气魄,"朝天阙"写其胜利归来,拜见皇帝,至此才是理想中的功名。

全词"壮怀激烈",忠愤填膺,似闻历史英雄之怒吼,多情词人之绝唱。两处对仗,十分工整;九字"入"韵,尤为激越。陈廷焯云:"何等气慨!何等志向!千载下读之,凛凛有生气焉。"(《白雨斋词话》)然而壮志未酬,忠君不免局限。就在进抵朱仙镇即将收复汴京城之际,却被朝廷的12道"金牌"火速召回,秦桧等以"莫须有"(或许有)的罪名将英雄杀害,造成历史上千古大恨,幸有《满江红》雄词不灭,浩气长存。

张　抡 (1首)

　　张抡(生卒年不详)字材甫,自号莲社居士,河南省开封人,为南渡故老。高宗绍兴年间,知阁门事。孝宗淳熙五年(1178),为宁武军承宣使,知阁门事,兼客省四方馆事。材甫好填词应制,文词华艳。曾与曾觌、吴琚等人进献诸阕,皇上极为欣赏。有《莲社词》一卷,多写山水景物,风格清雅。《全宋词》辑其全篇68首,残篇42。《全宋词补辑》又辑其全篇10首。

160　烛影摇红①

上元②有怀

词　谱

　　双阙③中天,凤楼④十二春寒浅。去年元夜
　　● ● 　○○ 　 ●○○○●● ●○●●
奉宸游⑤,曾侍瑶池⑥宴。玉殿珠帘尽卷,拥群
●○○ ○●○○● ●●○○●● ●○
仙、蓬壶⑦阆苑⑧。五云⑨深处,万烛光中,揭天
○ ○○●● ●○○● ●●○○ ●○

302

丝管。　　驰隙⑩流年,恍如一瞬星霜⑪换。今

宵谁念泣孤臣⑫,回首长安⑬远。可是⑭尘缘⑮

未断,漫惆怅、华胥⑯梦短。满怀幽恨,数点寒

灯,几声归雁。

注　解

①[烛影摇红]见第156首注①。此调3体,此词属双调、96字变体。全首用韵属第七部"阮(半)"、"旱"、"铣"、"翰"、"谏"、"霰"仄声上、去通押。②[上元]农历正月十五为上元节。此夜称元夜、元夕或元宵。　　③[双阙]天子宫门有双阙。参见第159首注⑫。　　④[凤楼]指宫院内之楼观。鲍照《代陈思王京洛篇》:"凤楼十二重,四户八绮窗。"　　⑤[宸游]帝王的巡游。苏颋《侍宴安乐公主庄应制》:"箫鼓宸游陪宴日,和鸣双凤喜来仪。"⑥[瑶池]仙境。《穆天子传》(三):"乙丑天子觞西王母于瑶池之上。"李商隐《瑶池》:"瑶池阿母绮窗开,黄竹歌声动地哀。"　　⑦[蓬壶]《拾遗记》载古代传说谓海中有三座神山,其一名"蓬莱",又作"蓬壶"。参见第80首注⑪。⑧[阆(làng)苑]传说中的神仙住处。常用来指宫苑。苏轼《次韵赵德麟雪中惜梅且饷柑酒》:"阆苑千葩映玉宸,人间只有此花新。"　　⑨[五云]五色的瑞云,此处用来指皇帝的所在。李白《侍从宜春苑奉诏赋……新莺百啭歌》:"是时君王在镐京,五云垂晖耀紫清。"　　⑩[驰隙]驰马骤疾,于空隙所见即过,形容时光快速之甚。成语有"白驹过隙"。　　⑪[星霜]见第39首注⑦。⑫[孤臣]失势无援之臣。柳宗元《入黄溪闻猿》:"孤臣泪已尽,虚作断肠声。"今成语有"孤臣孽子"。　　⑬[长安]见第72首注⑤。　　⑭[可是]却是。赵令畤《思越人》:"可是相逢意便深,为郎巧笑不须金。"⑮[尘缘]佛教认为色、声、香、味、触、法为六尘,是污染人心、使生嗜欲的根源。⑯[华胥(xū)]《列子·黄帝》:"(黄帝)昼寝而梦,游于华胥氏之国……其国无帅长,自然而已;其民无嗜欲,自然而已。"后为梦境中理想国的代称。

作意与作法

此首系南渡后首个上元节日感怀之作。上片写昔年今夕之乐事,下片写今年今夕之哀情。

上片起二句,"中天"即天中、空中,写"双阙"的高耸;"十二"为"凤楼"之进层,言其壮观;浅浅"春寒",点明时令与气候。次二句,"去年元夜"写南渡前最后一个佳节良宵。"宸游"侍候、"瑶池"侍宴,写帝王的嬉娱和词人的得意。再二句,"玉殿"写皇宫的豪华,"珠帘尽卷"写迎驾的排场,"群仙"拥簇写迎驾的声势,"蓬壶阆苑"赞其天上人间的环境与氛围。结三句,"五云深处"写其深宫大院,"万烛光中"写其灯火辉煌,"揭天丝管"写其乐曲高奏。

下片重头二句,"驰隙流年",叹时光过去之速;"星霜"转换,惜其好景不常;"恍如一瞬",见其美景良辰易过。次二句,"孤臣"泪下,写其失势无援之苦;"今宵谁念"写其君臣失散之悲;回首汴都,千里迢迢,见词人遥望中原之痛恨。再二句,"尘缘未断",对昔日生活回味不止;"华胥梦短",叹昔年盛世如梦难留。"可是",见思绪的转折;"惆怅",写徒然之懊恼。结三句,"满怀幽恨"写此刻的心意,"数点寒灯"写此夕的孤凄,"几声归雁"反衬词人北归的难得。

全词上下两片,精神一弛一张,感情一乐一哀。上下结三句以景含情,对比尤为出色。李攀龙谓"此抚景写情,俱见其荣光易度,梦醒无几,真画出风前烛影,红光在目。"(《草堂诗余隽》)

程 垓 <small>(1首)</small>

　　程垓(生卒年不详)字正伯,眉山(今四川省县名)人。光宗绍熙间王俦为其词集《书舟词》作序,可知与其同时。后人因地望以为苏轼之中表兄弟,可能附会之谈。程词凄婉绵丽,毛晋谓"《酷相思》诸阕,词家皆极欣赏"。《全宋词》辑其全篇152篇,残篇4。

161　水　龙　吟①

词谱

夜来②风雨匆匆,故园定是花无几。愁多怨极,等闲③孤负④,一年芳意。柳困桃慵⑤,杏青梅小,对人容易⑥。算好春长在,好花长见,原只是、人憔悴。　　回首池南旧事,恨星星⑦、不堪重记。如今但有,看花老眼,伤时清泪。不

怕逢花瘦，只愁怕、老来风味。待繁红乱处，留
云借月，也须拚醉⑧。

注　解

①［水龙吟］见第 63 首注①。此调 25 体，句读最为参差。此词为双调、102 字变体。全首用韵属第三部"尾"、"置"、"未"仄声上、去通押。　②［夜来］见第 101 首注⑥。　③［等闲］无端。参见第 11 首注③。　④［孤负］参见第 39 首注⑥。　⑤［慵（yōng）］懒惰，懒散。　⑥［容易］轻易，草草，疏忽。此处用第二义。邵雍《秋日饮后晚归》："水竹园林秋更好，忍把芳樽容易倒。"　⑦［星星］形容鬓发的花白。左思《白发赋》："星星白发，生于鬓垂。"　⑧［拚（pàn）醉］参见第 50 首注③。

作意与作法

此首为词人怨春、伤老、怀人之作。吴曾云："眉山程正伯，号虚舟，与锦江某妓眷恋甚笃，别时作《酷相思》。"（《能改斋漫录》）词中追忆的"池南旧事"想必即此。上片由故园之思写到怨春之情，下片由追忆往事写到伤老之憾。

上片起二句，"匆匆"写暮春时节风雨之急促，"故园"花落写词人的家乡之恋和惜春之情。次三句，"愁多怨极"承"风雨"落花而来，此为果；"芳意"指春色、春情，无端"孤负"写其惋惜，此为因。再二句，"困"写柳条的垂摆，"慵"写桃花的渐谢，青杏长出，梅子结成，一度春天对人草草而过，此见其怨。结三句，"算"为"怨"后之思。"好春"每年有，"好花"每春开，实因人自憔悴，辜负了芳春。

下片换头二句，"池南"为偕游之地，"旧事"写相恋之情。每常"回首"写词人的难忘；"不堪重记"恨人生的易老。次三句，如今只有，写赏心乐事已去。"老眼"只能"看花"，"清泪"只能"伤时（春时）"，人在何处？情系何方？再二句，"不怕""花瘦"，因"好春常在"；"只愁"人老，因白发难青。结三句为之感悟，故等待春花盛开

306

之日，抓住良辰美景，也要拚着一醉方休。

全词笔细、事细、情细。其上、下二结，句尤精，情尤深。

韩元吉 (2首)

韩元吉(1118—1187)字无咎,号南涧,许昌(今河南市名)人。孝宗隆兴年间,官至吏部尚书。兴办学校为其政绩之一,恢复中原、反对轻举妄动是其主张。与张孝祥、范成大、陆游、辛弃疾等常以词唱和。黄升谓"南涧名家,文献、政事、文学,为一代冠冕"(《花庵词选》)。今传《南涧诗余》,词风多为雄壮激越。《全宋词》辑其全篇69首,残篇4。《全宋词补辑》又辑其全篇2首。

162 六州歌头①

词 谱

东风著意②,先上小桃枝。红粉腻,娇如
○○●● ○○●○○ ○●● ○○

醉,倚朱扉③。记年时④,隐映新妆面,临水岸,
● ●○○ ●○○ ○●○○● ○●●

春将半,云日暖,斜桥转,夹城西。草软莎平,跋
○○● ○●● ○○● ●○○ ●●○○ ●

马⑤垂杨渡,玉勒⑥争嘶。认蛾眉⑦,凝笑脸,薄
● ○○● ●● ○○ ●○○ ○●● ●

308

拂燕脂⑧，绣户曾窥，恨依依。　　共携手处，

香如雾，红随步，怨春迟。消瘦损⑨，凭谁问？只

花知，泪空垂。旧日堂前燕，和烟雨，又双飞。人

自老，春常好，梦佳期。前度刘郎⑩，几许⑪风

流⑫地，花也应悲。但茫茫暮霭，目断武陵溪⑬，

往事难追。

注　解

①[六州歌头]程大昌云："《六州歌头》本鼓吹曲也。近世好事者倚其声为吊古词，音调悲壮，又以古兴亡事实文之。闻其歌，使人慷慨，良不与艳词同科，诚可喜也。"(《词谱》引《演繁露》。按：实际并非尽然，此词则又一风格。)杨慎云："六州得名，盖唐人西边之州：伊州、梁州、甘州、石州、渭州、氐州也。宋人大祀大恤，皆用此调。"(《词品》卷一)"歌头"即引歌。此调9体，分为平韵、平仄韵互叶、平仄韵递换三种格式。此词为双调、143字变体。全首韵脚属第三部"支"、"微"、"齐"、"置"，第四部"御"、"遇"，第六部"阮(半)"、"问"，第七部"旱"、"翰"、"铣"，第八部"皓"，为平仄韵递换。　　②[著意]随意，任意。　　③[扉(fēi)]门扇。　　④[年时]当年，那时。苏庠《菩萨蛮》："年时忆着花前醉，而今花落人憔悴。"　　⑤[跋马]驰马，奔马。　　⑥[玉勒]参见第24首注②。　　⑦[蛾眉]即娥眉，女子的秀眉，引申为美女的代称。李白《王昭君》："燕支长寒雪作花，蛾眉憔悴没胡沙。"　　⑧[燕(yān)脂]亦作臙脂、胭脂。古以红蓝花汁凝成，产于燕地，故名燕脂。涂之作桃花妆。　　⑨[损]见第135首注⑥。　　⑩[刘郎]见第86首注⑦、第108首注⑨。　　⑪[几许]参见第97首注⑩。　　⑫[风流]指冶游之事。⑬[武陵溪]暗指桃花所在。参见第133首注⑪。

作意与作法

　　此首为桃花人面、感花怀人之作。上片由桃花写到人面,系自感,为实写;下片由人面写到桃花,系他感(设想),为虚写。再就桃花人面而言,亦是一虚一实,相辅相成。

　　上片起二句写"东风"与"桃枝"的感应。东风"先上",写其有意;桃花迎风,写其有情。次三句写桃花之美如见其人。花色如搽红粉,花态如醉生娇,花枝招展如女之依门盼望。再七句由眼前所见而追记当年之"新妆面"。"临水岸"见其照影之美,"春将半"写其仲春佳日,"云日暖"写其日丽风和,"斜桥转"、"夹城西"系花开之地,亦为冶游之处。复三句追忆送别的场面。"草软莎平"写一路上俯首所见,渡口"垂杨"写彼时思绪千丝万缕,"玉勒争嘶"写送者久望、行者忍闻的依恋之情。结五句追忆初识时的印象,人面正如桃花。"蛾眉"写女貌之美,"笑脸"写性格之柔,"薄拂燕脂"写女子之妆,"绣户曾窥"写钟情之见。"恨依依"写相识之迟,怨离分之疾。

　　下片换头四句设想女子独游之寂。"共携手处"写冶游旧地,"香如雾"写芬芳四溢,"红随步"写一路花开。"怨春迟"写缺伴的无聊,故反觉春日漫漫,时间难磨。次四句设想别后之痛。"消瘦损"想其衣带渐宽,"凭谁问"写知音不见,"只花知"写人、花相怜,"泪空垂"写无人安慰。再三句设想女子所见。旧日梁燕,今又双飞,写人不如物;烟花三月,雨露香温,惜景存人去。复三句叹"佳期"难逢。"人自老"写年华难留,"春常好"写春光又至,此对比更觉难堪,"佳期"只有托之于梦。又三句由人及花,写前朝的风流余韵。"前度刘郎"暗写自己去后,新花竞艳;"几许风流"暗写如今紫陌红尘、乃他人看花归来,"花也应悲"写词人韵事只有花知。结三句感慨佳期无缘。"茫茫暮霭"写守望终日,"目断"桃源写佳期难再,"往事难追"写不堪回首之情。

全词写人如花，写花似人，人花相映，人花相应，怀人之情至深至切。"人面不知何处去，桃花依旧笑春风"（崔护《题都城南庄》）为此词所本，而一诗一词异体同工。

163 好 事 近①

汴京②赐宴③，闻教坊④乐，有感。

词 谱

凝碧⑤旧池头，一听管弦凄切。多少梨园⑥
● ●　●　○ ○　● ● ○ ○ ○　● ● ○ ○
声在，总不堪华发⑦。　　杏花无处避春愁，也
○ ●　● ● ○ ○ ●　　　● ○ ○ ● ● ○ ○　●
傍野烟发。惟有御沟⑧声断，似知人呜咽。
● ● ○ ●　○ ● ● ○　○ ●　● ○ ○ ○ ●

注 解

①[好事近]调见苏轼《东坡词》，又名依秋千、钓船笛、翠园枝。此调2体，此词属双调、45字正体。全首韵脚属第十八部入声"月"、"屑"通韵。②[汴京]原北宋都城，此时已为金国首都。　③[赐宴]指招待南宋使节的宴会。《金史·交聘表》："世宗大定十三年(1173)三月癸巳朔，宋遣礼部尚书韩元吉、利州观察史郑兴裔等万春节。"　④[教坊]宫廷中雅乐以外的音乐歌舞及百戏的教习、排练、演出等事务机关。此处"教坊曲"指原来属于北宋的教坊音乐。　⑤[凝碧]唐时凝碧池在东都洛阳神都苑内，宋金时汴京亦有此池。王维《菩提寺禁私成口号诵示裴迪》："万户伤心生野烟，百官何日再朝天。秋槐零落深宫里，凝碧池头奏管弦。"　⑥[梨园]唐玄宗时教授演员之所。《唐书·礼乐志》："明皇既知音律，又酷爱法曲；选坐部伎子弟三百，教于梨园，号皇帝梨园弟子；宫女数百，亦称梨园弟子。"白居易《长恨歌》："梨园弟子白发新，椒房阿监青娥老。"梨园故址在今陕西省长安县。　⑦[华发]鬓发斑白。　⑧[御沟]见第151首注⑥。

311

作意与作法

　　此首为汴京沦陷近半世纪之时,词人于此赴金国招待外使之宴会,"闻教坊乐有感"之作。上片写闻乐大恸,下片写见花生愁。

　　上片起二句,"凝碧""池头"写重来旧地,"管弦凄切"写闻乐伤心。结二句,"梨园声在"写重见旧人的悲叹,"不堪华发"写目不忍睹的惊心。下片换头二句,"杏花""春愁",实为词人之愁眼所见;"野烟"并发,暗合千家万户痛楚相连。结二句"御沟声断"亦为词人之愁心所想;"知人呜咽"写无情之物忍泪安慰有情之人的可悲!

袁去华 (3首)

袁去华(生卒年不详)字宣卿,奉新(今江西县名)人。高宗绍兴十五年(1145)进士。曾任善化(今湖南长沙市)知县,醴陵(今湖南县名)县丞,石首(今湖北县名)知县等职。于荒年中因反对郡首征赋而遭贬。袁氏知识渊博,精工词赋,有《袁宣卿词》一卷。《全宋词》辑其全篇95首,残篇3。

164 瑞鹤仙^①

词 谱

郊原初过雨,见败叶零乱,风定犹舞。斜阳
〇〇〇●● ●●●●● 〇●〇● 〇〇

挂深树^②,映浓愁浅黛,遥山眉妩^③。来时旧路,
●〇● 〇〇〇●● 〇〇〇● 〇〇●●

尚岩花^④、娇黄半吐。到而今、唯有溪边流水,
●〇〇 〇〇●● ●〇〇 〇●〇〇〇●

见人如故。 无语,邮亭^⑤深静,下马还寻,
●〇〇● 〇● 〇〇〇● ●●〇〇

旧曾题处^⑥。无聊倦旅^⑦,伤离恨,最愁苦。纵收
●〇〇◑ 〇〇●● 〇〇● ●〇● ●〇

313

香藏镜⑧，他年重到，人面桃花在否？念沉沉、
○○●　　○○○　○●○○●●◉　●○○

小阁幽窗，有时梦去。
●●○○　　●○●◉

注　解

①[瑞鹤仙]见第 126 首注①。此调 16 体，此词为 102 字变体。全首用韵属第四部"语"、"麌"、"御"、"遇"仄声上、去通押。　②[深树]高树。③[眉妩]也作"媚妩"，即妩媚。亦作斌媚。指姿态的美好。苏轼《于潜女》："逢郎樵归相媚妩，不信姬姜有齐鲁。"　④[岩花]岩畔、水岸上生长的花。⑤[邮亭]见第 117 首注⑦。　⑥[题处]题诗、签名之处。　⑦[倦旅]同"倦客"。参见第 145 首注④。　⑧[收香藏镜]周邦彦《风流子》："寄将秦镜，偷换韩香。"见第 109 首注⑩、⑪。

作意与作法

此首为旅愁、离恨之作。上片写"郊原"所见所感，下片写"邮亭"所寻所思。

上片起三句，雨后"郊原"写其空旷，"败叶零乱"写其残景，"风定犹舞"衬"倦旅"的不定心神。次三句，"斜阳"高树，写景写时，"浓愁浅黛"写景写情，"遥山眉妩"写山写人。再二句，追记"来时"的节令和情景。"娇黄半吐"明赞菊花，暗又忆人。结二句收回思绪，写眼前之物。娇花不见，"流水"依然，此写不尽之愁。

下片换头四句，"无语"写无人对语，缺乏知音。"深静"写路旁馆舍的寂寞，"还寻"旧迹写对往事的怀恋之深。次三句，"无聊倦旅"为词人自诉长期在外的孤独，故感伤"离恨"，最为"愁苦"。此属点题之言。再三句，"收香藏镜"写有待重逢之日，"人面桃花"写女子青春之容，"他年重到"美人"在否"一问，见词人为爱情悲剧担心。结二句，深深小楼、悄阁幽窗为女子所居，故词人有"念"，梦中竟往。

全词郊原之景，邮亭之情，为倦客所设，至真至切。

165 剑 器 近①

词 谱

夜来②雨，赖情得③、东风吹住。海棠正妖
●○　●　●○●　○○○●　●○●○

娆④处，且留取⑤。悄庭户，试细听、莺啼燕语。
○○●　●○●　●○●　●●○　○○●●

分明共人愁绪，怕春去。　　佳树，翠阴初转
○○●○○●　●○●　　　○●　●○○●

午。重帘未卷，乍⑥睡起，寂寞看风絮。偷弹清
●　○○●●　●●●　●●○○●　○○○

泪寄烟波，见江头⑦故人，为言憔悴如许⑧。彩
●●○○　●○○●○　●○○●○●　●

笺无数，去却⑨寒暄⑩，到了⑪浑⑫无定据。断肠
○○●●　●●○○　●●○○●●　●○

落日千山暮。
●●○○●

注 解

①[剑器近]《剑器》为唐代舞曲。杜甫《观公孙大娘舞剑器行》即此。《宋
史·乐志》谓教坊奏《剑器曲》，又有剑器舞队。调名因此，其音节低徊掩抑。
此调唯此词96字双调一首。全首用韵属第四部"语"、"麌"、"御"、"遇"仄声
上、去通押。　　②[夜来]见第101首注⑥。　　③[情得]参见第155首注
⑯。　　④[妖娆]娇艳妩媚。一作"妖饶"。　　⑤[留取]见第127首注⑰。
⑥[乍]参见第135首注③。　　⑦[江头]见第154首注⑥。　　⑧[如许]
见第130首注⑪。　　⑨[去却]即除却。　　⑩[寒暄]人们相见之时，互道
天气冷暖以作应酬之词。　　⑪[了]完结。　　⑫[浑(hūn)]全，简直。

作意与作法

此首写闺中之情。上片惜春,春难留;下片怀人,人难见。上下一气,怨怀悱恻。

上片起四句,"夜来"风雨,首写其愁;"东风"停吹,暂作安慰;"赖倩得"写女子求情之至。然而桃李尽净,只留得海棠娇美未谢,此眼中所见,正心中所惜。结四句由见及闻,庭院静悄衬人心之寂,"莺啼燕语"报春光之暮。"分明"为"细听"的结果。人鸟共愁,怕春归去,写女子主观感情之强烈,惜春心情之深切。

下片换头二句,"翠阴"转午,"佳树"如盖(伞),有"绿肥红瘦"(李清照《如梦令》)之叹。次三句,"重帘未卷"写其胡乱睡、起,无心整理,"寂寞看风絮"写人的无聊,春的将尽。再三句,"偷弹清泪"写难言之痛,托于"烟波"写离人之遥,"江头故人"当熟悉其面容,关心其生活,然而惊叹其"如许""憔悴",可见相思之病。复三句,"彩笺无数"写离人来信之多,然而只是空话安慰,全不见归来的行动。结句,看"千山"、"落日",又空盼一天,怎不断肠生痛。

全词以海棠、飞絮、黄莺、小燕写暮春景物,颇富特征。谢尽海棠飞尽絮,转眼便是春光老,此"断肠"所在。结句以景结情,启人想象,发人深思。

166 安 公 子①

词 谱

弱柳千丝缕,嫩黄匀遍②鸦啼处。寒入罗衣
●●○○● ○○○● ○○● ○●○○

春尚浅,过一番风雨。问燕子来时,绿水桥边
○●● ●●○● ●○●○○ ●●○○

路。曾画楼③、见个人人④否?料尽掩云窗,尘满哀弦危柱⑤。　庾信愁⑥如许⑦,为谁都着⑧眉端聚。独立东风弹泪眼,寄烟波东去。念永昼⑨春闲,人倦如何度?闲傍枕、百啭黄鹂语。唤觉来厌厌⑩,残照依然花坞⑪。

注解

①[安公子]唐教坊曲名。《教坊记》:"安公子,隋大业末,炀帝将幸扬州。乐人王令言以年老不去,其子从焉。其子在家弹琵琶,令言惊问此曲何名。其子曰:'内里新翻曲子,名安公子。'令言流涕悲怆,谓其子曰:'尔不须扈从,大驾必不回。'子问其故,令言曰:'此曲宫声,往而不返,宫为君,吾是以知之。'"调见柳永《乐章集》。此调6体,此词为双调、106字变体。全首用韵属第四部"语"、"麌"、"御"、"遇"仄声上、去通押。　②[匀遍]涂遍。参见第115首注⑧。　③[画楼]见第54首注③。　④[人人]见第51首注④。⑤[危柱]高的琴柱。　⑥[庾信愁]庾信写有《愁赋》,今不传。参见第117首注⑩。　⑦[如许]见第130首注⑪。　⑧[着]向、趁。　⑨[永昼]即昼永,见第99首注⑰。　⑩[厌厌]见第35首注⑥。　⑪[花坞]四面如屏的花木深处。

作意与作法

此首为怀人之作。上片由景物写到人物,想象女方的孤寂生活;下片由人物写到景物,诉述自己的离愁别恨。

上片起二句写初春的景物。"弱柳千丝"写其柔,"嫩黄匀遍"写其色,"鸦啼"喳喳写其声。此从触觉、视觉、听觉上使人感到冬去春来。次二句写天气未定。风雨到来,寒入罗衣,此春寒料峭,"她"又如何呢?再三句,"问燕"的行动,想见词人的情痴。"绿水桥边"写春色之优美,"画楼"映衬写居所之华丽。结二句为词人设想女子的生活。高窗"尽掩"写其怕见春色,免生思念之苦,"尘满哀弦"写其久不弹奏,缺乏"知音"之悲。

下片起二句转入写自身。"庾信"生"愁",暗比自己的乡恋,"为谁"蹙眉的自问,写极盼安慰之人。次二句"独立东风"写春来无伴,泪洒"烟波"写遥寄相思。再三句,"永昼春闲"、"人倦"难度,此诉旅外之苦况;闲来昼寝、枕畔闻莺,写百无聊赖之情。结二句"觉来厌厌",见睡中并非安息,"残照"、"花坞",空叹风景依然。

全词景起景结,触景生情,以景寄情,写自身一天的生活,见词人长期的旅愁。

陆　淞 (1首)

陆淞(1109—1182)字子逸,号云溪,左丞陆佃之孙,山阴(今浙江省绍兴市)人。官辰州太守,人称陆辰州。《耆旧续闻》云:晚以疾废,卜筑于秀野,越之佳山水也。放傲世间,不复有萦念。对客则终日清谈不倦,尤好语前辈事。《全宋词》辑其全篇2首。

167　瑞　鹤　仙①

词　谱

脸霞红印枕,睡觉来、冠儿还是不整。屏②

间麝煤③冷,但眉峰压翠,泪珠弹粉。堂深昼

永④,燕交飞、风帘露井⑤。恨无人、说与相思,

近日带围宽尽。　　重省⑥,残灯朱幌⑦,淡月

纱窗,那时风景。阳台⑧路迥,云雨⑨梦,便⑩无

准?待归来,先指花梢教⑪看,欲把心期⑫细问。

问因循⑬、过了青春,怎生⑭意稳⑮!

注　解

①[瑞鹤仙]见第 126 首注①。此调 16 体,此词属双调、102 字史(达祖)词正体。全首韵脚属第六部"轸"、"吻"、"阮(半)"、"问",第十一部"梗"、"迥",第十三部"寝",为隔部仄声上、去通韵。　②[屏]即屏风。参见第 13 首注③。　③[麝(shè)煤]墨的特殊称号。传说古代制墨和以麝香,故名。韩偓《横塘》:"蜀纸麝煤添笔媚,越瓯犀液发茶香。"　④[昼永]见第 99 首注⑰。　⑤[露井]见第 115 首注④。　⑥[重(chóng)省(xǐng)]见第 155 首注⑭。　⑦[朱幌]参见第 145 首注⑦。　⑧[阳台]山名。在四川省巫山县境。《文选》宋玉《高唐赋·序》云:"朝朝暮暮,阳台之下。"俗称男女欢合之所曰"阳台"。参见第 142 首注⑥。　⑨[云雨]见第 142 首注⑥。又参见上注。　⑩[便]岂,难道。　⑪[教(jiāo)]见第 153 首注⑦。⑫[心期]见第 142 首注⑧。　⑬[因循]见第 34 首注③。　⑭[怎生]见第 135 首注⑧。　⑮[稳]安稳。意稳即心安。

作意与作法

　　陈鹄所记本事云:"南渡初,南班宗子寓居会稽,为近属士子最盛。园亭甲于浙东,一时座客皆骚人墨士,陆子逸常与焉。士有侍姬盼盼者,色艺殊绝,公每属意焉。一日宴客,偶睡,不预捧觞之列。陆因问之,士即呼至,其枕痕犹在脸。公为赋《瑞鹤仙》有'脸霞红印枕'之句,一时盛传,逮今为雅唱。后盼盼亦归陆氏。"(《耆旧续闻》)以上本事也许附会,但无风不浪,此首确乎情词之列,有无限怀人之思。上片写女子别后的相思之苦,乃设想之词;下片写词人别后的忆旧之情,系肺腑之语。

　　上片起二句由睡醒开笔。"脸霞""印枕"写娇脸枕痕犹在,"冠儿""不整"写醒来心事重重。次三句"屏间"墨冷衬满屋凄清,"眉峰压翠"写所描绿眉因愁不展,"泪珠弹粉"写泪洗脂粉、脸露愁容。再二句"堂深昼永"写其寂寞无聊,"风帘露井"之间,燕儿双双来去,此写羡慕之意。结三句"无人说与"写人不如燕,"带围宽尽"写相思身瘦,此均写"恨"情。

下片换头四句回忆旧事,历历在目。"残灯朱幌"写欢爱之尽情,"淡月纱窗"衬夜深之静悄。次三句故作反问以突出正面。"阳台路迥"虽两地遥隔,然"云雨"一梦应该有准。再三句"待归来"写词人的希望。"指花""教看"写提醒惜春之意,"细问""心期"指洞房花烛之时。结二句对女方的叮嘱。"因循"写词人担心延误良辰美景。过了青春年华,怎么使人放心!

全词突出画面,把握细节,推想合情,描摹至真。故张炎评此词及辛稼轩《祝英台近》时谓其"燕酣之乐,别离之愁,回文题叶之思,岘首西州之泪,一寓于词。"(《词源》)先著亦谓"能如此作情词,亦复何伤!"(《词洁》)

陆 游 (1首)

陆游(1125—1210)字务观,号放翁,越州山阴(今浙江绍兴市)人。早年具有爱国思想,胸怀从军杀敌的壮志。年30礼部考试第一,因语触秦桧而黜落。孝宗即位,赐进士出身。曾任镇江府、隆兴府通判,因抗金战事失利而鼓吹用兵被罢职。乾道六年(1170)41岁入蜀,曾任四川宣抚使司幕僚,到过南郑前线,主张收复长安。淳熙十年(1183)54岁离蜀东归,先后任福建、江西、常平茶盐公事,两年后即退居山阴。光宗绍兴五年(1194)65岁一度起用朝中,数月又罢,后一直退居故乡。

陆游是南宋杰出的爱国诗人,今存诗9000余首,抗金复国的大志、悲愤激越的情怀是其诗作的主要精神。词作除抒发沉郁豪放的爱国之情外,亦不乏清真、婉丽之章。毛晋云:"杨用修云:'纤丽处似淮海,雄快处似东坡。'予谓超爽处更似稼轩耳。"(《放翁词》跋)《全宋词》辑其全篇143首,残篇1。

168　卜算子①

咏　梅

词　谱

驿②外断桥边，寂寞开无主③。已是黄昏独

自愁，更著④风和雨。　　无意苦争春，一任⑤

群芳⑥妒。零落⑦成泥碾⑧作尘，只有香如故⑨。

注　解

①[卜算子]见第66首注①。此调7体，此词属双调、44字正体。全首用韵属第四部"麌"、"遇"仄声上、去通押。　　②[驿(yì)]古代交通站，为传送公文的人员或官员以及过往行人的休息处。　　③[无主]无人过问。④[著(zhuó)]同着。值，遇。杨万里《风花》："海棠桃李雨中空，更着清明两日风。"　　⑤[一任]完全听凭。　　⑥[群芳]指争春的百花。　　⑦[零落]指梅花凋谢。　　⑧[碾(niǎn)]旋转圆轮将物压碎。　　⑨[如故]和过去一样。

作意与作法

此首为托物咏怀之作。上片写梅花的不幸遭遇，下片写梅花的高尚品格。

上片起二句写梅开之地。"驿外断桥"写其荒僻，"寂寞""无主"写其冷落。结二句写梅开之时。"黄昏"独愁写胸中之苦闷，"更著"风雨写外界之打击。下片重头二句，"无意""争春"写梅的高洁，听凭嫉妒写梅的孤傲。结二句"零落"碾尘写其坚贞不屈，幽香"如故"写其孤芳自赏。

《咏梅》之作，取神而不取形，此首既刻画了梅花的性格，也写进了陆游的人格。词中的梅花是失意志士的缩影，也是遭厄英雄的化身。

范成大 (3首)

范成大(1126—1193)字致能,号石湖居士,吴郡(今江苏省苏州市)人。高宗绍兴二十四年(1154)进士。孝宗时累官吏部尚书,拜参知政事。尝帅蜀,继帅广西,复帅金陵。进资政殿学士,提举洞霄宫。其间乾道六年(1170)出使金国,表现了凛然抗暴的民族气节。晚年退居故乡石湖。

范氏诗作于南宋负盛名,在川期间常与陆游唱和。词作文字精美,音节谐婉,有时颇带悲凉。陈廷焯云:"石湖词音节最婉转,读稼轩词后读石湖词,令人心平气和。"(《白雨斋词话》)姜夔以晚辈身份与之交往,词风亦不免感染。今传《石湖词》。《全宋词》辑其全篇101首,残篇4。《全宋词补辑》又辑其全篇6首,残篇2。

169 忆 秦 娥①

词 谱

楼阴缺②,阑干影卧③东厢月。东厢④月,一
●　　　　　　　　　　　●　　　　　　　　●
天⑤风露,杏花如雪。　　　隔烟⑥催漏⑦金虬⑧
●　　　　　　　　　　　　　　　　●

325

咽，罗帏⑨暗淡灯花结。灯花结⑩，片时春梦⑪，

江南天阔。

注　解

①[忆秦娥]首见于李白词，因词中有"秦娥梦断秦楼月"句，故名《忆秦娥》，更名《秦楼月》(见第45首注⑨)。又名蓬莱阁、玉交枝、双荷叶、碧云深、花深深、子夜歌等。此调11体。分属平、仄二韵。此词属双调、46字仄韵李白正体。全首韵脚属第十八部入声"月"、"曷"、"雪"通韵。　②[楼阴缺]指楼房在树阴里露出一面。　③[阑干影卧]阑干的影子映在地面。④[东厢]东面的厢房。　⑤[一天]满天。　⑥[烟]指炉香升起的烟雾。参见第18首注④。　⑦[漏]见第34首注⑥。　⑧[金虬(qiú)]即铜龙(虬即蚪)。指计时的漏器上所装的铜制龙头(水即从龙口中流出)。李商隐《深宫》："金殿销香闭绮笼，玉壶传点咽铜龙。"　⑨[罗帏]纱罗的帐子。这里指闺房。　⑩[灯花结]旧俗认为灯烛结花表示将有喜讯。　⑪["春梦"二句]见第14首注③。岑参《春梦》："枕上片时春梦中，行尽江南数千里。"

作意与作法

此首写闺中春夜怀人之情。上片春月春花，写女子凭阑之愁见；下片春闺春梦，写女子就枕之苦思。

上片起二句，"楼阴"写女子所居环境的深幽。月照"东厢"，"阑干影卧"，写独自凭阑对月相思的可怜。结三句"一天风露"羡催花润物有主，"杏花如雪"怨春宵赏景无伴。下片换头二句，漏声鸣咽，有叹春光之速逝；灯昏花结，暗想爱人的归来。结三句，"片时春梦"，叹梦中相见好景短；"江南天阔"，叹路遥人远难寻觅。此化用岑参诗句，更觉意味深长。

全词构思动静结合，抒情浓淡适度，充分体现出词人的诗情画意。

170 眼儿媚①

萍乡②道中乍③晴,卧舆④中困甚,小憩⑤柳塘。

词 谱

酣酣⑥日脚紫烟浮,妍暖⑦破⑧轻裘⑨。困

人天色,醉人花气,午梦扶头⑩。　　春慵⑪恰

似春塘水,一片縠纹⑫愁。溶溶曳曳⑬,东风无

力,欲避还休。

注 解

①[眼儿媚]调见贺铸《东山词》。又名小阑干、东风寒、秋波媚。此调3体,此词属双调、48字左誉正体。(左词上片起句为拗格,范词上片起句未拗。)全首韵脚属第十二部平声"尤"韵。　　②[萍乡]今江西省市名。③[乍]参见第135首注③。　　④[舆]车子。　　⑤[小憩(qì)]短时间休息。　　⑥[酣酣]暖和之意。　　⑦[妍暖]风和日暖,景色美好。韩愈《游青龙寺赠崔太补阙》:"须知节候即风寒,幸及亭午犹妍暖。"　　⑧[破]安排,安顿。　　⑨[裘]皮衣。　　⑩[扶头]参见第136首注⑥。　　⑪[慵]见第161首注⑤。　　⑫[縠纹]参见第20首注②。　　⑬[溶溶曳曳]荡漾的样子。

作意与作法

此写仲春时节旅中小憩之观感。上片写睡去,下片写醒来。

上片起二句,"日脚"泻暖、"紫烟"上升,正是一番春雨初晴的景色。日丽风和、棉衣解脱,写仲春时节已经稳定。结三句,"天

327

色""花气"为描写环境和渲染气氛,"午梦"如"扶头"酒醉,此写睡眠的香甜。下片重头二句以春日塘水比初醒者意态懒洋洋,縠纹生愁亦比人的情绪。结三句塘水荡漾、东风轻吹为渲染气氛,衬托人困,"欲避还休"写水懒得生波,人懒得生愁!

词中写春慵,写人困,妙用比喻,极尽想象。

171　霜天晓角①

词　谱

> 晚晴风歇,一夜春威②折。脉脉③花疏天
> ◐○○● ◑●○○● ◐● ○○○
> 淡,云来去,数枝雪。　　胜绝④,愁亦绝,此情
> ● ○○● ●○● ●● ○●● ◐○
> 谁共说?唯有两行低雁⑤,知人倚、画楼⑥月。
> ○●● ◑●●○○● ○○● ●○●

注　解

①[霜天晓角]又名月当窗、踏月、长桥月。此调9体,分平、仄二韵。此词属双调、43字林逋正体。全首韵脚属第十八部入声"月"、"屑"通韵。
②[春威]指初春的寒威,所谓"倒春寒"。　　③[脉脉]见第98首注⑦。
④[胜绝]指胜景的奇绝。　　⑤[两行低雁]见第12首注②和第56首注④。
⑥[画楼]见第54首注③。

作意与作法

此首借寒梅以兴闺情。《全芳备祖》前集卷一纳入梅花门,仅见其表。上片写园中春梅,下片写楼头思妇。

上片起二句写早春的天气。寒威退却,雨止风停,正好花开。结三句写春梅的背景。夜色清爽,白云眷恋有意,白梅"脉脉"知

328

情。下片换头三句由梅及人。"胜绝",写自然的融和;"愁亦绝",写人事的难堪。结三句就无人共说而写。"两行低雁",深知闺中有托;倚楼望月,思妇千里怀人。

小词人、物对比,痛人不如物;以乐衬忧,而愈显其忧。

张孝祥 (2首)

张孝祥(1132—1169)字安国,别号于湖居士,历阳乌江(今安徽省和县治内)人。年少聪颖,高宗绍兴二十四年(1154)进士第一(秦桧子同榜落后,因此张一度被陷下狱)。孝宗朝,曾任中书舍人、直学士院、建康留守、静江知府、广南西路经略安抚使等职。因支持张浚的北伐主张、反对屈辱的"隆兴和议",此中两度免职。后任荆南知州、湖北路安抚使,治水颇有政绩。

张词追步苏轼,并驾元干,启导稼轩。其情奔放,其境开阔,其态潇洒,其中部分尤其气壮山河,光照肝胆,充满了爱国主义的精神。有《于湖词》。《全宋词》辑其全篇220首,残篇3。《全宋词补辑》又辑其残篇1。

172　六州歌头①

词　谱

长淮②望断,关塞③莽然④平。征尘暗,霜风
○○　●●　○●　●○　○　○○　○○　○○
劲,悄边声⑤。黯⑥消凝⑦!追想当年事,殆⑧天
●　●○○　●　○○　○●○○●　●○

330

数⑨，非人力；洙泗⑩上，弦歌⑪地，亦膻腥⑫。隔水毡乡⑬，落日牛羊下⑭，区脱⑮纵横。看名王⑯宵猎⑰，骑火⑱一川明，笳⑲鼓悲鸣，遣⑳人惊。

　　念腰间箭，匣㉑中剑，空埃蠹㉒，竟何成！时易失，心徒壮，岁将零㉓。渺神京㉔！干羽㉕方怀远㉖，静烽燧㉗，且休兵。冠盖㉘使，纷驰骛㉙，若为情㉚。闻道中原遗老㉛，常南望、翠葆㉜霓旌㉝。使行人到此，忠愤气填膺㉞，有泪如倾。

注 解

①[六州歌头]见第 162 首注①。此调 9 体，分平韵、平仄韵互叶、平仄韵递换三格。此词属平韵，但平仄尤其韵脚与《词谱》(卷三十八)所载平韵格亦有不合，故可看成双调、143 字又一平韵体。全首韵脚属第十一部平声"庚"、"青"、"蒸"通韵。　②[长淮]淮河。宋金以此为界。　③[关塞(sài)]关山要塞。　④[莽然]草木茂盛的样子。　⑤[边声]边地前线特有的鼓角声、刁斗声、车马声。　⑥[黯]见第 32 首注③。　⑦[消凝]见第 74 首注⑩。　⑧[殆(dài)]大约，差不多。　⑨[天数]天命气数。⑩[洙泗]洙水和泗水，流经山东曲阜孔子讲学地。　⑪[弦歌]指文化教育。《史记·孔子世家》："三百五篇，孔子皆弦歌之，以求合韶、武、雅、颂之音。"　⑫[膻(shān)腥]指牛羊的腥臊气。　⑬[毡(zhān)乡]指毡包(帐篷)连片。　⑭["落日"句]《诗经·王风·君子于役》："日之夕矣，牛羊下来。"　⑮[区(ōu)脱]汉时匈奴筑以守边的土室。　⑯[名王]指金兵的将领。《汉书·宣帝纪》："匈奴单于遣名王奉献。"颜师古注："名王者，谓有大

名,以别诸小王也。" ⑰[宵猎]夜间打猎,指军事演习。 ⑱[骑(jì)火]骑兵手执的火把。参见第7首注⑥。 ⑲[笳(jiā)]参见第73首注⑨。 ⑳[遣]使。 ㉑[匣(xiá)]指剑鞘。 ㉒[埃蠹(dù)]指积尘埃,箭翎虫蛀。 ㉓[岁将零]岁月将尽。 ㉔[神京]见第30首注③。 ㉕[干羽]干,盾牌;羽,雉尾。均属舞蹈表演的道具。 ㉖[怀远]安抚远人(指边远的民族)。 ㉗[烽燧(suì)]古代报警的信号。在高台上黑夜举火叫烽,白天升烟叫燧。 ㉘[冠盖]冠服和车盖,士大夫所用。此指使臣。 ㉙[驰骛(wù)]奔走。 ㉚[若为情]何以为情。指令人难堪,难为情。 ㉛[中原遗老]指北方沦陷区的父老。 ㉜[翠葆]帝王出巡所用的翠羽装饰的车盖。 ㉝[霓旌]帝王仪仗所用的虹霓似的彩色旌旗。 ㉞[填膺]满怀。

作意与作法

孝宗隆兴元年(1163)南宋北伐失败,朝中主和派得势,与金国通使往来密切,酝酿"隆兴和议"以进一步屈辱卖国。为此,词人悲歌慷慨、义愤填膺。《朝野遗记》云:"安国在建康(今南京)留守席上赋此歌阕,魏公(即都督江、淮兵马的主战派大将张浚)为罢席而入。"此见影响一时。词的上片描写沦陷区的凄凉和敌人的骄纵,下片抒发报国无路的激愤和怀念中原父老的深情。

上片起二句,放眼淮河前线,关塞草木荒芜,此总写战备不修,守边松懈。次四句,风卷尘土,不闻"边声",写南宋前沿放弃了抵抗。故词人忧心忡忡,默默伤神。再三句,"当年"事变指中原沦陷,宋室南迁。天意所定,人力难挽,是愤语,亦是无可奈何。复三句,"洙泗""弦歌"写诗书礼乐的文明之乡,"亦膻腥"写其被腥臊污染,铁蹄践踏。又三句,毡乡日落,牛羊归来,写敌占区的落后统治;"区脱纵横"揭露敌人步步南侵的野心。结四句,"名王宵猎"写敌人的示威演习,"骑火""川明"写敌人的气焰嚣张。"笳鼓悲鸣"写敌营的声势,故使人惊醒。

下片换头四句,箭翎虫蛀,剑匣尘封,此空叹英雄久不出战,到头一事无成。次四句，失时岁晚，惜光阴不再；心怀"徒壮"，叹报国无路。故念神京之渺远，生万端之感慨。再三句，"干羽""怀远"，写朝廷求和妥协；高台平静，"烽燧"不举，写南宋放弃抵抗。复三句，使臣求和来往奔走，为恨其无耻，亦使词人难堪。又二句，"闻道中原遗老"，见词人的切切关心，"南望翠葆霓旌"，写遗民日夜盼望王师北伐。结三句，"行人到此"使其"长淮"一望，也会满腔激愤。"有泪如倾"是行人、更包括作者的无限伤心。无怪张浚为之罢席。

全词句短节促，音调悲壮，起伏变化，时抑时昂。陈廷焯谓此阕"淋漓痛快，笔酣墨饱，读之令人起舞"（《白雨斋词话》）。豪放词往往直抒激情，有时不免"直"、"露"。陈氏亦指出"忠愤气填膺"一句"转浅、转显、转无余味"。除此，诸如："殆天数、非人力"；"时易失，心徒壮"亦然。所指这些虽瑕不掩瑜，然亦不可鱼目混珠。

173　念奴娇①

过洞庭

词谱

洞庭青草②，近中秋，更无一点风色③。玉鉴琼田④三万顷，著⑤我扁舟⑥一叶。素月分辉，明河⑦共影，表里俱澄澈。悠然⑧心会，妙处难与君说。　　应念岭海⑨经年⑩，孤光⑪自照，

肝胆皆冰雪。短发萧骚⑫襟袖冷,稳泛沧浪⑬空
〇〇〇●●　●〇●　●●●　●●〇　〇
阔。尽挹⑭西江⑮,细斟北斗⑯,万象⑰为宾客,
●　●●〇〇　●〇●●　●●〇〇〇
扣舷⑱独啸⑲,不知今夕何夕⑳。
●〇●●　●〇〇●〇●

注　解

①[念奴娇]见第 136 首注①。此词属双调、仄韵 100 字正体。平仄 5 异
(见谱中⊗、⊗)。全首韵脚属第十七部"陌"、"职",第十八部"曷"、"屑"、
"叶",为入声通押。　　②[洞庭青草]洞庭湖、青草湖两湖相连,古人常并
称,在今湖南省北部。　　③[风色]风势。　　④[玉鉴琼田]形容月光下湖
面的莹澈。　　⑤[著]着,安置,容纳。陈与义《和王东卿》:"何时着我扁舟
尾,满袖西风信所之。"　　⑥[扁(piān)舟]小船。　　⑦[明河]即天河。
⑧[悠然]闲适的样子。　　⑨[岭海]五岭以南近海之区,指两广地区。
⑩[经年]经过了一年。　　⑪[孤光]指月亮。苏轼《西江月》:"中秋谁与共
孤光,把盏凄然北望。"　　⑫[萧骚]萧条凄凉,此指头发稀薄。　　⑬[沧
浪]参见第 130 首注⑮。　　⑭[挹(yì)]舀取。　　⑮[西江]从西来的大江。
道原《景德传灯录》(卷八):"待汝一口吸尽西江水,即向汝道。"　　⑯[北斗]
指北斗七星,形状如长柄勺。屈原《九歌·东君》:"操余弧兮反沦降,援北斗兮
酌桂浆。"　　⑰[万象]宇宙间的万物。　　⑱[扣舷(xián)]拍打船边。
⑲[啸]见第 159 首注④。　　⑳[今夕何夕](值此良宵美景)今夜是什么夜?
《诗经·唐风·绸缪》:"今夕何夕,见此良人。"

作意与作法

此首系词人于孝宗乾道二年(1166)由广西桂林落职北归,途
经洞庭而作,对主和小丑的谗言,以光明磊落回答。词的上片描写
澄明、壮丽的湖光月色,下片抒发豪迈、坦荡的志士胸怀。

上片起二句,时近"中秋",记渡湖的特殊日期,"更无""风色",
写湖上气候作美。次二句,琼玉万顷写湖面的晶莹和辽阔,"扁舟
一叶"写小船和客子一时的自如。再三句,"素月分辉"写长空碧月

分外光明，"明河共影"写天河与湖水共映同一个明月。故水、光交辉，上下通明。结二句，"悠然心会"写舒畅地领会此夕此景，"妙处"难说指无法言传此时、此景、此情。

下片换头三句，追叙一年多岭南生活的情景。"孤光自照"写孤月一轮常常独自欣赏，"肝胆"、"冰雪"写光辉所照，胸怀磊落，一片明洁。次二句，收回追忆转向当前的游赏。"萧骚"写发稀而觉顶冷，"襟袖"写衣单而感微寒，此写身心之冷静，故对茫茫湖天坦然"稳泛"。再三句，写词人对眼前景色的陶然沉醉：舀尽"西江"酒槽，漫倾"北斗"酒瓢，以宇宙万物作为宾客。结二句"扣舷独啸"写词人的豪情壮气；"不知今夕何夕"写此良宵美景使人一时忘记"世间有紫微青琐（即官署衙门）"的烦恼，魏了翁评此"最为杰特"（均见《绝妙好词笺》引）！

黄蓼园云："写景不能绘情，必少佳致。此题咏洞庭，若只就洞庭落想，纵写得壮观，亦觉寡味。此词开首从洞庭说至'玉界琼田三万顷'，题已说完，即引入'扁舟一叶'。以下从舟中人心迹与湖光映带写，隐现离合，不可端倪（找不出接头之处），镜花水月是二是一。自尔神采高骞，兴会洋溢。"（《蓼园词选》）黄氏所评，正是此首高远之境界。

辛弃疾 (12首)

　　辛弃疾(1140—1207)字幼安,号稼轩,历城(今山东济南市)人。年21,曾组织2000余人加入耿京的抗金义军,任掌书记。后活捉叛将张安国,率众万人越淮渡江归南宋。旋授江阴签判,三年后漫游吴、楚,复任建康通判。以后历任湖北、江西、湖南、福建、浙东等地安抚使。南归期间,于孝宗乾道元年(1165)向朝廷上《美芹十论》,乾道六年(1170)向名相虞允文上《九议》,可惜这些抗金复国的主张不被重视,未能实现,尤使当权之主和派忌恨。自孝宗淳熙九年(1182)至宁宗嘉泰三年(1203)其中除三年出仕外,长期落职闲居江西上饶(带湖)、铅山(瓢泉)家中,后几年虽重又出仕,但终于抑郁病故。据传,死时还大呼"杀贼"。

　　辛氏一生壮志未酬,宏图难展,每寄情于词,故抗金爱国的词篇为辛词的重要内容。此外,如吟咏山川景色、田园风光之作亦不乏佳篇。稼轩博学多才,善驱经、史、子、集的书面语言和人民口语,爱用典故、比拟、暗喻的辞式,长于抒情、咏物、陈事、说理的表达。凡此种种,使辛词的艺术风格亦变化多样,悲歌慷慨、奋发激越、纤巧绵密、委婉清丽无所不容。在前辈与苏轼并提,于后来影响巨大。其词传有《稼轩词》、《稼轩长短句甲、乙、丙、丁稿》二种版本。《全宋词》辑其全篇620首,残篇6。《全宋词补辑》又辑其全篇3首。

174　贺　新　郎①

别茂嘉②十二弟

词　谱

绿树听鹈鴂，③更那堪④、鹧鸪⑤声住，杜
鹃⑥声切。啼到春归无寻处，苦恨芳菲⑦都歇。
算未抵⑧、人间离别。马上琵琶⑨关塞黑⑩，更
长门⑪、翠辇⑫辞金阙⑬。看燕燕⑭，送归妾。

　将军⑮百战身名裂，向河梁⑯、回头万里，故
人长绝。易水⑰萧萧⑱西风冷，满座衣冠似雪。
正壮士⑲、悲歌未彻⑳。啼鸟还㉑知如许㉒恨，
料㉓不啼、清泪长啼血。谁共我，醉明月？

注　解

①[贺新郎]见第 71 首注①。此调 11 体，此词属双调、116 字正体，平仄 2
异(见谱中❌)。全首韵脚属第十八部入声"月"、"屑"、"叶"通韵。　　②[茂
嘉]辛茂嘉系作者族弟，因事贬官桂林。　　③[鹈鴂]见第 4 首注②。
④[那堪]见第 31 首注⑪。　　⑤[鹧鸪]鸟名。人云鸣声似"行不得也哥
哥"。　　⑥[杜鹃]见第 150 首注④。　　⑦[芳菲]花香。　　⑧[未抵]不

能比,比不上。　　⑨[马上琵琶]西汉元帝嫁宫女王嫱给匈奴以和亲,传说送此琵琶。石崇《王明(昭)君辞序》云:"昔公主嫁乌孙,令琵琶马上作乐,以慰其道路之思,其送明君亦必尔也。"　　⑩[关塞黑]边塞的荒凉。参见第172首注③。　　⑪[长门]汉武帝陈皇后失宠时居长门宫,王嫱亦失意宫人,故以长门称其住所。　　⑫[翠辇(niǎn)]以翠羽装饰的宫车。⑬[金阙]指帝王的宫殿。　　⑭[燕燕]《诗经·邶风·燕燕》:"燕燕于飞,差池其羽。之子于归,远送于野。瞻望弗及,涕泣如雨。"《毛传》以为卫庄公夫人庄姜送庄公妾陈女戴妫(guī)归陈时所作。戴妫在卫曾遭不幸(儿子被害),不得已而归娘家。　　⑮[将军]指汉将李陵。他身经百战,最后却降于匈奴,朝中大为震惊。武帝因此问罪。但司马迁以为出于一时无奈,必将伺机以报汉朝。　　⑯[河梁]即河桥。《文选》载李陵《与苏武诗》:"携手上河梁,游子暮何之?"此为李陵于匈奴送别苏武归汉之作。　　⑰[易水]在今河北西部。《史记·刺客列传》载荆轲出使秦国云:"太子及宾客知其事者,皆白衣冠以送之。至易水之上,既祖,取道。高渐离击筑,荆轲和而歌,为变徵之声,士皆垂泪涕泣。又前而歌曰:'风萧萧兮易水寒,壮士一去兮不复还。'复为羽声慷慨。士皆瞋目,发尽上指冠。于是荆轲就车而去,终已不顾。"　　⑱[萧萧]指风声。　　⑲[壮士]指荆轲。　　⑳[未彻]未完,没有结束。　　㉑[还]如果,假使。　　㉒[如许]见第130首注⑪。　　㉓[料]料想。

作意与作法

　　此首系词人闲居瓢泉时期(1194—1201)送别茂嘉十二弟之作,词中借古人的离愁别恨,写今人的报国无门。上片由啼鸟的悲鸣写到美人的离恨,下片由英雄的离恨写到啼鸟的悲鸣。

　　上片起三句写所闻惊心。"鹈鴂"之鸣,生"劳燕分飞"之念;鹧鸪声、杜鹃声此起彼伏,藏挽留莫去之情。次二句写所见凄凉。"春归"难寻写思念之苦,百花凋残写心疼之切。再一句由物及人。写人情远甚于物以过渡。复二句以昭君作比。"马上琵琶"写美人和番之恨,"翠辇"辞宫写帝王未识之悲。结二句以戴妫为喻。"燕燕于飞",悲陈女一去难返;远送"归妾",比庄姜难舍难分。

下片换头三句以李陵作比。身败"名裂",写"将军"降胡难归之痛;回顾"河梁",念友人长期远隔之悲。次二句以荆轲为喻。"易水"、"西风",写英雄离境悲歌慷慨;"衣冠似雪"写君臣饯行悲壮诀别。再一句又由人而转物,写壮士悲歌永不完结而转入以下鸟的悲啼。复二句假设鸟知人恨,料想化泪为血。此写美人辞宫、英雄去境、离恨重重、古今如是的难言之痛。啼鸟如此,何况万物之灵?结二句何人同我月下一醉的询问,直点茂嘉此去,壮怀无人倾诉之悲。

此词如前人所述,通篇以江淹《别赋》、《恨赋》,李白《拟恨赋》手法构思写作,以美人的恨别和英雄的壮别绘出一组激动人心的"离别图"。章法破例,构思跳荡,笔势沉郁,境界横生。陈廷焯谓"稼轩词自以《贺新郎》一篇为冠"(《白雨斋词话》),并非无稽之谈。

175 念 奴 娇①

书东流②村壁

词 谱

野棠③花落,又匆匆过了,清明时节。划地④东风欺客梦,一枕云屏⑤寒怯。曲岸持觞⑥,垂杨系马,此地曾经别。楼空人去,旧游飞燕能说。　　闻道绮陌⑦东头,行人曾见,帘

339

底⑧纤纤月⑨。旧恨春江流不尽,新恨云山千

叠。料得明朝,尊前⑩重见,镜里花难折。也应

惊问,近来多少华发?

注　解

①[念奴娇]见第 136 首注①。此词属双调、仄韵 100 字正体。全首韵脚属第十八部"月"、"屑"、"叶",第十九部"洽",为入声隔部通押。　　②[东流]旧县名,属今安徽东至。　　③[野棠]亦名棠梨,春初时节开小白花。④[刬(chàn)地]无端,平白地。　　⑤[云屏]参见第 87 首注⑧和第 13 首注③。　　⑥[觞(shāng)]古人饮酒所用的器皿,包括爵(一升)、觚(gū,二升)、觯(zhī,三升)、角(四升)、散(五升),总称为"觞"(或"爵")。　　⑦[绮陌]见第 37 首注⑪。　　⑧[帘底]即帘里,参见第 137 首注⑱。　　⑨[纤纤月]以形容细长的眉毛来指代女子。罗虬《比红儿》:"初月纤纤映碧池,池波不动独看时。凝情尽日君知否? 真似红儿罢舞眉。"　　⑩[尊前]酒席上。

作意与作法

孝宗淳熙五年(1178)清明节后,词人由江西安抚使调任京师大理寺少卿,途经东流县某村,题此词于壁。上片写旧地重游,抚今追昔,生物是人非的感慨,下片写当年幸见,今后难遇,诉旧恨新愁的折磨。

上片起三句写时。"野棠花落"写此来东流某村所见特有之景,"匆匆过了"写时光之速,"清明时节"惜佳日难留。次二句写居。"风欺客梦",怨环境无端作对;"云屏寒怯",写一觉醒来孤单。再三句由眼前孤身而追怀当年饯别被送的情景。"曲岸"有九曲回肠之意,"垂杨"有依依不舍之情。结二句又回至眼前。"楼空人去",写词人此刻无比失望;"飞燕能说",叹"旧游"蜜意无人能知。

下片换头三句又折入当年。"绮陌东头"写小楼优美的环境,

"行人曾见"记英雄、美人的初遇，"帘底""纤月"写女子眉眼的清秀。次二句写此刻生感。"春江""不尽"，因当年的离别所牵挂，故比"旧恨"；"云山千叠"，因今日的不见所积累，故比"新愁"。再三句设想未来。酒席前"重见"，写希望衷肠能向伊人倾诉；"镜里花难折"，写空幻之景不能如愿再来。结二句写失望后的感叹。"也应惊问"属词人责问自己，"多少华发"写"旧恨"、"新恨"的折磨。

全词抚今追昔，旧恨新愁，既写儿女之常情，亦寄国家之感慨，故于秾丽婉约之中，仍兼有豪逸英俊的本色。

176 汉宫春①

立 春

词 谱

　　春已归来，看美人头上，袅袅②春幡③。无
　　●●○○　　●●○○　　●●○○　　○
端风雨，未肯收尽余寒。年时④燕子，料今宵、
○○●●　●●○●○○　○○●●　●○○
梦到西园⑤。浑⑥未办、黄柑荐酒⑦，更⑧传⑨青
●●○○　○●●　○○●●　●○○
韭堆盘⑩。　　却笑东风，从此便、薰梅染柳⑪，
●○○　　　●●○○　○●●　○○●●
更没些闲。闲时又来镜里，转变朱颜⑫。清愁不
●●●○　○○●○●●　●●○○　○○●
断，问何人、会解连环⑬。生怕⑭见、花开花落，
●　○○○　●●○○　○●●　○○○●
朝来塞雁⑮先还。
○○●●　○○

注　解

①[汉宫春]见第 146 首注①。此词属双调、平韵 96 字正体。全首韵脚属第七部平声"元(半)"、"寒"、"删"通韵。　　②[袅(niǎo)袅]飘荡，摆荡。③[春幡]《苕溪渔隐丛话》："《荆楚岁时记》云：'立春日悉剪彩(绸子)为燕子(指形状)以戴之。'故欧阳永叔诗云：'不惊树上禽初变，共喜钗头燕已来。'郑毅夫云：'汉殿斗簪双彩燕，并知春色上钗头。'皆立春日帖子诗也。"④[年时]见第 162 首注④。　　⑤[西园]见第 63 首注⑦。此借指汴京西郊琼林苑。　　⑥[浑(hún)]还。　　⑦[荐(jiàn)酒]进酒，下酒。　　⑧[更]岂。刘长卿《登润州万岁楼》："闻道王师犹转战，更能谈笑解重围！"　　⑨[传]送。　　⑩[堆盘]《遵生八笺》："立春日作五辛盘，以黄柑酿酒，谓之洞庭春色。故苏诗云：'辛盘得青韭，腊酒是黄柑。'"《本草纲目》(菜部)："五辛菜，乃元旦、立春，以葱、蒜、韭、蓼蒿、芥辛嫩之菜杂和食之，取迎新之意，谓之五辛盘。"　　⑪[薰梅染柳]使梅花飘香，柳条长叶。　　⑫[朱颜]红润的脸色，指青春之容。　　⑬[解连环]见第 120 首注③。　　⑭[生怕]见第 133 首注⑤。　　⑮[塞雁]见第 146 首注③。

作意与作法

此首为"立春"而作，写词人于冬去春来之日，寄情国运和时局。上片见迎春而发愁，下片触东风而生怨。

上片起三句点明"立春"。"美人头上"为镜头之特写，"袅袅春幡"喜钗头春燕归来。次二句反挑一笔。"无端风雨"写动乱，双关自然和社会；未收"余寒"写气候，言心头难舞"春幡"。再二句推开一步。"年时燕子"，闪烁南渡志士的身影；"梦到西园"，追忆昔日欢度的气氛。结二句收笔反问。"黄柑荐酒"无意备办，"青韭堆盘"无心相送，均写"立春"无贺，见词人为国担忧。

下片换头三句由愁转怨。"却笑东风"是怨天，更是尤人。"薰梅染柳"、蜂蝶翻飞，实怨朝中权贵忙于游山玩水，作乐寻欢。次二句由"忙"转写"闲"。饱食终日，无所用心，对镜不惋惜老去，用人则浪费青春。此写权贵们苟且偷安，志士们报国无路。再三句希

342

望释愁解怨。"清愁不断",写积压难排的愁怨;"连环"相扣,愁绪无端,怨朝中无有知己之人。结二句归怨春之底。"花开花落"指春光流逝,岁月蹉跎;"塞雁先还"写年复一年,人不如雁,不能北归。

全词感慨深沉,表现含蓄,抒抗金复国之情,讽苟且偷安之耻,写昔写今,寄愁寄怨。

177 贺 新 郎①

赋 琵 琶

词 谱

凤尾龙香拨②,自开元③、《霓裳曲》④罢,几番⑤风月?最苦浔阳江头客⑥,画舸⑦亭亭⑧待发。记出塞、黄云⑨堆雪。马上离愁⑩三万里,望昭阳⑪、宫殿孤鸿⑫没。弦解⑬语,恨难说。　辽阳⑭驿使⑮音尘绝,琐窗⑯寒、轻拢慢捻⑰,泪珠盈睫。推手含情还却手,一抹《梁州》⑱哀彻。千古事、云飞烟灭。贺老⑲定场无消息,想沉香、亭⑳北繁华歇。弹到此,为呜咽。

注　解

①[贺新郎]见第 71 首注①。此调 11 体,此词属双调、116 字正体。平仄 2 异(见谱中 ✖ ✖)。全首韵脚属第十八部入声"月"、"曷"、"屑"、"叶"通韵。 ②["凤尾"句]杨贵妃琵琶以龙香(柏树)板为拨,以逻虬枟为槽,有金缕红纹,蹙成双凤。(见《明皇杂录》) ③[开元]唐玄宗李隆基的年号(713—741)。 ④[霓(ní)裳曲]白居易《新乐府法曲》注:"《霓裳羽衣曲》,起于开元,盛于天宝。"又《长恨歌》:"渔阳鼙鼓动地来,惊破《霓裳羽衣曲》。" ⑤[几番]几次。 ⑥["浔阳"句]白居易《琵琶行》序云:"元和十年,予左迁九江郡司马。明年秋,送客湓浦口,闻船中夜弹琵琶者。听其音,铮铮然有京都声。……予出官二年,恬然自安,……是夕始有迁谪意。"诗云:"浔阳江头夜送客,枫叶荻花秋瑟瑟。" ⑦[画舸]见第 86 首注④。 ⑧[亭亭]耸立的样子。 ⑨[黄云]指黄沙蔽日的天色。欧阳修《明妃曲》:"不识黄云出塞路,岂知此声能断肠。" ⑩[马上离愁]参见第 174 首注⑨。 ⑪[昭阳]汉武帝时,后宫八区中有昭阳殿,成帝时赵飞燕居之。王昌龄《长信秋词》:"玉颜不及寒鸦色,犹带昭阳日影来。" ⑫[孤鸿]参见第 38 首注⑪。 ⑬[解]见第 7 首注⑩。 ⑭[辽阳]今辽宁省辽阳市。此泛指北国辽、金旧地。 ⑮[驿使]传递公文的人。 ⑯[琐窗]见第 97 首注⑥。 ⑰[轻拢慢捻]拢、捻,皆弹奏琵琶的指法。以下"推手"、"却手"、"一抹"均此。 ⑱[梁州]乐曲名。元稹《连昌宫词》:"逡巡大遍《凉州》彻,色色《龟兹》轰录续。" ⑲[贺老]唐玄宗开元、天宝间名艺人,善弹琵琶,演奏时常为主奏。元稹《连昌宫词》:"夜半月高弦索鸣,贺老琵琶定场屋。" ⑳[沉香亭]亭以沉香木料建造。唐玄宗命移植牡丹(木芍药)于沉香亭前,与杨贵妃共赏,使李龟年持金花笺召李白,命作新词。白时方醉,左右以水洒面,稍醒,援笔成《清平调》三章,有"解释春风无限恨,沉香亭北倚阑干"之句。

作意与作法

此首集琵琶之典故,借古讽今,说唐指宋,抒盛、衰之感,发战、和之慨。上片写恨,下片写悲。

上片起三句借唐说宋。"凤尾龙香"实写北宋初期的歌舞升平,"《霓裳曲》罢"暗指北宋王朝的灭亡命运,"几番风月"的设问,叹其好景不长。次二句将人比己。"最苦""江头"之客,实为自己弃置贬谪,一样报国无路;"画舸亭亭待发",暗示自身北乡难返,同是沦落天涯。再一句始以昭君和番为比;"黄云堆雪"写塞北异邦之荒寒。复二句"马上离愁"写去国之怨,"孤鸿"隐没写割爱之痛;此和番之举比南宋朝廷称臣进贡之耻。结二句"弦解语"写马上琵琶,为昭君之旅伴;"恨难说"牵今日之心曲,难以诉述。

下片换头三句思及北地。"辽阳"音断,写二帝北去,寄臣子之恨;"琐窗"轻弹,美人盈泪,托志士之悲。次二句"推手"、"却手",写心曲难以弹尽,《梁州》哀彻,写此声使人断肠。再一句结上琵琶诸事,"云飞烟灭"比时局和人事的变迁。复二句照应开头写好景已逝。"贺老定场",不闻"消息",比北宋王朝歌舞升平,气数已尽;"沉香亭北",牡丹凋谢,喻北宋繁华、汴京盛事难以再现。结二句因唐思宋。琵琶之音变为"呜咽"写客观情景,亦是词人的主观感情。

全词借事抒情,然不为事情驱使;句句琵琶,但又非专写琵琶;情绪激昂,却又溶一片哀怨。是一首事情、物情、豪、柔之情相兼相济的佳作。

178 水 龙 吟①

登建康②赏心亭③

词 谱

楚天④千里清秋,水随天去秋无际。遥岑⑤
⊖○ ○●○○ ●○○●○○● ○○

远目⑥,献愁供恨,玉簪⑦螺髻⑧。落日楼头,断
⊖● ●○○● ●○○● ⊖● ⊖●○○ ⊖

鸿⑨声里，江南游子⑩。把吴钩⑪看了，阑干拍遍，

无人会⑫、登临意。　　休说鲈鱼堪脍⑬，尽⑭西风

、季鹰⑮归未？求田问舍⑯，怕应羞见，刘郎⑰才气。

可惜流年⑱，忧愁风雨，树犹如此⑲！倩⑳何人、唤

取㉑红巾翠袖㉒，揾㉓英雄泪？

注 解

①［水龙吟］见第63首注①。此词属双调、102字仄韵正体之一（即起句6字，二句7字）。全首用韵属第三部"纸"、"置"、"未"、"霁"、"泰(半)"仄声上、去通押。　　②［建康］即建业、金陵，见第125首注②、注③。　　③［赏心亭］北宋丁谓重建。《景定建康志》："赏心亭在下水门之城上，下临秦淮，尽观览之胜。"

④［楚天］见第31首注⑩。　　⑤［遥岑(cén)］远山。　　⑥［远目］远看。

⑦［玉簪］也叫"玉搔头"首饰名。韩愈《送桂州严大夫同用南字》："江作青罗带，山如碧玉簪。"　　⑧［螺髻(jì)］结发为髻，形似螺壳。皮日休《缥缈峰》："似将青螺髻，撒在明月中。"　　⑨［断鸿］见第38首注⑪。⑩［游子］漂泊异乡的人。　　⑪［吴钩］春秋时代吴国的钩形宝刀。传说在吴王阖闾时，有金钩一对。　　⑫［会］见第132首注⑧。⑬［脍(kuài)］把肉切成细末。　　⑭［尽］尽管。　　⑮［季鹰］晋人张翰的字。他在洛阳为官，见秋风起，即思念吴中莼菜、莼羹、鲈鱼脍，于是辞官而归。（见《世说新语·识鉴》）　　⑯［求田问舍］购买田地房屋。《三国志·陈登传》载：许汜(sì)与刘备同在荆州牧刘表处坐谈，共论天下英雄。许汜谓"陈元龙湖海之士，豪气不除"，而自己只知求田问舍，故元龙少与他讲话，并使他睡下床。刘备听后便责备许汜说，如此求田问舍，不问国家大事，若备，则"卧百尺楼上，卧君于地，何但上下床之间耶！"　　⑰［刘郎］指刘备。　　⑱［流年］岁月匆匆，如逝去的流水。　　⑲［树犹如此］晋代桓温北征，经金城，看见他早年栽种的柳树，粗已十围，便叹息说："木犹如此，人何以堪！"

(见《世说新语·语言》)⑳[倩]见第155首注⑯。　㉑[取]见第57首注⑨。
㉒[红巾翠袖]以妆束指代歌妓美人。　㉓[揾(wèn)]揩拭。

作意与作法

此首约作于辛氏南归后七年(1169)建康通判(州府行政长官的助理)任上,为中国文学史上著名的登览词篇。上片触景生情,写空有报国之心,而无人理解之恨;下片由典入情,写英雄无处用武,叹年光空自东流。

上片起二句写秋水。"千里清秋"写江南楚天万里晴空,一派清爽;"秋水无际"写江南大地水天一色,博大壮观。次三句写秋山。"遥岑远目"写词人隔江放眼远山,"玉簪螺髻"写所见山形的千姿百态,"献愁供恨"写有感于沦丧,目不忍睹。再三句写黄昏之景物。"落日楼头"写残照无力,可想宋室的衰颓;"断鸿声里"写孤雁的哀鸣,可想人民的离散;"江南游子"写自己沦落不遇,望北乡难归。结四句写壮怀激烈之情。观看"吴钩"写其抗金复国,不忘战斗;"拍遍"阑干写其满腔热血,报国无门;登高望远,无人理解,写词人无比孤愤,无限痛苦。

下片换头三句以张翰作比。"鲈鱼堪脍"写弃官还乡之乐,而词人止其"休说",可见效之不愿;尽管秋风又起,而疑问"季鹰归未?"可见家乡沦陷,效之不可。次三句以许汜假设。"求田问舍"写其鼠目寸光,胸无大志,故怕见有识之士,羞其可耻,此所不屑。再三句以树、人联想。以上因比张翰而不愿,比许汜而不屑。见岁月之匆匆,忧风雨之飘摇,叹人生之易老,真是难以忍受!感情至此已达到高潮。结二句写解脱之方,为牢骚而发。"红巾翠袖"写席间之歌女;"英雄泪",写佳人之安慰。让壮志在歌舞中消失,让思想在酒杯中麻醉!

全词按之有脉可寻,听之裂竹有声,写景融情,用典反衬,落落数语,纵横驰骋。

179 摸鱼儿①

淳熙己亥②，自湖北漕③移④湖南，同官王正之⑤置酒小山亭⑥为赋⑦。

词　谱

更⑧能消⑨、几番⑩风雨？匆匆春又归去。惜春常怕花开早，何况落红无数。春且住！见说道⑪，天涯芳草⑫无归路。怨春不语，算⑬只有殷勤，画檐⑭蛛网，尽日惹飞絮。　　长门⑮事，准拟⑯佳期⑰又误，蛾眉⑱曾有人妒。千金纵买相如赋，脉脉⑲此情谁诉？君莫舞！君不见、玉环⑳飞燕㉑皆尘土。闲愁最苦，休去倚危阑㉒，斜阳正在，烟柳㉓断肠处。

注　解

①［摸鱼儿］唐教坊曲名。调见欧阳修《六一词》及晁补之《琴趣外篇》。又名摸鱼子、安庆摸、买陂塘、陂塘柳、迈陂塘、山鬼谣、双蕖怨等。此调9体，此词为双调、116字正体。全首韵脚属第四部"语"、"麌"、"御"、"遇"仄声上、

去通押。　　②[淳熙己亥]孝宗淳熙六年(1179)，作者时年40。　　③[漕]漕司(转运使)的简称。此职掌财赋及谷物转运等事务。　　④[移]改任，调任。⑤[王正之]王正己之字。词人的朋友、同僚，原职的继任者。　　⑥[小山亭]在湖北转运使官衙之内。　　⑦[为赋]因而写此词。　　⑧[更]还。⑨[消]经得起。　　⑩[几番]见第177首注⑤。　　⑪[见说道]听说。⑫[芳草]见第1首注②。　　⑬[算]料想。　　⑭[画檐]画有彩饰的屋檐。⑮[长门]汉代宫名。司马相如《长门赋序》云："孝武皇帝陈皇后，时得幸，颇妒，别在长门宫，愁闷悲思。闻蜀郡成都司马相如，天下工为文，奉黄金百斤，为相如、文君取酒，因于解悲愁之辞。而相如为文以悟主上，皇后复得幸。"(见《昭明文选》)　　⑯[准拟]约定的意思。　　⑰[佳期]指汉武帝和陈皇后相会的日子。　　⑱[蛾眉]屈原《离骚》："众女嫉余之蛾眉兮，谣诼谓余以善淫。"见第162首注⑦。　　⑲[脉脉]含情的样子。　　⑳[玉环]杨贵妃的小字。杨氏曾极宠于唐玄宗。安禄山叛乱，玄宗逃蜀，杨贵妃缢死于马嵬坡。㉑[飞燕]赵飞燕善舞，甚受汉成帝宠爱。哀帝时为皇太后。后废为平民，自杀而死。　　㉒[危阑]见第138首注⑫。　　㉓[烟柳]笼罩着烟雾的柳树。

作意与作法

　　此首为词人南渡17载、时年40之作，"移官"之际，于告别宴上有感而赋。上片托落红、芳草、飞絮等景物而起兴；下片就历史上后妃失宠的故事而设喻。全词在担心国事危艰，怨愤主和误国，忧思壮志难酬。

　　上片起二句突兀发端。"几番风雨"，写天气又变，主和得逞；春去"匆匆"，写好景不长，良机尽失。次二句"花开"怕早，写一面希望，一面担心；"落红无数"写百花飘零，时局大变。以上四句写惜春之心。再二句写留春之意。"春且住"为祈求之语，请暂停莫走；"天涯芳草"阻途难归，此有挽留之情。结四句因留春不得而生怨。"怨春不语"写恼恨春光的悄悄流逝，"画檐蛛网"为抬头所见，尽"惹飞絮"写"殷勤"挽留。以上留春、怨春，属无可奈何的痴情。

　　下片换头三句始以典设喻。"长门事"以后妃失宠的苦闷，写

349

志士失意的苦衷；"佳期又误"是后妃的失望，亦是词人调职改行的失望。"蛾眉"失宠，志士受压，乃周围刁妇、奸臣的嫉妒。次二句"千金"买赋，羡陈皇后规劝武帝终成；"此情谁诉"，恨自己上书孝宗无益。再二句由怨转愤。"君莫舞"乃正告善妒的小人，莫要得意忘形。"玉环、飞燕"指误国的人妖，化为"尘土"写其终将完蛋、下场可悲。结四句回应上片。"闲愁最苦"写忧虑时局，感叹国运；"斜阳"黄昏，暮色"烟柳"，写南宋的趋势；断肠痛心，不忍登览，写词人的无比哀思。

全词貌似哀怨悱恻，实为慷慨激昂。婉转隐约，耐人寻味；回肠荡气，千载逼人。故罗大经谓"然闻孝皇见此词，颇不悦"(《鹤林玉露》)。

180 永遇乐①

京口②北固亭③怀古

词　谱

千古江山，英雄无觅、孙仲谋④处。舞榭⑤
⊖●○○　　●○⊖●　　⊖○⊖●　　●⊖●

歌台，风流⑥总被、雨打风吹去。斜阳草树，寻
○○　⊖○　⊖●　　●●○○●　　○○●●　　○

常巷陌，人道寄奴⑦曾住。想当年，金戈铁马，
○●●　　○●●○　○●　　●○○　　○○●●

气吞万里如虎。　　元嘉⑧草草⑨，封⑩狼居
●○⊖●○●　　　　⊖○⊖●　　⊖○⊖

胥⑪，赢得⑫仓皇北顾⑬。四十三年⑭，望中犹
●　⊖●　⊖○●●　　●●○○　　⊖○⊖

350

记、烽火扬州路。可堪⑮回首、佛狸祠⑯下，一片
神鸦⑰社鼓⑱！凭谁问，廉颇⑲老矣，尚能饭否？

注　解

①[永遇乐]见第64首注①。此调7体，此词属双调、104字仄韵正体，平仄2异(见谱中✖)。全首韵脚属第四部"麌"、"御"、"遇"仄声上、去通押。
②[京口]今江苏省镇江市。　③[北固亭]一名北固楼，又名北顾亭。在今镇江市东北北固山上，面临长江。晋人蔡谟为储军备而建。　④[孙仲谋]孙权，字仲谋，三国时吴国的君主。曾在京口建立吴国首都。后联刘击曹大胜于赤壁。　⑤[榭(xiè)]参见第76首注②。　⑥[风流]指英俊的人物，时代的业绩。　⑦[寄奴]南朝宋武帝刘裕，字德舆，小名寄奴。他生长在京口，并曾在此起兵。东晋末年出兵北伐，先后灭鲜卑族所建南燕、后燕、后秦诸国，光复洛阳、长安。后掌东晋大权，官至宰相，封宋王。代晋称帝后，改国号为宋。　⑧[元嘉]刘裕的儿子宋文帝刘义隆的年号。　⑨[草草]草率、冒失。　⑩[封]指封山，古时在山上筑坛祭天的一种仪式。⑪[狼居胥]山名。在内蒙五原县西北，河套北沿，亦名狼山。汉武帝时，骠骑将军霍去病曾追击匈奴至狼居胥山，封山而还。　⑫[赢得]见第42首注⑩。⑬[仓皇北顾]指匆忙败退中回看追敌。元嘉二十七年，王玄谟北伐失败，北魏太武帝拓拔焘(小名佛狸)乘胜南侵到瓜步(今江苏六合县东南)，扬言要渡江。宋文帝登烽火楼，因畏敌而否定了此次北伐。见《南史·宋文帝纪》。又元嘉八年，文帝因滑台失守作诗云："……惆怅惧迁逝，北顾涕交流。"⑭[四十三年]绍兴三十一年(1161)冬十月，金主完颜亮渡淮侵宋，不久为部下所杀，扬州路上一片抗金烽火。辛弃疾等受耿京派遣，于次年正月突过金营，渡江南归。至此登楼之日正好43年。　⑮[可堪]怎能忍受得了。⑯[佛狸祠]即武帝庙，在今江苏六合县瓜步山上。参见前注⑬。　⑰[神鸦]啄食祭品的乌鸦。　⑱[社鼓]社日(立春或立秋后第五个"戊"日为春社或秋社)祭神的鼓声。　⑲[廉颇]战国时赵国的大将，善用兵，晚年被黜奔赴魏国。秦攻赵时，赵王想再起用他，派使者探望，但廉颇的仇人郭开贿赂

了使者,使者回赵后就捏造说廉颇虽老,饭量还很大,可是一会工夫就拉了三次屎。赵王听后以为年老无用,终不予召回。

作意与作法

此首为词人于宁宗开禧元年(1205)在镇江知府任上的登高怀古之作,抒英雄不服老大、报国无路请缨的忧愤之情。上片就眼前的大好河山追念历史上的英雄业绩;下片就历史教训和个人往事以寄隐忧之情。

上片起二句写历史、风光。"江山"为放眼所见,"千古"为心中所思。孙权难于找见,有怨世无英雄。次二句写人、物俱非。台榭,写当年镇江的歌舞繁华;风流,写当年的英雄业绩。二者均随时代的风吹雨打而衰歇消逝,此见其感叹。再三句转写刘裕陈迹。"斜阳草树"写环境的平常,"寻常巷陌"写街道的普通,"寄奴曾住"指出此即当年刘裕的故居,有英雄再世之希望。结三句写刘裕盛举。"金戈铁马"写刘裕起兵的形象和风度,"气吞万里"写英雄北伐的精神和气概。此有英雄再胜的信心。

下片换头三句承上,以刘氏父子对比,借古喻今。"元嘉草草"写刘义隆冒失出兵北伐,"封狼居胥"写其幻想建功,"仓皇北顾"写退兵的狼狈,君臣的担心。次二句从刘宋想到赵宋。"四十三年"写南渡之久;但记忆犹新。"扬州路"上,当年抗金烽火,如今叹其熄灭。再二句更进一层写江北的可悲现状。"可堪回首"写不忍心北望,"佛狸祠下"写异族的统治,迎神赛社写民族意识的模糊。结三句以廉颇自况。"凭谁问"写有心领兵,恨无人推荐,"廉颇老矣,尚能饭否?"对南宋的主和派和一时头脑发热的冒失派作了沉痛的控诉和严重的警告。

全词慷慨激昂,咏古感今。然正如岳珂《桯史》所述,嫌其用典过多。用典过多,如读论据,必然损失韵味;用典过多,喧宾夺主,必然伤害形象。对此词人亦承认"实中余疵"。今之我辈,亦不必为名家护短。

181　木兰花慢①

滁州②送范倅③

词　谱

老来情味减，对别酒、怅流年④。况屈指中秋，十分好月，不照人圆。无情水都不管，共⑤西风、只管送归船。秋晚莼鲈⑥江上，夜深儿女⑦灯前。　　征衫⑧、便好去朝天，玉殿⑨正思贤。想夜半承明⑩，留教视草⑪，却遣筹⑫边。长安⑬故人问我，道愁肠、殢⑭酒只依然。目断⑮秋霄落雁，醉来时响空弦⑯。

注　解

①[木兰花慢]系"木兰花"增字改韵之"慢"体，参见第1首注①。此调12体，此词属双调、101字埈正体(但押短韵。下片首句第二字押韵，此亦即句中韵)。平仄1异(见谱中❌)。全首用韵属第七部"先"，第十四部"咸"，为隔部通押。　　②[滁州]今安徽省滁县。　　③[范倅(cuì)]名昂。稼轩于孝宗乾道八年至九年(1172—1173)知滁州，送范倅应在此时。　　④[流年]见第178首注⑱。　　⑤[共]苦。　　⑥[莼鲈]亦作"鲈莼"，即鲈鱼和莼

菜。诗文中常以鲈莼为思乡之典,参见第178首注⑮。　　⑦[儿女]指相爱的青年男女或青年夫妻。王勃《杜少府之任蜀川》诗:"无为在歧路,儿女共沾巾。"黄庭坚《寄叔父夷仲》:"弓刀陌上望行色,儿女灯前语夜深。"　　⑧[征衫]指旅人远行的衣服。　　⑨[玉殿]皇宫宝殿。此指代皇上。　　⑩[承明]汉代殿名,在未央宫中。侍从值宿所居之旁屋为承明庐。　　⑪[视草]为皇帝草拟制诏之稿。《旧唐书·职官志》注:"玄宗即位,张说、陆坚、张九龄、徐安贞、张洎等召入禁中,谓之翰林待诏,王者尊极,一日万机,四方进奏,中外表疏批答,或诏从中出,虽宸翰所挥,亦资其检讨,谓之视草。"　　⑫[筹]壶矢(箭)。古人宴会常游戏投壶,宾主以次投矢其中,中多者为胜,负者饮。事见《礼记·投壶》。　　⑬[长安]见第72首注⑤。此中指南宋京都临安。⑭[瓣]见第155首注⑪。　　⑮[目断]望尽。　　⑯[空弦]空弦虚发惊落飞雁。更赢跟随魏王,一次仰见飞鸟,要为王引弓虚发而射。一会儿大雁从东方飞来,于是应虚声而落。魏王问其因,回答是雁伤未愈,闻声高飞,反而殒落。事见《战国策·楚策》。

作意与作法

　　此首系词人33(或34)岁在滁州知州任上送友之作。上片抒送别之情,下片诉报国之志。

　　上片起二句写惜时。"老来情味减"写词人担心人生易老,事不关心。面"对别酒",心中推想将来;恐"怯流年",害怕时光不返。次三句写预想。"屈指中秋"写佳节为期不远,"十分好月"写那时之乐景,"不照人圆"写那时之悲情。再二句写惜别。"水都不管",怨其"无情";"风"更送帆,恨其有意。结二句写归隐。"莼鲈江上",轻讽一味归隐;"儿女灯前",微讥迷恋家园。

　　下片换头二句写希望。"征衫"好"朝天",写英雄紧迫地请战;"玉殿正思贤",想皇上正盼望人才。次三句写失望。"夜半承明",写词人甘愿辛苦;"留教视草",写词人甘愿效劳;"却遣筹边",写词人不愿苟且偷安。再二句写嘱托。"长安故人问我",写词人对旧友的怀念;"愁肠瓣酒""依然",写词人对当朝的忧怨。结二句写忧

354

愤。"目断秋霄落雁"写词人恃才建功的自信;"醉来时响空弦"叹自己有心报国却无门。

全词抒送友之情而不失归隐之讽,言御敌之志而不释心中之忧。感事伤时,不忘报国,结拍诵之,千载慨然。

182　祝英台近①

词　谱

宝钗分②,桃叶渡③,烟柳④暗南浦⑤。怕上
●○○　　○●●　　○●　●○●　　●●

层楼⑥,十日九风雨。断肠片片飞红⑦,都无人
○○　　●●●○●　　●○●●○○　　○○○

管,更谁劝、啼莺声住?　　鬓边觑⑧,试把花
●　　●○●　○○○●　　　　●○●　　●●○

卜⑨归期,才簪⑩又重数。罗帐⑪灯昏,哽咽⑫梦
●　○○　○○●○●　　○●　○○　　●●●

中语:"是他春带愁来,春归何处?却不解⑬、带
○●　　●○○●○○　　○○○●　●●●　●

将愁去。"
○○●

注　解

①[祝英台近]又名祝英台、英台近、宝钗分、月底修箫谱、燕莺语、寒食词等。此调8体,此词为双调、77字变体。全首用韵属第四部"语"、"麌"、"御"、"遇"仄声上、去通押。　　②[宝钗分]古代女子和情人离分时,常将首饰宝钗两股擘(bò)分,各留一股以为纪念。参见第107首注⑮。　　③[桃叶渡]在今江苏省南京市秦淮河与青溪合流处。东晋王献之曾于此送妾(桃叶)渡江,因名"桃叶渡"。这里泛指夫妻送别之处。参见第103首注④。　　④[烟

柳]见第 179 首注㉓。　　　⑤[南浦]见第 38 首注⑥。　　　⑥[层楼]高楼。
⑦[飞红]飘落的花瓣。　　　⑧[觑(qù)]斜看。　　　⑨[卜]占卜。古人常用
数花瓣进行占卜。　　　⑩[簪]这里用作插戴。　　　⑪[罗帐]同罗帏。见第
169 首注⑨。　　　⑫[哽咽]悲痛气阻,说不出话。一解作抽泣。　　　⑬[解]
懂得。

作意与作法

　　此首写深闺思妇对春光虚度、游子不归的怨恨之情,可能寄托
有词人对国事和时局的忧伤。张端义谓为京畿漕吕正己之女而作
(《贵耳集》),可能附会。张惠言以为伤君子(飞红)、恶(wù)小人
(啼莺)、刺赵、张(《词选》),其理解未免过窄。此词上片写人去楼
空,思妇虚度春光之怨,下片写游子远行,思妇盼归不归之恨。

　　上片起三句写别时凄景。"宝钗"擘分,写别时赠物之举;"桃
叶渡"口,写夫妻伤离之地;"烟柳"暗笼,写水边泊船之处景色的凄
凉。次二句写别后懒情。"怕上层楼",唯恐登高怀远;"十日九风
雨",担心触景生情。结三句怨天尤人。见"片片飞红"而无人过
问,写词人对春光虚度的痛惜;听"啼莺"声声而无人劝阻,写词人
对春夏交替、时节更换的焦心。

　　下片换头三句写女子盼夫归来之深情。斜视鬓边,写插戴之
花朵;"把花卜归期"写期待夫归之切;"才簪又重数"写女子算来算
去,对归期很不放心。次二句写女子的独眠。"罗帐灯昏",写孤灯
黯然微照;梦话"哽咽",写无限伤心之情。结三句为女子怨春的具
体梦话。"春带愁来",写愁之所伴;"春归何处",希望愁与春同归;
不懂得将愁带去,写女子怨恨之深切。唐人雍陶《送春》诗有"今日
已从愁里去,明年莫更共愁来",当此词意。

　　沈谦云:"稼轩词以激扬奋厉为工。至'宝钗分,桃叶渡'一曲,
昵狎温柔,魂销意尽,词人伎俩,真不可测。"(《填词杂说》)这正是
辛词艺术风格的又一方面。

183　青玉案①

元　夕②

词　谱

东风夜放花千树③，更吹落、星如雨④。宝
〇〇●●〇〇●

马雕车⑤香满路，凤箫⑥声动，玉壶⑦光转，一
●〇〇〇●●　〇〇●●　⊗〇〇●　〇

夜鱼龙⑧舞。　　　蛾儿雪柳黄金缕⑨，笑语盈
●〇〇◉　　　　⊗〇●●〇〇●　●●⊗

盈⑩暗香⑪去。众里寻他千百度，蓦然⑫回首，
〇　●〇●　●●〇〇〇●●　⊗〇〇●

那人却在，灯火阑珊⑬处。
●〇⊗●　〇●〇〇●

注　解

　　①[青玉案]见第 29 首注①。此调 13 体，此词属双调、67 字苏词正体。平仄 6 异（见谱中⊗、●）。全首用韵属第四部"麌"、"御"、"遇"仄声上、去通押。　　②[元夕]参见第 137 首注⑦。　　③["东风"句]以花比灯之多。苏味道《观灯》："火树银花合，星桥铁锁开。"　　④[星如雨]《东京梦华录》说正月十六日的晚上，京城各坊巷，"各以竹竿出灯球于半空，远近高低，若飞星然"。又一说指满天的焰火。　　⑤[宝马雕车]参见第 137 首注⑨。　　⑥[凤箫]箫的美称。参见第 45 首注⑨。　　⑦[玉壶]比喻月亮。一说玉雕的灯。周密《武陵旧事·元夕》："其后福州所进，则纯用白玉，晃耀夺目，如清水玉壶，爽彻心目。"　　⑧[鱼龙]鱼形、龙形的灯。古代百戏（杂耍）中有鱼龙之舞。夏竦《奉和御制上元观灯》："鱼龙慢衍六街呈，金锁通宵启玉京"，"宝坊月皎龙灯淡，紫馆风微鹤焰平。"　　⑨["蛾儿"句]元夕观灯女子头上的饰物，用

绸或纸制成。周密《武陵旧事·元夕》："元夕节物,妇人皆戴珠翠、闹蛾、玉梅、雪柳……"参见第137首注⑬。　　⑩[盈盈]见第149首注⑤。　　⑪[暗香]借指观灯的妇女。古代女子常佩挂香囊。　　⑫[蓦(mò)然]突然。⑬[阑珊]零落、稀少。

作意与作法

　　此首为词人闲居带湖之作,梁启超谓其"自怜幽独,伤心人别有怀抱"(《艺蘅馆词选》),可见有所寄托。词中描绘的"那人",即作者自况,表现了宁可投闲置散、不可同流合污的高洁情怀。上片描写元夕之时灯火辉煌、游人如云的热闹场景,下片突出灯火稀疏之处一位不慕繁华、自甘寂寞、别有追求的意中之人。

　　上片起二句写佳节元宵之灯火。"夜放"千花,写元夕灯火之辉煌;风吹星雨,写元夕焰火之盛况。次二句写观众往来络绎不绝。"宝马雕车",写车驾的华贵;香气满路,写乘人的豪奢。结三句写彻夜的热闹场面。"凤箫声动"写音乐的美妙,"玉壶光转"写月轮的转移,鱼、龙起舞写龙灯、鱼灯等杂耍的起劲。

　　下片换头二句写观灯妇女的活跃。"蛾儿、雪柳"写群美盛装而来,"笑语盈盈"写众女欢乐而去。次一句写词人别有追求。"众里寻他(她)",见其忠贞不渝;千回百次,写其百折不挠。结三句写"那人"的贞节与孤高。"蓦然回首",见普通眼光之难料;"灯火阑珊",写"那人"自甘寂寞,不愿追逐繁华。

　　全词铺陈观灯场面尤为热烈。反衬灯火阑珊又极幽独。结处境界全出,寄意遥深。

184　鹧鸪天①

鹅湖②归，病起作。

词　谱

枕簟③溪堂④冷欲秋，断云依水晚来收。红
莲相倚浑⑤如醉，白鸟⑥无言定自愁。　　书咄
咄⑦，且休休⑧，一丘一壑⑨也风流⑩。不知筋力
衰多少，但觉新来懒上楼。

注　解

①[鹧鸪天]见第 50 首注①。此调仅此 55 字双调一体。全首韵脚属第十二部平声"尤"韵。　　②[鹅湖]山名，在江西省铅山县东北。山上有湖，晋末龚氏养鹅于此，故名。宋儒朱熹等讲学于山上鹅湖寺，后为鹅湖书院。③[簟]见第 114 首注⑭。　　④[溪堂]临近水边的堂舍。　　⑤[浑]见第165 首注⑫。　　⑥[白鸟]指鸥鹭一类的水鸟。　　⑦[咄咄(duó)]感叹声。晋人殷浩被免官，终日用手指在空中写字。作"咄咄怪事"四字。　　⑧[休休]见第 133 首注⑧。唐人司空图隐居中条山，盖了个亭子取名休休亭，表示自己无意出仕。　　⑨[一丘一壑(hè)]晋明帝问谢鲲：你自以为哪一点比得上庾亮？谢答曰：济世治民，辅佐朝廷，做百官的榜样，我不如他；一丘一壑，寄情山水，我自以为超过了他。见《世说新语·品藻》。　　⑩[风流]指高雅之事。参见第 162 首注⑫。

作意与作法

　　此首为词人被谗罢官后退居带湖之作。上片描绘夏末傍晚之

时带湖的风光景物,下片抒发蕴藏心底的积愤和不甘排挤的怨怀。

上片起二句写午睡晚起门前远望。"枕簟"生凉、"溪堂"将秋,描写带湖夏末的爽快。片云"依水"、"晚来"自收,似衬心境之闲适、自然。结二句写近观。晚风轻吹、群荷摇曳,如人之醉态;水边白鹭,默默无语,一定是发愁。此动、静之对比,显示着词人内心之矛盾。下片起三句借用事以示怨怀。书写"咄咄",可见无言之悲愤;只是"休休",表示失望的心情。"一丘一壑",写寄情于山水;也觉"风流",表示不失高雅的情操。结二句"筋力"之"衰","上楼"之"懒",久不杀敌,体力减退,此有恨报效无途。

全词以主观色彩绘景,"红莲"、"白鸟",属对工巧。以从容笔调抒情,能放能收,不即不离。

185 菩 萨 蛮①

书江西造口②壁

词 谱

郁孤台③下清江④水,中间多少行人泪。西
〇〇〇 ● 〇〇 〇 〇 〇 〇 ● 〇

北望长安⑤,可怜⑥无数山。 青山遮不住,
● ● 〇 ◎ ● 〇 〇 〇 ◎ 〇 〇 ● ●

毕竟东流去。江晚正愁余⑦,山深闻鹧鸪⑧。
● ● 〇 〇 ● 〇 ● ● 〇 〇 〇 〇 ● 〇

注 解

①[菩萨蛮]见第5首注①。此调3体,此词属双调、44字正体。全首韵脚属第三部"纸"、"置",第四部"鱼"、"虞"、"御"、"遇",第七部"寒"、"删",为隔部仄平韵转换。 ②[造口]或称皂口,镇名。在今江西省万安县西南

360

60里。高宗建炎三年(1129)金兵大举南侵。一路直下建康、临安,追击高宗;一路从湖北大冶进击江西,隆裕太后(高宗的伯母)由洪州(南昌)仓皇出走,至造口镇弃舟登陆,再退往虔州(赣州市)。罗大经谓金兵追至造口,"不及而还"(《鹤林玉露》)。　③[郁孤台]在今江西省赣州市西南之贺兰山上。此地"隆阜郁然,孤起平地数丈,冠冕一郡之形胜",故名。唐代李勉为虔州刺史,登台北望京城长安,慨然有感,谓"心在魏阙",故又名"望阙台"。均见王象之《舆地纪胜》。　④[清江]袁江与赣江合流处,旧亦称清江。此指赣江。　⑤[长安]见第72首注⑤。　⑥[可怜]可惜。　⑦[愁余]使我忧愁。《楚辞·九歌·湘夫人》:"帝子降兮北渚,目渺渺兮愁予。"　⑧[鹧鸪]见第174首注⑤。

作意与作法

　　此首为词人于孝宗淳熙三年(1176)江西提点刑狱任上之作。官署在赣州,造口乃出入必经之地,故有此登台书壁之词。上片放眼,由近而远;下片收眼,由远而近。

　　上片起二句"郁孤台"、"清江水"写怀古之情,"清江水"、"行人泪"写伤今之慨。形胜之地,蒙受奇耻,往来志士,怎不挥泪!结二句放眼西北,重峦遮蔽,汴都不见,令人可惜。下片换头二句承山而写水,青山可以遮遥望之目,不可以阻奔腾之江水。词人羡江水之自由奔腾,恨自己的壮志难酬,对比堪悲。结二句江天暮色,日落黄昏,此日"行人"正发愁之际,耳畔却传来了深山鹧鸪之鸣声。"行不得也哥哥"是鸟儿的悲啼,亦是词人之自叹:抗金复国之志行不通呀,朋友!

　　全篇以"清江"为起兴,以"青山"喻主和之阻力,以"东流"反比自己的不如,以"江晚"暮色烘托内心的愁苦,以"鹧鸪"声声之叹暗示胸中的悲愤。词旨含蓄,意境遥深。

陈　亮 (1首)

陈亮(1143—1194)字同甫,婺州永康(在今浙江省)人。光宗绍熙四年(1193)应试进士第一,授签书建康府判官厅公事,未曾赴任即已下世。陈氏一生纵论时政,提倡军事,力主抗金,为主和派不容,几遭迫害。填词多豪气磅礴,极少婉媚。他属辛派词人,亦是稼轩的挚友。有《龙川词》。《全宋词》辑其全篇71首,残篇3。

186　水　龙　吟①

词谱

闹花②深处层楼③,画帘④半卷东风软。春
○○　○●○○　　●○　●○○○●

归翠陌⑤,平莎⑥茸⑦嫩,垂杨金浅⑧。迟日⑨催
○●●●　○○○●　○○○●　⊖●○

花,淡云⑩阁雨⑪,轻寒轻暖。恨芳菲⑫世界,游
○　●○●●　○○○●　●○○●●　○

人未赏,都付与、莺和燕。　　寂寞凭高念远,
○●●　○●●、○○●　　●●○○●●

向南楼⑬、一声归雁。金钗⑭斗草⑮，青丝勒
马⑯，风流⑰云散。罗绶⑱分香，翠绡⑲封泪⑳，
几多幽怨？正销魂㉑，又是疏烟淡月，子规㉒声
断。

注 解

①[水龙吟]见第63首注①。此词属双调、102字仄韵正体之一(首句6字,二句7字,秦观体)。平仄1异(见谱中❽)。全首韵脚属第七部"阮(半)"、"旱"、"铣"、"愿(半)"、"翰"、"谏"、"霰"仄声上、去通押。　②[闹花]盛开的花朵,繁花。　③[层楼]见第182首注⑥。　④[画帘]参见第78首注⑤。　⑤[翠陌]参见第28首注④。　⑥[平莎(suō)]平原上的莎草。　⑦[茸(róng)]草的初生状态。　⑧[金浅]浅黄色。　⑨[迟日]指春天昼长。《诗·豳风·七月》:"春日迟迟,采蘩祁祁。"　⑩[淡云]薄薄的云层。　⑪[阁雨]雨停。参见第148首注③。　⑫[芳菲]见第174首注⑦。　⑬[南楼]见第45首注⑥,此用庾亮事,以喻春夜思归。　⑭[金钗]参见第182首注②。　⑮[斗草]见第151首注⑪。　⑯[青丝勒马]用青丝绳做马络头。古乐府《陌上桑》:"青丝系马尾,黄金络马头。"　⑰[风流]见第162首注⑫。　⑱[罗绶]即罗带。见第75首注⑨。　⑲[绡]薄绸、薄纱。这里指丝巾。　⑳[封泪]留存着泪痕。　㉑[销魂]亦即消魂,见第107首注⑭。　㉒[子规]见第150首注④。

作意与作法

此首亦题"春恨",为"凭高念远"之作。上片写好景无人之恨,下片写凭高怀远之怨。

上片起二句写楼院的春意。小楼掩映在花团之中,春风轻抚着半卷的画帘。"闹",还可见蜂蝶争春;"半卷",更可想楼中有人。次三句写望中的郊野。莎草"茸嫩",柳条如金,这正是"春归"不

久。再三句写天气。雨后薄薄的云层,微寒微暖的变化,长长的白昼,这正是催花催人的时日。结四句总束此片。花开一春,香飘千里,无游人欣赏,都让给莺、燕,故归于"恨"。

下片换头二句写登楼所触所思。"寂寞凭高"可见独自一人登览;临傍"南楼""一声归雁",又生还乡念远之心。次三句忆当年之乐事。"金钗斗草"写二人游戏之尽兴;"青丝勒马"写二人春游之尽情;"风流云散",指冶游之事无影无踪。再三句写当年的别离。"罗缓分香",写别时爱人赠物纪念;"翠绡封泪",写别后爱人泪满丝巾;"几多幽怨",写双方内心痛苦难消。结三句以景含情,写难眠之苦。薄雾"淡月",写所见夜色之清冷;"子规"声尽,写所听夜声之凄悲。此所见所闻,怎不使离人感触万端,黯然魂消。

刘熙载说:"同甫《水龙吟》云:'恨芳菲世界,游人未赏,都付与,莺和燕。'言近旨远,直有宗(泽)留守大呼渡河之意。"(《艺概》)如此比兴,那末,"芳菲世界"可理解为中原的锦绣山河,"莺和燕"可暗比着苟安主和的奸佞之徒,而"南楼""念远"便是对中原父老的怀念。"一声归雁"则是人不如物,见不着中原、汴京的感叹。此中寄托与否,亦可见仁见智。

章良能 (1首)

章良能(?—1214)字达之,丽水(今浙江省县名)人,居吴兴。孝宗淳熙五年(1178)进士。历任著作佐郎、枢密院编修官、试礼部侍郎、御史中丞、参知政事等职。章氏自幼性滑稽,好琴书。间作小词,富有思致。《全宋词》辑其全篇1首。

187 小 重 山①

词 谱

柳暗花明②春事深,小阑红芍药、已抽簪③。雨余风软碎鸣禽④,迟迟日⑤、犹带一分阴。 往事莫沉吟⑥,身闲时序⑦好、且⑧登临。旧游无处不堪⑨寻,无寻处、惟有少年心。

注 解

①[小重山]调见《花间集》,又名小冲山、小重山令、柳花新、群玉轩、璧月堂等。唐人例用以写宫怨,故其调悲。《尧山堂外纪》:"韦庄留蜀,蜀主夺其

365

姬之善词翰者入宫,庄念之,因作《小重山》宫词'一闭昭阳春又春,夜寒宫漏永,梦君恩'云云,流传入宫,姬闻之,不食死。"此调4体,此词属双调、58字正体。全首用韵属第十三部平声"侵"韵。　　②[柳暗花明]陆游《游山西村》:"山重水复疑无路,柳暗花明又一村。"　　③[抽簪]簪,本为冠笄,连冠于发者,仕宦所用。故称弃官引退为"抽簪"。这里所指为花苞的展开。　　④[碎鸣禽]杜荀鹤《春宫怨》:"风暖鸟声碎,日高花影重。"　　⑤[迟迟日]见第186首注⑨。　　⑥[沉吟]深思。曹操《短歌行》:"但为君故,沉吟至今。"　　⑦[时序]时间的先后,季节的顺序。　　⑧[且]正。　　⑨[不堪]不可。

作意与作法

　　此首为惜春行乐之作。上片描写春末之景物,下片抒发迟暮之情怀。

　　上片起二句"柳暗花明"写柳阴之浓、鲜花之艳,可想游人的分花拂柳。红药为夏初之花,承"花明"而写其应早;"抽簪"为花苞分裂,念小阑而欲一赏。结二句承"柳暗"而写。"雨余风软"想见柳条之新、垂扬之舞,"鸣禽"声声想其小燕呢喃、黄莺婉转。"迟迟日"写白昼之长,"一分阴"写日光不烈。

　　下片换头二句抒发及时行乐之情。往事任其如烟,切莫萦怀多虑,此劝人劝己"轻装"出游;"身闲"为年老而发,"时序"应花、柳而来,此劝人劝己正好登临。结二句感环境未变而人生易老。昔日游踪处处可寻,少年壮志已无影无踪,可想心情之沉痛。

　　全词语意婉约,极尽思致,上景下情,情景交融。然及时行乐之念,亦含牢骚之意。

刘 过 (1首)

　　刘过(1154—1206)字改之,自号龙洲道人,吉州太和(在今江西省)人。宋子虚称为"天下奇男子,平生以气义撼当世"(毛晋《龙洲词·跋》引语)。但四次应举不中,多次上书不纳。北伐无期,恢复无望,故流浪江湖,依人为客,寄情于词,晚年与辛弃疾交往。

　　刘氏为辛派词人,黄升指其"词多壮语,盖学稼轩"(《花庵词选》)。与稼轩比,粗豪放肆有时过之,而婉转变化有时不及。当然有的词于"狂逸之中"亦"自饶俊致"(刘熙载《艺概》)。有《龙洲词》。《全宋词》辑其全篇73首,残篇4。

188　唐 多 令①

　　安远楼②小集③,侑觞④歌板⑤之姬黄其姓者,乞词于龙洲道人,为赋此。同柳阜之、刘去非、石民瞻、周嘉仲、陈孟参、孟容,时八月五日也。

词　谱

芦叶满汀洲，寒沙带浅流。二十年、重过南
● ● ● ◐ ○ ○ ○ ◐ ● ○ ◐ ◐ ○ ● ● ○

楼⑥。柳下系船犹未稳，能几日、又中秋。
○ ● ◐ ● ○ ○ ● ● ○ ● ● ◐ ● ○ ○

黄鹤⑦断矶头，故人曾到否？旧江山、浑⑧是新
◐ ● ● ● ○ ○ ○ ○ ◐ ● ● ○ ○ ◐ ● ○

愁。欲买桂花同载酒，终不似、少年游！
◎ ◐ ● ◐ ○ ○ ● ● ○ ○ ◐ ● ● ○ ○

注　解

①[唐多令]调见《龙洲词》此首。又名糖多令、南楼令、箜篌曲等。此调
3体，此词为双调、60字正体。全首用韵属第十二部平声"尤"韵。　　②[安
远楼]又名南楼，在武昌黄鹄山(一名黄鹤山，即今之蛇山)上，与黄鹤楼为邻。
姜夔《翠楼吟》题云："淳熙丙午(1186)冬，武昌安远楼成。"　　③[小集]指小
宴。　　④[侑(yòu)觞(shāng)]劝酒。　　⑤[歌板]执板唱曲。所谓"执红
牙板，歌'杨柳岸晓风残月'"(俞文豹《吹剑录》)。　　⑥[南楼]即"安远楼"。
见本首注②。　　⑦[黄鹤]指黄鹤楼传说的黄鹤。《南齐书·州郡志》谓仙人
子安乘黄鹤过此，《太平寰宇记》则谓费文祎登仙，曾驾黄鹤憩此，因传说而有
此名。楼为孙权黄武二年(223)所建，后几毁几修，旧址在今武汉市长江大桥
武昌桥头，此处为蛇山之首，峭崎江边，故有"矶头"之名。1985年新楼建成，
位置后移三四百米。　　⑧[浑]见第165首注⑫。

作意与作法

此首一题《重过武昌》，应歌姬之乞而作。重上名楼，同时小
集，故人不在，举目江山，遂生今昔之慨。上片写所见、所思，下片
写所忆、所感。

上片起三句，满洲"芦叶"，想其秋声、秋色；"寒沙"、"浅流"，想
其秋凉、秋清；"二十"点时，"南楼"点地，"重过"二字，有无限今昔
之慨。结二句"柳下"为"矶头"泊舟之处，"系船""未稳"，即临"中
秋"，有叹时光之速。下片重头三句，"黄鹤"尽飞，已是遗憾；"故

人"不到,更觉无聊;面对"旧江山",想起危时局,怎不一派新愁!结二句应重游而写。买花、载酒、击楫、放歌,如今只能是一种设想,20年前的少年豪气,已随着年岁而消磨。此见怅惘之情。

全词未作直接铺叙,而是曲折抒情;词旨激越,表现委婉。当初传诵一时,后来刘辰翁于临安失陷后,曾步韵和了7首之多。

姜　夔 (17首)

　　姜夔(kuí)(1155—1221)字尧章,自号白石道人。饶州鄱阳(在今江西省)人。早年随父居汉阳(在今湖北武汉市),父死依姐而居。自22至32岁的10年中,有所谓合肥情遇的一段风流经历。姜氏一生不曾作官,过着清客的生活,虽屡试不第,但擅长书法,精通音乐,尤能填词。曾以文学艺术与当时社会名流交往,杨万里、范成大、辛弃疾等均与友善,名诗人肖德藻以其侄女妻之。晚年落拓困顿,旅食于浙东、嘉兴、金陵间,后卒于西湖,贫不能殡,友人吴潜等葬之于钱塘门外西马塍(chéng)。

　　由于作家的特殊经历,姜词多写个人身世与离别相思。他追求隐逸高雅,回避现实矛盾;有清妙秀逸的风格,欠深厚广远的词境。姜词着重艺术技巧,讲究声律和雕琢字句,这种刻意求工并不轻佻浮艳。白石上承清真,立足南宋而自成“清空”一派,所谓“野云孤飞,去留无迹”(张炎《词源》)。南宋末年王沂孙、张炎等人以之为宗,清词中兴,更开朱彝尊等浙西一派。今传《白石道人歌曲》,其中有17首词附有旁谱,这是研究宋词乐谱最可宝贵的资料。《全宋词》辑其全篇86首。

189　点绛唇^①

丁未^②冬,过吴松^③作。

词　谱

燕雁无心,太湖西畔随云去。数峰清苦,商
略^④黄昏雨。　　第四桥^⑤边,拟共天随^⑥住。今
何许^⑦?凭阑怀古,残柳参差^⑧舞。

注　解

①[点绛唇]见第 144 首注①。此调 3 体,此词属双调、41 字正体。全首
韵脚属第四部"语"、"麌"、"御"、"遇"仄声上、去通押。　　②[丁未]孝宗淳
熙十四年(1187)。　　③[吴松]即吴松江(在今江苏省内)。自太湖东北始,
经吴江、吴县、昆山、青浦、松江、上海、嘉定,会合黄浦江入海。句中指吴江。
④[商略]商量,酝酿。　　⑤[第四桥]即吴江城外甘泉桥。因泉水被评为全
国第四,故有此名。　　⑥[天随]晚唐陆龟蒙字鲁望,自号"天随子"。辞官
后隐居吴松(指吴江)上甫里(镇),常泛舟太湖,垂钓船上,人称"江湖散人"。
词人常以陆氏自比:"三生定是陆天随,又向吴松作客归。"(《除夜自石湖归苕
溪》)　　⑦[何许]见第 127 首注⑫。　　⑧[参(cēn)差(cī)]形容柳条长短
不齐。

作意与作法

　　此访友归途过吴江之作,上片写自然超脱之慨,下片写怀念古
人之情。

　　上片起二句写远见。"太湖西畔"为极目之远处,"燕雁""随

云"写南来北往无定。此飘然若仙,实为词人浪迹江湖。结二句写近见。"数峰清苦",写寒山的寂寥;黄昏到来,天色阴沉,数峰围定,似商议降雨之事,实增添羁旅之情。下片换头二句怀古。"第四桥边"应"燕雁"而写自己"随云",继"黄昏"而写留雨。就吴江之地,留甫里之镇,同陆龟蒙泛舟太湖,垂钓船上,添一名"江湖散人"。结三句观今。"今何许"假设一问,无须旁人作答。"凭阑怀古"、"残柳参差",俯仰之间,沧桑尽变,足见吊古伤今。

陈廷焯云:"白石长调之妙,冠绝南宋;短章亦有不可及者,如《点绛唇》一阕,通首只写眼前景物,至结处云:'今何许?凭阑怀古,残柳参差舞。'感时伤事,只用'今何许'三字提倡,'凭阑怀古'下,仅以'残柳'五字咏叹了之,无穷哀感,都在虚处;令读者吊古伤今,不能自止,洵推绝调。"(《白雨斋词话》)此"虚处"即指姜词的"清空"而言,确有一定的特色。而"数峰"二语,更是历来为人们倾倒,巧夺化工。

190 鹧 鸪 天①

元夕②有所梦

词 谱

肥水③东流无尽期,当初不合种相思。梦中
○● ⊖● ⊖●● ◎○ ○○●● ◎○⊖ ●○

未比丹青④见⑤,暗里忽惊山鸟啼。 春未绿,
⊖●○○ ● ●●○○⊗●○ ○●●

鬓先丝,人间别久不成悲!谁教岁岁红莲⑥夜,
●○◎ ⊖○●● ●○○ ○○●●○○ ●

両処沉吟⑦各自知。
〇●〇〇 〇●◎

注　解

①[鹧鸪天]见第 50 首注①。此调仅此 55 字双调一体。平仄 1 异(见谱中✖)。全首韵脚属第三部平声"支"、"齐"通韵。　②[元夕]参见第 137 首注⑦。　③[肥水]也作"淝水"。源出安徽合肥西北将军岭,为今东肥河和南肥河的总称。东肥河西北流经寿县入淮,南肥河东南流经合肥入巢湖。参阅《嘉庆一统志·庐州府》。　④[丹青]图画。这里指画像。杜甫《咏怀古迹》(其三):"画图省识春风面,环佩空归月夜魂。"　⑤[见]同现,显现。⑥[红莲]指花灯。欧阳修《蓦山溪》(元夕):"纤手染香罗,剪红莲、满城开遍。"　⑦[沉吟]见第 187 首注⑥。

作意与作法

此首为词人于宁宗庆元三年(1197)元夕感梦之作,诉述对所思女子(合肥情遇)的久别之情。上片写感梦,下片写离情。

上片起二句写感。水流"无尽"比长恨无穷,播种"相思"红豆指当年的初恋,"当初不合"由长恨而懊悔。结二句因感成梦。"丹青"所见写女子画像满面春风的真切,然"梦中未比",可见其隐约模糊,更何况山鸟啼鸣,又从依稀的梦境中惊醒。下片换头三句转入离情。"春未绿"写芳菲未到,难成欢会;"鬓先丝"写秋霜染鬓,人却渐老。"人间别久"写其远别天涯,"不成悲"写其冥顽、麻木。此不觉悲,尤见其悲之甚。结二句点明"元夕"。"红莲"之夜写其触景生情;两处"沉吟"写其心心相印,故各自重温当年恋爱的情景。

怀人之作,交代甚明。起写地、写愁,结写时、写痛,而梦又不成,人却渐老,这正是愁恨与悲痛的缘由。全词运笔峭拔,情意缱绻。

191　踏莎行①

自沔②东来。丁未③元日④至金陵⑤，江上感梦而作。

词　谱

燕燕轻盈，莺莺娇软⑥，分明又向华胥⑦
⊖　●　⊖　○　⊖　⊖　○　●　●　○　⊖　●　○

见。夜长争得⑧薄情⑨知？春初早被相思染。
●　●　○　⊖　●　⊖　○　○　⊖　○　●　●　○　○　●

别后书辞，别时针线⑩，离魂暗逐郎行⑪远。
●　●　○　○　●　○　○　●　⊖　○　●　●　○　○　●

淮南⑫皓月冷千山，冥冥⑬归去无人管。
⊖　○　●　●　●　○　○　⊖　○　⊖　●　○　○　●

注　解

①[踏莎行]见第17首注①。此调3体，此词属双调、58字正体，全首用韵属第七部"阮(半)"、"旱"、"铣"、"霰"，第十四部"俭"，为隔部上、去通押。②[沔(miǎn)]即汉水，又唐宋时州名，今湖北武汉市汉阳区。姜夔早年流寓在此。　③[丁未]丁未年即孝宗淳熙十四年(1187)。　④[元日]农历正月初一。　⑤[金陵]见第125首注②。　⑥["燕燕"二句]指作者于合肥情遇中的恋人。苏轼《张子野年八十五尚闻买妾述古令作诗》："诗人老去莺莺在，公子归来燕燕忙。"　⑦[华胥(xū)]见第160首注⑯。⑧[争得]怎得。　⑨[薄情]参见第75首注⑪。指词人。　⑩[针线]指女子缝制的活计。　⑪[郎行(háng)]郎边，情郎那边。这里暗用"倩女离魂"事：唐代陈玄祐小说《离魂记》，说衡州张镒有女倩娘，和镒甥王宙相恋。后镒以女另配他人，倩娘抑郁成病。王宙被遣去四川，夜半，倩娘的魂赶到船上。五年后，两人归家，房中卧病在床的倩娘闻声出见，两女合为一体。

⑫[淮南]指合肥(宋时属淮南路)。第 190 首《鹧鸪天》词有"肥水东流无尽期,当初不合种相思",可见情人就在那里。　　⑬[冥冥]晦暗,昏昧。这里指朦朦胧胧。

作意与作法

此首系词人自汉阳至金陵途中,船行安徽江段,时当明月之夜,因感当年合肥情遇而有梦,故作此词。上片写梦中相见,下片写醒后相思。

上片起三句写女子的情态。"燕燕轻盈","莺莺娇软",写合肥恋人的体态与嗓音,念其歌舞才能。"华胥"相见,如此分明,可见梦境之真切。结二句写女子的诉述。长夜难熬,"薄情"郎怎知?初春刚到,相思病又发!此写恨情。下片重头三句睹物思人。"别后书辞",写女子所寄情书保存在箧;"别时针线",写女子所缝衣衫穿著在身;故情郎(词人自指)身边犹如远来的"离魂暗逐"。结二句设想情人归去。"淮南"指合肥情遇之地,"皓月"、"千山",写明月之夜千山万水的清幽,"冥冥归去",写朦胧之中魂魄飘然而行。"无人管"写归去以后的孤单可怜。

刘熙载云:"姜白石词幽韵冷香,令人挹之无尽,拟诸形容,在乐则琴,在花则梅也。"(《艺概》)此篇寄情遥深而出手淡雅,正犹乐中之琴、花中之梅。"淮南皓月冷千山,冥冥归去无人管"为词坛公认佳句,将词人缱绻之情融入静态之景,浑化无迹。

192　庆　宫　春①

绍熙辛亥②除夕,余别石湖③归吴兴④,雪后夜过垂虹⑤尝赋诗云:"笠泽⑥茫茫雁影微⑦,玉峰重叠护云衣;长桥寂寞春寒夜，只有诗人一舸⑧归。"后五年冬，复与俞商卿⑨、张平甫⑩、铦朴翁⑪自封禺⑫同载诣梁溪⑬。道经吴松⑭，山寒天迥⑮，云浪四合，中夕⑯相呼步垂虹，星斗下垂，错杂渔火，朔吹凛凛，厄⑰酒不能支。朴翁以衾自缠，犹相与行吟⑱，因赋此阕。盖过旬⑲，涂稿乃定。朴翁咎余无益，然意所耽，不能自已也。平甫、商卿、朴翁皆工于诗，所出奇诡。余亦强追逐之。此行既归，各得五十余解⑳。

词　谱

双桨莼㉑波，一蓑松雨，暮愁渐满空阔。呼我盟鸥㉒，翩翩欲下，背人还过木末㉓。那回归去，荡云雪、孤舟夜发。伤心重见，依约眉山，黛痕低压。　采香径㉔里春寒，老子㉕婆娑㉖，自歌谁答？垂虹西望，飘然引去㉗，此兴平生难遏。酒醒波远，正凝想㉘、明珰素袜㉙。如今安在？惟有阑干㉚，伴人一霎。

注　解

①[庆宫春]一名庆春宫。此调有平韵、仄韵两体。平韵体始自北宋，仄韵体始自南宋。此词属双调、102字仄韵体，全首用韵属第十八部"月"、"曷"，第十九部"合"、"洽"，为入声通押。　②[绍熙辛亥]光宗绍熙二年(1191)。后五年，为宁宗庆元二年(1196)。　③[石湖]南宋著名诗人范成大别名石湖居士。石湖，在今江苏省苏州市西南，范氏有别墅于此。　④[吴兴]今

浙江县名。　　⑤[垂虹]吴江利往桥上有亭名"垂虹"。　　⑥[笠泽]即太湖，和石湖相通。　　⑦[微]小。　　⑧[舸(gě)]大船。这里作一般船只。⑨[俞商卿]咸淳《临安志》："俞颢字商卿，世居杭，父徙乌程，绍熙四年(1193)登第。宝庆二年(1226)致仕，筑室九里松，自号青松居士。"　　⑩[张平甫]张镃(功甫)异母弟。名鉴。　　⑪[铦(xiān)朴翁]葛天民，字无怀，山阴人。初为僧，名义铦，其后还初服，筑室西湖苏堤，自号柳下，工诗，一时所交皆胜士。有二侍姬：一名如梦，一名如幻。见《癸辛杂识》、《贵耳录》。　　⑫[封禺]封山和禺山的合称，两山相距仅二里。禺亦作隅、嵎，在今浙江省德清县西南。　　⑬[梁溪]今江苏省无锡市。因城西有梁溪，故有此别名。　　⑭[吴松]见第189首注③。　　⑮[迥(jiǒng)]远。　　⑯[中夕]半夜。　　⑰[卮(zhī)]古代一种盛酒器。《史记·项羽本记》："赐之卮酒。"　　⑱[行吟]漫步歌吟。屈原《渔父》："屈原既放，游于江潭，行吟泽畔。"　　⑲[旬]10天为旬。一月内分为上、中、下三旬。　　⑳[解]诗的段落。《诗经》之章、古《乐府》之解、词曲之叠，性质皆同。　　㉑[莼]一作莼菜，又有水葵、露葵等异名。参见第181首注⑥。　　㉒[盟鸥]指居住云水之乡，如与鸥鸟有约。㉓[木末]树梢。　　㉔[采香径]《苏州府志》："采香径在香山之旁，小溪也。吴王种香于香山，使美人泛舟于溪水采香。今自灵岩山望之，一水直如矢，故俗名箭径。"　　㉕[老子]自称之词，老夫的意思。　　㉖[婆娑]媻姗的意思，放逸不羁的样子。　　㉗[引去]退出，引退。苏轼《次韵钱越州见寄》："欲息波澜须引去，吾侪岂独坐无言。"　　㉘[凝想]见第124首注⑩。㉙[明珰素袜]指古代采香美人。曹植《洛神赋》："凌波微步，罗袜生尘。"又"无微情以效爱兮，献江南之明珰。"明珰即明珠。　　㉚[阑干]见第58首注③。

作意与作法

　　此首为宁宗庆元二年(1196)冬末与友人道经吴松夜泛垂虹追忆昔游之作。上片描写暝昏景物，下片抒发思古情怀。

　　上片起三句写黄昏泛舟。"双桨莼波"写船儿荡开水草之处，"一蓑松雨"写散荡江湖的高士形象，江松停雨，江天"空阔"，暮色使人生愁。次三句写物态。"呼我盟鸥"写词人的放旷，"翩翩欲下"写鸥友的通情,"还过木末"写其转身离人暂时告别。再二句回忆。"那回归去"乃五年前的"垂虹"夜泛,与小红(范成大所赠歌姬)同归吴兴。"孤舟夜发"、云水浮荡、"玉峰重叠"、"雁影"微茫、"小红低唱",此五年前的印象犹深。结三句折入现景。眉样的远山仅"依约"可见,黛色的山影却层云低压,此对比前次"玉峰重叠"、"小红低唱",今已人过 40,"重见"岂不"伤心"!

下片换头三句转入怀古。"香径""春寒",思当年吴姬采香盛况;"老子婆娑",写词人放逸不羁;"自歌谁答",有不见吴娃采香、亦不见小红低唱之憾。次三句"垂虹西望",有不舍之情;"飘然引去",写孤舟东逝,词人脱尘之态。诚如玉田所评"野云孤飞,去留无迹",故"平生难遇""此兴"!再二句"酒醒波远",写一场梦过;"明珰素袜",写梦中所见吴娃;而且仍在痴想,可见多情怀古。结三句"如今安在"以疑问否定。"惟有阑干,伴人一霎",写不见古代美人,只有空自凭阑。此回应"愁满空阔"。

全词词翰丰茸,思想拔俗,在读者的脑海中于垂虹亭畔留下了一尊"婆娑""老子""飘然"不群的高士塑像,为名胜古迹增添了几分异彩。《庆宫春》,垂虹亭,一词一景,互相辉映。

193 齐天乐①

丙辰②岁与张功甫③会饮张达可之堂,闻屋壁间蟋蟀有声,功甫约余同赋,以授歌者。功甫先成,词甚美;余徘徊茉莉花间,仰见秋月,顿起幽思,寻亦得此蟋蟀,中都④呼为促织⑤,善斗;好事者或以三二十万钱致一枚,镂象齿为楼观⑥以贮之。

词 谱

庾郎⑦先自吟《愁赋》,凄凄更闻私语。露湿

铜铺⑧,苔侵石井⑨,都是曾听伊处。哀音似诉,

正思妇无眠,起寻机杼⑩。曲曲屏山⑪,夜凉独

自甚情绪? 西窗又吹暗雨,为谁频断续,相

和砧杵⑫?候馆⑬吟秋,离宫⑭吊月,别有伤心

无数。《豳》诗⑮漫与⑯,笑篱落⑰呼灯,世间儿

女。写入琴丝⑱,一声声更苦。

注 解

①[齐天乐]调见周邦彦《片玉词》。又名台城路、五福降中天、如此江山等。此调8体,此词为双调、102字变体。全首用韵属第四部"语"、"麌"、"御"、"遇"仄声上、去通押。 ②[丙辰]宁宗庆元二年(1196)。 ③[张功甫]名镃(1153—?),字功甫,西秦人,南宋将领张俊之孙,居临安,官奉议郎。庆元元年(1195)任司农寺主簿。有《玉照堂词》。(张达可不详,或系功甫之昆季。) ④[中都]都中,这里指北宋汴京(今河南开封市)。⑤[促织]参见第37首注⑦。 ⑥[楼观(guàn)]楼阁台榭.此处指精巧的蟋蟀笼子。 ⑦[庾郎]参见第166首注⑥和第117首注⑩。 ⑧[铜铺]铜制的铺首,装在门上,以衔门环。 ⑨[石井]石砌的井阑。 ⑩[机杼(zhù)]见第105首注⑤。 ⑪[屏山]见第143首注⑤。 ⑫[砧(zhēn)杵(chǔ)]见第105首注⑦。 ⑬[候馆]见第23首注②。此句化用王褒《四子讲德论》中"蟋蟀候秋吟"而来。 ⑭[离宫]皇帝出巡时住的行宫。此句化用李贺《宫娃歌》中"啼蛄吊月钩阑下"而来。 ⑮[豳(bīn)诗]《诗经·豳风·七月》写蟋蟀的活动:"七月在野,八月在宇,九月在户,十月蟋蟀入

我床下。" ⑯[漫与]即景抒情,率意而作。杜甫《江上值水如海势,聊短述》:"老去诗篇浑漫与,春来花鸟莫深愁。" ⑰[篱落]篱笆角落。
⑱[琴丝]即琴曲,作者自注:"宣(和)、政(和)间(按:此为徽宗年号,北宋亡国前夕),有士大夫制《蟋蟀吟》。"

作意与作法

此首系应友人张功甫同赋蟋蟀的咏物之作(张词见第 208首),词人听蟋蟀之哀音,生个人之愁苦,寄家国之遗憾。上片写听时所生之情思,下片写听后所生之感想。

上片起二句写所听之情。"庾郎""愁赋",既怀古而又自况;"凄凄""私语",用借喻而写蛩鸣。"先自吟"与"更闻"相应,又进一层,其情尤深。次三句写所听之处。"露湿铜铺",写凉夜的门庭;"苔侵石井",写草丛院落;"曾听伊处",更将蟋蟀拟人。再三句因情生事。"哀音似诉",以明喻引人共鸣;"思妇无眠",为哀音所感;"起寻机杼",为征夫织布以备冬衣。结二句继写思妇。"曲曲屏山",写所见屏风画面之遥山远水,而生离情别意;"夜凉独自",写人隔千里,凉夜凄清,独自难过之情;"甚情绪?"似问似叹,尤见悱恻缠绵。

下片换头三句继写思妇。"西窗"、"暗雨",渲染思妇的环境。以"又吹"相承,此过片因其曲意不断,为张炎所赏(见《词源》)。"断续"写蟋蟀之鸣,"砧杵"写捣衣之响,两声"相和",此是"为谁"?问得无理,可是理愈无愈妙;问得痴情,可是情越痴越深。次三句推及更多的伤心者。"候馆吟秋",写蛩鸣客舍,兴游子思亲之叹;"离宫吊月",想蛩鸣囚室,动当年北掳君臣故国之情。这正是"无数伤心"者中的两个"别有"。再三句陡转。借《豳》诗而自比填词,写"漫与"诚非率意。"篱落呼灯"写民间少年捕捉蟋蟀的活动,陈廷焯以为"以无知儿女之乐,反衬出有心人之苦"(《白雨斋词话》),此说中肯,故有"苦笑"!结二句由转而合。"写入琴丝"借《齐天

380

乐》以讽《蟋蟀吟》,点明"一声声更苦",与起句"愁"相应,以明作意,余音袅袅。

全词思路广远,意识随流,空间自由转换,人事随意触发,"将蟋蟀与听蟋蟀者层层夹写,如环无端,真化工之笔也。"(许昂霄《词综偶评》)

194 琵 琶 仙①

《吴都赋》②云:"户藏烟浦,家具画船。"惟吴兴③为然。春游之盛,西湖未能过也。己酉④岁,余与萧时父⑤载酒南郭,感遇成歌。

词 谱

双桨来时,有人似、旧曲桃根桃叶⑥。歌
○ ○ ○ ○　●　● ● ○ ○ ● ●　●　　○

扇⑦轻约飞花,蛾眉⑧正奇绝。春渐远、汀洲自
● ○ ● ○ ○　○ ○ ● ○ ●　○ ● ●　○ ○ ●

绿,更添了、几声啼鴂⑨十里扬州⑩,三生⑪杜
●　● ○ ●　● ○ ○ ●　● ● ○ ○　○ ○ ●

牧,前事休说。　　又还是、宫烛分烟⑫,奈愁
●　○ ● ○ ●　　　● ○ ●　○ ● ○ ○　● ○

里,匆匆换时节。都把一襟⑬芳思⑭,与空阶榆
●　○ ○ ● ○ ●　○ ● ● ○　○ ●　● ○ ○ ○

荚⑮。千万缕、藏鸦细柳⑯,为玉尊⑰、起舞回
●　○ ● ●　○ ○ ● ●　● ● ○　● ● ○

雪。想见西出阳关⑱,故人初别。
●　● ● ○ ● ○ ○　● ○ ○ ●

注　解

①[琵琶仙]姜夔自度曲。此调仅此双调、100字一首。全首韵脚属第十八部入声"屑"、"叶"通韵。　②[吴都赋]白石误引。应为《唐文粹》所录李庾《西都赋》，其原文为"户闭烟浦，家藏画舟"。以上见郑文焯《绝妙好词》校录和顾广圻《思适斋集》。　③[吴兴]见第192首注④。　④[己酉]孝宗淳熙十六年(1189)。　⑤[萧时父]萧德藻之侄，白石妻党。　⑥["旧曲"句]指《桃叶歌》，《乐府》吴声歌曲名。南朝陈时，江南盛歌王献之《桃叶》之词："桃叶复桃叶，度江不用楫，但度无所苦，我自迎接汝。"桃根为桃叶之妹。参见第103首注④和第182首注③。　⑦[歌扇]参见第50首注⑤。⑧[蛾眉]见第162首注⑦。　⑨[啼鴂]即鸣鴂。见第4首注②。　⑩[十里扬州]参见第74首注⑧。　⑪[三生]佛家语，谓过去、现在、未来三世人生。白居易《自罢河南已换七尹……偶题西壁》："世说三生如不谬，共疑曹、许是前身。"　⑫[宫烛分烟]参见第128首注⑧。　⑬[一襟]满腔。⑭[芳思(sì)]见第73首注⑥。　⑮[榆荚]见第76首注④和第63首注⑤引诗。　⑯[藏鸦细柳]参见第111首注②。　⑰[玉尊]玉制酒器，参见第1首注④。　⑱[阳关]参见第123首注⑦。

作意与作法

此首为词人感遇之作，怀人之章。上片写载酒南郭之感遇，下片写回忆当年之感离。

上片起二句，"双桨"写画船的远来，"桃根桃叶"暗比所思念的合肥恋人。次二句"歌扇""飞花"，写来者的举动以比合肥女子的才艺；"蛾眉""奇绝"，写来者的姿容以比合肥女子的美色。再二句由所见来人而生感。"渐远"有惜春归，"自绿"恨无同游。伊人不见的离恨，"啼鴂"声声的送春，词人怎不惆怅。结三句以前代诗人杜牧暗比。"十里扬州"，比合肥之"初别"；"三生杜牧"，叹再见之困难；"前事休说"，可见此刻不堪回首。

下片换头二句，"宫烛分烟"写景物"还是"如故，节序"还是"依然；"匆匆换时"写光阴似箭，不觉年华偷换。次二句"一襟芳思"，

382

写词人满怀情思;"空阶榆荚",写春物亦染人情;故曰都将付与。再二句"藏鸦"写柳色之浓郁,"回雪"写柳絮之荡飞,"玉尊"写劝君之酒浆。结二句"西出阳关"写双方离情别绪,"故人初别"写合肥一别伤心。

全词以遇吴兴"蛾眉"写起,而属意终在合肥"故人",故下片为感情之重心。所隐括三首咏柳唐诗(见本首注⑫、⑮、⑱)加以渲染,会景融情,情景交炼,故沈际飞以为"'春草碧色,春水绿波,送君南浦,伤如之何?'四语约是此篇"(《草堂诗余正集》)。

195　八　归①

湘中②送胡德华③

词　谱

芳莲坠粉,疏桐吹绿,庭院暗雨乍歇。无端抱影销魂④处,还见筱墙⑤萤暗,藓阶蛩⑥切。送客重寻西去路,问水面、琵琶⑦谁拨?最可惜、一片江山,总付与啼鴂⑧。　　长恨相从未款⑨,而今何事,又对西风离别?渚寒烟淡,棹移人远,缥缈行舟如叶。想文君⑩望久,倚竹⑪愁生步罗袜⑫。

归来后、翠尊⑬双饮,下了珠帘,玲珑闲看月⑭。

○○● ●○ ○● ●●○○ ○○○●●

注 解

①[八归]此调系姜夔自度曲,分仄韵、平韵两体。此词属双调、115字仄韵正体。全首韵脚属第十八部入声"月"、"曷"、"屑"、"叶"通韵。 ②[湘中]词人曾客居湖南长沙一带,当指此。 ③[胡德华]事迹不详。 ④[销魂]即消魂。见第107首注⑭。 ⑤[筱(xiǎo)墙]竹墙。筱,小竹。 ⑥[蛩(qióng)]见第37首注⑦。 ⑦[水面琵琶]白居易《琵琶行》:"忽闻水上琵琶声,主人忘归客不发。" ⑧[啼鴂]见第4首注②。 ⑨[未款]指交谊尚不太深。 ⑩[文君]参见第14首注④。 ⑪[倚竹]参见第154首注④。 ⑫[罗袜]李白《玉阶怨》:"玉阶生白露,夜久侵罗袜;却下水晶帘,玲珑看秋月。" ⑬[翠尊]见第127首注⑯。 ⑭["玲珑"句]见前注⑫。

作意与作法

此首为初秋时节客中送客之作。抒词人离别之情,愿友人家室之乐。而山河在望,时事在心,亦不免国家之叹。上片渲染静夜送客的环境,写所见、所闻、所感;下片叙写临晨客去的情景,写所憾、所思、所慕。

上片起三句"芳莲坠粉"写花之谢,"疏桐吹绿"写叶之落,"暗雨乍歇"写气候转正,暗示客行在即。次三句"无端抱影"写身孤神伤,"筱墙萤暗"写光之淡,"藓阶蛩切"写声之凄。再二句寻路"送客",写送者人地生疏,兴生活漂泊之叹;"水面琵琶",引闻者无限心事,动平生抑志之怨。结二句写"江山"在望,"啼 "在闻,空有绿水青山,只待送春鹈鴂,故为"可惜"。

下片换头三句写结交之迟,离分之速。"西风"写气氛之凄凉,"长恨"写心情之惆怅。次三句,"渚寒烟淡"写秋江之色,"棹移人远"写舟行之速,"缥缈""如叶"写送者之久望。再二句"文君望久",设想胡妻之久候;"倚竹愁生",写几回盼归之落空;露湿"罗袜",写望人归来之心切。结三句"翠尊双饮",写洗尘之欢;下帘

"看月",写夫妻之乐,而又怜月之孤。

全词上、下二片,一气呵成;健笔婉词,哀而不伤。陈廷焯赞为"词圣"(《白雨斋词话》),虽有夸大,但不无缘由。

196　念奴娇①

余客武陵②,湖北宪治在焉③;古城野水,乔木参天。余与二三友,日荡舟其间,薄④荷花而饮,意象幽闲,不类人境。秋水且涸⑤,荷叶出地寻丈⑥,因列坐其下,上不见日,清风徐来,绿云自动;间⑦于疏处,窥见游人画船,亦一乐也。裌来⑧吴兴⑨,数得相羊⑩荷花中,又夜泛西湖,光景⑪奇绝,故以此句写之。

词　谱

闹红⑫一舸⑬,记来时、尝与鸳鸯为侣。三
●○　●●　　●○○　●○○○○　○
十六陂⑭人未到,水佩风裳⑮无数。翠叶吹凉,
●●○　○●●　●●○○○●　●●○○

玉容消酒,更洒菰蒲⑯雨。嫣然⑰摇动,冷香飞
●○○●　●●○○●　○○○●　●○○

上诗句。　　　日暮,青盖⑱亭亭,情人不见,争
●○●　　　　●●　○●○○　○○●●　○

忍⑲凌波⑳去?只恐舞衣寒易落,愁入西风㉑南
●●○○●　●●●○○●●　○●○○○

浦㉒。高柳垂阴,老鱼吹浪,留我花间住。田田㉓
◐　○●○○　●○○●　○●○○●　○○

多少,几回沙际㉔归路。

〇● ●〇〇● 〇●

注　解

①[念奴娇]见第 136 首注①。此词为双调、仄韵 100 字变体,全首用韵属第四部"语"、"麌"、"御"、"遇"仄声上、去通押。　②[武陵]今湖南常德县。当时萧德藻为湖北参议,姜夔客住萧邸。　③["湖北"句]宋朝荆南荆湖北路提点刑狱的官署在武陵。　④[薄(bó)]迫近。　⑤[涸(hé)]干。　⑥[寻丈]八尺到一丈。　⑦[间]间或。　⑧[朅(qiè)来]来到。朅,发语词。　⑨[吴兴]见第 192 首注④。　⑩[相羊]同"徜徉",徘徊、游玩的意思。《离骚》:"聊逍遥以相羊。"　⑪[光景]景色。　⑫[闹红]参见第 186 首注②。　⑬[舸(gě)]见第 192 首注⑧。　⑭[三十六陂]极言水塘(陂)之多。王安石《题西太乙宫壁》:"三十六陂烟水,白头想见江南。"　⑮[水佩风裳]本指美人的衣饰,这里指荷叶荷花。李贺《苏小小墓》:"风为裳,水为珮。"珮同佩。　⑯[菰蒲]浅水植物,菰即茭白。　⑰[嫣然]笑的样子。这里形容花容如同美人的微笑。　⑱[青盖]这里指荷叶。　⑲[争忍]见第 33 首注④。　⑳[凌波]见第 97 首注②。　㉑[愁入西风]李璟《浣溪沙》:"菡萏香消翠叶残,西风愁起绿波间。"　㉒[南浦]见第 38 首注⑥。　㉓[田田]形容浮水的荷叶。《古乐府》:"江南可采莲,莲叶何田田。"　㉔[沙际]沙滩边。

作意与作法

此首为姜夔咏荷名作,上片喜其欣荣与高洁,亦寄词人之怀抱;下片恐其零落与迟暮,亦伤词人之身世。

上片起二句,"闹红一舸"写荷花斗艳,小舟游赏;"鸳鸯为侣"写水上的景物,词人的逍遥。次二句,"三十六陂"写池塘之众多,"水佩风裳"指花、叶之无际。再三句,"翠叶吹凉"写荷荫之下"清风徐来","玉容消酒"写花瓣浅红如美人酒后的容貌。结二句,"嫣然摇动",写眼前红荷一闪,如美人生笑;"冷香"化诗,写荷花的清新气息与高洁情调,触动了词人的诗兴。

386

下片换头四句,"青盖亭亭",以亭亭玉立之美人举伞待暮,比花、叶之仍在;"情人不见",不忍离去,写荷花亦是词人自怜。次二句"舞衣""易落",恐荷叶之凋零;"西风南浦"写荷花之愁衰;由此叶、花凋零想到美人迟暮,亦寄词人之自伤身世。再三句"高柳垂阴"写其有意,"老鱼吹浪"写其多情。此写自然景物顾我,更是词人寄情自然。结二句"田田多少",赞荷叶的欣欣向荣;"沙际归路",写词人的依依而去。

全词写荷传神,联想入妙,情景交融,物我一体,此词人化工之笔,诚如"似花还似非花"。

197　扬　州　慢①

　　淳熙丙申②至日③,余过维扬④。夜雪初霁⑤,荠麦⑥弥望⑦。入其城则四顾萧条,寒水自碧,暮色渐起,戍角⑧悲吟;余怀怆然⑨,感慨今昔,因自度此曲⑩。千岩老人⑪以为有黍离之悲⑫也。

词　谱

　　　　淮左⑬名都,竹西⑭佳处,解鞍少驻初程⑮。
　　　　⊖●　○○　●○　○●　●○⊖⊖●○○

过春风十里⑯,尽荠麦青青。自胡马、窥江⑰去
●○○●●　●●●○○　●○●　○○　●

后,废池⑱乔木⑲,犹厌言兵。渐黄昏,清角⑳吹
●　●○　○●　○●○○　●○○　○●　○

寒,都在空城。　　　杜郎㉑俊赏㉒,算㉓而今、重
○　⊖●○○　　　　●○　●●　●○○　○

到须惊。纵豆蔻㉔词工，青楼㉕梦好，难赋深情。

二十四桥㉖仍在，波心荡、冷月无声。念桥边红

药㉗，年年知为谁生。

注　解

①[扬州慢]姜夔自度曲。此调3体，此词为双调、98字正体。全首韵脚属第十一部平声"庚"、"青"通韵。　　②[淳熙丙申]孝宗淳熙三年(1176)。③[至日]即冬至日。　　④[维扬]扬州的别名。《尚书·禹贡》有"淮海维扬州"，故有此称。　　⑤[霁(jì)]此指雪停变晴。　　⑥[荠(jì)麦]野麦。⑦[弥望]满眼。　　⑧[戍角]守兵吹的号角。参见第9首注④。　　⑨[怆然]见第74首注⑥。　　⑩[自度(duó)]此曲自己创制《扬州慢》这个词调。⑪[千岩老人]萧德藻字东夫，号千岩老人，福建闽清人，绍兴三十一年进士，负有诗名，姜夔从其学诗。参见姜夔介绍及第196首注②。　　⑫[黍离之悲]对故国的怀念。《诗经·王风·黍离》首句即"彼黍离离"，诗中感慨故宫荒废，长满禾黍，以吊念西周王朝之覆灭。　　⑬[淮左]宋代在淮水下游南岸设置淮南东路(方位以东为左)，故扬州一带属淮左。　　⑭[竹西]扬州城东禅智寺侧有竹西亭，那一带环境很清幽。杜牧《题扬州禅智寺》："谁知竹西路，歌吹是扬州。"　　⑮[初程]起初一段路程。　　⑯[春风十里]形容扬州的繁华。见第74首注⑧。　　⑰[胡马窥江]金兵于高宗建炎三年(1129)和绍兴三十一年(1161)两次南侵，占领扬州，窥探长江。这里就第二次而言。又参见第159首注⑪。　　⑱[废池]被毁的城池(护城河)。　　⑲[乔木]《诗经·周南·汉广》："南有乔木，不可休息。"指古老而高大的树木。　　⑳[清角]清亮的号角声。参见第9首注④。　　㉑[杜郎]指唐代诗人杜牧。㉒[俊赏]卓越的鉴赏力。　　㉓[算]见第179首注⑬。　　㉔[豆蔻]参见第76首注⑩。　　㉕[青楼]见第75首注⑩。　　㉖[二十四桥]一说今扬州西郊古有"二十四桥"，相传有二十四个美人吹箫于此，故名。杜牧《寄扬州韩绰判官》："二十四桥明月夜，玉人何处教吹箫？"一说唐时扬州极盛，城内可

记的桥共24座,北宋时还存7座。(沈括《梦溪笔谈·补笔谈》卷三)。

㉗[红药]即芍药花。王观《扬州芍药谱》:"扬之芍药甲天下。"一说"二十四桥"一名"红药桥",桥边盛长红芍药花。参见第120首注⑥。

作意与作法

此首为词人22岁初访扬州之作。名都两遭洗劫,词人感慨万端,伤时感事,悲从中来,写下了这首反侵略战争的词篇。上片以词人视听写名都之衰败,下片以杜诗艳语写词人之哀情。

上片起三句写初到扬州。"名都"、"佳处",写其向往久慕;"解鞍少驻",写其行色匆匆。次二句写扬州街市。"春风十里",记当年的繁华,"荠麦青青",写如今的残破。再三句明指扬州劫后的景象。"废池乔木"为劫后残余,"犹厌言兵"写痛恨侵略,残物如此,人何以堪!结三句进层写扬州战后的萧条景象。"清角"写音之悲凉,"空城"写繁华毁尽。

下片换头二句因地怀人。"杜郎俊赏",有慕杜牧昔日的冶游;"重到须惊",有感今日名都的残破。次二句写风流难再。"赠别"、"遣怀",当年易作;儿女情怀,此日难书。再二句感物是人非。"二十四桥",羡昔时美人吹箫之良夕月夜;波中"冷月",叹如今繁华尽去之默默"无声"。结二句思想冬尽春来。红药年年开放,写其无知;词人默默设问,衬其有情。

全词今昔对比,情景互衬。起结一气,挥刀难断;"黍离"之悲,贯穿全篇。宋翔凤评论姜夔云:"其流落江湖,不忘君国,皆借托比兴,于长短句寄之。"(《乐府余论》)本词作意,亦当如此。

198 长亭怨慢①

余颇喜自制曲。初率意②为长短句,然后协以律,故前后

阕多不同。桓大司马③云:"昔年种柳,依依汉南④;今看摇
落⑤,凄怆江潭;树犹如此,人何以堪?"此语余深爱之。

词 谱

渐吹尽、枝头香絮,是处⑥人家,绿深门
● ⊖ ● 　 ⊖ ⊖ ⊖ ●　 ⊖ ● ●　 ○ ⊖ ● ● ○

户。远浦⑦萦回,暮帆零乱向何许⑧?阅人多
● 　 ● ● 　 ⊖ ○ 　 ● ○ ⊖ ● ● ⊖ ● 　 ● ○ ○

矣⑨,谁得似、长亭⑩树?树若有情时,不会得、
● 　 ⊖ ● ● 　 ⊖ ○ ● 　 ● ● ● ⊖ ○ 　 ● ● ● 　

青青如此! 　 日暮,望高城⑪不见,只见乱山
⊖ ⊖ ○ ● 　 　 ● ● 　 ● ⊖ ○ ● ● 　 ● ● ● ⊖

无数。韦郎⑫去也,怎忘得、玉环⑬分付⑭。第一
○ ● 　 ⊖ ○ ● ● 　 ● ⊖ ● 　 ● ⊖ ⊖ ● 　 ● ●

是、早早归来,怕红萼⑮、无人为主。算⑯空有并
● 　 ● ● ⊖ ○ 　 ● ⊖ ● 　 ⊖ ○ ● ● 　 ● ⊖ ● ⊖

刀⑰,难剪离愁千缕。
○ 　 ⊖ ● ⊖ ⊖ ⊖ ●

注 解

①[长亭怨慢]姜夔自度曲,或作长亭怨,无"慢"字。此调4体,此词为双
调、97字正体。全首韵脚属第三部仄声"纸"韵,第四部仄声"语","麌"、
"御"、"遇",为隔部仄声上、去通押。　　②[率(shuài)意]随便。　　③[桓
大司马]见第178首注⑲。此序中所引诸语均出庾信《枯树赋》(赋扩充了桓
温语)。　　④[汉南]汉水之南。　　⑤[摇落]凋谢,零落。《楚辞·九辩》:
"悲哉,秋之为气也! 萧瑟兮草木摇落而变衰。"　　⑥[是处]见第40首注
④。　　⑦[远浦]参见第38首注⑥。　　⑧[何许]见第127首注⑫。
⑨[阅人多矣]《左传》文姜云:"妾阅人多矣,未有如公子者。"　　⑩[长亭]见
第31首注③。　　⑪[高城]参见第75首注⑫。　　⑫[韦郎]即韦皋。
⑬[玉环]唐人韦皋游江夏,与姜家小青衣玉箫有情,分别时赠以玉指环,约

五、七年来娶。八年未至，女绝食而死，且中指着环而葬。后韦氏晚年镇守西川，得一歌姬，亦名玉箫，观之，乃真姜氏之玉箫也，而中指有肉环隐出，不异于从前赠别之玉环。事见《云溪友议》(卷中)。　　⑭[分付]见第90首注⑥。　　⑮[红萼]红梅。这里指玉箫，见前注⑬。亦指作者所恋之人。⑯[算]见第179首注⑬。　　⑰[并刀]古代并州(今山西一带)出产剪刀，以锋利闻名。

作意与作法

　　此首写暮春时节的留别之情，属合肥情遇之作。上片写南浦折柳赠别，下片写途中回忆叮咛。

　　上片起三句写别时别地。"香絮""吹尽"写"枝上柳棉吹又少"(苏轼《蝶恋花》)的惜春之意；"绿深门户"指家家门前垂柳成荫，伊人难望之情。次二句写码头辞行。"远浦萦回"写船儿离去，回波仍然不息；"暮帆零乱"写群舟开动，离人心乱如麻。再二句因树生感。"长亭"折柳，故云杨柳阅尽离别之人。此写树之有情，即所谓"木犹如此，人何以堪"？结二句又从目前之柳着想。柳若有情，不会"青青"，此因不知离别之苦。故恨树之青，实伤别之苦。李白所谓"春风知别苦，不遣柳条青"(《劳劳亭》)即结句所本。

　　下片换头三句写初程回首。"日暮"黄昏，写天色而暗点心理；"高城不见"，写怀念城中之人；"乱山无数"，写关山阻隔难会。次二句借古喻今。"韦郎去也"，比此日的惜别；不忘吩咐，喻恋人的叮咛。再二句写恋人的嘱语。"第一""早归"，写头条之首要；"红萼""无主"，写女子之担心。结二句写离愁难解。"并刀"再利，难剪"离愁"，故李煜《相见欢》有云"剪不断，理还乱"。

　　全词起以"柳絮"，结以"红萼"，柳梅双关，虚实结合。夏承焘《白石怀人词考》云："合肥巷陌多种柳，白石与其人最后一次之分别在辛亥之冬，则正梅花时候。故六卷歌曲中梅柳之词，关系此事者，几占半数。"(见《唐宋词人年谱》)

199 淡黄柳①

　　客居合肥南城赤阑桥②之西，巷陌③凄凉。与江左④异；惟柳色夹道，依依可怜。因度此曲，以纾⑤客怀。

词谱

空城晓角⑥，吹入垂杨陌。马上单衣寒恻
◐　　● ○　　● ○　 ○ ○ ● ●　　● ○ ●
恻⑦，看尽鹅黄嫩绿，都是江南旧相识。　　正
●　 ● ● ○ ○ ● ●　　○ ● ○ ○ ● ○ ●　　◉
岑寂⑧，明朝又寒食⑨。强携酒、小桥⑩宅，怕梨
○ ●　 ○ ○ ● ○ ●　 ○ ○ ●　 ◐ ○　● ●　◉ ○
花、落尽⑪成秋色。燕燕飞来，问春何在？惟有
○　 ● ●　○ ○ ●　● ● ○ ○　● ○ ○ ●　 ○ ●
池塘自碧。
○ ○ ● ◉

注解

　　①[淡黄柳]姜夔自度曲。此调 3 体，此词为双调、65 字正体。全首韵脚属第十五部"沃"，第十六部"觉"，第十七部"陌"、"锡"、"职"，为入声通押。②[赤阑桥]作者《送范仲讷往合肥》："我家曾住赤阑桥，邻里相过不寂寥，君若到时秋已半，西风门巷柳萧萧。"　　③[巷陌]街道。　　④[江左]泛指江南。　　⑤[纾(shū)]宽解。　　⑥[晓角]早晨的号角声。参见第 9 首注④。　　⑦[恻(cè)恻]凄悲。　　⑧[岑寂]见第 112 首注⑩。　　⑨[寒食]见第 26 首注③。　　⑩[小桥]后汉桥玄有二女，色美，人称大桥、小桥。大桥嫁孙策，小桥嫁周瑜，事见《三国志·吴书·周瑜传》。"桥"后多省作"乔"，夏承焘因此以为指合肥情侣，见《姜白石词编年笺校》。然郑文焯校《白石道

392

人歌曲》早释为"赤阑桥"之"桥"。　　⑪[梨花落尽]李贺《河南府试十二月乐词·三月》:"曲水飘香去不归,梨花落尽成秋苑。"

作意与作法

此首为词人于光宗绍熙二年(1191)"客居合肥"的"纾怀"之作。上片描写边城悲凄的春色,下片推想寒食出访的怅怀。

上片起二句,"空城晓角"写合肥繁华已去,城防空虚,故"垂杨"在角声中摇荡,尤见凄凉。结三句,"单衣"晓寒,走马街道,听呜呜的角声,见"旧识"的杨柳,顿生地异情殊、"恻恻"凄悲的客子之情。下片换头二句,由孤寂之心设想寒食过节,客怀倍增。次二句,一"强"一"怕",转写遣愁之心和惜春之情。结三句更进一层,"燕燕飞来",春光却去,花谢絮飞,仅有"池塘自碧",尤见惜春恐秋。

全词写凄凉的春色,抒黯然的客怀,而伤时感乱,尽在未言之中。故谭献云:"白石、稼轩,同音笙磬,但清脆与镗鞳异响,此事自关性分。"(《谭评词辨》)

200　暗　香①

辛亥②之冬,余载雪诣③石湖④。止⑤既月⑥,授简⑦索句,且征新声⑧,作此两曲,石湖把玩⑨不已,使工妓⑩肆习⑪之,音节谐婉,乃名之曰:"暗香"、"疏影"。

词　谱

旧时月色,算几番⑫照我,梅边吹笛?唤起
〇 〇 〇 ● 　〇 〇 〇 ● 　〇 〇 〇 ● 　● ●

393

玉人⑬,不管清寒与攀摘。何逊⑭而今渐老,都
忘却、春风词笔。但怪得⑮、竹外疏花⑯,香冷入
瑶席⑰。　江国⑱,正寂寂。叹寄与路遥⑲,夜
雪初积。翠尊⑳易泣,红萼㉑无言耿㉒相忆。长
记曾携手处,千树压㉓、西湖寒碧。又片片、吹
尽也,几时见得?

注　解

①[暗香]姜夔自度曲,调名取自林逋《山园小梅》:"疏影横斜水清浅,暗香浮动月黄昏。"又名红情。此调2体,此词为双调、97字正体。全首韵脚属第十七部入声"质"、"陌"、"锡"、"职"、"缉"通韵。　②[辛亥]指光宗绍熙二年(1191)。　③[诣(yì)]前往,到。　④[石湖]见第192首注③。　⑤[止]住。　⑥[既月]满了一月。　⑦[简]竹简,指稿笺。　⑧[新声]新填的词。　⑨[把玩]欣赏。　⑩[工妓]乐工、歌妓。　⑪[肄习]学习,演习。　⑫[几番]见第177首注⑤。　⑬[玉人]见第101首注②。　⑭[何逊]南朝梁代诗人,在扬州法曹任上廨舍有梅花一株,常吟咏其下,有《咏早梅》一诗闻名。后居洛思之,因再访,花方盛开,逊对树徘徊终日。杜甫《和裴迪登蜀州东亭送客逢早梅相忆见寄》:"东阁官梅动诗兴,还如何逊在扬州。"　⑮[怪得]惊疑的意思。　⑯[竹外疏花]即梅花。作者在《除夜自石湖归苕溪》中有诗云:"梅花竹里无人见,一夜吹香过石桥。"又见第154首注③。　⑰[瑶席]对座席的美称。瑶,琼玉。谢朓《七夕赋》:"临瑶席而宴语。"　⑱[江国]江湖之乡。水乡。　⑲["寄与"句]参见第72首注⑦。　⑳[翠尊]见第127首注⑯。　㉑[红尊]见第198首注⑮。　㉒[耿(gěng)]"耿耿"的省字。心绪不宁。《诗经·邶风·柏舟》:"耿耿不寐,如有隐忧。"　㉓["千树"句]参见上注⑯。千树,指梅林,宋时杭州西湖上的

394

孤山,种梅最多。

作意与作法

　　此咏梅之作在怀念故人,凭借赏梅而回忆西湖旧事,故"石湖把玩不已",以小红赠之,慰其寂寞。姜氏亦神气十足,在归吴兴之时,拥雪过垂虹兴高采烈而赋诗:"自琢新词韵最娇,小红低唱我吹箫。曲终过尽松陵(吴江县)路,回首烟波十四桥。"事见《砚北杂志》。词的上片因闻"冷香"而怀念月下"玉人",下片由怀念"玉人"而感伤红消香断。

　　上片起三句由往事逆入。花前月下,笛韵悠然,此旧时情景,至今难忘。次二句继写当时。"清"写月色之朗,"寒"写冬夜之凉,"唤起玉人"冒寒"攀折",梅花人面,互为辉映,此见行乐即时,心满意足。再二句因感现状,而笔锋陡落。"何逊""渐老",比自己"而今"颓唐;"春风词笔",比"旧时"少年情致。结二句"竹外疏花",指范公别墅开放之梅;冷香入席,动往日"玉人""攀折"之念。此情此景,生惊生疑。

　　下片换头四句转入寄梅赠旧之情。"江国""寂寂",想佳人残冬的无聊,欲寄梅以慰寂寞。然而"夜雪初积",驿使不来,路遥何寄?故有"叹"。次二句就欲寄无从,写"瑶席"生感。"翠尊易泣",写杯中酒如泪盈眶,更写"酒入(词人)愁肠,化作相思泪"(范仲淹《苏幕遮》句)!"红萼无言"写瓶中梅花无语,更是座中词人哽咽,故只有心中耿耿不忘。再二句,由"耿相忆"而念及当年西湖赏梅之盛况:故手儿相携,"长记"不忘;红梅碧水,印象犹新。结二句陡转,由盛思衰,由开思谢,此"片片吹尽"应上片"何逊""渐老",千回百转,道出惜芳之情。唐人杜秋娘诗云:"花开堪折直须折,莫等无花空折枝。"此之谓也。

　　全词写梅有开有谢,写事有今有昔,因梅怀人,因人忆梅,人梅相映,梅人相连,用林逋诗而另铸意境,低回往复,悱恻缠绵。

201　疏　影①

词　谱

苔枝②缀玉，有翠禽小小，枝上同宿。客里

相逢③，篱角黄昏，无言自倚修竹④。昭君⑤不

惯胡沙远，但暗忆、江南江北。想佩环⑥、月夜

归来，化作此花幽独。　　犹记深宫旧事⑦，那

人正睡里，飞近蛾绿⑧。莫似春风，不管盈盈⑨，

早与安排金屋⑩。还教一片随波去，又却怨、玉

龙⑪哀曲⑫。等恁时⑬、重觅幽香，已入小窗横

幅⑭。

注　解

①[疏影]姜夔自度曲。参见前首注①。又名绿意、解佩环等。此调5
体，此词为双调、110字正体。全首韵脚属第十五部入声"屋"、"沃"通韵。
②[苔枝]长有苔藓的梅枝。范成大《梅谱》载有一种梅树，谓"其枝旸曲万状，
苍藓鳞皴，封满花身，又有苔须垂于枝间，或长数寸，风至，绿丝飘飘可玩"。
③[客里相逢]传说隋代赵师雄在罗浮松林酒店旁遇一淡妆素服女子，此时日
暮天寒，残雪映月，二人至酒家对饮，稍待又一绿衣童子前来歌舞助兴，久而

醉寝。天明起视,则身在大梅树下,上有翠鸟相顾。原来淡妆美人便是梅花之神,绿衣童子即翠鸟幻化。事见《龙城录》。　　④[自倚修竹]参见第 154 首注④。修竹,长竹。　　⑤[昭君]参见第 174 首注⑨。　　⑥[佩环]即环佩,衣上所系的玉饰。此借指昭君。杜甫《咏怀古迹》(之三):"画图省识春风面,环佩空归月夜魂。"　　⑦[深宫旧事]指"梅花妆"事。见第 22 首注③。　　⑧[蛾绿]参见第 162 首注⑦。绿,指黛色。参见第 77 首注③。　　⑨[盈盈]见第 149 首注⑤。此以美人借指梅花。苏轼《再和杨公济梅花》:"盈盈解佩临烟浦,脉脉当垆傍酒家。"　　⑩[金屋]见第 109 首注②。　　⑪[玉龙]笛名。韩偓《梅花》:"龙笛远吹胡地月,梅花初试汉宫妆。"　　⑫[哀曲]唐人崔橹《梅花》:"初开已入雕梁画,未落先愁玉笛吹。"又见第 137 首注⑤。　　⑬[恁时]见第 43 首注⑥。　　⑭[横幅]横挂的画幅。见本首注⑫《梅花》诗。

作意与作法

　　此咏梅之作在自伤身世。上片梅、人互拟,怜其幽独;下片人、物一体,惜其飘零。

　　上片起三句写梅姿。"苔枝缀玉",以玉貌比花之容颜;"翠禽小小",写其相关陪衬;"枝上同宿",写其相顾多情。次三句写梅格。"客里相逢",写词人于范宅与梅花初识;"篱角黄昏",写环境之幽寂;"无言"依竹,以佳人比梅的高洁。再二句写梅情。"不惯胡沙",以昭君比梅的不幸;"江南江北",写梅花"暗忆"故土的多情。结二句写梅魂。月色朦胧,梅花疏影,此正是昭君归来,美人魂依。

　　下片换头三句用"梅花妆"之典,将美人、梅花牵连。"那人正睡",写美人静态的姿色;"飞近蛾绿",写花魂与人魂的重合一体。次三句写惜花之心。此"盈盈"梅花,而"春风"不来,故劝人"莫似";而应早日安排"金屋",以藏花娇。再二句继惜花写好景不长。"一片随波",有"落花流水"之恨;"玉龙哀曲",写叹惋梅落之愁。结二句写红消香断,盛时不再。"恁时"觅香,写事后的追求;"小窗横幅",写陈迹之空有。此结想象翻新,而寄情无比伤感。

全词咏物而不沾滞于物,言情而不拘束于情。旧典新事,今昔相关;梅花美人,神貌绾合。平生之怀抱,此刻之感慨,尽在其中。

202　翠楼吟①

淳熙丙午②冬,武昌安远楼③成,与刘去非诸友落④之,度曲见志。余去武昌十年,故人有泊舟鹦鹉洲⑤者,闻小姬⑥歌此词,问之,颇能道其事;还吴,为余言之。兴怀昔游,且伤今之离索⑦也。

词　谱

月冷龙沙⑧,尘清虎落⑨,今年汉酺⑩初赐。
●●○○　○○●●　○○●●○●

新翻⑪胡部曲⑫,听毡幕⑬元戎⑭歌吹⑮。层楼高
○○　○●●　●●○　○○○●　○○○

峙,看槛曲萦红,檐牙⑯飞翠。人姝丽,粉香吹
●　●●●○○　○○○●　○○●　●○○

下,夜寒风细。　　此地、宜有词仙,拥素云黄
●　●○○●　　　　●●、○●○○　●●○○

鹤⑰,与君⑱游戏。玉梯凝望久,但芳草⑲萋萋
●　●○○●　●○○●●　●○●○○

千里。天涯情味,仗酒祓⑳清愁,花消英气。西
○●　○○○●　●●●○○　○○○●　○

山⑳外,晚来还卷,一帘秋霁。
○●●　●○○●　●○○●

注　解

①[翠楼吟]姜夔自度曲。此调仅此双调、101字一体。全首用韵属第三

398

部"纸"、"置"、"味"、"霁"、"泰(半)"仄声上、去通押。　②[淳熙丙午]孝宗淳熙十三年(1186)。　③[安远楼]见第188首注②。　④[落]宫室初成而祭之为落,今有落成典礼。《左传》(昭七年):"楚子成章华之台,愿与诸侯落之。"　⑤[鹦鹉洲]在今湖北省武汉市汉阳东南长江中。东汉末,黄祖为江夏太守,祖长子射,大会宾客,有献鹦鹉者,祢衡作赋,洲因得名。后祢衡为黄祖所杀,即葬此。洲在明时没于江,清康熙间又复淤积,后又没,今已不见。　⑥[小姬]年轻的歌女。　⑦[离索]离别以后的孤独生活。⑧[龙沙]《后汉书·班超传赞》:"坦步葱岭、咫尺龙沙。"后世泛指塞外之地。⑨[虎落]以竹篾相连结成之藩篱以防边、安寨或护城。　⑩[汉酺]秦时禁民无故聚饮,有喜庆才"赐酺"。汉承秦制,三人以上无故群饮,罚金四两。宋律不禁群饮,无须"赐酺",但喜庆大饮则相同。《宋史·孝宗纪》:"是年正月庚辰,高宗八十寿,犒赐内外诸军共一百六十万缗。"故用古典以述近事。⑪[翻]见第57首注⑤。　⑫[胡部曲]北方少数民族的乐曲,当时流行于南宋。　⑬[毡幕]指敌军的营房、帅府。北方少数民族多住毡包。　⑭[元戎]指兵众。　⑮[歌吹(chuì)]用作名词,歌声和鼓吹声。南朝宋鲍照《芜城赋》:"廛闬扑地,歌吹沸天。"　⑯[檐牙]屋檐滴水瓦排列似牙。　⑰[素云黄鹤]崔颢《黄鹤楼》:"黄鹤一去不复返,白云千载空悠悠。"又参见第188首注⑦。　⑱[君]虚拟,不指定何人。　⑲[芳草]见第2首注②。又崔颢诗《黄鹤楼》:"晴川历历汉阳树,芳草萋萋鹦鹉洲。"　⑳[袚(fú古人声)]消除。　㉑[西山]这里指龟山。长江至此北流,蛇山在东,龟山在西,隔江相望。又王勃《滕王阁》:"画栋朝飞南浦云,珠帘暮卷西山雨。"此三句所本。

作意与作法

此首为词人于孝宗淳熙十三年(1186)过武昌之作。写登楼之感,哀国土未复,叹人才难得。小序(实应看作后记)于宁宗庆元二年(1196)补记,即所谓"去武昌十年"。上片写安远、安闲,揭和议假象;下片写所见、所感,寄伤今之情。

上片起三句紧扣"安远"二字。"月冷龙沙"写胡区之夜静,"尘清虎落"写边防之日闲,此宋金之和,暂时相安。"汉酺初赐",举国庆寿,写朝廷苟安,徒见虚荣。次二句继写气氛。"新翻"胡曲,写其时髦而却简陋;"元戎歌吹",写其流行而却粗俗。再三句写楼之壮观。"层楼高峙"写其气势,红栏绿瓦写其盛容。结三句写席间的欢愉。夜凉风轻,歌姬相伴,粉香扑鼻:此中暗藏"商女不知亡国恨,隔江犹唱《后庭花》"(杜牧《泊秦淮》)之叹。

下片换头三句失望已极。"此地"点名胜之区,"词仙"指词坛之将,该有而未有,何其伤怀。白云空有,黄鹤不见,谁与唱和。次三句放眼盼望。"玉梯凝望"写久立石阶,神驰北国,历历在目;"芳草""天涯"写萋萋茫茫,江南江北,游子思归。再二句承无与"游戏"而写,故只有靠酒消除闲愁,靠花消磨锐气。"酒"承"汉酺","花"承"粉香",此自嘲自解,深为空言"安远"者惊。结三句用王勃诗意吊古伤今。"西山外"指望中沦陷疆土,"晚来还卷"仿诗人登阁之举,"一帘秋霁"如当年"朝飞""暮卷"所见。然而"物换星移","帝子"安在?此大有中原无人之哀叹!

词的上片以铺叙手法揭和议假象,淋漓尽致;下片以纵擒手法书伤今之情,怨而不怒。此正是姜词的抒怀本色。

203 杏 花 天①

丙午②之冬,发沔口③。丁未④正月二日,道金陵⑤,北望淮、楚⑥,风日清淑⑦,小舟挂席,容与⑧波上。

词 谱

绿丝低拂鸳鸯浦⑨,想桃叶⑩、当时唤渡。
●○○●○○◉　●●◉　○○○◉

又将愁眼与春风,待去,倚兰桡⑪、更⑫少驻。
●○○●●○○　●●　○○○　●●◉

400

金陵路、莺吟燕舞⑬，算⑭潮水、知人最苦。满

汀芳草⑮不成归，日暮，更移舟、向甚处？

注　解

①[杏花天]又名杏花风。姜氏此首亦名杏花天影。《词谱》(卷十)所载仅有54字、55字、56字3体(《词律》同)。姜氏此首应视为双调、58字变体。全首用韵属第四部"麌"、"御"、"遇"仄声上、去通押。　②[丙午]孝宗淳熙十三年(1186)。　③[沔口]汉水入江处。参见第191首注②。　④[丁未]孝宗淳熙十四年(1187)。　⑤[金陵]见第125首注②。　⑥[淮楚]淮南一带，战国时属楚地。此指合肥，作者于此有情遇。　⑦[清淑]清丽。　⑧[容与]见第130首注⑱。　⑨[浦]参见第38首注⑥。　⑩["桃叶"句]见第182首注③。　⑪[兰桡]见第7首注⑧和第31首注⑥。　⑫[更]见第179首注⑧。　⑬[莺吟燕舞]参见第191首注⑥。　⑭[算]见第179首注⑬。　⑮[芳草]见第2首注②。

作意与作法

此首为词人继《踏莎行》(见第191首)后一日于秦淮河舟中翘首北望怀念合肥情人之作。上片写舟行桃叶渡口之感怀，下片写日暮芳草萋萋之难归。

上片起二句见渡怀古。柳丝"低拂"，"鸳鸯"成对，设爱河永浴之景；郎君送妾，"桃叶""唤渡"，伤依依惜别之情。此对比、反衬，恨人不如物；古、今"桃叶"原一样伤怀。结三句"又将"，由合肥告别而来。"愁眼"、"春风"，写今忆别；兰舟暂驻，怀古伤今。下片换头二句写古道景色，诉词人衷情。"莺吟燕舞"写目前眼中所见，亦此刻心中所思。"潮水"有汛，人却无音，故为"最苦"。结三句写相别时难见亦难。芳草重生，人难重逢；日归西山，舟归何处？

全词古今相关，人物对比，离情别绪，尽在其中。

204 一萼红①

　　丙午②人日③，余客长沙别驾④之观政堂，堂下曲沼，沼西负古垣⑤，有卢橘⑥幽篁⑦，一径深曲。穿径而南，官梅⑧数十株，如椒如菽，或红破白露，枝影扶疏⑨。著屐苍苔细石间，野兴横生，亟命驾登定王台⑩，乱⑪湘流入麓山⑫，湘云低昂，湘波容与⑬，兴尽悲来，醉吟成调。

词　谱

　　古城阴，有官梅几许⑭？红萼未宜簪⑮。池
　　●○○　◎○○●◎　○●●○○

面冰胶，墙腰雪老，云意还又沉沉。翠藤共、闲
●○○◎　○○●●　○●○●○○　●○●　○

穿径竹，渐笑语、惊起卧沙禽。野老⑯林泉，故
○●●　●●●　○●●○○　●●○○　◎

王台榭，呼唤登临。　　南去北来何事？荡湘云
○○●　○●○○　　○●●○○●　●○○

楚水，目极伤心。朱户粘鸡⑰，金盘簇燕⑱，空叹
●●　●●○○　○●○○　○○●●　○●

时序侵寻⑲。记曾共、西楼雅集⑳，想垂柳、还袅
○●○○　●○●　○○●●　●○●　○●

万丝金。待得归鞍到时，只怕春深。
●○○　●●○○●○　●●○○

注　解

　　①[一萼红]《乐府雅词》无名氏词有"未教一萼，红开鲜蕊"，故名。此调
有仄、平韵2体，仄韵仅无名氏一词；平韵又3体，以姜夔此首双调、108字为

402

正体。全首用韵属第十三部平声"侵"韵。　　②[丙午]孝宗淳熙十三年(1186)。　　③[人日]农历正月初七日。《北齐书·魏收传》:"魏帝宴百僚,问何故名'人日',皆没能知。收对曰:'晋议郎董勋《答问礼俗》云:正月一日为鸡,二日为狗,……七日为人。'"　　④[别驾]州刺史的佐史,宋改制诸州通判,诗人萧德藻于长沙任此职。　　⑤[古垣]古旧城墙。　　⑥[卢橘]即金桔。　　⑦[幽篁]深暗的竹林。《楚辞·九歌·山鬼》:"余处幽篁兮,终不见天,路险难兮独后来。"　　⑧[官梅]官府种植的梅。又参见第200首注⑭。⑨[扶疏]繁茂纷披的样子。陶潜《读山海经》诗(之一):"孟夏草木长,绕屋树扶疏。"　　⑩[定王台]相传为汉景帝子长沙定王(即刘发)为望母冢而建。台在今湖南长沙县东。朱熹有《登定王台》诗。　　⑪[乱]横渡。　　⑫[麓山]即岳麓山,在今湖南长沙市西南。　　⑬[容与]见第130首注⑱。⑭[几许]见第97首注⑩。　　⑮[簪]见第182首注⑩。　　⑯[野老]指乡野老人。　　⑰[粘鸡]《岁时记》:"人日贴画鸡于户,悬苇索其上,插符于旁,百鬼畏之。"　　⑱[簇燕]《武林旧事》说立春日供春盘,有"翠缕红丝,金鸡玉燕,备极精巧"。　　⑲[侵寻]渐进,消逝。　　⑳[雅集]美好的聚会。

作意与作法

　　此客里初春登临览胜之作,抒词人身世之感和怀旧之情。上片写登览前之所见,下片写登览时之所感。

　　上片起三句写寻梅。"古城"墙根写其地,"官梅几许"言其多,"红萼"难簪写其嫩小,有盼春暖花繁。次三句写冒寒。"池面冰胶"将化未化,写其寒;"墙腰雪老"将尽未尽,言其冷;"云意"仍浓,盼散不散,写其阴。再二句写郊行,丛竹锁径,翠藤引路,写其静;行人笑语,沙鸟惊飞,写其动。结二句写登台。"林泉"为"野老"纵游的胜景,"台榭"为定王望母的遗迹,览胜怀古,呼唤登临,均写兴致之高。

　　下片换头三句"兴尽悲来"。"南去北来",叹生活不定,"何事"设问,有自伤身世;"湘云楚水",虽尽一时放纵,遥望归宿,却又"目极伤心"。次三句感叹时光流逝。"朱户粘鸡"为人日之俗,"金盘

403

簇燕"为迎春之举。立春过去，人日到来，节序匆匆，事业难就，故有"空叹"。再二句转入怀旧。"西楼雅集"，追忆昔时的迎春聚会；金丝袅袅，料想此日的垂柳如前。结二句写归去的担心。"归鞍"言骑马归去，"春深"为春色已尽。重见旧好之日，却是落花之时，如此情景，怎不担心害怕。

全词梅起柳结，首尾关照；兴尽悲来，过片自如。合肥情遇、个人身世交合一词，尤见伤心。

205　霓裳中序第一①

丙午②岁，留长沙，登祝融③，因得其祠神④之曲，曰《黄帝盐》⑤、《苏合香》⑥。又于乐工故书⑦中得商调《霓裳曲》十八阕，皆虚谱无辞。按沈氏乐律⑧"《霓裳》道调"，此乃商调。乐天⑨诗云"散序六阕"⑩，此特两阕，未知孰是？然音节闲雅⑪，不类今曲；余不暇尽作，作"中序"一阕传于世。余方羁游⑫，感此古音，不自知其辞之怨抑也。

词　谱

亭皋⑬正望极，乱落红莲归未得。多病却无
○○　●●　●●　●○○○●　⊖⊖　⊖○
气力，况纨扇⑭渐疏，罗衣⑮初索⑯。流光⑰过
⊖●　●　●●　●○　○○　○●　○○　⊖○●
隙，叹杏梁、双燕如客。人何在？一帘淡月，仿佛
●　●　○○　○●○●　○○●　●○●●　○●
照颜色⑱。　　幽寂，乱蛩⑲吟壁，动庾信⑳、清
●○●　　　○●　●○　○●　●⊖⊖　⊖

愁似织。沉思年少浪迹㉑，笛里关山，柳下坊
陌。坠红㉒无信息，漫㉓暗水、涓涓溜碧。飘零
久，而今何意㉔，醉卧酒垆㉕侧。

注　解

①[霓裳中序第一]霓裳本唐之道调法曲，起于开元，盛于天宝。全曲分三大段：一、散序，6遍；二、中序，遍数不详；三、破，12遍。白居易《霓裳羽衣舞歌》自注："散序六遍无拍，故不舞也。"又："中序始有拍，亦名拍序。"可见至第七叠中序始舞，故名"中序第一"，盖舞曲之第一遍。此调3体，此词为双调、101字正体。全首用韵属第十七部入声"陌"、"锡"、"职"通韵。　②[丙午]孝宗淳熙十三年(1186)。　③[祝融]衡山（又称南岳，在湖南省境)72峰之最高峰。　④[祠(cí)神]祭神。　⑤[黄帝盐]献神的乐曲，属杖鼓曲，见沈括《梦溪笔谈》和洪迈《容斋随笔·续笔》。　⑥[苏合香]献神的乐曲，属软舞曲，见段安节《乐府杂录》。　⑦[故书]指旧谱。　⑧[沈氏乐律]指沈括《梦溪笔谈》论乐律部分，其中以为"霓裳"乃"道调法曲"。　⑨[乐天]白居易，字乐天。　⑩[散序六阕]白居易《霓裳羽衣舞歌》(和微之)："散曲六奏未动衣，阳台宿云慵不飞。"此即《霓裳曲》的前六叠。　⑪[闲雅]舒缓优美。　⑫[羁(jī)游]即羁旅。见第111首注⑥。　⑬[亭皋(gāo)]指水边高地。　⑭[纨(wán)扇]细绢制成的团扇。江淹《班婕妤扇》："纨扇如团月，出自机中素。"（见《玉台新咏》五)　⑮[罗衣]细绢缝制的夏衣。　⑯[初索]开始闲置。　⑰[流光]见第22首注⑤。　⑱[颜色]指所思女子的容颜。杜甫《梦李白》："落月满屋梁，犹疑照颜色。"　⑲[蛩(qióng)]见第37首注⑦。　⑳[庾信]见第166首注⑥。　㉑[浪迹]行踪不定的漫游。　㉒[坠红]落花，此指逝去的青春年华。　㉓[漫]徒然，空空地。　㉔[何意]怎料。　㉕[酒垆(lú)]安置酒甓的土台子。《世说新语》："王戎与客过黄公酒垆，谓客曰：'吾与叔夜、嗣宗酣饮此垆，自嵇、阮亡后，视此虽近，邈若山河。'"

405

作意与作法

此首为词人客游湖南,于夏秋之交登衡山祝融峰之日所作。上片抒怀人之情,下片写客游之愁。

上片起二句写盼归之心。人立"亭皋",放眼帆影,写思乡之念;红莲凋谢,夏去秋来,写难归之悲。次三句转入室内,写秋思之情。"多病"无力,写相思之深,相思之久;丢开"纨扇",闲置"罗衣",又况且时届清秋。再二句触物兴叹。"流光过隙",有虚度之感;"双燕如客",羡其同来同去,此生客子只身之愁。结三句写入夜之思。"人何在"一问,见其极念伴侣;"淡月"写月色之朦胧,"颜色"指伊人之美貌,此无中生有,尤见伤心。

下片换头三句写静夜所闻。"乱蛩吟壁",写墙根蟋蟀低吟,此起彼落,以见夜静"幽寂",词人难眠。"庾信"比词人之乡愁,为蛩吟牵动;"似织"写千丝万缕,难解难分。次三句写静夜回想。"年少浪迹",写行踪不定的可怜;"笛里关山",写战乱流离之可悲;"柳下坊陌",写街巷寄宿的苦衷。再二句叹年光虚过。"坠红"无信,伤风华之不再;碧水暗溜,悲东去之不回。结三句写丧气灰心。"飘零"已久,承"年少浪迹"而空叹。垆边"醉卧",写壮志消磨而未料。

全词因"见"生情,情绪烦乱;因"闻"生愁,客愁深沉,其间随时以景物相融,随处以环境相衬。

严 仁 (1首)

严仁(生卒年不详)字次山,号樵溪,邵武(今福建邵武市)人。与严羽、严参,称邵武"三严",有《清江欸乃集》,今不传。黄升谓"次山词极能道闺闱之趣"(《花庵词选》)。《全宋词》辑其全篇30首。

206 玉 楼 春①

词 谱

春风只在园西畔,荠菜②花繁蝴蝶乱。冰池
○◐○◑○○●　○○○○○○●　○○

晴绿③照还空,香径④落红吹已断。　　意长
○●○○●　○○●○○●　　　◐○

翻⑤恨游丝⑥短,尽日相思罗带⑦缓。宝奁⑧如
⊖○●○○●　●○○○○○●　●○⊗○

月不欺人,明日归来君试看。
●●○○　○●○⊗●⊗○

注 解

①[玉楼春]见第1首注①。此词双调、56字,属李煜变体,平仄5异(见谱中⊗、◐)。全首韵脚属第七部"旱"、"翰"仄声上、去通押。　　②[荠(jì)

菜]生于田野,春日开小白花。嫩株可食用,全草可入药。 ③[晴绿]指池水。 ④[香径]见第10首注②。 ⑤[翻]见第30首注⑦。 ⑥[游丝]见第18首注⑤。 ⑦[罗带]见第75首注⑨。 ⑧[宝奁]见第133首注④。

作意与作法

此首为闺情之作。上片写惜春之心,下片写怀人之情。

上片起二句写园西的景色。"荠菜花繁",蝴蝶纷飞,大好春光,"只在"对面,此有恨人不如物。结二句写眼前的景况。一池清水,一个人影,故曰"空";花间小路,风吹落花,惜其"尽"。下片重头二句写相思之情。"游丝"之"短",有惜春光之易逝;"罗带"之"缓",有叹自身之消瘦。结二句写盼归之心。"宝奁""不欺",写镜中之影为证;君归"试看",望生同情之心。

全词写春闺怀人之情,含蓄委婉,缠绵缠绵。园中人、物对比,情长、春短对比,可想见佳人如怨、如诉。陈廷焯谓此词读之"不厌百回"(《白雨斋词话》)。

408

俞国宝（1首）

俞国宝(生卒年不详)临川(今江西抚州市)人。孝宗淳熙年间为太学生。有《醒庵遗珠集》，不传。《全宋词》辑其全篇13首,《全宋词补辑》又辑其全篇8首。

207 风 入 松①

词 谱

一春长费买花钱，日日醉湖边。玉骢②惯识
●○○●●○○ ⊗●●○○ ●○ ●●

西湖路，骄嘶过、沽酒楼前。红杏香中箫鼓，绿
○○● ⊗⊗⊗ ○○●○○ ○●○○●● ●

杨影里秋千。　　暖风十里丽人天，花压鬓云③
○⊗●●○○ ⊗○⊗●○○ ○●●○

偏。画船④载取春归去，余情付、湖水湖烟。明
◎ ●⊗●●○○ ○○● ◎●◎○ ○

日重扶残醉，来寻陌⑤上花钿⑥。
●○○○● ⊗⊗●○○

注 解

①[风入松]乐府古琴曲名。《乐府诗集》六十《琴曲歌辞》四《风入松歌》

题注谓"晋嵇康所作",唐僧皎然有《风入松》歌行，调名本此。此调又名风入松慢、远山横等。此调4体，此首属吴（文英）词双调、76字正体，平仄13异（见谱中❌、⊗）。全首韵脚属第七部平声"先"韵。　　②[玉骢]白马。③[鬓云]指偏垂鬓边的黑发。　　④[画船]参见第86首注④。　　⑤[陌]见第7首注⑤。　　⑥[花钿]以金翠、珠宝等精制的首饰。参见第112首注⑥。

作意与作法

　　此首为西湖春游之作，写词人所见、所闻、所乐。上片写西湖岸上，下片写西湖船中。

　　上片起二句总写春游之乐。"一春""买花"，写精神之爽；"日日"陶醉，写心情之豪。次二句写西湖岸上。"玉骢""骄嘶"，写马亦知意；"沽酒楼前"，写人之乘兴。结二句写所闻、所见："箫鼓"声声，写"红杏"林中男儿作乐；秋千翩翩，写"绿杨"荫里女儿寻欢。二句属对极工。

　　下片重头二句写游湖所见。"暖风十里"，写西湖之晴和；"丽人"满眼，写游女之盛况；"花压"、"云偏"，写梳妆之娇美。次二句写日暮人归。"画船"载"春"，写船的精美，人的尽兴；"湖水湖烟"写"余情"仍泡，"余情"仍染。结二句回应"一春"、"日日"，写游兴难尽。"重扶残醉"，写酒未全醒而迫不及待；"来寻""花钿"，写追踪旧迹而行乐及时。

　　全词描写盛况空前之游春画幅，人物、景物交相辉映；花香、酒香，陶然欲醉，其语言措词工丽，串句流美。结二句照应全篇，有"回头一笑百媚生"（白居易《长恨歌》）之态。《武林旧事》（卷三）云："一日，御舟经断桥，桥旁有小酒肆，颇雅洁，中饰素屏，书《风入松》一词于上。光尧（按：即高宗赵构）驻目，称赏久之，宣问何人所作，乃太学生俞国宝醉笔也。上笑曰：'此词甚好，但末句未免儒酸。'因为改定云'明日重扶残醉'（按：据传原为"明日重携残酒"），则迥不同矣。即日命解褐云。"此美谈间,见锻炼之炉火。不过在寻欢作乐之时,"直把杭州作汴州"(林升《题临安邸》诗),未免使人遗憾。

张　镃 (2首)

　　张镃(1153—1211)字功甫,号约斋,陇东(今甘肃天水)人(一说西秦人),居临安(今杭州市)。为南宋大将循王张俊后裔,词人张炎的曾祖。历任大理司直、直秘阁通判、司农寺主簿及寺丞。宁宗嘉定四年(1211),坐扇摇国本(因谋杀韩侂胄、史弥远等),除名象州编管,卒。李日华云:"张功甫豪侈而有清尚,尝来吾郡海盐作园亭自恣,令歌儿衍曲,务为新声,所谓'海盐腔'也。"(《紫桃轩杂录》)有《南湖诗余》一卷,见《彊村丛书》本。《全宋词》辑其全篇83首,残篇3。

208　满 庭 芳①

促 织 儿②

词　谱

月洗高梧,露溥③幽草,宝钗楼④外秋深。
〇●〇〇　●〇〇●　〇〇〇●〇◎

土花⑤沿翠,萤火坠墙阴。静听寒声断续,微韵
●〇〇●　〇●●〇◎　●〇〇〇●●　〇●

转、凄咽悲沉。争⑥求侣?殷勤劝织,促破晓⑦机
●　〇●〇◎　〇〇●　〇〇●●　●●●〇

412

心⑧。　儿时曾记得，呼灯灌穴，敛步随音。

任满身花影，独自追寻。携向华堂⑨戏斗，亭台

小、笼巧妆金。今休说，从渠⑩床下，凉夜伴孤

吟。

注　解

①[满庭芳]见第75首注①。此词属双调95字晏(几道)词正体，平仄1异(见谱中❌)。断句1异(下片第四、五两句原谱为上三下六)。全首韵脚属第十三部平声"浸"韵。　　②[促织]参见第37首注⑦。　　③[溥(tuán)]多的样子。　　④[宝钗楼]汉武帝时建于咸阳，宋时为著名酒楼。这里夸言一般华丽的楼，即张达可之堂舍。　　⑤[土花]见第109首注③。　　⑥[争]参见第29首注⑤。　　⑦[破晓]天刚亮。　　⑧[机心]指纺机转轴，织机穿梭。　　⑨[华堂]富贵之家的豪华厅堂。　　⑩[渠]她，指思妇。

作意与作法

姜夔《齐天乐》序云："丙辰岁(按：1196)与张功甫会饮张达可之堂，闻壁间蟋蟀有声，功甫约余同赋，以授歌者。功甫先成，词甚美……"此首咏物之作即此"同赋"之词，抒词人之感，写思妇之情。上片抒写秋夕闻声，同情思妇相思之苦；下片追忆儿时无知，不晓思妇孤眠之愁。

上片起三句写秋夜的环境。"月洗高梧"，写清辉倾泻，梧桐叶落；"露溥幽草"，写寒露凝结，草丛幽静；"楼外秋深"，可想秋风萧瑟、冷气袭人。次二句写楼外所见。"土花沿翠"写苔藓铺墙盖地，一片幽寂；"萤火坠墙阴"写暗处冷光点点，一片凄清。再二句写所闻。"寒声"写蛩鸣的凄凉，"韵转"为词人的感受。此中人、物共鸣。结二句写所思。"争"字一问，写其并非"求侣"而是"劝织"，故

413

促动思妇通宵达旦纺织裁剪,速寄征衣。

下片换头三句追忆儿时捕捉蟋蟀的乐事。"呼灯灌穴",写其热闹声势;"敛步随音",写其沉着冷静。次二句承前继写捕捉活动。"满身花影"写其辛苦,"独自追寻"写其顽强。再二句写儿时玩弄蟋蟀的乐趣。"华堂戏斗"、"笼巧妆金",写儿时的天真烂漫,无忧无虑。结三句收回记忆,写今夕蛩鸣。"今休说"指儿时可笑;"从渠床下",即想象中的思妇之室;"凉夜""孤吟",写思妇唯一相伴之可怜,亦使词人感慨而同情,结以"点睛"。

全词写秋夜之凄清,读之亦觉孤冷;写儿时的乐事,读之亦觉童年。今宵、往昔对比,词人、思妇一念,故许昂霄谓"响逸调远"(《词综偶评》),贺裳更谓"不惟曼声胜其高调,兼形容处,心细如丝发,皆姜词之所未发。"(《皱水轩词筌》)张词之"细"故可褒,姜词"未发"不可贬。

209 宴 山 亭^①

词 谱

幽梦^②初回,重阴未开,晓色催成疏雨。竹槛气寒,蕙畹^③声摇,新绿^④暗通南浦^⑤。未有人行,才半启、回廊朱户。无绪,空望极霓旌^⑥,锦书^⑦难据。　　苔径追忆曾游,念谁伴秋千,

彩绳芳柱。犀帘⑧黛卷，凤枕云孤，应也几番凝

伫⑨。怎得伊来，花雾绕、小堂深处。留住，直到

老、不教归去。

注　解

①[宴山亭]见第132首注①。此调仅此99字双调一体，平仄6异(见谱中⊗、⊗)。全首用韵属第四部"语"、"麌"、"御"仄声上、去通押。　　②[幽梦]隐隐约约的梦境。李商隐《银河吹笙》："重衾幽梦他年断，别树羁雌昨夜飞。"③[蕙畹(wǎn)]长着蕙草的田亩。屈原《离骚》："余既滋兰之九畹兮，又树蕙之百亩。"田12亩曰畹。　　④[新绿]见第114首注⑧。　　⑤[南浦]见第38首注⑥。　　⑥[霓旌]见第172首注㉝。　　⑦[锦书]参见第30首注④。　　⑧[犀帘]帘幕上饰有犀牛的形象，以之镇邪，"犀帷"亦因此。杜牧《杜秋娘》诗："虎睛珠络褓，金盘犀镇帷。"　　⑨[凝伫]见第108首注⑤。

作意与作法

　　此首为闺中怀人之词。上片写春晨梦醒，锦书难托；下片为追忆旧游，极盼重逢。

　　上片起三句写梦回朝雨。"幽梦初回"，可见醒来恍惚；层云未开，朝雨点点，更滋生烦闷、忧愁。次三句写眺望春色。"竹槛气寒"，写女子凭阑生冷；"蕙畹声摇"，写田野草香虫鸣；"新绿"，写一江春水之愁；"南浦"，忆当年送别之恨；而"暗通"则连起往事今朝。再二句写开门候人。"未有人行"，写时间尚早；"半启""朱户"，写窥视谨慎。结三句盼音信往来。望尽"霓旌"之列，不见伊人之影；回文劝君之书，难觅送信之人；"无绪"，写心中乱麻一团。

　　下片换头三句追忆旧情。"苔径"、"曾游"，忆谈爱地点之幽；"彩绳芳柱"，念今日秋千依然；谁人作伴，写此日无偶之闷。次三句写依枕沉思。卷帘，见青山如黛；就枕，却窗外"云孤"；不见伊

人,"几番凝伫",写其多次出神,以至发呆。再二句写盼望已极。"怎得伊来",写女子左思右想,运筹心计;"花雾"缭绕,指园中之暗;"小堂深处",指室内之幽。结二句写女子的愿望。"留住",写决心之大;偕老,写爱情之真。

　　全首写一个胆大心细之女子正力争情人的归来,有柔情,有决志,融南、北朝民歌于一词。

史达祖 (9首)

史达祖(生卒年不详)字邦卿,号梅溪,汴(今河南开封市)人。曾依宰相韩侂胄为堂吏,其公文、文告俱出其手,尝陪使臣李璧至金国。韩事败被诛,史亦受黥刑,贬死于贫病。史词丽情密藻,柔媚轻圆,描摩刻画,尽态极研,尤以咏物见长。姜夔谓其"能融情景于一家,会句意于两得"(《词品》引),评价虽过高,亦反映出史词的某些特点。有《梅溪词》一卷,见《六十名家词》。《全宋词》辑其全篇111首,残篇1。

210　绮罗香①

咏　春　雨

词　谱

做②冷欺花,将③烟困柳,千里偷催春暮。
● ● ○ ○ ● ● ○ ○ ● ● ● ○ ○ ●

尽日冥迷,愁里欲飞还住。惊粉重、蝶宿西
⊖ ● ○ ○ ● ● ○ ○ ● ● ○ ● ● ● ○

园④,喜泥润、燕归南浦⑤。最妙他、佳约风
○ ● ● ⊖ ⊖ ● ● ○ ○ ● ● ⊖ ● ● ● ○

417

流⑥，钿车⑦不到杜陵⑧路。　沉沉江上望极，
○　●○●●○●○　●　○○○●○●

还被春愁晚急，难寻官渡⑨。隐约遥峰，和泪谢
○●○○●●　○○○●　●●○○　○●●

娘⑩眉妩⑪。临断岸、新绿⑫生时，是落红、带愁
○○●　○●●　○●○○　●●○　●○

流处。记当日、门掩梨花⑬，剪灯⑭深夜语。
○●　●○●　○●○○　●○○●●

注　解

①[绮罗香]调始《梅溪词》。此调3体,此词为双调、104字正体。全首用韵属第四部"语"、"麌"、"御"、"遇"仄声上、去通押。　②[做]使。　③[将]以。　④[西园]参见第63首注⑦。　⑤[南浦]见第151首注⑦。　⑥[风流]见第45首注⑦。　⑦[钿车]见第118首注⑪。⑧[杜陵]汉宣帝陵墓所在,当时附近一带多住富贵之家。地在今陕西省西安市东南,古为杜伯国。　⑨[官渡]官方所设的渡口,与韦应物《滁州西涧》中的"野渡"("春愁带雨晚来急,野渡无人舟自横")相对而言。　⑩[谢娘]唐人李德裕的歌妓,后泛指一般歌女。　⑪[眉妩]即妩眉,指美丽的眉妆。周密《一枝春》:"金花漫剪,情谁画、旧时眉妩。"　⑫[新绿]见第114首注⑧。　⑬[门掩梨花]李重元《忆王孙》:"欲黄昏,雨打梨花深闭门。"⑭[剪灯]李商隐《夜雨寄北》:"何当共剪西窗烛,却话巴山夜雨时。"

作意与作法

此首如题,为词人描写春雨之作。上片由雨中之花柳而写到情人的因雨误期,下片由雨中的山水而写到夫妻的因雨阻隔。

上片起三句写雨中的花柳。"做冷欺花"写风雨的袭击,"将烟困柳"写春雨的包围,"偷催春暮"写风雨"千里",有感流水落花。而"偷"字拟人,摄住了春之魂。次二句概写飞行之物。"尽日冥迷"写春雨连绵不断,濛濛一片。"欲飞还住"写鸟虫收翅,无可奈何,故曰"愁"。再二句特写雨中蝶燕。雨湿粉翅,蝶惊而归园;湿土垒窝,燕喜而归浦。此一"惊"一"喜",均为春雨所致。结二句宕

418

开,由景物而转到人事,写雨阻交通。"风流""佳约"因雨而误期,"钿车"佳访因雨而"不到",这正是春雨带来的人的春愁。

下片换头三句写雨中江景。"望极"见词人之放眼,"沉沉"写江雨之迷濛。"春愁"因带雨而晚来更急,"官渡"因春雨而难寻船夫。次二句写雨中山色。"遥峰"写远山长长、线条弯弯,以比谢娘的眉妆;"隐约"写似藏似露、雨雾濛濛,以比眉妆的"和泪"。再二句照应雨中蝶燕而写落花流水。"新绿"写春水之涨,写其喜;"落红"写春花之谢,写其愁。此一喜一愁,亦为春雨所致。结二句亦宕开,再由景物转到人事,写当年夜话。"门掩梨花",写忘乎室外春雨之愁;"剪灯""夜语",写陶醉室内夫妻之乐。此写今不如昔。

全词极选富有特色之镜头而侧写春雨,善用物理、自然的变化而对比乐忧,此欲悲又喜,欲欢又忧,是春雨的性格,亦是词人的滋味。事物不可得兼,欢愁常有转变,比之单方之情,史词所咏别有洞天,且更加上一层理趣。

211 双双燕①

咏 燕

词 谱

过春社②了,度③帘幕中间④,去年尘冷。差
●○○● ●○○● ●○○●○● ○

池⑤欲住,试入旧巢相并。还⑥相⑦雕梁藻井⑧,
○ ●● ●●●○○● ○ ○ ○○●●

又软语、商量不定。飘然快拂花梢,翠尾分开红
●●● ○○●● ○○●●○○ ●●○○○

影⑨。　　　芳径⑩，芹泥⑪雨润，爱贴地争飞，竞

夸轻俊。红楼⑫归晚，看足柳昏花暝。应自⑬栖

香正稳，便⑭忘了、天涯芳信⑮。愁损⑯翠黛双

蛾⑰，日日画阑独凭。

注　解

①[双双燕]调自《梅溪词》，为史氏自度曲，因此首所咏为双双飞燕，故以为名。此调2体，此词为双调、98字史体。全首用韵属第六部"阮(半)"、"震"，第十一部"梗"、"敬"、"径"，为隔部仄声上、去通押。　②[春社]参见第114首注⑩。　③[度]过渡。北朝民歌《木兰诗》："千里赴戎机，关山度若飞。"　④[帘幕中间]晏殊断句："楼台侧畔杨花过，帘幕中间燕子飞。"（《青箱杂记》卷五引）　⑤[差(cī)池]指燕子飞行时尾羽张舒不齐的样子。《诗经·邶风·燕燕》："燕燕于飞，差池其羽。"　⑥[还(xuán)]参见第135首注③。　⑦[相(xiàng)]细看，端详。　⑧[藻井]俗名天花板。用方木架成井形，图案上画着荷花、菱藻之类，古人希图镇压火灾。　⑨[红影]指花影。　⑩[芳径]即香径。见第10首注②。　⑪[芹泥]指水边种植芹菜的泥土。杜甫《徐步》诗有"芹泥随燕嘴"。　⑫[红楼]豪华的楼阁，此为词中女子所居，也即燕子营巢之处。　⑬[应自]料想，该当。　⑭[便]岂，难道。　⑮[芳信]对人书信的敬称，此指天涯游子所写的信。据说燕亦传书，江淹《杂体诗拟李陵》："袖中有短书，愿寄双飞燕。"　⑯[损]见第135首注⑥。　⑰[翠黛双蛾]参见第77首注③。此处代指闺中思妇。

作意与作法

　　此首如题，为词人咏燕之作，并融入闺怨之情。上片正写双燕春归、重返旧巢的欢愉情状；下片反衬红楼少妇独自凭阑的相思愁情。

　　上片起三句写双燕重返旧巢的光景。春社过完，写鸟语花香

420

之时；"帘幕中间"，旧巢土冷，写环境之冷寂。此室内外之对比，先埋下伏笔。次二句写双燕住进旧巢的情态。"差池"写燕飞的美姿，"相并"写双燕的亲昵。一"欲"一"试"，为初归旧巢的心理活动。再二句进一步端详周围环境。"雕梁藻井"，写红楼内部装饰华丽；"商量不定"，写双燕呢喃，仍对旧巢尚未安居。结二句写双燕出巢，游赏春色的情致。"飘然"拂梢，写双燕体态的轻捷；"翠尾"分花，写丽日春光的旖旎。

　　下片换头四句特写双燕的修巢活动。"芳径"写双燕衔泥之地，"雨润""芹泥"写所衔湿土之香，"贴地争飞"、"竞夸轻俊"，写双燕的愉快、乐观、自由、幸福。次二句写双燕日暮归来。"看足"写双燕暮归的尽兴，"暝"、"昏"写花柳凄迷的倦容。再二句由燕及人，写人怪燕。"栖香正稳"，明写红楼双燕同栖的幸福生活；"忘了""芳信"，暗指闺中少妇失望的抱怨之情。结二句写闺中的孤独以照应开头。"黛""蛾""愁损"，写少妇羡慕双燕而焦急；"独凭""画阑"，写少妇盼望游子的希望和失望之情。

　　全词取意而不拘事，写神而不穷形。双燕、情侣难分难解，物情、闺情顺连反衬，似人妒物，又似物骄人。其间"软语商量"、"柳昏花暝"，二者相得益彰，双方互通情趣，均见锻炼之工。

212　东风第一枝①

春　雪

词　谱

巧沁②兰心，偷粘③草甲，东风欲障新暖。
⚫⚫　〇〇　⊜〇　⊜⚫　⊜〇⊜〇◉

漫④疑碧瓦难留，信知暮寒犹浅。行天入镜，做弄出、轻松纤软。料故园⑤、不卷重帘，误了乍⑥来双燕。 青未了⑦、柳回白眼，红欲断、杏开素面。旧游忆着山阴⑧，后盟⑨遂妨上苑⑩。寒炉重熨，便放慢、春衫针线？怕凤靴⑪、挑菜⑫归来，万一灞桥⑬相见。

注　解

①[东风第一枝]调始《梅溪词》。又名琼林第一枝。此调4体，此词为双调、100字正体。全首韵脚属第七部"阮(半)"、"旱"、"潸"、"铣"、"霰"仄声上、去通押。　②[沁]渗透。　③[粘(nián)]胶附，贴合。　④[漫]见第205首注㉓。　⑤[故园]旧家园、故乡。李白《春夜洛城闻笛》："此夜曲中闻折柳，何人不起故园情。"　⑥[乍]参见第135首注③。　⑦[了]完全。　⑧[山阴]王徽之(王羲之子)居山阴，一次雪夜泛舟剡(shàn)溪访戴逵(kuí)，至门而返。人问其故，王曰："吾本乘兴而行，兴尽而返，何必见戴？"此见王氏放荡不羁。事见《世说新语·任诞篇》。　⑨[后盟]同后期。见第8首注⑤。　⑩[上苑]供皇帝玩赏、打猎的园林。李煜《望江南》："还是旧时游上苑，车如流水马如龙。"　⑪[凤靴(xuē)]绣有凤凰图案的高腰鞋。此借代踏青挑菜之女子。　⑫[挑菜]见第99首注⑮。又，周密《武林旧事》："二月二日，宫中办挑菜宴以资戏笑，王宫贵邸亦多效之。"　⑬[灞桥]本作霸桥，在长安(今西安市)东。孙光宪《北梦琐言》："相国郑綮善诗。……或曰：'相国近有新诗否？'对曰：'诗思在灞桥风雪中驴背上，此处何以得之？'"这里借指临安(杭州)城外名桥。

作意与作法

　　此首如题系咏春雪之作。上片写怕雪误春，下片写怕春溶雪。

上片起三句写花圃之雪。"巧沁兰心"写香之冷,"偷粘草甲"写叶之僵。此因"东风"被阻,"新暖"难来。次二句写瓦上之雪。"碧瓦难留"写其果,"暮寒犹浅"写其因,此写希望冰消雪化。再二句写空中降雪。"行天"则"轻松纤软",入水则无影无踪。"做弄",写雪的神奇多变。结三句联想到故乡家园之雪。"不卷重帘",因春雪春寒;"误了""双燕",写心愁心忧。

下片换头二句转入喜色,写眼前柳、杏之雪。雪缀柳芽,柳絮点点,如多情女子回眸斜盼;雪缀杏枝,白花朵朵,如漂亮姑娘粉脸颜开。次二句写游、猎之雪。"山阴""旧游",羡雪夜泛舟之尽兴;"上苑""后盟",怕妨碍雪中行猎之乐趣。再二句写担心雪止。"寒炉重熨",写重新烧起熨斗;雪后"春衫",针线哪能("便")放慢?结二句写趁雪赋诗。踏青、挑菜,当是日丽风和;"灞桥相见",怕雪止驴背无诗。

全词以正面、侧面之角度,以物态、人事之两方,互相比附,"所咏瞭然在目,且不留滞于物"(张炎《词源》),其中"柳"、"杏"二句别开生面,比喻新颖,沈际飞以为"愧死'梨花''柳絮'诸语"(《草堂诗余正集》)。结句亦难为庸人所料,别有一层风趣,故黄升谓"尤为姜尧章拈出"(《花庵词选》)。

213　喜迁莺①

词　谱

月波疑滴,望玉壶②天近,了③无尘隔。翠
●　○　○　　　●　●　○　○　○　　　●　○　●　●

眼圈花④,冰丝织练⑤,黄道⑥宝光相直⑦。自怜
●　○　○　　　○　○　●　●　　　○　●　●　○　○　●　　●　○

423

诗酒瘦，难应接、许多⑧春色。最无赖⑨，是随香
○●●　○●●　●○●●　●○●　●○○

趁烛，曾⑩伴狂客⑪。　　踪迹，漫⑫记忆，老了
●●　○●○●　　　○●　●●●　●●

杜郎⑬，忍听东风笛。柳院灯疏，梅厅雪在，谁
●○　●○○○●　●●○○　○○●●　○

与细倾春碧⑭？旧情拘未定，犹自学、当年游
●●●○○●　●○○●●　○●●　○○○

历。怕万一，误玉人⑮夜寒，窗际帘隙。
●　●●○　●●○●○　○●○●

注　解

①[喜迁莺]见第 145 首注①。此调 17 体，此词属长调、103 字双调正体。全首用韵属第十七部入声"陌"、"锡"、"职"通押。　②[玉壶]见第 183 首注⑦。　③[了]见第 212 首注⑦。　④[翠眼圈花]疑指花灯。　⑤[练]见第 3 首注④。　⑥[黄道]古人谓太阳由东至西的轨道为黄道。《汉书·天文志》："日有中道，月有九行。中道者，黄道，一曰光道。"　⑦[直]当，临。　⑧[许多]见第 87 首注⑩。　⑨[赖]凭依。　⑩[曾]竟。⑪[狂客]狂放不羁的人。《新唐书·贺知章传》："知章晚节尤诞放，邀嬉里巷，自号'四明狂客'。"　⑫[漫]见第 205 首注㉓。　⑬[杜郎]见第 197 首注㉑。这里自比。　⑭[春碧]指美酒。　⑮[玉人]见第 101 首注②。

作意与作法

此首为元宵佳节之际，词人忆旧怀人之作。上片写灯、月交辉之夜，作者的孤独和自怜；下片写往事、旧情之忆，词人的担心和自伤。

上片起三句写天上的明月。"疑滴"，可见月光如水；"玉壶"，比圆月的晶莹；"了无尘隔"，写夜空的透明可爱。次二句写人间的灯火。"翠眼圈花"，写各色彩灯之精美；"冰丝织练"，写一色素灯之光明；"黄道宝光相直"，写灯月之交辉。再二句从元宵灯月想到春日到来。吟诗，解其闷；饮酒，浇其愁。然而以诗解闷，闷更闷；以酒浇愁，愁更愁。"自怜"其"瘦"，因无人知；怕见春色，因无游

伴。结三句写观灯归来的孤独之苦。"随香趁烛",写词人香灯夜伴,"狂客"自谓,想往日放荡生活。

下片换头四句写归来后的自伤之情。漫忆"踪迹",可见不堪回首;"老了杜郎",自觉风流不再。故元宵联欢,春风玉笛,不忍听闻。次三句写眼前的独酌。"柳院灯疏",写夜阑人散;"梅厅雪在",比月色徒临;美酒在壶,无人"细倾",叹独酌无有相亲。再二句写词人情不自禁。"旧情未定",写其藕断丝连;"当年游历",写其赏心乐事。此仍自仿效当年,写词人不甘寂寞。结二句相承,写其牵心的原因。寒夜窗旁,美人久待,清辉气冷,恐其伤身。

全词乐中写忧,今中藏昔,时节依然,人事迁变,悲欢离合,尽在其中。

214　三　姝　媚①

词　谱

烟光摇缥瓦②,望晴檐多风,柳花如洒。锦
⊖○○●●　●⊖○○○　○○○●　●

瑟③横床,想泪痕尘影,凤弦常下。倦出犀帷④,
●　○○　●●○○●　●○○●　●●○○

频梦见、王孙⑤骄马。讳道相思,偷理绡裙,自
○●●、⊖○○●　●●○○　○●○○　●

惊腰衩⑥。　　惆怅南楼遥夜⑦,记翠箔⑧张灯,
○○●　　　⊖●○○⊖●　●●●○○

枕肩歌罢。又入铜驼⑨,遍旧家门巷,首询声
●○○●　●●⊖○　●●○○●　●⊖○

价⑩。可惜东风,将恨与、闲花俱谢。记取崔徽⑪
●　●●○○　○●⊖、○○●●　●●⊖○

模样,归来暗写。

○ ● ○ ○ ⊖ ●

注 解

①[三姝媚]调见《梅溪集》,以古乐府《三妇艳》得名。此调 3 体。此词为双调、99 字正体。全首用韵属第十部"马"、"祃"仄声上、去通押。 ②[缥瓦]琉璃瓦。皮日休《奉和鲁望早春雪中作吴体见寄》:"全吴缥瓦十万户,惟君与我如袁安。" ③[锦瑟]见第 97 首注⑤。 ④[犀帷]参见第 209 首注⑧。 ⑤[王孙]见第 43 首注④。 ⑥[衩(chà)]旧时衣裙在腰部两侧均要开口,也叫开衩。 ⑦[遥夜]深夜。 ⑧[翠箔(bó)]翠帘。 ⑨[铜驼]见第 73 首注④。 ⑩[声价]声名和身份地位。《三国志·魏·袁绍传》注引《英雄记》:"中常侍赵忠谓诸黄门曰:'袁本初坐作声价,不应呼召而养死士,不知此儿欲何所为乎?'" ⑪[崔徽]唐代歌妓。与裴敬中相恋,既别,徽因托画家丘夏写肖像寄敬中,不久抱恨病死。事见元稹《崔徽歌》并序。

作意与作法

此首为忆旧怀人之作,含悼惜之情。上片写女子别后之悲,下片写词人重游之痛。

上片起三句写词人归来所见。琉璃碧瓦,蓝光闪烁,写女子故居依然华丽;"晴檐多风","柳花如洒",写暮春景物依旧宜人。次三句写入室以后所见所想。"锦瑟横床"写女子多才多艺,惜如今物是人非;"泪痕尘影","凤弦常下",写女子相思之痛,知音难得。再二句继"想"字而发。"倦出犀帷",写醒来不愿出门迎客;"王孙骄马",写梦中每忆故人到来。结三句仍继"想"字而发。"讳道相思",写女子要强而不与人说;"自惊腰衩",写女子裙宽体瘦,顾影自怜。

下片换头三句追记昔日的甜蜜生活。"南楼遥夜"一去不返,故曰"惆怅";绿帘红灯,依怀轻唱,只有空记。次三句回写此次重访。"铜驼"以洛比杭,写来到交通路口;走遍"旧家门巷",首先询问声名,写词人多情关心。再二句写所闻噩耗。"东风"写某年的春季,"闲花"比女子的无主。离恨重重,永诀人世,故为"可惜"。结二句写词人归来的悼惜之情。"崔徽模样",比词人爱慕之女子;暗自描摹,写词人心中难忘。

全词叙述方法变换灵活,细节描写生动入微。景物的勾勒,画面的穿插,尤见清真之神理。

215 秋 霁①

词 谱

江水苍苍②,望倦柳愁荷,共感秋色。废
⊖ ● ○ ○　　　● ● ○ ○　　　⊖ ● ○ ●　●

阁③先凉,古帘④空暮,雁程最嫌风力。故园⑤
● ○ ○　　　● ○ ⊖ ●　　　● ○ ● ○ ○ ●　● ⊖

信息,爱渠⑥入眼南山碧。念上国⑦,谁是、脍
● ●　　　● ○ ● ● ○ ○ ●　　　● ● ●　　　○ ● ● ●

鲈⑧江汉未归客?　　还⑨又岁晚,瘦骨临风,
○ ○ ○ ● ● ○ ●　　　○ ● ● ●　　　● ● ○ ○

夜闻秋声,吹动岑寂⑩。露蛩⑪悲、青灯⑫冷屋,
● ○ ○ ○　　　○ ● ○ ●　　　● ○ ○　　　○ ○ ● ●

翻书愁上鬓毛白。年少俊游⑬浑⑭断得。但可
○ ○ ○ ● ● ○ ●　　　○ ● ● ○ ○ ● ●　　　● ●

怜⑮处,无奈苒苒⑯魂惊,采香南浦⑰,剪梅烟
○ ●　　　○ ● ● ● ○ ○　　　● ○ ○ ●　　　● ○ ○

驿⑱。
●

注 解

①[秋霁]《词谱》:"一名春霁。按此调始自胡浩然赋春晴词,即名《春

霁》;赋秋晴词,即名《秋霁》。"此调4体,此词为双调、105字正体。全首用韵属第十七部入声"陌"、"锡"、"职"通押。　　②[苍苍]深青色。　　③[废阁]破旧的楼阁。　　④[古帘]陈旧的帘子。　　⑤[故园]见第212首注⑤。　　⑥[渠]它,参见第208首注⑩。　　⑦[上国]京师,此指词人故乡汴京。刘长卿《客舍赠别……》:"顷者游上国,独能光选曹。"　　⑧[脍鲈]参见第181首注⑥。　　⑨[还]见第135首注③。　　⑩[岑寂]见第112首注⑩。　　⑪[蛩]见第37首注⑦。　　⑫[青灯]油灯。其光青荧。韦应物《寺居独夜寄崔主簿》:"坐使青灯晓,还伤夏衣薄。"　　⑬[俊游]佳游,雅游,胜地之游。第73首秦观《望海潮》词有"金谷俊游"。　　⑭[浑]见第176首注⑥。　　⑮[可怜]见第185首注⑥。　　⑯[苒苒]见第40首注⑤。　　⑰[南浦]见第38首注⑥。　　⑱[烟驿]烟尘弥漫的驿站。此句参见第72首注⑦。

作意与作法

此首为词人身在江汉秋日怀归之作。约写于依韩(侂胄)事败前夕,"山雨欲来"之时。上片写日间,因感秋色而引起归思;下片写夜晚,因感秋声而追梦故人。

上片起三句写秋景,从低处着眼。"江水苍苍",有望穿秋水之意,寄买舟归去之情;"倦柳愁荷",写柳的凋零,荷的憔悴。此为词人的主观感受。次三句写秋物,从高处着眼。"废阁先凉"写处境之冷,"古帘空暮"写度时之虚。风阻"雁程",比归途之难。再二句因雁队北来而思乡。"故园信息",有家族亲友之念,"爱渠""南山",写故乡山水之情。结二句写辞官归去之心。"上国"之念,写汴都之情;"脍鲈"之思,写身在江汉,心归故里。

下片换头四句写秋风之声。"还又岁晚",转瞬秋去冬来,写盼归之切;"瘦骨临风",有如草木凋零,应柳、荷而写愁人;"夜闻秋声,吹动岑寂",写其长夜难眠。次二句写秋物之声。蟋蟀唧唧,为悲秋之吟;"青灯冷屋",写伶仃之苦;故读罢亲友来书,一夜满头愁白。再一句年少雅游,尚可一时中断,此退一步着想,以强调结语。

428

结四句写赠友惊梦。"采香"、"剪梅"写赠友之物;"南浦"、"烟驿"
写寄身之地。

全词日思夜梦,怀乡怀友,情、景相生,人、物相拟,比之辛词,
另是一位"江南游子"。

216　夜　合　花①

词　谱

柳锁莺魂,花翻蝶梦②,自知愁染潘郎③。
〇〇〇〇　〇〇〇〇　〇〇〇〇〇◎

轻衫未揽,犹将泪点偷藏。念前事,怯流光④,
〇〇〇〇　〇〇〇〇〇◎　〇〇〇　〇〇〇

早春窥、酥雨⑤池塘⑥。向销凝⑦里,梅开半面,
〇〇〇　〇〇〇◎　〇〇〇〇　〇〇〇〇

情满徐妆⑧。　　风丝⑨一寸柔肠,曾在歌边惹
〇〇〇◎　　　〇〇〇〇〇〇　〇〇〇〇〇

恨,烛底萦香。芳机瑞锦,如何未织鸳鸯。人扶
〇　〇〇〇◎　〇〇〇〇　〇〇〇〇〇◎　〇〇

醉⑩,月依墙,是当初、谁敢疏狂⑪!把⑫闲言
〇　〇〇〇　〇〇〇　〇〇〇◎　〇　〇〇

语,花房夜久,各自思量。
〇　〇〇〇〇　〇〇〇◎

注　解

①[夜合花]此花亦名"合欢",《词谱》(卷二十五)谓调名来自韦应物"夜
合花开香满庭"句。调见《琴趣外篇》。此调5体,此词属双调、100字变体。
全首韵脚属第二部平声"阳"韵。　　②[蝶梦]《庄子·齐物论》:"昔者庄周梦
为胡蝶,栩栩然胡蝶也……俄然觉,则遽遽然周也。不知周之梦为胡蝶与,胡

429

蝶之梦为周与?"后因称梦为蝶梦。唐人李咸用《早行》:"困才成蝶梦,行不待鸡鸣。"　　③[潘郎]参见第 152 首注⑦。　　④[流光]参见第 178 首注⑱。⑤[酥雨]春日如奶酪般润物的小雨。韩愈《早春呈水部张十八员外》:"天街小雨润如酥,草色遥看近却无。"　　⑥[池塘]见第 43 首注⑤。　　⑦[销凝]见第 74 首注⑩。　　⑧[徐妆]《南史·梁元帝徐妃传》:"妃以帝眇一目,每知帝将至,必为半面妆以俟。帝见则大怒而去。"徐妃名昭佩,今所云"徐娘虽老,风韵犹存"即此妇。　　⑨[风丝]即游丝。见第 18 首注⑤。　　⑩[扶醉]参见第 136 首注⑥。　　⑪[疏狂]见第 32 首注⑤。　　⑫[把]将,以。苏轼《饮湖上初晴后雨》:"欲把西湖比西子,淡妆浓抹总相宜。"

作意与作法

　　此首为怀人之作。上片愁人生之易老,惜光阴之流逝;下片恨眷属之未成,叹良机之不再。

　　上片起三句写暮春生愁。"柳锁莺魂",写莺藏细柳,婉啭而啼;"花翻蝶梦",写蝶舞絮飞,飘然若梦;对此阳春烟景,而词人却两鬓秋霜,故有潘岳之愁。次二句写相思之痛。"轻衫未揽",写其无人照料;"泪点偷藏",写其无与倾诉。再三句回忆早春往事。"怯"年华之易逝,写惜春之情意;"窥""池塘"之"酥雨",盼芳草之萌生。结三句继前事写词人的凝神之处。"梅开半面",比女子的侧影;"情满徐妆",如徐娘的多情。

　　下片换头三句追忆往日歌筵。一寸游丝,一寸柔肠,写春日的温情;"歌边惹恨",写词人被情歌所俘虏;"烛底萦香",写灯下女子使人迷魂。次二句写事后的遗憾。"芳机"写机杼的华贵,"瑞锦"写图案的吉祥。"未织鸳鸯"比才子、佳人终于难成眷属。再三句写双双入房。"人扶醉",写词人之态;"月依墙",写入夜之深;"谁敢疏狂",悔恨过分小心。结三句继写花烛之夜。"花房夜久",未敢直截了当定终身之事,该说不说,"各自思量",为今日遗憾无穷。

　　全词写有情之人未成眷属的悲剧,事虽属妓,而相思情真,甚于时人之勉强配偶而虚作感情。

217　玉　蝴　蝶①

词　谱

晚雨未摧宫树②，可怜③闲叶，犹抱凉蝉。

短景④归秋，吟思⑤又接愁边。漏⑥初长、梦魂

难禁，人渐老、风月⑦俱⑧寒。想幽欢⑨，土花⑩

庭甃⑪，虫网阑干。　　无端⑫！啼蛄⑬搅夜，恨

随团扇⑭，苦近秋莲。一笛当楼，谢娘⑮悬泪立

风前。故园⑯晚、强留诗酒，新雁远、不致寒

暄⑰。隔苍烟，楚香罗袖，谁伴婵娟⑱？

注　解

　　①[玉蝴蝶]见第 39 首注①。此调 7 体，此词属双调、99 字(长调)正体。全首韵脚属第七部平声"元(半)"、"寒"、"先"通韵。　　②[宫树]指围绕房屋的树，以为屏障。　　③[可怜]见第 185 首注⑥。　　④[短景]夏至节令以后，白昼开始变短。杜甫《阁夜》："岁暮阴阳催短景，天涯霜雪霁寒宵。"此冬日白昼更短。　　⑤[吟思(sì)]吟咏的情思。　　⑥[漏]参见第 34 首注⑥。　　⑦[风月]风前月下。指男女间的情爱。　　⑧[俱(jū)]借，同。⑨[幽欢]男女间的私约欢会。　　⑩[土花]见第 109 首注③。　　⑪[甃(zhòu)]砌砖如阑的井壁。　　⑫[无端]无缘无故。　　⑬[啼蛄]蝼蛄穴居

土中而鸣。　　　⑭[团扇]见第71首注③。　　　⑮[谢娘]见第210首注⑩。
⑯[故园]见第212首注⑤。　　　⑰[寒暄]见第165首注⑩。　　　⑱[婵娟]
见第37首注⑩。

作意与作法

此首约成于依韩（侂胄）事败前夕，为思乡怀人之作。上片写
词人之悲秋，下片念伊人之寂寞。

上片起三句写景以凄。"晚雨"刚过，感其余寒；"闲叶"无主，
惜其秋黄；黄叶凉蝉，悲从中来。次二句写吟以愁。秋日渐短，吟
咏愁长，思情难耐。再二句由暮而入夜。一写夜长梦多，情不自
禁；一写风月情怀，心灰意冷。结三句联想往日幽欢之地的荒寂。
"土花庭甃"，写水井少人使用；"虫网阑干"，写井栏久无人依。

下片换头四句设想伊人。"啼蛄搅夜"，写伊人之难眠；"团扇"
比伊人之年长闲弃，秋莲比伊人之红消香断。次二句直点谢娘之
情绪。长笛一声闻而怨，临风垂泪写其悲。再二句因念"谢娘"而
思归不得。故园日晚为此时设想，"强停""诗酒"写无可解愁，新雁
远去为抬头所见，"不致寒暄"惜信使难追。结三句写归乡不得而
望乡。"苍烟"写长空的夜色，"罗袖"写所思的伊人。心念香囊，遥
想秋月，明知故问，无限凄怆！

全词写景写物，比拟比喻，用笔尖巧，尽态极妍。姜夔称史词
"融情景于一家，会句意于两得"（《梅溪词·序》）此首亦然。

218　八　归①

词　谱

秋江带雨，寒沙萦水，人瞰②画阁③愁独。
○　○　●　●　　○　○　○　●　　○　●　●　●　　⊖　●

烟蓑④散响惊诗思⑤，还⑥被乱鸥飞去，秀句⑦

难续。冷眼⑧尽归图画上，认隔岸、微茫云屋。

想半属、渔市樵村，欲暮竟然竹⑨。　　须⑩信

风流⑪未老，凭持尊⑫酒，慰此凄凉心目。一鞭

南陌⑬，几篙官渡⑭，赖⑮有歌眉舒绿⑯。只匆匆

残照，早觉闲愁⑰挂乔木⑱。应难奈、故人天际，

望彻淮山⑲，相思无雁足⑳。

注　解

①［八归］见第 195 首注①。此调 2 体，此词属双调、115 字仄韵正体。平仄 1 异(见谱中⊗)。全首韵脚属第十五部入声"屋"、"沃"通韵。　　②［瞰(kàn)］俯视。　　③［画阁］参见第 54 首注③。　　④［蓑(suō)］即蓑衣。用草或棕毛编织的雨披。　　⑤［诗思(sì)］即诗情。参见第 217 首注⑤。⑥［还(xuán)］见第 135 首注③。　　⑦［秀句］佳句。　　⑧［冷眼］对事物持冷静或冷淡的态度。黄庭坚《鹧鸪天》："黄花白发相牵挽，付与旁人冷眼看。"　　⑨［然竹］就便取柴，燃竹作食。柳宗元《渔翁》："渔翁夜傍西岩宿，晓汲清湘燃楚竹。"　　⑩［须］应当。　　⑪［风流］见第 45 首注⑦。⑫［尊］见第 1 首注④。　　⑬［南陌］见第 7 首注⑤。　　⑭［官渡］见第 210 首注⑨。　　⑮［赖］见第 213 首注⑨。　　⑯［舒绿］指双眉舒展。古以黛绿画眉，绿即指眉。　　⑰［闲愁］参见第 25 首注②。　　⑱［乔木］见第 197 首注⑲。　　⑲［淮山］江北淮南之山，由这一带北上即达汴京。　　⑳［雁足］参见第 12 首注②。

作意与作法

此首为秋日怀念友人之作。上片写凭高望远之愁，下片写漂

433

泊未归之叹。

上片起三句写俯视江景。"秋江带雨",写雨丝之织愁;"寒沙萦水",写水流之冷涩;"画阁"写词人凭高之处;"愁独"写无与倾诉之人。次三句写江上的活动。"烟蓑散响",写船上击梆围鱼之嚷;"乱鸥飞去",写水面一时飞窜之闹;故诗情、佳句,可惜冲击。再二句写由江上远见对岸,由闹转静。"冷眼"观画,爱自然景色之佳丽;"微茫云屋",牵动归去之心。结二句继"云屋"而推想"渔市樵村",爱其自给自足;"欲暮""然竹",羡其自由自在。

下片换头三句写把酒自慰的苦状。"风流未老",写主观之心愿;"凄凉心目",写客观之刺激。次三句写歌妓相慰的苦状。"一鞭南陌",忆风尘之苦;"几篙官渡",念漂泊之悲。再二句写雨止晚晴,放眼天涯。"匆匆残照",写好景不长;"闲愁"高挂,写望其摆脱。结三句写无可奈何之状。"淮山"望尽,故人何在?相思不尽,谁人捎书?

全词景物传神,笔力有如白石。上片以"画阁独愁"起,下片以"故人天际"结,见呼应之紧。

刘克庄 (4首)

刘克庄(1187—1269)字潜夫,号后村居士,莆田(今福建县名)人,早年所作《落梅》诗中有"东风谬掌花权柄,却忌孤高不主张"二句,被指为讪谤,曾免去建阳县令官职。理宗淳祐六年(1246)赐同进士出身,官至龙图阁直学士。他在朝中做官,曾四上四下,最长不过一二年,多因忠君爱国、直言极谏所致。

刘词多壮语逼人,风格粗犷,思想积极,情感振奋,基本属辛派词人。冯煦说:"后村词与放翁、稼轩犹鼎三足,其生丁南渡,拳拳君国,似放翁;志在有为,不欲以词人自域,似稼轩。"(《六十一家词选例言》)刘词思想内容确属如此,然其破格、议论,有些比稼轩更有过之,艺术魅力,颇为减色。词集有《后村长短句》,又名《后村别调》。《全宋词》辑其全篇260首,残篇7。《全宋词补辑》又辑其全篇5首。

219　生　查　子①

元夕②戏③陈敬叟④

词　谱

繁灯夺霁华⑤,戏鼓⑥侵明发⑦。物色⑧旧
时同,情味中年别。　　浅画镜中眉⑨,深拜楼
中月。人散市⑩声收,渐入愁时节。

注　解

　　①[生查子]唐教坊曲名。"查"为"楂梨"之"楂"省笔而来。毛先舒《填词名解》以为"古'槎'字,通取海客事"。暂备一说。此调又名楚云深、梅和柳、晴色入青山等。此调5体,此词属双调、40字正体。全首韵脚属第十八部入声"月"、"屑"通韵。　　②[元夕]参见第137首注⑦。　　③[戏]开玩笑,嘲弄。　　④[陈敬叟]陈以庄名敬叟,号月溪,建安(今福建建瓯)人。与刘克庄友善,为人旷达,能饮酒填词,刘曾为《陈敬叟集》作序。　　⑤[霁华]明月。　　⑥[戏鼓]见第125首注⑮。　　⑦[明发]天色开始发亮。《诗经·小雅·小宛》:"明发不寐,有怀二人。"　　⑧[物色]风物景色。　　⑨["画眉"句]用黛色描饰眉毛,参见第77首注③。《汉书·张敞传》:"又为妇画眉,长安中传张京兆眉怃。"朱庆余《近试上张水部》:"妆罢低声问夫婿,画眉深浅入时无?"　　⑩[市]指街市。欧阳修《生查子》:"去年元夜时,花市灯如昼。"

作意与作法

　　此首为元夕戏友之作,写悲欢之情,抒今昔之感。上片写元宵的盛况和感受,下片写友人的活动和伤怀。

　　上片起二句灯光"夺"月,写花灯万盏,街市如昼;杂耍通宵,写

传统风习,娱乐升平。结二句由景生情,抒发感慨,正是年年岁岁"灯"相似,岁岁年年"人"不同。下片起二句写"戏"友的主要所在。"浅"画妻眉,"深"拜明月,青春虽逝,画幅犹存。于戏友中含自戏,亦涉政局。结二句回至此年此夕,写灯寒月冷,欢去愁来。

全词上、下两"起"对仗,"物色"、"情味"对举,往昔、今宵对比,"对"中见"戏","对"中见景,"对"中见情。

220 贺新郎①

端午②

词谱

深院榴花吐,画帘开、练衣③纨扇④,午风清暑。儿女⑤纷纷夸结束⑥,新样钗符⑦艾虎⑧。早已有、游人观渡⑨。老大逢场慵作戏⑩,任陌头⑪、年少争旗鼓。溪雨急,浪花舞。　灵均⑫标致⑬高如许⑭,忆生平、既纫兰佩⑮,更怀椒醑⑯。谁信骚魂⑰千载后,波底垂涎角黍⑱。又说是、蛟馋龙怒。把似⑲而今醒到了,料当年、醉死差⑳无苦。聊一笑,吊千古。

注　解

①[贺新郎]见第71首注①。此调11体,此词属116字叶(梦得)词正体,平仄2异(见谱中❌)。全首用韵属第四部"语"、"麌"、"遇"仄声上、去通押。
②[端午]农历五月初五。亦作"端阳"、"重午"。《荆楚岁时记》谓战国时楚国大诗人屈原因感国政腐败,无力挽救,在放逐期间于五月五日投汨罗江而死。后人表示哀悼,每年此日举行龙舟竞渡,众人观渡。自唐以来,遂为大节日。
③[䌷(shū)衣]粗丝衣料的服装。　　④[纨扇]见第205首注⑭。
⑤[儿女]见第181首注①。　　⑥[结束]装束、打扮。宋人王珪《宫词》:"朝朝结束防宣唤,一样珍珠落鬓头。"　　⑦[钗符]即钗头符,端阳节头饰。元人陈元靓《岁时广记·钗头符》:"《岁时杂记》:端午剪缯彩作小符儿,争逞精巧,掺于鬟髻之上。都城亦多扑卖,名钗头符。"　　⑧[艾虎]旧俗端午节,用艾作虎,或剪彩为虎,粘艾叶,戴以避邪。周紫芝《永遇乐·五日》:"艾虎钗头,菖蒲酒里,旧约浑无据。"　　⑨[观渡]见本首注②。　　⑩[逢场作戏]本谓江湖艺人于所止择空场,用随带竿木,蒙巾幔成台,当众演奏。禅宗语录中多指悟道在心,不拘时地。后谓随事应景,偶一为之,为逢场作戏。苏轼《六观堂老人草书》:"逢场作戏三昧俱,化身为医忘其躯。"　　⑪[陌头]路旁。王昌龄《闺怨》:"忽见陌头杨柳色,悔教夫婿觅封侯。"参见第7首注⑤。
⑫[灵均]屈原的字。屈原《离骚》:"名余曰正则兮,字余曰灵均。"　　⑬[标致]风度。　　⑭[如许]见第130首注⑪。　　⑮[纫兰佩]联缀秋兰而佩带于腰。屈原《离骚》:"扈江离与辟芷兮,纫秋兰以为佩。"　　⑯[椒醑(xǔ)]用椒实浸制(取其香)的美酒。　　⑰[骚魂]指骚人屈原的魂灵。　　⑱[角黍]屈原于五月五日投江,楚人按时追悼,以竹筒贮米投水,裹以楝叶,缠以彩缕,使之不为蛟龙所吞。事见《齐谐记》。　　⑲[把似]假如。　　⑳[差]比较。宋赵汝镀《汪丞招饮问梅》:"只缘今岁寒差甚,故比常年花较迟。"差与较为互文。

作意与作法

此端午节日之词,托屈原之事,寄词人之慨。上片写观渡之盛况,下片吊千古之忠魂。

上片起三句写初夏的景象。"榴花"吐蕊,见红焰点点,写景点

438

时；"午风"轻，暑气清，写宜人气候；"画帘"缓开，写闺秀之出游；"练衣纨扇"，写夏装之合时。次三句写"观渡"的游人。"儿女纷纷"，见男男女女盛妆结队；"钗符艾虎"，言端午节日首饰出奇；"早"，写游人观渡的兴致。再二句由人及己，以"无心"比"有意"。懒于"逢场""作戏"，写词人过节有感；任凭争夺"旗鼓"，叹少年玩耍粗心。结二句写竞渡的激烈场面。"溪雨急"，比喻满河水点飞溅；"浪花舞"，描写一江波浪翻腾。

下片换头三句忆屈原高风亮节。"标致"赞风格之高，"兰佩"写心灵之洁，"椒醑"一醉，写难耐满腔忧国之愁。次三句念诗人逝后之可悲。"千载"沉冤，写朝政之混乱；"波底垂涎"，叹死后之悲凄；"蛟馋龙怒"写水生动物的无知，亦怜诗人的不幸。再二句由"把似"一转，以"而今醒到"与"当年醉死"相较。醒眼阅世之乱，不如醉死不见"无苦"！结二句写词人对当世的愤慨。"一笑"内藏百哭，"吊古"尤其伤今。

全词因事生感，吊古伤今，"思想超超，意在笔墨之外。"（黄蓼园《蓼园词选》）

221 贺新郎①

九 日②

词 谱

湛湛③长空黑，更那堪、斜风细雨，乱愁如
织。老眼平生空④四海，赖⑤有高楼百尺⑥。看

浩荡⑦、千崖秋色。白发书生神州泪,尽凄凉、

不向牛山⑧滴。追往事,去无迹。　少年自负

凌云⑨笔,到而今、春华⑩落尽,满怀萧瑟⑪。常

恨世人新意少,爱说南朝狂客⑫。把破帽、年年

拈出。若对黄花⑬孤负⑭酒,怕黄花、也笑人岑

寂⑮。鸿去北,日西匿⑯。

注　解

①[贺新郎]见第71首注①。此调11体,此词属116字叶(梦得)词正体,平仄6异(见谱中⊗、⊘)。全首用韵属第十七部入声"质"、"陌"、"锡"、"职"通押。　②[九日]指九月九日,见第56首注⑤。　③[湛(zhàn)湛]深沉的样子。原指水深。　④[空]望尽。　⑤[赖]见第213首注⑨。⑥[高楼百尺]参见第178首注⑯。　⑦[浩荡]广阔。　⑧[牛山]今山东临淄南。《晏子春秋·内篇谏上》:"(齐)景公游于牛山,北临其国城而流涕曰:'若何滂滂去此而死乎?'"杜牧《九日齐山登高》:"古往今来只如此,牛山何必独沾衣。"　⑨[凌云]《史记·司马相如传》:"相如既奏《大人》之颂,天子大悦,飘飘有凌云之气。"　⑩[春华]春天的花朵。比喻文采。《颜氏家训·勉学》:"讲论文章,春华也;修身利行,秋实也。"　⑪[萧瑟]悲凉。此指家国之思。杜甫《咏怀古迹》(五首之一):"庾信平生最萧瑟,暮年诗赋动江关。"　⑫[南朝狂客]指孟嘉。《晋书·孟嘉传》:"孟嘉为桓温参军,尝于重阳节(九月九日)共登龙山,风吹落帽而不觉。桓温命孙盛作文以笑,孟嘉答之,其文甚美。"　⑬[黄花]见第134首注⑪。　⑭[孤负]同辜负。⑮[岑寂]见第112首注⑩。　⑯[日西匿]江淹《恨赋》:"白日西匿,陇雁少飞。"

作意与作法

　　此首重阳词,为登高之作,抚今追昔,无限感慨。上片写"风

雨"之愁,忍泪含悲;下片对"世人"之恨,倾酒解忧。

上片起三句写登高之时的糟糕天气。满天黑云,写愁情之乱;"斜风细雨",写愁丝如织。日、月俱已逢"九",目前"重阳"何在?次三句从愁境中跳出,写"平生"的豪情。登楼"百尺",写昔日之壮志;目空"四海",写眼界之广阔;"千崖秋色",写风光之旖旎。再二句收回追忆,慷慨犹存。为国洒泪,写"白发书生"的爱邦之心;"不向牛山",写词人不计个人之生死。结二句为今昔之感。追忆"往事",难忘壮志豪情;一去"无迹",有感"老眼""白发"。

下片换头三句总括上片,对比今昔。"少年"大笔,写文采之豪放;"春华落尽",写才气之消磨。"满怀萧瑟",叹一腔诗情之悲凉。次三句由己及人,恨文风不正。缺乏"新意",责一般词人的重弹老调;"爱说""狂客",责一般文人的故作名士;"破帽""拈出",评流俗之辈的应景文章。再二句又转向自己,写借酒浇愁。年年重阳花相似,岁岁重阳人不同,黄花笑人,足见可悲。结二句写雨后斜阳,词人归去。鸿雁南飞,明春当可北上;落日西下,明朝又复东升。然志士何去何从? 国运何复何兴?

全词今、昔交写,人、己交写,阴、晴交写,情、景交写,以"白发书生神州泪"统帅全篇,悲恨相续。

222　玉楼春①

戏②林推③

词　谱

年年跃马长安④市,客舍似家家似寄⑤。青

⊖ ⊗ ⊖ ⊗ ○ ⊗ ●　●　⊖ ● ⊖ ● ⊖ ●　⊖

钱⑥换酒日无何⑦,红烛呼卢⑧宵不寐。 易

挑⑨锦妇⑩机中字,难得玉人⑪心下事。男儿西

北有神州⑫,莫滴水西桥⑬畔泪。

注　解

①[玉楼春]见第1首注①。此调4体,此词属双调、56字顾夐正体。平仄5异(见谱中❀、❀)。全首用韵属第三部"纸"、"置"仄声上、去通押。②[戏]见第219首注③。　③[林推]系词人乡兄,故亦题《戏呈林节推乡兄》。宋代节度下设推官,掌管勘问刑狱之事。　④[长安]借指南宋都城临安(今浙江杭州市)。参见第72首注⑤。　⑤[寄]客居。　⑥[青钱]古币铜钱因配铸成色不同,分青钱和黄钱两种。　⑦[无何]日无何事。《汉书·袁盎传》:"南方卑湿,丝(即盎)能日饮无何。"颜师古注:"无何,言更无余事。"　⑧[呼卢]指赌博时"呼卢"的叫喊。鲍宏《博经》:"古者乌曹作博,以五木为子,有枭、卢、雉、犊,为胜负之彩。晋刘毅樗蒲,余人并黑犊,唯毅得雉,大喜,褰衣绕床,叫曰:'非不能卢,不专此尔。'刘裕因援五木曰:'试为卿答。'既而四子俱黑,一子转跃未定,裕厉声喝之,即成卢。"　⑨[挑(tiǎo)]刺绣中的一种挑针法,即挑起经线或纬线而穿织过去以成花纹。　⑩[锦妇]织锦的妇女。《晋书·窦滔妻苏氏传》:"滔,苻坚时为秦州刺史,被徙流沙(指西北沙漠之地)。苏氏思之,织锦为回文旋图,以赠滔。宛转循环以读之,词甚凄婉。"另一说见第57首注⑦。　⑪[玉人]见第101首注②。　⑫[神州]中国。此专指中原沦陷区。　⑬[水西桥]指妓院所在。

作意与作法

此戏友之作,含无限家国之念。上片评其放荡,下片劝其转意。

上片起二句"跃马长安",写年年之嬉游;"客舍似家",写岁岁之不归。结二句"青钱换酒",写白天的消磨;"红烛呼卢",写夜间的鬼混。下片重头二句"锦妇"挑字,写家妻的真情实意;"玉人"心

事,写野妓的心理难摸。结二句,"西北""神州"写恢复中原之志,"水西桥畔"写男女缱绻之情。

全词上结对仗工巧,下起对比鲜明,其"男儿"二句情感升华,思想生辉,为一篇之题旨。

卢祖皋 (2首)

卢祖皋(gāo)(生卒年不详)字申之,又字次夔,号蒲江,永嘉(今浙江温州市)人。宁宗庆元五年(1199)进士,嘉定间,历任主管刑工部架阁文字、秘书省正字、校书郎、著作郎、军器少监、权直学士院。卢词乐章甚工,小词尤为纤雅。传有《蒲江词》,见《六十家词》刊本和《彊村丛书》刊本。《全宋词》辑其全篇90首,残篇6。

223 江 城 子①

词 谱

画楼②帘幕卷新晴③,掩银屏④,晓寒轻。坠
粉飘香、日日唤愁生。暗数十年湖上路,能几
度,著⑤娉婷⑥? 年华空自感飘零,拥春
醒⑦,对谁醒⑧?天阔云闲、无处觅箫声⑨。载酒

买花年少事，浑⑩不似，旧心情！
〇〇〇●● 〇 ●●〇◎

注　解

①[江城子]见第 70 首注①。此调 5 体，此词属双调、70 字变体。全首用韵属第十一部平声"庚"、"青"通韵。　　②[画楼]见第 54 首注③。③[新晴]见第 141 首注④。　　④[银屏]见第 13 首注③。　　⑤[著]见第168 首注④。　　⑥[娉婷]见第 74 首注⑦。　　⑦[醒]见第 152 首注⑩。⑧[醒]读平声，特指酒醒。　　⑨[箫声]李白《忆秦娥》上片："箫声咽，秦娥梦断秦楼月。秦楼月，年年柳色，霸陵伤别。"又参见第 45 首注⑨。⑩[浑]见第 165 首注⑫。

作意与作法

此首为怀人之作。上片追昔，忆画楼之愁生，惜十年之难遇；下片写今，感年华之易逝，叹生活之漂流。

上片起三句写词人晨起。卷帘之举，喜其初晴；"晓寒"未尽，怨其久雨。次一句写惜春之情。"坠粉飘香"，写花开花落，故所见终于生愁。结三句写相遇不易之遗憾。"十年"何其多！"几度"何其少！女子难遇，更觉湖畔难忘。下片重头三句写生活漂泊之苦。拥抱酒坛，写其独饮；醒后无人，写其孤单。次一句写漂泊之途。"天阔云闲"衬人的百无聊赖；"箫声"难觅，写思念伊人之情。结三句今昔对比。"载酒买花"乃往日的游乐，少年时期的心情，而今，全不如前，足见可悲。

此词感慨委婉，思绪纤细，上下二结学刘过《唐多令》(上结：柳下系船犹未稳，能几日、又中秋！下结：欲买桂花同载酒，终不似、少年游！)可谓异曲同工。

224　宴　清　都①

词　谱

春讯飞琼管②,风日薄,度墙啼鸟声乱。江
城次第③,笙歌翠合,绮罗香暖。溶溶涧绿冰
泮④,醉梦里、年华暗换。料黛眉、重锁隋堤⑤,
芳心还动梁苑⑥。　　新来雁阔云音,鸾分鉴
影,无计重见。啼春细雨,笼愁淡月,恁时⑦庭
院。离肠未语先断,算⑧犹有、凭高望眼。更那
堪⑨、芳草⑩连天,飞梅弄晚。

注　解

①[宴清都]调始清真乐府。毛先舒《填词名解》谓"取沈约诗'暮宴清都阙'"。亦名四代好。此调 10 体,此词为双调、102 字变体。全首用韵属第七部"阮(半)"、"旱"、"潸"、"翰"、"霰"仄声上、去通押。　②[琼管]律管。以玉制成。　③[次第]见第 137 首注⑧。　④[泮(pàn)]溶解,分离。⑤[隋堤]见第 84 首注②。周邦彦《兰陵王》:"隋堤上,曾见几番,拂水飘绵送行色。"此处泛指。　⑥[梁苑]汴都的花园。此处泛指。　⑦[恁时]这时。　⑧[算]见第 179 首注⑬。　⑨[那堪]见第 31 首注⑪。　⑩[芳草]见第 2 首注②。

作意与作法

此首为词人于江南春日的怀人之作。上片从眼前的春游中，想到远方伊人的愁思；下片从别后的空庭中，想到远方伊人的离恨。

上片起三句写春回大地。玉笛迎春，写人心之喜；风和日丽，写人心之舒；百鸟争鸣，写人心之乐。次三句写江城春游。"笙歌翠合"，写音乐之妙；"绮罗香暖"，写打扮之美；"江城次第"，写转变之速。再二句写词人所感。水绿冰溶，写旧岁之辞去；醉梦无聊，叹年华之偷换。结二句写词人所思。分手之处，"黛眉重锁"；携手之处，"芳心还动"。此料想对方之行动，实为自己之多情。

下片换头三句写盼望之情。雁鸣长空，想其传信；镜照单影，想其团圆；"无计重见"，写其伤心。次三句写眼前之情景。细雨点点，如哭春之泪；淡月昏昏，如笼心之愁；"恁时庭院"，点明此时此地。再二句写词人所想。话未出口，肠先痛断；登高翘首，放眼眺望。此所想伊人之举，尤为词人之情。结二句由情及景。"芳草连天"，写其离恨；"飞梅弄晚"，写其春愁。此料想伊人难受，而词人尤为难受。

全词上下二片写人写己，虚虚实实；离情别绪，反反复复。其中"啼春细雨，笼愁淡月"，情景交融，极尽想象。

陆　睿 (1首)

陆睿(ruì)(？—1266)字景思，号云西，会稽(今浙江绍兴市)人。理宗绍定五年(1232)进士，淳祐中沿江制置使参议。后历职礼部员外、中大夫、集英殿修撰、江南东路计度转运副使兼淮西总领。度宗咸淳二年(1266)卒。陆词今传无几，《全宋词》辑其全篇3首。

225　瑞　鹤　仙^①

词　谱

湿云粘雁影，望征路愁迷，离绪难整。千金买光景^②，但疏钟催晓，乱鸦啼暝。花惊^③暗省，许多情、相逢梦境。便^④行云、都不归来，也合^⑤寄将音信。　　孤迥^⑥，盟鸾^⑦心在，跨鹤^⑧程高，后期^⑨无准。情丝待^⑩剪，翻^⑪惹得，旧时恨。怕⑫天教何处?参差⑬双燕,还染残朱剩粉。

对菱花⑭、与说相思,看谁瘦损?

注 解

①[瑞鹤仙]见第126首注①。此调16体,此词属双调、102字史(达祖)词正体,下片"剪"字出韵。全首用韵属第六部"轸"、"吻"、"阮(半)"、"震"、"愿(半)",第十一部"梗"、"迥"、"径",隔部仄声上、去通押。 ②[光景]风光景物。李白《越女词》(之五):"新妆荡新波,光景两奇绝。" ③[惊(cóng)]欢乐。 ④[便]虽,纵使。 ⑤[合]应当,应该。 ⑥[迥(jiǒng)]见第192首注⑮。 ⑦[盟鸾]结为鸾俦、配偶。 ⑧[跨鹤]谓飞升成仙。此处泛指远去。 ⑨[后期]见第8首注⑤。 ⑩[待]见第80首注⑫。 ⑪[翻]见第30首注⑦。 ⑫[怕]难道。 ⑬[参差]见第189首注⑧。 ⑭[菱花]古代铜镜中,六角形的或镜背刻有菱花图案的,叫菱花镜。

作意与作法

此首一本题《梅》。实写花之春残与人之春瘦,尽抒闺中无限相思之情。上片望雁程而盼"音信",下片看双燕而悲"孤迥"。

上片起三句写观望雁程。"湿云"、"雁影",写其风风雨雨,雁阵北去;"离绪难整",写其千丝万缕,难舍难收。此由看到思,由雁及人,故有"愁迷"。次三句写惜春之心。"千金""光景",写春光之宝贵;"疏钟催晓",可惜一宵又过;"乱鸦啼鸣",可惜一日又完。再二句写盼望之情。"花惊暗省",借花,写欢愉之情暗中大减;"梦境""相逢",借梦,写盼望之情心中日增。结二句转怨艾之情。即使"行云"不归,鸿雁不至,也该"寄将音信",何况云雁按时去来!

下片换头四句写失望之意。"孤迥",写其天高地远,孑然无双;"盟鸾心在",写闺中不渝之志;"跨鹤程高",写游子难料之心;故期约无准,为闺中担心。次二句复转怨艾。"情丝待剪",写闺中断情之举；反惹旧恨，写闺中又动旧情。再三句睹物思人。"参差双燕"，羡其相依相伴；"残朱剩粉"，惜其花谢花飞；至此，不禁怨天尤人！结二句写自伤自怜。对镜诉情，应"孤迥"，写独悲之苦；与花比瘦，继"剩"、"残"，写伤春之情。

全词雁、燕起兴，人、花合写，伤春之情，尽在其中。而结穴与残花比瘦，自李易安"人比黄花"以来第二人也。

韩 疁 (1首)

韩疁(liú)(生卒年不详)字子耕,号萧闲,有《萧闲词》一卷,赵万里有辑本。《全宋词》辑其全篇6首。

226　高阳台①

除　夜

词 谱

频听银签②,重然绛蜡③,年华衮衮④惊心。

饯旧迎新,能消⑤几刻光阴?老来可⑥惯通宵

饮?待⑦不眠、还怕寒侵。掩清尊⑧,多谢梅花,

伴我微吟⑨。　　邻娃已试春妆了,更蜂腰⑩簇

翠,燕股⑪横金。勾引东风,也知芳意⑫难禁。朱

颜⑬那有年年好,逞⑭艳游、赢取⑮如今。恣⑯登

临,残雪楼台,迟日^⑰园林。

○ ◐●○○ ◐●● ○◎

注 解

①[高阳台]毛先舒《填词名解》(卷三)谓"取宋玉神女事"。又名庆春泽慢、庆春宫等。此调3体,此词属双调、100字正体。全首韵脚属第十三部平声"侵"韵。　②[银签]即更箭。见第115首注⑥。　③[绛蜡]即红烛。④[衮(gǔn)衮]匆匆的意思。　⑤[消]见第179首注⑨。　⑥[可]岂,那。参见第180首注⑮。　⑦[待]见第80首注⑫。　⑧[清尊]指酒杯,亦指杯中清酒。与浊酒相对而言。杜甫《羌村三首》:"手中各有携,倾榼浊复清。"　⑨[微吟]轻声吟诵诗(词)篇。　⑩[蜂腰]剪彩为蜂以饰鬓。⑪[燕股]剪彩为燕以饰鬓。　⑫[芳意]即芳思。见第73首注⑥。　⑬[朱颜]见第176首注⑫。　⑭[逞(chéng)]快意。　⑮[赢取]即赢得。见第42首注⑩。　⑯[恣(zì)]放纵,听任。　⑰[迟日]见第186首注⑨。

作意与作法

此农历除夕之作,感年华之易老,倡游乐之及时。上片写"饯旧迎新",伴花"微吟",伤其老;下片写"邻娃""春妆",恣意"登临",倡其乐。

上片起三句写时光之迅速。"频听银签",惜其一分一秒;"重燃绛蜡",惜其一时一刻。值关键之时刻,尤见岁月匆匆,故此"惊心"!次二句写此时的情绪。"饯旧迎新",写一般习俗;经受不了,写词人动情。再二句有叹于衰老。守岁乐饮,通宵达旦,犹羡往日之举,慨叹今日之躯。结三句有求于慰藉。别下杯酒,走向梅花,赋诗填词,相亲相慰。

下片换头三句羡青春之可爱。"蜂腰"、"燕股",紧扣"春妆",写首饰之美,赞"邻娃"之佳。次二句写春日之引人。"勾引东风",有意倒反因果;"芳意难禁",无心吐出真情。此邻娃之心,亦即词人早年之意。再三句写词人的感受:红颜易老,"艳游"及时,落得衰老,空自悲伤。结二句写词人的倡导:残雪未消,趁早登台;春日迟迟,尽兴游园。

全词虽倡及时行乐,但不乏惜阴之情。上片梅花,下片邻娃,看似"萧闲"(词人之号),难免牢骚。

吴文英 (25首)

　　吴文英(1212? —1274?)字君特,号梦窗,晚号觉翁,四明(今浙江宁波市)人,本姓翁氏,而出为吴氏后嗣。一生未第,依人游幕数十年。理宗绍定间入苏州仓幕供职,留连吴门十余载。淳祐间入越州,客荣王(赵与芮)邸,此后与吴潜诸公交游,往来于苏杭间。文英在苏州12年,有一妾而去;在杭州10年,有一妾而亡。词中怀人之作多系此。

　　沈义父《乐府指迷》谓吴氏传授作词之法云:"盖音律欲其协,不协则成长短之诗;下字欲其雅,不雅则近乎缠令之体;用字不可太露,露则直突而无深长之味;发意不可太高,高则狂怪而失柔婉之意。"文英许多词作正体现了以上特点。在音律上,他师承周(邦彦)、姜(夔)。一方面自度曲调(今存有《古香慢》、《玉京谣》等10阕),一方面广采周调和选用姜调。在发意上,他紧守周词的柔婉,而不染苏、辛的词风。在锻词炼句上,其雅正、含蓄于周词有过之而无不及。正因过分追求,有些词作则体现出匠工和流露出晦涩。张炎《词源》以为吴词"如七宝楼台,眩人眼目,碎拆下来,不成片段",此正因观其片面而误解全面。张氏之目的在提倡姜(夔)词的"清空",而否定吴词的"质实",然比喻的本身却反而十分客观地说明了吴词的主要特色和独到工夫。

　　文英的词风于词坛则师承温(庭筠)、周(邦彦),于诗坛则

454

感染于二李(李贺、李商隐),其瑰丽真如"七宝楼台",其想象诚然"眩人眼目",其跳荡实在"不成片段"。尹焕之推崇(《花庵词选》引:"求词于吾宋,前有清真,后有梦窗。"),周济之推重(《宋四家词选》列吴词为一家),疆村之推选(选吴词25首,为此编最多者)虽不免过分,然事出有因。吴词有《梦窗甲、乙、丙、丁稿》,《全宋词》辑其全篇319首,残篇22。

227　渡江云①

西湖②清明③

词　谱

羞红颦浅恨,晚风未落④,片绣点重茵⑤。
⊖○○●　●○○●　●●●○◎

旧堤分燕尾⑥,桂棹⑦轻鸥,宝勒⑧倚残云。千
●○○●●　●●○○　●●●○○　○

丝怨碧,渐路入、仙坞⑨迷津⑩。肠漫回⑪、隔花
○○●●　●●●　○●○○　○●○　●○

时见,背面楚腰⑫身。　　逡巡⑬,题门⑭惆怅,
○●　●●●○◎　　○○　○○○●

堕履⑮牵萦,数幽期⑯难准。还始觉、留情缘眼,
●●○○　●○○○●　○●●　○○○●

宽带⑰因春。明朝事与孤烟⑱冷,做满湖风雨愁
○●○○　○○●●○○●　●●○○●●○

人。山黛暝,尘波澹⑲绿无痕。
○　○●●　○○●●○○

注　解

①[渡江云]毛先舒《填词名解》谓"曲取唐人诗'唯惊一行雁,冲断渡江

云'"。又名三犯渡江云。此调 3 体,正体(周邦彦词)下片第四句例用仄韵,既成定格,宋元人俱如此填。唯陈允平有全平韵、全仄韵两种变体。此词属双调、100 字正体。句数 1 异(周词末句为 9 字一句,此词分 3 字、6 字两句)。全首用韵属第六部"真"、"文"、"元(半)"、"轸",平、仄韵通押。 ②[西湖]在浙江省杭州市西。原名明圣湖、钱塘湖,唐以后称西湖。湖周 30 里,三面环山,为著名游览胜地。 ③[清明]农历二十四节气之一,在春分后十五日,旧称三月节,历来有踏青、扫墓的习俗。 ④[落]停息,定止。 ⑤[重茵]厚席子,以比喻芳草。 ⑥[燕尾]西湖筑有白堤、苏堤,二堤相交,形如燕尾。 ⑦[桂棹]以桂木为桨的船。《楚辞·九歌·湘君》:"桂棹兮兰枻,斵冰兮积雪。"参见第 75 首注④。 ⑧[宝勒]参见第 24 首注②和第 137 首注⑨。 ⑨[仙坞]花坞仙境。参见第 166 首注⑪。与后注"迷津"同参见吴词《莺啼序》"溯红渐、招入仙溪"一句。 ⑩[迷津]迷途。参见前注。 ⑪[肠漫回]即漫回肠。任由愁思辗转不解。 ⑫[楚腰]见第 118 首注⑦。 ⑬[逡(qūn)巡]迟疑徘徊,欲行又止。 ⑭[题门]亦作"题凤"。本为吕安题嵇康门事(《世说新语·简傲》),后用为造访不遇。 ⑮[堕履]本为张良于下邳桥上遇黄石公受命进履事(《史记·留侯世家》),此用作对人的考验。 ⑯[幽期]秘密的期约。诗词中常用指男女之间的私约。曾觌《传信玉女》:"幽期密约,暗想浅频轻笑,良时莫负,玉山倾倒。" ⑰[宽带]衣带变宽,状人的消瘦。柳永《凤栖梧》:"衣带渐宽终不悔,为伊消得人憔悴。"参见第 95 首注④。 ⑱[孤烟]王维《使至塞上》:"大漠孤烟直,长河落日圆。" ⑲[澹]恬静,安定。

作意与作法

此清明时节重游西湖,怀念杭州亡妾之作。上片忆当年的邂逅,写此日的寻踪;下片忆初交的考验,写未来的忧戚。

上片起三句写当年此地初逢的情景。面颊"羞红",眉头微蹙,写所见伊人如西施神态;花团锦簇,晚风拂煦,写西湖岸边宜人的风光。次三句写当年此地结伴同游。"堤分燕尾",写放眼景物,一派生机;"桂棹轻鸥",写荡舟西湖,心情之舒畅。柳岸驻马,水云相伴,想主人必忘归程。再二句写今日旧地重游。杨柳返青,伊人不返,故"怨"其"碧";桃李无言,溪流呜咽,更动其情。结二句写花溪寻踪所见。"隔花时见(xiàn)",写人面隐隐约约;"背面"显身,写"楚腰"空空虚虚。故回肠九曲,愁思成团。

下片换头四句复折入当年。"题门惆怅",写造访不见的懊恼;"堕履牵萦",对数扮傲慢的担心。故词人在家则每数"幽期",出访则徘徊难进。次二句忆初交难晤之痛楚。"留情"难忘,词人自怨眼睛不该相识;身体消瘦,怨当年的春天不该降临。再二句跳出回忆,径写未来。往事成空,孤烟易灭,写其失望;满湖风雨,一叶孤舟,写其伤心。结二句写归途之景色,以反衬人情。春山入睡,春水入梦,而春游的词人却一路不安!

此篇时空轮转,意脉分明,情真而不矫饰,词艳而不轻浮。至于上、下二结寻寻觅觅,冷冷清清,其阴气森然的描写,思清明扫墓之陈习,不禁毛骨悚然。此与《八声甘州》之"廊叶"作响,与《浣溪沙》之梦女掀帘同出一辙,如此艺术直觉的表现,正是吴词的创造性和吸引力。

228 夜 合 花①

自鹤江②入京③,泊葑门④,有感。

词 谱

柳暝河桥,莺清台苑,短策⑤频惹春香。当
⊖●○○　⊖○○●　●●⊗　○●○○　⊖

时夜泊,温柔便入深乡。词韵窄⑥,酒杯长,剪
○●●　○○⊖●○○　○⊖●　●○○　●

烛花、壶箭⑦催忙。共追游处,凌波⑧翠陌⑨,连
●⊖○　⊖●○○　⊖○⊖●　○○⊖●　⊖

棹⑩横塘⑪。　十年一梦⑫凄凉,似西湖⑬燕去,吴馆⑭巢荒。重来万感,依前唤酒银罂⑮。溪雨急,岸花狂,趁残鸦、飞过苍茫。故人楼上,凭谁指与,芳草⑯斜阳?

注　解

①[夜合花]见第 216 首注①。此调 5 体,此词属双调、100 字变体(按《词谱》卷二十五第 20 页:"唯后段第二句减一字异。")平仄 2 异(见谱中⊗)。全首韵脚属第一部平声"阳"韵。(罂,属第十一部平声"庚"韵。"阳"、"庚"不能通押,此属出韵。或流传有误,或词作有失。)　②[鹤江]本松江别派,见《苏州府志》。　③[京]按夏承焘《吴梦窗系年》再探踪,疑此为京口(今镇江市)。　④[葑门]唐代苏州吴县城东门。本作鳝门。　⑤[策]马鞭。⑥[韵窄]作诗、填词,要求押韵。按韵部,录字多者为宽韵,录字少者为窄韵。⑦[壶箭]又称漏箭。见第 37 首注⑭。　⑧[凌波]见第 97 首注②。⑨[翠陌]参见第 7 首注⑤、第 28 首注④。　⑩[棹]参见第 75 首注④。⑪[横塘]池塘。牛峤《玉楼春》:"春入横塘摇浅浪,花落小园空惆怅。"⑫[十年一梦]杜牧《遣怀》:"十年一觉扬州梦,赢得青楼薄幸名。"为忏悔以前的情场生活。梦窗于 33 岁至 44 岁前后 12 年居苏州,尤有遣妾之憾。⑬[西湖]见第 227 首注②。据杨铁夫《吴梦窗事迹考》,苏州遣妾在吴氏来杭后次年才离去。"燕去"约指此。　⑭[吴馆]此指苏州遣妾的阊门旧居。吴词《鹧鸪天·化度寺作》:"吴鸿好为传归信,杨柳阊门屋数间。"　⑮[银罂(yīng)]大腹小口的盛酒器。　⑯[芳草]见第 1 首注②。

作意与作法

此泊舟葑门,感怀苏州旧游阊门去姬之作。上片追记舟中之思,下片抒发入城之感。

上片起三句写泊舟登陆。"柳暝河桥",写初经之地,所见绿柳浓荫;"莺清台苑",写继经之园,所闻莺歌人语;旧地重来,马鞭惹香,苏州春景仍旧盎然。次二句回写夜泊乡思。"当时",应是初泊之晚;"温柔",描写依恋之情。再三句忆当年度夕之乐。"词韵窄",写限韵填词,互相唱和;"酒杯长",写把盏通宵,一醉方休。蜡烛燃尽,壶漏滴尽,此怨时之速。结三句忆当年度日之欢。"凌波翠陌",写携姬郊游,分花拂柳;"连桌横塘",写邀友荡舟,赏荷品芳。

　　下片换头三句写来至旧居。"十年一梦",乐事已去;四顾"凄凉",触景生哀。此故有"西湖燕去"之比,"吴馆巢荒"之叹。次二句唤酒解闷。重来旧地,百感交集,抱坛尽饮,为无可奈何。再三句写转程所见。过溪遇雨,写人不畅;观花如狂,写花不安。"残鸦""苍茫",写晚景不妙。结三句写登楼访友。人去楼空,凭阑独眺,只有斜阳相照,芳草连绵。

　　全词乘兴而来,败兴而去。写乐,则喜中含乐;写伤,则哀里包伤。前后对比,今昔对比,高峰深峡,往来有途。

229　霜叶飞①

重　九②

词　谱

断烟③离绪,关心事,斜阳红隐霜树。半壶

秋水荐黄花④,香噀⑤西风雨。纵玉勒⑥、轻飞

迅羽,凄凉谁吊荒台⑦古?记醉踏南屏⑧,彩扇

咽寒蝉，倦梦不知蛮素⑨。　　聊对旧节传杯，
尘笺蠹管⑩，断阕⑪经岁慵赋。小蟾⑫斜影转东
篱⑬，夜冷残蛩⑭语。早白发、缘愁⑮万缕，惊
飙⑯从卷乌纱⑰去。漫⑱细将，茱萸⑲看，但约明
年，翠微⑳高处。

注　解

　　①[霜叶飞]毛先舒《填词名解》谓"曲取杜甫诗'清霜洞庭叶，故作别时飞。'"又名斗婵娟。此调 7 体，此词属双调、111 字正体。平仄 2 异（见谱中 ⊗、⊗）。全首用韵属第四部"语"、"麌"、"御"、"遇"仄声上、去通押。
　　②[重九]见第 56 首注⑤。　　③[断烟]据《续齐谐记》载，费长房对汝南桓景说，九月九日汝南有大灾难，可带茱萸囊登山饮菊花酒以避祸，于是桓景断烟离家。　　④[黄花]见第 134 首注⑪。　　⑤[噀(sùn)]本作巽，喷水。
　　⑥[玉勒]参见第 24 首注②。　　⑦[荒台]指戏马台，即项羽掠马台。在江苏徐州市南。晋义熙中刘裕于重阳日大会宾僚赋诗于此。　　⑧[南屏]西湖十景之一有"南屏晚钟"。　　⑨[蛮素]参见第 67 首注⑨。　　⑩[管]指毛笔。参见第 35 首注⑫。　　⑪[断阕]残篇，未填完的词。　　⑫[小蟾]指小月亮。古代神话，月中有蟾蜍，故又可以蟾蜍代月。　　⑬[东篱]见第 134 首注⑧。　　⑭[蛩]见第 37 首注⑦。　　⑮[白发缘愁]李白《秋浦歌》（其十五）："白发三千丈，缘愁似个长。"　　⑯[惊飙]见第 126 首注⑩。全句暗用孟嘉九日龙山宴上风吹落帽而不觉一事（见《晋书·孟嘉传》）。
　　⑰[乌纱]指乌纱帽，古代官帽。柳宗元《同刘二十八院长述旧言怀感时书事……》："春衫裁白纻，朝帽挂乌纱。"　　⑱[漫]见第 205 首注㉓。　　⑲[茱萸]植物名。古代风俗，阴历九月九日重阳节佩戴茱萸，以祛邪避灾。王维《九月九日忆山东兄弟》："遥知兄弟登高处，遍插茱萸少一人。"　　⑳[翠微]此处指青山。庾信《和宇文内史春日游山》："游客值春辉，金鞍上翠微。"

460

作意与作法

此重阳节日伤离之作。上片黄昏,感今而追往昔;下片夜晚,感今而伤未来。

上片起三句写思念伊人之情。"断烟",写当年离去;"斜阳",写此时伤怀;远事"关心",因又逢佳节;红日、"霜树",为烘托愁思。次二句写自慰寂寞。"半壶秋水",写词人有意;"香噀西风",写黄花有情。再二句写无心出游。"玉勒""迅羽",即使马生双翅;"谁吊荒台",诚然凄凉不堪。结三句逆入杭州当年之乐。"醉踏南屏",写登高痛饮;"彩扇"、"寒蝉",写漫舞轻歌;"不知蛮素",写忘乎美人在侧,"倦梦"如幻、如痴。

下片换头三句复写当前。聊且"传杯",写词人此刻百无聊赖,感伤之至;"尘笺蠹管",言其久不提笔;"断阕""慵赋",言其不愿动情。次二句写辗转不寐。月转"东篱"应"醉踏南屏",叹当年之乐不复;"夜冷"、"蛩语"应"彩扇"蝉鸣,写今昔之思不尽。再二句写寂寞难耐。风吹落帽,羡古人之游兴;白发万缕,悔本人之情痴。结三句自作慰藉。"漫"看"茱萸",写今年无心出游;"翠微高处",写约伴明年登山。"明年此会知谁健"? 可想而知!

全词过去、现在、未来,虚实转换,线索分明。写景处,融情于景;抒情处,藏景于情。至于代字、用典有些实在生僻、隐晦,不必为词人遮掩。

230 宴清都①

连理②海棠

词　谱

绣幄③鸳鸯柱，红情④密，腻云⑤低护秦树⑥。芳根兼倚，花梢钿合⑦，锦屏⑧人妒。东风睡足交枝⑨，正梦枕、瑶钗燕股⑩。障滟蜡⑪、满照欢丛，嫠蟾⑫冷落羞度。　　人间万感幽单，华清⑬惯浴，春盎⑭风露。连鬟⑮并暖，同心共结，向承恩⑯处。凭谁为歌长恨⑰？暗殿⑱锁、秋灯夜语。叙旧期、不负春盟，红朝翠暮。

注　解

①[宴清都]见第 224 首注①。此调 10 体，此词属双调、102 字正体。全首用韵属第四部"麌"、"御"、"遇"仄声上、去通押。　　②[连理]异根草或木，其枝干连生，旧以为吉祥之兆或比夫妻之爱。白居易《长恨歌》："在天愿作比翼鸟，在地愿为连理枝。"　　③[绣幄]华丽的篷帐，以此笼花。④[红情]指红花，即红海棠。　　⑤[腻云]指香雾。苏轼《海棠》："东风袅袅泛崇光，香雾空濛月转廊。"以下"东风"一词亦即此。　　⑥[秦树]《阅耕余录》："宋淳熙间，秦中有双株海棠，其高数丈。"　　⑦[钿合]金饰之盒，有上

下扇。陈鸿《长恨歌传》:"定情之夕,授金钗钿合以固之。"白居易《长恨歌》:"钗留一股合一扇,钗擘黄金合分钿。"　　⑧[锦屏]锦绣屏风。参见第13首注③。　　⑨[交枝]枝柯相交。汉乐府民歌《孔雀东南飞》:"枝枝相覆盖,叶叶相交通。"　　⑩[瑶钗燕股]钗有两股,如燕尾。参见本首注⑦《长恨歌》句。　　⑪[障滟蜡]举烛遮光而照物。苏轼《海棠》:"只恐夜深花睡去,故烧高烛照红妆。"　　⑫[嫠(lí)蟾]月里嫦娥无夫,故曰嫠蟾。参见第229首注⑫。　　⑬[华清]指华清池。在陕西省临潼县骊山下,为唐代华清宫中的温泉,杨贵妃常浴于此。白居易《长恨歌》:"春寒赐浴华清池,温泉水滑洗凝脂。"　　⑭[盎(àng)]指丰满的温泉池水。　　⑮[连鬟]古代女子所梳的双鬟,名同心结。　　⑯[承恩]承蒙皇上的恩泽。白居易《长恨歌》:"侍儿扶起娇无力,始是新承恩泽时。"　　⑰[长恨]指白居易叙事长诗《长恨歌》。　　⑱[暗殿]此处指长生殿。白居易《长恨歌》:"七月七日长生殿,夜半无人私语时:'在天愿作比翼鸟,在地愿为连理枝。'"以下"夜语"亦即此。

作意与作法

此首如题,为咏物评人之作。上片写花的连理幸福,下片写人的情爱无凭。

上片起三句写总观之印象。"鸳鸯"柱干,写海棠连理之情爱;花繁叶茂,写海棠佳美之年华;锦篷绣帐,香雾空濛,写海棠双栖之幸福。次三句写近观细看。脚下"芳根兼倚",写其寸步不离;头上"花梢钿合",写其情爱之坚。此情此景,不禁使深闺怨女羡妒。再二句写深入体察。"东风"催寝,"交枝"相挽,写连理海棠同床之密意;梦乡神游,钗股并蒂,写连理海棠共枕之香甜。结二句写举烛照看。"滟蜡"写红烛之燃;"欢丛",写连理之爱;此时此刻,月光不度,嫦娥含羞。

下片换头三句转写人间情事。"幽单"与"连理"对比,使人顿生"万感"。"华清"赐浴,忆杨妃当年之得宠;"春盎风露",忆杨妃当年之承恩。次三句写李、杨情爱之高潮。"连鬟并暖",写杨妃梳妆之美态,"同心共结",以显其如意、吉祥。再二句应"幽单"转喜为悲。"凭谁"一问，见人间负心背信。"暗殿"封锁，写李杨当年仰望牛女而密誓；"秋灯夜语"，写李杨当年希望比翼、连理，愿世世成为夫妻。结二句因人间的负盟而写海棠的幸福，每年如约，每春开花，写情爱之坚；朝朝暮暮，依红偎翠，写连理之欢。

全词吟咏，紧扣"连理"之题，运用濡染之笔，全写、特写，正写、侧写，可谓淋漓尽致。天上、人间，离合、反正，亦见神思之奇。

231　齐天乐①

词　谱

烟波桃叶②西陵③路，十年④断魂⑤潮尾。
○○○●　○○●　○⊗○○●

古柳重攀，轻鸥聚别，陈迹危亭⑥独倚。凉飔⑦
◐●○○　○○●●　○●○○●●　○○

乍⑧起，渺烟碛⑨飞帆，暮山横翠。但有江花⑩，
●●　●○●○○　●○○●　●●○○

共临秋镜⑪照憔悴。　华堂⑫烛暗送客⑬，眼
◐○○●●○●　○○●●●●　●

波回盼处⑭，芳艳流水。素骨凝冰⑮，柔葱蘸
○○○●　○●○●　●●○○　○○●

雪⑯，犹忆分瓜⑰深意。清尊⑱未洗，梦不湿行
●　○●○○○●　○○●●　●●●○

云⑲，漫⑳沾残泪。可惜秋霄，乱蛩㉑疏雨里。
○　●○○●　●●○○　●○○●●

注　解

①[齐天乐]见第193首注①。此调8体，此词属双调、102字正体，平仄1
异（见谱中⊗）。全首用韵属第三部"纸"、"尾"、"荠"、"置"仄声上、去通押。

②[桃叶]见第182首注③。　③[西陵]即西兴，渡口名。在浙江萧山县西。苏轼《望海楼晚景五绝》(之三)："江上秋风晚来急，为传钟鼓到西兴。"④[十年]词人居杭10年，《莺啼序》有"十载西湖"。　⑤[断魂]见第98首注⑩。　⑥[危亭]高高的亭台。此指西陵古驿台。白居易《答微之西陵驿见寄》："烟波尽处一点白，应是西陵古驿台。"　⑦[凉飔(sì)]凉风。⑧[乍]见第157首注③。　⑨[碛(qì)]沙洲。　⑩[江花]水边之花。白居易《忆江南》(三首之一)："日出江花红胜火，春来江水绿如蓝。"　⑪[秋镜]秋水如镜。　⑫[华堂]见第208首注⑨。　⑬[送客]陈洵《海绡说词》："倚亭送客者，送妾也。"　⑭["眼波"句]即水盼兰情。见第121首注⑥。　⑮[素骨凝冰]苏轼《洞仙歌》："冰肌玉骨，自清凉无汗。"　⑯[柔葱蘸雪]白居易《筝》："双眸剪秋水，十指剥春葱。"方干《采莲》："指剥春葱腕似雪。"　⑰[分瓜]亦即破瓜，破属仄声，此处应平，故用"分"。瓜字，六朝俗体可分剖为二八字，诗文中习称女子16岁为破瓜之年。孙绰《情人歌》："碧玉破瓜时，郎为情颠倒。"　⑱[清尊]见第226首注⑧。　⑲[行云]参见第53首注②。　⑳[漫]见第205首注㉓。　㉑[蛩]见第37首注⑦。

作意与作法

　　此首为重游旧地，伤今感昔之词，与名篇《莺啼序》同属一年之作。上片，观今日眼前之景；下片，忆昔年送别之情。

　　上片起二句总括旧事。"西陵"如"桃叶"渡口，写当年送妾依依之恋；"断魂"写10年杭州一旦结合，不幸人亡之哀。次三句写旧地重游。"古柳重攀"，写抚摸当年折枝赠别之树；"轻鸥聚别"，写追忆当时先合后分之情。此日"危亭独依"，"陈迹"仍在，回首往事，怎不留连。再三句写眺望远处。"烟碛飞帆"，写船过之速；"暮山横翠"，写再望之难；忽然凉风一阵，使人倍增秋思。结二句写回看眼前。秋水如镜，人花共照，顿感年年岁岁花相似，岁岁年年人不同。

　　下片换头三句追忆当年送妾。"流水"，写目光如秋水而含媚；

"芳艳",写面貌似幽兰而含情。故烛燃尽而妾才去,步履向前而眼波回盼。次三句追忆当初的结合。"素骨凝冰",总写其天生丽质;"柔葱蘸雪",细描其局部娇姿。当时二八年华,浓情密意,至今记忆犹新。再三句写别后之悲。"清尊未洗",写其浇愁不断;有云无雨,伤其夜梦不成。故"残泪"空沾,不见伊人,实有悼亡之痛。结二句点出秋夜怀人,情以景结。"秋宵"以为"可惜",想其孤独无伴;"乱蛩"而加"疏雨",想其孤寂无绪。

　　全词以秋日登临起,以秋夜无梦终,其间今昔辗转,情景共生,满纸淋漓。

232　花　犯①

郭希道送水仙,索赋。

词　谱

小娉婷②,清铅③素靥④,蜂黄⑤暗偷晕,翠
●○○　　○○●●　　○○●○●　●

翘⑥欹⑦鬓。昨夜冷中庭,月下相认。睡浓更苦
○　○●　●●●○○　●●○●　●○●●

凄风紧,惊回心未稳。送晓色、一壶⑧葱蒨⑨,才
○○●　○○○●●　●●●　●○○●　○

知花梦准。　　湘娥⑩化作此幽芳,凌波⑪路,
○○○●　　○○●●●○○　○○●

古岸云沙遗恨。临砌⑫影,寒香乱、冻梅藏韵。
●●○○○●　○●●　○○●　●○○●

熏炉畔、旋移傍枕,还又见、玉人⑬垂绀鬓⑭。料
○○●　●○●●　○●●　●○○●●　●

唤赏、清华⑮池馆,台杯⑯须⑰满引⑱。

●●　○○　○●　○○　○　●◉

注　解

①[花犯]见第116首注①。此调4体,此词为双调、102字变体。全首韵脚属第六部"轸"、"阮(半)"、"震"、"问"、"愿(半)",第十三部"寝",为隔部仄声上、去通押。　②[娉婷]见第74首注⑦。　③[清铅]参见第116首注②。　④[素靥(yè)]粉脸。靥,脸上小酒窝。　⑤[蜂黄]六朝以来贵族妇女时兴以黄涂额,此风至唐、宋犹存,由此又用以比况花、蕊的颜色。⑥[翠翘]妇女头饰,似翠鸟尾之长毛,故名。白居易《长恨歌》:"花钿委地无人收,翠翘金雀玉搔头。"　⑦[敧]见第3首注⑤。　⑧[一壶]一壶、半壶,指盛水浇花。吴词《霜叶飞·重九》:"半壶秋水荐黄花,香喋西风雨。"(见第229首)　⑨[葱蒨]青翠茂盛的样子。颜延年《杂体诗》:"青林结冥濛,丹巘被葱蒨。"　⑩[湘娥]舜妃娥皇、女英。曹植《九咏》:"感汉广兮羡游女,扬激楚兮咏湘娥。"后人亦称之湘江女神。　⑪[凌波]见第97首注②。⑫[砌]台阶。李煜《虞美人》:"雕栏玉砌应犹在,只是朱颜改。"　⑬[玉人]见第101首注②。　⑭[绀(gàn)鬒(zhěn)]青(黑)色的美发。　⑮[清华]郭希道居所名。梦窗集中即有《婆罗门引·郭清华席上》、《花心动·郭清华新轩》、《声声慢·饮郭园》诸作,惜不可考。　⑯[台杯]套杯。即大小杯重叠成套。　⑰[须]见第218首注⑩。　⑱[引]引进,推荐。

作意与作法

此首如题,为应郭希道送水仙花而作。上片写梦花、得花,下片写恋花、赏花。

上片起四句写梦花,以"娉婷"美女作比。"清铅素靥",比花瓣之白嫩;"蜂黄"、"偷晕",比花蕊之娇黄;"翠翘敧鬓",比花叶之艳丽。次二句写梦境,此为补笔。"昨夜"、"中庭",写时、写地;清冷、孤月,写其氛围。再二句写梦醒。"睡浓"写梦之香甜,"凄风"衬醒后的心理,梦中惊回,心犹未稳,可见对水仙的担心。结二句写得花。黎明过去,白日到来,见阶前青翠一盆,知昨夜"花梦"之准。

"葱蒨",写绿叶的繁茂;"一壶",写浇灌之专心。

下片换头三句写花之恋人,实为人的恋花。"湘娥"、水仙,实为一体;"凌波"、"幽芳",写其态度神情;"古岸云沙",写其眺望之处;不见伊人,故有"遗恨"之心。次二句应"冷中庭"而写怜花。临"砌影"写词人的关心;"寒香乱",怜水仙的冷颤;"冻梅藏韵",以花比花,写水仙的高洁与才情。再二句应"凄风紧"而写护花。"熏炉畔",以火取暖;"移傍枕",以体相温,"玉人"、"绀鬐",人花合一,尤生爱护之心。结二句写赴会赏花,"清华池馆",为友人庭院;"台杯""满引",写赏花尽情。

全词上虚下实,似花似人。其梦花、得花、恋花、赏花,曲折而极富情致,潜气而使之内行。

233 浣溪沙①

词　谱

门隔花深梦旧游,夕阳无语燕归愁,玉纤②
● ● ○ ○ ● ● ○ ● ○ ○ ● ○ ○ ○ ○

香动小帘钩。　　落絮无声春堕泪,行云有影
○ ● ● ○ ◎　　◐ ● ● ○ ○ ● ● ○ ○ ● ●

月含羞,东风临夜冷于秋。
● ○ ○ ◐ ● ○ ● ● ○ ○

注　解

①[浣溪沙]见第10首注①。此调5体,此词属双调、42字正体。全首韵脚属第十二部平声"尤"韵。　　②[玉纤]指白嫩的手指。

作意与作法

此怀人小词,约追忆去妾之作。上片记梦中所见,下片写梦后

所感。

上片起句"门隔花深",写旧游之地;梦魂牵绕,写记忆之深。次句点时。"夕阳无语"、归燕生愁,此借景物以写人情。结句应"旧游",特写"玉纤"搴帘的动作,示美人的到来。下片起句写梦醒。时在黄昏,见"落絮无声"而感离人春日"堕泪";次句时在夜深,见行云遮月以为人面含羞。此二句写当时离别,此时怀人,均以不言言之。结句写春夜之冷似乎失真,此正是离人的感受,移情所至。

全词梦中、梦后,虚实并写;似假疑真,形象恍惚;写景写情,二者渗透。至于上、下二结,视之、触之,不禁使人毛骨悚然,此正是吴词的一个特点,诚然如人云所谓"鬼气"。

234　浣　溪　沙①

词　谱

波面铜花②冷不收,玉人③垂钓理纤钩④,
月明池阁夜来⑤秋。　　江燕话归成晓别,水花
红减似春休,西风梧井⑥叶先愁。

注　解

①[浣溪沙]见第10首注①。此调5体,此词属双调、42字正体。全首韵脚属第十二部平声"尤"韵。　　②[铜花]铜镜。比喻水面清澈如镜。③[玉人]见第101首注②。　　④[纤钩]指月影。黄庭坚《浣溪沙》:"惊鱼错认月钩沉。"　　⑤[夜来]见第101首注⑥。　　⑥[梧井]指井梧(或井

桐),见第 129 首注⑥。

作意与作法

　　此怀人小词,亦为追怀去妾之作。上片写别后的孤寂,下片写别时的愁怀。

　　上片起写秋波。水面如镜,冷气"不收",写单人照影之寂寞。次写水月。"玉人垂钓",系想象之词;弯月如钩,系虚写之景。此见一切皆空。结写无眠之人。"池"应"铜花","月"应"纤钩","阁"系独居之所,"秋"指悲思之时。下片起写行者。离人船去,只有江鸥伴话。次写送者。江花凋谢,比一旦憔悴之容。结写送别归来。西风怀怨,梧叶含愁,人依井栏,心已破碎。

　　此篇寄情绵密,睹物入神。上、下二结,尤使离人心碎。

235　点　绛　唇^①

试灯^②夜初晴

词　谱

　　　卷尽愁云,素娥^③临夜新梳洗。暗尘不起,
　　　◖●○○　●○◖●○○◗　◖○◖●

　　酥润凌波^④地。　　辇路^⑤重来,仿佛灯前事。
　　○◖●●　　　　◖●○○　◖●○○◗

　　情如水,小楼熏被,春梦笙歌里。
　　○○◖　◖○○●　○◖○○◗

注　解

　　①[点绛唇]见第 144 首注①。此调 3 体,此词属双调、41 字正体。全首韵脚属第三部"纸"、"荠"、"置"仄声上、去通押。　　②[试灯]旧俗正月十五元宵节张灯结彩,以祈丰收。十四日为试灯日。陆游《初春》:"元日人日来联

470

翻,转头又见试灯天。"　　③[素娥]见第81首注③。　　④[凌波]见第97首注②。　　⑤[辇(niǎn)路]帝王车驾经行之路。

作意与作法

　　此试灯之夜有感而作。上片写天上此夕,下片写人间此夜。

　　上片起二句写月神的迎候。"卷尽愁云"写其欢,"临夜""梳洗"写其诚。结二句写月神的出游。"凌波"微步,"暗尘不起",天街同样雨后"初晴"。下片换头二句写词人出游。"辇路重来",不禁陡生旧情;试灯往事,至今记忆犹新。结三句为往事的特忆。"小楼熏被"写其香温,"春梦笙歌"写其琴和。故柔情似水,至今难断。

　　小词写天上初晴,人间试灯,扣题甚紧。其下结三句,谭献以为"足当'咳唾珠玉'四字"(《谭评词辨》)。细味之,可见词人抚今追昔,无限感伤。

236　祝英台近①

春日客龟溪②,游废园。

词　谱

采幽香,巡古苑,竹冷翠微③
●○○　　●●●　　●○●
路。斗草④溪
●　　●●　　○
根⑤,沙印小莲步⑥。自怜两鬓清霜,一年寒
○　　○●●○●　　●○●●○○　　●○○
食⑦,又身在、云山深处。　　昼闲度,因甚天
●　　●○●　　○○○●　　●○●　　○●○
也悭春,轻阴便成雨?绿暗长亭⑧,归梦趁风
●○○　　○○●○●　　●●○○　　○●●○

471

絮。有情花影阑干⑨,莺声门径,解⑩留我、霎时凝

◉　●〄〄●●○○　　〄○〄●　● 　●● 　●○〄

伫⑪。

◉

注　解

①[祝英台近]见第 182 首注①。此调 8 体,此词属双调、77 字程词正体。全首用韵属第四部"语"、"麌"、"御"、"遇"仄声上、去通押。　　②[龟溪]《德清(按:属今浙江省)县志》:"龟溪古名孔愉泽,即余不溪之上流。昔孔愉见渔者得白龟于溪上,买而放之。"　　③[翠微]指青翠的山气。④[斗草]见第 151 首注⑪。　　⑤[溪根]溪边。　　⑥[莲步]谓美人的脚步。参见第 153 首注⑤。　　⑦[寒食]见第 26 首注③。　　⑧[长亭]见第 31 首注③。⑨[阑干]见第 58 首注③。　　⑩[解]见第 7 首注⑩。⑪[凝伫]见第 42 首注⑨。

作意与作法

　　此首寒食客游废园之作,抒词人身世之感。上片写因见生感,下片写欲去又留。

　　上片起三句写游园。"幽香"写手采的花朵,"古苑"写巡游的"废园","竹冷翠微"写林间山路的清幽。次二句写所见。"斗草溪根"、"沙印""莲步",写游女的嬉戏之乐,写词人的羡慕之情。结三句因见生感。"两鬓清霜",伤年华老去;"一年寒食",感旧节重来;"云山深处",写浪迹他乡之恨意。

　　下片换头三句写游园遇雨。长昼"闲度",写避雨停游的无聊;天吝春光、"轻阴""成雨",写对天不作美的怨艾。次二句写思归之心。"绿暗长亭",写春光易老;梦随风絮,写思归之切。结三句写留连之情。"花影"摇曳,莺歌婉转,似对人之多情,实为己之多心。"霎时凝伫",见其欲去不忍。

　　全词首尾照应,情波起伏,欲去不忍,欲留不可,皆归结此游。

237　祝英台近^①

除夜立春^②

词 谱

剪红情,裁绿意^③,花信^④上钗股^⑤。残日东
风,不放岁华去。有人添烛西窗^⑥,不眠侵晓^⑦,
笑声转、新年莺语^⑧。　　旧樽俎^⑨,玉纤^⑩曾
擘^⑪黄柑,柔香系幽素^⑫。归梦湖边,还迷镜中
路。可怜千点吴霜^⑬,寒消不尽,又相对、落梅
如雨。

注 解

　　①[祝英台近]见第 182 首注①。此调 8 体,此词属双调、77 字正体。全
首用韵属第四部"语"、"麌"、"御"、"遇"仄声上、去通押。　　②[立春]二十
四节气之一。每年二月四日前后,太阳到达黄经 315 度时开始,我国习惯作
为春季开始的节气。周密《武林旧事》云:"立春前一日,临安府进大春牛,用
五色丝彩杖鞭牛。掌管预造小春牛数十,饰彩幡雪柳,分送殿阁巨珰,各随以
金银钱彩段为酬。是月后苑办造春盘供进,及赐贵邸宰臣巨珰、翠缕、红丝、
金鸡、玉燕,备极精巧,每盘值万钱。学士院撰进春帖子,皇后、贵妃、夫人、诸
阁各有定式,绛罗金缕,华灿可观。"　　③["红情"二句]剪彩为红花(见第
230 首注④)、绿叶以作首饰,亦即"春幡",参见第 176 首注③。　　④[花信]

即"花信风",亦即花期。此处指彩幡。　　⑤[钗股]见第107首注⑮。
⑥[西窗]指夫妇夜话之处。参见第210首注⑭。　　⑦[侵晓]凌晨,天刚
亮。　　⑧[新年莺语]杜甫《伤春》(五首之二)有"莺入新年语"。　　⑨[樽
俎]见第111首注⑪。　　⑩[玉纤]见第233首注②。　　⑪[擘(bò)]剖
分。　　⑫[幽素]幽情素心。李贺《伤心行》有"病骨伤幽素"。　　⑬[吴
霜]苏南、浙江,五代时为吴越王之地。李贺《还自会稽吟》有"吴霜点归鬓"。

作意与作法

此首如题,为除夕又逢立春感怀之作。上片写人家送旧迎新
之乐,下片写自家忆昔伤今之悲。

上片起三句点明立春。"红情"、"绿意",写绫花之艳;"剪"
"裁"制作,写妇女之忙;头饰彩幡,写迎春之乐。次二句点明除夕。
"残日"缓下,写"不放岁华去";"东风"新起,写又迎立春来。结三
句写守岁和迎新。"添烛西窗",羡人家夫妻夜话;"不眠侵晓",慕
别人守岁天明;笑语声中迎来新年,此正是眼前的现实,也是词人
的经验。

下片换头三句逆入当年。"黄柑"为"玉纤"所"擘",写爱妾之
殷勤;"幽素"为"柔香"所"系",写词人之情痴。故旧日"樽俎"即昔
年除夕之家宴,实难忘怀。次二句写归去之心。梦魂还乡,写思归
之切;平波迷路,写欲归不能。结三句写伤老之情。"千点吴霜",
"寒销不尽",写词人双鬓之白,年岁之老;霜花、落梅,相对而下,写
客子寂寞之心,无告之悲。

全词写人写己,上下对照;写今写昔,荡气回肠。结三句融情
入景,尤觉含蓄空灵。

238 澡兰香①

淮安②重午③

词　谱

盘丝④系腕，巧篆⑤垂簪，玉隐绀纱⑥睡觉。
○○　●●　　●○　○●　　●●●○　●●

银瓶⑦露井⑧，彩箑⑨云窗，往事少年依约。为
○○　●●　　●●　○○　　●●●○○●　○

当时、曾写榴裙⑩，伤心红绡褪萼。炊黍梦⑪、光
○○　○●○○　　○○○○●●　　○●●　○

阴渐老，汀洲烟蒻⑫。　　　莫唱江南古调⑬，怨
○○●●　○○○●　　　　　●●○○●●　●

抑难招，楚江沉魄⑭。薰风燕乳，暗雨梅黄，午
●●○○　●○○●　○○●●　●●○○　●

镜澡兰⑮帘幕。念秦楼⑯、也拟人归，应剪菖
●●○○○●　●○○　●●○○　○●○

蒲⑰自酌。但怅望、一缕新蟾⑱，随人天角。
○●●　●●●　●●○○　○○○●

注　解

①[澡兰香]吴文英自度曲。因词有"午镜澡兰帘幕"，取以为名。此调仅此双调、104字一体。全首韵脚属第十六部入声"觉"、"药"通韵。　②[淮安]今江苏淮安县。　③[重午]即"午日"，见第140首注③。　④[盘丝]指系在手腕上的五色丝绒。　⑤[巧篆]指插在簪髻上的精巧纸花。⑥[绀纱]指天青色纱帐。　⑦[银瓶]指汲水器，参见第155首注⑰。⑧[露井]见第115首注④。　⑨[彩箑(shà)]彩扇，用于歌舞的道具。⑩[榴裙]《宋书》："羊欣著(穿)白练裙昼寝，王献之诣之，书其裙数幅而去。"

475

这里改"白练裙"为"榴花裙"。　　⑪[炊黍梦]即黄粱梦。沈既济《枕中记》载:卢生于邯郸客店中遇道者吕翁。生自叹穷困,翁乃授之枕,使入梦。生梦中历尽富贵荣华。及醒,主人炊黄粱尚未熟。这里指希望破灭。　　⑫[烟蒻(ruó 古入声)]柔弱的蒲草。　　⑬[江南古调]《楚辞·招魂》:"目极千里兮伤春心,魂兮归来哀江南。"此篇一说系屈原招怀王之魂(或自招),一说系宋玉招屈原之魂,这里用于后者。　　⑭[楚江沉魄]指屈原自沉汨罗江。⑮[午镜澡兰]大戴《礼》载:五月五,蓄兰沐浴。镜,指盆池中清水。　　⑯[秦楼]见第45首注⑨。　　⑰[菖蒲]《荆楚岁时记》载:端午日以菖蒲一寸九节者泛酒,以辟瘟疫之气。　　⑱[新蟾]即新月。见第229首注⑫。

作意与作法

此首如题,为词人45岁于淮安重午怀归之作。上片回忆少年往事,下片设想家人盼归。

上片起三句追忆往事之一。"盘丝系腕",写伊人皓手之美;"巧篆垂簪",衬伊人头发之秀。"玉隐绀纱"写帐中美人初醒的姿态。次三句追忆往事之二、三。"银瓶露井",写伊人汲水的舞姿;"彩箑云窗",写伊人弄扇的歌态。此重午忆旧,依稀再现。再二句应"睡觉"而来,忆昔伤今。"曾写榴裙",写彼此关系密切;"红绡褪萼",叹如今人物皆非。结二句自伤时速。"炊黍"一梦写希望之破灭,"汀洲烟蒻"叹风景之渐变。

下片换头三句系设想之一,写家人盼归而自认不可。"江南古调"指招魂之歌,"楚江沉魄"比屈原之痛。次三句系设想之二,写家中重午之景物。"暗雨梅黄"写其院中之色,暖风雏燕写其巢梁之鸟,"午镜澡兰"写其盆中之景。再二句系设想之三,写家人独酌。"秦楼"待归,设想家人期待之殷切;"应剪菖蒲",设想佳节思亲之倍增。结二句写自身望月怀人。"一缕新蟾",合初五之纤月;"随人天角",叹自身之飘零。故懊恼之至。

全词"归"、"招"相应,点明作意;"榴裙"、"褪萼",融人事而入风景。其追忆之事,设想之情,自叹之语,皆见词人金针之绵密。

476

239　风　入　松①

词　谱

听风听雨过清明②,愁草③瘞花铭④。楼前绿
●○●●●◎　　○●　●○◎　　◎○●

暗⑤分携⑥路,一丝柳、一寸柔情。料峭⑦春寒中
●　　○○●　　●⊗⊗　●⊗○◎　　⊗●　○○⊗

酒⑧,交加⑨晓梦啼莺。　　　西园⑩日日扫林亭,
●　　⊗○●●○◎　　　　　○○●●●○◎

依旧赏新晴⑪。黄蜂频扑秋千索,有当时、纤手
○●●○◎　　○○○●○○●　　●○○　○●

香凝。惆怅双鸳⑫不到,幽阶⑬一夜苔生。
○◎　　○●○○●●　　○○●●○◎

注　解

①[风入松]见第 207 首注①。此调 4 体,此词属双调、76 字正体(即吴词"画船帘密"一首),平仄 12 异(见谱中⊗、⊗,"听"字平仄二属)。全首韵脚属第十一部平声"庚"、"青"、"蒸"通韵。　　②[清明]见第 227 首注③。③[草]草拟,此处指题咏。　　④[瘞(yì)花铭]此借用庾信文题,指葬花之类的感伤文字。瘞,埋葬。　　⑤[绿暗]指柳阴。　　⑥[分携]早先携手,后来分手。　　⑦[料峭]见第 69 首注⑦。　　⑧[中酒]见第 9 首注③。⑨[交加]交错。　　⑩[西园]见第 63 首注⑦。此指西湖佳园。　　⑪[新晴]见第 141 首注④。　　⑫[双鸳]指女子的绣鞋。这里指踪迹。　　⑬[幽阶]深暗之处的台阶。

作意与作法

此首约为《渡江云·西湖清明》之后于翌年清明之作,忆昔伤今,抒怀念杭州亡妾之情。上片写词人愁思,下片写词人痴想。

上片起二句写伤春之情。风雨清明，惜其落花纷纷；葬花题咏，抒其春愁暗暗。次二句忆昔日之爱。"分携"，写当年之悲欢离合；柳丝，写两性之柔情万千。结二句写借酒浇愁。"春寒中酒"，写词人逃避孤寂；"晓梦啼莺"，写寻求安慰难成。下片重头二句写独自观赏。"日日"扫亭，写不放迎归之一线希望；"依旧"观赏，写自我安慰的一片痴心。次二句写触物怀人。"黄蜂"扑索，写物随人(词人)意；"纤手香凝"，叹物是人(伊人)非。结二句写失望之痛苦。"双鸳不到"，想其将至不至；"一夜苔生"，叹其踪迹全无。

全词以纯雅之语言，铸深沉之境界。写人写己，情意真切；写今写昔，虚实相生。

240 莺啼序①

春晚感怀

词　谱

残寒正欺病酒②，掩沉香③绣户。燕来晚、

飞入西城，似说春事迟暮。画船④载、清明⑤过

却，晴烟冉冉⑥吴宫⑦树。念羁情⑧游荡，随风

化为轻絮。　　十载西湖⑨，傍柳系马，趁娇尘

软雾。溯红⑩渐、招入仙溪⑪，锦儿⑫偷寄幽

素⑬。倚银屏⑭、春宽梦窄⑮，断红⑯湿、歌纨⑰

金缕[18]。暝堤空，轻把斜阳，总还鸥鹭。　　幽兰[19]旋[20]老，杜若[21]还生，水乡尚寄旅[22]。别后访、六桥[23]无信，事往花委[24]，瘗玉埋香[25]，几番风雨！长波妒盼[26]，遥山羞黛[27]，渔灯分影春江宿，记当时、短楫[28]桃根渡[29]。青楼[30]仿佛，临分败壁[31]题诗，泪墨惨淡尘土。　　危亭[32]望极[33]，草色天涯，叹鬓侵半苎[34]。暗点检、离痕欢唾[35]，尚染鲛绡[36]，亸凤[37]迷归，破鸾[38]慵舞。殷勤待写，书中长恨，蓝霞[39]辽海沉过雁。漫[40]相思、弹入哀筝柱[41]。伤心千里江南，怨曲重招，断魂在否[42]？

注　解

①[莺啼序]一名丰乐楼。此调5体，此词为四叠、240字正体。全首用韵属第四部"语"、"麌"、"御"、"遇"仄声上、去通押。（按：《词谱》以为第四叠第四句"唾"叶韵。"唾"乃第九部仄声"个"韵，不属第四部仄声诸韵，故此处依万树《词律》。）　②[病酒]见第25首注③。　③[沉香]即沉香木。见第143首注⑥。　④[画船]参见第86首注④。　⑤[清明]见第227首注③。　⑥[冉冉]见第40首注⑤。　⑦[吴宫]指南宋临安（杭州）的宫苑。参见第237首注⑬。　⑧[羁（jī）情]客游的情思。参见第111首注⑥。

⑨[西湖]见第 227 首注②。　　⑩[溯红]沿着桃花夹岸的溪流而上。王维《桃源行》:"坐看红树不知远,行尽青溪忽值人。"　　⑪[仙溪]暗用刘晨、阮肇入天台山偶出大溪,遇二美女而被挽留之艳事。事见刘义庆《幽明录》。　⑫[锦儿]钱塘妓杨爱爱侍儿,见洪遂《侍儿小名录》。　　⑬[幽素]内心的愿望。　⑭[银屏]见第 13 首注③。　⑮[春宽梦窄]即春长梦短。　⑯[断红]指泪水。　　⑰[歌纨]绢制的歌扇。　　⑱[金缕]见第 153 首注⑧。　⑲[幽兰]兰花,俗称草兰。屈原《离骚》:"户服艾以盈要兮,谓幽兰其不可佩。"　⑳[旋]不久,一会儿。　㉑[杜若]见第 120 首注⑦。　㉒[寄旅]即羁旅。见第 111 首注⑥。　㉓[六桥]西湖之堤桥。外湖六桥为宋代苏轼所建,其名映波、锁澜、望山、压堤、东浦、跨虹。里湖六桥为明代杨孟映所建,其名环璧、流金、卧龙、隐秀、景竹、浚源。　㉔[花委]委通萎,即花谢。　㉕[瘗玉埋香]见第 239 首注④。　㉖[长波妒盼]明亮的水波忌妒流转的眼波之美。参见第 57 首注③、第 121 首注⑥。　㉗[遥山羞黛]青苍一线的远山羞愧不如美人的黛眉。参见第 22 首注④、第 77 首注③。　㉘[短楫]指轻舟。楫,船桨,短为楫,长为棹。　㉙[桃根渡]即"桃叶渡",叶仄根平,此就其平声。见第 103 首注④、第 182 首注③。　㉚[青楼]见第 75 首注⑩。　㉛[败壁]破旧之墙。　㉜[危亭]见第 231 首注⑥。　㉝[望极]放眼远望。　㉞[苎]白色的苎麻,以比鬓发。　㉟[离痕欢唾]离合悲欢之时的泪痕、唾迹。　㊱[鲛绡]相传为鲛人(从水中出,寄寓人家,积日卖绡)所织之绡。此处指薄纱手帕。唐人彦谦《无题》(之十):"云色鲛绡拭泪颜,一帘春雨杏花寒。"　㊲[䂊(duǒ)凤]双翅下垂的孤凤。䂊同朵。　㊳[破鸾]即破缺难圆之鸾镜。参见第 1 首注③。　㊴[蓝霞]指蔚蓝的天空。又常以大海为比,如李商隐《嫦娥》:"嫦娥应悔偷灵药,碧海青天夜夜心。"　㊵[漫]见第 205 首注㉓。　㊶[筝柱]参见第 5 首注④。　㊷["伤心"三句]见第 238 首注⑬。

作意与作法

　　此春晚感怀之词,与《渡江云》(见第 227 首)、《风入松》(见第 239 首)同为悼念杭州亡妾之作,乃"十载西湖"悲欢离合之总结。据《武林旧事》所载,词人曾大书此作于丰乐楼之壁,一时为人传诵。第一叠总写暮春之景色与词人之羁情;第二叠追叙西湖之艳遇与初婚之生活;第三叠叙述水边之送妾与词人之重访;第四叠极写相思之痛苦与悲悼之情怀。

第一叠起二句由伤春开笔。"残寒"写气候作对。"病酒"写浇愁过量,故闭门掩户,独自伤春。次二句写所见春物。"西城"为词人当年所居,燕语似慰藉词人寂寞,然"春事迟暮",又见伤怀。再二句写勉强出游。"清明过却",写有意回避游湖的热闹;"晴烟"、绿荫,写无心观赏游云飘忽的"吴宫"。结二句写绵邈之思。西湖十载,仍"念羁情",此写亡妾失伴之感触;"游荡随风,化为轻絮",此写漫天愁思之难收。

第二叠起三句追写湖上风光。"十载西湖",写十年杭州之客居生活;"傍柳系马",写马上、船上之尽情游赏;"娇尘软雾",写沿途、满湖之芳尘、香雾。次二句叙西湖艳遇。"溯红",写迷人的桃溪;"仙溪",写艳遇的幽境;"锦儿",写撮合的"红娘";"幽素",写女子的情意。再二句写婚后之唱和。"春宽梦窄",好景难长,写词人新作有意;轻放歌喉,泪湿衣、扇,写妾身演唱多情。结三句写蜜月之畅游。"暝堤"一空,随游人而散,写其游赏尽兴;"轻把斜阳"美景,终于让给"鸥鹭",写其快意归来。

第三叠起三句叙别后旅况。"幽兰旋老",见花开花谢;"杜若还生",见草枯草长。此春秋几度,而词人仍漂泊水乡,可见羁情之苦。次四句写重访俱非。"六桥无信",写词人处处寻访而不得;"事往花委",比往事如花难以长开;"瘗玉埋香",悲叹爱妾之逝去;"几番风雨",痛言坟墓已经几度春秋。再四句折入回忆,写春日水滨送妾之情景。"长波妒盼",极写双眸之明媚;"遥山羞黛",极写娥眉之俊秀;"渔灯分影",回忆船上之最后同眠。结三句复写词人此刻之设想。"青楼仿佛",想爱妾故居依稀尚在;"败壁题诗",写当时双方意坚情切;"泪墨惨淡",叹今日一方物是人非。

第四叠起三句登高怀人。"危亭"放目,写其芳草望尽、春水望穿;"鬓侵半苎",自叹头发花白,人已半老。次四句写睹物思人。一方"鲛绡",写珍藏之信物;"离痕欢唾",忆爱妾之多情。"鞾凤迷归",写其失伴之苦;"破鸾慵舞",写其孤独之悲。再四句写音书难托。"书中长恨",谁表同情?"蓝霞""过雁",信寄何方?虽展指"哀筝"一曲,亦空自相思。结三句写无限哀悼之情。"千里江南",念所望天高地阔;"怨曲重招",指《莺啼》长调写成;"断魂在否"?此唱与何人? 赠与何人?

全词大开大阖,由浅导深。叙事则铺陈展演,描写则淋漓尽致,抒情则悱恻缠绵。长调四叠,痛定思痛,非十载西湖,难一旦完成。

241　惜黄花慢①

次②吴江③,小泊,夜饮僧窗惜别。邦人④赵簿携小妓侑尊⑤,连歌数阕⑥,皆清真词⑦。酒尽已四鼓⑧,赋此词饯尹梅津⑨。

词 谱

送客吴皋,正试霜⑩夜冷,枫落长桥⑪。望
●●○◎　●●○　○●○○　◎

天不尽,背城渐杳,离亭⑫黯黯,恨水迢迢。翠
○●●　●○○●　○○●●　●●○○　●

香零落红衣⑬老,暮愁锁、残柳眉梢。念瘦腰,
○○●●○○●　●○●　○●○○　●●○

482

沈郎⑭旧日,曾系兰桡⑮。　　仙人凤咽琼箫⑯,
怅断魂送远,《九辩》⑰难招。醉鬓留盼,小窗剪
烛,歌云载恨,飞上银霄⑱。素秋⑲不解⑳随船
去,败红㉑趁、一叶寒涛㉒。梦翠翘㉓,怨鸿料过
南谯㉔。

注　解

①[惜黄花慢]此调3体,分平仄两韵;仄韵者,见逃禅词;平韵者,见梦窗词。此词为双调、108字平韵正体。全首韵脚属第八部平声"萧"、"肴"、"豪"通韵。　　②[次]停留。　　③[吴江]参见第189首注③。　　④[邦人]地方上的人。　　⑤[侑尊]劝酒。　　⑥[阕(què)]乐终。曲一支、词一段均为一阕,此处指后者。　　⑦[清真词]北宋周邦彦(自号"清真居士")词集名。　　⑧[四鼓]即四更。参见第121首注②。　　⑨[尹梅津]名焕,字惟晓,山阴人。宁宗嘉定十年(1217)进士,自畿漕除右司郎官。曾为梦窗词集叙,于吴词评价甚高(见前作者介绍)。　　⑩[试霜]初次降霜。　　⑪[长桥]即利往桥。参见第192首姜夔《庆宫春》一词小序。　　⑫[离亭]指垂虹亭。见第192首注⑤。　　⑬[红衣]指荷花。　　⑭[沈郎]见第152首注⑥。　　⑮[兰桡(ráo)]即兰舟。《楚辞·九歌·湘君》:"薜荔柏兮蕙绸,荪桡兮兰旌。"桡,船桨。　　⑯["仙人"句]参见第45首注⑨。　　⑰[九辩]见第37首注④。　　⑱[银霄]即白云天。此二句由"响遏行云"之典化来,而以情语出之。　　⑲[素秋]秋季。古代五行说,以金配秋,其色白,故称素秋。　　⑳[解]见第182首注⑬。　　㉑[败红]指飘落的霜叶。　　㉒[寒涛]指秋潮。　　㉓[翠翘]见第232首注⑥。　　㉔[南谯]南楼。唐人赵嘏《寒塘》:"乡心正无限,一雁过南楼。"

作意与作法

此客中送客之作,抒悲秋惜别之情。上片设想离别之景,下片

483

抒发席间离情。

上片起三句写送友。"吴皋"江岸乃送客之地,"试霜"写深秋夜寒之时,"长桥"写分手伫望之处。西风飒飒,落叶萧萧,此衬依依之情。次四句写长桥伫望。"望天不尽,背城渐杳",此写离船渐行渐远,直至夜空一片;"离亭黯黯,恨水迢迢",此写离情越来越重,直至怨恨伤魂。再二句触景伤情。望荷塘,已是红消香断;看柳岸,又是眉叶锁愁,此又生联想。结三句由联想而折入回忆。"沈郎""瘦腰",词人自叹如今渐老;"曾系兰桡",词人感慨往事一桩。欲吐又吞,见有眷恋之情而难言。

下片换头三句由回忆复写眼前。"仙人"为眷恋之对象,"凤咽琼箫"忆往事而感今宵。此为过片。"断魂送远",写友人远去,词人伤魂;《九辩》难招",写宋玉之赋亦难挽留,况清真之词。此应小序,亦涉此作。次四句补写小伎于清真词之演唱,此前后亦倒置。"歌云载恨",写演唱之动情;"飞上银霄",写嗓音之清亮。醉鬟留盼,言劝酒暂停;"小窗剪烛",应时届四更。再二句怨天尤人。"素秋"不去,"败红"流来,此怨之出奇,情却愈挚。结二句复以设想之词坦露乡心。"翠翘"为眷恋之人,"南谯"系"翠翘"之居。"怨鸿"声声,"翠翘"惊梦,料想亦为离人感叹。

全词送客、怀乡,上、下一气;设想、当筵,虚、实关合。写景,融之以情;抒情,衬之以景。至于用字取声,尤觉精审。清人万树《词律》云:"梦窗七宝楼台,拆下不成片段,然其用字精密处,严确可爱。其所用正、试、夜、望、背、渐、翠、念、瘦、旧、系、凤、怅、送、醉、载、素、梦、怨、料诸去声字,两篇(按:指此篇与另一篇《惜黄花慢》)相合。律吕之学有不可假借如此。"

484

242　高阳台^①

词　谱

　　　　宫粉雕痕^②,仙云堕影,无人野水荒湾。古
石埋香,金沙锁骨连环^③。南楼^④不恨吹横
笛^⑤,恨晓风、千里关山。半飘零,庭上黄昏,月
冷阑干^⑥。　　寿阳^⑦空理愁鸾镜^⑧,问谁调玉
髓,暗补香瘢?细雨归鸿,孤山^⑨无限春寒。离
魂难倩^⑩招清^⑪些^⑫,梦缟衣^⑬、解佩^⑭溪边。最
愁人,啼鸟晴明^⑮,叶底清圆。

注　解

　　①[高阳台]见第 226 首注①。此调 3 体,此词属双调、100 字正体。全首
韵脚属第七部平声"元(半)"、"寒"、"删"、"先"通韵。　　②[雕痕]伤痕。雕
通彫。　　③[连环]梅花五瓣如连环。　　④[南楼]指黄鹤楼。见第 188
首注②、注⑦。　　⑤[吹横笛]李白《与史郎中饮听黄鹤楼上吹笛》:"一为迁
客去长沙,西望长安不见家;黄鹤楼中吹玉笛,江城五月落梅花。"　　⑥[阑
干]见第 58 首注③。　　⑦[寿阳]参见第 22 首注③。下二句"玉髓"、"香
瘢"同此。　　⑧[鸾镜]见第 1 首注③。　　⑨[孤山]杭州西湖里、外二湖
之间,一山耸立,旁无联附。林逋曾隐居于此,植梅养鹤。今有逋墓及梅径鹤

冢。参见第 200 首注㉓。　⑩[倩]见第 155 首注⑯。　⑪[清]高洁。
⑫[些(suò)]语气词。楚人在招魂时喊出的口语声。　⑬[缟衣]细白生绢
料做的衣服。　⑭[解佩]见第 14 首注⑤。　⑮["最愁人"二句]参见第
201 首注③。

作意与作法

　　此首系咏叹落梅之作,然与杭州亡妾有关。上片写恨,下片
言愁。

　　上片起三句写梅影。"宫粉雕痕",写美容之伤感;"仙云堕
影",写跌落之可怜;"无人野水荒湾",写归宿之孤寂。次二句写梅
格。"古石埋香",叹风流已止;"金沙锁骨",恨丽质黄泉。再二句
写梅曲。"南楼""横笛",五月落梅,因通感而生凄凉气氛;"千里关
山",晓风扑面,因漂泊而生无限羁情。结三句写梅魂。"庭上黄
昏",苍茫中飘忽似见;"月冷阑干",静夜里坠地如闻。

　　下片换头三句写梅妆。"寿阳"对镜,愁鸾鸟之孤;"暗补香
瘢",写人梅并美。次二句写梅情。"细雨归鸿",盼望书信到达;
"孤山春寒",想念梅花为妻。再二句写梅梦。"离魂"难招,写词人
之失望;"缟衣""解佩",盼梦中之团圆。结三句写梅凋。"叶底清
圆",叹空有梅花之树;"啼鸟晴明",叹已无梅花之影。

　　全词人梅合写,亦梅亦人,梅之纯洁,人之可爱,梅之飘落,人
之身亡。词中无规定的起承转合,缺乏理性的层次,但有感情的自
然流动,内在脉络可寻。此"七宝楼台",何曾"不成片断"? 近人薛
砺若之贬议(见《宋词通论》)、刘大杰之讥评(见《中国文学发展
史》),将此首作为"不成片断"之典型赝品,实以固有之模式,套创
新的艺术,故天下不知吴词者众矣!

243　高　阳　台①

丰乐楼②分韵③得"如"字

词　谱

修竹④凝妆⑤,垂杨驻马,凭阑⑥浅画成
图⑦。山色谁题⑧?楼前有雁斜书。东风紧送斜
阳下,弄⑨旧寒、晚酒醒余。自消凝⑩,能几花
前,顿老相如⑪?　　伤春不在高楼上,在灯前
敧⑫枕,雨外熏炉⑬。怕椟⑭游船,临流可奈⑮清
臒⑯?飞红若到西湖底⑰,搅翠澜、总是愁鱼。莫
重来,吹尽香绵⑱,泪满平芜⑲。

注　解

①[高阳台]见第226首注①。此调3体,此词属双调、100字正体。全首韵脚属第四部平声"鱼"、"虞"通韵。　　②[丰乐楼]在杭州涌金门外,据西湖之会。理宗淳祐间,京尹赵与筹重建,为湖山之冠。　　③[分韵]古代文人结社(或临时相约)赋诗,常选定数字为韵,由各人分拈,并依所拈的韵写成诗句。白居易《花楼望雪命宴赋诗》:"素壁联题分韵句,红楼巡饮暖寒杯。"④[修竹]细长的竹子。　　⑤[凝妆]盛妆。王昌龄《闺怨》:"闺中少妇不知愁,春日凝妆上翠楼。"　　⑥[凭阑]凭依栏杆。元稹《连昌宫词》:"上皇正在

望仙楼,太真同凭阑干立。" ⑦[图]图景。 ⑧[谁题]题写什么。参见第135首注⑦。 ⑨[弄]做弄,戏弄。 ⑩[消凝]见第74首注⑩。 ⑪[相如]司马相如,成都人,字长卿。西汉文学家,以赋著称。所作有《子虚》、《上林》、《大人》等赋。参见第14首注④和第179首注⑮。 ⑫[敧]见第3首注⑤。 ⑬[熏炉]用以熏香或取暖的炉子。梁简文帝《拟沈隐侯夜夜曲》:"兰膏断更益,熏炉灭复香。" ⑭[杈(yǐ)]同舣。见第106首注⑩。 ⑮[可奈]岂受,哪受。参见第180首注⑮。 ⑯[清臞(qú)]亦作清癯。消瘦。 ⑰[底]里。见第112首注⑫。 ⑱[香绵]指柳絮,因春日故染有花香。 ⑲[平芜]见第23首注⑦。

作意与作法

理宗淳祐九年(1249),重建丰乐楼开放,此首即应邀题咏,于席中分韵之作。上片写登楼所见之景,下片写伤春怀人之情。

上片起三句写凭阑所见西湖如画。"修竹"丛丛,游人盛妆隐隐显显;"垂杨"缕缕,游人车马接接连连。次二句写想象之"画题"妙极。上问下答,那征鸿、雁字便是最好的题句。再二句写时晚天变。东风紧吹,斜日西沉,天晚酒醒,春寒暮至。结三句因晚景而生身世之感。"花前""能几"?写春来还有几次,"顿老相如",比不忍回首当年。故此刻不禁伤神。

下片换头三句明点"伤春"之题。"不在高楼",写人已亡;"灯前敧枕",忆当年西窗剪烛,夫妻夜话之幸福;"雨外熏炉",恨此日漂泊无定,归期无凭。二句化唐人李商隐《夜雨寄北》而尤悲。次二句写自我相思之痛。"游船"怕泊,瘦影怕照,老怀堪伤。再二句承上句"游船"而大胆设想。如落花掉进湖水,绿波泛卷红涛,即使活泼的游鱼也会伤春。结三句自我嘱咐,切莫再来。待暮春之日,杨花柳絮"吹尽",草野白茫一片,尤其不堪想象。"细看来、不是杨花,点点是离人泪"!此情此景,又是吴词融化苏句(《水龙吟》见第63首)之妙。

此词登楼眺望,触景生情。雁行题画,前无古人;"愁鱼"之词,

488

搜寻不易。至若镕裁诗词名句,另铸意境,可谓无痕。此词一评寄国运之感,读者可见仁见智。然陈洵《海绡说词》以句句比附,未免牵强。

244 三姝媚①

过都城②旧居有感

词　谱

湖山经醉惯,渍③春衫,啼痕酒痕无限。又
客长安④,叹断襟零袂⑤,涴⑥尘谁浣⑦?紫曲门
荒,沿败井、风摇青蔓⑧。对语东邻,犹是曾巢,
谢堂双燕⑨。　　春梦人间须⑩断,但怪得当
年,梦缘能⑪短。绣屋⑫秦筝⑬,傍海棠偏爱,夜
深开宴。舞歇歌沉,花未减、红颜先变。伫久⑭
河桥欲去,斜阳泪满。

注　解

①[三姝媚]见第214首注①。此调3体,此词属双调、99字正体。平仄1异(见谱中❈),断句1异(《词谱》正体作二句5字,三句4字)。全首用韵属第七部"旱"、"潸"、"愿(半)"、"谏"、"霰"仄声上、去通押。　　②[都城]指南宋都城临安(杭州)。　　③[渍(zì)]浸染,沾染。　　④[长安]此指临安。参

489

见第72首注⑤。　　　⑤[袂(mèi)]袖口。　　　⑥[浞(wò)]污染。韩愈《合江亭》："愿书岩上石,勿使泥尘浞。"　　　⑦[浣(huàn)]洗涤。　　　⑧[蔓]蔓生植物的茎。木本称藤,草本称蔓。　　　⑨[谢堂双燕]刘禹锡《乌衣巷》:"旧时王谢堂前燕,飞入寻常百姓家。"　　　⑩[须]见第218首注⑩。　　　⑪[能(nēng 阴平)]如此。　　　⑫[绣屋]华丽的房子,即华居。　　　⑬[秦筝]见第48首注⑤。　　　⑭[伫久]长久。参见第32首注②。

作意与作法

　　此首如题,为春日过临安西城旧居之作,感悲欢离合之事,寄家国兴亡之慨。上片写荒废的旧居,目不忍睹;下片写当年的春梦,昙花一现。

　　上片起三句写旧地重访之悲。"湖山"、"醉惯",因见陈迹而怕忆往事;"啼痕酒痕",因多愁善感而留下记录。次三句写不见伊人之痛。"断襟零袂",谁来缝补;"浞尘谁浣"? 无人浆洗! 再二句写旧居的荒废。里巷"门荒",写人迹罕至;"风摇青蔓",写荒院无人。结三句叹人亡燕飞。"对语东邻",为设想双鸟另依新主;"谢堂双燕",感世代家族兴衰存亡。

　　下片换头三句渐入往事。"春梦""须断",写往事不堪回首;"梦缘能短",恨爱神准期不长。次三句追忆赏心乐事。"绣屋秦筝",写琴语之和谐;"海棠""夜宴",写酒暖而香温。再二句叹好景不长。"舞歇歌沉",写欢乐一去不返;花在人亡,叹爱妾一去不归。结二句复写当前。"河桥"久立,写回首旧居,"欲去"不忍;"斜阳泪满",写人归我离,无限伤怀。

　　全词泪起泪结,伤今追昔,虽兴怀旧居陈迹,亦感慨朝代兴亡。如此实实虚虚,写家寄国,宋虽未亡,亦知其将亡也。

245　八声甘州①

灵岩②陪庾幕③诸公游

词　谱

渺空烟四远，是何年、青天坠长星④？幻⑤
● ● ● ● ● ● ● ● ● ● ● ●

苍崖云树，名娃⑥金屋⑦，残霸⑧宫城。箭径⑨酸
⊖ ⊖ ⊖ ● ○ ⊖ ⊖ ● ⊖ ⊖ ● ⊖ ● ⊖ ⊖

风射眼⑩，腻水⑪染花腥⑫。时靸⑫双鸳⑬响，廊⑭
○ ⊖ ● ● ⊖ ● ● ⊖ ⊖ ● ⊖ ⊖ ● ⊖

叶秋声。　　宫里吴王沉醉，倩⑮五湖倦客⑯，
● ⊖ ⊖　　⊖ ● ⊖ ⊖ ⊖ ● ● ⊖ ⊖ ● ●

独钓醒醒⑰。问苍波无语，华发⑱奈山青。水
⊖ ● ⊖ ⊖ ● ⊖ ⊖ ⊖ ● ⊖ ● ● ⊖ ⊖ ●

涵⑲空、阑干高处，送乱鸦、斜日落渔汀⑳。连呼
⊖ ⊖ ⊖ ⊖ ⊖ ⊖ ● ● ⊖ ⊖ ● ● ⊖ ⊖ ⊖ ⊖

酒、上琴台㉑去，秋与云平。
● ● ⊖ ⊖ ⊖ ● ⊖ ⊖ ◎

注　解

①[八声甘州]见第 40 首注①。此调 7 体，此词属双调、97 字正体。全首韵脚属第十一部平声"庚"、"青"通韵。　　②[灵岩]《吴郡志》："灵岩山即古石鼓山，在吴县西三十里，上有吴馆娃宫、琴台、响屧廊。山前十里有采香径，斜横如卧箭云。"　　③[庾幕]指提举常平仓司的幕僚。　　④[长星]慧星之属。此指大星座。　　⑤[幻]幻想，想象之意。这里用着领字，统领以下三句。　　⑥[名娃]指当年越国献给吴王夫差的美人西施。　　⑦[金屋]参见第 109 首注②，这里借指西施所居馆娃宫，其址即今灵岩山顶秀峰寺。

⑧[残霸]吴王夫差曾一度与晋国争霸中原不成,后又被越国所灭,霸业未就,故称残霸。　　⑨[箭径]见第192首注㉔。　　⑩[酸风射眼]见第129首注④。　　⑪[腻水]杜牧《阿房宫赋》:"渭流涨腻,弃脂水也。"　　⑫[靸(sǎ古人声)]拖鞋。这里用作动词。　　⑬[双鸳]见第239首注⑫。　　⑭[廊]指响屟廊。《吴郡志》:"相传吴王令西施辈步屟(按:即木屐),廊虚而响,故名。"又见本首注②。　　⑮[倩]见第155首注⑯。　　⑯[五湖倦客]指越国大夫范蠡。他辅佐越王勾践灭吴后,曾乘扁舟,出三江,入五湖,人不知其所往。事见赵晔《吴越春秋》。据韦昭注,五湖即"胥湖、蠡湖、洮湖、滆湖就太湖而五"。　　⑰[独钓醒醒]勾践为人可与共患难,不可共安乐,故范蠡功成身退,垂钓(泛舟)湖上,头脑十分清醒。《楚辞·渔父》:"众人皆醉我独醒。"　　⑱[华发]见第163首注⑦。　　⑲[涵]沉浸。　　⑳[渔汀]水边捕鱼之处。㉑[琴台]在灵岩山上。见本首注②。

作意与作法

　　此登高怀古之作,寄伤今悼昔之慨。上片凭吊吴宫之陈迹,下片感伤身世与国运。

　　上片起二句写登高怀远。"空烟"渺远,写四周长天一色,见山之高;"长星""天坠",不知"何年",见山之"灵"。次三句想象当年馆娃宫。"苍崖云树",写满山树丛,葱葱郁郁;"名娃金屋",写美人歌舞,金屋藏娇;"残霸宫城",写霸业未成,宫苑大兴。再二句写采香径。冷风刺眼觉其酸,乃目不忍睹;"腻水染花"臭其腥,讽当年之淫靡。结二句写响屟廊。落叶萧萧,回廊作响,如拖鞋步屟,西施阴魂复来。

　　下片换头三句继写人物,有意褒贬。"吴王沉醉",讥其"宫里"不出,昏庸误国;"五湖倦客","独钓醒醒",写范蠡功成身退,隐匿江湖,而头脑清醒。次二句转写自己。问世事沧桑,怒沧波不答;见青山常绿,叹白发新添。再二句写凭栏所见。水天茫茫,感其空虚无着;斜日西沉,见其前景渐暗;暮鸦乱飞,念其百姓流离。结二句转写琴台所望,更上一层。秋云高展,把盏抚琴,尽排伤悼之慨。

492

全词起结相应，气势壮阔。悼昔伤今，笔意纵横。其中于"采香径"之描写，炫人眼目；于"响屧廊"之描写，阴气逼人。此吴词之魅力，向为人称尚。

246 踏 莎 行①

词 谱

润玉②笼绡③，檀樱④倚扇，绣圈⑤犹带脂
●● ○□ ●○ ●● ●○ ●●

香浅。榴心⑥空叠舞裙红，艾枝⑦应压愁鬟乱。
○● ○○ ○●●○○ ●○ ○●○○●

午梦千山，窗阴一箭⑧，香瘢⑨新褪红丝
●● ○○ ○○ ●● ○○ ○●○○

腕⑩。隔江人在雨声中，晚风菰叶⑪生秋怨。
● ●○○●●○○ ●○ ○●○○●

注 解

①[踏莎行]见第17首注①。此调3体，此词属双调、58字正体。全首用韵属第七部"铣"、"愿(半)"、"翰"、"霰"仄声上、去通押。　②[润玉]指玉肌。即光润如玉的肌肤。　③[笼绡]笼罩着薄纱，指舞衣。　④[檀樱]浅红色的樱桃般的小口。　⑤[绣圈]绣花妆饰。　⑥[榴心]石榴子。韩愈《题张十一旅舍三咏》："五月榴花照眼明，枝间时见子初成。"　⑦[艾枝]《荆楚岁时记》载：旧俗端午节，用艾作虎，或剪彩为虎，粘艾叶，戴以避邪。　⑧[窗阴一箭]窗前日影移动，见光阴似箭。　⑨[香瘢]指手腕上的印痕。　⑩[红丝腕]《风俗通》载：旧俗五月初五以五彩丝系臂，避鬼及兵。又名"长命缕"、"续命缕"、"辟兵缕"。　⑪[菰叶]菰菜之叶。形状细尖。菰菜，生于河边、陂泽，春日长新芽如笋，名茭白。秋结实，名菰米，亦称雕胡米。作饭，为雕胡饭。

作意与作法

此首为词人于端午节日感梦之作。上片写梦中所见歌女舞后的睡态,下片写梦醒所感词人自身的凄凉。

上片起三句写睡时的姿色。"润玉笼绡"写肌肤之柔,舞衣之美;"檀樱倚扇"写睡态之娇,睡意之甜;"绣圈"写妆饰之佳丽,浅香写脂粉的轻匀。结二句写睡时的服饰。折叠的舞裙,印着红色榴子的图案,此见恰合时宜;精制的艾虎,和松散的髻鬟倾斜于枕上,如此不禁生愁。

下片起三句写梦醒时的迷惘。"午梦千山"写一觉醒来,词人、伊人却天各一方;"窗阴一箭"写窗前日影移动,顿觉光阴似箭;臂上"红丝"褪落手腕,香痕仍在,此设想伊人新来消瘦,亦应相思所害。结二句写词人此刻的凄凉之感。"隔江"应"千山"而来,写其阻;"雨声"由"窗阴"而变,写其愁。"晚风"飒飒,"菰叶"萧萧,临窗望去,似乎一派秋色秋声,怎能不怨!

全词托梦幻而惜往日不返,写风雨以融节日愁情。忆美人,写歌舞,不在歌舞之间,而在歌舞以后,可见词人之创造、求新。

247　瑞　鹤　仙①

词　谱

晴丝②牵绪乱,对沧江③斜日,花飞人远。

垂杨暗吴苑④,正旗亭⑤烟冷,河桥风暖。兰情

蕙盼⑥,惹相思、春根⑦酒畔。又争知⑧、吟骨⑨

萦⑩消，渐把旧衫重剪。　凄断⑪！流红⑫千
浪，缺月孤楼，总难留燕。歌尘凝扇，待凭信，
拚⑬分钿⑭。试挑灯欲写，还依不忍，笺幅⑮偷
和泪卷。寄残云、剩雨蓬莱⑯，也应梦见。

注　解

①［瑞鹤仙］见第126首注①。此调16体，此词属双调、102字史（达祖）词正体。全首韵脚属第七部"阮（半）"、"旱"、"铣"、"翰"、"谏"、"霰"仄声上、去通押。　②［晴丝］参见第18首注⑤。杜甫《春日江村》（之四）："燕外晴丝卷，鸥边水叶开。"　③［沧江］泛称江水。江水呈青苍色，故称。④［吴苑］苏州为春秋吴地，有宫阙苑囿之胜。后以吴苑为苏州代称。韦应物《奉送从兄宰晋陵》："微微吴苑树，迢递晋陵城。"　⑤［旗亭］见第111首注⑧。　⑥［兰情蕙盼］比喻情感的深厚。参见第121首注⑥。　⑦［春根］疑指春日栽下的情根。　⑧［争知］怎知。　⑨［吟骨］指诗（词）人的肌骨。　⑩［萦］拘牵，牵挂。　⑪［凄断］凄然肠断。　⑫［流红］红雨，即落花。　⑬［拚］参见第50首注③。　⑭［分钿］参见第230首注⑦。　⑮［笺幅］即信笺。　⑯［蓬莱］仙境。见第80首注⑪。此指所思伊人的住处。

作意与作法

　　此首为别后怀人之词，似为苏州去妾而作。上片写相思之情，下片写相见之愿。

　　上片起三句对景怀人之一。"晴丝牵绪"写离愁之乱；"沧江斜日"，写望人不归；"花飞人远"写相距之遥。次三句对景怀人之二。垂柳浓荫，与谁同游苏园？"旗亭烟冷"，何日酒边歌舞？"河桥风暖"，观光携手何人？再二句写相思之因。"兰情蕙盼"，比往日伊人的深情；"春根酒畔"，忆当年情根的栽插。结二句写相思之果。

"吟骨萦消",写身体渐瘦;"旧衫重剪",写衣带日宽。

下片换头四句写离情。落花卷地,继"花飞"写惜春之意;"缺月孤楼",继"人远"写分离之悲;此情此景,凄然肠断。次三句写希望。歌扇凝尘,应"兰情蕙盼",写伊人一去,久无歌舞;一"待"一"拚",写只要有信,也甘愿"分钿",可惜书信亦无。再三句写灯下夜思。"欲写""不忍",是否妻妾矛盾,或另有它因?"笺幅""和泪"只有暗洒,不愿他人可怜。结二句愿梦中一见。"残云剩雨",情爱寥寥;只愿一梦,何其伤心!

全词离情凄切,低徊不尽;上下二片,欲断还连;往事今朝,随意流转。

248 鹧 鸪 天^①

化度寺^②作

词 谱

池上红衣^③伴倚阑^④,栖鸦常带夕阳还。殷
云度^⑤雨疏桐落,明月生凉宝扇^⑥闲。 乡梦
窄,水天宽,小窗愁黛淡秋山。吴鸿^⑦好为传归
信,杨柳闾门^⑧屋数间。

注 解

①[鹧鸪天]见第50首注①。此调仅此55字双调一体。全首韵脚属第七部平声"寒"、"删"通韵。　②[化度寺]《杭州府志》:"化度寺在仁和县北

江涨桥,原名水云,宋治平二年(1065)改。"　　　③[红衣]见第 241 首注⑬。
④[阑]参见第 58 首注③。　　　⑤[度]渡,过。　　　⑥[宝扇]饰有玉坠的高
级扇子。　　　⑦[吴鸿]指自吴天飞来的鸿雁。参见第 237 首注⑬。
⑧[阊门]苏州城西门,曾为去姬所居之地。贺铸《鹧鸪天》:"重过阊门万事
非,同来何事不同归。"

作意与作法

　　此首如题,为秋日寓化度寺作。上片写秋至,下片写秋思。

　　上片起二句写寺前晚景。荷花伴阑,似当年爱妾依门盼望;每
晚鸦归,写词人此刻羡物之情。结二句写秋夜凉生。层云过雨,梧
叶飘黄,此感人生易老;明月凉夜,宝扇闲置,此想弃妾尤悲。下片
换头三句写欲归不能。"乡梦"恨其短,"水天"恨其远;伊人何处?
只见远山如愁眉不展。结二句写托雁传书。"吴鸿""传信",为自
我安慰;"阊门"老舍,已物是人非。

　　全词托情于物,融情于景。念家乡之情,怀离去之妾,语浅意
深,浑成得体。

249　夜 游 宫①

词　谱

　　　人去西楼雁杳,叙别梦、扬州一觉②。云淡
　　　●●○○●●　●●●　○○●●　○●
星疏楚山③晓,听啼乌,立河桥,话未了。
●○●○　●　●○○　●○○　●●●
雨外蛩④声早,细织就、霜丝多少?说与萧娘⑤
●●○○●　●●●　○○○●　●●○○
未知道,向长安⑥,对秋灯,几人老?
●○●　●○○　●○○　●○●

注 解

①[夜游宫]见第 129 首注①。此调 2 体,此词属双调、57 字正体。全首用韵属第八部"篠"、"皓"、"效"仄声上、去通押。　②[扬州一觉]见第 228 首注⑫。　③[楚山]公元前 334 年楚国灭掉越国,整个南方几乎全被统一。故当年吴、越之地,亦可称楚山、楚水。　④[蛩]见第 37 首注⑦。　⑤[萧娘]见第 129 首注⑦。　⑥[长安]见第 72 首注⑤。

作意与作法

此怀念杭州亡妾之情,系词人晚岁之作。上片忆往事而生梦,下片闻秋声而伤老。

上片起二句回忆往事。"西楼"为亡妾之居,"雁杳"写消息全无。"扬州一觉"比杭州一梦,写词人忏悔之情。结四句写梦境。"云淡星疏",似"晓"非"晓";越山、楚山?朦朦胧胧。月落乌啼,闻者沾巾,"河桥"旧地重逢,一肚子相思话儿怎说得完了。

下片换头二句写梦回惊秋。隔雨蛩鸣,似促人纺织;然词人已白发满头,不堪多催。结四句言伤老之情。"萧娘"不知,应"人去""雁杳",向谁诉说?心念杭州,人对秋灯,彻夜难眠,只为伤老!

小词风格,沉郁浑厚;篇章含意,剔透玲珑。

250　贺 新 郎①

陪履斋先生②沧浪③看梅

词　谱

乔木④生云气,访中兴、英雄⑤陈迹,暗追
〇●　　●〇〇　　　〇●　　〇〇〇●　●〇

前事。战舰东风⑥悭⑦借便,梦断神州故里⑧。
〇●　　●●〇〇　〇　●●　　●●〇〇●●

498

旋⑨小筑⑩、吴宫⑪闲地。华表⑫月明归夜鹤，叹

当时、花竹今如此。枝上露，溅清泪。　　遨

头⑬小簾行春队，步苍苔、寻幽别墅，问梅开

未？重唱梅边新度曲⑭，催发寒梢冻蕊。此心

与、东君⑮同意。后不如今今非昔，两无言、相

对沧浪⑯水。怀此恨，寄残醉。

注　解

①[贺新郎]见第71首注①。此调11体，此词属双调、116字正体，平仄4异（见谱中✖）。全首用韵属第三部"纸"、"置"、"未"、"队（半）"仄声上、去通押。　　②[履斋先生]吴潜(1196—1262)字毅夫，号履斋，宣州宁国（今安徽省）人。理宗淳祐间，观文殿大学士，封庆国公。景定初，安置循州卒。著有《履斋诗余》，存词250余首。此次赏梅新作《沧浪亭和吴梦窗韵》（见《全宋词》）。　　③[沧浪]亭名。在苏州学府东，初为吴越钱元㺷池馆，后废为寺，寺后又废。苏舜钦在苏州买水石，作沧浪亭于丘上，后为韩世忠别墅。④[乔木]见第197首注⑲。　　⑤[英雄]指韩世忠。　　⑥[战舰东风]高宗建炎四年(1130)，爱国名将韩世忠败金兀术于黄天荡（今江苏南京市东北）。　　⑦[悭(qiān)]缺少。　　⑧[故里]故乡。韩世忠为延安人，从高宗南渡而终未北归。　　⑨[旋]见第240首注⑳。　　⑩[小筑]环境幽静的小建筑物，相当于后来的精舍、别墅之类。参见第97首注③。　　⑪[吴宫]指本首注③沧浪亭别墅。参见第247首注④。　　⑫[华表]见第45首注⑧。　　⑬[遨头]宋代成都自正月至四月浣花，太守出游，士女纵观，称太守为遨头。吴潜此时知平江，故用此称。　　⑭[度(duó)曲]制曲。　　⑮[东君]见第105首注⑨。此亦暗指吴潜。　　⑯[沧浪]见本首注③（即亭旁之水）。又见第130首注⑮。

作意与作法

　　此首如题,为陪友观梅之作,抒感时伤世之慨。上、下两片如陈洵云:"前阕沧浪起,看梅结;后阕看梅起,沧浪结。章法一丝不苟。"(《海绡说词》)

　　上片起三句访古。仰望"乔木",烟霭缭绕,此不凡之气象,顿生仰慕之情。"英雄陈迹",点眼前"沧浪""小筑";"暗追前事",写将军当年战功。次三句忆昔。少借"东风"之"便",可惜"战舰"作用未继续充分发挥;主战有罪,中兴遭挫,北望故乡,何日方归?晚居苏州"小筑",可见投闲置散,报国无门!结四句由人及梅。月夜鹤归,设想将军魂至;"花竹""如此",慨叹物是人非;露枝溅泪,写词人伤怀之痛。杜甫《春望》诗有云,"感时花溅泪,恨别鸟惊心",正为上结之本。江南沦丧,亦为期不远。

　　下片换头三句寻梅。"遨头小簇",颂吴潜为首一行;"寻幽""问梅",见关心自然和社会的机运。次三句催梅。"梅边"池畔,"重唱"新曲,此指"沧浪看梅"之词作;"催发寒梢",开放"冻蕊",此写君、我同期时局之扭转。结四句由梅及人。"后不如今",伤南宋前途江河日下;今不如昔,叹韩(世忠)岳(飞)干将不可再来。池水无语,词人默然,观花生恨,用酒浇愁,此雕刻"七宝楼台"之词人,亦具赤子之心,故世事不可一概而论。

　　全词写观梅之举,存亡国之惧,惜英雄之逝。其情悲凉激越,其意言外寄慨,访古、观梅、感今、追昔,浑然一体。如此怎能"碎拆下来"?何言"不成片段"?

251　唐多令①

词　谱

何处合成愁②？离人心上秋，纵芭蕉、不雨
○●●○◎　　○○○●◎　●○○　●●

也飕飕③。都道晚凉天气好，有明月、怕登楼。
●○◎　　●●●○○●●　●○●　●○◎

年事④梦中休，花空烟水流，燕辞归⑤、客⑥
○●●○◎　　○○○●◎　●○○　●

尚淹留⑦。垂柳不萦⑧裙带住，漫⑨长是、系行
●○◎　　○●●○○●●　●○●　●○

舟。
◎

注　解

①[唐多令]见第 188 首注①。此调 3 体，此词为双调、61 字变体。全首韵脚属第十二部平声"尤"韵。　②[合成愁]"秋"加"心"上下结合而成"愁"字。下句"心上秋"即此。这与秦观《南歌子》"天外一钩残月带三星"寓一"心"字相似，虽拆字，但不觉其游戏。　③[飕(sōu)飕]风吹蕉叶之声，即沙沙作响。　④[年事]往年的情事。　⑤[燕辞归]曹丕《燕歌行》："群燕辞归雁南翔，念君客游思断肠。慊慊思归恋故乡，君何淹留寄他方？"⑥[客]客子，亦即游子。见第 178 首注⑩。　⑦[淹留]见第 40 首注⑨。⑧[萦]见第 247 首注⑩。　⑨[漫]见第 205 首注㉓。

作意与作法

此首一题"惜别"，抒秋日游子的离愁。上片写惜别惊秋之意，下片写怀人盼归之心。

上片起三句写客中送客的情景。"秋心"二字合"愁"，离人

501

"心"上悲"秋",此二句双关点题。"芭蕉""飕飕",为词人惊闻,此生愁之因。杜牧《雨》:"一夜不眠孤客耳,主人窗外有芭蕉。"正是此景此情。结二句写词人矛盾之心。"晚凉天气",人人说好,然而明月之夜,却怕登楼思乡怀人。下片起三句写往事今朝。往事如梦,叹欢愉已尽;花落随水,叹好景不长;燕归客留,叹人不如物的焦心和伤怀。结二句怨久客难归。女子离去,柳丝不系,此客中送客;客子"行舟",总是空留,此客中思归。

全词上起下结,前后呼应,扣题甚紧;景写眼前,情抒离别,二者交融。然张炎以为"此辞疏快,却不质实,如是者集中尚有,惜不多耳。"(《词源》)其实,如陈洵所云,这正是"玉田(张炎)不知梦窗,乃欲拈出此阕牵彼就我"(《海绡说词》)。客观地说,此首并非吴词上乘,读此集所选,不言自明。

潘牥 (1首)

潘牥(1205—1246)字庭坚,号紫岩,闽(今福建省)人。理宗端平二年(1235)进士第三(探花)。历任太学正,谭州通判等职。牥姿容俊美,性格豪甚,曾"日醉骑黄犊,歌《离骚》于市……脱巾髼髻裸立流泉之冲,高唱'濯缨'之章"(《齐东野语》)。有《紫岩词》一卷。《全宋词》辑其全篇4首,残篇1。

252 南乡子①

题南剑州②妓馆

词谱

生怕倚阑干③,阁下溪声阁④外山。唯有旧
⊗●●○○　　●⊗○⊗●●○　　○●●

时山共水,依然,暮雨朝云⑤去不还。　　应是
○○●●　○○　●●○○●●○　　　●●

蹋⑥飞鸾⑦,月下时时整佩环⑧。月又渐低霜又
●　○⊙○　●●○○●●○　●●●○○●●

下,更阑⑨,折得梅花独自看。
●　○○　●●○○●●○

503

注　解

①[南乡子]唐教坊曲名。又名好离乡、蕉叶怨。此词分单调、双调两种。单调始自后蜀欧阳炯,双调始自南唐冯延巳。此调9体,此词属双调、56字冯(延巳)词正体,平仄3异(见谱中⊗、⊗)。全首韵脚属第七部平声"寒"、"删"、"先"通韵。　　②[南剑州]今福建省南平县。　　③[阑干]见第58首注③。　　④[阁]楼阁。　　⑤[暮雨朝云]见第142首注⑥。　　⑥[蹑(niè)]登,乘。左思《咏史》(之二):"世胄蹑高位,英俊沈下僚。"　　⑦[飞鸾]参见第1首注③。　　⑧[佩环]见第201首注⑥。　　⑨[更阑]更残夜尽。见第121首注②。

作意与作法

此首如题,为重访旧地,题妓馆之作。上片登楼怀人,写伊人一去不返;下片月夜看梅,想伊人魂魄归来。

上片起二句写词人所感。楼下"溪声"为当年共听,楼外青山为当年同指,而今独自一人,怎忍凭阑!结三句写词人所思。"旧时"山水"依然"共存,当年情人不能共枕,此写"神女"不见之悲。下片重头二句写伊人归来。乘鸾跨凤,该从天外驾到;月下整装,似乎飘飘归来。结三句写魂魄化梅。月低霜冷,更残夜尽,不见如花之人面,但见如面之梅花,故"独自"细看。

全词情思委婉,意境幽深。上引宋玉《高唐》之典,下用姜夔《疏影》之事,千锤百炼,融会贯通,洗尽庸俗,点铁成金。

黄孝迈 (1首)

黄孝迈(生卒年不详)字德文,号雪舟。其词清丽绵密,有《雪舟长短句》一卷,刘克庄晚年曾为序,惜词集不传。《全宋词》辑其全篇3首,残篇1。

253　湘春夜月①

词　谱

近清明②,翠禽枝上消魂③。可惜一片清
●○○　●○○●○◎　●●●●○

歌,都付与黄昏。欲共柳花低诉,怕柳花轻薄,
○○●●○◎　●●○○●●　○○○●

不解④伤春。念楚乡⑤旅宿,柔情别绪,谁与温
●●○○◎　●●○●●　○○●●　○●○

存?　空尊⑥夜泣,青山不语,残照当门。翠
◎　○○●●　○○●●　●●○◎　●

玉楼⑦前,惟是有、一陂⑧湘水⑨,摇荡湘云⑩。
●○○　○●●、●○○●　○●○◎

天长梦短,问甚时、重见桃根⑪?者⑫次第⑬,
○○●●　●●○、○●○○　●●●

算⑭人间没个、并刀⑮剪断，心上愁痕。

● ○○●● ○○ ●● ○●○◎

注　解

①[湘春夜月]黄孝迈自度曲，此调仅此双调、102字一体。全首韵脚属第六部平声"真"、"文"、"元(半)"通韵。　②[清明]见第227首注③。　③[消魂]见第107首注⑭。　④[解]见第182首注⑬。　⑤[梦乡]这里指长江以南的湖、湘一带。　⑥[尊]见第1首注④。　⑦[翠玉楼]装饰华美的高楼。　⑧[陂(bēi)]池塘。《淮南子·说林》："十顷之陂，可以灌四十顷。"　⑨[湘水]湘江，在湖南省境内。这里泛指湘地之水。　⑩[湘云]湘天之云。湖南简称湘。　⑪[桃根]见第103首注④。　⑫[者]这。五代蜀王衍《醉妆》词："者边走，那边走，只是寻花柳。"　⑬[次第]见第135首注⑨。　⑭[算]见第179首注⑬。　⑮[并刀]见第198首注⑰。

作意与作法

　　此首抒发词人伤春羁旅之情。寄国事日非、无可告语之叹。上片写楚乡所闻，引起离情别绪；下片写湘楼所见，牵动心上愁痕。

　　上片起二句由人及鸟，放开写去。时近"清明"，与谁踏青？见翠鸟无精打采，词人亦同样伤神。次二句"清歌"无伴，写其孤鸣；"黄昏"人散，惜无知音。再三句只好向"柳花低诉"，然此浅薄之辈，又怎懂得"伤春"！结三句由鸟及人，收笔一问。"楚乡旅宿"，叹其漂泊；"柔情别绪"，无人安慰！词人的忧国之心，谁能了解？

　　下片换头三句渐又宕开。"青山不语"，一片沉默；"残照当门"，欲言不言。故白天杯中之酒，尽化作夜间相思之泪。次三句写"楼前"所见。一池"湘水"，"摇荡湘云"，这是词人的漂泊，也是社会的动荡。再二句应上结一问，叹其"天长梦短"，痛苦难寻安慰。"重见桃根"，盼爱人亦盼知音。结三句借姜(夔)词收笔。极想剪断愁丝，可惜没有"并刀"，无人慰藉！

　　全词以景藏情，以景生情，以儿女之情寄家国之情，感喟遥深。

潘希白 (1首)

潘希白(生卒年不详)字怀古,号渔庄,永嘉(今浙江温州市)人。理宗宝祐元年(1253)登进士第。干办临安府节制司公事。度宗德祐中,起用史馆检校,辞不赴任。《全宋词》辑其全篇1首。

254 大 有①

九 日②

词 谱

戏马台③前,采花篱下,问岁华④、还是重
●　　○　　　●　●　●　　●　●　　　○　○

九⑤。恰归来、南山翠色依旧。帘栊⑥昨夜听风
◉　　●　○　　○　○　●　●　○　○　　◉　●　●　○

雨,都不似、登临时候。一片宋玉⑦情怀,十分
●　○　⊜　⊜　○　○　○　⊜　●　⊜　⊜　●　○　○　○　○

卫郎⑧清瘦。　　红萸⑨佩,空对酒。砧杵⑩动微
●　○　○　●　　　　○　○　●　○　●　●　●　⊜　●　○

寒,暗欺罗袖。秋已无多,早是败荷衰柳。强整
○　●　○　○　●　○　●　○　○　●　●　○　○　●　●　○

帽檐⑪敧⑫侧，曾经向、天涯搔首。几回忆、故
国⑬莼鲈⑭，霜前雁后。

注　解

①[大有]调见《片玉集》。《词谱》以周词欠雅驯，故采此词作谱。此调仅此99字双调一体。全首用韵属第十二部"有"、"宥"仄声上、去通押。　②[九日]见第56首注⑤。　③[戏马台]见第229首注⑦。　④[岁华]犹言岁时。岁，指年；时，指春、夏、秋、冬四季。孟浩然《除夜》："那堪正漂泊，来日岁华新。"　⑤[重九]见第56首注⑤。　⑥[帘栊]见第7首注⑨。　⑦[宋玉]见第37首注④。　⑧[卫郎]见第117首注⑪。　⑨[红萸]即朱萸。见第229首注⑲。　⑩[砧杵]见第105首注⑦。　⑪[帽檐]帽缘，帽沿。李商隐《饮席代官妓赠两从事》："新人桥上着春山，旧主江边侧帽檐。"　⑫[敧]见第3首注⑤。　⑬[故国]见第110首注⑥。　⑭[莼鲈]参见第181首注⑥和第178首注⑮。

作意与作法

此首如题，为重阳抒感之作。上片写悲秋之情，下片写故乡之念。

上片起三句点"九日"之题。"戏马台前"，想前人登临之盛举；"采菊篱下"，写词人度节之冷落。故自问自答，"还是重九"。次一句承采菊"篱下"，写"南山翠色"，实为空羡陶潜的恬适之情。再二句折入昨夜之思。"帘栊"听雨，可想一夜未眠；"不似""时候"，写计划"登临"而落空。故只有东篱采菊而已。结二句写时序之感。"宋玉情怀"，比悲秋之神；"卫郎清瘦"，比悲秋之形。

下片换头四句应"采花"归来而写。插黄菊，佩"红萸"，端起酒杯，有谁相伴？"砧杵"之"动"，想家人准备冬衣；"寒""欺罗袖"，写妻子辛辛苦苦。次二句叹秋将归，而人难归。词人见"败荷衰柳"，不禁屈指计算，故觉"秋已无多"。再二句写望乡之举。故乡"天

508

涯"写其远,推帽"搔首"写其思,"曾经"之举,见其多次如此。结二句写无限乡思。"霜前雁后"为最好之归期,"故国莼鲈"写弃官之打算。"几回"相"忆",写考虑之久长。

全词诉思乡之衷曲,实为对官场之厌弃。眼见国土日削,偏安难保,词人所持消极态度,亦不可取。

无名氏 (1首)

255 青 玉 案①

词 谱

年年社日②停针线③，怎忍见、双飞燕？今
○○●● ○○● ●⊗● ○○● ⊗

日江城春已半，一身犹在，乱山深处，寂寞溪桥
●○○○●● ●○○● ●○○● ●●○○

畔。　　春衫着破④谁针线？点点行行泪痕满。
● ⊗○⊗● ○○● ⊗●○○●●

落日解鞍芳草岸，花无人戴，酒无人劝，醉也无
●●●○○●● ○○○● ●○○● ⊗●○

人管！
○●

注 解

　　①[青玉案]见第 29 首注①。此调 13 体，此词属双调、67 字苏词正体。
平仄 6 异(见谱中⊗、⊗)。全首用韵属第七部"旱"、"翰"、"霰"仄声上、去通
押。　　②[社日]参见第 114 首注⑩。　　③[停针线]《墨庄漫录》说："唐、
宋妇人社日不用针线，谓之忌作。"张籍《吴楚歌词》："今朝社日停针线，起向
朱樱树下行。"　　④[着破]穿破。

510

作意与作法

此词抒游子的漂泊和思归之情。上片写双方的孤单,下片写一身的凄苦。

上片起二句为设想闺中之孤单。"社日"停针,无所寄托,尤觉无聊;紫燕双飞,自己无双,怎忍看见?结四句写到自己。"江城"为谋生之地,春日过半,有家难归,何其伤怀。何况此时此刻身在"乱山"之中、"溪桥"之畔!下片换头二句应"针线"而写夫妻之爱。"春衫着破"写出门之久,"点点行行"写分离之悲。结四句应"溪桥"而写漂泊之苦。"落日解鞍"写一天的辛劳,岸旁小店写此时的归宿。"花无人戴,酒无人劝,醉也无人管",尽诉游子羁旅之情,诚然"不是风流放荡,只是一腔血泪耳"(《白雨斋词话》)!

全词"语淡而情浓,事浅而言深"(《皱水轩词筌》)。下结三句妙语连珠,为古今词坛欣赏。此三"无"之妙语既出,晁补之《忆少年》之三"无"(见第86首)可减价矣!

刘辰翁 (4首)

　　刘辰翁(1232—1297)字会孟,号须溪,庐陵(今江西吉安市)人。少登陆象山之门,补太学生。理宗景定三年(1262)廷试对策,他写了"忠良戕害可伤,风节不竟可憾"等语,此得到理宗嘉许,但触犯了权臣贾似道,因而列入丙第。后任濂溪书院山长,推辞了史馆和太学博士的任职。宋亡隐居不仕。

　　刘词"风格遒上,似稼轩;情辞跌宕,似遗山。有时意笔俱化,纯任天倪,竟能略似坡公。"(况周颐《蕙风词话》)有《须溪集》。《全宋词》辑其全篇338首,残篇15。

256　兰 陵 王①

丙子②送春

词　谱

　　送春去,春去人间无路。秋千外,芳草③连
　　●○●　○●○○○● ○○●　○○○
天,谁遣风沙暗南浦④。依依甚意绪?漫忆海
○　○●○○●○●　○○●●● ●●●
门⑤飞絮。乱鸦过、斗转⑥城荒,不见来时试
○　○●　●○○ ●●○○ ●●○○●

512

灯⑦处。　春去，最谁苦？但箭雁⑧沉边，梁燕

无主，杜鹃声里长门⑨暮。想玉树凋土⑩，泪盘

如露⑪。咸阳送客⑫屡回顾，斜日未能度。

春去，尚来否？正江令⑬恨别，庾信⑭愁赋，苏

堤⑮尽日风和雨。叹神游故国⑯，花记前度⑰。

人生流落，顾孺子⑱，共夜语。

注　解

①[兰陵王]见第110首注①。此调5体，此词为3叠、130字变体。全首用韵属第四部"语"、"麌"、"御"、"遇"仄声上、去通押。　②[丙子]恭帝德祐二年(1276)二月，元军攻陷临安，三月虏恭帝及太后妃嫔北去。　③[芳草]见第1首注②。　④[南浦]见第38首注⑥。这里指江南水乡。⑤[海门]海边。　⑥[斗转]北斗星移位。指斗转春回。　⑦[试灯]见第235首注②。　⑧[箭雁]中过箭的雁。　⑨[长门]见第174首注⑪。　⑩[玉树凋土]《晋书·庾亮传》："亮将葬，何充(会之)叹曰：'埋玉树于土中，使人情何能已！'"这里指卫国牺牲者。　⑪[泪盘如露]参见第56首注③。　⑫[咸阳送客]李贺《金铜仙人辞汉歌》："衰兰送客咸阳道，天若有情天亦老。"　⑬[江令]《梁书·江淹传》谓江淹曾被黜任建安吴县令，写有《别赋》。参见第115首注⑫。　⑭[庾信]见第117首注⑩。⑮[苏堤]为苏轼知杭州时所筑。"苏堤春晓"为西湖十景之一。　⑯[故国]见第44首注③。此指临安。　⑰[花记前度]参见第108首注⑨。⑱[孺子]孩子。此处指词人的儿子。

作意与作法

此送春之词，为词人怀念故国之作。第一叠写都城陷落，幼帝漂流，繁华尽去；第二叠写君臣被俘，壮士牺牲，士大夫散落；第三

叠写复国无望,繁荣空忆,自伤飘零。

第一叠起二句以"送春"、"春去"暗示南宋即亡,"人间无路"实指南宋穷途末路。次三句写"秋千"空在,郊游无人。南浦情别之地,如今"风沙"暗天;江南水乡,尽遭搔扰。再二句写词人依恋之情,心中之乱。遥望"海门飞絮",空忆幼帝飘零。结二句写"乱鸦"搔扰过去,时序斗转春回,然而都城的繁华,"试灯"的热闹,如今再也难见。

第二叠起二句仍由送春写起。"最谁苦"一问,引出痛心事情几桩。次三句"箭雁沉边",叹君臣妃嫔一行被俘北去;"梁燕无主",写南宋官员流落四散。春暮啼鹃,听来凄厉;"长门"皇宫,比其凄凉。再二句"玉树凋土",写壮士的牺牲;"泪盘如露",写人民的哀悼。结二句"咸阳送客",见北行帝、后的多次回顾;日斜未渡,写北行帝、后的依依不舍,脚步难移。

第三叠起二句再由送春写起,"尚来否"一问,暗写恭帝难归,复国无望。次三句"江令恨别",写君臣离去之时的伤感;"庚信愁赋",写君臣离去以后的故国之思;"苏堤"风雨,暗写都城陷落以后动荡不安。再二句词人面对眼前的残春衰景,留恋故都的昔日繁华,只得"神游故国",追念往日;想起刘郎,"花记前度"。结三句词人自伤流落之悲,只有和儿子夜语,相抚心头之痛。

全词三叠均以"春去"开头,写暮春衰景,寓悲宋情怀,"曲折说来,有多少眼泪!"(《白雨斋词话》)

257　宝鼎现①

词　谱

红妆春骑②,踏月影、竿旗③穿市。望不尽、
楼台歌舞,习习④香尘莲步⑤底。箫声断、约彩
鸾⑥归去,未怕金吾⑦呵醉⑧。甚⑨辇路⑩、喧
阗⑪且止,听得念奴⑫歌起。　　父老犹记宣
和⑬事,抱铜仙⑭、清泪如水。还转盼、沙河⑮多
丽。滉漾⑯明光连邸第⑰,帘影冻、散红光成
绮⑱。月浸葡萄⑲十里。看往来、神仙才子,肯把
菱花扑碎⑳。　　肠断竹马㉑儿童,空见说、三
千乐指㉒。等多时、春不归来,到春时欲睡。又
说向、灯前拥髻㉓,暗滴鲛珠㉔坠。便㉕当日、亲
见《霓裳》㉖,天上人间㉗梦里。

注　解

①[宝鼎现]调见《顺庵乐府》。《填词名解》引文谓"永平六年,庐江太守

献宝鼎出上雒山",又引班固《东都赋》"宝鼎见兮色纷纭"。词牌名因此。又名三段子、宝鼎儿。此调8体,此词为3叠、157字(《词谱》多一字)变体,平仄1异(见谱中❌)。全首用韵属第三部"纸"、"荠"、"置"、"霁"、"队(半)"仄声上、去通押。　②[春骑(jì)]春游的车马。　③[竿旗]竹竿上挑挂的酒旗。参见第38首注⑦。　④[习习]微风。　⑤[莲步]见第236首注⑥。　⑥[彩鸾]唐文宗太和末年,书生文萧遇女仙彩鸾,吟诗道:"若能相伴陟仙台,应得文萧驾彩鸾;自有绣襦并甲帐,琼台不怕雪霜寒。"二人于是登仙而去。事见《唐人传奇集》,这里指春游女子。　⑦[金吾]原为仪仗棒,后以名京城防务官。韦述《西都杂记》:"西都京城街衢,有金吾晓暝传呼,以禁夜行,惟正月十五日夜敕许金吾弛禁。"　⑧[呵醉]汉李广夜归,霸陵一尉官醉中呵斥并扣留他在驿亭下。(见《史记·李将军列传》)　⑨[甚]为什么。　⑩[辇路]见第235首注⑤。　⑪[喧阗(tián)]人声喧闹。⑫[念奴]见第136首注①。　⑬[宣和]北宋徽宗年号(1119—1125)。⑭[铜仙]指手捧露盘的金铜仙人。汉武帝时所铸,至魏明帝时拆迁洛阳,临载之际潸然泪下。李贺《金铜仙人辞汉歌》:"空将汉月出宫门,忆君清泪如铅水。"参见第56首注③。　⑮[沙河]钱塘(今杭州市)南五里有沙河塘,宋时居民甚盛,碧瓦红檐,歌管不绝。见田汝成《西湖游览志余》。　⑯[混漾]汪洋。　⑰[邸(dǐ)第]富贵之家的住所。周密《武陵旧事·元夕》:"邸第好事者,如清河张府、蒋御药家,闲设雅戏烟火。花边水际,灯烛灿然。"⑱[绮]素底织纹起花的丝织物。织彩为纹曰锦,织素为纹曰绮。⑲[葡萄]见第130首注⑬。　⑳[菱花扑碎]南朝陈衰乱时,太子舍人徐德言与妻乐昌公主,知不能相保,乃破镜各执其半,留作以后复合之证。见《本事诗》。菱花,见第225首注⑭。　㉑[竹马]以竹杖当马骑。李白《长干行》:"郎骑竹马来,绕床弄青梅。"　㉒[三千乐指]300人的乐队。指,计算乐工人数,一人10指。南宋高宗恢复教坊,计乐工460人。招待金国使节,旧例为乐工300人。见《宋史·乐志》。　㉓[灯前拥髻]《飞燕外传·伶玄自叙》:"通德(伶玄妾)占袖顾视烛影,以手拥髻,凄然泪下,不胜其悲。"捧握发髻,表示人的愁苦。　㉔[鲛珠]《述异记》:"南海中有鲛人室,水居如鱼,不废机织。其眼能泣,则出珠。"　㉕[便]见第225首注④。　㉖[霓裳]见第

516

177首注④。　　⑫[天上人间]李煜《浪淘沙》:"流水落花春去也,天上人间。"

作意与作法

　　此首一题《春月》。据张孟浩《历代诗余》所引,为南宋亡后18年之作,抒元宵感怀之情。全词三叠,第一叠忆昔日都城元宵佳节之盛况,第二叠写国事日非,都城难保,好景难长的依恋,第三叠写南宋亡后忆昔伤怀,灯前坠泪的冷落悲哀。

　　第一叠起二句写青年妇女游春过市。"红妆"写人物之美,"春骑"写车马之盛,"月影"写良宵佳节,"竿旗"写酒家兴隆。次二句写节日歌舞联欢。"楼台"为热闹中心,"莲步"生尘;"习习"传香,想见表演的精彩。再二句写青年男女的约会恋爱。箫管已停,歌舞已罢,趁元宵开禁,双双约会而去。结二句写辇车回宫。"喧阗且止"写游人的注目,"念奴歌起"写皇上欢度佳节的开心。

　　第二叠换头三句写人们担心亡国,难舍都城。"宣和"之事为伤北宋之亡,"清泪如水"恐将来去国之悲。转盼沙河繁华胜地,写不堪设想一旦离分。次三句忆好景不长的都城夜色。"滉漾明光",写水中倒映"邸第"之灯火,"红光成绮",写帘中透出的光采使水面变成罗绮;平湖春月,十里光波,可惜"临"安而不"久"安。结二句写都城男女的依恋之情。"神仙才子",写往来市街的对对情侣;"菱花扑碎",又哪愿破镜重圆?

　　第三叠换头二句感今追昔。"肠断",写生长在元代的儿童的可悲、可怜;空闻,言南宋当年每逢佳节的歌舞盛况已经不见。次二句叹宋亡多年,难以图复。"春不归来",想国运之不振,写南宋难以复国;"春时欲睡",写当今之春,目不忍睹,昏然欲睡。再二句写故宫旧人诉述前朝遗事时的悲痛。"灯前拥髻",写前朝遗事;"暗滴鲛珠",写遗民之泪。结二句写空叹当年的繁华。纵然"亲见霓裳",目睹盛况,此"天上人间"一去不返,如今只有梦里一见。

　　全词描绘工极,情调悲极,亡国之痛,遗民之泪,尽在其中。

258 永 遇 乐①

　　余自乙亥②上元③,诵李易安《永遇乐》,为之涕下。今三年矣,每闻此词,辄不自堪,遂依其声④,又托之易安自喻,虽辞情不及,而悲苦过之。

词 谱

　　璧月⑤初晴,黛云⑥远淡,春事谁主?禁苑⑦
娇寒,湖堤⑧倦暖,前度⑨遽⑩如许⑪。香尘暗
陌⑫,华灯⑬明昼,长是懒携手去。谁知道、断
烟⑭禁夜⑮,满城似愁风雨。　　宣和⑯旧日,临
安⑰南渡,芳景犹自如故。缃帙⑱流离,风鬟⑲
三五⑳,能㉑赋词最苦。江南无路,鄜州㉒今夜,
此苦又谁知否?空相对、残釭㉓无寐,满村社
鼓㉔。

注 解

　　①[永遇乐]见第64首注①。此调7体,此词属双调、104字仄韵正体,平仄3异(见谱中✖)。全首韵脚属第四部"语"、"麌"、"御"、"遇"仄声上、去

518

通押。　　②[乙亥]恭帝德祐元年(1275)。　　③[上元]见第 160 首注②。　　④[依其声]按对方原调并同一韵部押韵填词。　　⑤[璧月]圆圆的明月。璧,圆形的玉。　　⑥[黛云]青绿色的彩云。　　⑦[禁苑]皇家园林。临安为南宋都城,故西湖一带称为禁苑。张衡《西京赋》:"上林禁苑,跨谷弥阜。"　　⑧[湖堤]指西湖长堤。　　⑨[前度]参见第 108 首注⑨。　　⑩[遽]见第 130 首注⑩。　　⑪[如许]见第 130 首注⑪。　　⑫[暗陌]街道被遮。陌,见第 84 首注④。　　⑬[华灯]装饰美丽的灯。　　⑭[断烟]炊烟已停,指都城居民大减。　　⑮[禁夜]禁止夜行。　　⑯[宣和]见第 257 首注⑬。　　⑰[临安]南宋都城。今浙江杭州市。　　⑱[缃帙(zhì)]浅黄色书套。代指书籍。　　⑲[风鬟]见第 137 首注⑯。　　⑳[三五]见第 137 首注⑪。　　㉑[能]见第 244 首注⑪。　　㉒[鄜(fū)州]今陕西富县。此代指妻子住地。杜甫《月夜》:"今夜鄜州月,闺中只独看。"　　㉓[残缸]见第 50 首注⑧。　　㉔[社鼓]见第 180 首注⑱。

作意与作法

　　此首为临安陷落后二年于流亡途中之作。刘氏有感于李清照《永遇乐》("落日熔金"),于是依声填词,尽抒家破国亡之痛。上片写故国(都城)之思,悲其沦陷;下片借流亡之客(易安),自伤身世。

　　上片起三句写春夜初晴。"璧月"东升,见其光洁;"黛云远淡",想其悠闲。"春事谁主"一问,写词人对世态的关心。次三句交代重到都城。"禁苑"轻寒,写西湖开始苏醒;"湖堤倦暖",写花间人倦欲睡。"前度"刘郎,词人自比,观自然如此速变,念国运何日转机。再三句折入往昔,追忆都城春夜的繁华情景。"香尘暗陌",写游人车马之盛;"华灯明昼",写元宵气氛之浓;懒于"携手",写欢度佳节之尽兴。结二句陡顿眼前,写临安陷落后的恐怖情状。"断烟禁夜",写气氛之凄紧;"满城""风雨",比动乱不安。"谁知道"一问,叹身边共感者缺人。

　　下片换头三句感慨世事多变。"宣和旧日",念北宋上元之夕;"临安南渡",想南宋上元之夜。而今宋、元易代,"芳景""如故",此

519

有山河改色之悲。次三句念易安当年流亡之苦。"缃帙流离",写书物的损失;"风鬟三五",写女词人的衰老。这般光景填词,怎能不有苦衷?再三句转写自身的流离。"江南无路",恨元兵尽占;"鄜州今夜",伤妻离子散;"此苦""谁知"一问,有举目无亲之叹。结二句写长夜难眠之痛。空对"残釭",何日与家人夜语?"满村社鼓",对农民祭土地之神而生感。

通首写家破人离,以易安作比;写都城陷落,以盛时反衬。比易安同调词作,"虽词情不及,而悲苦过之"(见刘词小序)。

259 摸鱼儿①

酒边留同年②徐云屋

词　谱

怎知他、春归何处?相逢且尽尊③酒。少年
●○○ ─○○●○● ○●○─○●⊖ ○●

袅袅④天涯恨,长结西湖⑤烟柳⑥。休回首,但
⊖●○─●⊖ ─●○○○●⊖ ○○● ●

细雨、断桥⑦憔悴人归后。东风似旧,向前度桃
●● ●○ ○●○○● ○○●● ●○●○

花,刘郎⑧能记,花复认郎否? 　君⑨且住,草
○ ○─○● ○●●○● 　○ ●⊗ ●

草⑩留君剪韭,前宵正恁时候。深杯欲共歌声
● ○○●● ○○●●○● ○○●●○○

滑,翻⑪湿春衫半袖。空眉皱,看白发、尊前⑫已
● ○ ●○○●● ○○⊗ ●●● ○○ ●

似人人有。临分把手⑬,叹一笑论文⑭、清狂⑮
●○○● ○○●● ●●●○○ ○○⊗

顾曲⑯，此会几时又？

— ●　　○ ● ● ○ ◉

注　解

①[摸鱼儿]见第 179 首注①。此调 9 体，此词属 116 字晁(补之)词正体。平仄 5 异(见谱中⊗、⊗)，断句 2 异(上片第六句 10 字、下片第七句 10 字，刘词原断为各两个 5 字句)。全首用韵属第十二部"有"、"宥"仄声上、去通押。　　②[同年]科举制度同榜的人。　　③[尊]见第 1 首注④。
④[袅(niǎo)袅]轻微。《楚辞·九歌·湘夫人》："袅袅兮秋风，洞庭波兮木叶下。"　　⑤[西湖]见第 227 首注②。　　⑥[烟柳]见第 179 首注㉓。
⑦[断桥]在孤山侧面白沙堤东，界于里湖与外湖之间。周密《曲游春》序云："平时游舫至午后则尽入里湖，抵暮始出断桥，小驻而归。非习于游者不知也。"其"断桥残雪"为西湖十景之一。　　⑧[刘郎]见第 108 首注⑨。
⑨[君]您，这里代指同年徐云屋。　　⑩[草草]匆促。　　⑪[翻]见第 30 首注⑦。　　⑫[尊前]见第 175 首注⑩和第 1 首注④。　　⑬[把手]握手，参见第 28 首注②。　　⑭[论文]谈论诗文。杜甫《春日忆李白》："何时一樽酒，重与细论文。"　　⑮[清狂]高迈不羁。杜甫《壮游》："放荡齐赵间，裘马颇清狂。"参见第 32 首注⑤。　　⑯[顾曲]《三国志·周瑜传》："瑜少精意于音乐，虽三爵之后，其有阙误，瑜必知之，知之必顾，故时人谣曰：'曲有误，周郎顾。'"后将欣赏音乐、戏曲称顾曲。

作意与作法

此首如题，为席上留友之作，寄故国之思。上片忆昔感今，讽刺元代新贵；下片感时伤老，依依送别知音。

上片起二句写劝酒。"春归何处"，惜都城繁华尽去；"且尽尊酒"，写朋友"相逢"不易。次二句追昔。"袅袅"离恨，写青年时代的多情；"西湖烟柳"，写朋友之间的游兴。再二句自伤。"细雨"濛濛，"断桥""人归"，形容"憔悴"，此写词人家破国亡之痛。结四句讽今。"东风""桃花"，比元代新贵之得意；人、花相识，写词人对权贵的轻蔑。

下片换头三句劝留。"留君剪韭",形式一样;"前宵"今夕,心情不同。次二句写同感。歌一曲,酒一杯,本想解愁,反而下泪,此见词人、友人心中之愁。再二句伤老。"尊前"相顾,"白发"新添,蹙额皱眉,此写词人、友人心头之恨。结四句惜别。"把手"写其友谊,"论文"写其道合,"顾曲"想其知音。而"此会几时又"一问,大有"相见时难别亦难"之感,见词人的无限伤心。

　　全词写朋友之情,见爱国之情;写杯中之酒,见眼中之泪。似悲而愤,似愁而恨,似哀而怨。

周 密 (5首)

周密(1232—1298?)字公谨,号草窗,又号弁阳啸翁、萧斋、四水潜夫等,济南(今山东省济南市)人。流寓吴兴(今浙江湖州市),居弁山。曾为义乌(今浙江县名)令。入元不仕,寓居杭州,与王沂孙、张炎、王易简、李彭老、仇远等共结词社。

草窗与梦窗,尝有"二窗"之称。戈载谓"其词尽洗靡曼,独标清丽,有韶倩之色,有绵渺之思。与梦窗旨趣相侔……于律亦极严谨。"(《七家词选》)陈廷焯又指出学周(邦彦)之处,谓其词"刻意学清真,句法、字法居然合拍"(《白雨斋词话》)。有《草窗词》(又名《蘋洲渔笛谱》)。《全宋词》辑其全篇 152 首,残篇 1。

260 高 阳 台①

送陈君衡②被召

词谱

照野旌旗③,朝天④车马,平沙⑤万里天低。
⊖ ● ○ ○   ○ ○ ● ●   ⊖ ○ ● ● ⊖ ○ ◎

宝带⑥金章⑦，尊前⑧茸帽⑨风欹。秦关汴水⑩经

行地，想登临、都付新诗。纵英游⑪，叠鼓⑫清

笳⑬，骏马名姬⑭。　　酒酣应对燕山⑮雪，正冰

河月冻，晓陇⑯云飞。投老⑰残年，江南谁念方

回⑱？东风渐绿西湖⑲岸，雁已还、人未南归。最

关情⑳，折尽梅花，难寄相思㉑。

注　解

①[高阳台]见第 226 首注①。此调 3 体，此词属双调、100 字正体。全首韵脚属第三部平声"支"、"微"、"齐"、"灰(半)"通韵。　　②[陈君衡]名允平，一字衡仲，号西麓，四明(今浙江宁波市)人。南宋亡后，受元朝征召入大都(今北京)。有词名《日湖渔唱》。　　③[旌旗]旗帜的通称。《战国策·楚》："于是楚王游于云梦，结驷千乘，旌旗蔽日。"　　④[朝天]朝见天子。⑤[平沙]见第 138 首注②。　　⑥[宝带]系印纽的丝带。　　⑦[金章]金质的印章。　　⑧[尊前]见第 175 首注⑩。　　⑨[茸帽]皮毛之帽。⑩[秦关汴水]泛指中原地带。　　⑪[英游]即壮游。　　⑫[叠鼓]一遍一遍地擂鼓。　　⑬[清笳]笳声悠扬。参见第 41 首注③。　　⑭[名姬]美女。　　⑮[燕(yān)山]泛指燕地(今河北北部和辽宁西端)的山。⑯[陇]见第 30 首注②。　　⑰[投老]垂老，将老。　　⑱[方回]见本书贺铸介绍。黄庭坚《寄方回》："解作江南断肠句，只今唯有贺方回。"此处词人以贺铸自比。　　⑲[西湖]见第 227 首注②。　　⑳[关情]见第 81 首注⑧。　　㉑["折尽"二句]参见第 72 首注⑦。

作意与作法

此首如题，为友人北上仕元的送别之作，于离情别绪中亦微露不满之意。上片铺写去时的排场，下片设想未来的怀念。

上片起三句写仪仗队伍的气派。"照野旌旗",写其五彩缤纷;"朝天车马",写其威风大驾。此旌旗蔽空,车驾列地,故广漠沙原有万里天低之感。次二句特写饯行时刻友人的气派。"宝带金章",写其地位、职别;"茸帽"风拂,写其异服特征。再二句设想友人途中的活动。"秦关汴水",写中原一带北宋旧地;"登临""付诗",暗问友人新词如何填写?结二句写北上途中纵情壮游的气派。"叠鼓清笳",写其轰轰烈烈;"骏马名姬",写其飒爽风流。

下片换头三句设想友人初至大都的生活。"酒酣",写朝廷召宴之日;对雪,写北国隆冬之时。"冰河月冻"写寒夜之色,"晓陇云飞"写霜晨之景。次二句感伤无人顾念自己。"投老残年"写其自悲,"谁念方回"写其自怨。"江南"、北国对举,叹其千里迢迢。再二句盼友人南归。东风西湖,草青水暖,此写过年换季;鸿雁北还,"人未南归",此又触景生情。结二句尽致怀念之意。即使"折尽梅花",也难以寄托"相思"。

全词以委婉之笔,抒送别之情,寄难言之意。其结歇之寄梅赠春,如铜铃击鼓,另外有音:即陈君衡是否还有故国之思!

261　瑶　华①

　　后土之花②,天下无二本,方其初开,帅臣以金瓶飞骑,进之天上③,间亦分致贵邸④。余客辇下⑤,有以一枝(下缺,按他本题,改作琼花)。

词 谱

朱钿⑥宝玦⑦，天上飞琼，比人间春别。江
○　　　●　　　○●○○　○○○●　○

南江北，曾未见、漫⑧拟梨云梅雪。淮山⑨春晚，
○○●　○●●　●●○○○●　○○○●

问谁识、芳心高洁？消⑩几番、花落花开，老了
●○●　○○○●　○●○　○●○○　●●

玉关⑪豪杰。　　金壶⑫剪送琼枝⑬，看一骑红
●○○●　　○○●●○○　○●●○

尘⑭，香度瑶阙⑮。韶华⑯正好，应自喜、初乱长
○　○●○●　○○●●　○●●　○●○

安⑰蜂蝶。杜郎⑱老矣，想旧事、花须⑲能说。记
○　○●　●○●●　●●●　○○○●　●

少年、一梦扬州⑳，二十四桥㉑明月。
●○　●●○○　●●●○○●

注 解

①[瑶华]调见梦窗词，一名瑶华慢。此调 2 体，此词为双调、102 字正体。
全首韵脚属第十八部入声"月"、"屑"、"叶"通韵。　　②[后土之花]周密《齐
东野语》："扬州后土祠琼花(按：相传为唐人所植，为稀有珍异之物。古以扬
州、洛阳所产最佳。)天下无二本，绝类聚八仙，色微黄而有香……今后土之花
已薪，而人间所有者，特当时接本，仿佛似之耳！"　　③[天上]指皇上。因帝
为天子。　　④[贵邸]官僚贵族之家。参见第 257 首注⑰。　　⑤[辇下]
即京城。杜牧《冬至日遇京使发寄舍第》："尊前岂解愁家国？辇下唯能忆弟
兄。"　　⑥[朱钿]见第 112 首注⑥。　　⑦[宝玦(jué)]即宝玉。玦，开口的
玉环。　　⑧[漫]见第 205 首注㉓。　　⑨[淮山]见第 218 首注⑲。扬州
位此。　　⑩[消]见第 179 首注⑨。　　⑪[玉关]即玉门关。在今甘肃敦
煌县西北，古为通西域之要道。王之涣《凉州词》："羌笛何须怨杨柳，春风不
度玉门关。"　　⑫[金壶]精美的花瓶。　　⑬[琼枝]见第 121 首注④。
⑭[一骑(jì)红尘]杜牧《过华清宫绝句三首》(其一)："一骑红尘妃子笑，无人
知是荔枝来。"　　⑮[瑶阙]见第 159 首注⑫。瑶，这里作玉石。　　⑯[韶

华]见第80首注④。　　⑰[长安]见第72首注⑤。　　⑱[杜郎]见第197首注㉑。　　⑲[须]见第218首注⑩。　　⑳[一梦扬州]见第228首注⑫。　　㉑[二十四桥]见第197首注㉖。

作意与作法

此首借咏琼花之题,赞赏守节之士。约为北军渡淮,扬州陷落后之作。蒋子正云:"扬州琼花天下只一本,士大夫爱重,作亭花侧,榜曰:'无双。'"德祐乙亥(1275),北师至,花遂不荣。赵棠国炎有绝句吊曰:"名擅无双气色雄,忍将一死报东风。他年我若修花史,合传琼妃烈女中。"此词上片惜今日之花落,下片忆往年之花开。

上片起三句叹繁华过去,人间春别。"朱钿宝玦",写琼花的名贵;"天上飞琼",写名花的飘落。次二句写已经不见琼花的空自想念。"江南江北",暗写偏安之地;"梨云梅雪",铺写春花之繁。再二句感叹世人不识琼花。"淮山春晚",写扬州盛景已去;"芳心高洁",写琼花守节操贞。结二句惜花怜人。"几番"开落,写词人经受不住;"老了""豪杰",写南宋应战不力。

下片换头三句比讽当年宋宫赏花之举。"金壶"、"琼枝",写精装之美;"一骑红尘",写传递之速;"香度瑶阙",写帝、后之欢。次二句写当年花动京城。"韶华"写春意之浓,"自喜"写琼花的得意,"初乱""蜂蝶"写满城人、物争春之势。再二句折入扬州,回忆往事。"杜郎老矣",叹风流已去;"花须能说",言韵事犹记。结二句点出杜诗名句,写无限向往之情。"一梦扬州","青楼"如历历在目;"二十四桥",箫声如似曾耳闻。

全词今、昔对比,人、花暗比,此笔法兼顾,而主旨浑成。

262　玉京秋①

　　长安②独客，又见西风，素月、丹枫，凄然其为秋也，因调夹钟羽一解③。

词　谱

烟水阔，高林弄④残照，晚蜩⑤凄切。画角⑥
○　●　●　　○　○　●　●　●　　●　○　○　●　。　●　●

吹寒，碧砧⑦度韵⑧，银床⑨飘叶。衣湿桐阴露
○　○　　●　●　●　●　　○　○　●　●　。　○　●　○　○　●

冷，采凉花、时赋秋雪⑩。难轻别，一襟⑪幽
●　　●　○　○　●　●　○　●　。　○　○　●　　●　○　○

事⑫，砌蛩⑬能说。　　客思⑭吟商⑮还怯，怨歌
●　　●　○　○　●　。　　●　○　○　○　○　●　　●　○

长、琼壶暗缺⑯。翠扇恩疏⑰，红衣⑱香褪，翻⑲
○　　○　○　●　●　。　●　●　○　○　　○　○　○　●　　○

成消歇。玉骨⑳西风，恨最恨、闲却新凉时节。
○　○　●　。　●　●　○　○　　●　●　●　　○　●　○　○　○　●

楚㉑箫咽，谁倚西楼淡月？
●　○　●　●　　○　●　○　○　●　●

注　解

　　①[玉京秋]调见《蘋洲渔笛谱》，此为周密自度腔。双调、95字。"画角吹寒"一句，依《词谱》而增。全首韵脚属第十八部"月"、"曷"、"屑"、"叶"，第十九部"洽"，为入声隔部通韵。　　②[长安]见第72首注⑤。此指临安。　　③[解]回，次。李肖远《水龙吟》："狂歌两解，清尊一举，超然千里。"　　④[弄]见第243首注⑨。　　⑤[蜩(tiáo)]蝉。　　⑥[画角]见第

9首注④。　　⑦［碧砧］捣衣青石。见第105首注⑦。　　⑧［度韵］见第250首注⑭。　　⑨［银床］银饰之井阑。也指辘轳架。庾信《侍宴九日》："玉醴吹岩菊，银床落井桐。"　　⑩［秋雪］秋日芦花连片，皑皑如雪。　　⑪［一襟］一腔，满怀。　　⑫［幽事］参见第240首注⑬。　　⑬［砧蛩］见第232首注⑫和第37首注⑦。　　⑭［客思］见第2首注④。　　⑮［吟商］即吟秋。商，五音（宫、商、角、徵、羽）之一。配以五行之说，商、秋均属金，故称秋为商。参见第13首注②。　　⑯［琼壶暗缺］见第127首注㉒。　　⑰［翠扇恩疏］见第71首注③。　　⑱［红衣］见第241首注⑬。　　⑲［翻］见第30首注⑦。　　⑳［玉骨］以玉为骨，言其俊爽、高洁。后蜀孟昶《避暑摩诃池上作》："冰肌玉骨清无汗，水殿风来暗香满。"见第65首注⑤。　　㉑［楚］见第249首注③。

作意与作法

　　此首为吟秋之作，抒怨恨之情。上片写夕阳黄昏之时所见所闻，下片写西楼淡月之处所怨所恨。

　　上片起三句写院外所见所闻。"烟水"辽阔，写湖上之空旷；"高林""残照"，写好景之不长；"晚蜩凄切"，写词人之心境。次三句写院内所闻所见。"画角吹寒"，写城防的苍凉气氛；"碧砧度韵"，写邻里的捣制征衣；"银床飘叶"写院中的深秋景色。再二句写词人的活动。徘徊"桐阴"，"露冷"、"衣湿"，写独客无伴之苦；采摘"凉花"，叙写"秋雪"，写"独客"感秋之悲。结三句写词人的内心。难于"轻别"，写词人喜聚厌散；"一襟幽事，砧蛩能说"，叹无人了解自己悲秋之心。

　　下片换头二句写客居之秋怨。"怯"于吟秋，因"客思"兼之无侣；"琼壶暗缺"，写词人犹有壮心。次三句恨往事之消歇。"翠扇恩疏"，感于美人失宠；"红衣香褪"，感于美花过时。再二句恨秋日的无聊。"玉骨西风"，见词人的积极姿态；"闲却"凉秋，见词人的焦急心情。结二句写悲秋之情。"楚箫"呜咽，写词人之声；"西楼淡月"，写吹箫之境；"谁倚"一问，尤觉自叹自怜。

　　全首词旨雄奇，风格婉雅，具刚柔兼济之工。

263　曲　游　春①

　　禁烟②湖上薄③游,施中山④赋词甚佳,余因次其韵⑤。盖平时游舫,至午后则尽入里湖,抵暮始出断桥⑥,小驻而归,非习于游者不知也。故中山亟击节⑦余"闲却半湖春色"之句,谓能道人之所未云。

词　谱

禁苑⑧东风外,扬暖丝⑨晴絮,春思⑩如织。

燕约莺期,恼芳情偏在,翠深红隙。漠漠⑪香尘隔,沸十里、乱丝丛笛⑫。看画船⑬、尽入西泠⑪,闲却半湖春色。　　柳陌⑮,新烟凝碧,映帘底宫眉⑯,堤上游勒⑰。轻笼寒,怕梨云暝梦冷,杏香愁幂⑱。歌管酬寒食⑲,奈蝶怨、良宵岑寂⑳。正满湖、碎月摇花,怎生㉑去得?

注　解

　　①[曲游春]调见《蘋洲渔笛谱》。此调3体,此词为双调、103字(《词谱》载此词,下片第十句少一字。此依周集、施岳和词及《词律》说明)正体。全首韵脚属第十七部入声"陌"、"锡"、"职"通韵。　　②[禁烟]参见第26首注

530

③。周密《武陵旧事》介绍禁烟时节活动甚详。　③[薄]句首语气助词。《诗·周南·芣苢》:"采采芣苢,薄言采之。"　④[施中山]名岳,字仲山,吴人。能词,精于律吕。其同调词《清明湖上》云:"画舸西陵路,占柳阴花影,芳意如织。小楫冲波,度麴尘扇底,粉香帘隙。岸转斜阳隔,又过尽、别船箫笛。傍断桥、翠绕红围,相对半篙晴色。　顷刻,千山暮碧。向沽酒楼前,犹系金勒。乘月归来,正梨院夜缟,海棠烟幂。院宇明寒食,醉乍醒、一庭春寂。任满身、露湿东风,欲眠未得。"　⑤[次其韵]见第 63 首注②。　⑥[断桥]见第 259 首注⑦。　⑦[击节]即"点拍",以调节乐曲。这里指施中山对周词此首的赞赏。　⑧[禁苑]参见第 258 首注⑮。　⑨[暖丝]春暖游丝。见第 18 首注⑤。　⑩[春思(sì)]春日的情思。参见第 2 首注④。　⑪[漠漠]密布,广布。陆机《君子有所思行》:"廛里一何盛,街巷纷漠漠。"　⑫[乱丝丛笛]丝、笛指弦、管乐。　⑬[画船]见第 86 首注④。　⑭[西泠(líng)]在西湖白堤上。西湖筑有白堤、苏堤,将湖面分为里湖、外湖、后湖。　⑮[柳陌]参见第 112 首注⑧。　⑯[宫眉]宫中式样的眉毛,这里借指游女。　⑰[游勒]这里借指骑马的游人。勒,马笼头。　⑱[幂(mì)]覆盖。　⑲[寒食]见第 26 首注③。　⑳[岑寂]见第 112 首注⑩。　㉑[怎生]见第 135 首注⑧。

作意与作法

此首为寒食节游湖和韵之作。上片写西湖的风光与盛况,下片写游湖的人物和情思。

上片起三句写春光动怀。"东风"轻吹,写西湖气候之暖;"丝""絮"飘荡,撩游人春思丛生。次三句写花鸟动情。"燕约莺期",写春鸟之来,双双对对;"翠深红隙",写花繁叶茂,反觉伤神。再二句写笙歌之盛。"漠漠香尘"写游人往来之密;"乱弦丛笛",写歌吹"十里"尚闻。结二句写游船尽去。"画船尽入西泠",写游船不约而同之举;"闲却半湖春色",写词人怜此乐彼之情。

下片换头四句写湖堤和游人。"柳陌"浓阴,雾纱坡裹,写苏堤白堤之景;"宫眉"倒影,"游勒"顾盼,写男女出游之欢。次三句写担心晚寒香冷。薄暮轻寒,写日游时光之速;"梨云""杏香",写担心百花愁梦。再二句写湖上之夜。"寒食"歌管,欢度已罢,叹游人纷纷离去;百花入睡,蜂蝶生怨,感"良宵岑寂"之愁。结二句写湖上空濛之境。"碎月摇花",写波光倒影之妙;"怎生去得",写词人却又留连。

全词自午至夜,时间清晰;写西湖盛况,视、听动人。至若"闲却半湖春色"之句,尤为人所未云,使同游词友无比激动。而马臻更为此写下《西湖春日壮游》之诗:"画船过午入西泠,人拥孤山陌上尘;应被弁阳模写尽,晚来闲却半湖春。"

264 花　犯①

水　仙　花

词　谱

楚江②湄③,湘娥④再见⑤,无言洒清泪。淡然春意,空独倚东风,芳思⑥谁寄?凌波⑦路冷秋无际,香云随步起。漫⑧记得、汉宫仙掌⑨,亭亭⑩明月底⑪。　冰丝⑫写怨更多情,骚人⑬恨,枉赋芳兰幽芷。春思⑭远,谁叹赏、国香⑮风味?相将⑯共、岁寒伴侣⑰,小窗静、沉烟⑱熏翠被。幽梦⑲觉、涓涓⑳清露,一枝灯影里。

注 解

①[花犯]见第116首注①。此调4体,此词为双调、102字变体。全首用韵属第三部"纸"、"荠"、"置"、"未"仄声上、去通押。　②[楚江]参见第31首注⑨,这里指洞庭湖一带的江流。　③[湄]岸边,水、草相接之处。《诗·秦风·蒹葭》:"所谓伊人,在水之湄。"　④[湘娥]见第232首注⑩。⑤[见]同现,显露。　⑥[芳思(sì)]芳春之日的情思。参见第2首注④。⑦[凌波]见第33首注⑤。　⑧[漫]见第205首注㉓。　⑨[汉宫仙掌]见第56首注③和第257首注⑭。　⑩[亭亭]见第177首注⑧。⑪[底]见第112首注⑫。　⑫[冰丝]即冷弦,指琴。　⑬[骚人]指著名楚国诗人屈原。所写《离骚》有"扈江离与辟芷兮,纫秋兰以为佩"。　⑭[春思(sì)]见第263首注⑩。　⑮[国香]指极香的花。《左传》(宣公三年):"以兰有国香,人服媚之如是。"后因称兰为国香。亦有称它花如梅等为国香者。这里称水仙。　⑯[相将]相与或相共。令狐楚《春游曲》:"相将折杨柳,争取最长条。"　⑰[岁寒伴侣]此以岁寒松柏作比。《论语·子罕》:"岁寒,然后知松柏之后凋也。"因松柏岁寒不凋,故后世诗文中常以岁寒松柏比喻在逆境中而能保持节操的人。　⑱[沉烟]参见第143首注⑥。　⑲[幽梦]见第209首注②。　⑳[涓涓]细流。

作意与作法

此首为咏水仙花之作,寄遗民之贞操。上片写水仙之态,下片写惜花之情。

上片起三句写其姿容。"楚江"之"湄",写水仙生长之地;"湘娥再见",比此花的神态仙姿;"无言""清泪",是湘娥之哭泣,亦是水仙之含露。次三句写其春怨。"淡然春意",写所见不浓;"独倚东风",写相对无伴;"芳思谁寄",写所托无人。再二句写其秋愁。"凌波路冷",惜无与同携;"香云随步",写孤芳自赏。结二句写其感叹。"仙掌"比花之承露,"亭亭"写花之伫立。而铜仙辞汉,则空叹其换代改朝。

下片换头三句惜空自赋花。"冰丝写怨",言琴曲之凄清;"骚

533

人"怀恨,写兰芷之空赋。次二句惜无人赏花。"春思"远去,惜芳时之过;"国香"谁赏?惜知音之稀。再二句写思花入梦。"岁寒伴侣",写人、花的节操;"小窗""翠被",写词人的幽梦。结二句写梦醒看花。"涓涓清露"赞其洁,"一枝灯影"怜其孤。

全词写人写花,多情缱绻;写愁写怨,悱恻缠绵。周济以为"草窗长于赋物,然惟此及琼花二阕,一意盘旋,毫无渣滓"(《宋四家词选》)。

朱嗣发（1首）

朱嗣发(1234—1304)字士荣,号雪崖,乌程(今浙江吴兴)人。颛志奉亲,宋亡不仕。《全宋词》辑其全篇1首。

265 摸 鱼 儿①

词 谱

对西风、鬓摇烟碧,参差②前事流水。紫丝罗带③鸳鸯结,的的④镜盟⑤钗誓⑥。浑⑦不记,漫⑧手织回文⑨,几度欲心碎!安花著⑩蒂,奈雨覆云翻,情宽分⑪窄,石上玉簪⑫脆。　朱楼外,愁压空云欲坠,月痕犹照无寐。阴晴也只随天意,枉了⑬玉消香碎。君且醉,君不见、长门⑭青草春风泪?一时左计⑮,悔不早荆钗⑯,

暮天修竹⑰，头白倚寒翠。

●　○　⦶　●　●　　　⊖　●　●　○　◉

注　解

①[摸鱼儿]见第 179 首注①。此调 9 体，此词属双调、116 字晁(补之)词正体，平仄 1 异(见谱中❽)，断句 1 异(晁词上片第六句为上 3 下 7，此词分作两个 5 字句)。全首用韵属第三部"纸"、"置"、"霁"、"队(半)"仄声上、去通押。　　②[参(cēn)差(cī)]近似，差不多。白居易《长恨歌》："中有一人字太真，雪肤花貌参差是。"　　③[罗带]见第 75 首注⑨。　　④[的的]明白，昭著。　　⑤[镜盟]参见第 257 首注⑳。　　⑥[钗誓]参见第 107 首注⑮。⑦[浑]见第 165 首注⑫。　　⑧[漫]见第 205 首注㉓。　　⑨[回文]见第57 首注⑦。　　⑩[著]见第 173 首注⑤。　　⑪[分(fèn)]缘分。⑫[玉簪]见第 178 首注⑦。　　⑬[枉了]空空地了结。　　⑭[长门]见第179 首注⑮。　　⑮[左计]不恰当的策划，失策。范成大《秋日二绝》："无事闭门非左计，绕渠屡齿上青苔。"　　⑯[荆钗]自称己妻为荆钗布裙或拙荆。⑰[暮天修竹]见第 154 首注④。下句"倚寒翠"同此。

作意与作法

此首弃妇之词，寄词人身世之感。上片写女子的哀怨之情，下片写女子的清操自守。

上片起二句回忆往昔。"西风"点其节序，"烟碧"写垂鬟之色。"前事流水"，叹往日欢爱不返。次二句写别时盟誓。"罗带"双结，写其成对、同心；"镜盟钗誓"盼望他日团圆。再三句写女子之怨。全然"不记"，写对方负心；"回文"难成，"几度"心碎，写女子希望难以实现。结四句写感情决裂。本想"安花著蒂"，无奈"雨覆云翻"。情多缘少，写其自欺自慰；"石上""簪脆"，比其情断难连。

下片换头三句写女子愁中难眠。"朱楼"写其华居，"空云欲坠"比愁之沉重，"月痕犹照"怨其无知。次二句写女子无力挣扎。"阴晴""随天"，比往事今朝的变化；"玉消香碎"，叹青春年华的了结。再二句直问怨夫。尚"醉"还昏，恨"君"不醒；"长门"春泪，比

已堪怜。结四句写女子清操自守。"左计",悔一时之失策;"荆
钗",忆当年夫妻的贫贱;天寒衣薄、白头依竹,写弃妇的凄苦艰辛
而守节终老之志。

蒋 捷 (3首)

　　蒋捷(生卒年不详)字胜欲,阳羡(今江苏宜兴)人。度宗咸淳十年(1274)进士。宋亡,入太湖中竹山,隐居不仕,人称竹山先生。

　　蒋词于宋亡以后诸作,多写故国之思,流浪之苦。语言上炼字精深,音韵谐畅。风格上奔放近辛(稼轩),清虚似姜(白石),不拘一流。故好之者襃为"长短句之长城"(刘熙载《艺概》),鄙之者贬为"仅得稼轩糟粕"。歧异悬殊,各有所宗,非蒋词如此。《全宋词》辑其全篇84首,残篇10。

266 瑞 鹤 仙①

乡城见月

词　谱

绀烟②迷雁迹,渐碎鼓零钟,街喧初息。风
⊖○　⊖⊜●　●⊜○○　○○⊜●　⊖
檠③背寒壁,放冰蟾④,飞到蛛丝帘隙。琼瑰⑤
○　●○●●　⊖⊜○　○●○○○●　⊖○
暗泣,念乡关⑥、霜华⑦似织。漫⑧将身、化鹤归
⊜●　●○○　○○●●　⊜○○　●●○

来⑨，忘却旧游端的⑩。　　　欢极，蓬壶⑪蕖⑫

浸，花院梨溶⑬，醉连春夕。柯云罢弈⑭，樱桃⑮

在，梦难觅。劝清光，乍可⑯幽窗相照，休照红

楼夜笛。怕人间、换谱伊凉⑰，素娥⑱未识。

注 解

①[瑞鹤仙]见第 126 首注①。此调 16 体，此词属双调、102 字史（达祖）词正体，断句 2 异（《词谱》上片第五、六两句为上 5 下 4；下片第八、九两句为上 5 下 4。此异）。全首韵脚属第十七部入声"陌"、"锡"、"职"、"缉"通韵。②[绀烟]参见第 232 首注⑭和第 238 首注⑥。　　③[风檠(qíng)]戴罩防风的灯具。参见第 111 首注⑤。　　④[冰蟾]皎洁的月亮。参见第 229 首注⑫。　　⑤[琼瑰]琼珠，瑰玉。《左传》(成十七年)："声伯梦涉洹，或与己琼瑰，食之，泣而为琼瑰，盈其怀。"　　⑥[乡关]指故乡。崔颢《黄鹤楼》："日暮乡关何处是，烟波江上使人愁。"　　⑦[霜华]指月光。李白《静夜思》："床前明月光，疑是地上霜。"　　⑧[漫]见第 152 首注③。　　⑨[化鹤归来]参见第 45 首注⑧。　　⑩[端的]确实情况。　　⑪[蓬壶]见第 160 首注⑦。⑫[蕖]芙蕖，即荷花。　　⑬[溶]安闲。　　⑭[柯云罢弈]《述异记》载：晋人王质入山打柴，遇二童子对弈，一童用一物如枣核与质食，再不饥饿。棋局结束，童子说："汝柯烂矣。"王质归家后，原来自己已到了百岁。　　⑮[樱桃]《酉阳杂俎》载：有一人梦见邻女赠给二枚樱桃，食之。醒后，核坠于枕旁。⑯[乍可]宁可。　　⑰[伊、凉]《伊州》、《凉州》，乐曲名。唐天宝以后，曲调常以边地命名，如《伊州》、《凉州》、《甘州》之类。白居易《伊州》："老去将何散老愁，新教小玉唱《伊州》。"杜牧《河湟》："唯有《凉州》歌舞曲，流传天下乐闲人。"　　⑱[素娥]见第 81 首注③。

作意与作法

　　此首为词人浪迹江湖，对月思乡，抒发故国情怀之作。上片写

见月思乡,梦中归来;下片写梦中之乐,醒后之悲。

　　上片起三句写乡城薄暮。"绀烟"描写暮雾升起,"雁迹"牵动词人归心,"碎鼓零钟,街喧初息",正是家家团聚,自己孤单之时。次三句点出"乡城见月"。灯挂"寒壁",写无心燃点;"蛛丝帘隙",写久畏掀开;然而月光无孔不入,故难免一望。再二句写对月思乡。"琼瑰暗泣",叹珠泪满襟,无人知晓;"霜华似织",故举头望月,低头思乡。结二句写梦入故乡。"将身化鹤",写居然学仙得道;"忘却旧游",写所见旧貌全非。

　　下片换头四句写所见新境。"蓬壶藻浸",写荷花的新艳;"花院梨溶",写梨园的静谧。故朦胧似醉,一夜"欢极"。次三句写终于梦醒。"柯云罢弈",写词人伤老之念;美梦"难觅",写词人失望之悲。再三句对月期望。"幽窗相照",写宁可安慰隐居之士;"红楼夜笛",写"休照"新贵权势之家。结二句不满改朝换代。"换谱伊凉",写不满异域之调;"素娥未识",写回味中原之声。

　　全首扣"乡城见月"之题,由月思乡,由思入梦,因梦必醒,因醒失望,笔锋含蓄,寄意遥深。

267　贺新郎①

词　谱

梦冷黄金屋②,叹秦筝③、斜鸿阵里④,素弦
●●○○●　　●○○　○○●●　●○

尘扑。化作娇莺飞归去,犹认纱窗旧绿。正过
○●　●●○○○●●　○●○○●●　●○

雨、荆桃⑤如菽⑥。此恨难平君知否?似琼台⑦、
●　○○○●　●●○○○○●　●○○

涌起弹棋⑧局，消瘦影，嫌明烛。　　鸳楼⑨碎

泻东西玉⑩，问芳踪⑪、何时再展？翠钗⑫难

卜⑬。待把宫眉⑭横云样，描上生绡⑮画幅。怕

不是、新来装束。彩扇⑯红牙⑰今都在，恨无人、

解听⑱开元⑲曲。空掩袖，倚寒竹⑳。

注　解

①[贺新郎]见第 71 首注①。此调 11 体，此词属双调、116 字叶(梦得)词正体，平仄 3 异(见谱中❽、❽)。全首韵脚属第十五部入声"屋"、"沃"通韵。②[黄金屋]见第 109 首注②。这里借指南宋都城临安的故宫。　　③[秦筝]见第 48 首注⑤。　　④[斜鸿阵里]参见第 5 首注④。　　⑤[荆桃]野桃。　　⑥[菽]豆类。　　⑦[琼台]参见第 62 首注⑤和第 153 首注②。这里借指南宋王朝。　　⑧[弹棋]汉魏时的博戏。据传起于汉成帝，为两人对局，白、黑棋各 6 枚，先列棋相当，更先弹也。魏时改用 16 棋，唐时增至 24 棋，至宋失传。　　⑨[鸳楼]即鸳鸯楼，指酒楼、妓馆。　　⑩[东西玉]即玉东西，亦即玉酒杯。范成大《丙午新正书怀》："祝我剩周花甲子，谢人深劝玉东西。"　　⑪[芳踪]指所爱的歌妓的踪迹。　　⑫[翠钗]见第 107 首注⑮。⑬[卜]参见第 182 首注⑨。　　⑭[宫眉]见第 263 首注⑯。　　⑮[生绡]参见第 240 首注㊲。　　⑯[彩扇]丝绢所制，用作歌、舞道具。　　⑰[红牙]即红牙板，为调节乐曲节拍之用。此板多用檀木做成，色红，故名。辛弃疾《满江红·建康史帅致道席上赋》："佳丽地，文章伯；金缕唱，红牙拍。"⑱[解听]听懂。参见第 182 首注⑬。　　⑲[开元]见第 177 首注③。开元曲即盛唐歌曲。　　⑳[倚寒竹]参见第 154 首注④。

作意与作法

此首为怀念故国之作。上片写梦回故宫，生亡国之痛；下片忆

酒楼分别,动遗民之悲。

上片起三句写宫内所见。"梦冷"写归来的凄凉,"斜鸿"写"秦筝"仍在,"尘扑"写演奏无人。次三句写宫外所见。"化作娇莺",写魂归所寄;"犹认纱窗",写旧情顿生;"雨过荆桃",写荒废之悲。再二句写感慨当年。"此恨难平",指亡国之痛;"琼台"、"棋局",比世事之变。结二句写堪悲今日。身影"消瘦",写词人多愁善感;嫌弃"明烛",写词人不愿顾影。

下片换头三句追想当年一别。玉杯"碎泻",暗示国破难复,写当时之悲愤;"翠钗难卜",叹伊人一去,料想难逢。次三句言别后之思。"宫眉横云",写难忘纤眉一线;生绡画幅,写词人收藏之用心;"不是"新装,可见有故国之眷恋。再二句叹知音者少。"彩扇红牙",写当年的道具、歌板仍在;"无人"解曲,叹人们健忘南宋盛时。结二句以美人自喻。空自"掩袖",叹无人安慰;独倚"寒竹",愿自守清操。

全词虚实结合,今昔转换,曲笔表达,吞吐自然。

268 女冠子①

元 夕②

词 谱

蕙花③香也,雪晴池馆如画。春风飞到,宝
● ○ ● ○ ◐ ● ○ ● ○ ● ○ ○ ● ●

钗楼④上,一片笙箫,琉璃⑤光射。而今灯漫挂,
○ ○ ● ● ● ○ ○ ○ ○ ● ● ○ ○ ● ●

不是暗尘明月⑥,那时元夜。况年来、心懒意怯,
● ● ● ○ ◐ ● ● ○ ○ ◐ ● ● ◐ ○ ○ ● ●

542

羞与蛾儿⑦争要。　　江城人悄初更打，问繁华
谁解⑧，再向天公⑨借？剔残红灺⑩，但梦里隐
隐，钿车⑪罗帕。吴笺⑫银粉研⑬，待把旧家⑭风
景，写成闲话⑮。笑绿鬓⑯邻女，倚窗犹唱，夕阳
西下⑰。

注　解

①[女冠子]唐教坊曲名，又名女冠子慢。此调7体，分小令、长调两种。此词为双调(长调)、112字体。全首用韵属第十部"马"、"挂(半)"、"祃"仄声上、去通押。　　②[元夕]下文"元夜"同此。见第137首注⑦。　　③[蕙花]蕙，兰的一种。参见第209首注③。　　④[宝钗楼]见第208首注④。⑤[琉璃]这里指琉璃灯。周密《武林旧事》："又有幽坊静巷多设五色琉璃泡灯，更自雅洁。"　　⑥[暗尘明月]指街道车马之多，扬尘遮暗月光。参见第118首注⑫。　　⑦[蛾儿]见第183首注⑨。　　⑧[解]见第182首注⑬。⑨[天公]对天的敬称。以天拟人，故称天帝为天公。　　⑩[灺(xiè，古属祃韵)]指灯烛灰烬。　　⑪[钿车]见第118首注⑪。　　⑫[吴笺]吴地出产的笺纸。参见第237首注⑬。　　⑬[研(yà 古属"祃"韵)]碾、磨(使之发光)。⑭[旧家]故国，指前朝都城临安。　　⑮[闲话]闲聊的漫话，即闲谈。⑯[绿鬓]黑发，形容青春年华。　　⑰[夕阳西下]范周(范仲淹侄孙)《宝鼎现》咏宋代盛世元夕之词，起三句为"夕阳西下，暮霭红隘，香风罗绮"。

作意与作法

此元夕之作，写词人故国之思。上片写往日佳节之欢，惜其不返；下片写词人内心之痛，苦于无奈。

上片起二句写昔年元宵初晴之景。"蕙花"飘香，写入春气息，其嗅感犹记；"池馆如画"，写满月所照，其视觉难忘。次四句写元

543

宵佳节之欢。"春风",写其乍暖;名楼,写其众望;"一片笙箫",写歌舞之极乐;"琉璃光射",写灯火之辉煌。再三句陡转今夕。"而今""漫挂",写灯稀人少;"不是""那时",痛今不如昔。结二句写词人之心绪。"心懒意怯",写近年心灰意冷;"羞与""争耍",因国耻不愿见人。

下片换头三句写当今元宵之情。"初更""人悄",此与当年对比,写节日之夜的冷落;盛世繁华,此夕向天呼"借",叹恢复宋室无人。次三句写求之不得而梦之。"剔残红灺",可怜孤灯已烬;"钿车罗帕",只有梦里追寻。再三句写词人无限伤往。"银粉"碾磨,写名纸加工之精细;"旧家风景",念当年元夕的风光。故"写成闲话",希望人知。结三句叹今人盲目乐观。"绿鬓邻女",写其年轻幼稚;"夕阳西下",笑其不知所云。

全词写今写夕,用心渲染;写乐写悲,转换自如。而结束一"笑",见词人之伤心、担心和用心。

张 炎 (6首)

张炎(1248—1320?)字叔夏,号玉田,又号乐笑翁。临安(今浙江杭州)人。系南宋大将张俊六世孙,姜夔的词友张镃的四世孙。祖、父皆工文学,精音律,此对词人的成长有过积极的熏陶。宋亡后,境遇陡落,从此闲游纵饮,落拓江湖。元世祖至元二十七年(1290),曾北游大都,寻求出路,结果失意而归。晚年漂泊苏、浙一带,穷至卖卜为生,终于落魄而死。

张词爱学周(邦彦)、姜(夔),音律谐畅,字句斟酌,长于咏物,善抒旅怀。晚年之作,尤以亡国哀音、身世悲感为突出,时有感人之处。张炎的词学理论,在提倡清空、雅正。清空则"古雅峭拔",而不"凝涩晦昧";雅正则随"志之所之",而"不为情所役"。所著《词源》,于词坛颇有影响,然主要词论,亦不免偏重形式。词集有《山中白云词》八卷。《全宋词》辑其全篇175首,残篇27。

269　高　阳　台①

西湖②春感

词　谱

接叶巢莺③，平波④卷絮，断桥⑤斜日归船。
●●○○　○○●●　●○○●○◎

能几番游？看花又是明年。东风且伴蔷薇⑥住，
○●○○　●○●●○○　○○●●○○●

到蔷薇、春已堪怜。更凄然，万绿西泠⑦，一抹⑧
●○○　○●○○　●○○　●●○○　●●

荒烟。　　当年燕子知何处⑨？但苔深韦曲⑩，
○◎　　　○○●●○○●　●○○○●

草暗斜川⑪。见说⑫新愁，如今也到鸥边⑬。无
●●○○　●●○○　○○●●○○　○

心再续笙歌梦，掩重门⑭、浅醉闲眠。莫开帘，
○●●○○●　●○○　●●○○　●○○

怕见飞花，怕听啼鹃⑮。
●●○○　●○○◎

注　解

①[高阳台]见第 226 首注①。此调 3 体，此词为双调、100 字变体。全首韵脚属第七部"先"、第十四部"盐"，隔部通韵。　　②[西湖]见第 227 首注②。　　③[接叶巢莺]繁茂的树叶掩蔽着栖息的黄莺。杜甫《陪郑广文游何将军山林》："卑枝低结子，接叶暗巢莺。"　　④[平波]平静的湖面微波荡漾。⑤[断桥]见第 259 首注⑦。　　⑥[蔷薇]花色不一。瓣有单、重，开时连春接夏。　　⑦[西泠]见第 263 首注⑭。　　⑧[一抹]犹言一片。⑨["当年"句]化用刘禹锡《乌衣巷》诗。见第 125 首注⑯。　　⑩[韦曲]在

陕西长安县。东北倚龙首,南面向神禾,滈水绕其前,为樊川第一名胜。唐时以诸韦世居于此而名。杜甫《奉陪郑驸马韦曲》(之一):"韦曲花无赖,家家恼杀人。"　　⑪[斜川]在江西星子、都昌两县间的湖泊中。陶潜有《游斜川》(并序)咏其美景。　　⑫[见说]见第179首注⑪。　　⑬[鸥边]鸥鸟身旁。指隐身。　　⑭[重门]见第136首注②。　　⑮[啼鹃]见第150首注④。

作意与作法

此首借西湖春日之游,写词人身世之沉沦和亡国之悲哀。上片写游湖所见暮春景色,下片写游湖所感黍离之悲。

上片起三句写归游所见。"接叶巢莺",写春之深;"平波卷絮",写春之残;"断桥斜日",写旧游之惯例。次二句写惜春之情。"能几番游",写相聚之难得;"看花""明年",叹花期之又过。再二句写留春之情。"东风"且住,写词人唯恐蔷薇又谢;轮到薇开,词人又叹息残春"堪怜"。结三句进层写伤春之情。"万绿西泠",写昔日景在;"一抹荒烟",叹此日人非。

下片换头三句叹繁华尽去。"燕子""何处"一问,写人事之变迁,示山河之改色;"苔深韦曲","草暗斜川",此指西湖名胜,饱经沧桑。次二句迫及己身。"新愁"写南宋亡国,"鸥边"写遁迹江湖。"如今也到",见摆脱已不可能。再二句写绝望之心。"笙歌"美梦,写逝去的旧日欢乐;"浅醉闲眠",写消磨到来的时间。结三句进层写无奈之情。"怕见飞花",因为繁华过尽;"怕听啼鹃",因惹故国之思。

全词婉曲层深,托物寓意,诚然"亡国之音哀以思"(《艺蘅馆词选》引)。

270　渡江云①

山阴②久客,一再逢春,回忆西杭③,渺然④愁思。

词　谱

山空⑤天入海,倚楼望极⑥,风急暮潮初⑦。
〇〇　〇●〇　〇●●〇〇

一帘鸠外雨⑧,几处闲田⑨,隔水动春锄。新
●〇〇●●　●●〇〇　●●●〇〇

烟⑩禁柳⑪,想如今、绿到西湖⑫。犹记得、当年
〇　〇●　●〇〇　●●〇　〇●●　〇〇

深隐,门掩两三株。　　愁余⑬!荒洲古溆⑭,断
〇●　〇●●〇〇　　〇〇　〇〇●●　●

梗疏萍,更漂流何处?空自觉、围羞带减⑮,影
●〇〇　●〇〇〇●　〇●●　〇〇●●　●

怯灯孤。长疑即见桃花面⑯,甚⑰近来、翻⑱致
●〇〇　〇〇●●〇〇●　●●〇　〇●

无书?书纵远,如何梦也都无⑲?
〇〇　〇●●　〇〇●●〇〇

注　解

①[渡江云]见第 227 首注①。此调 3 体,此词属双调、100 字正体。全首用韵属第四部"鱼"、"虞"、"御"平、仄通押。　　②[山阴]今浙江绍兴市。③[西杭]指杭州。因在山阴之西。　　④[渺然]远远的样子。　　⑤[山空]山岭消失不见。因绍兴市濒临东海。　　⑥[望极]放眼远望。⑦[暮潮初]晚潮初起。　　⑧[鸠外雨]古谓鸠鸣唤雨,称鸠呼或鸠雨。陆游《喜晴》:"正厌鸠呼雨,俄闻鹊噪晴。"　　⑨[闲田]冬闲以来尚未播插的田。⑩[新烟]即新火之烟。唐宋时,清明日有宫中赐百官新火之俗。见第 128 首

548

注⑧。   ⑪[禁柳]宫中种植的柳树。罗隐《寒食日早春城东》："禁柳疏风雨,墙花拆露鲜。"   ⑫[西湖]见第227首注②。   ⑬[愁余]见第185首注⑦。   ⑭[淑]水岸。   ⑮[围羞带减]腰围减瘦,衣带变宽。参见第227首注⑰。   ⑯[桃花面]参见第12首注③。   ⑰[甚]见第257首注⑨。   ⑱[翻]见第30首注⑦。   ⑲[梦也都无]赵佶《宴山亭》："无据,和梦也新来不做。"

作意与作法

此首为词人客居山阴,怀念杭州旧游之作。上片写所见所思之景,下片写愁己愁人之情。

上片起三句写望中远景。山岭消失,海天相连,望去不禁念远;海风阵阵,"暮潮"初起,几番盼望归船。次三句写望中近景。鸠鸣咕咕,见春雨又洒;"隔水""春锄",见冬田又耕。此触动词人之春思。再二句念杭州之春色。"新烟禁柳",忆往日春回宫苑;"绿到西湖","想如今"几许游人! 结二句思故居之春意。"当年深隐",难忘深宅大院;"门掩"杨柳,年年春到家门。

下片换头四句自叹漂泊无定。"荒洲古淑",写辗转颠沛之苦;"断梗疏萍",比漂泊流离之悲。次二句自觉人单体瘦。"围羞带减",写词人形容憔悴,体不胜衣;"影怯灯孤",写词人茕茕孑立,形影相吊。再二句写失望之情。人面桃花,忆当年杭都歌儿舞女;"翻致无书",写今日四散南北东西。结二句写绝望之心。书远难寄,暂时可以忍受;"梦也都无",长夜如何熬过?

271　八声甘州①

辛卯岁②,沈尧道③同余北归,各处杭、越④,逾岁⑤,尧道

549

来问寂寞,语笑数日,又复别去。赋此曲,并寄赵学舟⑥。

词　谱

记玉关⑦踏雪事清游,寒气脆⑧貂裘⑨。傍
●

枯林古道,长河⑩饮马,此意悠悠⑪。短梦依然
○●●○●　○○●●　●●○○　●●○○

江表⑫,老泪洒西州⑬。一字无题处,落叶都
○●　●●●○○　●●○○●　●●○

愁⑭。　　载取白云⑮归去,问谁留楚佩⑯,弄
○　　　　●●●○○●　●○○●●　●

影⑰中洲⑱?折芦花赠远,零落一身秋。向寻常、
●　○○　●○○●●　○●●○○　●○○

野桥流水,待招来、不是旧沙鸥⑲。空怀感、有
●○○●　●○○　●●●○○　○○●　●

斜阳处,却怕登楼⑳。
○○●　●●○○

注　解

①[八声甘州]见第 40 首注①。此调 7 体,此词为双调、97 字变体。全首韵脚属第十二部平声"尤"韵。　　②[辛卯岁]元世祖至元二十八年(1291)。③[沈尧道]名钦,号秋江,张炎词友。至元庚寅(1290)九月与玉田、曾遇同入燕京(今北京市)。　　④[杭、越]杭州、越州(绍兴市)。　　⑤[逾岁]过了一年。　　⑥[赵学舟]名与人,字元父,张炎的词友。赵学舟一作"曾心传"(曾遇)。　　⑦[玉关]见第 261 首注⑪。此代指北地关山。⑧[脆]此指冻硬脆裂。　　⑨[貂裘]貂毛大衣。　　⑩[长河]指黄河。王维《使至塞上》:"大漠孤烟直,长河落日圆。"　　⑪[悠悠]遥远的样子。⑫[江表]参见第 173 首注⑨。　　⑬[西州]古城名。在今南京市西。《晋书·谢安传》载:羊昙(谢安甥)为谢安所器重。谢安扶病还都时,曾从西州城门而入,死后,昙不忍走西州路。一次醉中到此,悟后恸哭而去。　　⑭["一字"二句]范摅《云溪友议》:"卢渥舍人应举之岁,偶临御沟,见一红叶,命仆拿

550

来。叶上乃有一绝句。……诗云：'水流何太急，深宫竟日闲，殷勤谢红叶，好去到人间。'"句中系翻用此典，表示无写作诗词的兴致。　　⑮[白云]《庄子·天地》："乘彼白云，至于帝乡。"后常以白云乡比退隐之处。　　⑯[楚佩]楚女之佩（即佩玉，参见第201首注⑥）。《楚辞·湘君》："捐余玦兮江中，遗余佩兮澧浦。"　　⑰[弄影]留连顾影。　　⑱[中洲]洲中。同上书："君不行兮夷犹，蹇谁留兮中洲？"　　⑲[沙鸥]此处借指友人。　　⑳[登楼]王粲有《登楼赋》，以思乡怀人著称。

作意与作法

此首为词人北游归来后的失意之作，上片写身世之感，下片写怀友之情。

上片起二句写北上的豪情。"玉关踏雪"，写远征北国之举；"貂裘"冻脆，但难降胸中之温。次三句继写豪情。"枯林古道"，写关山飞渡；"长河饮马"，写暮宿涛边；此意悠悠，写回想无穷。再二句折入南归。"短梦"写北游理想的幻灭，如今仍在江南；"泪洒孤州"，以羊昙作比，写自己恸哭离杭。结二句写别后之愁。"一字无题"，写别后无词赠友；"落叶都愁"，写无人题写之悲。

下片换头三句写临别之谊。载云"归去"，念友人船归退隐之所；"谁留楚佩"，比其赠物留别；"弄影中洲"，比其顾影低徊。次二句写寄远之情。"折芦赠远"，寄词人秋思之意；"零落一身"，比漂泊寂寞之情。再二句写念远之切。"野桥流水"，写平常迎送之地；"不是"旧鸥，写旧友星散难逢。结二句以辛词《摸鱼儿》下结三句化出。"斜阳"之处，可见烟柳凄迷之色；"却怕登楼"，恐生故国、身世之感。

全篇词气疏宕，词情悲苦，转折处以陡顿出奇，结穴处以晚景收哀。

551

272　解连环①

孤雁

词谱

楚江②空晚，恨离群万里，怳然③惊散。自顾影、欲下寒塘④，正沙净草枯，水平天远。写不成书⑤，只寄得、相思一点。料因循⑥误了，残毡拥雪⑦，故人心眼。　　谁怜旅愁荏苒⑧，漫长门⑨夜悄，锦筝⑩弹怨。想伴侣⑪、犹宿芦花，也曾念春前，去程应转。暮雨相呼⑫，怕⑬蓦地⑭、玉关⑮重见。未羞他、双燕归来，画帘⑯半卷。

注解

①[解连环]见第120首注①。此调3体，此词属双调、106字周词正体，平仄7异（见谱中⊗、⊗）。全首用韵属第七部"阮（半）"、"潸"、"铣"、"愿（半）"、"翰"、"霰"，第十四部"俭"，为隔部仄声上、去通押。　　②[楚江]见第264首注②。旧传秋雁南归，止于衡阳、彭蠡一带。　　③[怳（huǎng）然]惝怳失意的样子。　　④[欲下寒塘]崔涂《孤雁》："暮雨相呼失，寒塘欲下

迟。" ⑤[写不成书]合用"雁字"与"雁书"二意。见第 56 首注④和第 12 首注②。 ⑥[因循]这里作拖延之意。 ⑦[残毡拥雪]《汉书·苏武传》载:苏武拘于匈奴,不屈。置武大窖中,绝不饮食。天下雪,苏武卧啮(niè)雪与毡毛并咽之,数日不死。又谓:苏武后来借雁足以传书,才得生还。这里借苏武事暗指文天祥等人尽忠报国。 ⑧[荏苒]展转,指时光不断流逝。 ⑨[长门]见第 179 首注⑮。 ⑩[锦筝]筝的美称。见第 48 首注⑤。 ⑪[伴侣]指孤雁离群之前的雁群。 ⑫[暮雨相呼]见本首注④。 ⑬[怕]如其,倘若。 ⑭[蓦地]参见第 183 首注⑫。 ⑮[玉关]见第 261 首注⑪。 ⑯[画帘]帘的美称。

作意与作法

此首为张炎咏物词的代表作。词人借孤雁的失群比自身的漂泊,以寄托国破家亡的沉痛与悲哀。上片写孤雁的羁旅之苦,下片写孤雁的哀怨之情。

上片起三句写孤雁惊飞之处。"楚江空晚",写南国江天暮色渐起;"离群万里",写长征途中的失群之恨;"怳然惊散",写失群时惆怅懊恼的情怀。次三句写孤雁降落之地。"自顾"身影,写降落寒塘之寂寞;沙、草、水、天,写四周环境之空旷。再二句言离群的苦衷。"雁字"难排,写其孤独;"相思一点",所寄情微。结三句恐离群而误事。"残毡拥雪",写拘留北地的未归之"雁";"故人心眼",写盼望南归的家乡之情。

下片换头三句承"故人心眼"写"北雁"之悲。"旅愁荏苒",写羁留北地之久;"长门"夜筝,写难归故地之怨。次三句写伙伴之盼己。"犹宿芦花",写伙伴转程,仍宿旧处;"春前""应转",写伙伴怀想,孤雁返程。再二句写孤雁之盼伙伴。"玉关重逢",写一旦北地相见;"暮雨相呼",写大家互相关心。结二句继写孤雁的内心活动。见"双燕归来",不羞自己无伴;见"画帘半卷",不慕屋梁双栖。

全词在咏物,又在写人;咏孤独之雁,亦在写漂泊之人;咏孤独之雁的故乡之思,亦在写漂泊之人的故国之思。通首情景交融,人雁合一，虽不见雕饰之痕，而穷极雕饰之巧，此即所谓"咏物而不滞于物"。此与苏轼《水龙吟》之咏杨花，与姜白石《暗香》之咏梅，与史达祖《双双燕》之咏燕，均为自立新意之绝唱。词人因此作而流传"张孤雁"的外号。

273　疏　影①

咏　荷　叶

词　谱

碧圆自洁，向浅洲远浦②，亭亭③清绝。犹
○○●● 　●●○○ 　○○ ○●

有遗簪④，不展秋心，能卷几多炎热？鸳鸯密语
●○○ 　●●○○ 　○●●○○● 　○○●●

同倾盖⑤，且莫与、浣纱人⑥说。恐怨歌、忽断花
○○● 　●●● ○○● 　●●○ ●●○

风，碎却翠云⑦千叠。　　回首当年汉舞⑧，怕
○ 　●●●○ ○● 　　○●○○●● 　●

飞去、漫皱留仙裙摺⑨。恋恋⑩青山，犹染枯香，
○● 　●●○○○● 　●● ○○ 　○●○○

还叹鬓丝飘雪。盘心清露如铅水，又一夜、西风
○●●○○● 　○○○●○○● 　●●● ○○

吹折。喜净看、匹练⑪飞光，倒泻半湖明月。
○● 　●●● ●● ○○ 　●●●○○●

注　解

①[疏影]见第201首注①。此调5体，此词属双调、110字正体。平仄1异（见谱中✕），断句1异（下片第二、三两句，合为上3下6一句）。全首韵脚属第十八部入声"月"、"屑"、"叶"通韵。　　②[远浦]参见第38首注⑥。

554

③[亭亭]见第177首注⑧。　　④[遗簪]见第178首注⑦。这里指刚出水面尚未展开的嫩叶。　　⑤[倾盖]谓行道相遇,停车而语,车盖接近,因称初交相得,一见如故为倾盖。《史记·邹阳传》:"谚曰:'有白头如新,倾盖如故。'何则? 知与不知也。"　　⑥[浣纱人]这里指怨女。唐人郑谷《莲叶》:"多谢浣溪人未折,雨中留得盖鸳鸯。"　　⑦[翠云]形容连片相叠的荷叶。⑧[汉舞]汉成帝后赵飞燕身轻善舞,据传能在掌上、盘上舞蹈。　　⑨[留仙裙褶]《赵后外传》:"后(按:指赵飞燕)歌《归风送远》之曲,帝以文犀箸击玉瓯。酒酣风起,后扬袖曰:'仙乎仙乎,去故而就新。'帝令左右持其裙,久之,风止,裙为之皱。后曰:'帝恩我,使我仙去不得。'他日宫姝或襞裙为皱,号'留仙裙'。"　　⑩[恋恋]顾念,依依不舍。　　⑪[匹练]见第3首注④。

作意与作法

此首为咏叹荷叶之作,寄词人隐归湖山之志。上片写荷叶的高洁,下片写荷叶的荣枯。

上片起三句写荷叶的风格。"碧圆自洁",写其操守;"亭亭清绝",写其高尚;"浅洲远浦",写其出尘。次三句写荷叶的心情。"遗簪"比嫩叶之未展,"秋心"因换时而难舒,故无入尘趋炎之心。再二句写荷叶之交谊。"鸳鸯密语",写自然界交欢的乐事;"浣纱人",以怨女比隐士写一腔之恨。结二句对荷叶的怜惜。"怨歌"为"浣纱人"所唱。花风激动而不吹,如云翠叶而憔悴,此为词人所恐。

下片换头三句回首往事。"当年汉舞",词人以北上元都作比;害怕"飞去",写担心失身;"留仙裙摺",比荷叶尚在。次三句写词人伤老之情。"青衫"以衣、叶互比,"枯香"写故芳尚留,"鬓丝飘雪"写人却易老。再二句写荷叶亦遭摧残。"盘心清露",写荷叶、水珠之光洁;"西风吹折",写时序变换之不幸。结二句点词人长留湖山之志。"匹练飞光",写月色的倾泻;"半湖明月",写环境的超尘。

全词人、叶合写,情景交融,咏物寄志,处处密合。

274　月　下　笛①

孤游万竹山②中,闲门落叶,愁思黯然③,因动"黍离"④之感。时寓甬东⑤积翠山舍。

词　谱

万里孤云,清游渐远,故人何处?寒窗梦
●●○○　○○●●　●○○●　○○●
里,曾记经行旧时路。连昌⑥约略⑦无多柳,第
◉　○○○○●○●　○○　●●○○●　●
一是、难听夜雨。漫⑧惊回⑨凄悄,相看烛影,拥
●●、○○●●　●　○○○●　○○●●　○
衾⑩谁语?　张绪⑪,归何暮?伴零落依依,短
○○●◉　　○●　○○●　●○●○○　●
桥⑫鸥鹭。天涯倦旅⑬,此时心事良苦。只愁重
○○●◉　○○●●　●○○●○●　●○○
洒西州⑭泪,问杜曲⑮、人家在否?恐翠袖,正天
●○○●　●●●、○○●●　●●●　●○
寒,犹倚梅花那树⑯。
○　○●○○●●

注　解

①[月下笛]调见《片玉词》,又名凉蟾莹澈、静倚官桥吹笛。此调5体,此词为双调、100字变体。全首韵脚属第三部"纸",第四部"语"、"麌"、"御"、"遇",为隔部仄声上、去通押。　②[万竹山]《赤城志》:"万竹山在县(按:浙江天台县)西南四十五里。绝顶曰新罗,九峰回环,道极险隘。岭上丛薄敷秀,平旷幽窈,自成一村。薛左丞昂诗所谓:'万竹园中四百家,重重流水绕桑麻'

556

是也。"　　③[黯然]参见第 2 首注③。　　④[黍离]见第 197 首注⑫。
⑤[甬东]今浙江定海县。　　⑥[连昌]唐代行宫名,在今河南宜阳县西,宫中
多植柳。元稹有《连昌宫词》,写安史乱后,行宫的残破景象。此处借指南宋故
宫。　　⑦[约略]大概。　　⑧[漫]见第 205 首注㉓。　　⑨[惊回]梦醒。
⑩[衾]参见第 55 首注②。　　⑪[张绪]南齐吴郡人,少有文才,爱谈玄理,风
姿清雅,官至国子祭酒。《南齐书》有传。南齐刘悛之为益州刺史,曾献蜀柳数
株,枝条曼长,有如丝缕。武帝命植于灵和殿前,尝曰:"此柳风流可爱,似张绪
当年。"此处词人借以自比。　　⑫[短桥]从前与诸友携游之处,约为杭州西
湖断桥。　　⑬[天涯倦旅]郑思肖《山中白云词》序,说张炎"三十年汗漫数千
里"。　　⑭[西州]见第 271 首注⑬。　　⑮[杜曲]唐代长安城南的名胜之
处,杜氏世居于此,故名。　　⑯["翠袖"三句]参见第 154 首注④。

作意与作法

　　此首为山中孤游之作,抒发词人的身世之感与故国之思。上
片写山舍之夜,孤独难眠;下片写盼望归去,思念故人。

　　上片起三句写词人孤游无伴。"万里孤云",比其漂泊之寂寞、
遥远;"故人何处"? 写其盼望、思念之心情。次二句写梦中怀人。
"寒窗梦里",写词人山舍生活之孤苦;"犹记"旧路,写词人忆昔思
友之情怀。再二句叹都破人离。"连昌"柳少,借指南宋宫廷的残
破;"难听夜雨",写故人星散,夜话难言。结三句写梦醒的孤独。
空自"惊回",写山舍之凄冷;人烛相对,叹夜语而无人。

　　下片换头四句伤心归去之迟。"张绪"暮归,写词人恨自己迟
迟不回;"短桥鸥鹭",比从前交往之游伴;"零落依依",写旧游无几
而尤为依恋。次二句感伤羁旅之苦。"天涯倦旅",写词人漂泊之
久;"心事良苦",写此刻诚然有苦难言。再二句写怀念故友之情。
"西州"之泪,写词人害怕触景伤情;"杜曲""在否"? 写词人担心名
胜尽毁。结三句以佳人作比,写故人之清高。"翠袖""天寒",写故
人不趋炎附势;"独倚"梅树,写故人的清操自守。

　　全词己、友对举,首、尾关照,故国之思,身世之感,尽发"山舍"之中。

王沂孙 (6首)

王沂孙(1240—1290)字圣与,号碧山,又号中仙,会稽(今浙江绍兴)人。元世祖至元中为庆元路学正,曾与周密、张炎等人往来密切,结社填词。

王词风格近似姜(夔)张(炎),然词情更平和、凄婉,无剑拔弩张之气。其身世之感,故国之思,常以咏物方式曲折表现之。有些因作者过分隐约,而至于晦涩难猜;因评者误解寄托,而产生牵强附会。此不可不辨。词集有《碧山乐府》,又名《花外集》。《全宋词》辑其全篇62首,残篇6。

275 天 香①

龙 涎 香②

词 谱

孤峤③蟠烟,层涛蜕月,骊宫④夜采铅水⑤。
○● ○○● ○○● ○○ ●●○●

汛⑥远槎⑦风,梦深薇露⑧,化作断魂心字⑨。红
● ●○○ ○○●● ●●○○● ○

磁候火⑩,还乍⑪识、冰环玉指⑫。一缕萦帘翠
○●●● ○●● ●○●● ●●⊗○●○○●

影,依稀海天云气。　几回⑬殢娇⑭半醉,剪
○　○○○●⊗　⊗　○◎　　　　⊗○◎　●○　●○

春灯、夜寒花碎。更好故溪飞雪,小窗深闭。荀
○○　●○○●　●●●○○●　●○○●　○

令⑮如今顿老,总忘却、尊前旧风味。漫惜余
●　○○●●　●●●　○○●○●　●●○

薰,空簟素被⑯。
○　○○●●

注　解

①[天香]见第105首注①。此调8体,此词属双调、96字王(观)词正体,平仄5异(见谱中⊗、◎)。全首用韵属第三部"纸"、"置"、"未"、"霁"、"队(半)"仄声上、去通押。　②[龙涎香]《岭南杂记》传为龙涎积成,"诸香以此为最。入香焚之,则翠烟浮空,结而不散"。《铁围山丛谈》云:"(龙涎)外视不大佳,每以一豆大燕之,辄作异花气,芬郁满座,终日累不歇。"　③[孤峤]指海上仙山。峤,尖峭的高山。　④[骊宫]骊龙所居之处。　⑤[铅水]明指龙涎,暗指杨琏真伽发掘皇尸沥成水银。临安陷落的第三年,元僧江南大总管杨琏真伽至会稽发掘南宋皇陵以取宝,倒挂理宗赵昀(传说成殓时,口含夜明珠)尸体,沥取水银。　⑥[汛]水势盛大。　⑦[槎(chá)]竹、木筏,晋代张华《博物志》(三)"年年八月,有浮槎去来不失期"。　⑧[薇露]蔷薇花上的露水。　⑨[心字]即心字香。系用香木绕成,作心字形。蒋捷《一剪梅》:"何日归家洗客袍,银字笙调,心字香烧。"　⑩[候火]及时之火。　⑪[乍]见第135首注③。　⑫[冰环玉指]香饼的形状如环如指。　⑬[几回]参见第177首注⑤。　⑭[殢娇]参见第155首注⑪。⑮[荀令]荀或在汉曾任尚书令,故称荀令。李商隐《韩翃舍人即事》:"桥南荀令过,十里送衣香。""荀令"二句学白石《暗香》"何逊"二句。　⑯[空簟素被]参见第116首注⑤。

作意与作法

　　元兵占领临安的第三年(1278),为取财宝,南宋会稽皇陵被掘,倒挂理宗赵昀之尸体以沥取水银。三日三夜,头骨失落,南宋

遗民深感耻辱。唐珏、王沂孙、周密、张炎、仇远等 14 人，结社填词，分题写作，暗吟其事，以寄故国之思与遗民之恨。《龙涎香》即因此而作。上片写龙涎之香，下片写今昔之情。

上片起三句写采香。"孤峤蟠烟"，写海上仙山的龙云之气；"层涛蜕月"，写水晶宫里的银碧之光；"夜采铅水"，写收集龙涎之香，暗示沥取水银之事。次三句写制香。"汛远槎风"，写海上之运载；"梦深薇露"，写夜半取花露以调和。"断魂心字"，写所见心字之香使人伤心。再二句写焚香。"红磁候火"，写香炉中之燃点；"冰环玉指"，写香饼形状的式样。结二句写香烟。"一缕""翠影"，写其绕帘不散；"海天云气"，写其烟雾不凡。

下片换头二句逆入往事，忆昔年之春夜。"孆娇半醉"，写生活之得意；共剪"春灯"，写夫妻之夜话；"夜寒花碎"，写箬笼之送香。次二句忆昔年的冬日。"故溪飞雪"，写当年家乡之寒；"小窗深闭"，写当年室内之芳。再二句折回今情，以荀令自比。"如今顿老"，写国亡家破之愁；"忘却"旧味，写衣带不再散香。结二句写惜香之意。"漫惜余薰"，写香料不忍尽耗；"空箬素被"，写衣物不忍薰香。

全词上片托物，下片寄情，针线绵密，意脉清晰。

276　眉　妩①

新　月

词　谱

渐新痕悬柳，淡彩穿花，依约②破初暝③。

●○○○●　●○○●　○●●○◉

便有团圆意，深深拜④，相逢谁在香径⑤？画
眉⑥未稳，料素娥⑦、犹带离恨。最堪⑧爱，一
曲⑨银钩⑩小，宝帘⑪挂秋冷。　　千古盈亏⑫
休问，叹慢⑬磨玉斧⑭，难补金镜⑮。太液池⑯犹
在，凄凉处、何人重赋清景？故山⑰夜永⑱，试待
他、窥户端正⑲。看云外山河⑳，还老尽、桂花
影㉑。

注　解

①[眉妩]《填词名解》以为"汉张敞为妇画眉，人传张京兆眉妩。词取以名"。调见姜夔《白石词》，又名百宜娇。此调3体，此词为双调、103字变体。全首韵脚属第六部"阮(半)"、"愿(半)"，第十一部"梗"、"迥"、"敬"、"径"，为隔部仄声上、去通押。　②[依约]仿佛。　③[初暝]天刚昏黑。④[深深拜]古代妇女爱拜新月以祝祷。李端《新月》："开帘见新月，即便下阶拜；细语人不闻，北风吹裙带。"　⑤[香径]见第10首注②。　⑥[画眉]见第219首注⑨。　⑦[素娥]见第81首注③。　⑧[堪]忍。参见第180首注⑮。　⑨[一曲]一弯，一只。　⑩[银钩]见第15首注⑤。⑪[宝帘]见第78首注⑤。　⑫[盈亏]圆满与缺损。　⑬[慢]同漫。见第205首注㉓。　⑭[玉斧]斧子的美称。《酉阳杂俎》(卷一)载：唐太和中，郑仁本表弟游嵩山，见一人说月为七宝合成，其凸处常有八万二千户在修补，他即其中之一，并出示包袱中斧头、凿子等工具。后有"玉斧修月"之说。⑮[金镜]指月。见第115首注⑦。　⑯[太液池]汉、唐宫苑中池名，这里指宋代宫苑中池沼。宋太祖曾于后池赏新月，宰相卢多逊应制《咏月》诗："太液池头月上时，晚风吹动万年枝。何人玉匣开金镜，露出清光些子儿。"事见

《后山诗话》。　　⑰[故山]故国河山。　　⑱[永]见第 126 首注③。
⑲[端正]形容月圆而美好。韩愈《和崔舍人咏月二十韵》:"三秋端正月,今夜
出东溟。"　　⑳[云外山河]即月中阴影。《酉阳杂俎》:"佛氏谓月中所有,乃
大地山河影。"周邦彦《锁阳台》:"坐看人间如掌,山河影,倒入琼杯。"
㉑[桂花影]见第 87 首注④。

作意与作法

　　此首咏新月之作,寄山河破碎之悲。此词约写于南宋灭亡前
夕。上片描绘新月,下片借月抒情。

　　上片起三句写园中新月。"新痕悬柳",写弯月挂上柳梢;"淡
彩穿花",写微光照映花丛。此夜幕初降,仿佛重又揭开。次三句
写妇女拜月。"深深"下拜,写祈祷月圆人好之望。然月儿纵有"团
圆"之意,而人儿"香径""相逢"又在何时? 再二句写月亦生愁。
"画眉未稳",写新月如所画之眉而又欠妥;"犹带离恨",写嫦娥多
年寂寞,怀怨画此愁眉。结三句写开帘见月。"一曲银钩",写忍见
新月,如银钩闪光之美;"宝帘""秋冷",写新月钩帘,所见秋夜一片
清寒。

　　下片换头三句由自然而入人事。月的"千古盈亏",词人止其
"休问",此写另有所想。"慢磨玉斧,难补金镜",此以月作比,感叹
国土沦亡,收复无望。次二句暗用旧事以写今情。"太液"池沼犹
在,写词人对往事的怀念;"何人重赋清景"? 叹南宋盛世不复再
来。再二句盼月圆以重照山河。"故山夜永",写国土长夜黑暗,此
有双关之意;"窥户端正",想圆月光照万户,此用拟人之法。结二
句承圆月而写,所见伤心。"云外山河"、"老尽"桂影,此写月中之
阴影,而伤故国河山之破旧,此恨绵绵!

　　全词写月工细,抒情婉转,引典设喻,寄意遥深。此正是一片
热肠,无穷哀感。

277　齐　天　乐①

蝉

词　谱

一襟②余恨宫魂③断，年年翠阴庭树。乍④

咽凉柯⑤，还移暗叶⑥，重把离愁深诉。西窗过

雨，怪瑶佩⑦流空，玉筝⑧调柱⑨。镜暗妆残⑩，

为谁娇鬓⑪尚如许⑫？　　铜仙铅泪⑬似洗，叹

移盘去远，难贮零露。病翼⑭惊秋，枯形⑮阅世，

消得⑯斜阳几度⑰？余音更苦，甚⑱独抱清商⑲，

顿成凄楚。漫⑳想薰风㉑，柳丝千万缕。

注　解

①[齐天乐]见第193首注①。此调8体，此词属双调、102字正体。全首用韵属第四部"语"、"麌"、"遇"仄声上、去通押。　②[一襟]见第262首注⑪。　③[宫魂]宫人之魂，指蝉。马缟《中华古今注》："昔齐后忿而死，尸变为蝉，登庭户嘒唳而鸣。王悔恨。故世名蝉为齐女焉。"　④[乍]参见第135首注③。　⑤[凉柯]寒冷的树枝。　⑥[暗叶]指叶底。　⑦[瑶佩]参见第201首注⑥。　⑧[玉筝]见第48首注⑤。　⑨[调柱]见本首注⑧。　⑩[镜暗妆残]表示女子的青春消逝，容颜衰老。此处借喻秋蝉

的形貌。　　⑪[娇鬟]崔豹《古今注》载:魏文帝宫人莫琼树,制蝉鬓,缥缈如蝉。这里再反比:以女子娇薄之鬟比蝉翼。　　⑫[如许]见第130首注⑪。⑬[铜仙铅泪]见第257首注⑭。　　⑭[病翼]无力的翅膀。　　⑮[枯形]干枯的形骸。　　⑯[消得]见第179首注⑨。　　⑰[几度]几次,几回。⑱[甚]见第143首注⑰。　　⑲[清商]古乐府曲名,其音哀怨凄凉。曹丕《燕歌行》:"援琴鸣弦发清商,短歌微吟不能长。"　　⑳[漫]见第205首注㉓。　　㉑[薰风]南风,指夏天。

作意与作法

　　此首亦托物喻意之作。借古代齐后冤魂化蝉之事,暗指南宋孟后陵墓之被掘(见第275首解析),寄词人的家国之悲和身世之感。上片从蝉的物性写到人性,下片从蝉的现实写到空想。

　　上片起二句总写全篇怨恨之题意。"一襟余恨",写蝉的哀怨不尽;"翠阴庭树",写每年鸣期不绝。次三句写蝉的迁徙之苦。"寒枝""暗叶",写其栖息不定之痛;"深诉""离愁",写其离乡背井之悲。再三句写雨后惊闻。"瑶佩流空",似蝉鸣传响,又似当年后宫佩玉作响;"玉筝调柱",似蝉鸣传声,又似当年后宫丝管传声。结二句写雨后惊视。"镜暗妆残",想宫魂久未梳妆,铜镜不亮;"为谁娇鬟"? 叹宫魂尚留蝉鬟,故化蝉形。

　　下片换头三句写蝉的生活难继。"铜仙铅泪",叹改朝易代之痛苦;"移盘去远,难贮零露",叹蝉无所饮,生活无凭。次三句写蝉的生命难久。"病翼惊秋",写蝉翅经不起秋霜之侵袭;"枯形阅世",写干瘦的身体还经受着人世的沧桑;"消得""几度"一问,叹活着的时日不多。再三句写蝉的垂死哀鸣。"独抱清商",写"余音"的哀怨;"顿成凄楚",写词人之伤悲。结二句写蝉的空想。夏日"南风",空想盛时再至;"柳丝""万缕",空想盛景重来。

　　全词题旨明显,作法含蓄。将皇室之痛,遗民之恨,词人之怨总归于蝉,似物亦人,似虚亦实。

564

278　长亭怨慢①

重过中庵②故园

词谱

泛孤艇、东皋③过遍,尚记当日,绿阴门掩。屐齿④莓苔⑤,酒痕罗袖⑥事何限?欲寻前迹,空惆怅、成秋苑⑦。自约赏花人⑧,别后总、风流云散。　　水远,怎知流水外,却是乱山尤远。天涯梦短,想忘了、绮疏⑨雕槛⑩。望不尽、冉冉⑪斜阳,抚乔木⑫、年华⑬将晚。但数点红英⑭,犹识⑮西园⑯凄婉。

注　解

①[长亭怨慢]见第 198 首注①。此调 4 体,此词属双调、97 字正体。全首韵脚属第七部"阮"、"旱"、"潸"、"霰",第十四部"俭"、"豏",隔部仄声上、去通押。　②[中庵]刘敏中,号中庵,元代散曲作家。著有《中庵乐府》。③[东皋(gāo)]东岸。皋,山边,水岸。参见第 97 首注⑦。　④[屐(jī)齿]古人的木底鞋子,鞋底前后高出部分有齿,以防地面泥滑。叶绍翁《游园不值》:"应怜屐齿印苍苔,小扣柴扉久不开。"　⑤[莓苔]地上的苔藓。参见第 109 首注④。　⑥[罗袖]借比歌女。　⑦[秋苑]形容"故园"叶凋花

谢,荒寂无人。　　⑧[赏花人]指当时同游的友人。　　⑨[绮疏]指窗上的镂空花纹。　　⑩[雕槛]雕花栏杆。　　⑪[冉冉]见第 40 首注⑤。·
⑫[乔木]见第 197 首注⑲。有时借指故乡或故国。　　⑬[年华]年光。
⑭[红英]红花。　　⑮[识(zhì)]这里通志(誌),记住。　　⑯[西园]指刘敏中的故园。

作意与作法

此首为重过故人旧园之作。抒怀旧之情,寄故国之思。上片写当年相聚之欢和别后之愁,下片写如今故人忘旧和词人怀旧。

上片起句写旧地重游。"孤艇"写无友相伴,"过遍"写词人留连。次四句回忆前次的游访。"绿阴门掩",写华居环境的优美;"屐齿莓苔",写小园香径的清幽;"酒痕罗袖",写家宴、歌舞招待殷勤;"何限"一问,写其没完没了。再二句写重来寻迹。"欲寻前迹",写词人旧情尚在,友居面目已非;当时"绿阴"、"莓苔",如今已"成秋苑",花谢叶凋。结二句写重来寻人。"赏花"之人,写前次同游之伴;"风流云散",写如今各奔东西。

下片换头三句写友人离去之远。"水远"写水程之长,"乱山"写关山之杂。此万水千山之隔,朋友相见之难。次二句叹人不归来。"天涯梦短",想友人客居少梦;"绮疏雕槛",料友人忘却故园。再二句叹盛时难再。"冉冉斜阳",写白日良时过尽;"年华将晚",写岁暮故园之思。结二句叹人去园荒。"数点红英",写其花残叶败;"西园""犹识","凄婉"之情亦生。

全词由泛舟东皋至独立西园,访踪清晰。写故人忘旧和词人怀旧,对比鲜明。

566

279 高阳台①

和周草窗②《寄越中诸友》③韵

词谱

残雪庭阴，轻寒帘影，霏霏④玉管春葭⑤。

小帖金泥⑥，不知春是谁家？相思一夜窗前

梦⑦，奈个人⑧、水隔天遮。但凄然，满树幽香，

满地横斜⑨。　　江南自是离愁苦，况游骢⑩古

道，归雁平沙⑪。怎得银笺⑫，殷勤说与年华⑬。

如今处处生芳草⑭，纵凭高、不见天涯。更消⑮

他，几度⑯东风，几度飞花！

注解

①[高阳台]见第 226 首注①。此调 3 体，此词属双调、100 字正体。平仄 1 异(见谱中✕)。全首韵脚属第十部平声"佳(半)"、"麻"通韵。　　②["和"句]和韵。参见第 63 首注②。周草窗见周密介绍(第 260 首前)。　　③[寄越中诸友]越中，今浙江绍兴一带。其词云："小雨分江，残寒迷浦，春容浅入蒹葭。雪霁空城，燕归何处人家？梦魂欲渡苍茫去，怕梦轻、还被愁遮。感流年，夜汐东还，冷照西斜。　　凄凄望极王孙草，认云中烟树，沤外平沙。白发青山，可怜相对苍华。归鸿自趁潮回去，笑倦游、犹是天涯。问东风，先到

垂杨,后到梅花?"　　④[霏霏]这里形容葭灰的飞扬。　　⑤[玉管春葭(jiā)]古代预测节气,将芦苇烧灰,放入律管内,以乐律十二应二十四节气,每到一节气,相应律管内的灰即自行飞出。见《后汉书·律历志》。　　⑥[小帖金泥]小帖即宜春帖,旧时立春日祝颂新春的帖子。金泥即泥金,以金粉调液,用于书画及涂饰笺纸等。小帖金泥即泥金纸的"宜春帖"。　　⑦["相思"句]卢仝《有所思》:"相思一夜梅花发,忽到窗前疑是君。"　　⑧[个人]见第 108 首注⑥。　　⑨[横斜]参见第 154 首注⑦。　　⑩[游骢]指旅途上的马。　　⑪[平沙]见第 138 首注②。　　⑫[银笺]参见第 107 首注⑯。⑬[年华]见第 278 首注⑬。　　⑭[芳草]见第 2 首注②。　　⑮[消]见第179 首注⑨。　　⑯[几度]见第 277 首注⑰。

作意与作法

　　此首为春日怀念友人之作。其情凄婉,似含易代之悲。上片写相思无奈,下片写离情无休。

　　上片起三句写冬去春来。"残雪庭阴",写余寒未尽;"轻寒帘影",写冷气透帘;"玉管"飞灰,写时届新春。次二句写迎春民俗。"小帖金泥",写家家依然迎春;"不知春是谁家",写词人不觉春意。再二句写相思春梦。"窗前"夜梦,写见梅思友;"水隔天遮",叹会面难期。结三句写凄凉四顾。"满树幽香",叹不闻人语;"满地横斜",叹不见友踪。

　　下片换头三句写"江南"忆友的离愁。"游骢古道",写漂泊之苦;"归雁平沙",写羡物之情。次二句写与时俱增的别绪。"怎得",指"银笺"作书之难得;"与说",指别后度日的难诉。再三句写登高凭阑而望远。"处处芳草",写离恨的无边;"不见天涯",叹远望而不得。结三句写离情别绪的沉重。"东风"频吹,"落花"乱舞,词人经受不了几回!

　　全词以双关手法写"春",既写时令,又涉时局。以诗情画意表达,既写相思,又言离愁。其结笔,况周颐以为"低徊掩抑,荡气回肠"(《蕙风词话》)。

568

280　法曲献仙音①

聚景亭②梅次草窗韵③

词　谱

层绿④峨峨⑤，纤琼⑥皎皎⑦，倒压波痕清
浅。过眼年华⑧，动人幽意⑨，相逢几番⑩春换？
记唤酒寻芳处，盈盈⑪褪妆⑫晚。　已消黯⑬，
况凄凉、近来离思，应忘却、明月夜深归辇⑭。
荏苒⑮一枝春⑯，恨东风、人似天远。纵有残花，
洒征衣、铅泪⑰都满。但殷勤折取，自遣一襟⑱
幽怨⑲。

注　解

①[法曲献仙音]调见《片玉词》。又名越女镜心、献仙音。陈旸《乐书》
云：“法曲兴于唐，其声始出清商部，比正律差四律，有铙钹钟磬之音，献仙音
其一也。”又云：“圣朝法曲乐器，有琵琶、五弦筝、箜篌、笙笛、觱篥、方响、拍
板，其曲所存，不过道调望瀛，小石献仙音而已，其余皆不复见矣。”此调6体，
此词属双调、92字周（邦彦）词正体。全首韵脚属第四部“御”，第七部“阮
（半）”、“旱”、“铣”、“愿（半）”、“翰”，第十四部“豏”，为隔部仄声上、去通押。
②[聚景亭]黄嗣杲云：“聚景园在清波园外，阜陵致券北宫，拓圃西湖之东，斥

浮屠之庐九,曾经四朝临幸,继以谏宫陈言,出郊之令遂绝,园今芜圮,唯柳浪桥、花光亭存。"(《西湖百咏注》)高似孙《过聚景园》:"翠华不向苑中来,可是年年惜露台,水际春风寒漠漠,官梅却作野梅开。" ③[次草窗韵]次韵,见第63首注②。草窗,见周密介绍(第260首前)。周密《献仙音·吊雪香亭梅》词:"松雪飘寒,岭云吹冻,红破数枝春浅。衬舞台荒,浣妆池冷,凄凉市朝轻换。叹花与人凋谢,依依岁华晚。 共凄黯,问东风、几番吹梦,应惯识当年,翠屏金辇。一片古今愁,但废绿、平烟空远。无语销魂,对斜阳、衰草泪满。又西泠残笛,低送数声春怨。" ④[层绿]指绿梅。 ⑤[峨峨]高耸。 ⑥[纤琼]纤细的玉,指白梅。 ⑦[皎皎]洁白的样子。⑧[年华]见第278首注⑬。 ⑨[幽意]深远、高雅的情意。 ⑩[几番]见第177首注⑤。 ⑪[盈盈]见第149首注⑤。 ⑫[褪妆]卸妆。⑬[消黯]见第30首注⑧。 ⑭[辇]车子。 ⑮[荏苒]见第272首注⑧。 ⑯[一枝春]见第72首注⑦。 ⑰[铅泪]泻泪如铅水倾流。参见第257首注⑭。 ⑱[一襟]见第277首注②。 ⑲[幽怨]隐藏于内心的怨情。

作意与作法

此首次韵咏梅之作,抒怀友之情,寄易代之哀。上片写园梅盛开,下片写寄梅无处。

上片起三句写梅开之盛。"层绿峨峨",写绿梅如云;"纤琼皎皎",写白梅如雪;"波痕清浅",写水中梅花倒影重重。次三句写相逢之难。"过眼年华",写光阴的迅速;"动人幽意",写梅情的高雅;"几番春换"? 写多次逢春才一见园梅。结二句忆前访之乐。"唤酒寻芳",忆当年游赏之处;"盈盈褪妆",喜当年花谢之迟。

下片换头三句复写今日的凄凉。已是"消黯",写词人的伤神;"近来离思",写思友的情深;"应忘""归辇",写自我的安慰。次二句写寄梅无处。"荏苒一枝",写时序辗转,春梅重放;"人似天远",恨东风催花,欲寄难达。再二句写漂泊之悲。"纵有残花",写词人惜梅之意;"征衣、铅泪",叹江南流浪无期。结二句写自我遣愁。

"殷勤折取",写词人有意;"自遣""幽怨",叹四顾无人。

全词写梅开无主,寄梅无处,以今日之野梅暗示当年之官梅,国亡家破,字字生悲。

彭元逊 (2首)

彭元逊(生卒年不详)字巽吾,庐陵(今江西吉安)人。理宗景定二年(1261)解试。常与刘辰翁唱和。《全宋词》辑其全篇20首。

281 疏 影①

寻梅不见

词 谱

江空不渡②,恨蘼芜③杜若④,零落⑤无数。
〇〇●● ●〇〇 ●● 〇〇 〇●

远道荒寒,婉娩⑥流年⑦,望望⑧美人迟暮⑨。风
〇● 〇〇 〇● 〇〇 ●● 〇〇〇● 〇

烟雨雪阴晴晚,更何须、春风千树⑩。尽孤城、
〇●●〇〇● ●〇〇 〇〇〇● ●〇〇

落木⑪萧萧⑫,日夜江声流去。   日晏⑬山深
〇● 〇〇 ●●〇〇〇● ⊗● 〇〇

闻笛⑭,恐他年流落,与子同赋。事阔⑮心违,交
⊗● ●〇〇〇● ●●〇● ●⊗ 〇〇

淡媒劳⑯,蔓草⑰沾衣多露。汀洲窈窕⑱余醒
●〇〇 ●● 〇〇〇● 〇〇●● 〇●

572

寐,遗佩环⑲、浮沉澧浦。有白鸥、淡月微波,寄
语逍遥容与⑳。

注 解

①[疏影]见第 201 首注①。此调 5 体,此词属双调、110 字正体,平仄 7 异(见谱中⊗、⊗)。全首用韵属第四部"语"、"麌"、"御"、"遇"仄声上、去通押。· ②[江空不渡]杜审言《和晋陵陆丞早春游望》:"云霞出海曙,梅柳渡江春。" ③[蘼芜]又名莊蕿,一种香草。《古诗》(之一):"上山采蘼芜,下山逢故夫。" ④[杜若]见第 120 首注⑦。 ⑤[零落]参见第 168 首注⑦。 ⑥[婉娩]妇女的柔和之容。《周礼》天官九嫔注:"妇言谓辞令,妇容谓婉娩。" ⑦[流年]见第 178 首注⑱。 ⑧[望望]一再瞻望。表示急切盼望。 ⑨[迟暮]暮年,晚景。屈原《离骚》:"惟草木之零落兮,恐美人之迟暮。" ⑩[春风千树]岑参《白雪歌送武判官归京》:"忽如一夜春风来,千树万树梨花开。" ⑪[落木]落叶。杜甫《登高》:"无边落木萧萧下,不尽长江滚滚来。" ⑫[萧萧]见第 174 首注⑱。 ⑬[日晏]日暮。 ⑭[闻笛]魏、晋间,向秀与嵇康、吕安友善。康、安被司马昭杀害,秀经其山阳旧居,闻邻人笛声,感怀亡友,于是作《思旧赋》。后以闻笛泛作悼念故人之词。 ⑮[阔]疏远,远离。 ⑯[媒劳]指媒人徒劳。《楚辞·九歌·湘君》:"心不同兮媒劳,恩不甚兮轻绝。" ⑰[蔓草]蔓生的杂草。《诗·郑风·野有蔓草》:"野有蔓草,零露溥兮。" ⑱[窈窕]美好的样子。 ⑲["遗佩"句]《楚辞·九歌·湘君》:"捐余玦兮江中,遗余佩兮澧浦。"佩环,见第 201 首注⑥。澧浦,澧水之滨。澧水在湖南,流入洞庭湖。 ⑳[容与]见第 130 首注⑱。

作意与作法

此首寻梅之作,伤时感世,寄怀旧之情。上片写寻找梅花,下片写所见梅魂。

上片起三句写草涧。"江空不渡",写春未到来;香草涧零,恨一冬寒气。次三句恐梅谢。"远道荒寒",写词人跋涉之劳;"婉娩流年",写担心梅容衰老;"望望"写词人之急盼,"迟暮"怕梅花的涧

573

残。再二句写寻梅。风烟雨雪，阴晴早晚，写寻找梅花之时；一夜"春风"，梨花"千树"，写不必等待大雪。结二句写思梅。尽管"落木萧萧"，然而梅期不远；"日夜江声流去"，好慰思梅之人。

下片换头三句感叹前途。孤城日暮，"山深闻笛"，写怀旧之意；"他年流落，与子同赋"，对前景之悲。次三句回首故交。"事阔心违"，怨往事与愿望相反；"交淡媒劳"，写淡交不用媒人徒劳；"蔓草"沾露，忆初遇梅花的情景。再二句写梅魂化仙。"窈窕"，写梅仙的美好；"佩环"，比遗留的花瓣；"浮沉澧浦"，写漂泊的命运。结二句写月夜所见。"白鸥"浮波，写梅魂留世；"逍遥容与"，写自在安闲。

全词写不见而又见，写又见而不见，寻梅怀旧，曲折情深。

282 六 丑①

杨 花

词 谱

似东风老大，那复有、当时风气。有情不
●○○○● ●○● ○○○● ○○●

收，江山身是寄，浩荡②何世③？但忆临官道④，
○ ○○○●◐ ●●○● ●●○○●

暂来⑤不住，便⑥出门千里。痴心指望回风坠，
●○●● ◐ ●○○● ○○●●○○●

扇底⑦相逢，钗头⑧微缀。他家⑨万条千缕，解⑩
●● ○○ ○○○● ○○●○○● ●

遮亭⑪障驿⑫，不隔江水。　　瓜洲⑬曾舣⑭，等
○○ ●● ●●○● ○○○● ●

574

行人岁岁。日下长秋⑮，城乌夜起。帐庐⑯好在
〇〇●● ●●〇 〇〇●● ●●
春睡，共飞归湖上，草青无地⑰。悄悄⑱雨、春心
〇● ●〇〇● ●〇〇● ●●●〇〇
如腻⑲，欲待化、丰乐楼⑳前，帐饮㉑青门㉒都
〇● ●●● 〇〇〇 ●●〇〇〇
废。何人念、流落无几，点点抟㉓作，雪绵松润，
● 〇〇● 〇●〇● ●●〇● ●〇〇●
为君裛㉔泪。
●〇● ●

注　解

①[六丑]见第112首注①。此调3体，此词为双调、140字变体（《词谱》以为詹正作）。全首用韵属第三部"纸"、"尾"、"置"、"未"、"霁"、"队(半)"，第四部"麌"，为隔部仄声上、去通押。　②[浩荡]见第221首注⑦。③[何世]什么朝代。　④[官道]古代官（政府部门）修的大路。　⑤[暂来]且来。　⑥[便]见第225首注④。　⑦[底]见第112首注⑫。⑧[钗头]见第107首注⑮。　⑨[他家]指杨柳。家，自称或他称及普通人称之语尾助词。　⑩[解]见第7首注⑩。　⑪[亭]见第31首注③。⑫[驿]见第168首注②。　⑬[瓜洲]在江苏邗江县南，大运河入长江处，与镇江市相对。陆游《书愤》："楼船夜雪瓜洲渡，铁马秋风大散关。"⑭[舣]见第106首注⑩。　⑮[长秋]汉代长秋宫，皇后所居。这里指宋宫。　⑯[帐庐]即帐房，北方游牧民族所居。这里指元朝官兵住处。⑰[草青无地]参见第63首注⑨。　⑱[悄悄]见第108首注④。⑲[腻]厌烦。　⑳[丰乐楼]见第243首注②。　㉑[帐饮]见第31首注④。　㉒[青门]见第84首注⑤。这里指杭州城门，如涌金门等。㉓[抟(tuán)]捏合，粘合。　㉔[裛(yì)]沾湿。陶潜《饮酒》（之七）："秋菊有佳色，裛露掇其英。"

作意与作法

　　此首杨花之作，写词人身世之感，寄遗民家国之恨。上片写

575

杨花的漂泊之苦,下片写杨花的归来之悲。

上片起二句写杨花的今昔之感。"东风老大",写一春一春,杨花渐减;"当时风气",忆盛世旺时,花絮纷飞。次三句写杨花的漂泊身世。"有情不收",叹无人理解自己;寄身"江山",写四处漂流之苦;"浩荡何世"? 恨广大国土改色。再三句写杨花的内心活动。"出门千里",写其纵然远行;临近"官道",写其只想道路的平坦;"暂来不住",写其无意求助收留。复三句写杨花的痴想。"指望回风",写其盼望还乡;"扇底相逢",空想歌舞之乐;"钗头微缀",徒念春游之欢。结三句因花写树。"万条千缕",写杨柳的茂盛;"遮亭障驿",写生长之普遍;"不隔江水",写大江亦难阻隔,江南江北,处处皆是。

下片换头四句由漂泊之花写漂泊之人。"瓜洲曾舣",写其备船南渡;"岁岁"等待,盼望北去君臣南归。"日下长秋",望南宋故宫与残阳相吊;"城乌夜起",听杭州乌啼夜半惊心。次三句写亡国之痛。"帐庐""春睡",写元军的占领;"飞归湖上",写杨花飘回西湖;"草青无地",写国土沦丧之悲。再三句写春雨城荒。"愔愔"下雨,使人、花厌烦;"楼""门""都废",使人、花生怨。结四句写身世之感。"流落无几",写人、花漂泊,越来越少;"为君裛泪",写四顾空寂,人、花共慰。

全词亦花亦人,亦人亦花,人花同命,花人共慰。其"点点拚作,雪绵松润,为君裛泪",即千百年后,亦为难觅的知音。

姚云文 (1首)

姚云文(生卒年不详)字圣瑞,高安(今江西省西北高安县)人。度宗咸淳四年(1268)进士,官兴县尉。入元,授承直郎,抚、建两路儒学提举。有《江村遗稿》,今不传。《全宋词》辑其全篇9首。

283 紫萸香慢①

词 谱

近重阳②、偏多风雨,绝怜此日暄明③。问
●○○　　○○●●　●●●●○◎　●

秋香④浓未?待携客,出西城。正自羁怀⑤多感,
○○　○●　●○●　●○○　●●○○○●

怕荒台⑥高处,更不胜⑦情。向尊前⑧、又忆漉
●○○○●　●●○○　●○○　●●●

酒⑨插花人,只座上、已无老兵⑩。　　凄清,浅
●○○○　●●●　●○●○　　○○　●

醉还醒,愁不肯、与诗平。记长楸⑪走马,雕弓
●○◎　○●●　●○○　●○○●●　○○

搾柳⑫,前事休评。紫萸⑬一枝传赐,梦谁到、汉
●●　○●○○　●○○○○●　●○●●

家陵⑭。尽乌纱⑮、便⑯随风去,要天知道,华
○◎　●○◎　●　○○●　●●○●　○

发⑰如此星星⑱,歌罢涕零⑲。
●　○●○◎　　○●●◎

注　解

①[紫萸香慢]姚云文自度腔,因词有"紫萸一枝传赐"得名。此调仅此
114字双调一体。全首韵脚属第十一部平声"庚"、"青"、"蒸"通韵。
②[重阳]见第56首注⑤。　③[暄明]天气晴和。　④[秋香]指菊花放
香。　⑤[羁怀]羁旅的情怀。　⑥[荒台]见第229首注⑦。　⑦[不
胜]参见第62首注⑥。　⑧[尊前]见第175首注⑩。　⑨[漉(lù)酒]滤
酒。陶潜曾取头上葛巾漉酒。见萧统《陶渊明传》。　⑩[老兵]《晋书》载:
谢奕曾逼桓温饮酒,温走避之。奕即引桓温一兵帅共饮曰:"失一老兵,得一
老兵。"　⑪[长楸(qiū)]古人种楸树于道旁,行列极长,故云。曹植《名都
篇》:"斗鸡东郊道,走马长楸间。"　⑫[搩(zhà)柳]射击柳叶,即百步穿杨
之意。　⑬[紫萸]见第229首注⑲。　⑭[汉家陵]李白《忆秦娥》下片:
"乐游原上清秋节,咸阳古道音尘绝。音尘绝,西风残照,汉家陵阙。"唐代长
安东南乐游原,有秦代宜春苑和汉代乐游苑的故址。武后长安年间(701—
704),太平公主在此建置亭阁。每逢正月晦日(最末一天)、三月三日、九月九
日,长安仕女前来游览。乐游原地势较高,可观长安全城及周围陵阙。
⑮[乌纱]见第229首注⑰。　⑯[便]见第225首注④。　⑰[华发]见
第163首注⑦。　⑱[星星]见第161首注⑦。　⑲[涕零]泪水飘洒。

作意与作法

此重阳词作,抒垂老之愁,寄故国之思。上片写尊前思亲怀友
之情;下片写酒罢忆昔伤今之慨。

上片起二句写天气。"偏多风雨",写惟恐不能登高;"此日暄
明",写喜煞天气放晴。次三句写打算邀伴。"秋香浓未"?写重阳
采菊之念;"携客"出城,写准备登高之行。再三句写放弃出游。
"羁怀",写客中思乡之苦;"荒台",怕高处望远生悲。结二句写举
杯之愁。"漉酒插花",忆往日登高秋游之亲友;"已无老兵",写今

日"尊前""座上"之新人。

下片换头三句写酒后生愁。心境"凄清",微醉"还醒",写词人不愿糊涂;诗已写成,愁仍不止,写词人此日之忧叹。次三句回忆昔日壮举。"长楸走马",写奔驰大道;"雕弓搭柳",写百步穿杨。"前事休评",写不堪回首。再二句回忆昔日乐事。茱萸传送,叹人事一去不返;"谁到"汉陵,想前事梦中难寻。结四句伤老愤时。不管"乌纱","随风"而去,此见词人不满现实;"华发""星星","歌罢涕零",此写词人自悲之情。

全词叙事,今昔交错;抒情,刚柔兼济。身在元朝,心怀故代,借重阳之酒,浇一腔之愁。

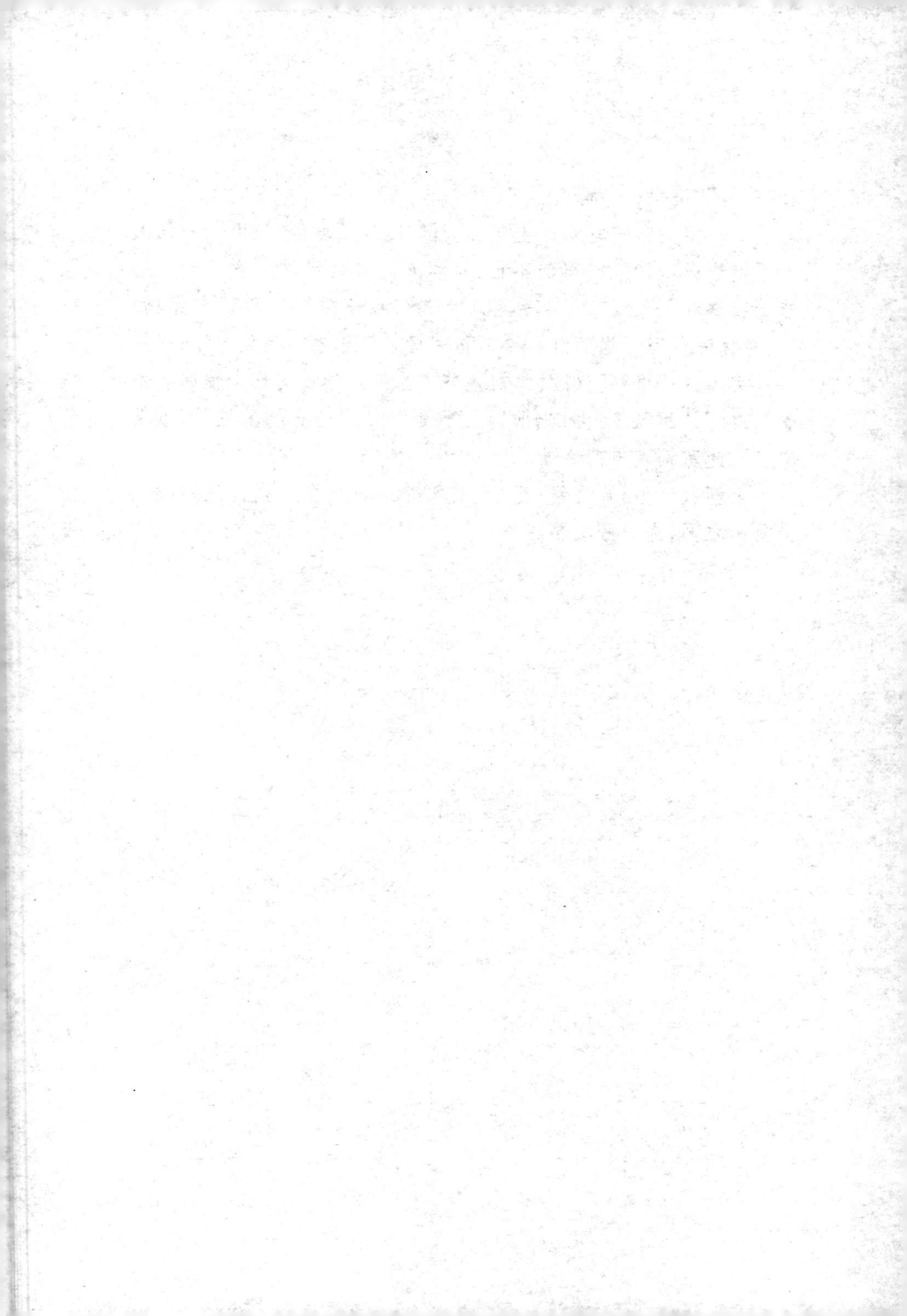

再 版 后 记

唐诗宋词从其诞生以来,诗人辈出,作品浩如烟海,为使人不至眼花缭乱或望洋兴叹,有心的学者先后编出各式各样的选本以应社会需求。清代(1763)和民国(1924)先后出现了诗与词的两个"三百首"的选本,获得了广大读者的首肯,从此蘅塘退士的《唐诗三百首》与上彊村民的《宋词三百首》应时风行海内外,从蒙学一直走向大学课堂,从单纯选本一再发展为译注、评点、详析等等,久盛不衰。

《宋词三百首详析》与《唐诗三百首详析》一样,它不仅提供欣赏,而且指导写作。上世纪改革开放以来,赋诗填词已不仅是学者文人、社会名流的专利,同时也成为海内外诗词爱好者进行艺术创作的一种重要形式。本书因二者兼备,初版后颇受读者欢迎。

本书初版计4印,所遗憾者,原中南政法学院(2000年组合进入中南财经政法大学)选修过我的唐宋诗词鉴赏课程的历届同学,难以买到;华中科技大学中华诗词创作班各期听过我的词学课程的博士、硕士、本科生,难以见到;国内外诗词界的部分同行,难以寻到。此次中华书局愿意再版,于我于人可谓圆梦。在此,让我感谢中华书局。

此次再版,疏漏之处小有补充,必要之处小有修订。不足之处,仍有待读者批评指正。

郭 伯 勋

2004年4月于中南财经政法大学

南湖校区老教授楼 15-西-202 室